韩学龙 著

天坑下的秦陵

黑衣帝国

廣東旅游出版社
GUANGDONG TRAVEL & TOURISM PRESS
悦读书·悦旅行·悦享人生

中国·广州

图书在版编目（CIP）数据

天坑下的秦陵：黑衣帝国 / 韩学龙著. — 广州：广东旅游出版社, 2021.10（2022.5重印）
ISBN 978-7-5570-2590-8

Ⅰ.①天… Ⅱ.①韩… Ⅲ.①长篇小说 – 中国 – 当代 Ⅳ.①I247.5

中国版本图书馆CIP数据核字(2021)第182490号

出 版 人：刘志松
策划编辑：周舰宇
责任编辑：龙鸿波
责任校对：李瑞苑
责任技编：冼志良
封面设计：周含雪
内文设计：杨西霞
封面绘制：张治超

天坑下的秦陵：黑衣帝国
TIANKENG XIA DE QINLING：HEIYI DIGUO

广东旅游出版社出版发行
（广州市荔湾区沙面北街71号首层、二层　邮编：510130）
联系电话：020-87347732、020-87348243
印刷：北京金特印刷有限责任公司
（北京市石景山区鲁谷路74号）
开本：710毫米×1000毫米　16开
字数：522千字
印张：24.75
印次：2022年5月第1版第2次印刷
定价：59.00元

版权所有 侵权必究
本书如果有错页倒装等质量问题，请直接与印刷厂联系换书。

目录

- 楔子　秦宫杀戮……01
- 第一章　天湖异象……11
- 第二章　水下『通道』……27
- 第三章　宿命之灾……36
- 第四章　七姐妹之难……45
- 第五章　袋狼之踪……64
- 第六章　下探大石围……75
- 第七章　不腐之水……88
- 第八章　地下河……96
- 第九章　幻象……101
- 第十章　不速之客……108
- 第十一章　鬼魂出现……121
- 第十二章　洞中人影……130
- 第十三章　危险的出口……136

- 第十四章 意外……142
- 第十五章 被拘……147
- 第十六章 米罗的交易……154
- 第十七章 不翼而飞……162
- 第十八章 70年一遇的怪物……169
- 第十九章 潜入深潭……178
- 第二十章 秘境……188

- 第二十一章 深湖……195
- 第二十二章 诡异之鱼……203
- 第二十三章 金蜻蜓……214
- 第二十四章 黑衣壮……222
- 第二十五章 40年前的失踪案……240
- 第二十六章 失踪的队友……260
- 第二十七章 老金……272

- 第二十八章　淡金湖……281
- 第二十九章　『蛊师秘道』……295
- 第三十章　失踪者……316
- 第三十一章　老村长……326
- 第三十二章　营救……356
- 第三十三章　不是结局的尾声……377

[楔子]

秦宫杀戮

01

一匹马狂奔着冲过闹市，嘶鸣着，被勒停在丞相府邸前，伏在马背上的汉子几近虚脱，几乎直接摔落下地。护卫们围了上去，此人面无血色，艰难地从怀中掏出一卷绢书，交给来人，求见丞相，一挥手，身子就瘫软了下去。

护卫急忙入院禀报丞相。李斯正在用午膳，接过绢书，大惊失色，赶紧让手下将此人带进书房中的密室。

来人已喝了几口水，肚腹内也吃了些食物，整个人刚缓过气来，一进门就跪倒在地。他痛哭流涕，求丞相救命。

李斯惊诧："来者何人？"

来人忙着磕头："小人张籍。彭将军有难，差小人给丞相送信。"

李斯一头雾水，急忙遣散旁人，只留下一个名叫霍鹏的心腹，将来人扶起，让他慢慢道来。

来人大哭："怀清夫人卒了。"李斯本欲起身，被这句话震得跌回席上。这个女人，可是秦王平生最敬重的女人。

怀清夫人的家族在巴蜀地区拥有矿山无数，垄断全国丹砂、水银行业；因早年守寡，当地民间将她称为"巴寡妇清"。她出巨资帮助秦王修建长城，为秦王建造中的陵墓提供了大量的水银，甚至，在"收天下之兵"的当朝，她都能"用财自卫"，拥有一支私人武装，堪称奇女子也。

"你禀报陛下了吗？"

张籍捣蒜似地磕头，称不敢。

李斯一脸怒容。他不明白来人为何要先来通报自己。难道要由自己向秦王传递此噩耗？

这一层闪念后，内心才涌起对怀清夫人去世之事引发的惊愕和疑惑，伴随一丝惋惜。毕竟，这位被秦王以贵宾之礼相待的女子，远离权力争斗，明哲保身，独善其身，也深为李斯自己所钦佩。

李斯转念一想，忙问："如此大事，郎中令赵高大人也不知道？"

如果连负责宫廷内外警卫的郎中令都不知道这个消息，也甚是可疑！

张籍估计年纪不到20，长着一张可爱的娃娃脸，此时却满是惊慌之色。

"彭将军就交代小人找丞相救命。未曾通报……"

此事非常蹊跷啊。李斯多了个心眼，莫非这是赵高给自己设的陷阱？想到这一层，他又吓得打了一个寒战。

前些年，秦王以贵客之礼将怀清夫人迎去咸阳客居以颐养天年，怀清夫人出事的消息，为何会先绕到他这一层？毫无疑问，这个消息定会大大刺激秦王，何人有此动机，要将自己牵涉进去？简直让老奸巨猾的李斯也有点莫名其妙。

李斯扔出绢书，好像摆脱了一个麻烦："我与彭将军素无来往，他为何要向我求助？"

张籍急答："彭将军是中护军鲁朗将军的手下，鲁朗将军素来钦佩丞相的公正严明，彭将军有所耳闻，才敢斗胆派小人来惊动丞相。"

其实，李斯和鲁朗也从无深交，所以就更为谨慎了。李斯内心警惕，很保留地把身体后仰，高深莫测，道："继续说。"

张籍哭丧着脸："怀清夫人半年前去了桂林郡，上月才踏上归程。没想到，半路上人就没了。"

李斯这才明白了几分，原来怀清夫人不是在咸阳出的事。

"人呢？"

"车队正在赶回咸阳。小的先行一步，日夜兼程，特来向丞相禀报。"

李斯仍残留一丝怒气："本丞相对此事根本一无所知！"

转念一想，又问："既然中护军鲁朗将军是武将官制，为何不求助护军都尉、国尉？"毕竟那才是他的管事人啊。

张籍忙道："怀清夫人之所以秘密行事，全凭陛下旨意，陛下钦点鲁朗将军护卫夫人，就没惊动各位大人。"

李斯知道，如果从桂林郡回来，必经灵渠。

灵渠沟通了湘江、漓江，打通了南北水上通道，灵渠刚凿成通航，秦军就攻克岭南，随即设立桂林、象郡、南海三郡，将岭南地区正式纳入秦王朝的版图。几乎是同一时间，秦王就秘密派遣怀清夫人去桂林郡，可见事关重大，不言而喻。另一方面，既然怀清夫人远离宫廷权力争斗，自然也就无人关注她的动向。

"那为何牵涉上本官呢？"李斯心里涌起疑问，但硬将这句话憋了回去，他强压怒火，问鲁朗将军现在何处。

"鲁朗将军留在了桂林郡，未随夫人回长安。护送夫人回程的，是彭将军。鲁朗将军目前还不知夫人已卒。"

李斯自己也知道，这句话问得太晚了："怀清夫人因何事而卒？"但他心里也基本有数，如果是路途上发生意外，鲁朗将军定难逃一死。

张籍抬起头，面露恐惧之色道："小的说不好。"

李斯疑惑道："但说无妨。"

张籍吞吞吐吐地说："可能是病卒，刚上路还好好的。行至途中，突然就没了。"

李斯匪夷所思地问："如此长途跋涉，夫人未带御医随行？"

张籍又哭丧着脸回答："怀清夫人，怎么会带御医呢？"

这倒也是啊，这一个身体健朗的奇女子，如今爷爷奶奶仍然健在，均年过九旬。怀清夫人本人也号称是"天下少有掌握长生之术的巫医"，当然自诩健康无忧。

李斯深知，秦王一贯对神仙方术抱着疯狂的幻想，对长生不老的追求更是到了无以复加的地步，而巴渝地区巫医合二为一，怀清夫人的家族能够数世控制号称"不死之药"的丹砂，她自然也是秦王寻找延年益寿不死之术首选的可信之人。这么一寻思，李斯盯着眼前这个圆脸小子，他的表情渐渐严厉起来：

"此事究竟有何蹊跷？否则你们为何不敢先禀告陛下？如果是你们对夫人照料不周，护卫疏漏，本丞相又如何能帮助你们？"

张籍把心一横："彭将军自知难逃一死，虽然和丞相仅有两面之缘，一直敬慕丞相的人品。所以，还是斗胆让小的来向丞相讨个救命的法子。"

李斯站了起来，没好气地吼道："人都没了，难道本丞相有回天之术？"想想，连怀揣"长生不老之术"的怀清夫人都救不了她自个儿啊，也真是有些讽刺。

"兄弟们早已做好了砍头的准备，可是想到父母、亲人子女，小人怕被株连九族啊。"他一脸的泪水，伏在地上。

李斯动了恻隐之心，他竭力将语气变得和善："如果你们对夫人照顾周全，确无疏漏，怀清夫人是暴病而卒，秦王是明君，又不是昏君，如何会株连你们的九族？"

张籍浑身瑟瑟发抖。李斯自己也不相信刚才说的言辞。

李斯又想到一个细节，疑惑地问道："怀清夫人去了桂林郡，难道没有带随身侍女？还是人也没了？"毕竟随身丫鬟对怀清的身体是否染恙，最有发言权。

"怀清夫人一贯独来独往，这回去桂林郡，倒是带了两位姑娘，不过都被她留在了桂林郡，就是怕等把她俩接来了，小的们也都被砍了。"

李斯凭直觉，认定此事定有猫腻。他板起了脸："我看事情没有这么简单，你们究竟还隐瞒了何事？"

张籍抬起脸，满头大汗："怀清夫人自从到了桂林郡后，相貌有了很大变化，鲁朗将军和夫人的侍女都可以证明。"

李斯一头雾水："那时候，夫人身体已有不适？"

张籍摇头："夫人变得年轻美艳了。"

李斯大吃一惊，他仅见过怀清夫人一面，她多年守寡，未生育，虽然生活节制，身材依然窈窕,但毕竟是年近五旬的妇人,妆容衣着朴素。简直和"美艳"这两个词挂不上钩。

李斯赶紧问正题:"夫人去桂林郡,所为何事?"

"陛下交代夫人之事,小人不得透露。"

李斯冷冷一笑,然后一言不发地盯着。果然,张籍又捣蒜一般磕头:"夫人是奉秦王之命,寻找百越巫术。"

李斯果然猜对了。秦王一直幻想成为"长生不老"的神仙,他曾派徐福征发童男女数千人入海求仙人,而徐福入海求仙,费以巨万计,终不得药。因徐福之事,秦王虽没断了遍寻长生不老之药的念头,但也开始机密行事了。

02

张籍到了现在,经过一问一答,他的脸上终于恢复了血色,抬起那张娃娃脸:"回程途中,怀清夫人好像变成了妖孽,面貌回春,几乎一日一变,性情也和往日不同,吓坏了我们这帮兄弟。"

李斯大惊:"胡说八道!"

张籍口齿清晰了,盯着李斯的眼睛:"小人绝无半句虚言。"

李斯惊疑地盯着他。

"怀清夫人病亡的前几天,容貌十分奇特,确切地说,是妖娆,手背上、脖子上,像……像蛇一样,蜕皮。"张籍流露出十分困惑的表情。

李斯听得毛骨悚然,问道:"是不是中了南蛮之地的蛊毒?"

张籍点了点头:"我们也怀疑怀清夫人是不是被巫术所惑,但怀清夫人头脑清醒,言辞流利,看不出任何异样。"

"这段时间,怀清夫人和秦王可有书信联系?"

"刚上路的时候夫人精神很好,还给秦王写了密函,差人送到咸阳了。"

李斯颦眉:"性情和往日不同,做何解释?"

张籍又浑身颤抖,欲言又止。

李斯反而涌发了好奇心:"但说无妨。"

张籍难以启齿、怯怯地说道:"夫人挑了两个身强力壮的兄弟,轮流陪寝。"

李斯闻言目瞪口呆,心腹也听得呆若木鸡。

秦王一向敬重夫人,将她封为"贞妇",因母亲赵姬和嫪毐淫乱带来的心理阴影,致使他视所有的女人为不洁之物,甚至不立皇后,因而,在秦王心目中,怀清夫人的分量已经远远超出了所有女性。

李斯倒吸一口冷气:"此事不得外传,一旦外泄,这才是株连九族之罪啊。"

张籍心领神会地赶紧点头。

"小人一路陪夫人下到桂林郡，发现夫人到桂林郡后性情有些变化。回程之时，变化特别大，晚上在驿站过夜，与以往判若两人，变得十分……十分风骚……"

李斯挥手打断了他的讲述："夫人病亡和此事是否有关？"

张籍的脸红了，看样子他还尚未婚配，对男女之事仍有些羞赧。他说："夫人需要陪寝，被挑中的两个弟兄不敢不从，十分害怕，举止也十分小心。夫人卒那日，并无兄弟陪寝。"

"此事到此为止。如有人泄露一句，小命不保，本丞相也从未听闻此事。"李斯后悔自己听到了不该听的内容。

张籍赶忙磕头答应。

"既然怀清夫人已卒，就如实禀告陛下吧。如果不是你们的责任，相信陛下也会明察秋毫，不会迁怒于他人的。"

张籍又急了："小人就怕……就怕陛下看了夫人的尸身，会……会动怒。"

李斯怜悯地说："尸体运到长安，如此长途，也该腐烂了。这岂是你们的责任？你们也把陛下看得太过暴虐。"

小伙子的神情仍然十分惊恐："尸体并未腐烂，如睡着了一般。"

李斯一听也懵了，这个回答倒是出乎意料。

"尸体在车上存放了五日，就如睡着了一般。兄弟们这才怕了。"

李斯纳闷："怕什么？"

"怕秦王认不出是怀清夫人，说我们把人调包了，就全斩了。"他哭丧着脸。

李斯着着实实地吃了一惊，难道巫术真有如此大的功力？还是他们真把人调包了？编织谎言惑众？

"变化真是如此巨大？"

张籍吞吞吐吐："反正就和夫人原来的模样不一样了。夫人的年纪，按理说，比小人母亲还大，如今看着也就三十出头，头发也黑了。兄弟们就怕这个让秦王起疑。"

李斯将信将疑："你们后来是如何处置尸体的？"

"泡水银棺里了。"

李斯又吃了一惊："哪儿来的水银棺？"

"当初夫人拉了三具水银棺下到桂林郡。回程时只拉回两人。"

李斯懵了："拉回了什么人？"

"百越当地的一对童男童女。还有一具棺材空着。怀清夫人死了五天，面色如常，兄弟们很害怕，就把尸体放进水银棺中了。"

李斯有些哭笑不得，不过此事也太过诡异，让他简直无言以对。

"夫人在桂林郡做了些什么，你们都知道吗？"

张籍摇头，说她到了百越之地，都是由鲁朗将军和手下亲自护送，去的都是偏远之所，他们这行人都留在兵营,对他们去何地、见何人,一无所知,只知道夫人给秦王送过几份密函。

李斯起身说道:"起来吧,赶紧随我觐见秦王去。"

03

避开了郎中令赵高的耳目,李斯秘密通报,有关怀清夫人的急事需当面向秦王禀告。

秦王立刻就差人将他们带进寝宫。

李斯深知,秦王政生性暴戾高傲,自己轻率介入此事,并非明智之举。此刻,置身于此,他已经感到一丝悔意和惧怕。因为眼前这个骄横跋扈、性情怪异、威震天下、目空一切的人,实在很难称为明君。

秦王背对着李斯,正在服用丹药,回过头来看了他俩一眼,面无表情。

秦王长了个鹰钩鼻子,他脸庞瘦削,颧骨突出,眼睛细长,声音倦怠沙哑,私下被众人认为是"刻薄寡恩,心如狼虎"之相。

李斯硬着头皮禀告道:"彭将军正在护送怀清夫人回咸阳的途中,派此人来通报,怀清夫人已卒于途中了。"

秦王的动作突然停止了,他愕然转身,李斯早已看惯了秦王阴郁多疑的表情,而这次的表情倒是他最具人性化的一次。

秦王声音依旧威严,但能听出一丝动摇:"休得胡说。朕前一阵才接到怀清夫人的密函。"

张籍声音颤抖着说:"小人不敢撒谎。"

当秦王面带惊惧和狰狞之色走近他来时,张籍跪在地上,吓得直打哆嗦,李斯也吓得战战兢兢,就算从前多次冒死直言相谏,也未有过如此大的震慑,巨大的压迫感让他呼吸不畅。

秦王疑惑:"为何要先向丞相禀报?"

张籍一口气说:"小人怕杀头,先告诉丞相,是想保命。怀清夫人是在路途上突发疾病,过几日就回到咸阳。"

李斯也急忙禀告:"微臣和他们并无交集,也不知怀清夫人行踪,听闻此噩耗也是大为悲恸。"

张籍倒挺有义气的,见势说道:"小人实在是不得已才连累李大人……"

李斯赶紧补充道:"因为,怀清夫人有异状,所以他们才找到微臣,希望微臣能为他们说几句话。"

秦王直勾勾地盯着李斯,神色颓然,然后盯着张籍:"你说吧。"

张籍刚开始的表述语无伦次,多亏李斯补充,才大致把事情经过表述清楚。

秦王走回案桌前,他的目光仍是直勾勾地,他从案桌上拿起一卷绢书,慢慢展开,一个字一个字地看着。

李斯猜测那就是怀清的密函。如今斯人已去，确实让人惆怅。

秦王没抬头，声音冷酷："卒后五日，怀清夫人的面容完好如初？"

张籍连连点头："手掌还带着余温，久久不散。"

秦王头也不抬，声音开始刺耳："五日之后才放进了水银棺？"

李斯顿有不祥之感。

张籍却误会了，终于放松了一些道："三口装满水银的棺材，已经放了一对童男童女，还有一口空着……"

"好极了。这是谁的主意？"

李斯来不及给那个娃娃脸使眼色，秦王已狰狞转身。

张籍伏在地上："大家一致同意，保持怀清夫人尸身完整……"

眨眼之间，秦王已抽出腰间的宝剑，一剑刺透了张籍的肩膀。

李斯被这血腥一幕吓得扑腾跪下了。

张籍倒地大哭："陛下，手下留情。"

秦王恶狠狠地道："我也保你个全尸。"

张籍在地上翻滚，哀号道："丞相，丞相……"

李斯战战兢兢试图阻拦："陛下，等把怀清夫人迎回长安，调查清楚再处置不迟……"

秦王刺出宝剑，张籍惨叫一声，蜷成一团。

秦王低声怒吼："怀清夫人本来没死，是被他们给害死的。他们把怀清夫人放进了水银棺！"

这个反应让李斯也懵了，一时无语，头脑也空白一片。

张籍哭叫向李斯求助："丞相答应小人的……"

李斯急忙应道："就算死罪难免，也恳请陛下不要株连九族。"

秦王对跪在地上的张籍点头："我答应你。厚葬，替你赡养家人。"

接着，他将张籍一剑穿心，喷射的血迹溅到了李斯的脸上。

李斯也顾不得许多，大声说："陛下想没想过，他们就因为害怕责罚才先一步派遣此人探路，如果此人不回，他们知道凶多吉少的话，那怀清夫人的灵柩……"

秦王长叹一声："丞相有心了。那就有劳丞相亲自替我去接回怀清夫人的灵柩吧。"

04

如蝼蚁一样的草民，却也都是为人父母、兄弟、儿女，也都是有着喜怒哀乐的一条条鲜活生命啊。

护送灵柩回来的一行人脸上的悲戚和恐惧，因为丞相不顾舟车劳顿的远迎而有所缓解。

李斯于心不忍，却又强压恻隐之心。他的到来和他的几句话，给大家吃了颗定心丸，笼罩在车队上许久的阴霾这才渐渐散去。

车马队将近咸阳，路过一个热闹集镇，李斯安排手下人找了个像样的酒馆，安排了极为丰盛的酒菜给大家设宴，此举让众人受宠若惊。

李斯仔细观察，这群人中，有几个特别俊俏显眼的，也有几个特别强壮的，可见当初被怀清夫人挑选的护卫，都是一等一，优中选优的年轻人。想到了娃娃脸张籍的下场，李斯的心里也不大好受。

灌了些酒下肚，不少汉子都哭了。

彭将军看李斯的目光始终充满了疑虑，也许，唯独是他嗅到了血腥的气味，唯独他注意到了乔装成李斯手下的是京师兵，知道凶多吉少。他们的出动，绝不会是出于对怀清夫人的礼仪所致。

彭将军带着李斯来到车队的最后，查看灵柩。一个被黑布遮盖的车厢，里面有三口棺材，就像吃人的嘴，还要吞噬更多的人。

彭将军低声："如果终归免不了责罚，小人还请丞相成全一件事。"

李斯心情沉重，无心掩饰，更无力演戏，他点了点头。

彭将军从怀里掏出一卷绢书，塞到李斯手中道："请丞相有机会时，交给鲁朗将军。"

李斯想缓解压抑气氛，玩笑地说了句："放心，不会株连九族的。"

彭将军凄然地点了点头。

05

一行人被安排在夜里进入咸阳城，当沉重的城门开启，众人悲喜交织，如历经一回生死，却没想到等待他们的，是更险恶的命运转盘。

卫尉统领的卫士们得到指令，悄无声息地押送这队车马进入宫中，然后将他们卸下武装，鱼贯带入一间偌大的空殿中。

卫尉卢亭站在大殿中，一挥手，卫士们将这群人团团围住，卫尉要求众人将衣服脱尽，交给卫士们详细检查，人群开始骚动不安，两位厨娘因为屈辱而大声抽泣。

无人响应，卫士们磨刀霍霍。

李斯像一具麻木的傀儡，走到人群前，两手下压，让众人安静后，自行宽衣解带，把自己剥得一丝不挂，然后附身将衣服递给身边的卫士，该军士一时手足无措，低头接下。全场鸦雀无声。

李斯对视到了彭将军的目光，他和周边人一样，默默解开衣服，所有的衣服都被收缴，一行人轮流被裸体检查，连发髻都不放过，披头散发的人群突然安静了，他们一批批被带走。

李斯则被卢亭恭敬地带到另一个大殿中。秦王将卢亭挥退，示意李斯跟随，他自己走到一个宽大的木桌前，上面就是三具水银棺，秦王猛地扯开绸布，三具赤裸裸的尸体赫然入目。

他们仿佛在熟睡，两个小娃娃唇红齿白，嘴角似乎还泛着微笑，怀清夫人浑身雪白，如一位酣睡的美妇人，毛发柔软，头发乌黑。

"怀清夫人差一点就做到了。"秦王仰头，长叹一声。

李斯想，秦王定已走火入魔，莫非还以为怀清夫人能死而复生？但还是斗胆地问："陛下打算如何处置那群人？"

秦王心不在焉："你既然已经答应了他们。我就答应你，不株连九族，给他们家属定期供养。"

李斯神色黯然，知道这群人已无生还机会，嘴里还得叩谢皇恩。

秦王叹道："如果他们没有将怀清夫人放进水银棺里，怀清夫人的心愿就完成了。朕就得到了上天的眷顾。终成大业啊。如果那样……"

他扭头望着李斯带着一丝狞笑："这群人一样得死。丞相不必替他们惋惜，也不必自责了。"

李斯心里才长叹一声，如此壮阔社稷，居然交与此人之手，也是国之不祥之兆啊。

李斯仍想赌一把："小人和彭将军核实过，当时，怀清夫人在路上确实已经没有呼吸，甚至停尸五日，应是死去无疑了。"

秦王没有动怒，他走过来，拉着李斯的手，轻轻放到小女孩的肚子上，李斯浑身泛起一层鸡皮疙瘩，但感觉到皮肤确是有一股诡异的温热。

秦王低声道："他们是没有呼吸了。但他们肚里有东西，还活着。"他的眼神非常奇特、贪婪，充满了野心、欲望和仇恨。

秦王瞥了一眼头顶，仿佛在斥责上苍，他喃喃自语："桂林郡，高山之巅，万物有灵，聚合之酝酿以顺应天地之变。"

这句话如同咒语一般，让李斯心生敬畏。

秦王惋惜："怀清夫人从来都躲着丞相你，躲着郎中令赵高，不想卷入朝廷的权力争斗，但她终究躲不过丞相啊。"

李斯心头一紧。自己若为此事丧命，也算得上是一桩千古奇冤了。

秦王盯着他："有劳丞相下一趟桂林郡了。"

李斯如捡回一条命，如释重负，连忙应承。

秦王交代："也许就是冥冥中的天意吧。丞相，此事机密，切勿与外人透露。"

"微臣不敢。"

他一招手："请随朕来。"

秦王牵着李斯的手，走进大殿后面的一间密室，李斯先是闻到一股奇特的味道，接着，就看见了一具水银棺材。

奇怪的是，虽然棺材内灌满了水银，但并无刺鼻之味。

秦王的声音充满了带着一丝恍惚的蛊惑："这具水银棺并不是怀清给她自己预备的。那群猪猡坏了朕的大事啊。丞相可以凑近看看。"

李斯现在开始觉得这具棺材是给自己准备的了。他战战兢兢地靠近棺材，等着来自背后的穿心一剑。谢天谢地，他多虑了。秦王走到他身边，按住他的肩膀，他们的目光都凝视着那一汪颤动的水银。

当李斯终于看清这棺材内的奇特现象时，他顿时毛骨悚然，一股寒意突然从脚趾蹿到了头顶。

公元前213年，秦王按照怀清夫人的遗愿，将其灵柩运回其家乡，厚葬于长寿龙山寨，视巴寡妇清为"贞妇"，在墓地修建高台，为旌表其德业，亲笔题写了"女怀清台"。

《史记·货殖列传》载："巴寡妇清，其先得丹穴，而擅其利数世，家亦不訾。清，寡妇也，能守其业，用财自卫，不见侵犯。秦皇帝以为贞妇而客之，为筑女怀清台。夫倮鄙人牧长，清穷乡寡妇，礼抗万乘，名显天下，岂非以富耶？"

第一章　天湖异象

来自秦朝的秘密

2016年8月12日。桂林阳朔，晴转多云。

相信在接下来的若干年里，我都会清晰记住今天的诸多细节。因为，自从这一天，接到一个来自全州天湖的电话以后，我们的命运就开始偏离了正常的轨迹。

我记得很清楚，来电者的第一句话："你们猜对了。下面的通道被打开了。"

来电者语气凛冽，声音微微颤抖，暗示恐怖之事将至。我瞬间明白她话中所指，脊背阵阵发凉——一个来自秦朝沉没了2200多年的秘密即将浮出水面。

只是，在当时，我还没有意识到，这个电话，就像我们生命历程中的一个分水岭，一副即将被推倒的多米诺骨牌，貌似平静的生活将被彻底摧毁。

随着天湖下令人毛骨悚然的神秘通道被打开，一个未知世界的黑洞向我们启齿而笑。但你不知道，何时利齿咬合，何时暗潮将涌。当它唇间的微笑一旦狰狞，我们将被无声无息地吞噬，无穷无尽地悬浮在无边无际的黑暗中，成为刺探秘密的祭品。

然而，这个世界上，还剩下多少秘密可以任由我们勘探？每每想到这里，潜伏在我们心底的冒险因子，蠢蠢欲动，每个人都瞬间热血沸腾。

这个电话，把我的思绪带回了两年前的那个夏天。

2014年，央视一个纪录片摄制组来桂林全州制作了两期《天湖探秘》，我们作为本地潜水发烧友受邀一起参与拍摄工作，我兼水下摄影，彭辉充当我的潜水伙伴。

同年，我们第一次和温雨婷打交道。她在县里宣传部门负责外联协调，工作琐碎，但她的工作能力很强，很少见到像她这样将"言简意赅"精髓诠释得如此淋漓尽致，一句废话也没有的人。她追求高效，对所有低效的行为，都不自觉地浮现出略微蹙眉的隐忍表情，我对这一点印象尤为深刻。

和央视这个栏目的大多系列片一样，《天湖探秘》一开始就开宗明义：挖掘中国的自然与人文地理遗产，报道重要的地理考察与考古发现，揭示社会热点新闻背后的地理文化背景。

本集也担负辟谣的功能。全州民间盛传的"水下宫殿、尸体直立、水下神秘发光体、水下宝藏、怪物"等在纪录片中被一一澄清。

温雨婷的老家就位于离天湖最近的村庄，为了配合拍摄，她陪着摄制组一起回到阔别已久的故乡。她的大伯一口咬定，曾和她父亲小时候一起发现过天湖下的异象。

对此，温雨婷却在背后矢口否认。她大伯对天赌咒，天湖下有个通道，一旦打开，我们就会发现：他们说的都是真的。

不过，在摄制组面前，大伯倒不提什么"天眼"理论了。我们当时也觉此人有点故弄玄虚。

温雨婷刻意和大伯保持距离，她得出一个冷静的结论："村里人很迷信，之所以渲染这些以讹传讹的故事，可能是老人们有种错觉，以为这样容易引起外界关注，开发旅游，让外出打工的年轻人可以回来谋生。"

节目组则以委婉的方式采纳了这个观点，似乎是想在这里拷贝英国"尼斯湖怪"的套路开发旅游。

至于"尸体水中直立之谜"，也牵扯出一段陈年惨案。

当摄制组抽丝剥茧，找到一个个知情人还原真相，即将揭穿谜底时，我们才恍然得知，轰动一时的"天湖七姐妹自杀事件"唯一的幸存者和目击证人，居然就在我们身边。

节目编导当时也目瞪口呆。他感觉自己被耍了，又乐了，这也太富有戏剧性了——于是，在众人的目光中，温雨婷终于在片尾出镜。

主持人直入主题："请你直接在镜头前告诉我们，那六个女孩子，被人发现时，尸体是不是竖在水里的？"

温雨婷面无表情地答道："不是。"

主持人："是谣传喽？"

温雨婷眼神望着别的地方，"对！"

主持人不死心，追问："为什么会有这样的传言？"

她平静地说："不知道。"

主持人又问："你们当时不是相约自杀？"

温雨婷心平气和地说："不是，小孩子贪玩，偷偷在湖上划船，失足落水了。"

主持人追问："你们落水后，大家的求生意识强吗？"

她沉默不语。

采访戛然而止。

因为此事，温雨婷，这个默默配合剧组工作，不起眼的内敛之人，在我眼里，突然变得如此陌生。

现在，我明白了，温雨婷竭力掩盖的，正是她恐惧的根源。她掩饰得多么努力，这份恐惧就有多深。

下面的通道被打开了！

她一直知道真相所在。所以，当年，作为唯一的幸存者，事发后，她和家人迁到县城，任由村里老屋荒废一片。

我记得，她在村里曾邂逅一位带娃的少妇，她当年的小学同学，同学问她为什么这么多年都不回来看一眼，她注视着自己破败的老宅，面无表情，不发一言。

他们说的都是真的！

湖底秦砖

2014 年拍摄期间，还有一件事不得不说。

我在天湖湖底水下拍摄时，曾无意中从泥沙下扒拉出半截古砖，砖面有龙纹，背面刻着一个模糊的小篆"秦"字。见我们对此颇有兴趣，当时围观看热闹的温麒麟告诉我们，他家里就藏着一批古砖，问我们想不想看看。

我们欣然前往。没想到，这个容貌端正的小伙子居然就是温雨婷的堂弟。温雨婷是本次拍摄协调人，而温家在本地也是赫赫有名。

到了温麒麟家里，只看了一眼，我们就被这批古砖给迷住了……

温麒麟本意是想通过我们，能请剧组请来的某知名专家对此批藏品做一个权威鉴定，然后好悄悄转手卖个高价。没想到，"大专家"只瞟了一眼我们手里的砖，就不再言语。

背过身来，"大专家"私下告诉我，这些都是骗人的玩意儿，完全是本地村民伪劣的骗术。

他的理由是："品相这么完好的秦砖，我这辈子都没见过。"他不屑一顾，"在广西？在天湖？你给我算算这个概率是多少？"

然后，他拖长了声调："在秦朝，这里可是南蛮之地啊！"

我嚅嚅地告诉他，其实，自己在天湖下也摸到了半块古砖。

我永远也忘不了他看我的目光，震惊、受辱，仿佛我是骗子的同伙。

他根本不屑于再和我交流。诡异的是，不久，节目组的一位场务却从我手里将那半截古砖借走。

后来我才得知，"大专家"执意要求编导加上一段关于他对"天湖古董"的评论，便授意场务向我索走"高仿品"。在镜头前，"大专家"手里拿着我提供的半块古砖，对细节一一做了点评，呼吁："这种做旧的，按已有画册图案分毫不差地模仿出的赝品，理应被大众唾弃，在此提醒电视机前的观众，大家切勿上当。"

当时我们都在拍摄现场围观，我和温麒麟脸都绿了，我这才切实地体验到被"打脸"的真切感受。

彭辉也不服气，当时就向温麒麟提出，我们要全部收购他的古砖。虽然有些赌气的意味，但我们心里很清楚，如果有人故意作假，将半截古砖沉入50米深的湖底，守株待兔，等着被我起获，诱使我上当，这个概率得有多低？我真想当着"大专家"的面，把那句话还给他——"你给我算算这个概率"。

买下这批古砖后，我的第一个念头是：有朝一日，在我们的客栈弄一间"秦砖陈列室"。彭辉也大力赞同。

我们曾在阳光下细细观赏，每一块秦砖都是独一无二，铭刻着岁月的风尘。而我们独占它们，如同留驻一段时光，岂不是极大提升了我们客栈的格调？

经过这场交易，我们对小温父子有了进一步的了解。

完成交易，离开天湖之前，温麒麟暗示我们，待时机成熟，他会给我们看些"祖传的好东西"。

我和彭辉对此深信不疑。

暴风前的预兆

8月的广西阳朔，已是热浪滚滚，挟持着连续三天的高温预警，提前进入旅游旺季。

在那个惊人的消息传来之前，我们一如既往，在广西阳朔经营着一家攀岩主题客栈，被碎片化填充的生活，忙碌琐碎，几乎让我们忘了初心。

2013年在大石围天坑下的几次探险任务，让我和彭辉拿到了一笔颇为丰厚的酬劳，我俩一拍即合，在遇龙河边置办起这家华辉客栈，取的正是我俩的名字。

摆脱了单位的束缚，我们原来以为更自由了，没想到心理压力却骤然增大，我们不但要对自己负责，还要善待十几名员工，这份沉甸甸的责任，有时候压得我们喘不过气来。

近年来，阳朔酒店行业的大浪淘沙，已经波及了我们。

悦榕庄酒店进驻福利镇，希尔顿酒店开进高田，投资不菲的各主题精品酒店开始崭露头角，普通客栈则越来越同质化，再加上政府限制公款消费，股市跌了，来阳朔旅游的人少了，生意越来越难做了，酒店业也越发萧条。

我们的华辉客栈虽然位于遇龙河核心景区内，但混杂在村里良莠不齐的客栈中，地理位置和景观视野并不占优，客栈里的设施也很普通，基本上全靠彭辉一己之力，从攀岩和户外拓展的市场中抢到了一杯羹。

近些日子，华辉客栈一口气接了两个户外拓展团，彭辉筹备许久的攀岩学校首期培训也即将开班，由团购网站输送的散客更是络绎不绝。

我感到很纳闷，团购网站何时变得这么给力了？脚不沾地地忙了一个上午，偷空喘口气，随口向我的搭档提及此事。

"您老人家现在还蒙在鼓里啊。你可真是不当家不知柴米贵哟。"彭辉原本把自己四仰八叉地摊在沙发上，闻听此言后，把脸缓缓转过来，表情十分复杂，震惊、恼怒、傲娇中夹杂哀怨，把手里的IPAD递给我，恨恨地吹嘘："哥为了业绩，豁出去了，都开始卖肉了。"

我定睛一看，大吃一惊，果然，我们客栈被这家知名团购网站列在醒目的推荐位置，住客点评的栏目下，有大量"晒图评价"，这家伙被拍到了海量的半裸照片，或健身，或游泳归来，或和女客人合影，或做鬼脸，洋洋洒洒的评价都是花痴女客人们的留言和感叹。诸如："阳朔最有颜值的攀岩帅哥""敢笑井宝是村夫""高颜值，秒杀娱乐圈小鲜肉""明明可以靠脸吃饭，却在骄阳的悬崖绝壁上挥发雄性荷尔蒙，姐承认，心动了""求得半裸合影，然后捂脸跑掉。"

我哑然失笑："这么拼，真的好吗？"

"请问唐大人，您打算什么时候也牺牲一下？"他没好气地用脚蹬了我一下说，"哥都快成店里的'活招牌'，已经快吃不消了。"

我摇头，正色道："本人有的是才华。和你不同，不需要靠颜值吃饭……"

话音未落，他嗖地跳起来，一个跨步骑到我身上，掐着我的脖子，哭笑不得地问："你的颜值在哪里？"

大庭广众之下，这成何体统？前台对我俩这番胡闹早已司空见惯，她一边眼疾手快地将茶几上的易碎物品移开，一边提醒我们，客户快到了。

透过窗口，我瞥到一群游客正叽叽喳喳从旅游大巴上下来，彭辉赶紧站起身来，整理好衣领，迅速切换成"阳光鲜肉帅哥"的表情模式，满面春风地快步迎出去。

游客中的几位年轻女子果然纷纷对这家伙行注目礼。毫无疑问，我们在客栈的宣传折页和网站上，把他包装成"阳朔第一攀岩帅哥"的策略生效了，而他那番千锤百炼的开场笑话不出意外地让男客们笑得前俯后仰，女客们花枝乱颤。

对他的笑话，我们耳朵已听出茧子来，大巴车的小司机抓紧时间走进来，用保温杯灌热水，把一叠刚洗好的照片扔在茶几上，对我做了个鬼脸，他打趣道："'耳环哥'的裸照比你的风景照销售得快哦。"

这是我们客栈的保留笑话，他们说一次笑一次。

"耳环哥"是彭辉的绰号，记得我俩人生初见，他的左耳打了个钻石耳钉，整个一潮流爆款。伙伴们便给他起了这个绰号。现在，他改走宁泽涛式的阳光"鲜肉"路线了。

前台赶在游客进门之前，麻利地从茶几上抽出一张照片，啪地贴在照片墙的空位上。

这是我们客栈的荒诞一幕。大堂墙上、柱上贴满了我们团队成员各种探险、攀岩、徒步、潜水的照片，男性荷尔蒙爆表，当然很多都是半裸照片，尤其以彭辉的单人泳装最为"畅销"，半夜是失窃高峰期，基本过两三天就得"补货"。

将他单人照片顺手牵羊的，从我们的监控视频统计来看，除了暗恋他的女孩子们，还有大妈和宅男，口味之重，简直让人不忍直视。

咱好歹是位摄影师，好歹也拿过行业权威杂志《中国摄影》的一等奖，可惜我的"限量签名发售"的风景照虽然被隆重挂在总台的背景墙上，两三个月才能卖出去一张，而且还要被不识货的客户狠狠砍价。

国内外摄影圈的发烧友，都将我们客栈当成了落脚地，每间客房，都挂着不少在业内大名鼎鼎的名家签名作品，只不过普通人不识货罢了。员工们这样总结我和彭辉，一个玩摄影，一个玩攀岩；一个温和，一个张扬；一个主内，一个主外。人品很好，但都太好玩，不擅长经营客栈。

我在照片墙前歪头审视，彭辉这家伙不但会摆POSE，也确实上相，这张半裸照片是我在巴马盘阳河给他拍的，蓝天、碧水、美妙光阴的轨迹，黝黑皮肤、雪白牙齿、纯真笑脸，可以直接给牙膏品牌打广告了。

直勾勾地盯着照片，女客们老爱问拍摄地点是不是在九寨沟，她们的眼光却在美好肉体上流连。

我不得不给她们科普，拍摄地点其实是在巴马，盘阳河那一小段靠近百魔洞，水生植物群落深浅不同的叶绿素，将河水染出不同的颜色。而听者根本就心有旁骛，毕竟，更惹眼的，是"耳环哥"的腹肌和开怀大笑的模样。

其实，我自己也用手机也拍过几张"耳环哥"的照片，发了朋友圈，被人疯狂转发，就连我老妈都点了赞。

此刻，带队导游将注意事项交代完毕，游客们拖着行李陆续走进大堂，男男女女都被五花八门的照片墙吸引了。这个团大都是年轻人，自然对户外运动十分感兴趣。

女人们扔下自己的男朋友，娇滴滴地围着彭辉七嘴八舌，要求合影的，要求加微信的，还有撒娇求关注的。这家伙都快成咱们客栈的吉祥物了。

其实，我知道，作为搭档，自己得真心谢谢他。我埋头管理内务，他忙于销售，大家都很拼。

彭辉索性将客栈变成了攀岩培训基地，招揽了不少固定客源。

原以为在阳朔开客栈是浪漫惬意之事，面对阳朔酒店行业日趋残酷的市场竞争，我们不得不时刻打起精神，不但要应付形形色色的客人，更头疼的是控制成本，节省开支，一睁眼，一堆费用要支付，而这本就不是我俩的强项。

在阳朔开客栈过日子，朋友们很羡慕，其实，只有我们心里清楚，哪里谈得上什么闲情逸致？能生存下来就很不错了。

我揣测，也许，在我和彭辉的潜意识里，都觉得眼前这种日子，和美好的初衷相差太远。我们似乎心照不宣，在默默地等待一个转机的到来。就如同悄悄地潜伏在山水之间，就为了静候一个契机到来。

冥冥中，有个声音在催促："开始行动吧！"

天湖失踪案

就在此时，我接到了前文提到的那个电话。

电话是全州县政府工作人员温雨婷打来的。她所在部门负责县里的外宣工作，去年我们协助央视拍摄纪录片时，她曾和我们打过交道，彼此都留下了深刻的印象。

温雨婷劈头一句："下面的通道被打开了！"如同一句谶语，听得我脊背一阵发冷。她用一贯的简练风格，像通报："全州，天湖。有个少年在湖里失踪。"她停顿了一下："他们说的都是真的。你们猜中了。下面有个古墓。"

这番话虽然看似没头没尾，但着实吓人，其中蹊跷，容我稍后再叙述。只记得当时，我的大脑一片空白。

"当地已经组织人员打捞。水太深，人还没捞出来。"她轻声却清晰道，"我们想请你们参与水下救援。你们也正好借此机会查寻真相。"

关键时刻，我的手机却没电了，手机自动关机。

随即，彭辉接到了她的电话，通话时间持续了好一会儿。

放下电话，我的搭档一时也没回过神，愣了一会儿，低声说："参与打捞的村民说在湖底发现了奇怪的东西。"

我当然明白，正如她所说的，"下面的通道被打开了"。

彭辉把手机递给我。这是温雨婷发来的，全州朋友圈正在开始疯传的一条微信——"少年怄气下天湖游泳失联。捞尸队在水下发现4米长的食人鱼。"

链接内容是一段视频，估计是围观者用手机拍摄的。

兴安县电视台女记者简明扼要地通报事件，一位少年和家人怄气，下湖游泳，失踪。不少目击者说当天天湖出现异象，各种流言纷至沓来，闹得人心惶惶，各路媒体也闻风而动。

一位二十出头的村民接受电视台记者采访。该村民黝黑精瘦，神情哀伤，他是失踪少年的堂哥，堂弟出事后，他第一时间和朋友下水打捞。

他指着湖边停泊的一艘小船，自称是在河池市红水河河段打捞奇石的职业水手，可以用简陋的设备下到40米深的水底。

堂哥说话时带着哭腔，当时，湖下的水很冷，即使穿着保温服，全身也冻得发麻。他嘴里衔着输氧管，用水下手电筒搜索，刚开始，能见度还不错，接着，水就浑了。一个突如其来的旋涡把他往湖底吸拽。

一个围观肥汉插言，摇头，说自己在岸上看不出任何迹象。

女记者长着一只醒目的大蒜头鼻，说话还喜欢抽动鼻翼，她的表情很困惑，因为负责船上照看氧气机的还有两个堂哥的朋友，他们也都证实，水面看似很平静，但输氧管突然急速下坠，原来输送的长度大概40米，结果又被瞬间抽出了七八米。

其中一个朋友也是水手，凭经验，他意识到可能出事了，便赶紧穿戴好潜水衣，下水援助。

回忆前一刻死里逃生的经历，堂哥仍是心有余悸：在巨大的旋涡中，他紧紧拽着输氧管，危在旦夕，就在此时，一条4米长的大鱼从他眼前飘过。他声音颤抖地描述："闪闪发光，头很小，身体很大，全身罩在金光中。"接着，水下浑浊一片，耳畔传来轰隆隆的声响，水势开始平缓，他这才慢慢上浮。

而下水救援的同伴，并没有看到大鱼。他描述的是另一种诡异的景象——"黑暗的水底突然好亮好亮"，回忆起那一刻，同伴至今仍难以置信，身边漂浮的水草和水底的废墟都看得一清二楚，但很快，随着水流恢复平静，亮光消失了。

堂哥当时也感受到了光亮，一度他以为快浮出水了，这个错觉差点要了他的小命，吸氧管被他挣断了。

好在同伴及时地赶到，他俩终于汇合，两人轮流吸氧，分阶段上潜，总算是捡回了一条命。

这时，视频中悲怆的哭声引来人群一阵骚动，镜头转向失踪少年的母亲，她跪在岸边哭天抢地："崽啊！爸妈不骂你了，你快回来吧！"

堂哥受此感染，也哽咽起来。旁人叹息，这两堂兄弟自小一起长大，感情很好。

蒜头鼻记者问围观者："水下之物，有可能是鳄鱼吗？"

旁观者纷纷摇头，七嘴八舌，都说天湖水温太低，鱼很少。当地人从来没有见过这样的大鱼，更没听说过有鳄鱼的存在。

所谓异象，其实是不少人声称一大清早看到湖面腾起的彩色云雾，颇不寻常。按老一辈流传下来的说法，天湖农历七月和八月会变成"取魂潭"，此时，切不可下湖游泳、打鱼，应敬而远之。对于这个民间风俗，大家也都自觉遵守，生怕触了霉头。湖中少鱼，渔家也都用这段时间晒网，权当禁渔期，休养生息。

天湖景区虽然名声在外，但因为交通制约，不属于桂林阳朔的半日或一日旅游圈内的景点，游客并不算多，此湖海拔高，有别于广西典型的喀斯特景观，湖水寒凉，游客一般很少下水游泳。

一位满脸皱纹的老人被好事者推到记者面前。他叽里咕噜地用本地话说了一大串，我们勉强听懂了，天湖每70年会出一次火龙，他小时候见过。火龙冲出水面。

目测年纪约三十几岁的旁观者如是说："每年到了这个时候，家里老人都不许小孩子到天湖边玩耍的。"

两个小孩子挤到镜头前做鬼脸。

虎牙说:"我家里人也不许我到天湖玩儿。"

锅盖头问:"天湖下有鬼吗?"

虎牙做了个鬼脸:"大鱼能把人吞下去吧?"

锅盖头童言无忌:"我妈妈说,村里的蛊师爷爷比水鬼还可怕。"

周围听众的脸色明显变了,旁人斥责着把他俩赶开。

镜头转向一位老人,老人说,天湖下有个宫殿,里面飘着很多鬼魂。有人曾经在水下看见过两只神兽,吓得大病一场。

旁观者们都带着暧昧的笑意,显然并不是人人都相信这些传言。

一位黑矮壮汉接了话茬,他说央视的一个栏目曾经拍过两集系列节目《探秘天湖》,潜水员下到湖底,发现下面其实是个被淹没的老村子,捞出来几块破铜烂铁,澄清了湖底有宝藏的谣言。

当时,编导给了他几百块劳务费,让他跟着剧组打杂。他反映过一个诡异的现象,天湖里溺死的人都是直立悬浮在水中的,头发离水面有10厘米。

他吐槽道:"节目组找了好多证人,还请教了专家,证明我说的没错。但是,这些没有在电视里面看到。他们不敢放出来。"

我和彭辉看到此处,对视一眼。我们也都曾参与过该节目录制,对他提到的诡异之事,自然心知肚明。

该壮汉不依不饶地挤到镜头前:"我们没有宣扬迷信,如果这娃崽真的在湖里,不用下水底去捞,用竹竿就可以撩得到。他就站在水面下,距离水面不会超过10厘米。"

壮汉的话听上去让人不自觉地起了一身的鸡皮疙瘩。

蒜头鼻记者不相信他,难以置信:"你为什么这么肯定?"

视频到这里就结束了。

我俩对视一眼,略有疑惑,从小生活在天湖村庄的温雨婷不是向来都不相信这些奇谈怪论的吗?如今,为何她的声音中却充满了恐惧?

那个小孩子口中的"蛊师爷爷",我们猜,就是指温雨婷的大伯温金严,温麒麟的父亲。我们曾经和大伯打过交道,他的身份确实很特别。

我俩正准备分头收拾装备,温雨婷的第二个电话又打过来了。

温麒麟的"传家宝"

温雨婷再次打来电话，一是跟确认我们启程的时间。二是告诉我们一个消息，她在全州县城的大伯和堂弟吵了一架，大伯执意要回天湖村庄，堂弟温麒麟阻止无效后，正赶来阳朔，说是要来和我们见一面。

听到这个消息，我的心怦怦直跳。

两年前，温麒麟曾暗示我们，待时机成熟，他会给我们看些"祖传的好东西"。

心有灵犀，彭辉说得够干脆："好东西要到手了。"

我们见过她的大伯温金严，此人是当地有名的民间蛊师。他一直坚称天湖下有个古墓，古墓有神灵护佑，所以一般是轻易看不到，只有他有"天眼"，能看得到其中的奥妙。（听上去就像故弄玄虚！）

除了一些古稀老人对此深信不疑，一般人都把他当成了神棍，对他敬而远之。

温雨婷在电话里告诉我们，最近一年，她大伯破例收治了一些"不同寻常"的病人，村里人都在传言，说他靠装神弄鬼敛了大财，又说他破坏了当地的风水，给村庄带来霉运，吸取村民阳寿，扬言要将他赶走。

曾有人不断往他的院子里投掷石块，还有人从门下塞进匿名恐吓信。

如今天湖出现异象，让她大伯更成为众矢之的。

有人在墙壁上写下威胁的字样。大伯却拦着家人，不让他们报警。

堂弟温麒麟要求父亲第一不要再回天湖老家，第二劝他退出蛊师行业。大伯不肯，父子俩吵翻后，堂弟扬言要将传家宝出手，以此来要挟父亲。

她大伯说，既然已经将此物传给了儿子，虽然无奈，但他也只能默认。

我心里一动。问她："温麒麟来找我们，目的何在？"

温雨婷似乎对我们的那点小心思也心知肚明，只不过没有点破。

她答得比较含糊，说也许是温麒麟想出手"传家宝"，请我们帮他拿个主意，因为他比较信任我们，他一直认为我们交游甚广，门路很多。

温雨婷淡淡地说："你一定是相信湖底有古墓，否则不会买下我伯父手里的古砖。"

我汗颜。当时用不菲的价钱拿下温金严和温麒麟父子手里的这些古砖，除了赌气，我最初冒出的念头是，等我和彭辉年老体弱，无法再用体力赚外快之日，可以在客栈做个陈列室，将这些古砖利用起来，让它们作为吸引客源的法宝。

犹记得当时彭辉哈哈大笑，完全认同，说："等我们年老色衰之时，也可以坐地收钱了。"

我当然不能否认自己潜意识下的投机心理——"抛砖引玉"。没错，我们其实就在暗暗等待这一天的到来。确切地说，我们赌了一把，还想再赌一把。

听说温麒麟要来，彭辉对他的来意自然猜出了七八分，嘴角泛起了一抹微笑。

我正揣测这家伙此刻的想法是否和我一样，他已经迫不及待地开口了："温麒麟还有两个小时的路程。赶紧算算我们能筹到多少钱。"

就在此时，手机有个来电，正是温麒麟打来的。

镇宅之宝

历时两个小时的筹款行动才刚结束，一辆吉普车就急刹在我们的客栈门口。温雨婷的堂弟——温麒麟，从车上跳下来，径直冲到我俩面前。

双方连寒暄的客套都免了，我俩迅速将他领进办公室，他紧抿着嘴，一言不发，看似神色焦虑。

我给他递了一瓶矿泉水，彭辉刚关上门，他开口的第一句话就是："你们能拿得出多少钱？"

果然不出我们所料。虽然乘人之危非君子所为，但总比"传家宝"落入不法分子手里要好。

温麒麟个头不高，有一张非常端正的面孔，总带给人一种羞涩腼腆的假象。其实，他挺聪明，颇会算计。

我差点沉不住气，刚要亮底牌，彭辉反问："这要看你手上的货色如何。"听上去就像买卖货物。

温麒麟的目光在我和彭辉脸上来回巡视，缓缓说："这是我们温家的镇宅之宝。我家祖宗留下来的，再由爷爷传到我父亲手上。"

彭辉故作轻松地耸耸肩，笑嘻嘻地让他赶紧拿出来，让我们开开眼界。

"不急，让我先看看那批古砖。"这时候，温麒麟整个人都松懈下来，他靠在椅子上，从口袋里掏出一盒烟，给我俩一人一支，若有所思地打量着我们。

"那批古砖，让你们用很低的价格给收了。"他把脸藏在烟雾后，声调干巴巴的，听不出是懊恼还是吐槽。

我心里一沉，这家伙该不是想和我们玩心理战术吧？

温麒麟似笑非笑，去年，和我们交易之后，他曾上网查询，这才了解到，所谓的秦砖汉瓦，确实大有来头，有字，品相保存完好的秦砖，在中国非常少见。

彭辉笑嘻嘻地回了句："也不少，都埋在秦陵里呢。等挖出来就知道了。"

温麒麟咧嘴笑了，放肆地将脚翘上桌："我们村的老人不是说，天湖下也有个秦代古墓。"

彭辉笑呵呵地问："你们家祖传的宝贝就是天湖水底捞上来的？"

温麒麟答非所问:"你们可能是唯一相信湖底有古墓的外地人。你们肯定会发大财。"

他朝我俩竖起了大拇指。我略尴尬地一笑置之。

近些年,全州县政府不但组织过水下勘测,而且不止一次协助科考部门深潜到湖底,除了捞出些废铜烂铁,均一无所获,官方只能一次次辟谣,澄清湖底有宝藏、有怪兽的传闻纯属是子虚乌有。

温麒麟似乎在试探我们:"你们真的相信天湖下有70年开启一次的水底通道?"

这话把我和彭辉问得有些窘,其实,我们内心也是将信将疑。

他们村那些老人说的事,我们也都是当故事听的。我们是因为去年在水下摸到半截古砖,被"大专家"质疑做局造假,这才赌气买下他父子手里收藏多年的古砖。

我们如果按照现在的情节推理,这更像是父子俩给我们精心设的一个局,诱使我俩上钩。好在我相信,自己在水下摸到的东西绝对不会是诱饵。

温麒麟自作聪明地下结论:"像你们这样喜欢探险的人,往往也喜欢赌,赌自己的运气,赌自己的眼力,赌自己的直觉。"

我俩也不知该如何回应,因为即使我们自己,也未深入剖析过自己内心冲动的根源吧。

温麒麟又向我们竖起大拇指:"你们不是文物贩子。你们比他们强。"

我们摸不着头脑,不知道这是夸我们还是挖苦我们。

"你们比大专家都厉害。我佩服你们。"说完这几句云里雾里的话,他才亮出结论,"我温麒麟最看重的,就是有胆的人。"

接着,温麒麟的脸上浮起暧昧的微笑:"不过,这一次,你们不需要和我赌。放心吧,兄弟。"

他站起来,弹弹烟灰,让我们先带他看看那批砖。

不知道他葫芦里卖的什么药。我和彭辉对视一眼,略有忐忑地将他带往地下室。

楼梯上,温麒麟好奇道:"你们真打算以后在客栈弄个陈列室,就放这几块古砖?"

我半开玩笑道:"不够,所以还得从你手里收点好东西啊!"

温麒麟哈哈大笑:"没问题。我这不就主动上门了?"

彭辉眉毛一扬,我心里一动。

"天湖的秘密就指望你们来破解了,记住,能力越大,责任越大。"下楼时,他笑嘻嘻地拍拍我的肩膀,借用了《蜘蛛侠》的台词,明显在调侃我们。

接着,他又感叹:"难得我堂姐这么信任你们,有她指路,你们不会白跑一趟。"

不知他指代何事。我当即表示纳闷,毕竟,在当初,连温雨婷自己都不相信关于天湖的种种传言。

温麒麟留步、扭头,凝视着我们的眼睛,摇了摇头,说:"哼,她比任何人都信,她自己就亲身经历过,而且差点死在湖里。你们别忘了,她可是'天湖七姐妹惨案'里唯一的活口。"

金匕首

来到地下室，温麒麟东张西望，地下室里存放着我们形形色色的户外装备，时不时会分散他的注意力。

彭辉打开角落的一个保险柜，里面存放着十几块精美的古砖。这就是去年我们在天湖向他收购的。

将古砖一一摆放在案台上，打开悬挂在头顶的灯，和往常一样，我们怀着敬畏之心，细细审视，两千多年前的古物，穿越时空与我们邂逅。

因为震撼于第一眼的惊艳，我和彭辉也由此对古砖产生了浓厚的兴趣。

我们了解到，中国建筑陶器的烧造和使用，在商代早期已经开始。秦汉时期建筑用陶在制陶业中占有重要地位，其中最具有特色的是画像砖和各种纹饰的瓦当，所谓"秦砖汉瓦"所言不虚，说明当时的制陶工艺已臻上乘。想想，秦朝时在崇山峻岭之顶端筑起的万里长城，其工程之宏大，用砖之多之精美，举世罕见。

不过在当前的收藏市场上，能够接触到的古砖最早可以追溯到东汉时期。目前发现的汉代古砖大都用在墓室，刻有画像及铭文，铭文多为纪年和吉语。用不着猜测，纪年砖已经告诉了你它的年纪，这就是其魅力所在。而画像中的图腾，则是最让我们着迷的地方。

桌上放着几块瓦当，饰以动物变形图案，与当时铜器、玉器风格相近。另外几块，则有米格纹、太阳纹、平行线纹等纹饰。

其中，包含游猎、宴客画面的古砖各一块。两块用于台阶或壁面空心砖，饰以龙纹、凤纹，还有一块秦砖上刻有文字——"忠和"，字体苍劲古朴。

正如温麒麟说的，这种品相的古砖确实十分少见。

温麒麟对我们堆在案台上的古砖，只是漫不经心地瞟了几眼，他似乎把更多的注意力放在我们身上。他不动声色，暗暗审视我们。

"你们有信用。"他点点头说，"当初你们答应过我，不会偷偷交易，不给我惹麻烦，而且，需要的时候，我随时可以用原价回购一半，是吧？"

我无奈地点点头。彭辉则心有不甘，酸溜溜地说："你如果找到更大的买家，那就没有我们哥俩什么事了。"

温麒麟哈哈大笑："你们请放心，我没打算回购。这样的砖。我家里还有几块。"他后仰身子，眼神闪烁着说："我手上还有更好的东西呢。"

我们等待这一天，等待了很久。而他当真坐在我们面前时，我又迷惑了，患得患失，这莫非是温麒麟父子甚至包括温雨婷设下的一个更高明的局？始于这么一个在客栈陈列古砖吸引客人的朴素想法，让我们就这么一步步走进他们的圈套？他暧昧的笑容，莫非是心里暗爽，请君入瓮？

但仔细想想，又觉得不太可能。还是那个理由，毕竟让我从湖底凑巧找到他们的"诱饵"的概率实在是太低了。

温麒麟一本正经地说："我和你们合作，就因为看中了你们不是道上的，也不是收藏家。你们不会给我们惹麻烦。"

我有点糊涂了。不知道他给我们下的这个结论是否对我们有利。

"你们是探险家。"温麒麟狡黠地一笑说，"也是赌徒。"

接着，重头戏登场，温麒麟麻利地打开皮包，从里面小心翼翼地捧出一个用红布包裹的物件，郑重地摆放在案台上，慢慢展开，呈现在我们眼前的，是一把闪烁着金光的金属匕首。他面带微笑，问我们："识货吗？"

我的视线被那把金匕首牢牢吸引住了。2200多年的时光，足够将金器的浮光褪去，将沉甸甸的光华内蕴其中。

"这也是秦朝的玩意儿。纯金，不是鎏金。我找人检验过，出了检验报告。650克，现在每克金价320元。20.8万，这是成本价。"温麒麟抬眼，锐利而赤裸地望着我们说，"小弟能挣多少，全看你们的诚意了。"

我和彭辉都略有些紧张，我将金匕首放在手中，反复审视，摩挲。匕首把柄处刻有小小的篆体"秦"字，匕身则是一个"温"字。

我心里泛嘀咕，这也太过于为我们"量身定制"了吧。换句话说，这也太像"传家宝"了吧。

温麒麟笑问："你们对秦代金器这玩意不太了解吧？"

我和彭辉有些窘，点了点头。

这家伙顿时流利地向我们科普："秦代由于年代不长，存留于世的金银器不多，仅仅在秦王陵出土的铜车上有所发现，有金项圈和金珠等，都是铸造成型的。在西汉齐王刘襄陪葬器物中，国内发现过一件秦王三十三年造的鎏金刻花银盘，这也表明，秦朝的金银器制作已使用了铸造、焊接、掐丝、嵌铸、锉磨、抛光、多种机械联接和胶黏等工艺技术。"

我俩略傻眼，看来温麒麟是有备而来，照这个架势，估计下一步要开出天价了。幸好，他赫然一笑，说自己也是在百度上搜的。如同我们见他的第一印象，又变回那个带着点腼腆的羞涩小伙。

我咽了口唾沫，开口道："既然是传家宝，你想出手，你父亲知道吗？"

温麒麟更正道："镇宅之宝。他全权交给我处置。"

也许在他眼里，镇宅之宝比"传家宝"更彰显其金贵地位。

彭辉追问道："为什么要卖掉它？"

"我和我爸闹翻了。"温麒麟的回答很坦率，说道，"我想让父亲断了念想，彻底离开老家。"

"我父亲认为自己掌握着天湖古墓的秘密,但没有人相信他。他觉得有责任揭开这个谜底。"温麒麟嗤之以鼻地接着说,"但他是蛊师,臭名远扬,有谁会相信他?"

彭辉不解地道:"如果你父亲手上真有证据,可以让专家鉴定啊!"

温麒麟轻蔑地答道:"那些'专家'的德性,你们不比我更清楚?"

想想我们去年和"专家"打交道的经历,也是直接无语了。

温麒麟接着反问:"那些古砖,你以为我爷爷的爷爷,我爷爷,我父亲,他们是怎么捞上来的?"

当时为了卖给我们一个好价格,温麒麟父子对此故弄玄虚。他现在终于吐露实话:"天湖没有蓄水,没有成为水库之前,每年特定的时候,不用潜很深,就可以在湖底看见下面的东西。古砖在别人眼里不值钱,所以我爷爷、我父亲就收了一批。"

从理论上来说,这种说法是可以成立的。

"但没有人会相信啊,天湖湖底会自动开启,每年有几个时候,和平时是不一样的。我父亲想证明这一点,就必须得在今年,抓住天湖70年一遇的异动期的机会。"他停顿了一下,望着我们,略显紧张了,"但是,他如果要做这个事,会很危险。"

我惊道:为什么?

温麒麟颦眉道:"自从我父亲开始接治一些奇怪的病人,村里对我们的看法就改变了。村里很多人在告我父亲,说他非法行医。"他心有余悸地接着说,"那些疯子开始在我们老家的墙上乱写乱画。吓人。"

我愕然:"你父亲是'蛊师'啊。"

温麒麟反问道:"在大家眼里,'蛊师'和巫师有什么区别?从前,在兴安的村子里,光被烧死的巫师就有好几个。"

我和彭辉交换了下眼神。

温麒麟接着说:"我们家在全州县城有套老房子,以前一大家子都住在那里。后来,我在桂林买了套别墅,就是想让他和我们大家一起住,能安顿下来,谁知他借口说不想和儿媳妇住在一个屋檐下,说自己一个人住全州比较方便。这样,我们就没有办法拴住他了。我打算把全州的房子卖了,反正那个房子在我的名下,再把这个镇宅之宝卖了,凑钱,在桂林给他再买一套房,这回看他还有什么借口。"

我沉吟,这家伙是在和父亲赌气呢。我们此举算不算是乘人之危?

彭辉转换话题,他说关于成本那一块,他没意见。请温麒麟自己开价。

温麒麟也不笨,他慢悠悠地说:"你们能拿得出多少?"他接着补充道,"这是祖传的,可以在市场上流通。"

我摇头说:"隔行如隔山,我们想卖也没渠道啊。"这倒是老实话。

他狡猾地答道:"你们是自己收藏,放在陈列室的。所以我才不能随意开价。如果你们是文物贩子，我当然能开价，而且可以狮子大开口。"

"32万。"彭辉老老实实地回答道，"一个小时前，我们合计了一下，也就能拿出这么多。"

温麒麟沉吟，我心跳加速，口干舌燥。

"我还可以找朋友再周转10万，"我一咬牙，说，"我们可就这点家底了。"

温麒麟定定地望望我，再望望彭辉，把我俩无端看得紧张起来。

难怪我们不紧张。42万，要么买了个镀金的赝品，要么逮住了一个价值连城的祖传之宝。他漫不经心地将金匕首掂量起来，在手里把玩。

我听过一种说法，真正的古物所散发的气场，是收敛的，果然这把匕首在他的手掌中，光泽是柔润的，金气和人气融合在一起，完全没有煞气。

"说老实话，来阳朔之前，我也不知道你们能拿得出多少钱。我相信你们的诚意。"他停顿了一下，下定了决心，"60万成交，另外18万，你们可以先欠着，两年内给我。"

看我和彭辉都没有说话，于是他试探地问："要不，你们再商量下？"

我和彭辉对视一眼，彭辉向我使了个"拿下"的眼色。

我下了决心地说："好，我给你打张欠条。"

温麒麟笑着摇了摇头："不用。我相信你们。我能凑够桂林的房款就行。"

送走温麒麟，我俩愣了好一会儿。这个所谓的"好东西"终于被我们倾其所有地拿下了。不过，我们内心还是很忐忑的。凭直觉做出的决定，真的靠谱吗？

彭辉也懵了一下，开口了："真把这玩意儿放在陈列室？有人信吗？"我俩面面相觑，冲动过后，是一片茫然。不过，正如温麒麟所说，我们的血液因子里有冒险的天性。

当你开始将所有金钱甚至性命作为赌注押上的时候，你其实在等待一个改变。而我们，其实是为了心里戒不掉的冒险因子，赌运气、赌胆识，这也许是我们这些所谓"探险发烧友"的职业病吧。

收拾好行李，我和彭辉即刻将设备装上车，将工作交接安排好，一溜烟驶离遇龙河时，有种如释重负的感觉。

就像两个春天里逃学的孩子，拔腿跑到阳光下撒欢。我俩心照不宣，偷笑，装模作样，避免目光碰撞，空气中却莫名洋溢着欢乐的气氛。

我们啊，还是喜欢在未知的世界中探险，那些惊心动魄的生死一线间，如同在我们血液里注入了不安分的因子，遇龙河畔每一次微风吹拂的闲暇，取景框内人潮汹涌的西街人群，都常常让我走神，思绪被硬生生拉回到另一个世界，黑暗中的地下河的咆哮，对未知世界的恐惧，变幻莫测的气候，午夜梦回，散发着邪恶的诱惑力，成了戒不掉的心瘾。

彭辉开车，我用笔记本电脑重温我们曾参与拍摄的央视纪录片，寻找更多潜藏的线索。

第二章 水下"通道"

诡异的云彩

天湖距离桂林市区138公里，到了全州县城，还得驱车几十公里，方才到达天湖附近的村庄。

天湖是由高山草地、原始森林和13个水库组成的湖泊群，位于华南第二高峰真宝顶东侧，海拔1680多米，一派别具一格的高山湖泊风光，与广西典型的喀斯特风貌迥然有异。

据说70年代末修筑天湖水库时，当地人所说的"皇帝大殿"被水淹没了，此后，究竟有没有"皇帝大殿"这一古迹，也是众说纷纭。

前几年因为水库干涸，遗址初露真容。

其实，前年，在央视摄制组来天湖之前，我们也在水下见到了民间传说的大殿，类似一个水下文物景观，光洁如砥的石阶、石柱、石窠、石门槛等石料满地横卧，成堆的瓦片已被淤泥填埋。拨开表面泥土，瓦片历历在目。沿石阶往下有条石围砌的一口水井，仍有泉水涌出。

奇怪的是，等摄制组来了，我们却怎么都找不到当时的地儿了。虽然我们和当地老人都对这些专家和导演们信誓旦旦说有这么个地方，可惜因为缺乏实证，对此遗址，至今未有权威解释。

央视节目请来的专家，因为没有见到实景，对此也语焉不详，或许心里都觉得我们在撒谎，追求耸人听闻的新闻效应，也尚未可知。

但我和彭辉作为目击者，至少可以肯定，这个大殿不是建于秦代。

如果天湖底下真的有个地下层可以定时开启，这个谜团至少给我们点破了解谜的途径。

我们出发上路后，温雨婷一直和我们保持微信联系，快到天湖时，她还特地走到村口，提前截住我们的车，看样子是有话要跟我们私下交代。

两年多不见，她已怀胎数月，大腹便便，只是脸上清冽的神情依旧。

不少广西牌照的车从我们身边驶过。村道路旁也停满了小车，恍如过春节般的情形。我猜，这些都是来凑热闹的吧。

温雨婷不胜其扰，颦眉疑惑地说："他们难道没有别的事可做吗？"

我们苦笑，殊不知，爱看热闹是国人的天性。

她告诉我们，当地邀请了两批专业人员来此协助搜索。我们是第一批，第二批正在来的路上。

至于为什么请我俩来参与搜寻，她对领导的解释是，我俩有很丰富的洞潜经验。而我私下曾跟她说过，我们在大石围天坑下遇到的很多现象，无法用科学解释，这才是她请我俩来的真正缘由。

我觉得有些不好意思，因为当时我们只是随口闲聊，信口开河，没想到她记忆犹新。

她郑重告诫："记住，我提供了线索，如果你们看到了奇怪的景象，不要轻易下结论，也不要随便公开。"

她的理由是，天湖景区一直和周边的村庄、游客保持着微妙的平衡，包括似真似假的传言，不温不火的知名度，也许正是天湖当前最好的隔离屏障。

彭辉好奇道："隔离的目的是什么？"

她沉吟："可以让天湖不受闲杂人的干扰，能有机会靠近它，搜索查寻真相。比如你们此刻要做的事。"

我居然冒出一句傻气的"谢谢"。

她坐上车，引导我们开车通过，村里唯一通往天湖的行车路被设了路障。

温雨婷继续说："天湖有很多现象无法用科学解释。每年农历七八月事故频发，我们七姐妹就是当年这个月份出的事。"

这是她第一次主动提到此事。我和彭辉虽然耳朵都竖起来了，但都算极能克制，没有刨根问底。

我提醒道："你告诉我这些，难道他们说的都是真的？"

温雨婷回答得很干脆："对。溺水尸体在这两个月份，在水中全是直立状态，很吓人。我父亲那一辈，确实有很多人看见过水下的异象，比如神兽、湖底发光，还有人见过水下漂浮的棺材也会发光。所以老人们因天湖这两个月的屡屡事故而叫它'取魂潭'，确实是有根据的。"

"这么多年，其实每个月天湖都会淹死人。"她一摊手说，"不过，这些年溺水的案例少了很多。前年，你们不是也都下到水底，什么也没拍到？所以央视都过来辟谣了。"

彭辉说话很直接："因为你们根本不承认水下有异象。"

她回答得也很干脆："县里本来就是要借节目推介天湖旅游资源，这些传说都被当成噱头。再说，任何人，包括你们也没有拍到任何一个有说服力的镜头，不是吗？"

我明知故问："因为我们当时没选对拍摄地点？"

她摇头提示道："不是这个原因，是没到时候。所以你们看不到。"

我连呼可惜："就差了几天，我们在水下看到的那一幕，在摄制组来之后，被神秘莫测的天湖关闭了，失去了一次证明传言的绝好机会。"

温雨婷很冷静地说:"我猜,也许很多年都没有出现过类似的景象了,否则为什么村里很多二三十岁的年轻人都不相信老人说的话?他们从小到大也一直在湖里玩水,为什么很多人看不到那些东西?"

我心里一动:"你觉得是什么原因?"

她的解释是,20世纪70年代末,水库蓄水以后,很多奇怪的现象减少了。但它并没有彻底消失。其实,近些年也陆续有过一些目击者,结果都不了了之。

彭辉感慨地说:"老天居然让我们看到了!"

温雨婷立刻接话道:"所以你们和天湖有缘。"

彭辉盯着她:"而你,其实一直相信这些传言。"

温雨婷轻描淡写道:"我信我父亲和我大伯。但我不想和他们一般见识。"

听上去很费解。此话怎讲?

她进一步解释道:"如果那些神迹,不想让你们看见。口水说干了,也是民间传闻,没有证据,没人会信。话又说回来,就算真找到一点证据了,难道就能轻易破解神迹?我看未必。"

我的注意力被她的用词岔开了:"为什么说是'神迹'?"

"我想不出更准确的说法。"她从口袋掏出一张折叠的纸,递给我们,提醒道,"我建议你们直接搜索这个区域。注意安全。"

纸上标注的地方,有两个明显的标志物——岸边的树,湖心的小船,水面上方则画着一团云雾。

问她为什么选这个地方?

她答道:"昨天,有人看见湖面上出现彩色云雾。"接着她掏出手机,给我们看了几张图片。

我们眼前,是绚丽惊人的画面,天空上彩霞满天,而一团绯红色的云雾飘荡在江面上,融融地笼罩着一只泊在湖心的小木船。如果不是异象,让人联想到的是浓得化不开的浪漫。

我愕然:"这表示什么?"

"我不知道。"她停顿了一下道,"当年,我们七姐妹出事的时候,就碰上了这样的云雾。"

黑洞

我们把车子直接开到了天湖岸边,工作人员正在拉一条警戒线,将看热闹的人群驱散,两艘快艇在湖面来回搜索,头顶上盘旋着两架航拍无人机。

一辆19座的金杯车停在湖边,权当临时指挥办公室。

我和彭辉刚从车上卸下设备，一位政府工作人员就过来给我们递来拟好的协议，扫了一眼关于劳务费和意外赔偿之类的条款，我们很干脆地签了名。

县里还抽调出一位有潜水执照的公务员配合我们工作，小伙子姓赵，他的个头不高，总是一副笑眯眯的模样，他也曾参与过央视节目的拍摄，此番在这种场合相见，大家都颇为感慨。

接着，温雨婷拿出两张表格，要求我们填写相关信息如潜水员级别等，除了最大开放水域潜水深度，还需要填写最大洞穴潜水深度，甚至洞潜开始日期和相关经验。

我和彭辉的潜水员级别都是WUDCAVE1（洞穴潜水），开始日期分别是2009年和2011年；曾经最大洞穴潜水深度，我是80米，彭辉52米；而最大开放水域潜水深度，我和他分别是100米和63米。

温雨婷提供了天湖潜水的参考数据——最大深度：超过100米；通常能见度：8米；当日能见度：3米；水流：微弱或强烈；水温：15度。

我有一丝疑惑，记得我们曾经下潜过的水域，普遍深度在50米左右，为何此次按100米深度操作？

似乎看出了我的疑惑，她给我递了个眼色，我猛然醒悟——"下面的通道被打开了"。而她并不想把这个观点公开，这才是找我们参与的原因。此时此刻，我才真切意识到这句话的威力。

温雨婷建议，我和彭辉下潜，小赵作为减压支援潜水员协助。

我看小赵的资历，应该基本具备减压潜水经验和救援能力，我们一起讨论了潜水计划，小赵需要了解我们所有停留位置和时间，以及减压气瓶放置的位置。

彭辉按洞穴潜水的标准，做了风险分析，低能见度需要靠近引导绳，深度大，需要每分钟查看气压表、漏气及灯光故障。

潜水计划很快被制定出来：水底气体气量计划使用1/3原则；最大计划深度：120米；最大计划水底时间：30分钟。

我们决定下潜60米后，切换到第一阶段气瓶；100米，切换到第二阶段气瓶，最后使用主气瓶。

大家商议好，我负责带路，并延续引导绳，彭辉负责布置箭头，上升由我负责引导停留。

我们三人一起下水铺设了所有的减压气瓶。水流很平缓，但水下能见度确实很低。

完成水面装备检查后，我和彭辉开始下潜，途中检查沿路线绳和减压气瓶标签和剩余气量。顺利到达50米深度后，我们切换到第一个阶段气瓶，这时彭辉用灯示意我，我的阶段气瓶一级头接口漏气，我关闭氧气瓶，重新拧紧一级头，再次打开，漏气停止，这时水底时间大约为8分钟。

随后我们继续下潜，在80米时遭遇低能见度区域，大约能见度80厘米，很快穿过低能见区域，能见度恢复到 3 米左右，我们继续向下潜到 100 米后，切换到第二个阶段气瓶，互相检查状态，确认双方一切正常后，继续下潜。

大约下降 10 米后，我们双脚着地，站在一个斜坡上。

水流看上去很奇怪，似乎分出了很多层，每一层都有不同的流速，而且是从几个方向向我涌来，肉眼却看不见明显的旋涡，我们头顶上的引导绳就慢慢呈现出非常古怪的弯曲，非常直观。

我们的动作也很快就体现出这一特点，我俩好像是牵线木偶，动作滑稽，一股股水流就像是牵动我们的无数条绳索。

彭辉很快发现了目标，我们踩在一块巨大的石板上，石板上似乎有石刻，他向我示意，然后蹲下来，清理泥沙。

我观察四周，水流分层越来越严重，眼前飘过的柔软物体都被水流扭曲得奇形怪状，等我惊觉不妙时，彭辉的身影已离我越来越远，能见度骤然降低，身边灰蒙蒙一片，耳畔传来巨大的震动声。

我慌了，好在引导绳还在我手上，我打算先过去和彭辉汇合，没想到似乎踩进了一个旋涡，整个人一下子就被陷进去了。

人在水下，如果遭遇旋涡，是整个身体被水流卷着带走，而我却像在陆地上一样，一脚踏空的感觉，腿一软，手一滑，慢慢坠入一个巨大的黑洞中。

水下"古人"

如同跌入另一个时空，借着头灯，我看见身边的一切包括泥沙颗粒都悬浮在空中（水中），时光如同停滞，这一层的水流流速明显有异于水下的其他区域，我检查数字，120 米，老天！

谢天谢地，好在我没有继续下坠，而是踩到了一堆砖瓦上，能见度稍有提高，可以模糊看见婀娜的水草和从地下源源不断冒出的泉水。

耳边仍然传来连续不断的轰隆隆的声响，奇怪的事情发生了——一道从脚底缓缓转动的亮光突然将我身边照得如同白昼，一个人从我身边缓缓滑过，亮光时强时弱，再加上惊吓，我几乎以为自己产生了幻觉。

这是一个古代中年人，阴森的面孔，锐利的目光，穿着黑色的袍服，扎着发髻。他不像是个活人，更像是一个幽灵，因为他是僵直的，但我瞥见了他的眼神，我们的目光对视了一秒。

他眼中闪过诡异的光亮，他活着，在我眼前惊鸿一瞥后，缓缓下沉，似乎朝着光亮的地方飘去。

紧接着，我的头顶上出现塌方现象，塌陷部位喷发出褐色水雾，滑落泥沙落石，光线时明时暗，我久久没缓过神来，怀疑自己身处一个水下墓穴，因为脚下的整块的石板上，隐约可以看见大量的石刻。

这是"神迹"吗？我是不信鬼神的人，此刻，我却颠覆了常识，相信世界上有可能存在着超自然的力量。

鼓起勇气，我眺望着"古人"的方向。虽然在水中，"古人"的头发却纹丝不动，他的全身笼罩在一片金黄的光芒中，随着白光转换，他渐渐隐入黑暗。

更恐怖的事情发生了。当我的视线追随他沉没之处，脚下无尽的深渊中，光亮将尽之时，从下方腾起一团绯红的云雾，非常缓慢地舒展开来，然后，慢慢朝我飘来。

与此同时，另一个景象几乎将我吓尿。一队古代士兵的影子从我眼前穿过，丝毫没有受到水流的干扰。打个比方，我们在看投影时，如果幕布飘动，图像肯定跟随幕布起伏，而这队士兵的影子，却将水流视若无物，穿透了时空和物质的概念。

我怀疑自己醉氧了，产生了幻觉，这是一个危险的信号，脚下深渊的亮光弱了，影子也渐渐消失，而那团云雾已慢慢接近我了。

我开始借助引导绳上浮，但显然位置改变，已偏离来处，头顶上的光亮越来越弱，随着剧烈的坍塌声，我屏息静气，祈祷着自己能逃出生天。

我激动，紧张。它悬浮在急速缩小的光圈之中，可见我所在的深度已经超过了120米。当我抓住绳索上浮时，便进入了另一个水流层，流速开始加快，一股巨大的、毫无预兆的旋流将我席卷，我就这么硬生生地被抛了上去，地心引力在这里似乎受到了极大的抑制，更神秘的力量主宰着一切。

就在我被震得头晕，牵引绳几乎脱手之时，有人冲过来，一把拽住了我——是彭辉。我俩如荡秋千，在水流中被抛来抛去，彭辉忽然失手，好在我像一个秤砣，也被水流朝向他的方向甩去，他冷静地重新抓住了引导绳。

惊人的是，我俩各自都攀着绳索，但现在已经不是垂直方向，而基本上是呈于水平方向。

我们最先着陆的100米处的那个斜坡，居然被地下巨大的震动力挪移着，随着一块巨大的礁石破土而出，斜坡被挤到一边，正好封住了那个黑洞，我们脚下的光亮完全消失，而那片绯色的云雾如气泡，被从黑洞口喷挤了出来，就像一颗炮弹一样，朝我发射过来，在我脚下升腾，然后将我包裹在其中。

这团云雾这么有劲儿，我一度怀疑它是一只巨大的水母，它用触角将我搂在怀中，我就像一个被人强行抱走的婴儿，奶瓶掉了——引导绳离我而去，彭辉一头钻进来，想把我扯离开来，没成功，反而把他也卷走了，我俩就这样，被云雾裹挟着，几乎是沿着水平方向滑行，我心里一凉，完了，失去了减压的机会，必死无疑。

幸亏，一股突如其来的神奇旋流将我们推向相反的方向，我们被这两股力量僵持在中间，不一会儿，云雾似乎失去了凝聚力，慢慢从我们身上飘散，在我们头顶上再次聚拢，匍匐在引导绳上。

这给我们带来了机会，让我们可以找到引导绳的目标，但这也吓坏了我们。它为什么会认人、认绳？

先保住命再说。我们紧紧拽着牵引绳，云雾终于向上飘逸，离我们有了足够的安全距离。

大约2分钟后，我们开始上升，此时整个潜水时间大约在21分钟。上升时我的第二个阶段气瓶剩余不多，便切换到主气瓶继续上升。

感觉到灯光的晃动，我低头一看，紧随我的彭辉将灯对着自己的脖子，冷静示意他即将没气了。

我没想到他这么快就消耗完氧气，立刻将长喉给到他嘴里，然后展开长喉，两人开始共生呼吸一起上升。

我查看自己的气压，只有120，大约只能支撑我俩大概4分钟时间。

不妙的是，我的意识开始模糊，恍如身在梦境之中，我竭力让自己冷静，深呼吸，发现阻力不断增加，再次查看气压，大约只有60左右，我头脑空白，完全没有道理，这才只有几秒钟的时间啊。

所幸我们找到了100米处放置的阶段减压气瓶，快速打开气瓶并切换，90米、80米、70米，我们逐步上浮，边减压边停留。

水下的能见度非常低，沙尘扑面，上升5米后，能见度又神奇地恢复到了8米左右，好在这一层的水体清澈，我们舒了口气。

彭辉正面朝向我的后方，他表情僵了，向我做了个手势，我回头一看，也愣了。

惊悚的"泡泡"

一个很奇怪的东西，正慢慢向我们飘来。刚开始，我以为是个热气球，那是一个巨大的泡泡，惨白的，内壁挂着血丝，就像鱼泡，颤巍巍地，似乎越来越大，大得几乎要随时爆炸。

泡泡的表皮则让人起一身的鸡皮疙瘩，就像被吹胀的皮肤，血丝被无限放大，它是慢慢横向漂移的，我们犯了个几乎致命的错误，在本能反应之下，彭辉突然上浮，而我则急速下潜。

我们在给泡泡让道，泡泡却慢慢地逼近引导绳，我的心也提到了嗓子眼。

从泡泡的皮肤开始可以看到它居然有明显的呼吸，老天！它是活的！

泡泡碰到了引导绳，顺着水流的方向弹开了。但要命的是，它又回来了，仿佛对引导绳产生了兴趣，它围绕着绳子，晃悠悠地悬浮着，体积开始膨大。

要命，气压降低，我怎么才能通过去？

最担心的事来了，彭辉也急了，开始下潜。

急速上升会导致氮气和氦气气泡在身体内膨胀，他必须要回到深的地方减压，泡泡似乎感知到了人的心跳，开始安静下来，似乎在静候猎物的到来，不知是否是我的错觉，它的体积在加速膨胀……

我不知道，如果泡泡碰到人体会有怎样的反应，光是爆炸，就足以引爆我们背负的氧气罐，在深水下令我们丧命。或者把我们推到几米开外，因为，如果不能及时找到引导绳，我们也凶多吉少。

彭辉攀在绳子上，向我做了个手势。我这一生最聪明的一次，就是意识到了他的计划。我们果然心有灵犀。

我向水平方向横移，引导绳被我牵引着离开泡泡，泡泡还没反应过来的那一秒，彭辉往下用力扔了一把匕首。

泡泡开始有了意识，追随引导绳，而匕首不歪不斜，正好插在顶部，泡泡起初完全没有反应，慢腾腾地漂浮过来，我则继续横移，随着一声巨大的爆破，我被甩开了，但幸好我们早有准备，所以我牢牢地抓着引导绳，即使是瞬间，我被抛在彭辉上方，而他则在我的下面，这个错位很快就被恢复，我开始下坠。泡泡肚里，是一堆丝状物，转眼就被融化，那个如泄气皮球的皮囊，如岸边的海蜇，也慢慢消融。

我俩再次汇合，但不妙的是，我们携带的氧气消耗得飞快，而我们还得完成减压停留的程序。70米、65米、60米，我们只能停留15分钟，这很冒险，但我们必须尽快找到第一阶段气瓶。

我开始眩晕、反胃、恶心。彭辉则开始呕吐。我怀疑他是氧中毒，让他切换回长喉，试图呼吸低氧气体缓解症状，但是没好转，他开始出现抽筋症状。我的内心充满了恐惧，我知道如果不完成所有停留，上水后，我们也会死去。

现在只能指望小赵的救援，但他也许不会意识到。我们在水下的气体消耗得如此之快，已经不是经验和科学所能解释的了。

在死亡的煎熬线上，时间过得很慢，虽然第二阶段气瓶就近在咫尺，但如果鲁莽行事，必须承担的后果让我不寒而栗，无异于饮鸩止渴，因为在50米，还需要停留足够的时间。

终于，救兵到了，三位潜水员如神兵天降，陆续潜到我们身边，他们携带了气瓶，让我们逃过一劫。

我用手势告诉他们我们目前的状况，彭辉被切换气瓶，重新回到65米停留，而我则在原地，切换了气瓶，干衣气体已全部排出，寒意袭来，我试着切换干衣到主气瓶来充气，但似乎于事无补，仍然打哆嗦。

　　也许是意识仍不太清醒，我看不清潜水员的脸，只感觉到是一张很干净的面孔，他沉着冷静，反复查看气压、时间、深度。

第三章　宿命之灾

宿命之灾

55 米、50 米，心里惦记着彭辉，所幸有惊无险，诡异的景象再度出现。水体又出现了分层，我们这一层能见度很好，而脚下却涌过泥沙的浊流，两层水反向流动。

我们被水流推向左边，下层水体却向右边涌去。身边的潜水员完全看傻了。我示意他冷静，表示自己见过这种情形。

他指指气压表。我一看也傻了。气体消耗是正常的 3 倍，顿时也乱了分寸。以目前的消耗速度，我们肯定无法保证有足够完成减压的时间。

这时，一个人影从我们脚下蹿出来，我身边的潜水员眼疾手快，抓住他的小腿，是小赵。我俩把他按住，看了他的气瓶数字，我倒吸一口冷气，他瓶中气体已经耗尽，我赶紧取下长喉，却被身边人制止住。

另一个潜水员也浮了上来，两人紧紧按着小赵的肩膀，他的脸色惨白，开始呕吐，我急了，接着愣了，他没有发生缺氧状态，我顿时恍悟，气体尚未耗尽，只是仪器全部失灵。

小赵被重新带回水下减压，我的心怦怦直跳，我们差点为了这个误判酿下了大错。

我向那位潜水员竖起了大拇指，他回我个 OK 手势。

45 米，我们进入另一层水体，流速很快，我顿感周身暖和起来。大量的漂浮物从我眼前掠过，无数的小鱼小虾，似乎被挤压到这个层面，我们就如置身水族馆，与这些小生灵近距离接触。

但似乎不妙，水流虽急，但还不至于将它们席卷。它们在逃命！

它们在逃避什么？因为隔着潜水服，我无法感知确切温度，我看了下温度计，老天，水温超过 20 度。

身旁那位潜水员也意识到情况不妙，但依然表现得很镇定。

40 米、30 米、25 米，水温越来越高，层流消失，当上升到 6 米时，潜水员提醒我切换纯氧，惊讶于他的耐心和一丝不苟的坚持，我们缓慢地浮出了水面，快艇上接应我的，是另一位潜水员，而刚才那位潜水员则带着气罐，重新下水。

快艇上的潜水员解下我身上的数个减压瓶，帮助我脱下潜水装备，谢天谢地，尽管有身体不适的反应，但经过精准的减压，我没有任何肌肉酸痛和手臂血管膨胀的现象。

快艇上接我的潜水员用对讲机呼叫，要求来船接应。

我仰躺，面对蓝天，大口喘气，恍如新生。忽然，我感觉手臂黏糊糊的，一摸，居然是血，而且嗅到一股浓重的血腥味。我惊得赶紧坐了起来。

快艇上的潜水员表情沉重，说还没来得及告诉我。

"温姐刚刚出事了，好像是流产，已被送到岸上了。快艇上的血迹没顾得上清洗，"我心里一沉，他接着警告道，"这是你们下水之前出的事。这个区域很危险，水温升高很快，你们得尽快撤离。"

另一艘快艇迅速朝我们驶来，我下意识地将手浸泡在水中，果然很热。

我看到岸上，有警察在驱散人群，但看热闹的人太多。山坡上、树上、屋顶都是人。

我表示自己想要留在这里接应。潜水员急了："你最好去看看温姐，她一直在叫你们的名字。我一个人留在这里就行了。危险的是水下的云雾。我有防护，你得马上撤离。"

我只得上了快艇，快艇驾驶员应该是本地人，此刻，他脸色发白，神情极度紧张。驾驶员惶惶然地问我："水下出什么事了？"

我说了怕吓着他，就说水温升高了。

"我家老人连家都不敢待，嚷着要我带他们离开这里。"他接着道。

突然，距离我们十多米的水面上，缓缓升腾出一团黑紫色的云雾，岸上一片骚动。

他声音颤抖着说："老人说，火龙要出现了。把你们接上岸，我们也要撤离了。"

我问他，"天湖以前有过类似的情形吗？"

他摇头道："老人说是70年一次。今天，天湖还是拿走了一条人命，而且是十年前的旧债。这事也真是邪门了。"

我知道他说的是温雨婷肚中的孩子，心情倍感压抑。

"你一直在水下？"他似乎想起了什么，惊讶地问道，"你还不知道？那个失踪的孩子找到了，他在树林里躲了两天，故意把衣服放在湖边，吓唬他家里人。就在你们下水的时候，他也钻出来看热闹，被他爸爸一顿狠揍。天湖可开不得这种玩笑，这不，还是拿走了一条人命。"

这个反转让我惊愕，无语。

我上了岸，一位工作人员赶紧迎了上来，我问他温雨婷情况如何，他说已送到县医院，目前没有生命危险，然后问了些水下的情况，要马上带我去医院。

看我迷惑不解，他说了实话，小温姐就像喝醉了酒，或吸毒的人，异常亢奋，一直在叫我和彭辉的名字，说她害了我们，她也没脸活了。但她实际上一直在大笑。

我傻眼了："大笑？"

工作人员不安地说："对，非常奇怪。像是中邪了。她非常兴奋，但说出的话又那么惨，看上去很瘆人。

"她甚至没有意识到自己已经流产。医生给她注射镇静剂，但一点效果也没有，只好把

37

她临时绑在病床上。医生希望你们亲自去和她沟通，兴许能使她的情绪稳定下来。"

一个死了，一个疯了，这算什么事。渐渐升高的水温，尚在水下减压的彭辉，不会有什么意外吧。我心里何尝不是七上八下，备受煎熬。

预兆

赶到县医院住院部，找到了小温姐的病房，门外，医生和家人也是一筹莫展。见了我，医生简单交代几句，让我留心说话，不要刺激她，便带我进了病房。

见了我，温雨婷热泪涟涟，却依然发出笑声。这个场面让我看了非常难受。

"我害了你们。我明明知道那团云雾非常危险。我还要让你们下水，我不能原谅我自己。"

我请医生先回避，关上门，坐在她的床前，神情不安地握住她的手。

她明明想哭，可却是大笑的表情，好似体内有两个分裂人格似的。

我安慰她道："我和彭辉目前都好好的。那个男孩也找到了。"

温雨婷不相信："彭辉为什么不过来？"

幸亏这时候，她的同事冲进房来，给我解了围。他把手机递给我们，对方通报说："彭辉没事，他已经上岸，正在来医院的路上。"我心里的石头这才落地。

温雨婷和彭辉说了几句话，情绪仍然没有得到缓解，她一边说一边大笑，脸上的表情却痛苦不堪。我从她手里抢下手机，她丈夫默默地走进来。

温雨婷凝视着丈夫道："我们的孩子没了，是吧？"她笑得很惨，说道："天湖让我偿命，我躲不开，却连累了你们。"她丈夫在她床前蹲下来，埋头，握着她的手，无声地哭了。

这个场面让我心里难受，却也束手无策。好在她的父亲和大伯随后赶到，他们要求马上给她驱邪，医生不答应，说要做法事，除非等她出院。

温雨婷大伯吼道："七个妹子同时掉进湖里，为什么她能活下去？还不是老子给她驱邪？耽误了时间，你赔我人命。"

场面混乱，协商结果是医生需要在场，不得有任何危及病人生命安全的举动；我本来也想参与，但被医院要求立刻进高压氧舱接受减压治疗。

我在高压氧舱待了两个小时，直到治疗结束才被放出来，正好和随后而至的彭辉交错开来，他仍然在高压氧舱接受治疗。

送彭辉来的工作人员是个圆脸胖小伙，他告诉我，彭辉出水后，身体不适，仍然有呕吐现象，所以，他被怀疑有减压病的症状，需要经过至少2次高压氧舱治疗。

小赵则是第三批送过来的，他的情况和彭辉差不多。参与救援的其余三位潜水员都没有大碍，他们已经离开天湖。

他们是最后乘坐快艇离开那片水域的。离开后半小时，局部水温已达35度，非常惊人。偌大一个湖，只有局部的水温升高了，这实在不可思议。我可以想象那个场景，最后一刻，几位潜水员在周围群众的目送下如英雄般离场。

天湖已经进入全面警戒状态，地震局的专家已赶赴现场，他们怀疑地下有岩浆喷发，而民间传说中的火龙，很可能是岩浆喷发的景象。

很感谢那三位有经验的潜水员，如果不是他们的冷静和专业，很可能我们都遭遇了不测。我向胖小伙索要他们的联系方式，胖小伙并不是他们的协调人，他从短信里调出其中一人的联系电话，我拨号打了过去，手机一直在占线，接着就是信号不在服务区的提醒了。

我寻思着等忙完这几天，一定要打个电话谢谢他们。

听说，温雨婷在经历了驱邪仪式后，终于沉沉睡去，在注射麻药后，被推进了手术室。据说，医生、护士们私下都连呼不可思议，暗示说这也许是种精神癔症。

"蛊师"温金严

靠在走廊的长椅上，深夜的医院静悄悄的，忽然间，我觉着有些不对劲，蓦然有些害怕，接着，幻觉出现了，我在水下看见的那队士兵正奔跑着穿过我眼前的白墙，向门外跑去，我浑身发冷，明明知道那是幻觉，可是他们的发髻、盔甲是那么清晰、真切，我甚至看见了他们靴子上的泥泞。

眼看着他们一溜烟地蹿进了夜色中，一股寒意袭来，我冻得直打哆嗦，真邪门了。

我双臂抱肩，深呼吸，冷静，试图放松，慢慢梳理我在水下看到的一切。

我在水下看到的那位古人该如何解释？我看见的是一个具象的人，"他"更像水下的幽灵，他脸上的表情是如此逼真、凶悍、霸道，而这具肉体却是游离于重心引力之外。在水下，如同在空中，他的袍服和发丝都在金色的光芒中熠熠生辉。

他究竟是谁？地底的亮光又是怎么回事？类似冷光，绝对不会是岩浆喷射的红光，何况当时水温并未升高。

至于水流分层，我觉得在45米以下，都属于诡异的"通道"范围。这个通道一旦开启，水流出现了罕见的分层，我用手机在网上搜索，这种现象简直是闻所未闻。

那团绯色的云雾，正是从通道下腾空而起，像是某种预兆，它的喷发显然是在黑洞即将关闭之时。

十几年前，在那几个女孩身上发生了什么？这个谜底，或许只能等温雨婷亲自为我们揭开。

如一场宿命，十多年后，她再次出现在云雾腾起之地。天湖，真的就这么大摇大摆地从她身上取走了她欠下的人命债？

一位护士带着两个人朝我走过来，我立刻认出，正是温雨婷的父亲和大伯。大家握手寒暄后，她父亲接了个电话，离开前，示意我俩自己聊。

温金严看上去就是位普普通通的老村民，外表木讷，笑容淳朴。

想到我们利用人家父子间的矛盾，收了人家的传家宝，顿时感到有些尴尬。好在他根本没提这件事。

他先问我们何时到的天湖，打听温雨婷在出事前和我们说了些什么。

聊了几句。他忽然盯着我，转入正题，问我在水下看见了什么东西。

他的眼神变得锐利，我思忖着是不是该实话实说。

他先开口了："我小时候也见过那条大鱼，金色的，4米长，和那个小伙子见到的一模一样。它们是天湖水底的守护神。"

我嚅嚅地说自己在水下见到了一队士兵，像是幻影，因为不是真的人。

他一拍腿，证实："穿着黑衣，扎着头发，对不对？很多年前，见过这个的人还真不少。传说这是有人在阴兵借道。"

我不明白，"阴兵借道"是什么意思。

他却沉吟不语。

事后上网搜索才知道，所谓的"阴兵借道"分为两种。第一种，是指古代或者近代的军队败亡后，因其怨气不散再加上当时的天时以及地理环境所造成的；第二种往往是出现在大灾难死了很多人之后，指地府来拘魂的鬼差鬼将。

当时，我根本不信："有人能从水下借阴兵？那岂不是功力很高深？"

他说，很多高手已经趁着天湖70年异动期来此"借力"。

我心里想，他只是在我面前装神弄鬼而已。

他沧桑地叹了口气："那些见过神迹的人，如今老的老，死的死。近些年，就再也没人见过了，你知道为什么？"

我答道："因为天湖蓄水，水太深了。"

他摇头，把脸凑近我，神秘地说："因为我们现代人修水库，破坏了风水。天湖下面的神灵被激怒了。"

"天湖下面的神灵，具体又是什么鬼？"我不解地问。

"有鱼、有兽、有士兵，还有唱歌跳舞的。"他咧嘴一笑。

"我看到了一个人。"我终于忍不住脱口而出道，"一个古人，全身也是笼罩在一层金光中。"毕竟一说出口，心里就畅快了些。说给别人听，谁会信？

然而他却忽然浑身颤抖，惊讶地问："裹一件黑袍子？"

我点头。

他又问:"脸很瘦?"

我又点头。

于是他接着问:"手臂很长,手指很长?"

我茫然地点头道:"他是谁?"

他直勾勾地盯着我,嫉妒加震惊。"他看见你了?"

我把当时看到的情形告诉了他,他的脸上充满了恐惧。他哆嗦了一下道:"他是我们'黑衣壮'的护佑之神。"

我纳闷地问:"可他不像是壮族人啊?"

他从喉咙里蹦出几个字:"他是秦王。"

我被他的话吓了一跳。他在逗我?但看样子不像,他自己也被吓坏了似的,顿时就跪下了,面朝北方,低头,开始吟唱一段歌谣,调子异常悲戚。

我蓦然紧张起来,即便如此,我还是很不厚道地偷偷地用手机录了音。

两位护士听到动静走过来,见他这副模样,赶紧闪开。

好一会,他才把声音低下来,歌谣渐停。

他疲惫地起身来,然后困顿地说:"我明天会让雨婷给你看样东西。你赶紧回去休息吧。"

为什么去探险

我思绪混乱,只好在绿化带走了一圈。悄寂无声的长廊空无一人,将我孤零零的影子投到墙上,夜深人静,我却毫无睡意。

脚步声响起,穿着病号服的彭辉从走廊那头慢慢走过来。这个场景让我想到了天坑下类似场景,我在营地生火,他举着手电筒,从黑暗中巡查归来。

此刻,鼻子有些发酸。比今天更危险的情况,我们不是没有遭遇过。但那都是在和大自然的伟力较量,你不知道地下河何时暴涨,你不知道头顶何时落石,你不知道自己是否会迷路,是否会失足落下未知黑洞。但这一切,我们都可以坦然接受,愿赌服输。而今天,我们面对的,是一种未知的力量,肆意将我们玩弄于股掌之间,更凶悍,也更阴险。

他坐在我身边,我们大家都没有说话。一切尽在无言中。我们没有急着讨论我们在天湖下的遭遇,我们享受着这一刻难得的松懈。

他抱着膝盖,将双脚放在椅子上,最终开口道:"咱哥俩是下天坑的时候认识的,对吧?"

2011年郑远组队下天坑,那是我第一次见到彭辉。从那以后,我们每年都下探天坑不少于两次,或为杂志拍摄专题,或配合科考,或配合纪录片摄制组的工作。后来,我俩又一度迷上洞潜,基本上寻遍了广西的洞穴,并拿到了潜水执照。

　　他好奇地瞅着我:"我一直很纳闷,你这种性格,为什么会下天坑冒险,难道就为了拍几张好照片?"

　　我一时不知怎么回答。虽然两人这么熟,从来没想到有一天,我俩会正儿八经讨论这个问题。不过,此刻,这个问题倒引发了我的兴致。

　　我不由得打开了话匣子,我告诉他,我自己14岁那年,还没怎么发育,个头小,身体单薄,在同学中很不起眼,有些男同学已经人高马大,嘴唇上有黑黑的绒毛了。大部分女生,更出落得水灵灵的,其中有一位,体态窈窕,雪白的肌肤,乌黑的头发,有一双会说话的眼睛,是我情窦初开的暗恋对象。

　　我相信,班里的很多男生都和我一样,对她的一颦一笑、一句话、一个表情都相当在意,总是想入非非。现实情况是,永远是那个最帅、个头高、身体壮的男同学光明正大地接近她,他们就像歌里唱的,成长是一种冒险,勇敢的人先开始,代价是错过风景。错过了他们伸长脖子,看到了我们踮起脚尖也看不到的东西,他们提前进入了青春期,早早可以咂摸体味其中的奥妙。

　　我们学校围墙后面有个靠河边的树林,有一天,树林里发生了凶杀案,一名年轻女子被杀死,尸体被凶手就地草草掩埋,晨练的老人发现尸体,于是报了警。案件很快就侦破了,因为情感纠纷,前男友杀死女友。报纸上短短的几句话,无法遏制各种血腥的传言,那时班里议论最多的,也是这个话题。在人们的想象中,衍生出各种残虐的细节。

　　每次路过那个阴森的树林,我都觉得心跳加速,恐惧感油然而生。有一回,班里同学参加活动后,从河边回校,正好路过那片树林,男生们起哄着要去树林里小解,女生们觉得又害怕又刺激。那一天,天空阴沉,树林阴森,终究无人敢钻进去。

　　我暗恋的女生忽然心血来潮地提议,大家一起进去看看,她听说埋尸之地旁边有个小水坑,谣传说水坑里全是血水,被人撒了石灰消毒。即使是人高马大,以"护花使者"自居的男生也退缩了。只有我,不知从哪儿冒出的勇气,忽然站了出来。我记得她看我的眼光,有点意外,更多的是惊奇,她向我眨了眨眼,洋溢着一点点合伙恶作剧的欢乐。

　　她大大方方地伸出手,让我拉着她,众目睽睽之下,我们一头钻进了那片树林。真正踏足到了凶案现场,她呼吸急促,瞳孔中有一抹奇异的光芒,越恐惧,越刺激。

　　其实,无论是女生,还是女人,在各种阶段,一直都让我琢磨不透。但那一刻,我曾领悟,有些女子,在她们爱甜言蜜语、爱帅哥的同时,她们的心底,也潜藏着不亚于男生的冒险因子,寻求刺激带来的快感。

　　说不害怕是假的,树林里杂草丛生,破旧的石凳和废弃的衣服让这个凶案现场平添了诡异的气息。

树林的地势较高,屏蔽了外界的一切干扰,如同一个安静的孤岛,头顶上的大树,枝叶茂密,天色阴暗,不知是不是心理作用,空气中弥漫着奇怪的味道,埋尸现场的白色粉末依稀可见。她越来越紧张,紧紧地攥着我的胳膊。

一只奇怪的鸟儿忽然发出一声沉闷的叫声,她一惊一颤,突然搂住我,把脸埋在我的脸颊旁。她的手在颤抖。她的脸有点凉,而触息却是暖的,我第一次体会到"温香软玉"的含义。

我用力握住她的手,等她镇定下来,我便带着她走到那圈白色粉末中。她不敢再踏足,我则跨出几步,站在圈子里,望着她,摊摊手,耸耸肩,一副自鸣得意的表情。她的神情却愈发紧张,光线骤暗,她一把把我拽出来,拖着我,快步向树林外面走去……

彭辉打趣:"这么勇敢,真的假的?"

我点点头,也不禁迷惑了。按理说,我当时应该蛮害怕。但那天很神奇,我毫无畏惧,心里全是盛溢着的得意和欢乐,满脑子想的都是,"我牛掰了,我让大家刮目相看了"。

我的结语是:"其实过程一点也不重要,只要你完成它就行,你要的只是一个结果。"

彭辉嘲笑道:"啊呀,真虚荣!"

握着她的手,她越害怕,我就越胆壮。长大了,我常常想,这就是男人的勇气和责任的萌芽状态吧。

我很认真地总结道:"如果你是别人的依靠,你就必须值得这份依托。"

彭辉刻薄地假设道:"如果她是一个丑丑的女生呢?"

我摇摇头,正色答道:"就像今天,在水底,如果你出了差错。我就必须要冷静。因为,我是你唯一的依靠。这就是男人的责任和勇气,是担当。"

彭辉尴尬无语。哈哈,击中他的软肋还真要精准技术。我呵呵笑了,给他一个台阶:"换了你不是也一样?"

他又恢复了毒舌本性:"初中的时候,在班里,你没发育,在别人眼里,就像个小孩,某次,在班花的加持下,你忽然变身,从此找到了和这个世界自信相处的一种方式——责任、勇气。哈哈……"

我浅浅地微笑,他说得对。那天晚上,我兴奋得久久不能入睡,那个场面,在青春萌动的少年看来,实在太过于惊心动魄了。

想起成长历程的种种惊奇,我莞尔一笑,也有点不好意思地坦诚道:"哈哈,那天晚上,我完成了第一次梦遗,从此成为男人。"

他不由得调皮地向我眨眨眼。

我认真地说:"我现在回答你的问题。我喜欢洞潜,喜欢下天坑,并不是单纯地寻找刺激。我喜欢在未知的陌生环境里,激发自身的能量和勇气,每次遇到恐惧之事,我都会想起那个场面,当你牵着一只温软的小手,你就必须成为他人的依托,你需要勇气,需要胆识,需要魄力，那种感觉！真好！"

彭辉听了，拍了拍我，也哈哈大笑起来。

我话锋一转："你呢？你下天坑，进洞穴，爬山、潜水，又是为了什么？"

"留个悬念吧。"他扭头，一个人正匆匆从走廊那头冲我们走过来，定睛一看，是温雨婷的丈夫，他过来告诉我们，温雨婷醒过来了，手术顺利。她坚持要见我们。

第四章　七姐妹之难

七姐妹事件的迷雾

因为失血，温雨婷的脸色苍白，但她的眼神依然是凛冽的。

医生很担心，把我们扯到一边，又给我们许多告诫，总而言之，千万不能刺激她。

我有些不耐烦，说实话，我倒还真不知道该怎么刺激她，她孩子都没了，还有什么事能刺激到她的？

挥手让丈夫和医生离开，温雨婷的第一句还是"对不起"。

我们坐在她的床边，她确定彭辉身体无大碍后，仔细询问我们在水下的情况。我说了水下的所见所闻，包括坠入黑洞，大鱼和水下士兵的幻象，彭辉是第一次听说，自然也大吃一惊。

至于脚下斜坡被扭曲的礁石翻转，水底的白光，彭辉倒是有亲身体验。然后是那团绯色云雾和诡异的泡泡，水下水体分层，水温的变化，我们都一起经历了。

温雨婷叹了口气，缓缓地说："14年前，一大清早，我和六个女同学打算去镇里赶集。"

那一天天气非常好。清晨，天微亮，天湖上空彩霞满天。一时兴起，几个女孩子划着小船到了湖心。

都是天湖边长大的孩子，都懂水性，湖面上风平浪静，看不出任何危险预兆，大家躺在船上，盯着头顶的彩霞，心旷神怡，直到水面上升起了那团不祥的云雾。

她清楚地记得，那团云雾慢慢地在湖面上聚拢、挪移。按现在的话说，是萌态十足。谁也没想到其中蕴藏的凶险。

一个女生忽然背出了《大话西游》里的台词："我的意中人是个盖世英雄，有一天他会踩着七色的云彩来娶我，我猜中了前头，可是我猜不着这结局……"现在看来，简直一语成谶。

只是，当时女生们被眼前这浪漫的景象惊呆了，她们屏息静气，仿佛怕惊动那片云霞，于是将小船慢慢地划过去了。

回忆起当时的场面，温雨婷仍心有余悸。

"我们生怕那团云雾消散，悄悄地用桨划，还用手划，就是为了接近它。"

现在想来，那些细节令人毛骨悚然。那团绯色云雾，仿佛嗅到了她们的气息，居然慢慢地、一点点地向她们的小船飘过来了，说不清是飘还是漂，总之就这么一点点挪移过来。

女生们幸福得欢呼雀跃。直到这团云雾将她们笼罩在其中——惨剧发生了！

时隔多年后，温雨婷专门查阅了相关的资料，她从手机调出相关网页，向我们解释。

现在，学术界通常用"大脑奖赏学说"来解释在极端情况下会改变大脑的"快乐机制"，也就是常说的"奖励机制"。原本"快乐机制"是用来奖励人的生存和繁殖行为，如吃饭、性活动等，它使我们的大脑产生舒服的感觉。正如性生活、赢得比赛等产生愉悦一样。这种"快乐机制"通过化学语言多巴胺来传递。

科学家通过一种人体生理监测装置发现：当极端情况下大脑中的快乐神经圈被画出一道直线，大大缩短了多巴胺的传递距离，加强了大脑中的快乐感受。

科普完了多巴胺，她简练地总结："那团云雾，就是一大团超剂量的多巴胺。"

当时女生们笼罩在彩云间，如同置身于童话世界，兴奋地尖叫，而那团云雾始终包裹着她们。导致事发时，目击者看到的只是一团云雾，没有及时发现她们的踪影。

快乐到极致的感受，温雨婷体验到的是难以表述的愉悦感，让她们又哭又笑，抱在一团，她们比温雨婷表现得更疯狂，小船终于剧烈颠簸，三个女生落水，而随着愉悦感走上巅峰，她们已经完全无视危险的存在。

掉下水的女生有的攀在船沿，有的在水里畅游，船上的两人站起来，将温雨婷推入水中，这个动作导致小船倾覆。

所有的人都落入水中，那团云雾仍然停留在水面上，她们完全没有感受到危险，即使呛了水，身体也全无应激反应，几个女孩在水里依然快乐地戏水，直到那团云雾渐渐飘散，她们终于感到水温骤降，周身无力。温雨婷发现水面上被血水染红，几乎来不及呼救，她们便慢慢地沉没了。

水温刺激了她一下，温雨婷一边踩着水，一边想呼救，却发现喉咙里几乎发不出声音，就如一场梦魇，头脑清醒，四肢无力……终于有人注意到了她们的险情，开始在岸边大声呼救。

这时候，水面上静悄悄的。她们都没了声息，唯独温雨婷挣扎着，踩着水，幸亏她水性好。但奇怪的是，当她适应了冰凉的水温，刚才那种奇特的快感再度席卷了她，即使在那生死存亡的一刻，她也没任何恐惧感，一种奇妙的麻醉感，让她放弃了求生念头，她缓缓地沉入水中，如沉沉黑夜里的沉睡，如困顿长途后的解脱；而那六个女生悬浮在水下，高低错落，那个场面如此惊心动魄，她却只想放声大笑。

她的父亲首先赶来，接着是她大伯，他俩将她从水下托起来，她被人接应到了船上，她入迷地盯着头顶上绚丽无比的彩霞，一个劲儿地傻笑。

七个女孩都被送到岸上，唯独她活着，却疯了。她大伯当场给她驱邪。

她告诉我们，她之所以能活下来，并不是拜驱邪所赐，正如她流产后，情绪失控，镇静剂失效，让她恢复平静的，其实是一种草药。

"我和那六个女生不同，因为小时候身体特别弱，爷爷给我开过一个药方，一直吃到我结婚生子前。"

她揣测，正是这服药，让她能在所有人失控时，保持了一定程度的清醒，而当她再度被云雾袭击后，还是那服药，让她神志恢复了正常。

"什么药？"

"一种'蛊药'。"

"不是强身健体的吗？"

她说："我小时候差点夭折，家里人无奈才给她用了'蛊药'。我爷爷有个祖传的方子，我们小时候都知道，他会去天湖一个秘密地方制作'蛊药'。温麒麟小时候很调皮，曾悄悄跟踪爷爷和大伯去过那个地方。"

我顿时就来了兴致，询问她到底是什么情形。

她迟疑了一下才说："温麒麟告诉我，那是在天湖密林里一个非常隐秘的山洞。他说，他们带进两只活鸡，几分钟后出来，鸡已腐烂，腐臭的气味可以传十里八里。他们进去的时候，要用厚厚的衣服捂着鼻子，还要灌汤药。"

彭辉想起一个细节，问道："你说当时湖面上都是血，这究竟是怎么回事？"

温雨婷回答道："如果我没有弄错，是所有女孩子的例假。"

我俩倒吸一口冷气，这团云雾的威力之大，可见一斑。

取魂坛

我疑惑地问道："当类似云雾出现，你为什么推断出下面有通道被打开呢？"

温雨婷答道："我听我爷爷说过，凡是有云雾出现，天湖的通道会被打开，所有的传说，都和通道有关。水库没有蓄水之前，通道没这么深，有很多奇怪现象。有人看见神兽，有人看见大鱼，有人看见过更奇怪的东西，虽然央视做过采访调查，因为时过境迁，通道封闭，这些说法但都被认为是毫无根据。"

也难怪摄制组空手而归，他们没有找到任何有说服力的证据，就我那半截古砖，还被所谓的"专家"冷嘲热讽。

彭辉觉得不可思议："你真认为有鱼有兽可以活在通道下？"

温雨婷答道："我没见过。但既然有人亲眼所见，我猜想，会不会是幻觉呢？"

我其实也疑惑，话又说回来，这种大鱼在湖下有足够的食物吗？为什么它们这么乖，一直躲在通道之下，为什么从来不会误入其他水域？这实在有点匪夷所思。至于神兽，听上去更玄乎，没听说哪种体型那么大的动物能水陆两栖，又不是犀牛或河马。如果是石雕或青铜器欺骗了我们的眼睛，那也不可能，肉眼至少可以分辨得出其中的区别。

我还没有将自己在湖底看到"那个人"的事透露出来。我猜，说了他们也绝对不会信。

大鱼的存在已令人难以置信，何况一个大活人居然在水下出没。

回忆水下那一幕，我其实也不能完全确定所见为真，心底总有一丝说不出的古怪。但如此近距离观察那个古人，甚至他在我眼前飘过或下沉时，水波的变化，都在告诉我，这真不像是幻觉那么简单。但要说有人能在水下这么晃荡，打死我也不相信。我是唯物主义者，世界观不会这么容易被颠覆的。

我问彭辉，他是否看到了石板上的刻字。彭辉摇了摇头，说石板上确实有刻字，但他认不出来，不光是繁体字，而且被泥沙覆盖，光线又暗，好像是一大段铭文。

铭文一般是古人在青铜礼器上加铸，以记铸造该器物的缘由、所纪念或祭祀的人物等，后来就泛指在各类器物上特意留下的记录该器物制作的时间、地点、工匠姓名、作坊名称等的文字。

但这家伙浮光掠影地浏览了一遍，记忆里却是一片空白。他竭力回忆，说只记得一个名字被提了两次。

"什么名字？"我和温雨婷异口同声地问。

"蔡云。"

我和温雨婷面面相觑，立刻用手机上网，用"秦朝""蔡云"等关键词搜索，结果仍是一无所获。

言归正传，如果天湖水底的板块可以打开，让局部湖底下沉近50米，倒可以解释为何近些年，人们看不到那些"幻象"，水库蓄水前，通道被打开，可能水深也就三四十米，如今达到一百多米，不借用专业设备，当然无法看到其中蹊跷。

彭辉问："你让我们下探通道，是否预料到云雾的出现？"

温雨婷很实诚地说："我就是因为云雾出现才定位潜水地点的。我相信你们有潜水设备的防护，不会有问题。"

"快艇周边有几只小船接应。我已经交代过他们，如果云雾出现，务必要注意。"

她表情极为难过地说："只是，很抱歉没有提前把我们当时出事的真相告诉你们。"

我俩没有说话，觉得她的这番话疑点重重。

她低声道："我本来并没有计划待在快艇上的。"

我凝视着她："那为什么你没有及时撤离呢？"

她嘴唇轻微颤动了一下，艰难地说："我以为自己不会有事，只要不落水，只要有人接应，应该不会有太大问题。"

彭辉一挑眉："那是你临时改变了主意？"

她目光游离，喃喃道："想起14年前那一幕，我无法控制自己。"

彭辉大惊，醒悟得很快，道："你是在等待云雾的再次出现？"

温雨婷的脸上浮起痛苦的表情："我说过，它像大剂量的多巴胺。那时候，我挪不开脚，在那个时刻，14年前，带给我的感觉，不再是恐惧，而是愉悦的快感。"

我和彭辉顿时目瞪口呆。

她恍惚了一下："我没意识到，自己为了要孩子，已经停药了，更没意识到，肚里的孩子无法承受这一切。我不知道该怎么描述这种感觉，像是一种心瘾，像飞蛾扑火，好像值得用生命去赌一把的快感。"

她捂着脸，低下头，不是因为羞愧，而是开始从心底弥散的恐惧。

我们准备告辞了。

她忽然说："天湖蓄水后，你们是唯一知道湖底有通道秘密的知情人。"

我俩留步。

"我大伯曾给我留下过一张图，我复印了一份。"她从包里拿出一张折叠的纸，说道，"这个也许可以帮你们破解天湖的很多秘密。"

我俩面面相觑。

温雨婷说："我溺水后，我大伯和我父亲将我救活了。我醒来的第一眼，看到的就是这张图。这是大伯画的，他当时就问我，是否看到了这样的云彩。"

仔细看这张图，上部分是天空，云彩满天，而湖面则呈旋涡状。仔细一看，旋涡还是有规律的，中间是顺时针，两旁却是逆时针，够诡异。

温雨婷道："我告诉他们，当时，湖面没有旋涡，旋涡在水下，人在水中，可以直立，我大伯说我命大，如果碰到这张图出现的情形，就怎么也救不回来了。

"我大伯为了让我相信，给我看了个我爷爷留下的物件儿。他说这个物件儿可以预警出天湖何时出现险情。"她停顿了一下，神情略有不安道，"就在你们来之前，他把这个小罐给了我，让我转交给你们。"

彭辉是丈二和尚摸不着头脑，而我自然心知肚明。温金严是把这个"重任"交付于我了。

温雨婷从包里拿出一个小罐，告诉我们，梅瓶是她祖上根据代代流传下来的古画，在明代时定制烧铸的。

我和彭辉把玩传看，这似乎属于青花为主的明代瓷梅瓶，桂林靖江王陵出土了不少。我很好奇，问她这是什么来头？

她轻描淡写地抛出一句："取魂坛。"

我和彭辉顿时目瞪口呆。

一年前，我们在天湖周边的村庄拍纪录片，就曾从老人们口中听到过有关"取魂潭"的说法，众说纷纭。一说是天湖本身在某特定时刻就是个"取魂潭"，也就是要取人性命的意思。每逢这个时候，溺死的人特别多。

也有人说，民间高人手里握有可以预测天湖灾难规律的"取魂坛"，是以坛身图画形式向世人预警。毫无疑问，身为本地"蛊师"传人的温家爷爷和温麒麟父亲，都是这个神秘传言中的核心人物。

我们眼前的这个六角形小罐，六角瓶盖怎么转动，和瓶身的六面花纹都能保持吻合，但六幅画面又有显著区别。盖上的边缘处有装饰图案，图案很小，依稀分辨得出有兽、有人、有鱼、有花。罐盖是云彩，而瓶身画面，则都是天湖的湖面风景，古意盎然。

"取魂坛"的六幅图片，和温雨婷提供的图片比对，下半部果然大致对应上了其中一幅画，再筛选出罐盖的画面，终于可以将罐盖和罐身定位。我俩不由大为振奋。

显然，当年，温雨婷的大伯就是以这张图为参照物，试图去解释侄女等人遭遇险境的原因。如果这是70年异动期的预兆，那前面五幅图片则应该是一个渐变的过程，这其中的间隔可能很长，也可能很短。

我注意到，小罐盖子的边缘处，有六个图案，类似图腾的动物，其中有一种鱼，两种兽，还有两个古人，一种花，其中一个古人年纪略长。将此人头像放大，只扫了一眼，就让我毛骨悚然——消瘦的脸，鹰钩鼻子，目光阴鸷。

见我脸色变了，彭辉和温雨婷疑惑地望着我。我倒吸一口冷气，"我在水下见过的，正是这个人。"

水下的古人是秦王？

我告诉他们，我在水下见过此人。

彭辉将盖子转到了中年古人那面组合，再次向证实地问道："在水下？"

我点点头。

彭辉又问："罐子上的人头像是何许人？"

温雨婷也愣了，说道："你们也都认识，秦王。"彭辉以为自己听错了，让她又重复了一遍。

彭辉只觉得匪夷所思，问那个年轻人又是谁。

温雨婷的答案让我也惊了，说道："他儿子，扶苏，被人传了假诏，自杀的那个。"

彭辉啼笑皆非，一副被忽悠的既视感。但温雨婷的脸色变了。我知道此事非同小可。

我赶紧问："为什么要在罐上画上秦王呢？"

她的解释和温金严类似，他们的祖先是从秦朝迁来广西的，爷爷说，这么代代流传下来，秦王已演变为类似他们家族护佑神的角色。

彭辉好奇道："你们不是广西人？"

温雨婷自嘲道："2200多年过去了，早已经混血了。我小的时候听我爷爷说，我们家祖先和黑衣壮有关联。我们其实算是黑衣壮族。我爷爷的'蛊术'就是黑衣壮的派别。"

彭辉扭头，不可思议地盯着我问："你，真的，在水下见到了秦王？"

我肯定地点了点头。出乎意料，他不动声色，却望着温雨婷。

温雨婷问我："你还看见了什么？"

我告诉他们，一队古代士兵，这个更像是幻影，因为像是投影在水波上。

彭辉望着我，高深莫测，吐了句："我信你。"

我自己倒不太确定了，毕竟可能是幻觉，也可能类似海市蜃楼。

彭辉轻声地说："我看到了那道白光。我们哥俩差点死在湖底。我又不瞎，那可不是普通的古墓，那是一座陵墓。所以，只要你说的，我都信。"

我心头一热。这才是出生入死的好兄弟。

温雨婷则琢磨着六角小瓶，我们分析，如果说秦王的人头像是一个定位，让我们锁定了一幅图。再以温雨婷大伯的草图为终点，那么，有人头像的这幅图排在第一的位置，随后是大鱼，后面则是另外两种兽、青年古人、花。

如此说来，如果再出现五种预兆，天湖70年一次的异动期就全面爆发了。联想到此，我们不由起了一身鸡皮疙瘩，面面相觑。

我猜，碰到这样的场景，天湖就会变成所谓的"取魂潭"了吧。

彭辉颦眉道："出现这个预兆，就意味着水下会出现通道？但今天早上并没有出现朝霞。"

也许，两者同时出现，威力更巨大。

温雨婷深思熟虑："这是以前的老辈人传下来的，一直传到我爷爷手里，我爷爷传给我大伯。我爷爷见过70年前的火龙喷发的景象。周边村里还有几位老人见过，去年，在央视采访前，我们曾做过采访调查，结果还未公开过。我会把相关资料发到你电子邮箱里。"

我心里一动，问她："为什么要给我们？"

她诚恳地说："天湖下70年一次的异动期到了。也许这一次可以揭开谜底。如果真有机会能查明真相，没有比你们更合适的人选了。"

彭辉若有所思地道："我之前只听说乐业大石围天坑下有70年异动期。"

温雨婷很肯定地说："天湖也一样，广西还有一个地方，巴马，在那个地磁带周边，也就是水晶宫附近会出现异动。我们在这两个地方采访了很多知情人，但这些资料都不会公开，就算公开了，它的真实性也会受到质疑，乐业的天坑异动期传了很久，你们正好也了解天坑，所以请你们来查明天湖的真相，也许是最合适的人选。"

她接着补充道："我在你们来之前，已在村里亲戚家物色了一栋私人楼房，找到一个制高点，也是最佳监控点，这两个月，我会让一个朋友每天定时观测天湖天空和水面的变化。希望能和你们一起配合，揭开这个谜底。"

我吃惊的是另一回事，于是问她："你是如何判定广西这三个异动点存在关联性呢？你的依据是什么？"

温雨婷显然做过很足的功课，接着便细细道来："1956年，天湖周边发生过'僵尸事件'，当时政府就派驻过调查组来天湖调查。那时候离1945年天湖异动期只过了11年，所以很多知情者都谈到火龙出水之事，乐业、巴马也都出现了明显的地质异象。而且也出现过类似的'僵尸事件'，这并不是巧合。但那次调查没有得出实质性的结论。"

我脱口而出："对于查明天湖真相，你为什么这么积极？"话刚说出口，我就后悔了，不能低估她的社会责任感。

彭辉也不悦地瞥了我一眼。

温雨婷迟迟没有说话。过了好一会儿，她才答道："于公于私，都有原因。"

一口气说了这么多，她疲倦地靠在床头，闭目养神，我们便赶紧告辞了。

70年前的"吸血僵尸"

回到酒店，彭辉赶紧百度搜索1956年广西三个地区发生的"僵尸事件"，一看，确实触目惊心。

广西巴马城西北的那社乡大洛村牛洞屯一姓林屋头，他家狼狗得了狂犬病后，把喂的猪咬死了。姓林的这个男的把狗咬死的猪拿来给全家人吃了。当晚，全家人发病，全身发热、皮肤发红，见人就咬，两个小孩和一个老人被咬伤。

第二日，在亲戚和邻居带领下来南宁看病，途经路上，林家再次发病，见人就咬，多人被咬伤。

起初，被咬伤的人并不知道会传染，被感染者有的死了，有的一发病又继续咬人。

最后，发现了几具被咬死的尸体，被传说是"僵尸吸血"。

巴马咬人事件也被传说是广西出现"僵尸"。

因为病者身冷，穿得厚，穿得多，还被说成了"清朝僵尸"。

消息一传开，闹得周边一时沸沸扬扬。

军区用了大量人员来处理此事，后来才慢慢平息。

这个病，被广西当地人称为是"疯猪病"。

不过，后来这件事来得快消失得也快，很快就再也没有什么消息了……这就是我知道的"巴马僵尸事件"。

天湖倒是没有找到相关资料，乐业有则旧闻，和巴马非常类似，时间也都是当年农历八月。

再查巴马那个地址，居然就是现在大名鼎鼎的水晶宫所在地。这难道是巧合？

看来，只能等温雨婷的相关采访资料发来后，我们再好好研究。

折腾到现在，我完全没有睡意，打开电子邮箱，收发邮件，不知不觉到三点才入睡，不到六点，就被彭辉推醒了。

这家伙刚从床上起来，只穿着内裤，他拉开窗帘，放进一窗柔和的天光，然后冲我嚷嚷："天湖出火龙了。"

我睡眼惺忪地瞄了一眼他的手机中微信朋友圈里发的照片，天湖，天刚蒙蒙亮，湖面上就腾起一条金红色的岩浆，看不清具体方位。

彭辉一蹦一蹦地套上外裤，还滑在地上了。我马上起身，刷牙漱口，收拾行李，退房，不到十分钟，我们已在驱车赶往天湖的路上了。

按理说这个时间路上很清静，但此时，县城里已经有不少小车在驶往天湖的路上，估计都是闻风而动，凑热闹去了。

微信圈里有人在视频直播，一位老人接受采访，他表示，这不是真正的火龙，因为70年前的那个火龙，比这个要大要壮观得多。但他承认，火龙就是从湖底冒火，其实也就是岩浆喷发。

反复查看视频和图片，我们发现，这股岩浆比较细，冲出湖面也就五六米，不过，既然能从几十米深的水底喷发出来，在地壳下该积蓄了多大的热能？

一位自称是地震局专家的科普帖子也冒了出来，他判定这是裂隙式喷发，岩浆沿着地壳上巨大裂缝溢出地表，类似喷发，没有强烈的爆炸现象，喷出物多为基性熔浆，如分布于中国西南川、滇、黔三省交界地区的二叠纪峨眉山玄武岩和河北张家口以北的第三纪汉诺坝玄武岩都属裂隙式喷发。

我猜这是网友从百度转载来然后冒充专家骗流量的。

失火的村庄

这时，温雨婷突然给我们打来电话。我顿时有不祥的预感。

果然，她在电话里泣不成声，我和彭辉被她吓了一跳。

"我大伯被村里人纵火烧死了。"她哽咽着说，救火车和救护车已经相继赶到，却回天无力。

我俩面面相觑，一下不知该如何反应。

我昨晚还和温金严打过交道，他送给我们的"取魂坛"，让我们和他有了某种密切的联系；而他跪在医院，面朝北方，吟唱的那首悲戚的民谣，犹在我耳畔回响。

我心里忽然难过，接着是油然而生的恐惧。几个小时前的那一幕，真的，假的，装神弄鬼的，悲伤的，疑惑的，掺杂着金钱、欲望，铺天盖地地朝我席卷而来，我理不清头绪。

　　她说，村里人对她大伯充满仇恨，警方已立案。

　　那个青花小罐的"取魂坛"上的手绘图，可能是她大伯给她和我们留下的最后遗物了。想想，她为什么一家人早早迁离，其中定有难言之隐。这些谜，我相信有朝一日定会一一破解。

　　我和彭辉不知该如何安慰她，语无伦次说了些节哀顺变的话。

　　"帮我一个忙，"她急促地说，"你们现在赶紧上天湖，交警已在村子附近设卡拦车，不是本村人的车，一律要求掉头。你们在设卡处掉头的时候，会有一个人上你们的车。"她把一个手机号码告诉了我，说这个人很关键，我们务必要把他接到县城，接到人再给她电话，详情她以后会告诉我们详情，事不宜迟。

　　事态的发展急转直下，变得越发扑朔迷离了。

　　彭辉一路上狂刷微信，万能的朋友圈果然很快就曝出命案"内幕"：天湖边最近的村庄有人纵火，死伤不详。进山的公路被封锁，看热闹的车辆可以掉头回去了。

　　车上的气氛有点压抑，短短两天，温雨婷转眼之间就失去了两个亲人，作为她的朋友，我俩心里也不好受。

　　想起这两天天湖下的种种惊险遭遇，我深深感受到，和大自然潜在的未知力量相比，人类是多么渺小的存在。

　　我们将车开上天湖的盘山路，到了村庄附近的路段，果然有交警设卡拦车，一些凑热闹的车主被拦下后仍不死心，他们围在附近，或拍照，或打探；有人因为和村里人沾亲带故，杵在那里和交警据理力争，不少村民则聚在关卡前看热闹。

　　我们故意将车子在关卡处磨蹭了一会儿。果然，没等我拨打电话，人群中有一个中年女人径直向我们走来。我猜就是她，因为她一直注视着我们的车牌。

　　她很消瘦，提着一个破旧的黑提包，加快步子走到我们车窗前，她直接报了自己的手机号，我们赶紧让她上车。

　　人群中有些人在盯着我们，窃窃私语，交警也走过来，用我们听不懂的方言盘查她，因为自己受了怀疑，她显然很不高兴，耷拉着脸，答了几句话，交警冲我们摆了摆手。

　　我们掉头行驶，驶离了村庄。

　　彭辉好奇地问："他问你什么？"

　　"他问我认识你们吗？我说不认识，搭个顺风车。"她的目光是惶惶然的，说道，"我跟她说我回县城看女儿，我的女儿刚生了孩子。"

　　彭辉问："你和温雨婷是亲戚？"

　　她紧抿着嘴，却不答了。我窥见她一脸紧张地盯着窗外，心中的不安油然而生，胡思乱想起来，她不会和纵火案有关联吧。不过再想想，温雨婷又怎么会让我们去接可能纵火烧死她伯父的嫌疑人呢？我显然是多虑了。

车子开到一个转弯处，她忽然让我们停下，接着，她敏捷地下了车，观察四周后，迅速消失在一条隐秘的小路后面。

前方有对向来车，司机对我们在此停靠很不满。我们只能将车尽量靠边，前方车辆刚开走，三个人影就飞快地从树林里向我们跑来，一转眼就上了车。我和彭辉被这个情况给弄懵了。

我扭头，除了她，还有另两位二十出头的年轻男女，都是个头不高、身材细瘦的类型，乍一看像是兄妹俩，再加上他俩脸上不安的神情，活脱脱就像是一家三口，而三人都是一副惶惶不安的神情。

彭辉从尾箱拿了三瓶矿泉水分发给他们。

中年女子不安地望着窗外，焦虑地催促："赶紧开车好不好？"

我启动车子，从后视镜里注视着他们。他们的神情中有些我无法归纳的敏感、茫然和悲伤。那对青年男女面容都很清秀，仔细看，五官其实并不相似，只是这神情气质就像一个模子里刻出来的。

彭辉赶紧给温雨婷去了个电话，温雨婷让他把手机交给中年女子，两人用本地话说了几句后，温雨婷交代彭辉，让我们将两个年轻人送到位于县城的某个指定地点。

车子继续行驶在盘山路上，彭辉忽然悄悄向我示意，给我看一则微信。

微信上有个最新消息，关于天湖火灾，有种说法：罹难者其实是个远近闻名的巫师，当地村民传言，他收治了几位"僵尸"，引发了村民的恐慌，曾多次和他发生冲突。

我瞟了一眼后视镜，那对青年男女也正注视着我。我这才猛然惊觉。他们的皮肤都是铁青色的，呈现不健康的色泽，而他们的眼神，非常冷淡，非常困倦，却又保持着一种无害的羸弱感。

彭辉也略有不安，他扭头，故意找个话题和他们聊天。三人均缄口不言，他们的目光游离在窗外。

车子靠导航抵达目的地，中年女子交代我们在原地稍等，她从包里掏出三副墨镜，每人人手一副，接着，她领着两人迅速消失在一个小巷的拐角。

我和彭辉沉默着，不是不想讨论此事，只是不知道该如何开口。

六七分钟后，从小巷里走出一个打着遮阳伞、穿着花裙的女人，快步走到我们车窗前。

她简短地说："后座的包是给你们的。收好。"

我们愣了。几秒才醒悟过来，这女人就是刚才的中年女子，她不但换了衣服，发型也变了。原来的盘头变成了马尾，难怪我们一下没认出来。

交代完那两句，她已经消失在人群中。

我和彭辉下车，来到后座，打开那个陈旧的黑色提包，里面是一扎扎捆好的人民币。

我俩面面相觑，赶紧给温雨婷去了个电话，电话已经关机了。

对于这笔天外横财，我俩并没有表现得欣喜若狂，反而有种强烈的不适感。我甚至在清点数目时都略有些紧张，就像是黑帮电影里从天而降的不义之财，无意中将我们卷入一场阴谋。直觉告诉我们，这未必是好事。

清点完毕，这是一笔不小的数目。我俩几乎用不着商量，就很默契地统一了想法，先存进银行，暂时代管，过段时间，从温雨婷那里获得一个明确的说法后，再决定这笔钱的归属。

不速之客

因为这场意外，我俩决定在全州县城多待一晚，以防温雨婷或温麒麟需要帮助时可以马上找到我们。

在晚餐的时候，彭辉因为在之前的微信中暴露了自己的行踪，被当地的狐朋狗友拉去喝酒了，他们都是去年来此拍摄结识的。

一个人无所事事地留在酒店里，我先给温麒麟去了个礼节性的电话，看有什么事能帮上忙。一转眼，父子俩阴阳相隔，确实令人唏嘘。

温麒麟匆忙接了电话，我请他节哀顺变。他问我们住在哪里，然后说稍后联系，便挂了电话。

约莫半个小时后，有人敲门。打开门，我愣了，一位亭亭玉立的女子站在我面前，一双大长腿，一张巴掌大的小脸，即使礼节性地露齿而笑，眼睛仍然睁得圆圆的。这种冷美人，连微笑都很敷衍。

第一个直觉，是小卡片上的女郎？

她向我伸出手，直接叫出了我的名字，自称是温麒麟的朋友——钟月。

我觉得有点蹊跷，不敢贸然请她进房，小心翼翼地问她有何贵干。

她盯着我的眼睛，答非所问："我们是同行。"

见我一头雾水，她漫不经心地说："我们一样，碰巧都发了一回死人财。"

我惊愕，又问："你是谁？"

她盯着我的眼睛："不请我进去吗？"

于是，我只好请她进屋。

"我来找你谈合作的。"见我老是一惊一乍，她开门见山道，"我们拿下了温麒麟的传家宝。你们拿到了他的镇宅之宝。"说到"镇宅之宝"四个字，她不易觉察地露出忍俊不禁的表情。我顿时警惕。

她技巧地说："温金严还给了你们些东西。"

我一惊，立刻戒备起来，看来，她对我们的一举一动都了如指掌。同时，也立刻醒悟，温麒麟为什么要反复将"传家宝"纠正为"镇宅之宝"，原来是别有用心，我们也许被他下了个套。

似乎洞悉了我的心理活动，她扬扬眉："我说的没错吧？"

我不置可否，狐疑地望着她，猜不透她的来意。

她漫不经心地解释："温麒麟本来就打算在全州安排我们见个面的，没想到家里出事了，只能让我们自己约了。"

这一点倒是比较符合逻辑。毕竟半个小时前，温麒麟才知道我们的酒店房号。可是，接下来的一番话让我目瞪口呆。

她假装诚恳地说："温麒麟这人很不地道。他给了你们一件明代的玩意儿，要了你们60万。你们那个匕首，是鎏金，不是纯金。参考拍卖行情，充其量也就值个三四十万。"

在这些极具冲击力的信息前面，也许是潜意识里本能的自我保护机制在作怪，我匆忙下了个结论，她的真正目的是混淆真相，让我们误以为真，然后从我们手里收购那把匕首。

显然是觉察到了我的戒备心态，她带着一丝嘲弄道："我找你们，不是想挑拨离间，然后接手你们的匕首。恰恰相反，我们给了温麒麟800万，买下了他真正的'传家宝'。"

我的脸色瞬间变得很难看。

"你们那把匕首，充其量也就是镇宅之宝，这一点，温麒麟倒没有骗你。温雨婷手里有一把和你们同款的匕首，纯手工打造，明代制。"

为了证明自己所言非虚，她从精致的手包里拿出一把匕首，果然和我们的那把同款，在她皮肤细嫩的手掌里，这把匕首仍然散发出属于雄性内敛、沉稳的隐隐金光。

她把匕首递给我。我仔细查看，心乱如麻，果然如她所言，同样的"秦"和"温"字小楷，因为是手工铸造，细微之处和我们那把略有差别。

心头腾起些无名火来，好在那18万没写借条。不过，42万也足够让我肉疼。

这个女人怎么像是我肚子里的蛔虫？

"温麒麟从我们这里拿到了800万，不会再计较你们那18万了。"她露出怜悯的表情道，"你们的小客栈，得卖多少间房，才能挣回这18万啊。"

女人太聪明了，男人是一点面子都没有的。

"温家爷爷的爷爷的爷爷一共打了八把匕首，八个儿女，人手一件，"她忍不住毒舌道，"堪称'明代私家定制的淘宝爆款'。"

我脑子迅速回放细节，一惊，莫非温雨婷也参与了设局？

真见鬼，这个女人似乎又洞悉了我的所思所想，不温不火地道："温雨婷也是今天才知道此事，我们用800万收购了温家的传家宝。她能拿到300万。"她停顿了一下道，"她已经拿到这笔钱了。"

她又盯着我："所以说啊，我们都发了一回死人财。"

我想想，又不对，温麒麟为何要安排我们见面？温麒麟为何要把我们的交易细节告诉她？难不成要让她揭自己的老底？

索性，我干脆把这些疑问一股脑地抛给她，且看她如何自圆其说。

她倒是不假思索地答道："温麒麟把和你们交易的事情告诉了温雨婷，温雨婷很生气，责令他把钱还给你们。他很含糊。然后温雨婷就告诉了我，把她自己那把匕首也卖给了我们，38万，她把18万给了温麒麟，这笔账，温麒麟和你们一笔勾销了。这样，我还可以退给你们20万。如此一来，这把匕首的成本就降到了22万。基本没有泡沫了，还小赚一笔，而且也给温麒麟保住了面子。"

她嘲笑道："毕竟，人家现在不缺钱了。除了这个，我们还收过他一些别的东西。"

她补充道："温雨婷和温麒麟，他姐弟俩感情很好。温麒麟可以瞒所有人，唯独不会瞒着温雨婷。"

我听了，一方面是被骗后的沮丧，一方面对温雨婷的举动，心怀感激。

钟月的表情有点傲慢："不过，你们要拿到这20万，还得答应我一个条件。"

我不解地问："不是温雨婷补助给我们的吗？"

她一脸无辜地说："可钱在我手里。"

我无语，这就有点无赖了。

她继续解答我的疑惑："温麒麟不知道我们从温雨婷那里掌握了你们交易的底细，他安排我们见面，是想三方合作——他提供了一个线索，你们潜水，我们收购。其实也就是贩卖有关天湖的一个信息。"

她不无感叹地道："他们父子俩靠水吃水，吃得够狠，老人把命都给赔进去了。"

我一愣，问是什么信息？

"天湖的某处水域。不到30米，下面有个墓穴，据说早已被人盗过了。不是秦代墓，估计也就是明代的。"

我不解："这还能有什么价值？"

她亮了底："墓碑是个棋盘。而且据说是六子棋的棋盘。"她拉长声调道，"所以，很可能是一块秦朝的石碑。"

她从手机上给我看一则网上信息：

在广州南越王博物馆，展出的出土文物一副六子棋，而棋盘却没有找到。该棋子玉与水晶各六枚，同为长方形。玉质的六枚皆碧玉，深绿色，有黄白色斑，致密坚硬。选料相同，大小一致，打磨平滑。

六子棋的历史可追溯到秦王时期，20世纪70年代中期，湖北云梦睡虎地11号和13号秦墓中都发现了六博棋局。在汉代的画像石、画像砖以及铜镜纹饰中，也有许多反映当时六博的图案。

秦王统一六国后，派五路大军南下，于公元前214年统一岭南，实行郡县制，设置桂林、南海、象郡三郡。公元前209年，陈胜、吴广揭竿而起，各地纷纷响应，这是我国历史上第一次农民大起义。

在秦末楚汉相争之际，时任南海郡尉的赵佗击并桂林、象郡，于公元前203年建立南越国，定都番禺。南越国疆域基本就是秦朝岭南三郡的范围，东抵福建西部，北至南岭，西达广西西部，南濒南海。

我俩面面相觑。

"你们认为，天湖下这个充当墓碑的棋盘就是博物馆缺失的那个？"我觉得十分可笑，这个推理是要多牵强有多牵强。

她摇了摇头，坦诚道："这个概率实在是太低了。"

她问我："有什么墓会拿棋盘当墓碑？"

我挖苦："如果里面埋着棋子的话。"

她再次摇头，不理会我的嘲讽，严肃起来，说道："我们推断，墓穴内部的四面墙体应该都是秦代石刻、石碑、壁画之类的材质。墓穴里面的东西早已被盗完了。"

我心里一动道："墓主本来想埋葬的，其实就是这具空棺？"

"终于开窍了。"她嘲弄的夸奖让我很不舒服。

确实，这个墓，里面的东西都是幌子而已。主人想留给后人的，正是这些石碑、石刻。

我提醒道："出土文物不得流通。"

她反应倒是很快："传家宝可以民间流通。至于怎么界定水下石刻，我们会遵守与此相关的法律。我们不是文物贩子，违法的事情不做。"

接着她又说："我们集团很大，很有实力，我们在下一盘棋，一盘大棋。

"与你们的合作也好，传家宝也好，棋盘也好，都只是其中的一个棋子。所以，如果我们能达成合作，不必坐井观天，揣测我们的目的，我们也不会对你们瞒着掖着，都会坦诚相告。"

我思索一番，确证性地问道："三方合作，温麒麟提供具体方位，我们打捞挖掘，然后你们收购？"她笑而不语。

我将现在的局面做一个梳理：虽然我是得益方，但从他们的角度出发，为了这个合作，至于要翻人家的老底吗？

再一次，她精准地猜出了我的心思。

"我们调查了你们的背景，发现我们双方有更大的合作空间，所以为了尽快联手，消除戒备，能彼此信任，我们就把温麒麟给牺牲了。对于我们，对于你们，他基本没有太多利用价值了。"

这话说得如此赤裸，让我瞠目结舌。

"你们看上了水下的墓碑，打算撇开他，直接和我们合作？"

"老天，你的格局也太小了。"她烦恼地摇摇头道，"六子棋的棋盘也好，墓碑、石刻也罢，都只是个引子。我们的终极目标并不在这里。"

我瞟了她一眼，她正若有所思地凝视着我。

她将我上下打量了一番："我现在带你去见一个人，聊聊你就清楚了。"

我告诉她，我得先联系搭档。

她摇头道："彭辉喝醉了，把他排除在外吧。"

见我一时懵了，她把手机拿给我看，微信里有一张照片，是彭辉被人扶着站在街边小解的背影。

我目瞪口呆，不满地质问道："你们在跟踪我们？"

她平静地说："别紧张。因为本来这两天温麒麟要安排我们见面。按惯例，我们要对你们做个背景调查。"

我懵了，就我一个人去？

她的笑容里带着嘲弄意味："怕被劫财？买了把来历不明的金匕首，还欠了18万，你有什么可担心的？怕被劫色？我的颜值比你高，你又有什么可紧张的？"

我终于被她给惹恼了。这个女人看人的目光，都是在瞟的，除了她盯着你，给你咄咄逼人的压力，就好像是懒得在你身上浪费时间。我还从来没有遇见过这么势利、傲慢的女人。她简直存心就是为了炸毛你，她凭什么在这儿高高在上、盛气凌人？

很快，我就知道答案了。

她轻描淡写地说："走一趟，20万进账。超模走红毯都没你这么能挣。"她拿我寻开心，"至于能不能合作。你们这么穷，我估计，肯定能谈成。"

被戳到痛处，英雄气短，我讥讽地回道："好大的口气。"

她也毫不客气："只不过是有钱而已。所以我们买正品，你们买山寨的。"然后，她用视线将我从头扫描到脚道，"跟我们合作，也许明天你就像温麒麟那样，成了有钱人。你还有什么可犹豫的？"

她冲我略带烦恼状地微微摇头，似乎一切都要在她掌控之内。

这个女人真的惹恼我了。当然也不是平生第一次，因为穷，被人狠狠地鄙视。

"开个玩笑。"她自己倒终于绷不住，真笑了一回，说道，"和我们谈完后，你再决定是不是要告知你的搭档。也许，晚一点告诉他，对你、对他、对我们、对项目都更有利。"

她的笑容不再让我心生愉悦，而是感到一种说不出的残酷意味。在她眼里，所有人生的价值，原来都能被赤裸的金钱量化。而她的美貌，就像那把匕首，闪烁着柔润的寒光。

"石围僵尸"

两日后，天湖村庄纵火案告破，官方说法是一位神智不正常的村妇将自家的坎坷不顺归咎于温金严的"巫术"，认为他给村子里带来噩运，凌晨爬进院子，进入屋内，泼淋汽油，大火烧死三人，另外两具尸体目前暂无人认领。

而微信朋友圈里，流传的却是另一个版本：温金严是本地有名的"蛊师"，号称是"骆越蛊术的传人"，收取重金，秘密收治家境殷实的绝症病人，也不排除在金钱诱惑下，温金严替人实施法术。村里人眼红他发了大财，有传言说他让病人吸取活人的"元气"，贻害村民。

虽然听上去就是无稽之谈，但他在村里备受孤立却是不争的事实。文中暗示温金严的死因可疑，所谓"村妇"只是替死鬼，涉及权势人物，温金严被人报复的可能性不小。

另一种玄乎的说法则是温金严被自己的蛊术"反噬"。文中煞有介事地提到，"反噬"的几种可能：因为自身能力不足，或者是必须媒介要件不足之下而进行的术咒，将所施术法反射自己身上，而无从传达到对方身上；或因为施术（此指为诅咒部分）被对方察觉而进行"反噬"动作，就是将你施给他的术法他再还给你而已，而且是加倍返还……

这篇文章就像我们司空见惯的众多谣言之一，很快就被屏蔽了。

半个月过去了，围绕天湖的新闻不再是大家关注的热点。

温麒麟的手机停机了，微信也停止更新。我们也联系不上温雨婷了，从小赵的口中得知，她已辞职，据说去东南亚亲戚家休养一段时间。

一个陌生朋友加了我们的微信，每天发送不少于三张天湖的照片。

他应该就是接受温雨婷委托观测天湖的朋友，但奇怪的是，除了发照片，此人却从不和我们做任何交流。

每天，推送三组固定角度，不同时间，变幻莫测的云彩和光线下的天湖照片。我俩将这些照片和"取魂坛"图片比对，目前还没有显示出明显相似的迹象。

忽然有一天，这个微信号发来了一张奇怪的图片。一堵破败的砖墙后，画着一个诡异的符号——一个血红色的圆圈里，画着一个黑色线条的手掌，手心里是一双对吻的鱼，像极了好莱坞恐怖片里的海报，充满不祥的意味。

我们问他："这是符咒吗？"

微信主人答："案发现场，墙后标记。警方忽略。"

我们问他："这有什么含义？"

微信主人回复："不知道。所以请你们查明真相。"

对于我们后面接着一连串的问题，微信主人干脆就没有了回复。

我们立刻将此图上网，试图寻找答案。

两天后，有个网名"红尘叹息"的人士答复了我们的提问。他说："每隔几年，就有人开始拿这种东西出来装神弄鬼。这是'石围僵尸'的标志，手心的记号是黑衣壮的图腾。"

他的结论很明晰："这幅图的意思是这种'石围僵尸'，是黑衣壮的'蛊术'制造而成。"

我和彭辉顿时被惊着了。因为我记得，温金严和温雨婷都曾经提到过，他们的祖上正是源于黑衣壮族的直系族群。

在网上搜寻"红尘叹息"的踪迹，发现此人对广西当地的奇闻轶事特别感兴趣，在网络上相当活跃。只不过，他之前发布的关于"石围僵尸"的帖子，都被屏蔽或删除了。

我们只能给他的帖子留言，期望能尽快得到他的回复。

谜团未解

十天后，我和彭辉坐在客栈的天台上，泡了壶茶，为天湖之旅做个阶段性盘点。

为了一把"金匕首"，我们几乎倾家荡产。（我们买了把明代的鎏金匕首，好在我拿回了20万，此事还没有告诉彭辉，等待时机吧）

为了探秘，我们差点溺死在天湖下。而两条人命在我们眼前转瞬逝去。

此行，我们破译了一些秘密，却似乎卷进了更多的谜团。

1. "天湖水下尸体直立"之谜。往往在特定的时间，每年的8—9月，天湖出现异象之时。

我的判断是水流分层，导致人可直立。天湖水下环境非常诡异。水流的流向和流速会因为某种诡异原因随着时间发生改变，待查。

2. 天湖水下确实有个古墓，至于古墓有"神灵护佑"的说法，我根本不相信。

古墓位于湖底，水底通道因为未知的原因，会定时开启，20世纪70年代末因为修建水库，水位升高。水库修筑完成后，地下板块仍然会定时开启，但能见识到其中奥妙的人就少了很多。

3. 天湖逢70年一遇的异动期，不但通道打开，古墓会出现。民间传说中的"火龙"也会在此时出现。

4. 温家也许就是从湖下的古墓中淘到了不少好东西，再冠以"传家宝"之名售卖牟利也未可知。

5. 秦砖是真的吗？那把金匕首真的来自秦朝？秦砖估计是真的。真正的匕首据说被钟月收了，我也没能一睹真容。

6.温家祖上究竟在秦朝时是什么样的角色？

7.温麒麟暗示他父亲温金严接收"特殊病人"后，成为村民众矢之的。这些所谓的"特殊病人"，特殊在何处？

温麒麟反对他父亲继续当"蛊师"，是因为预知其中凶险？为何在温金严死后，温麒麟也销声匿迹？他和那些所谓"特殊病人"，是否也存在某种关联？

8.我们从天湖接应到县城的那对青年男女是什么底细？被火烧死的两具无名尸又是何许人？

9.温金严的死亡真相是什么？是何人在墙壁上留下那个"石围僵尸"的标志？用意何在？

10.温雨婷因为身体弱，从小吃到怀孕前的"蛊药"的真相是什么？由天湖云雾带来的"多巴胺"效应，该如何解释？

11.除了那队士兵在医院墙壁上出现的幻觉外，天坑下的"大鱼""白光""古人"都无法用现有的科学理论来解释。而石刻上的名字——"蔡云"，又是谁？

12.天湖水下的诡异云雾和泡泡如何解释？水下云雾的出现几乎成了凶兆。"取魂坛"上的六幅图案代表天湖异动期的六个征兆，层层递进。最后一个征兆如果灵验了，天湖会发生什么事？

13.有证据表明，70年前，乐业、巴马两地也呼应了全州天湖这个异动期。"僵尸"莫非是异动期特有的衍生产物？

短短几天时间，我们仿佛误入时空隧道，一个相隔甚远的朝代，向我们露出的蛛丝马迹，真的是给我们抛来一个暗示吗？有人用黄金为饵，究竟是请我们这些行外汉来破解这千古之谜，还是将我们作为祭祀品，设下一个请君入瓮的陷阱，诱骗我们如飞蛾扑火，坠入万劫不复之地呢？

每当想起水下那一幕，我仍心有余悸，当白光隐去之时，湖底似乎有个万丈深渊，就像是连接另一个世界的唯一通道。

第五章　袋狼之踪

天坑任务

风平浪静地过了将近半个月，我们终于等到了郑远队长的邀请。

郑远本职是广西本地的报社记者，超级探洞发烧友。在圈内，他以团队凝聚力强和高价闻名。郑远要求我和彭辉翌日赶到乐业汇合，做好下探大石围天坑的准备。客户要给我们团队开个动员会。

我们近些年下天坑探险的项目，大都是由郑远牵头，他从不亏待队员，而且给队员购买大额保险，所以大家愿意跟着他混，我和彭辉也几乎成了他的固定班底。

彭辉边看手机短信，边向我汇报，神情十分欢乐。

原来，郑远告诉他，眼下这个项目危险系数为2；我和彭辉的酬劳，每人15万；正规下洞时间为8天，机动2天；备用一次，下洞时间为6天；假如启动备用方案，额外补贴为2万。

这可不是一笔小数目，我俩加起来有30万，顺利的话，10天就到手了。

危险系数是郑远根据项目自行评估，最高为5，而这个危险系数基本上和配合媒体记者下去组稿的活动类似，在我们看来，基本等同旅游了。

开出这么高的酬劳，客户的目的是什么？郑远没有透露更多，彭辉也没刨根问底。

一想到马上重返乐业，我们都很兴奋。

乐业，号称"世界天坑之都"，这些年，城市面貌日新月异，并携手凤山，被联合国教科文组织选为世界地质公园后，名声日隆。

该县西北部与贵州隔着一条红水河，借着连续举办国际山地户外运动挑战赛的契机，现在的口号已升级为"中国户外小镇"。

在方圆不到20平方公里的崇山峻岭里，藏着世界上最大的天坑群——乐业天坑群。这里，分布着24个天坑，其中，大石围天坑形成于大约6500万年以前，其地下原始森林面积9.6万平方米，为世界第一；垂直深度约为613米，属大型岩容漏斗，居世界同类第二；东西宽约为600米，南北宽约为420米，其容积约0.8亿立方米，也处于世界第二位；大石围天坑是一处典型的喀斯特漏观，集地下溶洞、地下原始森林、珍稀动物及地下暗河于一体的巨型天坑。

我们马不停蹄地赶到乐业时，天色将晚，也到了吃晚饭的点儿。郑远在电话里让我们自己先吃，他和客户还在酒店谈事。

用餐地点比较符合郑远的习惯和口味，定在一家外表不起眼但人气很旺的农家乐，照例是老包厢，人还没到，按老规矩，一大盆野猪肉已上桌，还少不了按杨梅、冰糖、白酒一比一酿造的一壶杨梅酒，这简直成了郑远率队来乐业的餐标。

随后赶来的是老金和蒙晋。老金身材高大，五官如雕塑，"满面尘灰烟火色"，兼一脸邪气，是乐业有名的"寻尸人"；蒙晋是本地飞猫队的副队长，为人原则性强，近乎迂腐，黑瘦，寡言。

这两人一贯合不来，一前一后，不但彼此间零交流，就连跟我们也懒得寒暄，蒙晋本来就是个闷葫芦。老金是懒得搭理我们，他就那副欠揍的德性，除了郑远，谁也不服。

两人上桌，埋头就吃。我和彭辉都很纳闷，询问现在是什么情况。

老金拖长声调："出钱的人会跟你们说清楚的。"

蒙晋解释说："因为客户不喜欢到这种大排档用餐，嫌没档次，所以，郑远只好陪着他在酒店吃晚饭。"

老金阴阳怪气："给你们付了这么多酬劳，肯定要在最好的酒店的大会议室显摆才有面子。"

蒙晋给我们递了一个"不要理会他"的眼色。我心里当然纳闷，什么叫给我们，难道他不拿钱？

彭辉又问："就我们几个人下天坑？"

"除了我们五个人，还有两个叛徒。"老金恨恨地答道。

我刚想开口问，彭辉踢踢我的脚。我明白了他的暗示，多一事不如少一事，既然老金心情不好，还是少惹他为妙。

我干脆就不作声了，闷头用餐，反正等下答案就会揭晓。

50分钟后，我们四人走进酒店富丽堂皇的会议室。

投资人是个矮小圆润的白胖子，人称"蔡总"，给人第一眼的印象就不太好，他跷腿坐在沙发上，一脸势利的表情打量着我们。

蒙晋给我们彼此做了介绍。

白胖子冲我俩轻佻地打个响指，说："不给面子，最后还不是来了。"说话间带着一丝得意和一丝不悦，这种组合的表情包我还是头一次见，真是蛮复杂的情绪。

彭辉立刻醒悟过来，此人之前曾经给我们来过电话，邀请我们加入当时由一个叫荷田的户外高手组的团队，下大石围天坑探秘。

因为郑远事先跟我们打过招呼，建议不参与荷田的项目，所以，白胖子的邀请自然被我们客气地回绝了。

彭辉心里隐隐不快，悄声问我："怎么又和这个人打上交道了？"

郑远表示，还有两位成员要过来开碰头会，大家稍等。蔡总坐在正中，郑远在旁，微微含笑轻语；我和彭辉、老金和蒙晋分列两侧。

我是第一次见郑远对投资方这么客气。郑远可是有名的铮铮傲骨。

彭辉和我所见略同，嘀咕："这胖子该是多有实力，才能让郑远刮目相看？"

郑远品茶，蔡总在抖腿，大家都埋头看手机刷微信。突然，我听老金冒出一声"叛徒"，惊愕抬眼。

原来是小林灰溜溜地走进来。我莞尔一笑。

小林也是我们下天坑的老搭档，矮壮，男人头，一副男人装扮的假小子，典型的"女汉子"。她说话粗鲁，不会看人脸色，不分场合乱发言，毒舌，但也是科班出身的洞穴勘测高手。

投资人不悦，不过对老金还算客气："老金啊，你给我点面子，行不？"

老金这人就是个如假包换的二愣子，脖子一梗："我骂她，关你什么事？"

投资人慢条斯理："人家当初给我面子，参加我们的项目，你骂她，就是不给她面子，也就丢我面子。"我被他这番饶舌的话逗乐了，不禁扑哧一笑。蔡总敏感地扭头盯着我，这人真是个奇葩。

老金的文化程度低，根本听不懂其中的逻辑，嘴里又执拗地蹦出一句："叛徒！"

小林这妞其实脾气也不小，看得出来是硬憋下这口气的。她也算是我们团队的固定班底，我们团队下天坑的标配。

我猜，上一次，她肯定是经不住金钱诱惑，才加入荷田的队伍的，没想到几经周折，又回归郑远麾下，在精神上自然矮我们一截。

小林的专业是资源勘查工程，郑远经常在做团队推介时会强调，她是国内学科排名第一的中国地质大学的高才生。但他不会告诉客户，这个所谓的高才生毕业后，成了懒散地在古玩市场里混日子的奇葩，直到被他招到麾下，才得学以致用。

下一个人进来，我一看，更乐了。

老金鄙夷地说："菜鸟！"

真是个"菜鸟"！小张是乐业本地"飞猫探险队"派来协助我们探洞的助手。新手，人小鬼大，个头矮，乍一看像没发育成熟的少年，长着一张娃娃脸，别人乍一看，还以为我们雇佣未成年人呢！其实，这家伙满肚子都是自己的小算盘：胆小、自私、爱打小算盘。他来了，彭辉就有人可以"欺负"了，所以，彭辉冲他一脸狞笑，摩拳擦掌的。

小张和我们下过几次天坑，身手灵活，善于攀爬，因为他的身材矮小，很适合爬上爬下，钻洞也好，瞭望也好，算得上是物美价廉。

见老金老是在毒舌点评队员，蔡总顿时就不乐意了，冲他招招手："老金，要么你坐过来，你来说？"

"我又不出钱，我说什么？"老金清了清喉咙，往地上吐了口痰。

蔡总终于忍无可忍，色厉内荏地警告他："你知道就好！"然后，蔡总恶狠狠地冒出句东北话说，"憋缩话！"惹得大家都忍俊不禁。

蔡总换了一副客气的面孔，请郑远先说，郑远让他先开口，两人推让了一番。最后，郑远清了清嗓子说："我们这次的任务是下天坑寻找'袋狼'。"

作为第一次了解此行任务的人，我和彭辉自然是精神一振、耳目一新！

寻找"袋狼"

"袋狼"是什么鬼？
郑远按下遥控器，墙上的投影幕布上出现了一种奇怪的动物。
郑远从网上调出百度百科介绍：

"袋狼，从头部和牙齿来看，显然是一只狼，身体又像老虎，浑身布满条纹，而且和老虎的习性相同，不结群，因此又名塔斯马尼亚虎。它可以用四条腿奔跑，也可以像小袋鼠那样用后腿跳跃行走，它的嘴可以像蛇嘴一样张开至180°，下颚雄壮有力，能一口咬碎猎物的脑袋。更神奇的是，它属于有袋类动物，和袋鼠一样，母体有育儿袋。"

彭辉猛然兴奋起来，惊叫："这玩意儿居然生活在天坑之下？"
我立刻有种参演好莱坞探险大片的既视感。
郑远含笑点头。
彭辉疑惑地问："它们在天坑下怎么存活？食物又从哪里来？"
郑远把食指放在唇上嘘了一声，接着介绍："袋狼祖先可能广泛分布于新几内亚热带雨林、澳大利亚草原等地。因为皮毛珍贵遭人类肆虐捕杀，现在已不见踪迹。最后一只名叫班哲尼的袋狼在1936年9月7日死于塔斯马尼亚岛上的霍巴特动物园。据资料显示，澳大利亚可能还有袋狼出没，但再没有人见过它们的踪迹。

"1999年，澳大利亚博物馆馆长麦克·阿契在雪梨博物馆发现一个自1866年被保存在酒精中的小袋狼标本，麦克·阿契便着手研究从中抽取DNA使袋狼复活的可能性，最终没有成功。"

郑远叹了口气："事实证明，人类想要毁灭一种生物很容易，可是想要复活一种生物却很难。"

蔡总得意地插话道："兄弟们，好朋友们，打好精神，如果我们能找到袋狼活体，这个发现一定会轰动世界。"

我的妈呀，真是活久见。我眼前的题材，活生生就是一部好莱坞大片的雏形！

郑远继续介绍："袋狼栖息于开阔的林地和草原，夜间外出捕食，白天栖身于石砾中，多单独或以家族形式捕食袋鼠类、小型兽类和鸟类。因其口裂很大，捕食动物时常将猎物的头骨咬碎。"

顿了顿，他又补充道："这种动物曾经的生活地点有塔斯马尼亚岛、澳大利亚、新几内亚。"

彭辉立刻抓住了破绽，一摊手："逗哥呢。这仨地儿离我们十万八千里吧？"

彭辉算是我们团队中的动物学专家，当然，很多知识都是他从国家地理频道看来的，不给他发表专业性质疑机会，简直惨绝人寰。

蔡总对他的乱插嘴倒没有生气，反而兴致盎然，很无礼地用手指戳着我们俩道："我没分清你俩谁是谁。听说其中有一个号称是'广西阳朔第一攀岩帅哥'，下至八岁幼女，上至七十岁的奶奶，都是他的迷妹……"

此话一出，立马引得哄堂大笑，笑声主要来自小林和小张，我憋不住乐了，蒙晋则抿嘴莞尔浅笑。只有郑远和老金面无表情。彭辉是一脸尴尬。

小林拊掌大笑："'耳环哥'受打击喽。蔡总，这么小的范围里面，你居然分不出谁是超级帅哥？"

蔡总哈哈大笑："活跃下气氛而已。下面，由我来给大家继续介绍。"

投影上出现的画面，是一个村民面对镜头，捧着一副动物化石，咧嘴傻乐。

接着是一则新闻：

本报讯（记者吴勇、通信员林晖）近日，乐业县六合镇小潭村一村民吴山茶在山洞中挖掘出一百多斤动物骨骼，其中头骨和一段长5厘米、宽3厘米的牙齿骨骼保存完好。

广西著名动物学专家齐全忠在小潭村见到了该头骨和牙齿骨骼，共有8颗牙齿，横向排列，从外观上看保存相当完整。据吴山茶介绍，发现这批动物骨骼的地点就在大石围天坑之下，当时他配合当地记者下洞拍摄照片，无意中发现了它们。

由于村里传言山洞里的骨骼可以治病，吴茶山挖掘出来的一百多斤骨骼大部分被村民拿走，现在仅存1段牙齿骨骼、2节腿骨、1节肋骨和1片头骨。

齐全忠经过初步检验，认定这是已经灭绝的袋狼的骨骼，全世界最后一只袋狼在1936年死亡。这是国内首次发现这个物种的踪迹，如果属实，将是轰动动物学界的重大发现，因为这种动物只在塔斯马尼亚岛、澳大利亚、新几内亚出没，从未在亚洲发现过其踪迹，也没有任何相关的记载。

蔡总得意扬扬："这是被我们扣下的新闻稿。齐全忠是广西最权威的动物学专家，这个发现袋狼的村民也被我们收买了，他们都答应我们，在没有得到我们的许可之前，绝不向外界透露此事。"

我思忖，这得给多少封口费啊。

蔡总的话就像传销老大那样蛊惑人心："我们如果找到了活体袋狼，我再给兄弟们发一笔丰厚的奖金。"

听完他这番豪言壮语，彭辉扑哧地笑了，我也觉得这很好笑。在好莱坞大片里，充满野心的投资人如果是这种腔调，肯定是利欲熏心的反派，在影片的三分之二会挂掉。

彭辉环视四周，提醒各位："从未有人在亚洲发现过其踪迹，也没有任何相关的记载。"

蔡总看来早有准备，当即调出几张乐业的老照片。

这都是有些年头的老照片了。当年画在崖壁上的图腾，仔细一看，大约能分辨出是三种动物：一种像是羊的变体，却可直立，模样非常怪异；另一种动物看上去则有些萌。蔡总解说："这是貘，在《本草纲目》中有记载——'今黔、蜀及峨眉山中时有。貘，象鼻犀目，牛尾虎足。'"

而第三种，果然就类似袋狼，甚至在岩画中，也有一只小狼从育儿袋中露出头来。

郑远道："这就是在本地，在秦代的时候，民间传说中的'虎狼'。传说它是虎和狼的结合体，资料记载不多，而专家们考证，说是这些东西应该没有真实存在过，更像是民间传说。因为找不到遗骸，民间野史也没有记载。"

蔡总轻蔑地摇头笑了，意味深长，说道："那些'专家'！"

我想也是，两千年前的古人，如何能凭空杜撰出袋狼这样的动物？狼身、虎纹、育儿袋，包括脚掌和尾巴，都和真实的袋狼如出一辙。

郑远补充道："在花山岩画上，我们也筛选出了三种动物，与上面的图片基本吻合，看上去像是壮族的图腾，但似乎袋狼在本地存在时间非常短暂。"

我和彭辉心照不宣，对视一眼。彭辉悄悄地在微信里提醒我：这其中有两种动物，和我们"取魂坛"上的动物很类似。我心领神会，他指的应该是貘和袋狼。我心里一动，莫非这两种动物，也曾在天湖出现过？

蔡总开始在投影上播放视频。

视频中，一个四十多岁的村民面对镜头，用蹩脚的普通话磕磕绊绊地讲述着。

很快，大家就被他说的内容惊住了。

这个村民居然说他在天坑下看见了活着的袋狼！

天坑小偷

显然，这家伙干的是见不得人的违法营生。他结结巴巴地介绍自己，在天坑群下以偷采珍稀兰花为生，基本每年有七八个月要下天坑"揾食"，他还有条"财路"，就是在大石围天坑内的地下河河滩，采捞彩色小鹅卵石，然后偷运出天坑，卖给老客户。

这家伙明目张胆地破坏生态，让在座的几位都看得触目惊心。

蒙晋太阳穴上青筋暴出，对着视频嚷嚷，大骂："见你一次打一次！"

这的确很符合他的性格，他是环保达人，每次下天坑，都会带一批垃圾纸袋下去，要求我们解大手的时候不但要与地下河水源保持安全距离，还要求我们拉进纸袋，固定堆放。

蔡总按下暂停键，望着他，很无语的样子。

蒙晋很激动："把这家伙逮起来。天坑下的生态保持了几千年、几万年、几十万年，被这些人为了几个小钱破坏了，真是人渣！"

蔡总对蒙晋露出难以置信的表情，向我们吐槽："几天前，蒙队长看过同样的视频，也发表过同样的感想。这怒火始终没有递减啊！"

蒙晋依然怒火万丈地道："不能再任由他这么胡作非为！"他和老金就像是哼哈二将。我和彭辉简直是"惊笑"，我知道这是个自己生造的词，实在没想到眼前发生的一切如此荒唐、欢乐、惊悚！

场面越来越欢乐。蔡总在翻白眼。郑远赶紧打圆场："好了好了。蒙晋，我向你保证——行动结束，我替你好好收拾这个人渣。"

蔡总无奈地道："眼下，这个村民很重要，他是我们的线人。等找到袋狼了，我们再把他给灭了，好吗，哥？"

蒙晋依然梗着脖子，涨红了脸，说自己不会饶过他。

老金一开口，也相当雷人。老金傲慢地说："蒙队长在演戏吧？老子跟他正相反，也没见蒙队长怎么尊敬我啊？"

我们又都被这番无厘头的话惊呆了。

小林好奇地问："您老怎么和他相反了？"

老金露出很无辜的表情，说："老子从来不下天坑偷兰花、偷石头，那值多少钱？我卖飞猫粪便，那是药材；我在天坑下清理跳崖人和菜鸟的尸体，老子就是一个清道夫。老子在为天坑做贡献。你们瞧，蒙晋他还是很看不起我。"

我们听了都很无语，然后忍不住爆笑。蔡总决定不再搭理他们，继续播放视频。

在视频中，这个村民面向镜头说，几天前，他和弟弟进入大石围天坑采捞小鹅卵石，收获颇丰。兄弟俩一高兴，喝多了，喝懵了，弟弟呼呼大睡，他则扯着一卷玻璃绳，一个人，一直沿着地下河走下去。

他的说法是"被鬼勾魂了"。他说自己似乎听到了隐约的歌声，而酒精给他壮了胆，让他失去了判断，他迈着轻飘飘的步子，一直循着歌声的方向摸索而去。

他说自己误打误撞地走进一个支洞，这个支洞给他的最大感受就是——湿，湿漉漉的，一不留神，脚下一滑，他失足坠入一个地洞，他以为自己活不了了，幸亏这洞不是太深。但也把他摔得够呛。他在镜头前向我们展示胳膊上的擦伤。玻璃绳也断了，在黑暗中摸索了好久，他才找到失落的手电，往头顶上一照，顿时傻眼了——头顶上不同方位，错落排列着六七个洞，这些洞看似距离相近，其实隶属于各自错综复杂的支洞通道体系，一步之差，可能就南辕北辙，陷入无数岔路的迷宫中。

他找不到标记绳的踪影，但耳边又隐约响起断断续续的歌声。

他意识到自己已迷失方向，好在是酒精支撑着他，让他壮着胆子，一路做着标记，一路循声而去。

不知道走了多久，他惊愕地发现自己置身于一个巨大的洞穴中，洞穴里有一只硕大的莲花盆，盆中有清浅的水，水中浮着许多精美的穴珠，他动了歪心思，用手电筒四下照射，估量着可以卖出个什么价钱。

忽然，他看见石壁上有一幅墙面大小的"羊毛地毯"，上面长满了精美的鹅管石，如一幅长长的画卷，点缀着雪白的石毛发，毛发长度超过20厘米，堪称惊人。石毛发晶莹剔透，在手电筒的照射下，如钻石般熠熠生辉。他傻眼了，他自诩算是"天坑通"，见多识广，以前却从未在洞下见过类似的景观。

他为了确定自己是眼见为实，还从"画卷"上掰了好几蔟石毛发下来，一到手里，就全部支离破碎了。

我们又听见蒙晋咬牙切齿的声音："人渣！"

这幅尺寸惊人的画卷大概离地一米五左右，有两米宽，七八米长，一直延伸到一个狭小的通道中，他说自己穿过通道时，感觉自己走的是下坡路，走到小腿几乎抽筋后，蓦然，又一个洞穴大厅赫然出现在眼前，有潺潺的地下溪流，而轰隆隆的巨大水声，很可能来自不远处的落水洞。

没有任何征兆，突然间，他就瞥见了那只"狼"。

这只"狼"从两块巨大的钟乳石中探出半个身子，一副要随时扑向他的架势。

村民对该狼的描述和百度百科的基本一致，狼头，虎皮，还有个肉袋，这只狼正凶狠地盯着他，一时间，他魂飞魄散。

他赶紧关了手电筒，悄悄沿路退回，接着，他脑子里的线路图就全乱套了。标记也找不到了，如同进了迷宫，他花费了足足大半天，才误打误撞地摸回当时坠落的坑底。幸好，他弟弟也循着标记找到了这里，放下了绳索，让他捡回一条"绳命"。

他对弟弟说了自己的遭遇，弟弟刚开始还认为他醉了，说胡话。一周后，兄弟俩召集了一批人马，带着猎枪，重下天坑，当他凭着记忆再次搜索那个洞穴大厅时，脑子里的线索完全混乱了，一伙人只能空手而归。

他一脸懊恼地望着镜头，举手发誓："刚才所说，句句属实，绝无假话。"视频到此结束。

我估计，似乎只有我和彭辉、老金是第一次看这个片子，其余人都默不作声。

老金，自然又是口不择言。他嘲笑道："这个癫仔我认识，胆子小，家里穷得叮当响，儿子小的时候，生了病没钱好好治，瘫了。"

蔡总把目光转向我们，知道我们必有感言。反正酬劳已落袋，我和彭辉有恃无恐。我先发表质疑，说："就凭这个村民的一面之词，而且很可能是酒后的疯言疯语，我们就真的下洞找'袋狼'？"

彭辉说得更犀利："不少权威机构在大石围天坑下做过多次科学普查，在地下河发现的盲鱼均不超过10厘米，如果真有'袋狼'活在洞中，它们如何获取食物？如果长期在黑暗中觅食，它的视力会逐渐退化，进化成新的亚种。一句话，'袋狼'能在天坑下存活，堪称奇迹。"

蔡总一拍大腿，乐了，他对郑远夸奖道："我就喜欢你们这支队伍，有个性，不像荷田的队伍，只要荷田一开口，别人都不能插嘴，好像就他一个人是老大。"然后，蔡总狡黠一笑："请大家接着看片子。"

原来，他给我们故意卖了个关子。那个喝醉酒的天坑小偷，当时居然在几个关键地点拍了照。发现迷路后，他就开始拍照做标记。他提到的支洞，包括坠落的坑洞，都拍有照片。这样一来，我们终于亲眼看见了那个巨大洞穴里的莲花盆，那数百枚润泽如玉的穴珠和精美的石毛发的壁画。

虽然是情急之下的胡乱拍摄，不讲究光线和构图，但画面内容还是让人极为震撼。在我的印象中，国内包括广西，恐怕只有巴马的水晶宫才有这样壮观的石毛发景象。

接着，我们看到了他摊开的手掌上破碎的石毛发，纤细如钻，闪闪发光。

看到这个暴殄天物的场面，蒙晋又从喉咙里发出诅咒的骂声。

然后是狭窄的通道和洞穴大厅的画面，而在最惊人的"袋狼"画面出现之前，蔡总忽然停住了。看来，他要吊足我们的胃口，才会让我们一窥袋狼的"真容"。

活着的袋狼

这个白胖子先是一脸得意地要求我们务必对此保密。

他宣称，目前看过手机照片的只有村民两兄弟，他俩发誓说没有将照片发送给任何人看过。

接着，他从口袋里掏出手机，洋洋自得地说："我现场买走了他的手机。所以，我很肯定，看过照片的人很少，只有我们投资方，然后是荷田、蒙晋，以及你们。"

蔡总显然不太喜欢荷田的作风，他吐槽说荷田这人比较独断专横，无论是大事小事，都喜欢藏着掖着。上回下天坑，除了蒙晋，团队的人都蒙在鼓里，不知为何而来。更让人难以置信的是，小张、小林直到现在才知道他们当时下洞的目的。

"他俩就是个幌子。"蒙晋指着小张和小林说，"有四个队员完全是被荷田用来凑人头的，因为人太少，不好开价。"两人委屈地点了点头，好像遭受了迫害一样。

蒙晋说话很直，完全不懂讲话的艺术。小张立刻控诉："荷田给我们的酬劳很低。"

老金反应很快，说道："那你还叛变？"

郑远用眼色制止他俩的口角，催促蔡总继续播放视频。

蔡总慢悠悠地说道："郑远队长会要求所有队员了解项目实情，集思广益，我比较欣赏他这一点。"等他说完一篓子废话，我们终于在投影里看到了袋狼的真面目，不由都惊得目瞪口呆。

虽然是手机夜景模式拍照，那只袋狼探出了大半个身子，仔细一看，还真是活体。凭我的第一感觉，这张照片没有动过手脚。

蔡总也证实了这一点，他们找专家勘验过照片，确认没有任何后期加工的痕迹。投资方也不傻，在真金白银砸下来之前，他们不会干无把握之事。

彭辉直截了当地问蔡总："既然你原来找过郑远，为什么又选了荷田？"

老金憋不住，讽刺道："为了省钱呗！"

蔡总不动声色地拿出一张收条，递给郑远。

郑远似乎也迷惑了，向我们证实："他们给荷田的价格超出了我的开价。"

我脱口而出："为什么？"

"好一个为什么。"蔡总故弄玄虚道，"我不是图便宜，我们又不缺钱，我们就是想找性价比高的。本来我选定了郑远，但后来荷田给我拿来了一张线路图……"

老金忽然哈哈大笑，大家都惊疑地望着他。

老金得意地揭开谜底："荷田组队的时候，请老子出山。老子不去，耍了荷田，给了他一张造假的线路图。"

郑远目瞪口呆，难以置信地补充后面的情节："然后荷田就拿着这张线路图，开了高价，抢走了项目？"

老金更得意了："荷田不知道自己被耍了，那张线路图被老子动过手脚，纯粹是逗他玩的。"

蒙晋也傻了，望着老金，一副不可理喻的表情，指责道："天坑下探险活动，稍有不慎，队员就有生命危险，老金你怎么能拿这事来开玩笑？"

老金铿锵有力地向郑远表决心："我是郑远的人，不管郑远给我多少钱，我都跟着他混。

全乐业，全广西，不会有第二个人，能让我这么服他。"我帮他脑补了另一句："我死是郑远的鬼。"老金这猪脑子没转过弯。

蔡总愤怒道："金大爷你脑子进水了吧？"

小林趁机报复道："老金如果你不提供那张虚假的线路图，说不定这个项目还是会被郑远拿下。"

"荷田跟我说他已经签下了。"老金终于醒悟了，原来自己被荷田骗了，不过，他满不在乎地说，"荷田是个骗子，幸亏我也用这张图蒙了他一笔钱。"

看来，这四方，老金、荷田、蔡总、郑远，被扣成了一个荒唐的死循环。

蔡总对老金的逻辑匪夷所思，愤恨地道："荷田带队下去了四天，这家伙精神都崩溃了，于是他只得解散了队伍。这都是被你折腾的啊！"

我们想笑，又竭力忍住了。

蔡总懊恼道："我请郑远重新组队。荷田的事，大家就不要打听，也不要外传了。荷田好歹也是你们这个圈子里有头有脸的人物，给人家留点自尊。"

我好奇地问："你们为什么花这么大的代价去寻找袋狼，难道像电影大片里演的，要找到基因复活它们？"

蔡总大笑："袋狼不是中国的，它的名字不在《国家重点保护野生动物名录》中吧？"

彭辉利落地回击："《中华人民共和国野生动物保护法》第三条，野生动物资源属于国家所有。"

蔡总哈哈大笑，对郑远竖起了大拇指："我就喜欢你们这些有个性的队员。"

他笑眯眯地望着彭辉，不紧不慢地说："你放心，小帅哥，我们不会做违法之事的。一旦找到了袋狼，我们是要献给国家的。"

他播放了一个PPT，介绍集团背景，他吹嘘道："我们集团实力雄厚，在天坑附近选了一个风水最好的地方，打算大手笔投资旅游、度假产业。我们还计划做一个天坑博物馆，政府不用拿钱，由我们出钱。我们要的是名声。"

小林悄悄对我做了一个掐脖子、吐舌头、翻白眼的动作。和我一样，她根本不信这一套。

第六章　下探大石围

荷田为什么崩溃

在队伍集结后，我们向大石围天坑开拔。

郑远依旧把大本营设在了火卖村。我们计划翌日清晨速降大石围。

火卖是一个位于半山腰上的小山村，大约二百多人口，坐落于海拔1700米的峰丛洼地中，长期岩溶地质将该地演化成一个四周高、中间低的喀斯特小漏斗式的盆地，而通往大石围天坑的旅游公路正是从山下经过，村落里和大石围天坑几乎同步开发的几家老牌农家乐，在驴友中拥有较高的知名度。

村里民居大多为木瓦结构、错落有致，四周树木葱茏，空气清新，村里有邹姓村民三十余户。据说该村先祖是在清朝年间由贵州遵义余庆松烟搬迁来此居住，距今已有二百多年历史，村里人在有农家乐之前，世代以耕种为生，不少老村民至今仍称自己为贵州人，在他们身上还保留着贵州的一些生活习俗。

按照惯例，我们将各人负责携带的装备和物资列出清单，互相抽查，以防遗漏。

我和彭辉负责管胶带、救生袋、防水手电筒、绷带、无菌包和袖珍折刀等；小张将自己负责的食品，如巧克力、坚果、干果、葡萄干、燕麦粥等装了一大袋，我们在检查他的清单时，这家伙坐在床上，晃着腿，一边吃，一边萌哒哒地望着我们，还把手里的芒果干递给我们，引发了彭辉的施虐心理，忍不住在他脑门上弹了一下。

我的摄影器材清单，他们也看不懂，交叉检查时，点数了事。

小林负责洞穴勘测、线路图绘制和定标记，她携带了最新式的激光测距仪、铝制封面的散叶防水纸、经纬仪、指南针，还有最新款的超薄苹果笔记本电脑。

彭辉又嫉妒，又警惕，问她何时开始鸟枪换炮的，她很得意地向我们演示最先进的绘图软件，可以将平面图、剖面图、横截面图最快速度综合成三维截面图，运行速度顶呱呱。

彭辉背着手，严厉盘问手提电脑的来源。

小林吐槽他，说："你只会用它来看片，本'公子'可是专业人士，物尽其用。"

小张马上告状，说这是荷田给她配的，也是满脸嫉妒的表情。

彭辉哼了一声，说："我就知道不是你自己掏钱买的。"

记得第一次和小林搭档探险，她测量洞穴深度，是往里面丢石头听回声来测算的。

小林一边吹口哨，一边得意地舞动身体。

小张告状说："她当时还一屁股坐在荷田的大腿上，亲了人家一口。"

我们顿时就被雷住了。这算是对荷田的性骚扰吗？

小林哈哈大笑，说："这只不过是一时高兴罢了。本'公子'说需要配备这玩意，便于工作，人家就给配了。荷田精神崩溃，也没打算要收回去。哈哈，话又说回来，这家伙究竟从白胖子那里弄了多少钱呢？"

彭辉质问："你这个叛徒，你又背着我们，背着头儿，做了什么事？"

"她什么也没做，"小张老老实实地说，"我们什么也没做，在洞里待了4天就上来了。荷田是拿我们当摆设用的。"

原来荷田也在时刻提防着他们，看来，当时的行动非常蹊跷。

小林摇了摇头，高深莫测地说："本'公子'不认同这种说法。荷田一定是有计划的，只不过没来得及实施就出了状况。否则也不会舍得给我配置这么好的设备。"她提醒道，"人家可是个人精，每花一分钱都要能听响的。"小林边说，边得意地吹着口哨，歪头欣赏自己的电脑，这白捡的东西就是爽啊。

彭辉说要借用一晚，小林拒绝，两人动手争夺，小张也笑嘻嘻地加入战局。这三个人就像幼儿园的孩子，小张小林那两个，专业技能高，情商堪忧啊。而彭辉，智商高，任性、霸道，混球一个。

我借口自己也想买个高配笔记本，便在小林身旁坐了下来，研讨电脑。小林装模作样地给我讲解一番。不一会儿，小张和彭辉闹够了，也就各自回房了。

就剩下我们俩，心照不宣，小林立刻将她的记录本递给我，这是我俩从初次结识后就养成的默契。我们互相许诺说要彼此支持、互相取暖、信息共享。

荷田真是靠老金的线路图打败了郑远？带着这个疑问，我看了下他们的线路。不看则已，一看吓了一跳——荷田走的完全不是常规路线。

小林告诉我，他们一行，一共7人，正如蒙晋说的，四人是凑数的，包括她自己在内。荷田、柳州仔、蒙晋经常结成一个"高配版"的行动小组，据她了解，荷田不时地又会撇开后两人，自己单独行动。

蒙晋和柳州仔当然知道此行目的是寻找袋狼。但他俩似乎没能提供任何有价值的线索，更像是随行助手。

老金的线路图虽然在小林手里只是惊鸿一瞥，但被她默记在心。她告诉我，老金其实给了荷田一条断头路，荷田率队在接近此路时，确实带着蒙晋和柳州仔拐了进去，但并未深入太久，及时地撤出了。由此可见，老金此举并未影响整个行程安排。

打着勘探地形的幌子，小林其实一直暗暗记录"荷田小分队"的行踪，她在营地上泼洒一种特制的萤粉，号称"队伍里每个人的一举一动都逃不过她的眼睛"。她戴上特制的眼镜，可以在萤粉失效前的24小时内，掌握荷田的线路。

"隐形成本非常高昂。"她对我抱怨道，"必须时刻掌握最新科技动态才行。"这个"女汉子"古灵精怪，就像是贾玲版的黄蓉。

荷田其实目标非常明确，看样子，他是直奔"护城河"而去。"护城河"是我们给一个洞穴内的标志性景观起的名字。各种叠加的石幔和钟乳石如一座城堡，外围是一条流石坝，如同微缩版的《魔戒》某个外景地，随着探险者拍摄的照片名声远扬，一度上过国内某顶级旅游杂志的封面。

我正琢磨着，小林忽然问："你为什么不问本'公子'，荷田他怎么就崩溃了？"

我的思路被她打断了，于是问道："他是怎么崩溃的？"

小林将椅子转了个圈，察言观色道："我不知道。只不过，觉得你不问，感觉有点怪。"

小林虽然像个假小子，女性的直觉还是很准。她侃侃而谈："本'公子'分析，荷田从'护城河'这个方向，选择了一条不寻常的路线。我没料到，那里还有条小路可以通往一个大多数人从未涉足的区域。"

当然，大石围天坑下的通道纵横交错，不断有像我们这样的发烧友以及更专业的探险队一次次将已知的线路慢慢扩大。

我思索，为什么荷田从视频中得到的信息后作出这样的判断？他和郑远他们的推测会有多大的差别？

坐在转椅上的小林在我面前不停地转，让我头都晕了。她突然停下，道："我知道荷田他是在哪个地方崩溃的。"

我注意到，她的嘴角带着一抹诡异的微笑。她将身体凑过来，望着我，却突然转换了话题，问："郑远给你和彭辉多少酬劳？"

我愣了一下，被她这声东击西的伎俩弄得猝不及防。虽然有些窘，还是把答案告诉了她。她静静地望了我一会儿，我坦然回望，虽然不好意思，不过，至少我能够坦诚相待。

我问："他是在什么地方崩溃的？"

她忽然乐了："你为什么不问我拿到了多少钱？"我又被问窘了。

她嘲笑道："哼，你不好意思问，因为你感觉得出来，郑远给你们的总是比我多了不少。"

郑远从第一次给我发劳务费，就提醒过我，各人酬劳无须互相公开。从第三次开始，我和彭辉的酬劳就完全一致了，他知道我俩当真成了兄弟。

每次小林都会拐弯抹角地套我的酬劳，我每次都很为难，每次如实相告。这事可玩不得心眼，一旦她得知实情，对她哪怕撒了一次谎，也会信誉全毁。

她将她此次收到的酬劳告诉了我。奇怪的是，这一次，我们的酬劳都是一样的。

我莞尔道："郑远认识到你的价值了。"

她摇头道:"No,No,是因为我跟荷田走过一趟。"

我承认道:"没错,你走过一次,所以你的线索会有参考价值。"

她高深莫测地望着我,嘴角的笑意在发酵。她宣布:"我可不是叛徒!"

我只能顺着她毛捋,安慰道:"你为我们团队多搜集了一条线路,这有利无弊。"

我把注意力放回到线路图上,荷田崩溃的地方,位于两条地下河的汇集处。他在这里待了一个多小时后,回到第三营地,那里由柳州仔驻扎。第二营地则有蒙晋坐镇。柳州仔发现荷田的状态很不好。他将荷田带回第二营地,然后回到第一营地,四个无所事事的人守在那里(除了小林,她一直在跟踪荷田,没一刻闲着),队伍便中断行动,打道回府。

荷田在河流汇集处遭遇了什么,小林也说不好。感到那个地方很邪门,风很大,她不敢久留,远远地观望了一会儿,就往回撤了。

她先回到第三个营地,发现了一件奇怪的事:柳州仔在用专业设备录音,第三营地是在一个干涸的河道上,直接通往两河汇流之处;第二营地,蒙晋攀爬到洞穴顶部,同样在录音。

小林断定,他俩知道荷田崩溃的原因,只不过守口如瓶。

"荷田带着红外线摄像机。"小林悄悄告诉我道,"你说,在他精神崩溃之前,他拍到了什么鬼东西?"

下天坑

回到房间,我和彭辉坐下来,将目前这些信息汇总,慢慢理清思路。整件事脉络如下:

投资人蔡总先找郑远的组队下天坑,他先让郑远开价,接着他又询价荷田。荷田多了个心眼,从老金手里"骗取"了一张关键的线路图,提价并拿下了项目。荷田与蔡总联手,接着做了件很不地道的事——他们打算从郑远的队伍里挖墙脚。

郑远和我、彭辉、小林、老金事先打过招呼,所以除了小林"叛变",我们三人都没有答应参与项目。

尽管郑远看重蒙晋,但以他的处事原则,不会和蒙晋打招呼,毕竟蒙晋属于本地户外飞猫探险队,接项目下天坑探险是人家的本职工作。同理,飞猫队的"菜鸟"小张虽然和我们有过合作,但人家好歹也是"自由身",不应受到约束。

老金弄巧成拙而不自知。好在荷田"精神崩溃",他的队伍解散了,我们没有错失这个千载难逢的机会。

对这次探险,我和彭辉当然都跃跃欲试。

彭辉洗完澡,围着浴巾,一边吹头发,一边抽空做了件非常无聊的事,他在计算我们30万酬劳需要卖出多少间房。得出结果是,按均价150元,得卖出2000间房,按每天42间客满计算，要卖 47.62 天。如此看来，还是下天坑探险比较划算。他得意地宣称自己要带上计步器，算出我们在天坑下每走一步能值多少钱。

我鄙视他道："吃饱了撑的。你不如进军娱乐圈，唱首歌就挣几十万。"

他一时兴起，羞答答地告诉我，2010 年超级男声海选，李炜拿冠军那届，他还真的偷偷去长沙参加过海选。

我感到很震惊。就他那个卡拉 OK 水平，居然也有这个野心？

他含羞承认，当时还是想拼下颜值，当然，第一关，他就被淘汰了。

他唱的是孙楠的《你快回来》。自以为在 KTV 练习过关了，唱了几句，评委愣是没听出他唱的是什么。

我掐指一算，那时候他不满二十，虽然处于颜值巅峰，但这个举动还是太狗血了。我不由狂笑起来，他很后悔向我透露此事，一脸窘态。好了，这个梗可以消遣他好长一段时间了。想到这里，我便开始狞笑。他就更懊悔了。

他急于转换话题，故作不可思议的表情道："我还是保留自己的观点，所谓袋狼在天坑下有没有存活的可能。袋狼的皮毛那么鲜艳，怎么可能是在黑暗中生存下来的物种？"

我故弄玄虚地说："这个啊，等下让郑远给你解释吧。"

正在此时，有人敲门，我莞尔一笑。我就知道郑远要给我俩单独开个小会。

打开门，果然是郑远。他也刚洗了澡，头发还没干，剃了胡子，穿一件我们不常见的修身 T 恤，身姿挺拔，英气十足。

"头儿，帅！"彭辉对他笑着点赞。

郑远很少和我们嬉皮笑脸，他颦眉，让彭辉赶紧穿上衣服，看来要和我们进行一番认真严肃的谈话。

等我俩正襟危坐，郑远方才开口说："七天，根本不可能找到袋狼的踪迹，更别说逮到它了。"

我心想，有没有这玩意儿还是个问题。

彭辉好奇地问："头儿，你真的相信有袋狼？"

郑远一摊手："证据链在这里，无懈可击，真金白银，投资方也捧出来了，而且是提前全额支付。我们还有必要纠结这个问题吗？"

想想，他说的也对。

一如既往，郑远按惯例交代："咱们又是老班底了。老规矩，你俩多留意老金的动向。蒙晋人品正、敬业，可以放心，小林还是让她做标记，她做这个最在行。小张配合。这个行动，如果你俩不参与，我还真没把握。"

郑远很少这么表露他对我俩的倚重。我心里热乎乎的，彭辉恭维他道："头儿有人格魅力，老金对头儿可是忠心耿耿。"

郑远很平静地解释，其实，他也就是在老金最落魄的时候，给了他一次工作机会而已。老金一度在户外探险圈子里声名狼藉，是郑远将他的"闪光点"挖掘出来，让老金的知名度在圈内扶摇直上，老金自然知恩图报。

郑远若有所思："不过，老金在我眼里，始终都是个工具。好用，但得处处留心，别割伤了手。"

这番话说得很现实。我忍不住道："我觉得吧，老金这人桀骜不驯，但唯队长马首是瞻，也颇令人感慨，大家各自且行且珍惜吧。"

郑远也许觉得刚才那番话过于现实，容易引起大家的误解，淡淡地解释道："我知道以前帮过他，老金很感激我，也听我的话。表面上看，在乐业，只有我能驾驭他。但你们记住，他是个赌徒，一个真正的赌徒，无论他挣多少钱，都会彻底输光。我们不能和赌徒计较，也不能和赌徒交心。"这话可是说到点子上了。

郑远深思熟虑地说："所以，我给老金的酬劳不到你们的一半，你以为他猜不到？他心里很清楚。他有不满，但他不敢质疑我。"

郑远站起来，淡淡地说："我不是克扣他。从2012年到现在。我其实把扣下的酬劳，都给他存着，再攒两年，我打算给他在南宁买个小房子。以后等他老了，每个月至少还可以拿租金生活。只不过，现在还不能告诉他。告诉了他，他惦记着，就又变成一笔赌注了。"

他对老金的心意，让我俩挺感动的，我俩连连点头称是，把他送到门口。

他嘱咐我们早点睡。又补充道："至于寻找袋狼的事，我们尽力而为吧，一次不行，两次，三次，投资方其实也做好了打持久战的准备。他们出钱，我们就出力呗。"

神秘的玛瑙洞

据我观察，此次行动非同寻常。光是物资储备量，就超出我们之前任何一次天坑行动。

为了运送物资，郑远还临时调配了两位飞猫队成员，速降天坑后，他们协助我们将二十多箱食品和饮用水运送到我们在天坑下设置的第一个营地中。

整箱的饮用水、巧克力、牛肉干和饼干、麦片甚至还有维生素片，全部放在干燥箱里，还披上了迷彩外罩，它们将被我们陆续放置到沿途的几个营地上，设立秘密给养站，看样子，郑远果真是做好了打持久战的准备。

每次从大石围天坑出发，大部队都要在洞穴大厅集结，整装待发。

而我，按照惯例，每次都会花上几分钟，避开人群，一个人静静坐在离洞口约20米的一块大石墩上，说是冥思也好，祈祷也罢，这个充满仪式感的举动至少可以让我浮躁的心归于平静。

从我这个角度望过去，阳光正好斜照洞口，随着时间流逝，阴阳交界分外明显，光斑在洞口徘徊，时明时暗，斑驳的影子则在悄悄挪移，如同光阴留下的痕迹。

这块石头，也是摄影师们拍摄大石围天坑洞口方位的经典构图拍摄点，因为在这个角度，既能拍到洞中的景象，也能拍到洞穴大厅外的树木和颜色深浅不一的洞口岩壁。

当然，这里也是大石围天坑下的入口处和第一站，更是公认在整个天坑洞穴中，唯一能看到阳光的地方（其实，我们之前也邂逅了另外的两个秘境，颠覆了这个论点）。

我们将从这里暂别尘世，遁入神秘莫测的地下世界。

彭辉走过来，悄悄地将一支"电动剃须刀"递给了我。这也是郑远的老规矩，我们三人可以在途中悄悄用这个伪装的喷雾器喷射记号，只有用我们特定配备的手电才能洞察标记。

所以，可以说，我们三人其实在搞一个小团体。我呢，因为亲和力强，脾气好，能与郑远沟通，又被小林和小张视为他们小团队的成员。

我觉得自己就像童话故事里的那只蝙蝠，游走于飞禽走兽之间。

两名飞猫队员替我们运送完给养，准备撤离天坑。其中有个姓蓝的小伙子在离开前，悄悄把我拽到一边。

这个笑容腼腆的小伙曾经和我一起参与过一个公益慈善活动，虽说只与我喝过一次酒，却对我很交心。

他塞给我一个小纸条，上面勾画着三个地址的定位图。他告诉我，这是荷田在上次行动之前，在天坑下偷偷设立的给养站。看来，这年头，人人都留了一手啊。

我很感动。他腼腆地笑着说："这些信息虽然是保密的，但对需要的人来说，都是救命稻草。"

我连连点头，在天坑下，这些食物在关键时候是可以救命的，人命最大，这个道理我们都懂。

我心里一动，便问他："以前是否跟荷田下过天坑？"

他含笑点头。我又问："为什么这一回没跟他呢？"

他摇头，说八九月他是不进天坑的。

我不解地问："为什么？"

他显然不想谈论此事，毕竟我们就要启程了。他简短地说："我们本地人有讲究，尤其老人不让下去。"

我好奇道："每一年这个时候？"

他回答："就今年。"

我似有所悟，便不再追问。天坑下 70 年一次的异动期，果然不是传闻，处处有实锤。

他提醒我们要多加小心，毕竟，天坑下时时充满凶险，连荷田自己都扛不住了。

我谢过他后，回到队伍中。我看了眼纸条上的那三个地点，吓了一跳：这三个地点和小林告诉我的线路居然完全不一致，实在太蹊跷了——两条线路，甚至起点和终点都在两个方向。中间隔着一个尚未开发的区域，莫非他们有通道可以穿越其中？如果荷田的计划没有半途而废，也许他会有惊天发现？

按老习惯，郑远照例要在大厅开个短暂的碰头会，我们也有经验了，所有关键信息，他一般只在踏进天坑后才逐一透露。

郑远告诉我们，我们这次行动计划就叫"小郎君"，易记，也不容易泄露行动目标。细想，却让人莞尔。

我们这才知道，昨晚上，郑远和蒙晋、老金反复研究过那个村民口中的路线，此人提到的和用手机拍到的线索指向都很明显，他们能初步断定，那个拥有巨大莲花盆的洞穴就是"玛瑙洞"。

大家听了，都不由吃了一惊。大石围天坑下的"玛瑙洞"可是探险圈子里公认的、寻找难度最高的洞穴之一。2010年，曾有一支深圳某俱乐部组织的探险队伍下天坑探路，当时队里做了一个大胆的决定，随暴涨的地下河漂流。结果有一人和队伍失联，据说此人误打误撞，才得以进入此洞。

队伍被地下洪水围困，一位本地向导冒险泅水逃出，通报险情，政府组织武警和飞猫队出动救援，屡遭险情，却搜寻无果，一名武警战士在暴涨的地下河中被礁石撞成重伤。

却不料队伍自救成功，失联者也归队了。该队伍跋涉三天来到天坑出口，全然不知此事已在社会上引发轩然大波，招来批评声无数，谴责他们此举不仅给自己的生命造成极大危险，同时还危及救援者性命，造成不必要的社会公共财产和资源的浪费。这支队伍顿时成了过街老鼠，人人喊打。

在飞猫俱乐部的网站上，失联者曾用网名对此洞做过寥寥几笔的描述，没想到刚发了一帖，就被网友们群起而攻之，他删除帖子，之后就杳无踪迹，再没有发布过任何关于"玛瑙洞"的勘测记录。

郑远说自己曾在飞猫队的网页上看到过相关记录，但这十多年来，所有关于"玛瑙洞"的信息也就封停在这一纸记录中。

据说，它之所以叫玛瑙洞，是因为洞中有团巨大的钟乳石，形似猪脑，大概发现者觉得"猪脑"不好听，就改称"马脑"，取谐音"玛瑙"。

但之后几年间，就再也没有任何人有机会造访玛瑙洞，以现在得到的信息源分析，因为当时地下河水位暴涨，使那一行人可能歪打正着，恰好通过水路进入离该洞不远的通道，才有机会让那位失联者误入此洞。

而天坑的地下河水情变化莫测，错综复杂，后来者很难掌握精确水文信息，通过水路探访此洞无异于痴人说梦。

因为当时探访的时间很短，误入者只是用文字简单介绍了此洞的大致特点，它靠近地下河，拥有巨大的莲花盆，无数精美的穴珠，基本吻合村民对发现袋狼洞穴的描述。

而村民提到的什么头顶上六个排列的坑洞，郑远他们都能找到类似的参照地点，再根据该村民探洞时间长短推算，基本上可以推演出一个大概的线路图。不过，这条线路和荷田的完全不是一个方向。

信息量很大，我得好好消化消化。碰头会开完后，大家分头整理装备。

彭辉悄悄走到我身边，对我抱怨："郑远他们仨提前开小会，把我哥们俩排除在外了。"

我不在意地答道："头儿大概是希望我们不受干扰，关键时候能提供另一种思路吧。"

他惊愕："什么，你逗哥呢？"

我开解他："如果我们五个人开会，你想想，剩下那两个多尴尬。"

他怒了："什么，你逗哥呢！"

我暗暗佩服自己，不知自己何时已将气量修炼得这么淡泊清澈。

彭辉的火气越来越大，冲我吼道："谁会在意那两只'菜鸟'的感受啊？"

我赶紧开溜。一旦他知道我和小林也是一个秘密小团队，岂不是更火冒三丈？鎏金匕首退回的20万还在我账上呢，尚未告知他。一旦引发他的误会，岂不是要直接把我干掉？

只能自求多福，赶紧顺利完成这项任务，再按部就班地把事情逐一解决。

秘密通道

天坑下的洞穴通道可谓四通八达，地下水路网则纵横交错、神出鬼没。

地下伏流、落水洞和地下河在不同季节甚至不同时段都会有变化，天坑下最危险之处正是地下水系，这些年下天坑遇险的探险队，夺命事件多半和阴晴不定的地下河脱不了干系。

我们以往的探险行动，惯常都是走陆路。走到一个七岔路口后，各探险队才开始根据各自目标而分道扬镳，从洞口到七岔路这一段，被大家称之为"大马路"。

"大马路"的攻略和地形图都已经被公开，这要拜英国探险家所赐，他们不吝于分享，而本土探险队则互相提防，有所保留。

过了"大马路"，下一步的"走街串巷"，就得靠真本事了。各支队伍只好"八仙过海，各显神通"了。

只是，这一回，郑远的决定出乎我们的意料，他完全避开了"大马路"，选择的是一条水路。这个开场先是令人惊艳，接着让我们叫绝。

眼前这条地下河其实是条地下伏流，就在距离洞口不到200米处露头，形成一段深潭激流，涌向另一个洞穴。

很多人都知道这个水潭的存在，它位于洞口大厅的一个支洞中，洞口很隐蔽，必须踩着钟乳石，攀爬到距离地面5米高左右，方能看见水潭的真容。而洞穴水位比较高，基本没有可落脚之处，所以多年来，一直无人问津。

我们爬上洞口，俯视伏流露头处，就如同看着一个蓄满水的大客厅。打个比方，我们知道它的流向——厨房，但水位和厨房的房门高度只留二十多厘米的空隙，这就很可怕了。一方面水流湍急，再者，水流很可能进入厨房便转入地下，形成新的伏流。综上考虑，自然无人敢潜入"厨房"看个究竟。

不过，看样子郑远他们胸有成竹，我和彭辉也很兴奋，肾上腺素激升。

我们七人，将乘坐三艘橡皮船，满载装备和给养，进入这个神秘的水潭。

用绳索放下橡皮艇后，我们也攀着绳子跳到艇上。

橡皮艇漂浮在洞穴中，像在水上乐园，一个劲儿地打转儿，老金将橡皮艇卡在洞口，指挥我和彭辉将这条橡皮船先划过去，我俩尽量控制住速度，慢慢接近洞口。

待橡皮艇接近洞穴空隙处，老金和蒙晋跳入水中，分别趴在我们橡皮艇的两端，突然拽着锚绳潜入水中，橡皮艇便骤然下沉，我们低头附身，一瞬间，冲入另一个灌满水的通道中。

就像进了游乐场的孩童，我和彭辉骤然欢呼，眼前这个空间之巨大，完全超出了我们的想象。只见一条宽大的地下河流在我们面前徐徐展开，显然，很多伏流在此露头，汇聚成汹涌的水势，向黑暗中奔腾而去。

后面接着下来的是小林、小张那艘艇，他俩也爆发出一阵尖叫。最后，三艘橡皮艇就这么如离弦之箭，飞快地顺河而下。

大家那股得意劲儿啊，连郑远他们三人看了都好笑。这可是值得大肆炫耀的经历啊，我们居然就从"大马路"众目睽睽的眼皮底下，硬生生地开辟出一条水路，如何不让人心生欢喜？就像在一溜人焦头烂额排长队之时，我们直接在大家眼皮底下，如隐形般大摇大摆地走了进去，而不被觉察，怎能不爽？

我们对老金他们纷纷竖起了大拇指。团队的自豪感油然而生。

老金招呼我们将三个橡皮艇绑在一起，小林和彭辉童心大发，打起了水仗，被老金狠狠吼了一嗓子，他不好意思直接冲彭辉嚷嚷，光骂小林，小林不服，回呛他，蒙晋来打圆场，让大家集中注意力，万万不可掉以轻心。

我有点懵，小声问彭辉："老金为什么不敢骂你？"

他得意："哥帅呗。"

我纳闷："他最恨小白脸。"

他嬉皮笑脸："哥是小鲜肉。"

我厌烦地说："知道，你们是好朋友。说！"

他这才吐露实情：上个月，老金周转不开，向他借了笔钱，然后笑嘻嘻地在我耳边说：

"拿人手短，这话没错。"

我低声警告他，"一旦郑远知道，他绝对吃不了兜着走！"

彭辉心虚，点头道："幸亏他赌赢了。已还钱。我也跟他声明，这是最后一次。"

我心里还是有点不安。老金前段时间也找我借过钱，被我一口回绝了。我平生最恨赌徒，自然把郑远的警告铭记在心。

洞中奇景

小林虽然毒舌，工作还是比较敬业，不过漂在河流上，她不知道该怎么做标记，只好用手电照射，尽量记下洞壁的参照物。

老金蛮横地向她表示，所有的线路标记，在行动结束后必须销毁，因为这条线路是保密的，不能留下任何证据。

小林白了他一眼，说已记在自己脑子里了，怎么着吧。

老金狰狞地说："那老子就给你好好洗个澡，把脑子里面也掏出来洗干净。"

小林立刻抓住把柄告状："头儿，老金他对我性骚扰。"

郑远对这俩冤家也比较无语，喝令老金住口。小林是个假小子，最不喜欢别人当她是女人。但关键时刻，她偏偏要拿自己的性别来说事，有时候，我真觉得她挺混账的。

而老金，这家伙就像一只野生动物，恨不得在所有地方都屙上一泡尿，以宣示地盘主权。老金咕哝道："找个母的多麻烦，如果都是爷们，老子现在就可以直接站起来屙尿了。"

蒙晋立刻给他递过去一个大可乐瓶，严肃警告，不能直接尿河里。这里的水质不能受一点污染。你那泡尿可以毒死好几斤鱼苗。现场气氛骤然变得喜感起来。

河道其实就是洞穴通道，很难想象，天坑下居然藏着条如此宽敞的地下河。我们目测这个洞穴通道，宽度七八米，高度有五六米，头顶上是连绵起伏的顶流石，如华丽的水晶吊灯，一直在我们眼前铺陈下去。

形成于洞壁上的壁流石，诸如一幅幅石幔，缘于饱含碳酸钙的薄层水流沉积形成褶状流石；一面面石旗，由洞顶或内侧洞壁上连续性水流形成的薄而透亮的旗帜状流石，将这个洞穴通道打扮成一个奢华而低调的宫殿，在黑暗中长久沉默着，只在手电筒照耀下惊鸿一瞥。

不过，河道两边的水浸之处，完全没有落脚的地儿，上方一米之内都是清一色光滑洞壁。如果橡皮艇翻覆，后果还真不堪设想。

我问老金水有多深，他说没测过，大概有五六米吧。

如此生机勃勃的一条地下暗河，让彭辉骤然兴奋。形形色色的科考队下天坑考察，居然没有发现藏在眼皮底下的这般曼妙风景。虽然都知道地下河凶险，但在大石围天坑中，大多是地下伏流，出露点多表现为瀑布形式，而天坑下的各种小溪，季节性山洪，都把"水"这个元素局限在沉默、阴暗、突发的概念中。

我们眼前，是一条泛着浪花的激流之河，如果水源不是渗透，而是直接从外界流入，一定会带来充足的食物，也就意味着河里可能存活着大型食肉动物。我同时注意到，洞顶及洞壁处没有喀斯特洞穴中常见的蝙蝠，这就说明，此洞应该与外界隔绝。

"快看。"老金忽然指着头顶一个巨大的钟乳石。

我们仰头，眼前的景象着实惊人。前方洞顶有大约5平方米左右的面积，远看，像是一团繁复的钟乳石，近看，犹如一盏精美的大型水晶吊灯，层层叠叠，堆砌着重达数吨、晶莹剔透的方解石及鹅管。"吊灯"中间是一大团雪白的石毛发包裹的凸起，向河面下方垂吊约半米，在手电筒照射下，满眼都是无法用语言形容的晶莹剔透、熠熠生辉。

我倒吸一口冷气，美是美，但它实在是太邪门了，这段河流绝对没有表面看上去那么简单。毕竟石毛的生长对环境要求很苛刻，广西巴马的水晶宫一经发现，便震惊世界，专家已开始预言它的消亡只是时间问题。因为一旦打破了洞穴和外界的氧气隔绝层，非重力水结晶就失去了存在的前提。

要知道，世界上97%的岩溶洞穴尽管景观千变万化，乳石却都一样，都只有重力水沉积物，如桂林的芦笛岩、七星岩等。只有3%的岩溶洞穴中可以看到非重力水沉积物，如北京的石花洞、武隆的芙蓉洞、安顺的织金洞等，由于石毛发等太过珍贵，织金洞将仅有的一小段发育有石毛、卷曲石的支洞封起来，禁止参观；而巴马水晶宫却有亿万朵非重力水成因的卷曲石花与无边无际的晶霜、石毛，其范围之广、数量之多、色泽之白，堪称是全球第一。

巴马水晶宫以洁白纯净、密集分布的石毛、卷曲石、石花等景观为显著特色。我们眼前这个，又胜巴马水晶宫无数倍。

彭辉处于极度兴奋的状态，他说："如果天坑附近的河流渗入地下，和被喀斯特地质结构过滤的雨水，在此汇聚成河，长年累月，在无外界干扰的前提下，就凭借着这么大的暴露面积，极有可能生存着我们未知的物种。"

他举了个例子，凤山三门海、荔浦丰鱼岩，洞穴内有小河流过，都是外界的水流直接流入洞穴。

小林摇头，说我们看到的这条河流，很可能是地下水渗透而来，过滤掉了原来的水生动植物，形成了一个封闭的生态圈。

郑远微笑道："我们这么理解吧，水体如果和外界有明显接触，这里面可能有鱼，有蝙蝠，也就存在大型水生动物的假设；如果是全封闭的，就会有个完整的生态圈。"

我也比较激动，表示我们还需要勘测这条河究竟有多长和天坑内部有多少错综复杂的纠缠，以及相互间有多少水体交换。

老金不耐烦地说："我们是来找袋狼的，不是领你们来做科学考察的。这条线路不许公开。公开了，我就没饭吃了。"

我觉得这人既狭隘、又自私，更好笑，于是问他为什么。

"我们从河流漂到'城堡'只需要2个小时，我们走旱路，要走两天一夜。"

"城堡"是指位于目前已知的天坑洞穴通道的中心点的一个大洞穴。

彭辉大吃一惊："我们居然可以在河上漂2小时？"

我感到意外的着眼点和他不同："这条河流可以直插天坑的中心？"

老金说："后面的河流会变小，也会出现支流。"

郑远让大家把橡皮艇划到洞壁旁，他仔细观察水痕，毕竟，河流水位在旱季、雨季有明显的不同。

奇怪的事情发生了：我们看到，因为长久的河水侵蚀，水痕之深，已经成为凹槽，用手去摸，居然有七八厘米的凹进深度。

老天，小林分析得没错，这表明一个惊人的事实，这水位是基本恒定的。

我们几个面面相觑，竟然有点毛骨悚然。

彭辉不信邪，将整条胳膊伸下去，他说："凹槽下的洞壁非常光滑，没有明显的分界痕迹。"

水既然是流动之物，皆受季节轮回和一天24小时的任何细微变化的影响，如何能恒定如此？

团队中，只有我、彭辉和郑远受了惊吓，其余的人似乎无心去细究这个现象。

我忽然感到莫名的恐惧，仿佛误入了一个千年万年无人涉足的险境。

第七章　不腐之水

水晶地毯

橡皮艇划过水面，几束光线滑过石壁，如同搭建出一个三维的时光隧道。过了一会儿，彭辉兴致勃勃地说："哥几个居然进入了千年秘境，这条河应该用我们队员的名字来命名。"

老金再次强调说这条通道是他发现的，绝对不能公之于众。仔细想想，他的格局也真够可怜，就为了挣那几个导游费，眼光狭隘如此，让人无语。

彭辉打开手机留言，看了下手表，说："'辉华远晋卫'，这是彭辉给这条河的命名。2016年8月17日下午14点40分。"

这么狗屁不通的名字，居然还引来了小林和小张的不满。因为他俩的名字未能入选。

"'耳环哥'实在是太欺负人了。"小张委屈地说。

小林撇嘴道："他有什么资格来命名？我觉得应该用我们的项目命名——'小郎君河'。"舌头打绞，连她自己也不忍卒听。

洞壁没有青苔，也没有任何生命的痕迹。我们照洞顶，郑远照水下，他也受惊了，让我们看水下。

大家都趴在橡皮艇的边缘，朝水底打手电。

我的天哪，在我们身下，映入眼帘的，是一张浩浩荡荡，似乎没有尽头的"水晶地毯"，静静铺设在河底。这一眼，让我的血液都要凝固了，说是心惊肉跳，也不为过。

作为旅游杂志的摄影师，我对广西的奇山异水颇有研究。广西石友、奇石收藏家把在水里生成的石毛发、卷曲石称为"水结晶"，珍贵的程度无需赘言。因为生成难度极高，也极为罕见。

我认识一位铁路系统的官员是一个奇石爱好者，他就收藏着一块极为精美的水结晶，据说在十多年前已开价50万。

如今，我们脚下的水底，目不暇接，蔓延着绵延不绝的"水结晶"，看得我胆战心惊，好像一大堆钞票被码得整整齐齐地铺满了水底。大家一直在惊叹，就像第一次进入海底世界，对绚丽的水下景观目瞪口呆一样。

小林也感到很震惊，她告诉我们，我们所见的绝大多数的钟乳石，都是在结晶过程中受地心引力的影响而生成重力水沉积物。譬如我们常见的石钟乳、石笋、石柱、石旗、鹅管等滴水沉积；石幔、石幕、石瀑、石盾、流石坝、石梯田等流水沉积；石珊瑚、石蘑菇、石葡萄、棕榈片等飞溅水沉积，而穴珠等属于池水沉积。

极其罕见的，就是有极少数钟乳石从毛细水、薄膜水、雾状水中结晶生成非重力水沉积物。例如：当洞顶的毛细管渗出来的水的表面张力大于地心引力时，它结晶生成的石毛、卷曲石、晶花就不一定向下生长，而是可以向上、向旁、向任何方向，甚至可以扭曲生长。

目前，全世界独一无二的巴马水晶宫，就因为拥有大量的令人难以置信的非重力水沉积物闻名，走进洞中，如遭遇满天飞雪，这是因为洞顶洞壁上的非重力水沉积物晶霜将洞穴染得漫天皆白。

郑远惊奇地问小林："所以，你也没见过水下这种景观？"

小林倒吸一口冷气，摇头说："巴马水晶宫的景象全世界独一无二，而我们脚下，就可以说是水下水晶宫，形成难度要远远超过巴马水晶宫。"

彭辉惊叹："巴马水晶宫的发现已震惊了世界，这个水下升级版，岂不是比巴马的强一百倍？"

小林的总结很生动："如果我把这个发现告诉我的教授，他一定不相信，如果他亲眼看见，说不定会心脏病突发。这彻底颠覆了以往我们对洞穴认知的常识。"

我心里默念，这一切都是大自然对大石围天坑的馈赠，属于子孙后代，和洞中的钟乳石一样，不能被破坏。消息一旦流出，必定会引来利欲熏心之徒，在这条河中掀起血雨腥风。

我之所以感到焦虑，因为，眼前就有一个不择手段之人——老金。如果他意识到这水下的珍宝，说不定把我们都灭口了也不一定。

我寻思这些的时候，郑远若有所思地问我："这些玩意儿，你以前见识过吗？值钱吗？"

他知道我是奇石发烧友，自然是从奇石的角度向我咨询。我故意轻描淡写地说："这属于矿物晶体类。不过，一出水就不值钱了。"

老金大笑道："那就用矿泉水泡着。这样就可以卖出好价钱了吧？"

我心一惊，赶紧警告他道："违法的事最好不要做。"

郑远沉吟片刻后警告大家道："在时机没有成熟之前，这条线路如果被公开，环境一旦被破坏，我们就成了千古罪人。"

蒙晋强调："对任何人，包括对投资人，我们都不能泄露任何口风。"

"我知道，"老金望着我，讥笑道："就算水下那些东西可以卖钱。能值多少？等下我带你们看更好看的。"

对这个人，我虽然反感，却也暗暗钦佩。至少他用生命做赌注，探出一条让我们大开眼界的线路，这才让我们得以邂逅封存了上万年奇异景观，妙不可言。

含羞泡泡

　　彭辉用手撩水,说这是神水,肯定长寿,也可以开发矿泉水。他将水抹在脸上,连声赞叹:"好滑。"我也有同感。和刚下水的时候相比,现在的水质似乎有了不小的区别,特别清冽、柔滑。

　　彭辉嗅嗅,说味道似乎也不一样。我也把手掌泡在水中,然后闻闻,俗话说,真水无香。水应该是无味的,但此刻,我的手指却似有股淡淡的花香,彭辉掬了一捧水,尝了尝,说不甜不咸不苦不涩,不知道是碱性还是酸性。

　　不到两分钟,雷人的事发生了。"不好意思,哥好像要拉肚子了,这水进嘴了,滑肠。"彭辉感觉不对劲。大家都蒙了,这一路,不但没有看到河岸,连块礁石的影子都没有。哪里有他的方便之所。

　　"憋住,憋住。"大家只好给他加油。他苦着脸,不停变化姿势,估计在应对肚腹中的排山倒海。

　　老金发话了,说他记得前方不远好像有条支洞,在那里也许能找个落脚之地。

　　蒙晋叹了口气,给他递了几个塑料袋,老调重弹,千万不能污染水质。

　　小张幸灾乐祸:"哈哈,'耳环哥'这下糗大了。"他悄悄用脚骚扰彭辉,吹口哨,彭辉无暇理会他,拼命调整呼吸,调整姿势,生怕拉到裤子里了。有时候,我真觉得眼前这几个家伙,就像幼儿园里的小朋友一样。

　　这小子运气算好的。几分钟后,老金提到的支洞果然就浮现在眼前。支洞口很小,橡皮艇停靠到洞口,我们打开手电筒查验,发现所谓支洞其实是个盲洞,纵深大约也就五六十平方米大小,好在洞壁没有主洞这么光滑,林立着一丛丛钟乳石,还有一圈流石坝。

　　我看见郑远悄悄用我们秘密约定的"剃须刀"在洞口喷了一个记号。我和彭辉攀爬到一块礁石之上,小心翼翼地沿着洞壁往前走了几步。我听到郑远和蒙晋在分析,说这个洞口似乎有过崩塌痕迹。

　　彭辉躲到一个巨大的石笋后解决问题,我用手电四下照射,目光忽然停在对面的洞壁上,一个奇特物体吸引了我的注意——靠近盲洞尽头的位置,有一团灰白色、拳头大小、霉菌一样的玩意儿,像棉花糖一样黏在石壁上,颤颤巍巍地,仿佛有生命。

　　最有趣的是,当手电筒光照过去,这团"棉花糖"似乎有了畏光反应,颤颤巍巍地躲避光线,就像只可爱的小萌宠。最妙的是,这团"棉花糖"透露出温润的胶质感,结合了玉石和玛瑙的特点。

　　我用手电筒仔细在石壁上检查,发现在头顶上还"长"着几朵,均是畏光躲闪,让我忍俊不禁,不禁心里一动,这是个"含羞泡泡"?

　　我问彭辉他手里拿着几个塑料袋,他说有三个,我向他借用一个,他幸灾乐祸,还以为我也要拉肚子了呢!

  小心翼翼地举着塑料袋,走到距离我最近的石壁旁,我轻轻摘下一朵"含羞泡泡",它柔弱无骨,像一团无形的雾,但视觉上又有丰实的密度,仔细地看,它并无根须,那是怎么依附在石壁上的呢?手感柔滑,"像雾像雨又像风",一首老歌名倒把它形容得很贴切。

  我忍不住又捉了一朵,本想把它们轻轻放进塑料袋里,可就像放入两股清风,怎么也拢不住。这不是酸文青的词儿,是此刻真感觉不出重力的存在,它俩轻飘飘的,悬浮在空中,我索性用塑料袋从上面像捕蝶网一样罩住它俩。

  想起天湖上的诡异云雾,我还是保持一定的警觉,特意闻了闻手指,有股淡淡的香味,再打开塑料袋嗅嗅,也是同样的淡淡香气。

  彭辉已经完事,拎着塑料袋,从他蹲位过的巨大石笋后面走出来,正撞上我做出闻嗅塑料袋的举动,不禁大骇,喉咙里发出催促的声音。这时,船上的人也开始催促我们了。

  我俩各拎着一个塑料袋下来,用手电筒照过去,我发现,大家脸上的表情可以用惊悚二字来形容。他们捂鼻,迅速给我们挪出位置,开船。

  继续漂流,我们发觉,地下河道是在不知不觉中收窄的。我们还特意去洞壁前观察水位,同样的凹槽,同样的严丝合缝,像一款精准的瑞士手表。

  彭辉说:"真担心一泡尿下去都会改变它的生态圈。"

  "那是肯定的。"蒙晋清了清嗓子。他警惕地盯着彭辉,好像生怕这个混球身体力行。他是我们身边罕有的有原则有信仰的人,我虽然啼笑皆非,心里却给他点了一百个赞。

  倦意袭来,一个接一个传染,大家都不说话了,闭目休憩,只有小林用手电筒四处照射,做着笔记。

  橡皮艇静悄悄地顺水而下,忽然,一轮"月光"从头顶斜射过来。柔和的、淡淡的淡绿色荧光,融融的沐浴在我们头顶上。小林关了手电筒,柔光依旧。

  这就碰到我的专长了。于是我向大家介绍:这应该是天然萤石,在灯光照射下会发出荧光,也就是古人所说的夜明珠。绝大多数夜明珠都是萤石材质的,由于萤石的晶体普遍较大,所以能发现大体积的萤石夜明珠也不足为奇。

  静静的水面被萤石之光照耀,顿时波光粼粼,煞是好看。

寂静之河

  这一次,大伙都很安静,有人敬畏,有人被触动,有人就真的是瞌睡了。

  我是被触动的那一个。对于大自然藏在人间的最后一片净土,连惊呼都像是对她的一种惊扰。也许,它压根儿就不该被发现,我暗暗祈祷,但愿不要毁在我们手里。

我看看手表，此时，我们已经漂流了一小时二十分，目前的流速，十分平缓。

到目前为止，我们还没看到这条河道的任何一个连通洞穴，也看不出它和天坑内其他支流有水体交换的可能。如果我们现在真是朝向天坑中心的方向行进，也真够诡异的。就像是大石围一条通向心脏的血管，居然从未暴露踪迹，匪夷所思。

测算了一下河流方位，我们目前应该是沿着天坑的边缘行进的。

不久，前方终于出现了分流，宽度七米左右的河流被分开，左手边的河道大约四米，右手边则缩减为三米。水流开始湍急起来，我们几乎可以判定，右手方位是进入天坑核心地带的必经之路。

老金嚷嚷着让大家赶紧往右转。郑远敏锐地嗅到了什么，立刻让队伍靠边停下，问老金："左边是什么情形？"

老金说左边河流注入一个面积很大的水潭，可能是回水湾，几乎是静止不动的，而右边则直接抵达沙坡头。

郑远提议我们先去左边看看，因为过了这村就没这店了。正合我意，我心里暗暗欢喜，老金却踌躇了。他吞吞吐吐地说，那个地方有点怕人，大家还是抓紧时间做正事为好。

我立刻警惕起来，我才不相信这家伙，在大名鼎鼎的"寻尸者"眼里，哪有什么事可以吓唬得了他的？这里肯定藏着什么猫腻。也许那里有更惊人的景观，更珍贵的矿物晶体，也许他想据为己有，慢慢地敲下来卖钱呢。

和我一样，大家一听，都来了兴趣，嚷嚷着要去看看，唯独蒙晋犹豫了。他迟疑道："我第一次听老金说'怕'，那里是不是真有危险？我们还是安全第一吧。"

这番话乍一听上去像是激将法，不过我认为蒙晋的情商还未升级到这个版本。老金摇了摇头，说危险倒没有，就是他去造访过后，感到心里瘆得慌，心跳加速，感觉不太舒服。

听他这么一说，大家更好奇了。有什么场面能让乐业大名鼎鼎的"乐业寻尸人"畏惧，定有不同凡响之处。

既然大家都想去，老金也无奈，只能领着大家，转向，朝左边河面的方向划去。

左边的水道相对平缓，行进不久，前方出现了一个不大的洞穴通道，郑远让大家把橡皮艇一字排开，依次划进去，老金面色严峻，一言不发。

穿过十几米的洞穴通道，我们前面呈现出了一个四五百平方米，呈长方形的水潭。我似乎有些明白老金为什么说这里有些怕人了，因为，这里实在是太静了，静得让人有些发怵。

每个人讲话甚至呼吸都有回音。犹如洞顶、洞壁、水面、水下等等，整个空间连成一体，形成一个封闭的隔音室，我们的呼吸、心跳都被无限放大，乃至我们的耳膜都被震得嗡嗡一片。

而监听者，也许是我们看不见的某种神秘力量。想到这里，我不禁打了个哆嗦。我特意望了老金一眼，我记得老金的那个表情，他望着黑暗中的前方，面露恐怖之色。我们用手电照射过去，发现前方崖壁上有个洞穴入口，莫非那里有什么蹊跷？

老金见已经无法阻止我们的好奇心，只能硬着头皮领着我们划到洞口。他说这是一个洞穴通道，里面应该连通着一个更大的水潭。

在寂静的水面上，我们将筏子划到了洞口附近，几只手电筒照过去，大家都惊呆了。这个洞口高出水面约3米，至少有三层铁丝网，牢牢地罩在洞口，像是用于某种工事保护目的。铁丝很粗，安装在石壁上的手法看上去也相当粗暴，但不得不承认，虽然看样子年代已久，但仍然牢固异常。

我们用手电筒往里面照进去，发现其实通道不长，五六米后，手电光落在洞穴后面的一大片水面之上，这里的水面泛着银光，神秘、静谧，无端地让人恐惧。

什么人，什么时候，为了什么原因，费了多大力气，在此安装了这几层铁丝网？他们在防备什么？铁丝网后的水潭里又藏着什么秘密？

这里要先插播一下大石围的前世今生。其实，追溯起来，大石围天坑一直默默无闻，直到20世纪90年代的相关报道中才浮出水面。

1973年，曾有一位广西地质专家到乐业进行地质情况调查，首次对乐业大石围天坑进行初步调查；1995年，《广西林业》杂志组织有关专家对乐业大石围天坑进行了考察，并把一些图片和数据资料刊登在杂志上；直到1998年3月，广西电视台和乐业县政府等单位组织的探险摄制组及科考专家才第一次进入大石围天坑及地下河内部。

在被大众发现和认识之前，也有不少村民曾下探到大石围洞底，采草药，养猪（最后都放养成野猪了）。

如果当时有人像我们一样，穿过秘密河道，顺水而下，然后安装了这几张铁丝网，再考虑到天坑下的具体情况，这应该算是不小的工程了。按水深5米估算，这几张铁丝网，每张面积都超过20平方米，而且还需要水下作业，难度可想而知。

换句话说，如果这个工程是在1995年以后实施的，必定会有相关记录，也很难完全掩人耳目。何况，这更像是个"公益项目"，何需隐蔽？此刻，我们完全能感受到老金心中的恐惧，是的，最恐惧的，是发现有人在"秘境"中捷足先登，而且还以这种方式对后人发出警告。

彭辉将橡皮艇划到洞口的侧面，打着手电筒仔细观察。他和我都似乎同时发现了一个不对劲的地方，但我们都缄口不言。

郑远将手电照着铁丝网，正面看不出蹊跷，侧面看，顿时就看出一个惊人的现象，层层叠叠的铁丝网，有明显的凸出，仿佛有一只怪物在里面挣扎着要破壳而出。

"它"为了冲出这层层铁网，积蓄了多大的能量？想到这一层，我不禁毛骨悚然，下意识地将身子往后闪躲了一下。

大家更多地把注意力放在通道后的水潭上，那里至少比我们此刻置身的水潭大一倍，目测有上千平方米，因为水流趋于静态，可以初步判定里面或许没有连通洞穴或支流。

铁丝网的功能，要么是阻止"它"出来，要么隔断"它"的食物来源。

只是，在这样的环境里，究竟是什么样的"它"才能存活下来？

诡异的铁丝网

郑远问老金："对此有何看法？"

老金说自己十几岁起就在天坑群的地盘上晃悠，此地极为偏僻，交通不便，导致天坑群尤其是大石围天坑长久不被外界所知。他自信满满地说："这里的什么动静都瞒不过我的眼睛。"一句话，老金根本不相信自己发现的绝密路线会被人抢先一步。

我们也知道，就大石围天坑来说，之前确实有很多传闻，包括南明王朝的军队曾经在天坑下驻扎。而有组织、大规模的科考及媒体报道，也就发生在1998年以后。

这就很矛盾了，因为铁丝网不会被平白无故地安装到洞口。所以老金后面的结论颇有道理，不排除是几十年前（甚至在他出生之前）野外勘测考察队所为。因为时隔久远，现在早已被人遗忘。

自从大石围天坑被发现后，一直是旅游及媒体的热点话题，真有类似这么生猛的新闻猛料，早就应该曝光了，因为此举意味着在20世纪90年代正式发现天坑之前，大石围天坑已被人捷足先登，而且是深度介入。这是多么惊人的发现！

再说，关于大石围天坑的所有文献资料，那点陈年芝麻烂谷子，早就被翻了个底朝天，不可能藏匿着这么大的新闻热点。所以，我同意老金的观点——如果这是尽人皆知的秘密，肯定无法封存太久。

郑远问是否有人能溯水而上？也就是说从沙坡头抵达此处。老金哈哈大笑，说绝对没有可能。他告诉我们，我们即将右转的河道出口，有个非常隐蔽的落水洞，然后连接一个瀑布，根本不可能有人能逆流溯源，连想都不敢想吧。

我笑嘻嘻地问："这条通道还不是被你发现了？"

他气呼呼地反问："天坑下有多少个金瑞财？"

这倒也是。我们顿时张口结舌，无从反驳。想来诡异又心酸，他单身一人，像孤魂野鬼一样在天坑里面游荡，又是为什么？

彭辉替我问出口了："老金，你没事成天在这里面瞎转悠，就是为了找刺激、好玩吗？"

老金漫不经心地告诉我们，据说有一具尸体藏匿在大石围天坑里，被一个南宁老板开出了天价，私下和他签了合同，可惜他找了两年都没找到。没事了，他就下来溜达溜达，反正每次打着这个幌子都可以拿到不少劳务费。

小林好奇地问："这都两年了，尸体还有渣吗？"

老金答道："骨头也算，不是可以测什么 DNA 嘛。"

对于他所从事的暗黑行业，我可不想刨根问底，也不知他话中真假。

小林忽然提醒郑远："头儿，你听，好像有声音。"她把耳朵贴到铁丝网上，我们刚习惯了耳边的嗡嗡声，现在大家骤然安静下来，仔细聆听，顿时心慌意乱。这是很难表述的一种感觉，模糊，却真实存在，就像和我们不在同一个频率上，持续发散的某种声波。

水下真有幽魂存在？我顿时脑补类似《招魂》的情节设定，比如某种超自然的力量，或被囚禁在此的鬼魂。但这一船人都是无神论者，他们讨论的是巨兽存在的可能，可见又是中了好莱坞电影的毒。大家的揣测都是大片里的情节，想想也是蛮黑色幽默的。

蒙晋忽然声音急促地提醒："看，水的颜色变了。"他没有参与大家脑洞大开的瞎扯，而是一直盯着手电筒光后的水面。

潭中水体的颜色缓慢转换成为幽蓝、幽绿、幽紫，无法形容的空灵，飘忽，兼具着无边无际的荒凉、清冷，如渺茫烟波，而那隐约的声音透着彻骨的寒凉，落寞怅惘。

第八章　地下河

培根岩

我坐在船头，看一船众生相。

彭辉和小林在兴致勃勃地评估我们手上的工具是否能剪断铁丝网。

小张是被雇来干活的，自然多一事不如少一事，张口就问："干这活，谁给钱？"

老金双臂抱在胸前，闭目不语，一副在忍耐我们胡闹的德性。

蒙晋则建议，我们不如先去找袋狼。等完成了任务，有机会再去附近村里做个田野走访调查，也许能找到关于铁丝网的知情人也尚未可知。

我提议，让我用手机拍下比较清晰的铁丝网图片，也许真如蒙晋所言，可以查出些名堂。

郑远点头，我指挥大家配合打灯光，拍下几张相片后，郑远下令撤离。

三艘橡皮艇，慢慢划破宁静的水面，我们身下的河水，如一大块海绵，收纳着我们这群不速之客带来的水波、光亮和私语，又将它原封不动地还给亘古不变的黑暗。

橡皮艇终于划到了分流口，仿若载着我们回到尘世，哗哗的水流声第一次听来那么亲切。

郑远交代大家都穿上救生衣，注意安全。

三艘橡皮艇依次右拐后，进入一条有两三米落差的激流中，如同置身水上世界的滑道。老金大声提醒我们，下一段的河段流速很快，大家注意不要被甩出去。

我们的橡皮艇排在第二，乒哩乓啷地跟在郑远他们后面，一转眼就落入水潭。真不敢想象，老金孤身一人是怎么探路的，心里由衷佩服他。

瀑布落差三四米，总算有惊无险，三艘橡皮艇在潭里打转儿，我观察四周，迷糊了，这个潭很小，估计就七八十平方米，像个易拉罐一样，四面都是洞壁，我们该往哪儿走啊？

但奇妙的是，虽然瀑布水流不断，这个深潭水位并未见明显提高，我猜也许在哪里有隐藏的泄水口。

大家都望着老金，听他下一步指示。老金嘴角泛出谲诡的笑容。

小张忽然站起来，举着划桨，激动地举报："头儿，我们中计了，老金把我们骗进陷阱里了。"

话音未落，他举着划桨向老金砸去，老金没表情也没动，小张没击中，身子却一晃，差点掉下水。

小林惊叫一声，我们都被这个意外弄懵了，随着小张身子一歪，他们那艘橡皮艇被旋涡推到洞壁边上，嗖一下，居然就没影了。我们大家都惊骇不已。

老金哈哈大笑。他把橡皮艇靠洞壁划去，一转眼，他们的橡皮艇也消失得无影无踪。

彭辉惊喜，哇哇大叫着将我们的橡皮艇依葫芦画瓢，也停在洞壁边上，却迟迟没有动静。我俩面面相觑，傻眼了。

说时迟，那时快，一股旋涡在我们眼前泛起，紧接着我们的橡皮艇就突然被一股力量扯了下去，我们仿佛陷入一个无底洞，但转瞬间，我们又突然浮了上来，在一个百来平方米的水潭中，他们在哈哈大笑，郑远也忍俊不禁。

老金试图去捉小张的胳膊，小张边躲闪，边大叫："小林也说你要害我们。"

小林很窘，假装镇定地说："我在逗他玩呢。"

郑远让大家安静，呵呵笑着对老金竖起大拇指，对小张也竖起大拇指。

他对小张的嘉奖是"时刻保持警惕是正确的"。

"防火防盗防老金。"小林补充道。难得一见，老金也哈哈笑了。

我们眼下这个水潭，位于一个洞穴中，不像刚才那个，仿佛被囚禁在易拉罐里面，让人压抑恐惧乃至透不过气。

定睛看看这个洞穴，有种古香古色的感觉，手电筒照过去，都是明黄的色调。

"培根岩。"小林脱口而出。

颇具古典美的钟乳石，居然还有个外国名字，让人感觉甚是荒谬。

幸存的生灵

从"易拉罐"潭中溢出来的水，估计在此潭中被慢慢渗下，维系着微妙的平衡水位。我们从水潭里划进了一个支洞，只见头上悬挂着千奇百怪的钟乳石，如同藤蔓，有的垂落水面。我们得小心翼翼地绕开它们，就像在亚马逊的热带雨林里探秘的小船，一路险阻，船行于藤蔓交织的河边，驶向河流深处。

我们在支洞中大约划了半个小时，水道突然变宽了，汇入左右方向的两股水流，流速明显增快。老金让我们放慢速度，好让他们的橡皮艇在前面带路，他们先在一块礁石前停下了，我们两艘橡皮船被他们的船阻拦在一起，郑远用手电筒照向前方，我们都倒吸一口冷气。

只见前方上部三个方向喷涌出三条落差为四五米的瀑布，加上我们这个方向的水流，四股水柱在空中碰撞，腾起白茫茫的水花。

老金说："等下橡皮艇冲出去的时候，大家要保持镇定，千万不要左右摇摆，以免翻船。"

小张被眼前的这凶险景象吓得口吃了，结结巴巴地问："这么冲下去，有没有生命危险？"

老金对他狞笑道："你说呢？"

老金让我们的船先做示范,彭辉兴高采烈地吹了声口哨,我们按照老金嘱咐的要领,先慢慢退后,然后缓缓调正方向,进入激流后,一股极为猛烈的推力让我们的橡皮艇腾空飞跃,直接冲进三面瀑布的中心,在飞溅的水花中,我们和三面厚厚的水帘一起,"飞流直下三千尺"。等我回过神来,我们的橡皮艇已平平稳稳地"降落"在一个宽阔的水面上。

"沙坡头!不知不觉,我们已到沙坡头了!"

我和彭辉不禁手舞足蹈地欢呼起来,这趟旅程可真够刺激的。最妙的是,当我们的小船从天而降,在氤氲的水汽中,犹如失去了地心引力,和三股水流一起坠下,那感觉真的是爽极了。

这趟旅程,水和重力的概念都已经颠覆了我们所能理解的常识范畴,想想河面下几公里长的"水结晶",想想爆发力十足如魔术般的旋涡,想想如精密仪器般的水流蚀刻……这片水域如神秘核弹般令人感到恐惧。

另两艘橡皮艇也伴随着欢呼声,漂在水面上。我们将橡皮艇划到岸边,这一段旅程便宣告结束。

忽然,我觉得水里似乎有东西,赶紧用手电筒去照,一时看不出任何异样。

我坐在橡皮艇里,心有不安,直觉上肯定有哪里不对头。我把手悄悄伸进水中,水下有东西的感觉越发明显,忽然,我的手触碰到一个毛茸茸的玩意儿,我大叫一声,只见水下一个物体突然跃到了我们的橡皮艇上。

情急之下,我迅雷不及掩耳地跳上了岸,几束手电筒光照过来,只见一个黑色物体在我们的橡皮艇上狂嚼着什么。

老金忽然喊了声"嘎嘎",这个物体的动作忽然慢了下来,但仍然扬起脖子吞咽着。我们这才看清,居然是只黑土狗。

老金又叫了一声,这条狗忽然跃到岸上,用牙撕扯着老金的裤腿,狂吠。哭诉、撒娇,兼而有之。

小林吐槽:"他给狗取了个鸭名儿。"

老金蹲下身来,难得见他充满怜悯,亲了下他的狗,忽然惊叫道:"什么味道,为什么一嘴屎,你吃了什么?"

其他几人瞬间反应过来,被雷得外焦里嫩。老金当然也醒悟过来,慌乱大叫着跪在水潭边,一边把脸泡进去,一边暴怒地大声辱骂。刚开始以为他骂狗,仔细一听,是在骂彭辉……此处省略三千字,浓缩成一个字:污。其他人则尖叫着躲避狗狗的纠缠。

十分钟后,彭辉将橡皮艇清洗完毕,老金将嘴洗刷完毕,小林将裤脚清洗完毕,蒙晋将狗狗清洗完毕,给它喂了两罐肉罐头,我们就赶紧出发了。

彭辉悄悄对我耳语,说以后老金再也不敢跟他斗嘴了。

"为什么?"

他笑道："小哥我可以叫他去吃屎了。"这"孩子"太可恶了。

郑远只得哭笑不得地提醒大家，以后不要再谈论此事，确实有损队伍形象。

小林阴森森地说："求求你老金，戴上口罩吧。"在黑暗中看不见大家的表情，但听得到嘶嘶地憋住笑的声音。

老金恐吓道："我现在就准备在你脸上亲一口。"

小林立刻镇定地投诉："头儿，老金他性骚扰加随地大小便。"

众人爆笑，三个橡皮艇在原地打转儿。

彭辉是始作俑者，脸不红心不虚，岔开话题问道："老金，你带狗下天坑，是为了探路？"

老金说他屋子里养了一大群，每次单独下天坑，都会带上一两只。

我好奇地问："这只狗是走失了？"

老金无奈："我当时在下面等了它半个小时，没见它下来，我也没办法。"

我们听了心里一惊，小林问："它困在这里有多久了？"

老金不在意地答道："大概有五六天吧。"

"它吃什么？"

"我在脖子上给它们拴了一斤狗粮。听天由命了。"

我忽然想起，荷田不也是那时候下来的吗？不假思索地直接问老金："为何如此巧合？"

他摇头说："我不知道。我又没参与。"

这个人宁愿自己下来探路，也不愿意挣荷田的钱，还是蛮讲义气的汉子啊。

小林盘问他上回带了几只狗狗。

"两只。"

"另外一只呢？"

他一脸无所谓："不知道。"

大家也都沉默了。

为什么去探险？

这趟旅程够刺激的，我意犹未尽地收拾好装备，我们将橡皮艇抬出水潭。郑远通知大伙原地休整、吃饭。

蒙晋烧了盆炭火，大家围坐，烘衣服、烘头发。小张和小林则给大家张罗着做午饭，说是午饭，其实已经到下午四点半了。郑远和老金合计了一下，决定在此设立一个秘密给养站。

我们在一个巨大的钟乳石柱后面找到一个隐蔽角落，将一个装满食品的沉甸甸的防水箱放置好，做上标记。我还偷偷用喷雾器做了个记号。好家伙，这下有双保险了！

闻到饭菜的香味,我们寻味而来。我相信,这是我们"小郎君行动"中最从容、最丰盛的一次团餐。

"以后每次行动,都带一只狗狗吧。"小张建议。他蛮喜欢"嘎嘎"的,抱着它烤火。

老金咧嘴一笑:"那你还得背一篓干柴,说不准在什么时候可以救命,可以填饱肚子。"这是我听到老金说过的最混蛋的玩笑。更混蛋的是,这也许还不是一个玩笑。

燕麦粥、虾子面,人手一只超市买来的黑椒烤鸡,小林还烧了一锅紫菜蛋花汤。

我吃得快,酒足饭饱后,赶紧找个地儿打盹。彭辉吃饱后,也凑过来了。

他悄悄问:"你也看到了?"

我知道他指的是什么。不过现在我不太想讨论这个问题,假寐中。彭辉似乎一直在琢磨此事。

他悄悄地说:"有人用水泥封住了出口,也可能那是条通道,也就是说,有人堵住了一条路。想想,都很可怕啊。"

我也有同感。我和他都从铁丝网的通道侧面看到了隐约的水泥封口的痕迹。因为我们的橡皮艇停靠的位置,正好可以看清楚那个角度,当然,也不排除郑远他们看到了,只是缄口不言而已。

"那个铁丝网的形状,你发现了有什么不对劲的地方?"

我不想和他卖关子,直截了当地说:"铁丝网的形状也是有意为之,弄成锯齿的形状。"

他点头说:"完全猜不出有人这么做的动机。"他又暧昧地笑道,"你为什么不告诉郑远?"

我无语。至于为什么我不立刻将这个发现汇报,就连我自己也说不清楚,似乎是出于某种本能,想积累自己的信息优势。

水潭里藏着什么样的东西,要用这样的铁丝网拦着,像是一句悬浮在黑暗中的古老咒语。

"你问过我,为什么喜欢探险?"彭辉在我身边铺开一张防潮垫,一边絮絮叨叨地说,"世界那么大,可供我们勘验的秘密越来越少,人生那么短,留给我们的时间也越来越少。在没有人来过的地方撒一泡新鲜的尿,这辈子也就值了。"

我啼笑皆非:"我的天,这是从哪里听来的奇思妙论?"

彭辉得意道:"哥自己总结的。"他的手摸索过来,忽然抓住我的手腕,我一惊,这家伙不会要向我告白吧?他用拇指轻轻扣住我的脉搏,轻声说:"脉搏正常。"

"不正常会怎样?"我漫不经心地问。

彭辉答道:"我们走过很邪的一段路,人气稀薄的路。如果你有机会去检查别人的脉搏,你就知道,谁还活着,谁被邪气入侵,谁已经没救了。"他说得一本正经的,很老到的样子,如同恐怖灵异片的开场白。

我困了,敷衍一笑,而倦意如排山倒海般袭来。

第九章 幻象

幻觉

搭好帐篷，累了一天，大家很快都入睡了，黑暗中，轻重不同的鼾声，此起彼伏。

朦胧中，感觉有人在我左耳边吹气，我一下就被惊醒了。这个人肯定不是彭辉，因为这家伙在我右手边睡着了。

看不清脸，但此人的声音却让我觉得耳熟。此人轻声提醒我："叫上你兄弟，跟我来。"

我下意识地坐起来，这个影子则悄悄退到了帐篷之外。我深呼吸，揉揉眼睛，这不是梦，但为什么我有种晕乎乎的感觉？如坠梦境，腾云驾雾般的。

我悄悄地把彭辉推醒。彭辉懵懂道："谁啊？"

"荷田。"直到这个名字脱口而出，我才刹那间意识到他是谁了。

那个影子，果然是荷田！他在外面低声说："我有事跟你们说，要命的事。""要命的事"正是荷田的口头禅。

我和彭辉悄悄起身，跟在荷田后面，打着手电筒，小心翼翼地离开洞穴，走进一个洞穴通道。

荷田警告道："现在撤还来得及。"

他郑重其事地说："你们此行的目的很危险。"一边加快脚步，仿佛是为了快点带离开这个不祥之地。

我惊道："你就是因为察觉到有危险，所以才半途而废的？"

他简短答道："对！"

我又问："你在跟踪我们？"

"对。"

我心里充满疑惑，思索：这怎么可能？

他反问道："你们这一路上，往后看了吗？"

我倒吸一口冷气，确实，这一路，我们被眼前的事物所迷惑，几乎从未回头巡查过来的路。

荷田连珠炮地告诉我俩——"你们漂过的那个水路非常邪。就说那个水位吧，你也看到了，几千年、几万年都没有变化。水底下，你懂的，如果把那些矿物晶体捞出来，拆开卖，几千万都打不住。但这里却从来无人涉足。你难道不奇怪吗？"

我忍不住问："铁丝网后面的那个水潭，里面是不是泡着幽魂？"

荷田犀利地问："你们注意到那个水泥的封口了吗？"

我俩点了点头。

荷田接着说："你也注意到铁丝网的网眼了吧？非常不规则，横七竖八。这都是有意为之的。"

我像醉了酒一样，反应越来越迟钝。我困惑不解地说："我们只是从客户手上拿钱，帮助客户寻找袋狼而已。"

荷田呵呵一笑："你们太天真了。袋狼怎么可能在天坑下存活？"他这话戳破了关于袋狼的泡沫，我们毕竟也不是傻子。

我心虚，但嘴硬地说："我看过袋狼的照片。"

荷田若有所思地说："那是袋狼的鬼魂。这东西就算它真的存在过，也是几千年、几万年前的事吧？"

我苦笑，因为自己从来没有见过所谓鬼魂，实在没办法相信这个观点。

荷田似乎看出我的疑虑，拿出我的那个塑料袋，取出那团"萌宠"。他托着"萌宠"，忽然抽手，只见"萌宠"停在空中。他问我："这个有科学根据吗？"

我摇头，忽然提议，问他能不能让我摸摸他的手？荷田突然愣了。我不管三七二十一，捉住他的手腕，扣住他的脉搏，果然元气非常虚弱。

他深谙我的用意，叹了口气道："我没有被邪气入侵。我只是太累了。我想回去了，能带走一个是一个。我们虽然交情不深，但我也不想让你们送命。"

一个影子忽然从通道那头跑过来，是一条黄色的狗。我一愣："是不是老金那只失联的狗？"

荷田的话一针见血："老金啊，他抛弃你们，就像抛弃他的狗。"

我摇头道："我还是不明白，我们的危险在哪里？"我开始感觉到焦虑。这一切，太像一场不真实的梦境，我想尽快结束它。

荷田仍然不疾不徐地告诉我，老金给我们下了药，老金迷信，如果找到袋狼的鬼魂，可以用我们的魂魄来替换。

我听得毛骨悚然。这要是编成恐怖片剧本，一定会让观众耳目一新。

我呆呆地问："然后呢？"

荷田面露恐惧之色："如果你们的魂魄没了，袋狼就真的存在了。"

我的脑子浮现出《大话西游》灵魂互换那个桥段。眼前的一切都变得迷离起来。

荷田进一步解释道："我们人类的魂魄带着肉体，而袋狼的魂魄是没有肉体的。"

我恍然大悟道："所以，我们成了'袋狼'，而袋狼借用了我们的肉体吗？"

荷田点了点头道："假如真是那样，你们其实也就算没了。人类的魂魄没有办法完全和袋狼转换，你们的魂魄只能维持着那个野兽活一阵而已。他们要的不就是这个效果吗？"

这一切，实在太不可思议了。我掐掐自己的虎口，确实有感觉。这不是梦啊，但为什么感觉这番对话如此诡异离奇？

荷田似乎洞悉我的心理，含笑道："你们不会信，但老金信。"

我情绪顿时低落了："他为什么要牺牲我们？"

他低声道："如果他从天坑外面带人进来，人若失联，一旦被查实，就是谋杀。就像电影《盲井》里的情节。如果团队的人出事，那便只是意外，生死自负。我们都是老金的棋子。投资方其实真正的合作对象是老金，只不过，我猜，投资方并不完全清楚老金的计划。但他们却放任老金来操纵这一切。"

我忽然想到，彭辉到现在为止，都没说过一句话。

我扭头问彭辉："你觉得，这个分析有道理吗？"

彭辉老老实实地摇头，说他也不知道。

这时，我们身后射过来几束手电筒的光，我听见伙伴们在叫我俩的名字。

荷田消失了，我突然清醒了，刚才发生的这一切，原来只是一场幻象！

接二连三的幻觉

幸亏从水潭走出来，只有这一条道路，当郑远他们发现我俩失踪后，便沿着通道一直找寻过来。没想到我俩已经走了那么远。如果不是我俩刚好停在一个三岔路口上，而是继续这么迷迷瞪瞪地走下去，后果还真不堪设想。

我也是后来才得知，大家当时看见的是非常诡异的一幕，我和彭辉站在一起，我双手搂着他的腰，两人嘀嘀咕咕，交头接耳，"嘎嘎"则卧在我们脚边。

"你们两个好朋友，是梦游还是中邪了？"小林先是害怕，然后又怒了，道，"还是你们发现好东西了，自己想去独吞？"

小张插一句："还是躲到这里亲热呢？"

我俩这时已经完全清醒过来了。哪有什么荷田、黄狗？就我们仨，一路，一口气，逃离到此。

老金和郑远反复摸我们的额头，问我们当时的具体情形，我俩自然羞愧难当。我避开敏感的细节，把大致过程向大家复述了一遍。

郑远眉头紧锁，其余人则似信非信。

小林哑然失笑："恐怖电影看多了，绝对的。"

老金很气恼，咆哮道："我在你们这种'菜鸟'眼里就这么坏？还把荷田绕进来骂我。"

郑远问彭辉，他是否还记得当时是什么情形。

彭辉指指我，低声说："基本情节和他说的一样。但不是荷田对他说，是他自己对我说的。我压根儿就没有看见荷田。"

我也大惊问道："关于那只狗的事，也不是荷田说的？"

彭辉一头雾水道："'他抛弃你们，就像抛弃他的狗。'是你这么对我说的啊。"

我目瞪口呆。此时，我俩就像在唱双簧，而旁观者都迷惑不解。

老金愤怒地指着我道："荷田是你瞎想出来的。还有那条黄狗。老子的另一条狗是白色的。你们俩是不是早就怀疑老子要害你们，还有他？"他的手指差点戳到小张脸上。

小张噘着嘴，对我和彭辉说了非常吃惊的话："你们当时觉得有危险，为什么不顺便带我一起跑？"

"对啊，还有我，为什么不带我逃？"小林的脑子也不清楚了。女人不就常常为一点莫名其妙的细节大发雷霆？

郑远终于忍无可忍地怒了，大声喝问："你们谁要是觉得在我们这个队伍里有危险，就滚蛋！"

大家都不敢吱声了，猛地摇头。

郑远气坏了，说道："老金冒着生命危险给大家探路，你们不但不知感恩，还拿这种事调侃。至于这两人，"他停顿下，指着我们道，"可能中邪了，我暂不追究。你们倒还有闲心在一边瞎起哄。"

蒙晋提议大家赶紧回到营地，顺便给我俩熬点姜汤驱邪。

我和彭辉走在队伍中间，前后左右都有人，这个阵容比较像押送犯人。但我俩捅了娄子，也活该这待遇。

憋着一肚子的问题，本想找彭辉问个清楚，但碍于隔墙有耳，只能缄口不言。

小林在我胳膊上悄悄拧了一把，我不敢声张；小张在我后背也拧了一把，见我心虚，两人越发放肆，越发用力。

我没辙，只好投诉："头儿，小林和小张骚扰我，他们用手拧我。"

郑远没好气，直呼他俩大名："你俩是不是以为自己在幼儿园，我是你们的保姆啊？是不是还要我帮你们把屎把尿啊？"

小张假装无辜地说："我们这不就是在帮'耳环哥'擦屁股嘛！"这话够狠，让彭辉脸上挂不住，想动手打他。

小林恨恨地拧了我一把说："越想越觉得他俩可恶。如果没有体罚，他们还会跑。"

她话音未落，众人皆忍俊不禁，爆发出一阵哄堂大笑。

瞧瞧，我们多像一帮幼儿园里的孩子，就像有人捡起一根小树枝，就拉帮结对地跑到小树林里挖金银财宝了。

按常理分析，在天坑下找活体袋狼这事根本就是天方夜谭，与其说我们信了，不如说，不信又如何？反正闲着也是闲着。

气氛突然洋溢着一种诡谲的欢乐感，就像我和彭辉逃离阳朔的那天，逃往天湖路上所体验到的那种莫名的畅快。

一个人做傻事不难，难得的是一群人做同一件傻事。这是一群傻乐得可爱的好伙伴。我把这个感悟说了出来，顿显有些矫情。大伙则给了我表情丰富的反馈。

小林吐槽说："更傻的是天天骑着电动自行车，打卡上班，挣那几个工资，还不够花吧？"

小张鄙视道："来天坑下比我们更傻的也有，还没钱拿。"

彭辉自得其乐地说："人还是要有点傻，万一傻福真的来了呢？"

作为队长，郑远肯定在时刻提醒自己要保持三观正确，他严肃地说："我相信有袋狼。但天坑下的很多真相，的确是超出了我们的认知范围。"他是否在暗示自然界有未知的超能力？他接着补充道："我连麻醉枪和麻袋都准备好了，不像你们，以为这趟下来就是旅游。"他本来想鄙视我们，但这话一出口，听上去味道不对，竟有点像黑色幽默，大家爆笑，连他自己也绷不住，乐了。

彭辉好奇地问："老金，你呢？真的相信这下面有袋狼？"

老金狠狠地鄙视了我们一眼道："袋狼？小意思。比袋狼更可怕的玩意儿，都准备出来了，天坑下70年一次的暴动期，就在这两个月，你们做好心理准备，睁大眼睛看着吧。"

他把"异动"说成"暴动"，更吓人吧。现在，就剩下蒙晋没表态了。大家前后左右一看，咦，他人呢？

黑暗中的凝视

狗不在，人也没了。郑远顿时就有些头大了，把我们"押送"回来的时候，他可记得清清楚楚，蒙晋带着狗走在后面。

郑远让大家原地等候，不许离队，他带上我一起返回原地寻找蒙晋。也许是怕我再出岔子，他一直拽着我的胳膊，就像老师拎回逃学的学生。

他开始盘问："你刚才说的都是真的？"

我以攻为守："你不会当真以为我们要逃跑吧？"

他点头承认，明明可以退出，为何要跑？再说，不带装备和食物，那不是找死？他奇怪，为何只有我产生了幻觉？彭辉没事。他虽然也迷迷瞪瞪，但他并未看见荷田。

我啼笑皆非，提醒他，还有那只狗。那只狗也有了幻觉。

现在看来，连蒙晋也出状况了，郑远当然很担心。如果团队再有人隔三岔五地出幺蛾子，问题可就大了。

我们快步走到那个三岔路口，好在此刻我们听见了狗吠声，这至少为我们指明了方向。

循着犬吠声小跑过去，我看见前面远处传来手电筒的光亮，郑远示意我不要出声。我们慢慢地接近目标，只见蒙晋举着手电筒，呆呆地注视着斜对面的洞壁。而嘎嘎则不停地冲那个方向狂吠。

这一幕很瘆人。温子仁在好莱坞拍的恐怖片如《招魂》系列最爱用的就是这个桥段，但当真实情节发生在你我身边时，你当然也会起一身鸡皮疙瘩。

我们走到蒙晋身边，郑远轻轻拍拍他的肩膀。

蒙晋低声道："看，那只袋狼。"

我顺着手电筒照射处望过去，哪有什么袋狼？空空如也。嘎嘎冲上去，又后退几步，摆明了那里有个东西，但我和郑远却什么也没看见。我明白，蒙晋也产生了幻觉，就像我见到荷田的幻象一样。

我们静静地陪他站了一会儿，直到蒙晋如梦初醒，狗也不叫了，郑远这才牵住绳子，拍拍蒙晋的肩膀，将他的魂魄唤了回来。

"我看见了袋狼。嘎嘎也看见了。"蒙晋如梦初醒，他揉揉太阳穴，不太确信问道，"这难道是幻觉？"

郑远让我们赶紧归队，大家可以边走边聊。我故意去拉蒙晋的手，顺便扣了下他的脉搏，正常。

蒙晋描述的情节和我的遭遇类似："押送"我和彭辉回营地时，蒙晋和嘎嘎走在后面，忽然嘎嘎停步、转身，咬着他的裤脚，向后面奔去，他拽不住，就跟着小跑了几步，嘎嘎边跑边咬他的裤脚，他觉得嘎嘎的举动似乎是发现了什么，要带他过去看看。

到了三岔路口，嘎嘎死死地盯着一个方向，低低叫了两声，蒙晋把手电照过去，顿时倒吸一口冷气。——一只袋狼正死死盯着他！它屈膝半卧，上半身却保持警惕的预备出击姿势，然后，它慢慢地站起来，向一条岔路走去。

嘎嘎紧紧跟着，蒙晋说他想叫我们，又怕惊动了袋狼，纠结中就被带到了这个地方。他与嘎嘎和袋狼对视，他预感我们不久之后会来找他，就没有打草惊蛇。他甚至知道我们在他身边站了一会，但其实，他脑子就像喝多了酒，晕乎乎的。

得知刚才出现了幻觉，和我一样，他也懵了，因为这幻象太过逼真，导致他沉浸在震惊的情绪中，久久无法抽离。

到目前为止，我、彭辉和蒙晋都产生了幻觉，莫非是那条河有古怪？如果团队里每个人都要来这么一出，郑远估计也得崩溃了。

我们四个人和大家汇合后，郑远立刻宣布一条纪律，所有人一律不得单独行动，方便时也不例外。

他定下人员搭配原则，两人行动，必须有我、彭辉和蒙晋之一参与，换而言之，没产生过幻觉的，不得单独结队行动，包括他自己在内。

"又不是打预防针，他们凭什么就算有免疫力了。"小林咕哝道，"那只狗算是免疫的吗？如果我要方便，我带狗狗去总可以了吧？"

郑远心情不好，正好逮着机会痛斥她，他愤怒地说："总有你们这些人，总要把简单的事搞复杂，唯恐天下不乱！"大家都不敢吭声了。他怒气未消道："说的就是你，林颖真！你们这些人老盯着自己鼻子尖的那点小情绪、小心思。好玩吗？！"

大家知道他心里烦躁，明哲保身，还是不惹他为妙。

快走到营地时，前面的人停住了脚步。只见营地上有个陌生的背影，正低着头，打着手电筒，忙着翻腾我们的箱子。

小林赶紧点人头，没错。我们的人都齐了。那么，他是谁？

第十章 不速之客

奇怪的人

这个人背对着我们，居然还穿着飞猫队的队服，弯着腰，正翻看我们的食品箱。

老金大吼："你是谁？"这人充耳不闻。直到老金直接走到他面前，扳住他的手腕，他仍然没什么反应。

老金又冲他耳边大吼："你谁啊？"这人嘴里咿咿呀呀的，指手画脚，像是个哑巴。

老金用手电筒在他脸上照了下，把他拽到蒙晋面前："是你们飞猫队的人吗？"

蒙晋见了他，一愣。小张也挤到前面仔细瞧了一眼，猛摇头。

此人是典型的广西人长相，高颧骨，深目，宽鼻，身材壮实。

"陶亚军？"蒙晋忽然念出一个名字，脸色变了。

这人似乎听不见，也不说话，仍然一个劲儿往嘴里塞东西，对蒙晋的话完全无动于衷。

我以为是飞猫队的人出了什么意外，赶紧问蒙晋怎么回事。

蒙晋迷糊了，他先是揉太阳穴，接着揉眼睛。

然后，他请我们证实："这个人是真实存在的吗？"

大家被他这句话吓了一跳，又感觉好笑。

彭辉握住陶亚军的手，举起来，向我们汇报说："是真人。"

我知道，其实，他是去测陶亚军脉搏了。

彭辉放下陶亚军的胳膊后，悄悄对我耳语："此人脉搏很强，太强了，反而有点反常。"

蒙晋定了定神，告诉我们，陶亚军确实在飞猫队待过，此人和他外婆家同村。蒙晋拉着他，用本地话和他沟通，陶亚军茫然地望着蒙晋，始终眼神涣散。

沟通无果后，蒙晋把郑远和我、老金拉到一边，悄悄通报我们，陶亚军在飞猫队只待了半年，就因为违反纪律被开除了。他后来去广东打工，据说因为恋爱受挫，受了刺激，患了精神分裂，被朋友送回了老家。

难怪蒙晋刚才见了他，表现得那么吃惊。他说："我回老家的时候还专门去看过他，听家里人说给他找了份工作。没想到能在这里见到他。"

小林阴森森地突然冒出一句："是不是被人送下来'人道毁灭'啊？"

这个想法真可怕。但大家本能地、齐刷刷地将目光转向老金，这其中蕴含的意味就更可怕了。

老金不耐烦了，让大家不要乱猜，陶亚军应该是被黑蛊师送到天坑下治病的，走散了。我们大不了给他准备点食物，赶紧打发他走。

其实我以前也听说过，乐业天坑下有所谓黑蛊师借助"地气"治病。

蒙晋很为难，也很担心，如果陶亚军是在天坑下走失的，这么一迷路肯定就没命了。

老金径直走过去，把陶亚军粗鲁地扯到一边，用大嗓门的本地话和他沟通，陶亚军仍然一言不发。

老金从营地上随手捡起一个大背包，给他背上，没想到这家伙挺有劲。我们一时没看明白老金的用意，老金拽着他的胳膊，推他一把，他就往前迈腿，老金又把他拽回来，拍拍他的脸，捏捏他的胳膊，说："留下吧，当驴子用，等出了天坑，让蒙晋再把他送回去。"

大家没想到老金是这个用意，蒙晋连连点头，郑远却迟疑了。

小林坚决反对，这个人是精神病，万一晚上突然发病了，干掉我们怎么办？

老金的解决措施很干脆："不让他碰刀子，睡觉的时候给他戴上手铐。"

我们以为他开玩笑，没想到他真从包里拿出一副手铐，向我们晃了一晃，看得大家都心惊肉跳的。

小林怀疑地望着老金，摇头道："老金你肯定还在打别的什么主意。"

老金高举双手，委屈道："他除了一条命，还剩什么？"

彭辉发话了，一针见血地说："老金一心软，大家都害怕啊！"彭辉接着把问题抛给了郑远，"如果让他跟着我们，我们就要对他的安全负责啊。看头儿怎么决定吧。"

"我负责看管他。"蒙晋急切地说，"好歹这是条人命啊。他不是武疯子，我来担保。"

郑远沉吟道："如果他真是被送到天坑下救治的病人，怎么办？"

大家面面相觑。蒙晋摊摊手说："这个可没法验证啊，'蛊师'们在天坑下神出鬼没的，我们飞猫队的队员就从没在下面遭遇过他们。"

大家都看着老金。这家伙黑道白道游走自如，常年停靠在灰色地带。

老金指指地下说："'蛊师'在下面，我们碰不到他们。'蛊师'在天坑下养蛊气，是不能见水的。而探险队、拍电视的、拍照片的，都是跟着地下河走，洞好看，钟乳石好看的地方，是见不到'蛊师'的。所以我们和'蛊师'不是一路人。"老金继续指点迷津道，"地下还有很多层。以前老人们都说天坑下有个地下王国。"

我惊了，忙问道："你去过吗？"

老金恶狠狠地翻了个白眼："我不想找死！"天哪，跟这个人真的很难沟通。

老金越发不耐烦了，他将我和郑远拉到一边说："留下他，他可以给我们当敢死队。"

我一下没听明白，而郑远的脸上流露出震惊的神情。郑远鄙视道："就像你的那条白狗？"

老金没有听出郑远话里的讽刺。他自顾自地说:"后面我们还不知道会遇到什么危险,一旦遇到危险的时候,让他去探路,总比派自己人好。"

郑远盯着老金的眼睛:"我决定留下他,是要救他,而不是牺牲他。"

老金无所谓,指指我们大家:"头儿,你更不能牺牲自家兄弟啊。他们要挂了一个,你怎么跟人家家里交代?赔钱都赔死你。"对这个没有道德底线的人,我真有点怕了。

我知道郑远现在已经被道德绑架了,如果丢下这个人,良心无法安宁。郑远点了点头,走过来向我们交代道:"对此人,大家务必做好防范,蒙晋负责全程看管他,出了事,唯蒙晋是问。"

老金让小张赶紧给陶亚军洗个澡,换一身衣服,以免沾染到晦气。

小张倒很积极,屁颠屁颠地拉他到潭边擦身子。我想,此人的参与将减轻他的负重,至少他不是最底层的队员了,何乐而不为呢?

这下好了,我们还没正式开始寻狼行动呢,队伍就多了一个人、一只狗。

我们继续上路。老金真把陶亚军当成驴了,他背负着很重的装备,跟随着我们,沉默地行走。

我和彭辉走在队伍后面,他悄悄对我耳语:"哥仔细想过,你看到的荷田,其实并不是幻觉。"

我一惊:"愿闻其详。"

他显然已深思熟虑,他的理由是:荷田和我说的一切,其实都是源于我内心的疑虑,并通过这个人的嘴将我潜意识里的不安放大而已。

从所谓"荷田跟我说的话"来分析,我并没有得到任何来自外界的暗示,所有的担心,其实都是藏在我心底的忧虑和恐惧。

"这个荷田就是你的潜意识的投射。"彭辉说,"而你把你的潜意识灌输给我。我那时候头脑也是懵的,全盘照收。"

"蒙晋呢?"

"他被那只狗给带偏了。"彭辉分析道,"那只狗看到的是白狗,是它的同伴,而蒙晋则被暗示,他看见的是袋狼。"

这么逻辑缜密的分析,让我颇感意外。听他这么说,我们这两队人马,似乎都有主有副,比如说,我将自己的潜意识里的不安,投射成了荷田的警告;狗被暗示的潜意识,投射成了白狗的出现;彭辉受我感染,产生恐慌;蒙晋被狗感染,则看见了袋狼。

可是,为什么只有我们三个人受害?我们三人加上狗,在这段行程中又有过什么交集?打破脑袋我也想不明白。

噬人的石缝

如果以入口处为参照点，可以将大石围天坑分成前、中、后三段：

沙坡头位于大石围天坑前部的中心位置，地势较高，能够走到这里的探险队，不但要感谢自己的两条腿，还得感谢天时地利，因为一旦地下河内山洪暴涨，要么遇险，要么被困于此。

郑远根据目前手上掌握的资料，已将目标圈定在大石围中部。当然，他向我们公开的都是有把握的信息，而我们更仰仗的，是他未公开的，汇集各种渠道信息而作出的判断。我尤其信赖他的直觉，甘愿以生命相托。

这段路对于我们来说，就像一场野外拉练，每个人都必须得打起精神，不能拖队伍后腿，而且还要接受无形的职业技能考核。小林负责路上的标记，并解答地质学方面的问题；我负责摄影；小张负责装备，卖苦力；彭辉负责耍嘴皮子，提供植物学、动物学参考建议，领取临时任务；老金和蒙晋是郑远的左右手，三人商量着定下全部的行程计划。

在定标目的地为"玛瑙洞"之前，我们获得了三个比较明确的参照点，将这三个点串联起来，正好是个月牙形，不排除"玛瑙洞"就环抱于月牙中间的某个坐标中。

"2010年，那是多大一场水啊。"郑远感叹道，洪水暴涨，完全打乱了人们的固有思维，人们可以从洞顶寻找其他支路，所以，"玛瑙洞"于我们探险队，将注定是场极为艰辛的寻找过程。

这段路，其实我们走过好几次，小林做标记定标带时，就发现不少别的团队留下的定标痕迹。忽然，她发现有点不对劲。她找到一个标记点，这是她在一年前做的标记带，现在却崩开了，仔细一瞧，是因为石壁上产生的裂隙所致。

随着手电筒向上照射，这条裂隙之长远远超出了我们所有人的想象，它居然一直延伸到洞顶，像一道狰狞的伤疤。

如果我们是在拍电影，镜头会从小林手里的手电筒的局部特写，慢慢地拉开，从大家惊惧的目光中，上升到一个炸裂的巨大空间中。

小林用手电筒检查脚底，那儿的裂缝不足2厘米，到了约一米八左右的定标带，已经裂开了有50厘米左右。然后裂缝向上攀升，在4米左右的高度，犹如盛开的花，从50厘米一直绽放到了2米的巨大空隙。

看见此景，郑远也无比惊骇，问她是否确定原标记位置。小林很肯定，说自己当时还做过只有她自己能找到的隐秘记号。从这50厘米的豁口角度，看不出石壁的厚度，把一只胳膊伸进去，摸不到边。

说话间，小张已经像猴子一样沿着裂隙攀爬上去了。他站在上面，招手让我上去。他兴高采烈地说："唐摄影，好惊险，快来拍。"

小林抢在我前面爬上去，我随后，两腿跨在裂缝上，仰头望去，头顶是10层楼、30米左右的高度，呈扇形在我面前徐徐铺开，仿佛是一个新世界的入口。

小林让小张配合她测算距离，那家伙就双手撑着石壁，像猴儿一样往前蹿。头灯的光线居然照不到尽头。不过，很奇怪，我发现石壁并不如想象的那么尖利，正纳闷呢，彭辉他们也都上来了。

小林突然回头，惊慌失措，而后面的郑远和彭辉两人的脸色也变了。

小林吐出两句话："这些都是陈旧性的裂口，不是新茬。"

我一下没反应过来。彭辉带着恐惧道："这豁口不是刚刚裂开的，像是可以开合的。"

我心一惊，也就是说，这两道石壁，可以像三明治一样，把我们夹在其中？

小林停下来，查看线路图和勘测记录，石壁的后面，应该是大石围前半部分的另一个区域，目前，她没有看到任何相关的线路图或其他资料。

大石围虽然陆续迎来各组科考和探险队伍，地形图也在不断完善，但一道裂缝足以打破现有的经验和平衡，让渺小的人类露出狼狈的嘴脸。

小张用对讲机告诉我们，他已经走到了尽头，150米，这是一个触目惊心的长度，因为两侧的石壁全是实心的。

大家就这么扶着两侧石壁，如侠客般飞檐走壁，一个个走到了裂隙的尽头。

虽然小张已提醒，说是"世界第八大奇迹"，但走到尽头，小林还是吓得哇哇大叫，我们轮流替换着上前一看究竟。

万万没想到，我们脚下居然是个万丈深渊，而不是预料中的陡崖。

我们只是在石缝中惊鸿一瞥，不知道距离深渊的底部还有多高，仰头，深渊上空，看不到洞顶。

据目测，我们只是处于深渊的中段，从地底弥散出来的寒凉夹带着空旷阴森的气息，慢慢地渗透我们。

我们又用手电筒照向对面，毫无意外，光线被消融，无法勾勒出大概面积。

小林掏出手持激光测距仪，专业人士的形象顿时高大上起来。一测，乖乖，超过200米；左右再测，都超过了200米，莫非就像俄罗斯套娃，这里又隐藏着一个暗黑版的"洞中天坑"？

郑远心存敬畏，要求大家撤退，队员只能原地转身，一个接一个地排队返回。

小张从第一个变成了最后一个。忽然，我们听见他在后面狂喊："裂缝要合上了，裂缝要合上了。"

深渊的压力

我们一惊。彻骨寒风突然从我们身后袭来，伴随着一种奇怪的声音，像是狂风吹拂山谷，树叶的窸窣和风掠过峭壁的摩擦声。

接着，我们惊骇地意识到，小张说的对，我们脚下的裂缝正在慢慢合拢。

户外探险已有些年头了，危险遇见过不少，我可从来没设想过会有这么憋屈的死法，被夹在石缝中，无声无息地从这个世界上消失，成为一桩行业内千古谜团，简直可以拍一部中国版的《悬崖下的午餐》了。

这是多么残酷的人生！

我前面的蒙晋用一种十分滑稽僵硬的姿势向前挪动，郑远在队伍中间嘶吼着，让大家保持镇定，跟上队伍，而我眼前的裂缝从底部正在慢慢合拢。

绝望和恐慌的蔓延被郑远的大嗓门硬生生抑制住了，没人能测算我们现在已经消耗了多少逃生的时间，在生死的边缘上，我们像蝼蚁一样渺小卑微无助，我们被命运开了个多大的玩笑，而天坑，终于给我们扇了一记重重的耳光。

小张开始哭喊，他嚷嚷着说身后的裂缝已经合上了。

排在我前面的蒙晋一慌张，分了神，突然把脚卡在缝隙中了，脚一崴，他整个身子也软了，他瘫在我眼前的那一刻，还尽量将身体偏开，愧疚地说："你先过去。"

完了，晚了！我大脑一片空白，眼前的裂缝在我眼前慢慢合拢了。就在我们即将粉身碎骨的那一瞬间，小张在哭喊，小林也哭出了声，彭辉在不停地叹息，而郑远和老金沉默着，一言不发。我们刹那间被石壁吞没其中。

在生命终结的那一刻，我脑海中却浮出一个画面，我在天湖水底，坠入墓穴深处的那一刻，周边的世界并不是安静的，反而是轰鸣的。现在也是，因为我听见了狗吠声。

血肉横飞的一幕没有出现，我们也没有被夹成肉馅。我们毫发无损。只是，我们即使开着头灯，打着手电筒，也看不到前方后方和头顶一米外的方向。莫非裂隙合拢时，给我们留下了一个容身的空间？那岂不是更恐怖？我们被活埋了？肉体消灭就算了，还要备受精神的残虐。我们究竟做了什么错事，为何要被天谴？

"我们被活埋了。"小林尖叫。

狗叫声却越来越响，陶亚军也咿咿呀呀地叫唤着。

郑远大概排在倒数第三的位置，他在后面吼了一声："蒙晋，走起来！"

蒙晋已经把脚抽出来了，在黑暗中摸索，奇怪的是，前方并不是合拢的石壁，他试探着挪动了几步。

小张还在后面哭喊："要死啦！"

老金冷不防开口了："别嚎了，死不了！"

蒙晋一头撞进"墙"里，惊奇地连声叫着："裂缝还在，裂缝还在！"

随着大家迅速地挪动，狗吠声越来越清晰，我发现，其实我们现在所处的位置和角度，和刚开始并没有发生任何变化。

老天，我们只是深陷厚实如墙的"黑雾"。黑雾从脚底下蔓延升腾，让我们有了石壁合拢的错觉。

我眼前的蒙晋就像武侠片中的角色，飞檐走壁，隐身于浓得化不开的阴影之中，而我们也前赴后继，闯入黑暗的背面。

我们一行人就像变魔术一样，从夹缝中回到原点。一个接一个地从一米八左右的石缝中或跳或摔下来，但都感觉不到疼痛，先是解脱了，然后虚脱了。

几个人横七竖八瘫在地上，小张和小林又在惊声尖叫，这一回，是在庆贺新生。

郑远和老金若无其事地聚集到石壁前，打着手电筒，仔细研究刚刚将我们吞噬的"裂缝黑雾"。

真佩服他们的心理素质。我心里暗暗评估，经过这次"生死演练"，郑远和老金及本人的形象骤然高大上起来。

小林和小张眼泪鼻涕一大把，自然是"菜鸟"级别；蒙晋临危失足，露了破绽；彭辉那一声绝望的叹息出卖了他。只有我仨，不哭、不慌，尤其是郑远，在危难之时，方显英雄本色。

见他俩悄声议论，我也赶紧站了起来，凑过去看个究竟。

原来，不出所料，裂缝之所以给我们造成了合拢的错觉，是因为深渊下涌上来的黑色浓雾，从裂缝底下一点点弥漫上升，再加上从脚底透上来的寒意和风声，让我们误以为裂隙已经合拢了。

雷人，绝对是雷人之事。我们个个都被雷得外焦里嫩，个个无语中。现在，大家的注意力被这浓浓的黑色浓雾所吸引。

我们仰头，随着头灯的照射，目测过去，根本看不出裂隙的存在。浓雾不动声色将它填满，从外观来看，只是一道颜色略深的石痕。而浓雾之浓，手电筒的光亮也照射不透，郑远伸长胳膊，将手掌插进浓雾，浓雾居然也能保持原状，纹丝不动。

彭辉也凑过来，他定过神，顿时脑洞大开了。他揣测，会不会是裂隙能感受人体温度，从而赶紧填满空洞？

这个观点很吓人。确实，仔细想想，一年前，这条裂隙还不存在，而就算它会定时开合，为何恰恰在我们造访之时闭合？未免太过凑巧，但这浓雾腾起，可就绝对不能用凑巧二字来解释了。

彭辉分析，"裂隙"不会故意吓唬我们，只能说，是这偶然的一条缝，影响了深渊的整个生态圈，出于自我保护机制，我们人体的热度被感知，于是浓雾过来填补，其实也是维系一个微妙的平衡。这绝对的好莱坞大片的既视感。

郑远提到了一个词——压力。我一拍脑袋，对，由深渊传导的压力。整个环境只有在一个很极端的前提下，才能导致如此的"应激反应"。

我盯着那道不动声色、伪装得天衣无缝的浓雾，一个奇怪的念头在脑子里盘桓。浓雾，似乎在试图阻挡深渊下的某种东西！和深潭洞口的铁丝网可谓是异曲同工！我不寒而栗。

跟踪者

大家继续上路，我嘴里念念有词。不知哪根筋搭错了，经历了刚才那一幕，我脑子里老是盘桓着几句电影里听到的台词：

"这不是一个感人的故事，而是两个年轻人生命中的一段真实的经历，为了同样的渴望和梦想而奋勇前行。

我们的共同点：不安分，充满梦想，以及对这个大陆的无休止的爱。

我们的眼光是不是太狭隘了？太片面了？太激进了？我们的结论太唐突了？

或许……

这次漫游美洲改变了我，我已经不再是原来的我了。

至少，我改变了很多。"

这是我刷了很多遍的电影《摩托日记》里的台词，我倒背如流。我不是恩内斯托·格瓦拉的崇拜者，我甚至不太了解他。

这部影片讲述了格瓦拉人生中的第一次漫游拉美，也正是这次旅行彻底改变了他的人生观和世界观，他从一个家庭优越的考研医生变成了献身于革命的革命者，并让革命的火种燎遍全拉美。

我只是迷恋这部影片中时刻发散的那种关于成长的意境，在路上，对未知世界的新奇和探索、沉思和反省。而这，正是生命存在的重量所在。

如果"大陆"可以换成"大石围"，把"两个"换成"一群"，把"美洲"换成"裂缝"，翻译过来就是：这道裂缝改变了我，我已经不再是原来的我了。

彭辉问我在想什么，还一个人微笑，怪瘆人的。

黑灯瞎火，他观察我可够仔细的。我一时兴起，把刚才脑子里蹦出的念头告诉了他。

他听得很仔细，难得没有乱吐槽，也没乱插嘴。

我说完了。他纳闷地问："刚才那个洞洞改变了你？"请注意，他的用词，如此轻佻。

我解释道："大石围不是静止不动的，不是被动等我们来了解它，来骚扰它的。它也在变化，如果它和我们人类对着干，我们肯定讨不到便宜。"

他沉吟片刻道："好像有点道理。"然后问，"你怎么改变？"

我以为找到知音了，肃穆地表示，自己从此开始敬畏大石围。

他又问："小便怎么办？"这欠揍的嘴脸终于暴露出来了。

我不理他，他笑嘻嘻地拉住我。"你又怎么把自己和格瓦拉扯一起了？"

我表示，对格瓦拉在旅途中的领悟，本人表示深有同感。

他讥笑道："人家是拯救第三世界，你就是挣点劳务费，这么矫情，真的好吗？"

我没好气地回道："你没看过片子没有发言权，好吗？"

他诧异道："我当然看过。哥也觉得那俩角色和我俩挺像的，两个男主角。我是那个帅的，有女人缘的，你是那个胖的，当陪衬的。"

我给了他一拳。彭辉则突然使出蛮力，把我推到石壁跟前，我俩就在黑暗中扭打起来，我用膝盖顶着他的肚子。

小张和小林熟视无睹地从我俩身边走过，接着是陶亚军和嘎嘎。

"他俩在干什么？"郑远扭过头来，莫名其妙地问。

"相爱相杀。"小林说，"这俩货得赶紧找个女人调剂一下荷尔蒙了。"

彭辉将嘴凑到我耳边："那个洞洞里有字。"我一愣，原来他在用计。

蒙晋在前面招呼："跟上来。"

彭辉扭头："你们先走，我们方便一下。"我顿时心领神会。

老金怒了，骂我们是懒驴上磨屎尿多。

我俩立刻一路狂奔，又摸回到裂缝处，他蹲下，我踩着他的肩膀爬进那团浓雾。然后，我把他给拉上来。

这时候，我又想起《星际穿越》中引用过的那首曾风靡一时的诗歌：

"不要温和地走进那个良夜，

老年应当在日暮时燃烧咆哮；

怒斥，怒斥光明的消逝。"

我绝对有病，是好莱坞大片看多了，要自觉掏钱看心理医生了。

彭辉凭借着许多行字和之前的记忆，指挥着我摸到了当时那个地点。左手边上，离我们脑袋20厘米左右，前面刻的字已经有些模糊，后面的字依稀可以看得见：

"东汉建武三十一年（公元55年）……天宝十四年（公元755年）……景泰六年（公元1455年）……明永历十九年（公元1665年）……清雍正十三年（公元1735年）……嘉

庆十年（公元1805年），1875年，1945年。"

每隔70年记录一次，如果往前推，上面的时间轴应该如下：

"公元前15年，公元前85年，公元前155年，公元前225年。"

用手拂去黑雾，我们凝视着这几行字，默记下来。

这几行字明显不是出自同一人、同一朝代、同一个时间段，甚至就连篆刻的工具都不一样。

可惜时间紧，我们无法细细体味，抓紧时间，迅速返回。

我忍不住抱怨彭辉道："如果你当时就记下来，何苦劳我们专门跑一趟？"

他答道："那时候我以为我们都给榨成肉汁了，哪里还有心思考虑这个。"

我问道："那你为什么下去的时候不告诉郑远？"

他答非所问："这几行字也许很关键。"

我心里一动。再次扪心自问，我们这么藏着掖着，真的好吗？对得起郑远吗？

先将这个充满罪恶感的念头排遣开，我掐指一算道："1875年，1945年，到今年，不都是隔了整整70年？"

彭辉点头说："我们也应该把2015刻上去的。"他又说，"我们是传承者。"

我暗暗吃惊，天坑下逢70年一次的异动期，果然是有根据的。这不就是活生生的例证？70年开启一次，有人在石壁上留言，这就意味着，从这里到深渊，其实是一条"路"。

我们加快动作，估计快走到通道口的时候，我特别小心，以免摔个"狗吃屎"。

彭辉忽然拉住我，侧耳聆听，通道内似乎有人说话。

我一想，糟了，被郑远他们回头逮着现场可就打脸了，然后飞快地想好了借口，就说我的手表落在裂隙里，回头捡拾来着。天哪，我还真是个撒谎精。

但凭本能，我感觉似乎不对，听声音，不像是我们团队的人，可惜耳边有嗡嗡声，听不真切他们的谈话内容。

我们加快步子往前走，想尽快看个究竟。当通道蓦然出现眼前，我一探身，头灯一照，通道里两个人影却似乎被我惊吓了，迅速躲闪。同样，我也被他们的反应吓了一跳。

我脱口而出："兄弟，哪个团队的？"好家伙，这两个人影一溜烟地跑没影了。超诡异！我赶紧跳下来，彭辉也下来了。

有些当地的村民下天坑采药，或搜集可以卖钱的小鹅卵石，而这两个人，他们的穿着很奇怪，凭直觉，根本不像是本地村民。

"有点像横店里的群众演员，黑不溜秋的衣服。"我看他俩穿得如戏装一般，形色鬼祟。

在天坑下探险这些年了，除了在入口的洞厅和"大马路"，其他地方很少能碰见兄弟团队，2人团队更是闻所未闻。

如果说他俩被我们从石缝里蹦出来的场面吓到了，但我第一时间和他们打了个招呼，他们的反应很不正常。下天坑的人，不至于这么胆小吧？遇见同行，高兴还来不及呢。

彭辉也觉得不对劲，但我俩无暇细想，定了定神，直接撒开腿，追赶队伍去了。

半路上碰到回头找我们的小张，他一脸怀疑地问我们刚才去哪里了。我说手表掉了，只好回头去找。他将信将疑，趁机拿我俩毒舌："哼，小林说你俩搞小团体去了。"

彭辉立刻就把他拦腰抱了起来，作势要亲他，他挣扎着求放过。在彭辉前面，他就从来没占到过便宜。

金色大鸟

队伍已停下来，就为了等我们，老金照例是骂骂咧咧的，说我俩肯定有一人是女扮男装的，来例假了，躲在一边换卫生巾了。

小林大约看我俩不顺眼，觉得骂得痛快，所以不加干涉。以往，她定然把性骚扰的帽子扣在他的头上。

我觉得应该向团队交点"知情税"，给自己加加分，便把郑远拉到一边，悄悄告诉他，我们无意中发现有两个人跟在队伍后面，见了我们就闪了。

郑远询问细节，我只好把具体地点告诉他们。

他不解："你们回到了裂隙处？"

我含糊一下。郑远倒无意追究。

郑远随口问，他们的衣服是什么颜色的？

我迟疑一下，回忆：灰色，偏黑。

郑远问："是冲锋衣吗？"

我摇头说："不像，像是古装片里的戏服，装神弄鬼。"

郑远招手，让蒙晋和老金过来，两人听我说了原委，面面相觑，这事，就算蒙晋他们也没遇见过。如果是两个团队在此相遇，大家别提多熟络了。要知道在天坑下探险，碰到同好者的概率是极低的。

老金怀疑捣鬼的是小张或小林或陶亚军，我猜如果我不在场，我和彭辉也会被他列入嫌疑人名单。嘎嘎如果不是他自己的狗，估计也会成为他的怀疑对象。

他的理由是：小林和小张很可能是"无间道"。也就是投资人的卧底。陶亚军嘛，来历不明，孤身一人在天坑下出现，就已经很不对劲了。他们和后面几个人呼应，好趁机抢夺我们的胜利果实。

我对他的信口胡诌很不耐烦，随口抛出一个观点引开话题。

我提出疑问："你们不觉得奇怪吗？我们在裂隙中碰到的黑雾，从脚下、头顶、前后左右把我们团团裹住，而队员之间，却没有黑雾掺杂进来。"

郑远不露声色，问我的结论是什么。

"温度。"彭辉冒出来，冷不防插嘴道，"人体是散发热量的。而在团队这个热量磁场中，黑雾给我们留下了一个空间。"

郑远困惑，直接求结论。

彭辉被逼得开始胡说八道了："如果我们在裂隙里降温，说不定会导致石壁合拢。"

老金没好气地道："你为什么不撒泡尿试试？"

两人互相不爽，吵起来了，我幸灾乐祸，这两人的"借钱效应"消失了。

郑远把两人隔开，催促大家赶紧上路。

郑远悄悄交代我，上路时让我和彭辉押后，密切留意小张的举止，尤其在走过岔路口时，更是不能松懈。

我浑身一激灵，这才猛然醒悟，为何郑远要关注衣服的颜色。进洞探险，就跟登山一样，登山服肯定是越鲜艳越好，谁会穿灰黑色的衣服呢？

洞穴中，荒野里，约定俗成，大家都希望穿醒目的颜色，反差越大越好，越容易在失散时或陷入困境时便于被搜寻者发现目标，如果有人反其道而行之，其中的动机，就值得好好思考了。

假设是小张当内应，安排一伙人悄悄跟踪我们，他们的目的是什么？等我们找到了袋狼以后，过来截货？

就算千辛万苦截到胜利果实了，卖给谁呢？当真是好莱坞大片，几路人马争夺宝藏？反正，我是不信的。再说，想从郑远和老金这种组合里抢到便宜，也无异于痴人说梦吧。不过，江湖险恶，我们还是且行且小心吧。

老金带着我们，插入一条小道，沿着一个潮湿的地下溪流的水道，进入一个岩屑堆洞穴，这是由巨石之间的缝隙形成的洞穴，多见于山脚之下，在洞穴内并不常见。

我特意爬到巨石上，头灯照射之处，让我有种巨大的压抑感，七八米高的洞穴，却堆积着4米高的巨石，不知道是怎样的地壳运动造就的奇观。

忽然，小林悄声让我们停下，侧耳倾听，洞内有隐约的声响，似乎是从我们身后传来的。

我悄悄地往岩石上方爬去，忽然，一道金色的影子忽然从我们头顶掠过，队伍一阵骚乱和惊叹。

我爬上岩石，捕捉到两只金色的大鸟正在洞顶扑飞，发出类似鸽子的叫声，转眼间就消失在黑暗中。

蒙晋说，大石围天坑自从被发现以来，离洞穴大厅不远，曾有人发现过白色的猫头鹰，毕竟洞口和洞穴大厅，存在食物来源。除此之外，从来没有人在洞内发现过飞禽，因为这里根本没有可供它们生存的前提。

小张问彭辉，"世界上真有金色的鸟？"

彭辉张嘴就来，说道："锦鸡的冠羽就是金色的；有些鸟的黄色羽毛在阳光下呈现金色，比如黄鹂和非洲金色织巢鸟。金色林鸠的下半身是典型的金黄色，这种鸟在缅甸及中国西南地区都有发现。

"而我们看到的这只金色的鸟，体型像家鸽，浑身却是金色，匪夷所思，完全无法用科学解释。"

现在我们已经置身于天坑的中心，飞禽从外界误入的概率非常低，何况，如果是来自洞口大厅的原始森林，金色之鸟这么扎眼的目标更不可能藏匿至今，因为，那片森林早已被科考、探险队员、动物学家、植物学家等人翻了个底朝天。

在没有光源的情况下，这只大鸟已然是金光闪闪，当我的手电筒照射到它，金色的光芒可以称得上是"耀眼"二字。

郑远问彭辉："在天坑下发现了新品种的概率有多大？"

彭辉摇头说："有人装神弄鬼的可能性比较大。"

老金一拍大腿说："这是'蛊师'弄出来的玩意儿。"

蒙晋也吓得浑身一激灵，点头称是。天坑下逢70年一度的异动期，"蛊师"高手很多都下到天坑里了。这之前，为什么包括老金、蒙晋都没有见过类似玩意，更没有相关记录，便有了明确解释。

老金说："天坑下'蛊师'弄出来的东西，不用大惊小怪。它们不是真的。可能就是普通的鸽子，只是用药喂出来的。这不是什么新品种，药效一过，它们就能恢复原形。"

"不要声张，大家注意些。"老金蓦然有些紧张，告诫大家道，"如果我们进入了'蛊师'的地盘，就要特别小心了。"

郑远要求老金尽快把我们带到主干道，老金估算了一下时间，我们可以在8点前到预定地点扎营。

第十一章　鬼魂出现

魔鬼泡泡

所谓主干道，就是被探险队们记录在线路图上不断补充完善的成熟路段，标示了所有潜在的危险和应对措施，主要是提防突然爆发的地下山洪和塌方。

一般来说，飞猫探险队作为下天坑的"标配"，掌握了相对比较齐全而且不断更新升级的地形图，大部分会无偿提供给探洞者使用。但像郑远、荷田、老金等人，自己手里都会掌握一条属于自己的秘密线路，就像城市里藏着美食和风景的小巷，只有他们谙熟于心，从某种角度说，这也是他们当"天坑"导游并靠其拿项目的资本。

我们的露营地，从严格意义上来说，不算位于主干道。老金带我们抄的是小路。但目前这个露营地，从线路图上看，至少离主干道的标志性参照物不远。

不得不承认，这是最理想的露营地之一，洞穴宽敞，有平坦的石台，有小水潭，潭内有涌泉，一条洞穴通道贯穿其中，至少有两个支洞口。于是，郑远决定将第二批给养站设立在这里。

晚餐很丰盛，肉粥、猪肉干，配上速冻小馒头、紫菜蛋花汤，大家热乎乎地吃得很惬意。

其实一路走来，饿了就嚼巧克力，导致大家食欲不强。不过，对于我来说，就是喜欢端起碗、喝热汤的这种仪式感，由此带来的安全感和满足感，是在地面生活中完全体会不到的。

大家围坐在一起，谈论着那只金色的鸟。这一回下天坑，可以说短短一天所经历的亮点超出以往任何一次探险的总和。而这一切，都拜老金所赐，更拜郑远所赐。

我擅自从食品箱中拿出一瓶红酒，郑重其事地邀大家干杯。郑远曾规定，天坑下不许喝酒，每次带几瓶酒，是为了完成任务准备返回前庆贺时，每人可以小酌一口的奖赏。不过，这一次，他默许了。

今天大家高兴，一瓶酒一下就见底了。老金吹嘘说，等我们完成任务，有时间的话，他带我们到一个地儿偷酒。

原来，有个大老板在天坑下秘密之地设置了一个私人酒窖，全是洞藏佳酿，早在天坑被公众所知以前，就已经存放了很多年了。

老金说当时自己无意中发现后，刚开了一瓶，灌了两口，浑身酥软，好在他尚能保持清醒，不敢贪杯，只是后悔没能打包几瓶回家，说得其他几个男人都面露神往之色。

小张说得好，找不到袋狼，用这两壶酒就可以把投资人给打发了。因为据他目测，白胖子有明显的肾虚症状。

跟大伙胡扯了一会儿，我回到帐篷里。彭辉正在聚精会神地琢磨那团"棉花糖"，就像玩橡皮泥一样，将它捏成各种形状。

"快看。"他示意我，放手，那团"棉花糖"萌态十足地浮在空中。

"老天，这是裸眼VR。"他将棉花糖捧到眼前，盯着棉花糖说，"这玩意儿可比袋狼好玩多了。"他又问我道，"你是怎么弄到的？"

我告诉他，在他拉肚子的那个盲洞找到的，当时摘了两朵。

他愣愣地望着我。"另一朵呢？"

"有一朵被狗啃了。"

好污的那一段我都不想再提。总之，当时饿疯了的嘎嘎啃掉了一朵。我记得它嘴边还粘着一块"棉花渣"的惊悚模样。

他一拍脑，惊惧道："这玩意儿有毒。"

我莫名其妙。

他往后退缩一下，提示我："你想想，当时你产生了幻觉，连带了我，嘎嘎也出现了幻觉，连带了蒙晋，肯定和这玩意儿有关。"

我也打一激灵，没错。正巧我们四个都接触过这玩意儿。嘎嘎啃了一朵，蒙晋帮它清理。

我们悚然看着眼前这朵悠哉的"恶魔小云朵"，彭辉赶紧找个塑料袋，将它装进去，扎好口。剩下的时间，我俩面面相觑。

我小心翼翼地问："你感觉怎么样？"

他吞了口唾沫道："目前一切正常。"

我担心道："睡着了就不好说了。"

他赶紧想辙，开玩笑道："确认下，我是'至尊宝'，你是'紫霞'。不要等到半夜，我成了'至尊玉'，你成了'青霞'。"

我哈哈笑，问："这可是我们俩的安全词？"他踢了我一脚，说我好污。

我建议道："我们把小张捉来，如果出现状况，他至少可以唤醒我们。"于是我们立即行动。

在营地扎帐篷，目前的"同居"组合如下：郑远和老金、蒙晋和陶亚军、小张和小林各睡一个帐篷，小林把嘎嘎放进了帐篷。但有郑远的硬性规定，两个单身的帐篷必须挨在一起。

听说我们要把小张从她眼皮底下拉走，还她隐私和清静，小林对我们含笑抱拳，承诺说此恩必报。

我俩把小张夹在中间，得知自己身负重任，他忐忑不安，很怕我们在梦游的时候干掉他，一定要把可能做凶器的物件放在自己枕头下方才安心。

夜半，我们三人都不大睡得着，辗转反侧。好容易迷糊了一阵，突然，我感觉，彭辉坐起来了，悄悄凑过身来观察着我。我感受到他的鼻息。

小张也醒了，只是没吭声而已。我也睁开了眼。

彭辉那张脸横亘在我头顶，试探地问："贵姓？"

我眨眨眼答道："姓林。"

彭辉坐正，拿腔捏调："哦，原来你就是我大哥说的那个'林青霞'啊？"

我一惊，问道："你大哥是谁？"

彭辉乐道："昨天被你打的那个家伙，叫'至尊宝'的。"

我不解地问："那你呢？"

小张猛地坐了起来，将信将疑，不停地扭头，观察我俩。

彭辉粲然一笑："我是他的双胞胎弟弟，叫'至尊玉'。"

我摇头，嗤之以鼻道："'至尊宝''至尊玉'？想骗我啊？"

彭辉嬉皮笑脸地说："嘻嘻，你可真是聪明伶俐。其实我大哥真名叫做'秦汉'，我叫'秦祥林'。"

我警惕地问："你在这儿干什么？"

彭辉厚着脸皮道："我……我很仰慕你。"

小张大惊，估计他没看过这部电影。

我也大惊，将手一扬道："你仰慕我什么？"

彭辉抓住我的手道："岂止仰慕，简直害怕失去你！所以跟你绑在一起，你就接受我对你的爱吧！"

小张气愤地把他推倒，又转身把我推倒道："我就知道，玩我呢！"

我俩哈哈大笑。我没过足戏瘾，立刻要求重来一次，换角色扮演。

小张愤恨地答道："吃饱了撑的，睡觉。"

我俩该是有多无聊，能将这部片的台词倒背如流。忍着乐，这一觉睡到了天明，相安无事。

鬼魂魅影

小林起得早，哼着歌儿帮我们弄好了早餐。

毫无预兆，彭辉开始握拳咳嗽。令我担心的事情终于发生了。一顿早餐的工夫，他越咳越凶，像是有东西呛进了气管。

他气喘吁吁地告诉我，以前从来没有遇到过这种情况，估计就是那玩意引起的。他咳得脸都绿了，用手抚着咽喉处，交代我赶紧给"小恶魔"多套几层塑料袋，回陆地再好好研究。他倒还有闲心给那玩意起绰号。

小林听了这番话，目瞪口呆地望望我，又望望他，老天，她一定是会错意了。

每次下天坑，我们都会备些常用药，但这些药似乎对他完全不起效。按他自己的陈述，既不是受凉，也不是我们说的"上火"，只能当成来历不明的病毒感染来治疗了。

刚上路半个小时，他已经咳得直不起腰了。一路听着他的咳嗽声，大家心情很受影响，再加上哑巴的咿呀声、狗吠声。我们好像一队逃灾的难民，惶惶不安地走在漆黑的洞穴中。

好容易挨到了中午，彭辉已经浑身无力，因为剧烈咳嗽，胸肋间肌肉疲劳，他不停地干呕，似乎徒劳地想将不洁之物吐出来。我们破例为了他，原地休息一个小时。他不咳嗽了，糟糕的是，他开始发烧。一量体温，38.5度，算是低烧。我赶紧让他服了药。

刚开始，大家还比较乐观。彭辉也硬咬着牙，尽量跟上队伍。我已尽量减轻了他的装备负担。

等到了下午，彭辉的体温突然蹿升到了39度。这下，大家都开始紧张了。他连说话的力气都没有了，全身酸软无力，一闭眼睛，脑袋里就乱哄哄的。队伍只好停下，原地驻扎休息，难得有一次，大家可以百无聊赖地等待"烛光晚餐"。

我定时给他测量体温。他晕晕沉沉，半梦半醒，向我娓娓述说，自己的灵魂如何附着在那只金色鸟儿之上，飞过黑暗的洞穴，在深渊上空降落。他故弄玄虚："我看到了很多奇怪的东西，好多巨大的动物浮在水面上。"

这美剧看多了也不是好事，他当自己是《冰与火之歌》的布兰，金色鸟儿像三眼乌鸦一样教他飞行呢。

他拍拍我的手，面露深情之色："你就是哥的'冰原狼'啊。"

我就知道，他不会放过任何装神弄鬼的机会。再测体温，38.5度，好歹降了一些，仍是低烧状态。

一行人无所事事地挨到十点，大伙都没什么睡意，围在一起谈天说地，直到郑远驱赶大家回去各自休息。

我回到帐篷，又给彭辉测了体温，还是低烧，他挣扎着让我带他到潭边洗漱，扶着他，察觉到他的双腿仍然剧烈打战，只能寄希望于他好好睡一觉，明天能出现好转迹象了。

水潭离我们的宿营地不远，空气中有股奇怪的味道，老金吆喝着让大家各自检查周围，检查有没有打翻的液体或动物死尸。

摸到水潭边，我将头灯放在边石坝上，照料他刷牙漱口，水不凉，倒有些出乎意料的温热。

不知怎的，我感觉胸闷。我抹了把脸，牙刷还在嘴里，突然没了动静，彭辉定定地望着前方，悄悄说："你看。"

我顺着他的视线望过去，血液一下凝固了。

两个裸体的男女坐在水潭对面的石台上，女的长发，男的居然扎着发髻，他俩没有说话，男的叉开腿正对着我们，女的坐在他身旁，身体微微靠着他。

身边有一堆黑灰色的衣服，就像我们从裂缝中出来时，两个惊鸿一瞥的人影的穿着。

不知道是刚擦完身在晾晒身体，还是刚行过男女之事的放松，两人的表情是茫然的。

男人黝黑，女人清瘦，他们的脸，怎么说呢，总有些朦胧，仿佛焦距有点虚，没错，虚焦！他俩瞟着前方，并没有发现我们，只是目光偶尔触及，让我们一惊。

狗吠声起，不知何时，嘎嘎出现在水潭边，冲着那个方向狂吠，小林也走了过来，我和彭辉定了定神。

小林问我们洗好了没有，唯独她不会被鬼迷心窍。

我说差不多了。同时用眼睛偷瞄那对人影，他们仍然若无其事地坐在那里，完全未受我们干扰。

小林向我抱怨说隔壁帐篷的小张睡得像死猪一样，那么小的个子，呼噜声却那么大。

她边说边在水潭边抹了把脸。

我不敢提醒她，怕吓着她，问她："嘎嘎叫什么呢？"

小林毫不在意地说："管它呢。"

她用毛巾擦脸的时候，脸部正对着那对人影，却没有任何反应。

如果她看不到，这就应该是我俩的幻觉了。

"回去吧。"小林牵着嘎嘎的绳子，对我们说。

我手忙脚乱地收拾好洗漱用品，扶着彭辉走过去，小林还特意等了我们一会儿，提醒我拿灯，她自己打开了手电。

我去关头灯时，又瞄了一眼对面，那两人的目光似乎落在我身上，我莫名地起了一身鸡皮疙瘩，硬着头皮关了头灯，小林打着手电，我们慢慢跟着她，迷迷糊糊地往回走。

彭辉也很紧张，身体在微微战栗。这是我们从未遇见过的极为惊悚的体验，你背过身，你知道身后有奇怪之事，不能跑，不能喊，还只能装得若无其事。

这几步路走得非常漫长。小林闲聊的话，我一句也没听进去，嘎嘎的叫声越来越大，突然停住，我和彭辉也在倒吸冷气，却不敢回头。

小林扭头了，斥责嘎嘎不要乱叫。谢天谢地，她什么也没看到。

好容易走到了帐篷前，把彭辉扶进去，我则在帐篷外的石头上点起了一根蜡烛。

彭辉问："你不怕鬼吹灯？"

我没理他。

他又问："为什么不告诉小林？"

"怕吓着她。"此处可以脑补小林高分贝的尖叫。

他摇头，自作聪明地道："你是怕郑远知道我俩产生幻觉，把我们踢出去。"这人爱自作聪明，已经接近道德败坏了，特别让人讨厌，我把他推到一边，自己仰着身子躺下去。

我们这个帐篷是队伍里最靠边的，也就是说是最靠近水潭的。那两个人要来"拜访"营地，肯定首选我们的帐篷。

躺下去，也睡不着，但也不想和他瞎扯，就闭眼假寐。

彭辉问："你烦我了是不是？"

我没好气地回道："是的。"

他自顾自地说："嘎嘎看到了，小林没看到？"

突然，嘎嘎又开始狂吠，弥漫的惊惧感，让我无法呼吸。彭辉也开始紧张了。

蜡烛忽然灭了，嘎嘎不叫了，整个营地一片死寂。

一阵脚步声朝我们走来，蜡烛转眼又亮了，就在这一两秒之间，一个人影扑了进来——我俩大气也不敢喘——是小林！

"我在水潭边看见了两个人。"她俯趴在我俩中间，浑身吓得直打哆嗦，把脸埋在枕头下。

彭辉惊奇道："你也看见了？"

她猛地坐起来："你们看见了？"

我俩默默地点头。

她反而安心了，说道："嘎嘎也看见了。是僵尸吧，我们得赶紧告诉头儿。"

我和彭辉一时也没能消化这个惊骇的秘密。这并不是我俩的幻觉。因为这一次，小林没有接触过"棉花糖"。

我正惊惧，是不是我们错过了最佳的自救时机，这时候，就听见老金咕哝着走出帐篷了。小林示意我们不要出声。

我脑海中涌出的一个念头是，如果老金被伤害，我将永远不会原谅自己。但其实我也特想听听他的尖叫。

"你们家里是开蜡烛店的啊？"他举着手电走过来，骂骂咧咧地吹熄了蜡烛。然后向水潭走去。

我们把耳朵贴在帐篷上，好一会儿，都没有听见任何动静。

我坐不住了，拿起手电筒，小林也哆嗦着跟我去看个究竟。

我俩蹑手蹑脚，战战兢兢走到潭边，手电四下照射，没见人影，壮起胆子将手电筒移到对面的石台上。

那个光着身子的男人还在，只不过他仰着脸，脸上盖着一块布，闭目养神，我们听见水里有动静，估计女人则在水中泡着，一个头浮在水面上。

"你是谁？"我厉声问。

这个人拿掉脸上的布，居然是老金。他愕然望着我俩，水中的影子是嘎嘎，并不是那个女人，它跳到一边石坝上，甩甩身子。

他又惊又怒："你们俩要干什么？还拿手电筒照老子下面。"

老金迅速把脸上的布盖在大腿间。

小林尴尬地问："老金你没看见奇怪的东西？"

他大骂道："见了，就是你们这两个蠢货，还偷瞄老子裤裆里的玩意儿。"

"原来你在洗澡。"我讪笑着说了句傻话。

"滚！"

我俩赶紧溜回帐篷。

彭辉已经睡着了。这一觉，好家伙，睡得是那个沉！

我悄悄对小林说："你刚才过来的时候，蜡烛灭了。"

小林点头道："后来又亮了。"

"不是有人吹灭了它。"

小林纳闷："什么意思？"

"是黑雾。"我倒吸一口冷气。

小林愣愣地望着我："你是说，刚才袭来一阵黑雾？"

我点头。她吓得赶紧用毛巾被盖住头。

分道扬镳

我从朦胧中苏醒，发现帐篷内忽然亮了，而帐篷外也亮着灯。

身边的彭辉和小林仍在酣睡。

我睁开眼，只见小张从缝隙里露出一张脸，脸上露出匪夷所思的神秘表情。

外面有人问："她在里面？"是郑远的声音。

小张点头道："她睡在中间，还打呼噜。"

蒙晋纳闷地问："搞什么鬼？"

小张对我吐吐舌头。

小林也醒过来，揉着眼睛坐起身来。

小张对她做了个鬼脸。

我想让彭辉多睡一会儿，就没惊动他，和小林悄悄起身，走出帐篷。

原来，早上刚起来，小张叫小林起床，发现她"失踪"了，也不在水潭边，便立刻向郑远报告。老金没好气，说昨天晚上小林和我在一起，偷看他光屁股洗澡。小张这才赶紧到我们帐篷核实情况。

小林也很聪明，知道现在不是谈论昨晚"鬼影"的好时机，所以就找个"做了噩梦，害怕独自一个人待在帐篷里"的借口搪塞过去。

蒙晋说他自己也觉得昨晚有些不对劲。空气很糟，早上起来，他的呼吸道很不畅通，互相一询问，其余人也都有同感。

今天的早餐是方便面、水煮蛋、燕麦粥。

我吃饱了，给彭辉打包一份，走进帐篷，发现不对，他吐了一地，脸色发青，神志不清，赶紧给他量体温，仍然是发着低烧。

给他服了药，清理好污物，我和蒙晋还抱着一线希望，扶着他站起来，走倒是能走，就是晕沉沉的，头重脚轻，像踩着棉花。

尽管彭辉想强打精神，但身体不听使唤不说，一闭眼，脑子就乱，喃喃自语，发高烧了。

郑远拉着我和蒙晋、老金到一边商量。我预感郑远已有决定，看样子想带队伍撤回去。所以我心里特矛盾，基本没怎么开口。

老金开口了，说："我们如果撤了，对投资人没法交代，还得再下来，浪费大量的时间和精力。不如让唐摄影和小林先带'耳环哥'撤。"

郑远摇头道："彭辉这状况，唐摄影恐怕搞不定。"

蒙晋建议，要么他自己跟着我们一起撤，要么让小张跟随我们一起回去。

郑远说按常规的老路回去至少要4天，彭辉能不能捱这么久还是个问题。全部人都撤，至少可以保证不会耽误时间。否则，出了事，谁也负担不起这个责任。

"三个人带一个病人，问题不大。"老金忽然说，"其实，用不着4天，我有条线路，世界上除了我，就没人走过，后天他们就可以出去了。这小子命大，碰到我老金了。"

郑远大惊道："天坑还有第二个出口？"

老金含混着说："不算正规出口，但绝对安全。"

我也立刻表示同意，因为不想连累项目组放弃这次行动计划。

郑远沉吟许久，终于点头了，敲定的计划是让我和彭辉、小张、小林先撤退。

接着，郑远走到营地，把这个建议告诉大家，看他的表情，心里也不好受。他补充道："如果唐少华和彭辉，你们还是不放心，我就让大家跟你们一起撤。"

我心里清楚，这不是道德绑架，而是他面临两难局面的一次迟疑，他其实想让我们来给他做决定。

彭辉硬撑着，说自己再休息半天就没事了，可以让大部队先走，我们迟半天再赶上去。这个建议当然被立刻否决。

小张和小林沉默了一会儿，先后表示，一切服从团队安排。我也强打精神，说这是目前最明智的选择。

郑远让我担任小组长，务必带着大家安全撤出。

老金从屁股兜里掏出一张线路图，递给我，反复交代道："不得外泄。"

悻悻、怏怏，就是我们三人此刻的状态，彭辉更是懊恼和愧疚。但我清楚，人命关天，这个决定无可置疑。

即使我们做了决定，郑远心里仍然很不好受，毕竟他是队长、组织者，我们的安危他得时刻牵挂于心。

我扫了一眼线路图，标示得很明确，估算下距离，后天应该可以出洞。

郑远苦笑着说："这条捷径上有个莲花洞。到目前为止，还没有媒体成功造访过。唐少华可以去那里拍一组照片，也算是给了投资人一个交代，你们几个也可以顺路开开眼界。"

这个提议并没能鼓舞我们这个小组低落的士气。

老金把我拉到一边，用力搂着我的肩膀，将嘴凑到我耳边说："你是小组长，你胆子得大。老金不会害你，记住这一点——是个男人，就要敢赌！"

这番话听得我一头雾水，但此时没心思和他纠缠。事不宜迟，大家赶紧把装备和食品分配好。一伙人继续行走，走过一个路口，我们两组人马就要分道扬镳了，气氛突然变得有些凝重。

和郑远一起下探天坑也有些年头了，在记忆中，有人中途退出还是头一遭。除了老金，我们大家似乎都有点手足无措。

郑远拥抱了我一下，无奈地说："彭辉就拜托兄弟你了。切记，安全第一！"

我点头，他又和另外三位分别抱了一下。

他举着胳膊，用手电筒给我们照路，直到我们走远了，他仍一动不动。而手电筒的光亮，一点点随着我们的步子，消融于黑暗之中。

我心里默念：再见，我的队长，请保重！祝一切顺利！

第十二章　洞中人影

黑暗中的人影

都快累成狗了，对照着线路图，我们终于一路摸到了莲花洞口。

此刻，我们置身世界上最大的天坑群落，在其中最大、最神秘的大石围天坑下度过了第4天。

身上的装备没来得及卸下来，我就一屁股瘫坐在莲花洞洞口，大口喘气。我背着两个人的装备不算，还有一背包的摄影器材，实在累惨了。

小林毫不犹豫地从我身上跨过去，还欠揍地丢了句："好狗不挡路。"这个女人的体力着实惊人，早知如此，就该多分给她一些装备。

小张搀扶着彭辉随后赶到，他一脸厌烦地把瘫软的彭辉扔在我身边，打开手电筒，飞快地闪进洞内。把他分到我们小组，提前撤离天坑的决定，让他很不甘心，一路上牢骚满腹，说我们"被组织抛弃了"。

我先是不胜其烦，然后动怒了："钱一分不少你。提前出洞，省时省力，多好的事，你脑子进水了？！"

他理直气壮地回道："哼，如果他们在玛瑙洞发现了好东西，就没我们的份了！"他脑子原来转的是这个念头，我彻底无语了。

我烦恼不已，究竟是谁，会在技术装备落后的年代，甚至连潜水装置都没有，冒着生命危险，把宝贝藏在天坑里？我回呛他道："我们这次又不是来寻宝的。我问你，有人冒着生命危险爬珠穆朗玛峰，是因为上面有金子吗？"他这才总算不吭声了。

现在，他把病人扔给我，跑得可欢了。

我伸直腿，艰难地卸下背包，取出摄影器材。

提前撤离，我被郑远队长分派到的唯一任务，就是拍摄这个"莲花洞"。他也是临时起意，以弥补我们无法走完全程的遗憾。好歹咱是个摄影师，这趟下洞没有斩获就太可惜了。

我记着他的嘱咐，不能在莲花洞耽搁太久时间，尽快把生病的彭辉带出天坑。身为小组长，我可不能让自己队员有任何闪失。

想到这里，我赶紧摸摸彭辉的额头，果然，还是烫得吓人。我祈祷，不要让他在洞里烧成白痴才好，看来我们必须要抓紧时间了。他整个人还是迷迷糊糊的，一有人触碰他，他就条件反射地说："我没事，没事。"

这个平素飞扬跋扈的帅哥，现在成了只病猫。果然，太好胜、太张扬的人，出了状况就特别敏感，就是因为他们不懂得示弱。

我忽然听见小林在兴奋地喊："头儿，头儿，快来看。"

我赶紧掏出手电筒，快步走进洞内。刹那间，便被眼前的景象给惊呆了。

即便是在两支手电筒的光照下，莲花洞的气势也轻而易举地把我们震慑了。此时，我太能体会到临行前，郑远队长轻描淡写的那句话了——"这应该是全国最大的莲花洞"。

准确地说，这是拥有数量最多的莲花盆的洞穴。乐业县城的罗妹莲花洞规模号称全国第一，而我面前的奇观，仅凭目测就能将罗妹秒杀成渣。

罗妹莲花洞内有莲花盆200多个，最大的莲花盆直径达9.4米，号称"莲花盆之王"。而我们目前的"莲花洞"，连绵不断的大小莲花盆，数量肯定不低于300个，直径最大的那个，就在我眼前约4米处，直径绝对超过12米。

岂止是全国第一！就算是世界第一也不为过。我心里隐约涌起小激动的小浪花。

"热水，热水。"小林欢呼雀跃道，"泡温泉啦。"

我循声望去，她之所以手舞足蹈，是因为发现了一个热水池，此刻正坐在池边很惬意地泡脚丫，像小孩子一样拍打着水花。

而小张早已经脱得只剩一条内裤泡在池内，只看见一颗头在水面上游动，像水里游泳的老鼠一样。

我哑然失笑。看来，这地儿规模大不大，莲花盆直径是不是世界之最，压根儿就和他俩没有一毛钱关系。

对于我来说，眼前的奇观是多么奢侈的视觉享受，看不够，也赞叹不够。

想想也是，本来能有机会下到乐业大石围天坑的人就有限，从大石围天坑的入口到这里，我们就整整花了4天时间，更别说需要单绳速降600米后，在黑暗的洞穴中时而潜水，时而橡皮筏摆渡过地下河，如在迷宫一般，只要稍不留神就会走错路，围绕着至少有三条主洞的多层洞穴，从超过数十个副洞中探路的疯狂历程，我们才能安享眼前这一刻无比珍贵的美景。经历了多少磨难，老天爷就会给你多少甜头。前提是，必须得活着。

这一路，我们经历了什么？狭窄的通道和陡坡，需要大家互相协助才能安全通过，一旦遇上坍塌及河水暴涨，前路被堵，就前功尽弃；洞中各式钟乳石、石笋和石柱在黑暗中就像危险的丛林，在美景中暗藏杀机；等更别提脾性叵测的地下河，一转眼工夫，就会从潺潺小溪变成咆哮的夺命激流。

你再想想，这地儿，猴年马月才能被旅游开发？但愿永远不会被人类变成"旅游胜地"，就让这一切，静静隐藏于天地间的秘境之中吧。

想到这里，心里不禁更增添了一份敬畏，我其实也明白，这些照片也许永远不会从我手里发布出去。

我抓紧时间，从包里取出照明灯，准备摄影，彭辉也摇摇晃晃地站起来给我打下手。

这小子一生病就蔫了，和平时判若两人，没了伶牙俐齿的劲儿，说不了刻薄话，也吐不出俏皮话儿了。他说话声音微弱，走路时腿打飘，整个人像一团棉花一样轻飘飘的。

我抱歉地对他说："不好意思，拍完照片咱们就赶紧撤。"

"哥没事，你好好拍。"彭辉虚弱地说，他说自己其实也舍不得提前撤离，实在是拗不过队长，才乖乖答应的。

真是"虎落平阳被犬欺"，我暗笑，从前这帅哥多嚣张，小张一直没少被他挤对、欺负，终于，他也知道夹着尾巴做人的必要性了。

我立好了三脚架，把我们的四盏头灯分别放在四个布光点，然后再布下四盏尾灯，同时安排小林和彭辉在两个地方挥舞着强光手电，不停地扫过整个岩洞。

我逐渐看清楚了洞穴的构造，眼前的洞穴大厅是个以莲花盆群落为中心的长方形区域，两侧围绕着巨大的石幔、石盾，洞顶上垂卷着石帘，钟乳石呈现火山岩浆般肆意悬泻的规模，前所未见，而右手洞壁前一幅巨型石瀑绵延几十米，如一个绚丽舞台，总带给我一个帷幕即将拉开的错觉。

既然这个洞穴的真容从未被公之于众，我就是第一个涉足处女地的摄影师啊！按下快门线的那一刻，我充满了成就感。

忽然，我的余光似乎捕捉到了某个异物。

一道寒光闪过，是个人影。他的手里还攥着一把匕首！

千年窖酒

眼前的大多莲花盆与常见的莲花盆有所不同，它们有的盆盆相叠，盆中有盆，盆中有柱，甚至盆中长"树"，左侧靠洞壁的地方，就有个造型奇特的三叠莲花盆，一棵粗大的"石树"直接和洞顶如悬瀑般的钟乳石相连。

而那个人，就站在三层莲花盆上，悄悄俯视着我们，他的手里还握着一把匕首，匕首寒光凛冽。

两束强光手电筒的光线划过黑暗，我用目光搜寻同伴，彭辉和小林，他俩还在尽职尽守；我用颤抖的声音叫了一声小张，那颗头颅也动了一下，他应了，这货还泡在水里呢。

我倒吸了一口冷气，这个人是谁？他从哪里冒出来的？

我强作镇静，从口袋掏出手电，像举着一把枪，突然照射过去，只见那张脸面无表情地瞪着我。此人脸色发青，嘴唇上好像还带着血丝。我吓得后退了几步，差点撞翻了三脚架。

这是僵尸！这是我第一个反应。虽然不信鬼神，在这人迹罕至的地心深处，什么怪异的事情都有可能遭遇。我哆嗦着从背袋里掏出一把防身匕首，左手举着手电筒，慢慢向人影的方向逼近。

那两个伙伴还在卖力地晃着手电筒，而此人在忽明忽暗的光线里，一动不动地盯着我，愈发恐怖。

等小林注意到我的异样举动时，我已经逼近了三叠莲，猛然用手电筒直射过去。

身后传来一阵小林一声短促的惊叫，她也看见了这个家伙，还是那张诡异的脸。但我瞬间意识到，这是一尊真人大小的陶俑！

谁会在伸手不见五指的黑暗之地，放置这样的一尊陶俑？细思极恐，让人起了一身鸡皮疙瘩。

小林开始咒骂郑远，她的奇葩逻辑是，既然郑远和老金他们造访过此洞，为何不提醒我们注意这吓死人的玩意儿？

三叠莲花盆的位置接近洞壁，后面是许多发育极好的钟乳石柱，小林在下面举着手电筒替我照亮，我快速地攀爬上去。

这个陶俑离地至少5米，站上第3朵"莲花盆"上，我爬上莲花盆，才真切地估算出，这朵"莲花"的直径少说也有4米，一根粗大的钟乳石柱如精美的"华表"，竖立在莲花盆的中心，直接伸向洞顶，而头顶上巨大的石幔层层叠叠地和石柱嫁接在一起，构成巍峨巨大的树冠形状。在"树干"旁，有一根罕见的巨大的空心鹅管。

我分析，陶俑应该是被人立在空心鹅管中。因为我注意到，鹅管在靠近洞壁不为人所见的那面有个大豁口，陶俑应该是被人从此面巧妙地运进来，而正对洞口的那面的鹅管估计是最近才坍塌出一个高约2米，宽约50厘米的新鲜豁口，正好将陶俑完全暴露了出来，地上还留着鹅管的碎渣。

如此看来，小林实在冤枉了队长。因为在坍塌前，一定无人见过这个陶俑。走近陶俑，我的心口怦怦直跳。

陶俑一手垂立，一手握拳，那只闪着寒光的匕首就被它攥在手中，我用力地把匕首抽出来，在小林发现以前，悄悄把它放进了口袋里。匕首很沉，肯定是纯银打造的。心里难免又涌起一阵小激动。

我强作镇定地退后两步，这才注意到陶俑脚下其实大有乾坤：大约30厘米长宽的地儿，摆放着一块显然从别处切割而来的钟乳石，上面聚集着方解石沉积物构成的洞穴珍珠、硫酸钙石膏结晶形成的石膏花，因为时间久远，钟乳石已与莲花盆连在一起，仿佛天然的祭祀神台。

更妙的是，"神台"的中心位置，整齐地摆放着一只陶罐和一只长颈陶瓶。我忽然有点惊惧，或者确切地说，是敬畏。

究竟是何人供奉此"神像"？我们是否惊扰了它在黑暗中上千年的静默？

我小心翼翼地捧起陶罐，身边忽然传来一阵喘息。我被吓得一激灵，踉跄一步，脚下是哗啦一声脆响。

是小林，她嘴里咬着手电筒，大汗淋漓地爬上来，挪到了我身边。她抽抽鼻子，提醒道："什么味道？"

我这才注意到，一股无法言喻的香甜迷醉的气味弥漫在我们周围，也猛然意识到是刚才不留神碰倒了东西。我急忙弯腰查看，果然，是我刚才不小心踢倒的陶瓶，此刻已碎成两半，琥珀色的液体缓缓流淌了出来。

"窖藏美酒啊。"小林大力嗅着，玩笑道，"赶紧喝，别浪费了。"

我下意识地把半边陶罐举起来，用舌头舔了一下，浑身一激灵，沁人心脾的清甜、软糯，还有让舌尖酥麻的酒之醇香，简直让人心旷神怡。我不禁大口吸啜着残留的液体，小林见我真喝，她吓了一跳，好奇地问我味道如何。

我把手里喝剩的给她，自己赶紧从地上拿起另一半，这一半更大，可惜已经泼溅了不少，与另一半不同，这半边掺杂着更多更浓稠的酒糟，酒的味道自然也更浓郁，是无限倍放大的香、甜和酥麻之味。

当陈酒混杂着酒糟流进我的喉管，每一粒酒米都如同带着小小的跳跃的火焰，瞬间融化成一股热量，让整个内脏都温暖起来。我骤然兴奋起来，连陶壁上黏稠的残留物滞留，我都忍不住用手指去刮，用舌头去舔。

身边的小林也伸着脖子，让残余的陈酒滴进喉咙，还不忘夸赞一句："这酒真好喝。"

因为舍不得泼洒在外的琼浆，我趴下身子，举着手电筒，只见陶瓶遗留下的那一摊褐色液体依然浓香扑鼻，而且有更多的酒糟当时从陶瓶的裂缝中漏到了地上。不知是不是我的错觉，那团酒渍在我眼前迅速缩小，正快速挥发。

我顾不上仪态，趴在地上，伸着脖子凑上去，用嘴啜吸，直到把地上的痕迹都舔干净了，才回过神来。娘啊，这也太狼狈了吧？今后要被小林编成若干段子吐槽了。

我站起来，瞟一眼小林，顿时放心了，她也好不到哪里去，正捧着陶壁在舔呢。而且她还有点嗨了，语无伦次地说："就像是小时候吃的蜂蜜和炼乳，纯天然的，浑身麻麻的，轻飘飘的。"

我也感觉全身酥麻，就连五脏六腑都通畅了不少，这酒，真是千年窖藏啊。

突然，她做了个很搞笑的动作，她抬起我的胳膊，舔了起来。那儿有一些残留的酒渍。

我大笑，又惊悚，因为她不像是在开玩笑。她接着贪婪地捧起了我刚放下的另一半陶瓶，又开始猛舔。

我急忙制止她。我想强迫自己清醒，天人交战了一会儿，却建议她道："我们得留点拿回去。"

"为什么？"

"当酒引啊。"

"骗人啊，难道你会做酒？"她舔舔嘴唇，递给我，又惋惜又快乐地问。

我跃跃欲试："我们试试。人家百年老酒，不都得有个酒曲？"

她小小激动一下道："那我们以后就专门酿酒吧。"

我俩就这么傻笑着胡说八道，完全是一副酒酣耳热的微醺状态。

当时，我猜，因为在洞内的黑暗中摸爬滚打，困了4天，我俩的忍耐力也达到了极限，整个神经系统突然间被这几口酒给激活了。

我举着手电筒，仔细打量手里的半片陶壁，发现上面有三个凸起的字——桂林郡。放下陶瓶，我小心翼翼地捧起另一只陶罐。

小林跃跃欲试，简直垂涎欲滴了，但总算还是有团队意识，讪笑道："分给他俩一人一口吧。"

我摇头，陶罐并未封口，所以不可能用来盛酒。

我刚把手伸进去，一阵冰凉把我吓得一激灵，脱口而出："蛇。"瞬间陶罐脱手了。

小林眼疾手快地接住了陶罐。不是蛇，里面装着4枚制作精美的金饰，分别是荷花、小鱼儿、蜻蜓和小舟的图案。

目测应该都是纯金打造，色彩古朴却不失华贵，我俩的瞳孔都放大了，难以抑制激动的心情。

果真寻到宝了。看来小张这个小财迷还蛮有预见性的嘛。他居然知道天坑下有宝贝！

小林忽然表情奇怪地望着我，咦了一声，提醒道："他俩怎么没声了？"

这时，我才注意到，洞内非常安静，除了我设置的四盏照明灯，彭辉的手电筒光也消失了。

我俩大叫着两人的名字，除了回声，没有任何应答。我们慌了神，赶紧手脚并用，从莲花盆上连爬带噌地滑下来，就算手脚被石笋戳得生疼，也完全顾不上了。

小张所在的水池位置恰好没有布置灯光，等我们举着手电筒赶过去，立刻都傻眼了。池内空无一人！

小林又在焦急呼唤他们的名字。

我听到一阵沉重的喘息，循声用手电筒照过去，只瞧了一眼，就魂飞魄散。在水池的另一边，有两个人影叠在地上，似乎在扭打，我的大脑一片空白。

第十三章　危险的出口

地底结冰

小林的手电筒也随即照射过来，只见彭辉伏在小张的身上，粗声喘气。天哪！我第一个念头是这两人因为互相看不顺眼，打起来了。

小林蹲下身来，仔细一看，惊叫道："小张死了，小张死了，手都冰了。"

彭辉艰难地说："赶紧，换你们上。"

他虚脱般歪躺到一边，大口喘气。我们这才发现，原来他在给小张做人工呼吸。

小林一边在小张的胸部挤压，一边接着做人工呼吸。彭辉用沙哑的嗓子提醒我，给小张准备衣服保暖。

我赶紧捡起小张的衣服，此时，小张已经缓过劲来了，哆嗦着开始呻吟。我们把衣服给他胡乱裹在身上。

"你来吧。"小林也累坏了，瘫倒在一边。

我接手，把小张抱在怀中，这家伙虽然个子小，可他的身体壮实，也挺沉的。我哭笑不得，这段荒唐的经历，今后该衍生出多少恶搞的段子啊。

小林惊魂未定地问彭辉，刚才到底发生了何事。彭辉还在大口喘着粗气。小张已经虚弱得吐不出完整的句子了，只说出一个字："水。"

小林以为他要喝水，起身要给他拿水。小张的声音里带着恐惧，尖叫着："水池里的水，都结成冰了。"

我和小林面面相觑。我将信将疑地站起来，水池上空白蒙蒙的水汽消失了，我把手试探着伸进去，刺骨冰凉，而且水面还结了一层薄冰，不由大骇，这才多大一会儿啊。

接着，我们便惊愕地意识到，洞内不知何时，气温已经骤降。看来此处凶多吉少，不宜久留，我招呼大家收拾东西，赶紧撤退。

来不及给陶俑拍照了，我只能爬上去，给"他"从头到脚裹上两层黑色雨衣，祈祷他至少等我们回来之前，不会被人轻易发现。当然，陶罐还留在原地，只不过呢，金首饰则被我取走了。

小林还惦记着陶罐残片上的酒曲，我也没漏下，捡拾走了残片。小林说："我们下半辈子就指望靠它来养活了。"不知道她说的是金首饰还是酒曲。似乎，我们都没有醒酒。

彭辉因为救人一命，他的自尊心得以恢复，精神上也得到极大的满足，病体也奇迹地被激活了一下，至少凭我目测，他的动作比之前敏捷了不少，这应该是肾上腺素的功劳吧。小张则成了伤员，身体和精神上均矮人一截，羞愧无比，重新沦为"二等公民"。

地面上开始噗嗤噗嗤地冒出霜花，让人感到毛骨悚然。此时正值酷暑，大石围地区的气温极高，寒流何处而来？我的直觉告诉我，这是从脚底下的地心蔓延而至的。

事不宜迟，我们快速收拾装备，如同倒计时，在和时间赛跑，迅速撤离。一行人互相搀扶着走出洞口，却发现洞外的温度并没有明显变化。

我拿出线路图，按图索骥，一边寻找出口，一边向他们了解事情的全部经过。

原来，在我和小林爬到三叠莲花盆上面的时候，水池边的彭辉忽然发现小张有点不对劲。因为温水池内水温骤降，小张连呼救的机会都没有，小腿就开始抽筋了。

小张心有余悸地告诉我们，池底转眼间成了一块巨大的冰坨，他已经快冻得休克过去了，幸亏彭辉及时地把他给拽了出来。

彭辉本来自身难保，也不知从哪里来的力气，硬是把小张拖了上来。来不及向我们呼救，彭辉果断采取急救措施，好在经过我们三人接力，终于把小张从死神手里抢了回来。

小张哭丧着脸说："你们是我的救命恩人。我一定会好好报答你们。"

大家就静等他这句话呢，都带着点狰狞的笑意。小林把一件行李套在他的脖子上。"人性本恶！哈哈……"

虽然小张才死里逃生，现在脑子里却想着另一件事。他严肃地提醒大家："大石围天坑只有一个出入口，还从来没有哪支队伍探出过别的出入口。"他毕竟是飞猫队的成员，而飞猫队掌握着天坑下几乎最全的地形图。但我们手上的这份秘密出口图，却是出自老金之手。

老金是野导，是乐业天坑有名的"寻尸人"。也就是说，但凡有人在天坑群附近失踪或有自杀嫌疑，家属都会有求于他。他为人粗野，满嘴脏话，不是一个好惹的主儿。

小林一下蒙了："队长不会让我们去送死吧？"小张话中有话道，"这个出口只有老金说自己试过。队长也没走过。看来，我们是第一批……试验品。"

闻听此言，我倒吸一口冷气，似乎现在才觉察出，这个计划暗藏的凶险气息。大石围天坑，洞口在火卖村附近，至今国外专家来此探测，都没能探测出几条地下河的确切走向，更没听说过有可出入天坑的其他捷径。

彭辉忽然想到一点："这个会不会是'蛊师'的出入口？"

传说中，大石围"蛊师"有自己下天坑的密道。

我摇了摇头，就算真有这条小路，也应该位于观景台附近，那附近一度有"蛊师专用道"的传言，但总的来说，也是离出入口不远，绝对不会是我们线路图上的位置。

我有些懊恼，怪我当时只顾担心彭辉的安危，没细想，也没细问，说不定犯了很大的错误。

危险的线路图

想想也是，老金凭什么单枪匹马就查明了一条进入大石围天坑的捷径，而且还是距离入口那么远？要知道，我们离大石围的洞口，至少有四天四夜的行程。

小张又恢复了那副怀疑一切的腔调："哼，就因为彭辉发烧，为了尽快让我们把他带出去，队长就突然从老金那里拿到了一个离我们最近的线路，难道不可疑吗？更何况，按我们这次探险计划，本来队长也是打算原路返回的。"

其实小张和我想的一样：如果这条线路很靠谱，为何他们不打算从这头出洞？这样不但节省了时间，进洞岂不是更快？这里可是挨着莲花洞和传说中的"玛瑙洞"啊。细想想，满满都是疑点。

彭辉也点头，如果当时郑远带着我们探险，主要是探"玛瑙洞"，从所谓的"便捷入口"进洞，岂不是可以省下三天时间？

想到这一层，大家也都目瞪口呆了。

我只能先给大家吃颗定心丸："我百分百相信队长。"

彭辉这小子也开始动摇了，反问我："老金呢？难道你会相信他？"

真是哪壶不开提哪壶。老金这人确实比较邪门。

我心里迁怒小张，他有疑虑，当时为什么不在队长做决定的时候提出来？现在放马后炮，岂不是扰乱军心？

小林是个直肠子，典型的体外思维，嘴快，立刻质问小张为何当时不提。

小张说那三个人，有他飞猫队领导（蒙晋），有客户（队长），有老金这样的流氓，他敢提吗？

我决定不受他妖言蛊惑，让大家按计划行事。

小林也有点动摇了，说："如果我们原路返回，也许可以在分手的岔路等一等，和郑队他们一起汇合。"

小张立刻表示同意，还高高地举起手来。

我心里打鼓，如果按小林的建议，意味着我们至少还要在洞内待四天到五天，到那时，恐怕彭辉就凶多吉少了。这家伙如果烧成了白痴，我岂不是要养他一辈子？更何况如果碰不上大部队，我们的处境就会变得更加糟糕，弄巧成拙。如果不能及时地赶到给养点，我们所带的食品也不够了。

当然，还有个原因，那就是我的自尊心作祟。如果我们就这么灰溜溜回去了。队长该如何看我？我辜负了他对我的信任，从此不堪重任。

我要求大家举手表决，并再次重申，我相信队长，相信老金，对这个出口的安全性深信不疑……站队的时候到了。

彭辉立刻表态说:"我听你的。"

小林也马上改口说:"服从安排。"

我心里很感动,这也算是伙伴们的性命之托了。

这情形下,小张迫于无奈,只好极不情愿地说:"那我只能跟你们走了。不过,如果发现不对劲,我还是建议咱们赶在大部队从玛瑙洞回来之前,和他们汇合,命最大,我还没娶老婆呢。"

按线路图上的标识判断,"秘密出口"离我们大概还有4个小时的路程,我们基本上是沿着一个主洞方向行进,幸亏岔路不多。为了安全起见,除了小林一路都在做标记,我也悄悄在一些关键地点喷上了"秘密记号"。

回程的艰苦超出了我的预料,毕竟我们又添了一名病号!彭辉的额头还烫得吓人,他是咬牙硬顶着,肯定无法坚持太久。而小张虽说现在头脑清醒,但经过刚才冰火两重天的刺激,不停地流鼻涕打喷嚏,行动也缓慢了许多。我和小林则分担了大部分的装备,有几次,我都累得顶不住了。

最后一段路程基本是顺着一条地下溪流行进,洞壁上的水线高得吓人,也就是说,涨水季节时,河水会把整个通道都淹没到四分之三的位置。这是一个副洞,九曲八弯的,如果是涨水季节,即使是坐皮划艇,也非常危险,几下就能在拐弯处把人撞碎了。

虽然明知现在不是涨水季节,但我的心里还是很紧张。既然莲花洞的温泉能一瞬间变成冰水,天坑下还有什么离奇的事情不会发生?这三人的命,可都掌握在我的手中了。

穿过这条窄窄的通道,我们突然傻眼了。眼前根本无路可走!顺流而下的溪水和左手边上方的一个瀑布,都汇入我们脚下一个深潭中。在手电筒的光束照射下,深蓝的潭水被一个巨大的旋涡所搅动,发出震耳的轰鸣。

小张倒吸一口冷气:"我们被这群人给耍了。"

我拿出线路图,心里打鼓。这张出自老金之手的私房地图,似乎是迫不得已才贡献出来的。我记得他当时"献地图"时那副不情不愿的嘴脸,好像给了我们一份藏宝图似的。

我再次确定,队伍没走错方向。参照物也都标注得很明确。

但眼前这一切,无法用地下河水的暴涨来解释,脚下的深潭通过岸边的水线来看,目前已经是比较低潮的了。

彭辉把线路图拿了过去,立刻注意到线路图旁边的几行小字——"水位:顶部到水面,3米。旋涡:右旋。流速:池边到中心,4秒。7秒内安全。"

彭辉望着我,肯定地说:"出口就在这里。"

消失的出口

小张愤怒了："老金让我们跳下旋涡？这不是拿我们当傻瓜吗？"

小林也脱口而出："这是找死。"

彭辉走近礁石，俯视潭水，说："现在，从我们脚下到水面的距离已经大于4米，水位处于安全线内。而且，旋涡凭目测，也是右旋。"

至于流速，小林将一块眼镜布放在池边。在它被迅速卷入旋涡中心时，我们估算了一下，不到5秒。

小张大为惊恐："我肯定不会跳的。这是自杀。"

彭辉坐在地上，大口喘气。他身体这状况，让我更担心了，他这情形，一定支撑不了太久。

我明白了，这个所谓的出口，原理其实很简单，如果旋涡流速够大，就可以把人卷进去，然后"吐"出天坑之外。

小张大叫："如果我们跳下去，人在水下被洞口被卡住呢？如果旋转的时间过长，人要在里面窒息了呢？再说，鬼才知道我们会被旋涡带到什么地方。"

但是，我们已经没有时间犹豫了。我让小林拿出单绳，拴在我的腰间。我估算在水下，一般人能憋气1分40秒左右，我和小林约定好了，1分20秒后如果我没脱身，就把我给拉上来。

小林答应了。我发现，她在设置锚点时，手在打抖。

盯着旋涡看了一会，我也知道，这个举动确实非常疯狂，难怪此刻肾上腺素飙升，这是死亡之旅还是重生之路？无人知晓。

在跳下去之前，我很慎重地将陶罐里的金饰拿了出来，古物一共有四件，分别是小金船、蜻蜓金饰和鱼形金饰、荷花金饰，我将它们分到了自己、彭辉、小林和小张手上。

小张自然是收获了意外惊喜，他高兴得合不拢嘴，连声赞叹说"跟着唐摄影有肉吃"。这简直就是个财迷！

彭辉昏沉沉的，估计给烧糊涂了，也懒得问个究竟。

小林十分惋惜和纠结地说："我们刚成了有钱人，这么死了就亏了。老大，你可不能死啊。"这是什么话？！……

我和大家约法三章：任何人不得向外界（包括队长和老金等人）透露金饰的相关消息，亦不得将这批物品展示于他人，这四样"宝物"，目前只是由我们代为保管。等天坑下莲花洞的秘密真相大白了，我们再做决定。总之，违法的事不能做。

我和小林、彭辉分别拥抱了一下，然后一咬牙，跳了下去。

水温出乎意料，居然混杂着两种温度，既冰凉又温暖，然后我被疯狂的旋涡吸进水底，在几秒钟完全失控失重的空白中。我感觉到身下一股猛烈的推力，将我席卷着、翻滚着……

我的天！几乎是一眨眼，我从水下被喷出了明亮的水面，然后回落，我听见惊叫声，看见了蓝天，然后就自由落体，啪地漂浮在水面上。

举目四望，这是一个高耸崖壁脚下的深潭，面积极小。三个在潭边戏水的小男孩目瞪口呆地望着我。没空细看，我赶紧手忙脚乱地从身上卸下单绳，晚了就要被他们拽回去，性命不保了。

我游到潭边，小男孩们吓得躲开。大概十多秒后，我才看见绳索被拉了回去。紧接着，我的摄影包从潭心像小喷泉一样被弹了出来，我卸下摄影包，拴上了红绳子，这是我们通报平安的约定。

接下来，他们仨和装备陆续都从潭中心的喷泉里冒出头来。当我们四个人一起游到潭边，先是傻笑，然后或击掌，或紧紧拥抱在一起，如劫后逢生。

这个线路实在是太刺激了，难怪老金从未公开。我在心里千恩万谢，谢谢！谢谢老金！

现在，谜底可以揭开一部分了，因为貌似从水潭中是无法逆流而上的。所以，这里只能算是大石围天坑的一个出口，而不能算是入口。

我们掏出一张20元的钞票，哄一个面露恐怖之色的小男孩把我们带到附近的村庄。

大家在一个小杂货店歇息了几分钟，喝红牛，吞罐装八宝粥，小林还嚼了一支雪糕，然后，出钱让老板给我们找了辆三轮车，将我们一路送进县城。

第十四章　意外

腐酒之味

我们马不停蹄赶到乐业县医院，先给彭辉挂了急诊。这家伙的额头烫得吓人，意识已经开始模糊，我后怕不已，幸亏及时就医，否则后果不堪设想。

小张逞强，不肯看医生，说回去喝碗姜汤就没事了。没想到话音未落，就狼狈不堪地蹿进卫生间，上吐下泻，屁滚尿流。

带他俩看完门诊，缴完费，我们来到医院的输液大厅，排队输液的人不少，我还得赔着笑脸和护士说好话，好给彭辉插个队。看到这个高颜值帅哥奄奄一息的样子，值班台的护士小妹也动了恻隐之心。

等他俩都输上液，我总算能喘口气了，四仰八叉地摊在椅子上。小林忽然抽抽鼻子，说："好臭！"

周边的人都被突如其来的臭气惊扰了，纷纷掩鼻，追根溯源后，不约而同地望着我。小林推了我一把："你掉进茅厕了？好臭。"

我也闻到了一股类似腐尸的气味，仔细检查，这气味居然是从我背包里散发出来的。我打开背包，赫然发现味道赫然来自那个陶瓶残片，原来的醇酒之香不知何时已经变成腐臭之气。而"桂林郡"三个字眼，也已在灯光下模糊一片。

搞笑的是，小张那张脸凑得太近，受不了这个气味的刺激，忍不住又吐了自己一裤子。他气急败坏地质问："你从哪里捡来的破烂？"

"莲花洞。"

他眼睛一亮，声调也提高了，问道："和金饰在一起？"

我望望四周，将手指放在唇前，"嘘"了一声，示意他保密。小林捂着鼻子，勒令我们赶紧清理。

我举着小张的吊瓶，带他去卫生间清理裤子。本来打算把陶片给扔了，又想了想，顺便把陶片也清洗一下。只是那个味道委实令人作呕，怎么也洗不彻底。

过了不久，年轻的女医生特意过来交代我们，彭辉高烧未退，全身乏力，他要在医院足足挂三个半小时的吊瓶，还得在急诊观察室留医一晚，我们最好安排陪护人员。临走时，女医生还摸了摸彭辉的额头，说有情况就让护士联系她。

"帅哥的魅力就是大啊。"小张酸溜溜地说，很好笑，同为病号，人家瞄都不瞄他一眼。

小张就挂了一小瓶盐水，兴许是怕被我们差遣，刚拔完针，就借口队里有事找他，脚底一抹油，溜了。

小林很不高兴："他不是按天计费的临时工吗？怎么说跑就跑了？他不值班，谁值班？"

我想，大家刚才好歹也算是生死与共，都死里逃生了一回，不用这么计较，便主动承揽了今晚的陪护任务。

小林还算识大体，嘴里说着不能让"头儿太辛苦"，她可以值下半夜。

果然又是黑衣壮

刚从天坑下出来，大家都灰头土脸，尤其是小林，不再是假小子的模样，和真小子也没啥两样了。

这妞斜靠在座椅上，双臂伸展抱头，两条腿直蹬蹬地戳在走道上，打起盹来。推车路过的护士很厌烦，白了她一眼，而她完全没有意识到。

护士对我提出严重抗议：管管你这个小弟。

我踢了小林一脚，让她注意影响。

她收好脚，忽然一跃而起，拉住护士，道："你脖子上是什么玩意儿？"

说话间，她的手已经直接袭到护士胸前，护士魂飞魄散，一边掩胸惊叫，小推车差点翻倒。

我赶紧拉住小林，这妞发什么疯？

小林大大咧咧地对护士说："妹妹，看下你的项链而已，不用这么紧张吧？"

不知道发生何事，旁边的护士们急忙赶来增援。

我让护士放宽心。"她是小妹，不是小弟。"

护士还以为我在说俏皮话，一副被性骚扰后的震惊神情。

小林的注意力还集中在项链上，根本没意识到自己引发的骚动，像是发现了新大陆，对我兴奋地说："头儿，你注意到了吗？哈哈！图案很特别。"

护士吓得赶紧躲开她，推着车逃回工作台。

小林的脸皮厚，她也不觉得尴尬，让我赶紧去用手机拍一下人家脖子上的项链，这个要求被我断然拒绝。

小林悄悄对我俩说："那个纹饰和我们金饰上的纹饰很相似呢。"

我白了她一眼，"这又如何？能说明什么问题？"

倒是一边冷眼旁观的彭辉忽然插话了，他就像《功夫熊猫》里的老乌龟，半闭着眼，很智慧的样子，对我慢吞吞地建议："你举着药瓶，我跟你过去找护士聊聊。"

见我疑惑不解，彭辉解释说："小林的眼光其实很毒，那个女护士戴的挂坠，确实和我们手上的金饰花纹很相似，很明显是民族挂饰，不像是从网上淘来的。"

小林自然很得意，连口哨都吹起来了。但彭辉勒令她不得再去骚扰护士。

有彭辉这个大师哥出马，当然一切顺利。护士妹妹微红着脸，把脖子上的挂饰取下来，对他有问必答，任我们用手机不同角度的拍摄。其他护士也好奇地围拢过来。

彭辉猜得不错，这护士女孩果然来自那坡黑衣壮，这个银项圈是祖传的。

项圈中那个挂坠的形状确实和小林手上那个荷花很像，最有趣的是周边的纹饰都是一圈小风火轮的造型，精美又精巧。

彭辉低声告诉我说："这分明和我们那把匕首上的花纹是同一系列的。"我闻言脸红了，金匕首的真相还没有告诉他呢。

黑衣壮女护士姓黄，五官细致，娇小玲珑，皮肤白皙，模样很可爱。黄小妹羞答答地告诉我们，这是黑衣壮的典型纹饰，她家里还有几件祖传的银饰，如果我们有兴趣，她可以给我们发照片看看。

小林还是忍不住凑过来了，兴致勃勃地说："我说是一样的吧。我去拿咱们的宝贝比较一下。"彭辉给了她个眼色，她才识趣地闭了嘴。

黄小妹对我们解除了戒心，细声说："我们黑衣壮有很多这样的纹饰呢。"接着，她温柔地看了彭辉一眼，"你们没去过我们黑衣壮的那坡县吗？"

彭辉摇摇头，我望着她，这女孩长相如此清秀，脱口而出："你不像壮族女孩啊。"

旁边凑热闹的护士打趣道："是啊，人家比我们壮族人漂亮。"

一位护士大姐端详着她，和蔼地说："黑衣壮的女孩都蛮白净的，确实不太像我们本地人。"

黄小妹害羞了一下，然后甜甜一笑说："有机会去我们寨里玩，我们古屋的门头，老太太的衣服，很多这样的花纹。"她比较好奇，问我们是不是搞设计工作的。

彭辉指指我，吹嘘说我是著名摄影师，拍过很多民俗的东西，还出过画册，拿过大奖。

护士们顿时对我刮目相看。

黄小妹望着小林的背影，好奇地问："那个小弟，真是女的？"

彭辉沉吟一下说："其实，我们自己也不能确定。"

监视者

回到座位，我赶紧再次用百度搜索"黑衣壮"词条，确实有蛮多有意思的发现。

黑衣壮是广西壮族的一个支系，主要集中在广西与云南边邻的那坡县，黑衣壮以黑色为美，并以黑色作为族群的标记，生活习俗和文化特征非常独特。

黑衣壮在百色那坡，而大石围在百色乐业，两地相隔不远。

看来，不但温金严的那把金匕首，而且我们手上的金饰都能和黑衣壮联系起来，温家也都是黑衣壮族后裔，温金严是黑衣壮"蛊师"。那个诡异的"石围僵尸"，正是由黑衣壮"蛊术"制造的。而秦王，居然就是黑衣壮的护佑神。

彭辉招手，请黄小妹过来，从手机里向她展示那个符号，还没开口，没想到人家只瞅了一眼，就失声惊叫，退后两步，大家的视线都投射过来。

"请不要拿这个开玩笑。"她的脸涨得通红，眼神里充满了恐惧，转身走开，让我和彭辉窘得很难堪。

小林坐在对面，笑嘻嘻地望着我们："你们给人家姑娘看艳照了？"

引来不少异样的目光，解铃还得系铃人，人家黄小妹开始躲着我们了。这个"玩笑"开大了。我们无奈，只能另找机会解释了，就怕在别人眼里，越描越黑。

折腾到现在，大家肚子已经饿得咕咕叫了。我交代小林去买几份快餐盒饭，顺便在附近订两间宾馆。

小林前脚刚走，彭辉就诡异地咂着嘴，说自己特别想喝茶，要现泡的，指名要罗汉果菊花茶，还特意嘱咐："记得多放点红枣和桂圆。"

我哭笑不得："你不是在消遣我吧？"他可怜巴巴地望着我，说是真想喝。没办法，虽然很反常、任性，但病人最大，我只能乖乖照办。

等我在附近的店铺兜一圈，把这些料子备齐了，回到输液室，给他泡好，端到他嘴前，这家伙又不喝了，晕沉沉地推开茶杯，提醒我道："我老觉得小张不太对劲。你得提防着点他。"

我一愣，让他说具体点。

他忽然拉着我的胳膊，在我耳边低声说："听我说，10点方向，有个人一直在偷瞄你。"

"男的女的？"

"男的。"

我疑惑道："你逗我吗？"

他低声说："刚才你去买东西的时候，他也马上跟出去了。你的钱包还在吧？"

我摸摸钱包，还在。

我瞟过去一眼，此人正在打电话，看样子不像是小偷。不过，奇怪的是，他既没有输液，也并未在陪护他人。

过了不多一会，小林给我们打来了快餐，抱怨说这里的空气越来越差，还乌鸦嘴地说："别是爆发了什么禽流感吧。"

我让她别瞎说，三人匆匆风卷残云，扒拉完盒饭，我提着行李和装备，正准备送小林回宾馆休息，诡异的一幕发生了。

第十五章　被拘

出事了

　　周边有几个人悄悄地围过来，确切地说，他们朝我们包抄而来。我心里一咯噔，意识到不对头时，已经晚了。

　　没等我回过神，有人已不动声色攥住我的手腕，手劲儿很大，他凑在我耳边悄悄说："便衣，配合我们一下。"

　　他正是那个"十点方向"的中年男人，除了一个圆圆的蒜头鼻，五官普通得找不出特点。我听手下称他为队长。我一下懵了，小林何尝见过这阵势，也呆了。

　　医护人员肯定已被提前告知了，她们的表情紧张而惊疑，迅速给我们让出一条通道，周边的病人和家属同样感觉到了异样，交头接耳，一阵骚动。

　　便衣们把我们和行李装备迅速隔离。所有的行李都被他们集中起来，贴上标签放在一张轮椅上，盖上衣服。

　　行李在前开路，我们三人则被他们簇拥着走出医院，一位娃娃脸护士神色不安地举着吊瓶跟在彭辉后面，身体僵直，肯定在担心自己的人身安全。

　　我身边的中年人——队长，看上像是此次行动的负责人，我不停追问他，到底出了什么事，何事需要我们配合调查？此人像只笑面虎，笑而不答。

　　一辆中巴车早已经停在医院门口。

　　小林忽然大声质问："你们真是警察？不会是来绑架我们的吧？"娃娃脸护士吓得一哆嗦，差点把药瓶给摔了。

　　医院门口的群众听到"绑架"二字，顿时敏感地止步，还有人对我们用手机拍摄。那群便衣急了，他们加快了动作，我们被迅速推上车。

　　虽然打破脑袋都想不出这唱的是哪一出，心里还是不得不佩服彭辉敏锐的观察力。我扭头望这家伙一眼，他十分淡定地看我一眼，示意我镇定。

　　我们落座后，中年人向我出示证件，自称是此次行动的负责人，姓王。

　　王队长严肃告知我们，警方前几天抓获了一个盗墓团伙。今天刚刚拘捕了一个帮他们销赃的文物贩子，他们已掌握了有力证据，此人和我们的人在今天有过联系和交易，所以，请我们配合他们的工作，到局里做个笔录。

我大喊冤枉："天知道，我们这几天都待在天坑下，连手机信号都没有，怎么可能和文物贩子有联系？"

彭辉拍拍我胳膊，示意我冷静。

小林看多了美剧，大声抗议道："你们不能冤枉好人，也不能拿我们当替罪羊，更不能栽赃。我们有权保持沉默，而且要请律师的哦。"

队长似乎脾气很好，笑眯眯地安抚我们，只是找我们去局里了解些情况，不用太紧张。

彭辉干脆双臂环抱，闭目养神。看他这么镇定，我也得尽量稳住，不能乱了阵脚。镇定一下，我开始不停追问，文物贩子是谁？又是谁在和文物贩子接触？

他们都不肯正面回答。

中巴开进局里，我们一行人被带到办公大厅，当着我们的面，他们一边将我们的行李装备细细搜查，一边开始盘问我们。

询问我们各人的工作单位，为什么来乐业，何时来的。有多少同伴，为什么要下大石围天坑，等等。

问我，去茶叶店干什么？是不是认识茶叶店的老板，等等。

问小林，刚才是去哪里买的快餐，去宾馆做什么，等等。

对挂吊针的彭辉，他们倒比较客气，问他得了什么病，等等。那家伙干脆闭目养神，他们也拿他没办法。我忽然觉得这场面有点逗，此刻的彭辉真的像极了《功夫熊猫》里的乌龟大师。

此时，我也觉得有点不妙，看来警方这次行动部署得很周密，我们在医院的一举一动都被他们监控了。

莫非，他们知道我们从天坑下带出了金饰？我脑子急速运转，是不是刚才和黄小妹聊天时说漏了嘴？话说回来，我们就算从天坑下捡了几个金饰，也没触犯法律吧？

一番言语交锋后，见我们不太配合，队长只好换个策略，向我们摊牌了。

"张立成，这个人，你们认识吧？"

我一愣，小张？脑海里闪过不妙的念头，同时也恍然大悟。

队长盯着我的眼睛说："张立成和文物贩子在一个半小时前交易时，被警方逮个正着。"

我和小林面面相觑。看来此事还真不是空穴来风，如果事由小张而起，虽说是个意外，倒也在情理之中。

我赶紧撇清关系："这个人只是我们请来协助探险的临时助手。"情急之下，打了个比方，"你不能因为装修工人在路上撞了人，就把房东给抓起来吧？"

队长温和地表示，他们只是请我们配合调查而已。

小林却发出质疑："张立成这几天和我们都待在天坑。刚才和我们一起从天坑下面上来,才输完液,走路腿还打飘呢。怎么可能和文物贩子接头?你们是不是抓错人了?"

听她这么一说,我顿感惭愧。不管怎样,我都应该先维护一下团队的人吧。

队长不紧不慢地说:"我们有电话录音,张立成对文物贩子透露说,你们刚在天坑下发现了一个古墓,这次带出了一批好东西。"他停顿一下,补充道,"是黄金饰品。"

小张惹的祸

我愕然,接着,猛然醒悟过来,心里大骂,张力成,你这天杀的财迷!

我终于理清思路了,这家伙刚从洞里出来,连金饰都没捂热,就勾搭上了文物贩子,而且还是和盗墓团伙扯上关系的文物贩子!

心里惊慌,这下好了,我们手里的金饰一旦被检查出来,该如何自圆其说?虽然金饰和古墓没有一毛钱关系,但我们能解释清楚吗?警方既然有"证据",而且"人赃俱获",我们怕是跳进黄河也洗不清了。就这么被小张坑了。我们不会蹲冤狱吧?

心里这份焦急和忐忑,又强作镇静的表情,其实全被队长看在眼里了。因为怀有同样的心思,小林也和我一样紧张不安。眼见着两位便衣把我们所有物品一样样细细筛查,我的心跳也加速了。

令我们奇怪的是,搜查者们两手空空地向队长汇报说,这就是一堆普通行李和探洞装备而已,没有发现任何可疑物品。

我和小林面面相觑,悄悄交换了一个惊疑的眼色。我心里嘀咕,他们瞎了吗?如此显眼的金饰居然都没有被发现?

一位便衣捂鼻,用两个手指拎起那块陶片,问我这是从哪里弄来的。

我慷慨地答道:"我在水潭边捡的,喜欢就拿去。不谢。"

队长沉吟,轻轻摇头道:"不对。"他刚才一直在对我们察言观色,胸有成竹地说,"张立成说这个陶片就是你们在天坑的古墓里找到的。"为了证明这一点,他向我亮亮手机,接着说,"你自己看看,你的同伙都把这张图片发给了被我们警方监控的犯罪嫌疑人。"

我吃了一惊,小张什么时候给陶片拍了照?真是神不知鬼不觉啊!怪不得彭辉感觉他行踪鬼祟。我也随之清醒了,难怪警方找不到金饰,肯定是小张这家伙趁我们不备,把我们的金饰都偷走了呗!

队长对我们做出很抱歉的表情,请我们接受搜身检查。自然,他们又是一无所获。这个结果让他又尴尬又疑惑又不甘心。

彭辉忍俊不禁,吐槽说:"王队,你们的线报有误吧。"

小林也来了精神,添油加醋道:"拜托,警察叔叔,你们有点常识好吗?天坑下有古墓?

谁吃错了药，会把先人葬在天坑里？就凭古时候的一根绳子？"

队长脸上有些挂不住了，他从手机调出小张那个被收缴的荷花金饰的照片，向我们展示，问我们是不是见过这玩意儿。

彭辉赶紧抢答："没见过。"我和小林立刻附和，拨浪鼓似的摇头。

队长琢磨着我们的表情道："这东西有可能来自天坑下面吗？"

我摇头道："天坑下怎么会有这玩意儿？"

小林呛声道："你们下去看看不就知道了？"

旁边一个队员有些暴躁，警告小林道："嘿，好好说话。"

为了让我们认识到事态的严重性，队长详细告知，专案组最近一直在监听文物贩子的电话，没有打草惊蛇。今天早上，张立成和文物贩子通电话，说自己在天坑下找到了一个古墓。他是在10点打通的电话，文物贩子中午一点半赶到了乐业，他们两人下午两点在一家酒店大堂交易，交易的时候，被警方人赃俱获。

彭辉嘲讽道："如果光凭自己说，手里的东西是从古墓里弄出的，这就算犯法，那文物市场的人不都得一大半给你们逮起来？"

我想笑，竭力忍住。

队长解释道："我们监控这个文物贩子很久了，他和本地的一个盗墓团伙关系密切。你们这个张立成是正好撞枪口上了。他说的是否属实，和盗墓团伙有没有关系。我们会进一步调查的。"

得知了事情的来龙去脉，我略放心了，纳闷道："照你这么看，我个人认为，我们几个是被张立成栽赃了。"

这时，一位便衣从左手边的一间办公室出来，把队长拉到一边，在他耳边说了几句话，两人都望着我们这个方向，队长的表情耐人寻味。

队长走过来，沉吟一下，温和地问我，张立成离开医院后，我是否发现他有什么反常表现。

我摇头，没好气地说："他说回飞猫队去汇报工作。"

小林补充道："然后趁我们不注意，偷偷在厕所给这个陶片拍了照。"

"不好意思，误会了。"王队长说，"我也是刚得到最新消息，张立成接受警方询问，改口了，坚持说交易的金饰是他祖传的，只是为了卖个好价钱才谎称是从天坑里弄来的。"他继续道，"目前看来，他倒没有栽赃，而是把你们牵连了。当然，对于他的说法，我们也正在进一步核实。"

初见米罗

这时，一位便衣陪着一位衣着时尚的小姐姐从刚才那个房间里走了出来。

队长迎了上去，和女子握手，连说不好意思，闹了个误会，谢谢她配合警方的工作。

小姐姐一副惊魂未定的样子："我的老娘，老容居然是盗墓团伙的？"估计她嘴里的老容就是文物贩子。

队长点头："他负责销赃。"

小姐姐难以置信地说："文物贩子一般不和一线的人打交道吗？他连这个常识都没有？"

便衣立刻警惕起来，立刻接茬道："是啊，他没你这么老练。好东西多转几道手就洗白了。"

小姐姐意识到自己说漏了嘴，余悸未消地拍拍胸口，带点撒娇，自我调侃道："我是富二代、白富美，我可从来不碰这玩意儿。"这话听上去很逗。大家都乐了。

她的抱怨更像是娇嗔："老容差点把我拖下水，"一边望向我们这边，瞅了一眼那块陶片，问道，"难道那块陶片也是珍贵文物？如果我当时赶上交易了，是不是也要被你们逮起来？"

便衣正色道："你要相信警方。我们抓获的这个团伙，涉嫌盗掘古墓罪，容某涉嫌销赃，我们就此对一些证人进行刑事询问。以目前的证据看，你与盗墓团伙无关。否则，警方可以对你采取刑事拘留、逮捕等强制措施，然后进一步调查取证。"

气氛突然间就僵住了，她假装恐惧，捂脸道："好怕。"这表情让便衣很尴尬，我们一行人却看得很欢乐。

队长为了缓和气氛，赶紧打个哈哈，指指我们，说道："陶片就在他们手上。我们不收缴。你们自己谈吧。"

小姐姐若有所思地把目光投向我，我和她对视两秒，我心里一惊，哇，女神级的颜值！

队长补充道："他们和你一样，也是来配合调查的。"

眼前的这位小姐姐，百分百高颜值美女！小麦色的皮肤，乌黑的披肩卷发，棉麻的素色长裙，衬托出高挑窈窕的身材，面容姣好，五官轮廓鲜明，眼神清澈，又不失妩媚，难怪让我看呆了好几秒。

她快步向我走来，嫣然一笑："让我看看呗。"我们大家望着她，一头雾水，没有反应过来。

也许意识到自己的突兀，她莞尔一笑，伸出手，自我介绍："我叫米罗。"

我心里一动："我姓唐。"

我俩握手的时候，小林在偷笑，彭辉神情暧昧。

眼前的她，洋溢着一种生机勃勃的性感，让我浑身燥热。她对我眨眨眼："我们都是差点蹲了冤狱的人呐。"

我迅速脑补这样一个画面：我们被绑架到一个地方，隔着电网凝视对方。画风突变，我俩一起联手将人戏弄得人仰马翻，貌似好莱坞电影看多了的节奏！

她暧昧地笑道："我俩同病相怜，肯定能找到很多共同语言。"

王队长赶紧打哈哈道："不要合起来骂我就成啊。"

"陶片在这里。"小林趁其不备，恶作剧地把陶片举到她鼻子前，猝不及防，她被残留的气味刺激得一阵反胃，差一点没吐出来。

她不顾仪态，脱口而出："这是什么味道，你们用它擦屁股吗？"周围的人都被这个场面逗乐了。

彭辉身后的娃娃脸护士冷不防开口了："吓死宝宝了。刚才，我还以为你们是贩毒团伙呢！"

我们齐刷刷地望着她。一个原先没有任何存在感的人物，忽然开口说话，让大家一惊。她拍拍胸口，笑嘻嘻地对彭辉说："帅哥，我们合个影。我得发条微信，让领导知道我现在没有生命危险。"

终于脱身

米罗娇嗔地说："姐姐我也要和帅哥自拍哦。"她站到我身边，挽着我，升起胳膊，和我自拍。

注意，是我，不是彭辉。哈哈！我目不转睛地望着手机屏幕上的米罗，我得承认，世界上真有一见钟情这回事。这是一个多么有趣且标致的女子啊，眼波流转，娇俏可人，又很狡猾。她身上的淡淡香味，让我心猿意马。

她的女性雷达敏感地接收到了我发出的信息，笑靥更加明媚，眼神更加暧昧。这种引人注目的女神级人物，自然能轻而易举将我们这种直男玩弄于股掌间。随后，一切顺理成章，既然彭辉还得回去继续输液，米罗便主动要求跟随我们一起，被警方的中巴车"遣返"回医院。

得知我是杂志社的摄影师，近两年和彭辉在广西阳朔开了家攀岩主题的客栈，她流露出极大的兴趣，挑起话题，我俩凑在一起，便聊得热火朝天，眉飞色舞，彭辉和小林在一旁，简直插不上嘴。看到这一幕，医院的护士们也是醉了。

估计她们都在心里嘀咕：瞧瞧，这群家伙被警方带走了，然后大摇大摆地带了个大美女回来。我当然不是傻瓜，知道米罗醉翁之意不在我，在乎"金饰"也。

不能离题太远，我把话题扯回到今天发生的事情上，了解米罗的遭遇后，我们终于把事情的经过梳理清楚了——

如队长所言，最近警方破获了一起特大盗墓案，抓获一个盗墓团伙，同时，警方也一直在监听文物贩子容某的电话，他负责给盗墓团伙销赃。

凑巧，毫不知情的小张今早给容某去了个电话，说自己在天坑下发现古墓，手上有一批年代久远的金饰，双方于是约定好在乐业某酒店交易，警方惊喜这个撞到枪口上的收获，也当即决定在乐业收网。

容某随即给米罗打电话，将小张发给他的陶片照片发了过去，问她是否对此陶片感兴趣。米罗正好人在凌云县，离此不远，即刻赶到了乐业。

"姐姐我只对秦代的东西感兴趣。"米罗解释道，"结果，差点蹲了冤狱。"

小张在和文物贩子在交易"古墓金饰"时被警方人赃俱获，米罗虽然来晚了一步，并未出现在交易现场，但她也被当成销赃团伙的成员，随后被"请"进局里。

米罗当然大声叫冤，再三向警方表示，她和文物贩子容老板不太熟，只是同行而已。

确实没有证据表明，米罗和文物贩子、盗墓团伙之间曾有交易往来。她只是一位对秦代物品感兴趣的收藏家而已，目标也是冲这块陶片而来。于是，她得以进入了"安全地带"，不再被限制自由。

话题回到我们这边，因为小张的那通电话，导致我们一行人从悬崖脚下的水潭上来后，连累我们曾落脚的小杂货店老板，雇请的司机等人，都被警方详细排查，而我们在医院的一举一动，都已然受到警方的监控，包括茶叶店的老板、快餐店老板和宾馆前台小姐，都接受警方调查，甚至连医院的厕所水箱都被便衣检查过了。窘啊！警方一定怀疑我们假借上厕所之机转移了赃物。

看来，金饰即使不是提前被小张偷走了，估计也逃不过警方的搜查，认命吧。不过，至少事实证明我们与盗墓团体无关，我们得以安全脱身。我们该感到庆幸吗？

小林厌烦地说："凡是自称'哥'，自称'姐'的人，都很自命不凡的。"

我心想：你自称"公子"，结果又能好到哪里去？

第十六章　米罗的交易

米罗开价了

看到别有用心的米罗死缠着我们不放，小林和彭辉似乎不胜其烦，小林屡次给我使出"撵走她"的眼色。毕竟我是"头儿"，要以大局为重，不能太儿女情长。

为了打消米罗的念头，提醒她不用在我们身上浪费时间，虽然心里舍不得，我还是得道貌岸然地声明："你看，警方也调查过了，在我们手上可没有金饰哦。"

我说的是实话，是真的没有！——提到这个，顿时心如刀绞。想想金饰先是被小张偷了，接着又被警方没收了，我也是憋气得难受。

她倒也坦率："姐对金饰不感兴趣，只对陶片感兴趣。"

我把陶片递给她："送给你了。"

她笑吟吟地说："开个价吧。"

我摆手："不要钱。"

她妩媚地笑，用手指戳戳我的胳膊："那不行哦。我买下来，然后你们带我下天坑。"

看看，狐狸尾巴马上露出来了不是？

我脱口而出："你不是警方派来的卧底吧？"

她摇头，自信地说："笑话。人家是富二代、白富美好不好？"

我啼笑皆非，哪有人拿这个当口头禅的？

然后，她又得意又傲气地告诉我们，她的家族有实业，也很有实力，不缺钱，不会当卧底，更不会干倒卖文物的勾当。

为了证明这一点，她又做了补充："桂林的'米润'连锁米粉店就是我们家开的。"

这个牌子广西人当然知道，米润集团还涉足房地产和酒店产业，最近在阳朔的白沙也弄了个动静很大的主题酒店。

看来她确实来头不小，我俩门不当户不对，我得马上恢复理智才行。

只能尽快打发她，我哄骗她说："这块陶片是在沐村后面的水潭边捡的，我就不带你去现场了，我画个地图给你好了。"

彭辉憋住笑，说道："说不定你找齐碎片，就可以拼成一个完整的陶罐呢。"

她嗤之以鼻，说道："你们不要糊弄我。你们是从大石围上来的。这块陶片肯定来自天坑。我出 20 万劳务费，你们带我下去一趟，看个究竟。如何？"

我们都愣住了，20 万下一次天坑？这可不是一个小数目。

她诱惑道："姐姐可以先付款哦。"她拽拽我的胳膊，我心里如小鹿乱撞。这画风，我怎么好像被她骚扰。

我和彭辉交换一个眼色，且慢！这事有蹊跷啊。

彭辉不解地问："你真的认为天坑下面有宝藏？"

米罗有些不耐烦，用力摇晃我的胳膊，再次强调："姐对宝藏不感兴趣。违法乱纪的事情我可不干哦。"

小林纳闷地问："那姐姐你的目的是什么鬼？认识帅哥？"她指着我们道，"他们很便宜，很容易收买的。尤其是我们头儿，女人缘不如那个'耳环哥'，现在已经被你迷得七荤八素了。"

米罗望着我，眼神清亮，嘴角泛着微笑，手里的力度却暗暗加大了。我赶紧甩脱她，以免被大家笑话。

她一本正经地说："我是对这个陶片感兴趣，包括这块陶片所属的时代有兴趣。"她拉长声调，调侃道，"还有拿着陶片的这个傻瓜哦。"

我晕了，当然，也被她勾起了好奇心："什么朝代？"

米罗介绍："秦朝，你们看，这是典型的小篆。小篆又称秦篆，是秦统一后经过丞相李斯整理的一种通行书体。小篆有的是铸造在铁器上，有的刻在石碣、石碑上。"

彭辉直截了当地问："你的最终目的呢？收一堆这玩意儿？"

她倒很坦率地说："我要找一样东西。"

我好奇道："什么东西？"

她靠在椅子上，嘴角暧昧地泛起一抹微笑道："一块石碑，如果找到了，姐姐再付你们 30 万。"

听这口气，她就像香港老电影里黑社会老大的情妇。

悬赏价格一下到了 50 万！说我不动心，鬼都不信，彭辉和小林也都愣了。难道我们真碰上了传说中有钱任性的主儿？

我咽口唾沫，请她说得具体一点。

她侃侃而谈："据说，我家族有块祖传的石碑，很可能流落到了天坑下面。如果老容交易的金饰和这块陶片真的是来自秦朝，就很可能和石碑是在一起的。"

我不禁好笑，听上去很离奇，也看不出其中的必然联系。

她挑了挑眉："我家族的石碑是秦朝留下来的，距今二千三百多年了，有什么东西可以在地面上保留二千三百多年？"

我点了点头，那是，"破四旧"那会儿就躲不过去。

彭辉也有同感，嘲笑道："你也不能因为发现一件秦朝的物件就断定能找到一窝秦朝的东西，这玩意又没腿，不会自己归堆。"

米罗笑道："我们家族找这块石碑已经找了很久。先人给后人留了几个提示，我们一直没琢磨出来。"

她停顿一下，告诉我们，自从老容提到秦代的陶片来自天坑以后，她脑海中刷地一亮，联系到那几个关键词，突然就把这些线索联系起来了。

她强调，一旦和"天坑"联系起来，这些线索的指向都很明显了。她也豁然开朗了。

她故意逗我，对我眨眼，捏捏我的胳膊，一语双关："姐姐可算终于找到目标了。"

我心神不宁，故作道貌岸然地问："什么线索？"

她拍打了我一下道："哈哈，这个可不能告诉你们哟。"

我猜测：费这么大工夫找一块石碑，莫非上面刻着藏宝图？

她不可思议地笑道："谁会把藏宝图藏在那个地方？再说了，找到石碑，不也得先给你们先过目吗？"

她说的也有道理，我们居然无从反驳。

她凑近，诱惑道："我出钱，你们出力，带我下天坑嘛，一看究竟。如何？"

我的心狂跳。中电了！

小林先对50万的提议吞了口唾沫，然后提出疑问："我们怎么知道你不是放长线钓大鱼呢？也许，你想利用我们去找藏宝洞，找更多的金饰。然后干掉我们，独吞。"

米罗不想纠缠下去，就威胁说："反正你们不带我下去，我也会找人带我下去的。那个张立成，我估计明天就放出来了。我让他带我下去。"

见我们仍是将信将疑，她下了决心："好吧，我说实话。"

我们大家立刻洗耳恭听。

她口气很大："我的家族对桂林有很大的贡献。"停顿一下说，"桂林米粉就是我爷爷的爷爷的爷爷发明改良的。"

真的吗？听上去像是在逗我们。

她注视着我道："我的祖上是秦朝修灵渠的时候来到的桂林。不知道是因为什么原因，石碑留在了天坑里，但我祖先给后人留下了几个线索，一代代传下来。我们之前都没找到。"

听着有点玄乎，反正死无对证，由她吹吧。

她倒也坦率，说道："这块石碑可以证明我们家族是桂林米粉的正宗传人。这得给我们'米润'省下多少广告费啊！对你们，一钱不值，对我们，可是无价之宝。"

她神态自若地望着我们，微微一笑道："做生意的，我们比较讲究风水。这块碑是老祖宗留下的，我们当然想拿回来好好保管，保佑我们财源广进。"

彭辉不可思议地问:"卖米粉这么挣钱啊?"

她坦诚地告诉我们,米粉在他们家族的产业链里,是最不挣钱的。但米粉这个品牌又是他们家族产业里最值钱的。其中奥妙,只可意会,不可言传。

她凑近,盯着我的眼睛:"我就要那块石碑。给我找到它,我开价开到50万了。希望你们好好考虑一下。"

深潭怪物

对于她的利诱,彭辉不动声色,小林却又咽了口唾沫,唠叨道:"50万,可不是小数目啊。"

我没有马上答应,这事毕竟要和大家好好商议。彭辉留在大厅继续输液,我们先回宾馆。

没承想,还没等我们三人提着行李走出输液室,米罗已接二连三地向我们展开一波又一波的攻势。

她先约我们翌日一起结伴回桂林。接着,拍拍我的肩,笑吟吟地套近乎:"我家在桂林开米粉店,你们在阳朔开客栈,缘分不是?"

"妙不可言!"我心猿意马地点头道,"必须珍惜!"心里很希望她再多拍几下,肩头都酥麻了。

她把脸凑近,给我点甜头,说道:"我会介绍几波北方朋友去你们的客栈。他们每年都要来桂林培训。"

我友情提醒道:"要提前预订哦。这阵子客栈都订满了。"

她继续抛来橄榄枝,说道:"我可以把你们客栈的宣传资料放在米粉店里,我们每天店里客人的流量很大哦,大都是来旅游的。"

我清清嗓子,说了声"谢谢"。

她继续补充道:"我舅舅在桂林开了家老牌旅行社,我让他推荐你们的攀岩线路。"

"再次感谢!"

小林左手扶额,做出听不下去的表情。这米家大小姐的目的性也太明显了吧。

米罗忽然停下,盯着我的眼睛:"有空了,我们还可以一起去西街泡泡酒吧——"

我心动了一下,接着,我愣了,停下脚步。——前方,我们赫然看见那辆中巴车停在医院大门口,队长和两位便衣似乎"恭候"已久。

队长照例像只笑面虎,笑容可掬:"还有个突发事件需要你们配合调查。"

我和小林都面露愠色。难道我们踩到了月光宝盒,被穿越了不成?再来一次?玩我们呢?

米罗好奇地问:"包括我吗?"

队长摇了摇头。米罗居然露出遗憾的表情，瞧瞧，错过看好戏了不是？

队长盯着我的眼睛："一个小男孩在沐村附近失踪了。"

我听得一头雾水。"这和我们有什么关系？"

队长说："那个男孩你们认识，听说就是他带你们进村的，你们还给了他20块钱。"

我愕然，原来是他！

小林深深地震惊了，说道："难道你怀疑我们绑架了他？"这妞可真是口无遮拦。没等队长回答，又说："那么穷的村子，怎么会发生绑架案？"真要给她跪了。

队长摇头道："小男孩是在下午3点失踪的。当时你们还在我们局里呢。"这下，我们就更纳闷了。

队长说："失踪现场有两个目击者，他的弟弟和一个小伙伴，他们的说法是，男孩是被水潭中心冒出来的一个动物拖下水去了。"

我倒吸一口冷气，大家闻言也都毛骨悚然。如果水下真的有怪物，那我们可算是捡回一条命了。

我记得那个给我们带路的男孩子，面容可爱，皮肤黑黑的，眼睛大大的，如果他出了事，我们心里当然也不好受。

我心情沉重地问："我们能帮上什么忙呢？"

队长说："听孩子们说你们就是从那个水潭里冒出来的。我们想了解关于水潭下面的一些具体情况。"

米罗大惊，插嘴道："听上去毛骨悚然，很诡异。"

队长意味深长地对米罗说："你的这几个新朋友，可不简单。"

米罗对我眨眨眼，就像《大话西游》里的紫霞的招牌表情。而"至尊宝"则心猿意马，咽口唾沫，镇定了一下。

我故作镇定，猜测道："难道潭里面有水獭、鳄鱼？"

队长摇了摇头说，据村民反映，潭里连鱼都很少，水很深，很凉，而且下面的水流很急。

他递给我一张图纸，画的是一个非常奇特的动物。头很小，脖子很长。

队长说这是根据目击孩子们的描绘，警方模拟的。

小林又插嘴道："有点像尼斯湖怪啊。"她怎么老是一惊一乍的。

米罗怀疑道："孩子们是不是怕受大人责罚，因为出事了，编造出来一个怪物来糊弄大家？"

队长摇头："这俩孩子，我们是分开询问的，各种细节都对应得上，两个孩子不可能统一口径，更何况有个是失踪男孩的弟弟，因此，他们没必要撒谎。"

队长又开始盘问我们："你们真是从那个潭心里冒出来的？"

我点头。

他追问:"这个潭通向哪里?"

"大石围天坑。"

他追问:"你们在天坑里,见过这种动物吗?"

我摇头。

队长望了一眼米罗。

米罗敏感,急忙表态:"我可以旁听吗?我可是国家一级潜水员,需要的话,我可以参与搜寻工作。"

小林点头,揶揄道:"她这么拼,不让她旁听,简直都天理难容了。"

米罗赶紧对小林点头致谢。这大妞有时候很娇憨,没心没肺的样子倒挺可爱。

队长听了这番请命,很高兴,告诉我们,村民系着绳子已经下到水底搜索,潭水太深,地势复杂,需要专业潜水员去搜索。警方已经和北海方面联系了。

米罗摇头,建议还是找有洞潜经验的好一些。"我有帮朋友正在都安地苏地下河探洞,那可是广西最长的地下河。我把他们请过来,费用由我来出。"

队长感动地马上和她握手,我忽然心里一动。

"他们也得参与救援。"话锋一转,米罗指着我们说,好像这是个交易条件。"只有他们知道,水底通向天坑下的哪个地方,有利于我们下水搜寻。"

不管米罗打的什么主意,毕竟人命关天,我当即表态,愿意全力配合。

米罗一刻也不迟缓,立刻用手机联系她在地苏的朋友,一边通话,一边打着手势向我们汇报,从都安到乐业,怎么也要4个小时。

队长请我们先回宾馆休息,三个小时后集合出发。

然后,他满怀感激地和我们一一握手,握着我的手时,故意延长了一会儿,自作多情地说:"我们几个人,真是不打不相识。"

将计就计

这下,我和小林赶紧又得拖着行李,掉头回去和彭辉打个招呼。这一次,米罗倒没有黏着我们。

"她站在原地,意味深长地目送你的背影,"小林回头观望,对我现场直播道,"这个美女很聪明,一下子就找到了我们三个人最脆弱的部位,然后,猛烈打击。"

我没听明白,问她这话什么意思?

小林深思熟虑:"她想与我们合作,选你没选彭辉,这个突破口就选得很妙。"

我当然不悦,好像我是容易上钩的男人,酸溜溜地问:"因为彭辉比我帅?"

小林怜悯地说:"他比你有女人缘,所以能逢场作戏。你不会,比较容易被她控制,哈哈。"

我不服气:"我是小队长。我能拍板。"

小林摇头:"你浑身散发着'单身狗''直男'的气质,人家小姐姐可一眼就看出来了。"

我瞅了她一眼,一下不知该如何反驳。被这种假小子剖析男性吸引力,本身就很荒谬。

我们在输液大厅里扑了个空,彭辉已不在输液室。护士告诉我们,他刚输完液,被护士安排进了急诊观察室。

我们走进观察室,他正靠在床头闭目养神,见我们这么快回来骚扰他,面露厌烦之色。

米罗不在身边,我们终于可以畅所欲言了。

小林终于有机会悲愤哀悼:"我们的金饰肯定是被小张给偷了,卖给了文物贩子,然后又被警方没收了。"

彭辉环顾四周,急忙摆手,低声道:"小心监控,换个话题。"

听我们介绍了刚才那个突发事件,彭辉也愣了。

他断定:"那个水潭,根本就不可能藏什么怪物。"

小林提醒:"我觉得米罗是想借这个机会跟我们下天坑。"

我疑惑:"从水潭底部逆向进入天坑?这个难度也太大了吧?"

小林摇摇头,说米罗调来的装备很精良。此刻,她担心的是另一回事:"如果让米罗进了莲花洞,我们那个陶俑的秘密就提前曝光了。"

彭辉糊涂了:"什么陶俑?"

小林望望彭辉,又望望我,郑重其事地说:"陶俑这事,天知,地知,你知,我知。再算上彭辉。"她停顿一下说,"再晚一步,一旦郑远他们进入莲花洞,肯定也会发现陶俑。所以,我们得先下手为强。"

彭辉不乐意了,举手抗议:"是不是得有人先跟我普及下,陶俑是什么鬼?"

小林不耐烦地应付他:"你和小张人工呼吸的时候,我和头儿在莲花盆上发现了一尊真人大小的彩色陶俑,可能是秦朝来的。"

彭辉大吃一惊,嘴成了"O"形。

我迟疑一下,望着她:"你觉得,我们该拒绝米罗的要求吗?"

小林恨我不开窍,急了,说道:"恰恰相反,答应她。我们先挣下那20万。"

我糊涂了。

小林一副恨铁不成钢的表情,面授机宜:"我们先拿了米罗的钱,借救人之机进洞,然后把陶俑先藏起来。"

我被她的实用主义给逗乐了。

她白了我一眼，继续说：“等搞清楚状况，我们再决定是扛回家还是捐献给国家，反正，这陶俑不能落到郑远队长手里，也不能让米罗知道。如果勾起他们的贪欲，我们不是引诱人家犯罪吗？”

说的似乎有道理，简直是"预防犯罪"了。不过，基本底线我还是有的。我提醒她道："如果陶俑真是秦代的，那可就是珍贵文物了，不但不能交易，搬回家恐怕也犯法。"

她理直气壮地道："既然是我们发现的，就算是上缴国家，也得由我们出面不是？"句句在理，简直无法反驳。

彭辉深思熟虑地问："陶俑和你那个陶片、金饰是一起发现的？"我俩不约而同地点头。

彭辉难以置信，如果彩色陶俑真是秦代的，这么大，保存得这么完好，那可是轰动文物界的重大发现。不过，他好奇地问："那么大的陶俑，你们能藏到哪里去？"

是啊，我们又不可能在天坑里挖个洞，把它埋起来。

彭辉忽然计上心来，狡黠一笑，说这个问题交给他来解决就好。

我问他俩："你们认为，米罗想要找的石碑，真会在莲花洞？"

彭辉想了想："这么说吧，在天坑下找到石碑的概率很小，但如果石碑真在天坑，目前最有可能的，也就是莲花洞了。你看，人家都愿意掏50万赌一把了。"

小林撇嘴道："我根本就不相信米罗要找的是石碑，毫无疑问，她就是冲着宝藏来的。"然后她狡猾地说，"我不想戳破她，她想玩，我们就陪着她玩，反正她有钱，我们有时间。"

彭辉想了一下："还有个问题，这是老金给我们的独家线路，你们要是公开了，他会答应吗？"

这个问题我们倒没有想过。

我义正词严道："救人第一。"

彭辉挥挥手说："赶紧休息吧，我也睡一会儿，我跟你们一起去沐村。"

我担心地问："您老的身体顶得住吗？"

他揉揉太阳穴："放心，暂时还死不了。我现在想先静一静。"他缩进被单下，蒙着头，伸出胳膊指着门外道，"滚！"

走出门，小林纳闷地问我："既然彭辉对金饰这么谨慎，连提都不敢提，怕被监控，我们说的陶俑不是更大更值钱，更不能被泄露吗？"

想想也对，正所谓智者千虑，必有一失。

我替他辩护："金饰已经是警方的证物了，还是少谈为妙。至于陶俑，天知道，很可能就是个不值钱的工艺品。"

小林似乎觉得我说得很有道理，立刻连连点头。

第十七章　不翼而飞

小张也脱身了

我们走出医院，差点当场崩溃。—— 还是那辆中巴车，还是队长靠在车门口。（还是那个熟悉的 pose！）米罗从车窗露出头，兴高采烈地向我们招手。他们还在等着我们。

队长抱歉地告知："刚接到电话，还有件事还得请你到局里协助解决。"

我怎么感觉他在偷笑，警惕地盯着他。

他假装很诚恳地道："这次是张立成坚持要求你们出面替他做主，和我们警方无关。"

这事可真是一波三折！原来，经调查，张立成和盗墓团伙没有关系，他和文物贩子也是第二次交易，之前的交易并未涉及文物犯罪。

虽然张立成一口咬定金饰是"传家宝"，是他过世的奶奶生前偷偷传给他的。但他家里人显然被这阵势吓怕了，都向警方表示，说从来都没见过这玩意儿，希望他能"坦白从宽，迷途知返"。

而以他对容某的说法，该文物是"古墓文物"。所以，本次他和文物贩子交易中被截获的金饰需要找专家鉴定。如果是珍贵一级文物，就牵涉到两个问题 —— 是出土还是家传的。出土的是不允许个人收藏，而家传的则可以依法流通，但不许民间交易。

队长提醒道："不管怎么说，张立成的行为其实已经踩到了红线。"他又说："张立成不再被限制人身自由，但他和容某交易的金饰被我们扣押了，我们要请专家鉴定。张立成拒绝警方扣押金饰送鉴定，他担心有人会调包他的'传家宝'。他还扬言说要请律师，他发微信、发微博，打电话给媒体，弄出很大的动静。他提出要你们替他做主，我们也想请你们去劝劝他，理解并配合我们的工作。"

好歹他没事了，我和小林也松了口气。我也恨不得马上见到他，再揍他一顿出口恶气。这事我们当然不能袖手旁观，何况我急于找小张算账。

不过，冷静一想，我还是躲到一边，先给彭辉打个电话为好，毕竟这家伙的法律知识比我丰富。

我听米罗故意在我背后吐槽："输液的是你们领导？"

小林答道："不，被你调戏的、打电话的这个才是头儿。"

米罗不解地问："那为什么你们头儿事事请示输液的？"

小林答道："一对好朋友呗。"

就这样被她俩无情取笑了一番。

电话打过去的时候，估计彭辉刚迷糊睡下，被我打扰后很是愤怒。得知原委后，他的反应倒很快："类似文物犯罪案，警方是可以咨询文物局文物专家以获得侦查信息和侦查方向，因为文物专家深谙文物犯罪的特点，比如盗窃方法、销赃渠道等。警方在办理刑事案件中，可以聘请或请求教授、专家参与鉴定和破案。"

我担心地问道："金饰如果被鉴定为一级文物的话，是不是就要被扣押了？"

"不好说，就像队长说的，反正他是踩上红线了。"

我不禁浮想联翩道："你这么懂，是不是被逮过啊？"

彭辉假装没听见，提醒我道："你们和小张讲话要特别注意。"

我疑惑道："难道你怀疑他是警方的诱饵，会把我们的谈话录音？"

他告诫道："小心谨慎总是没有坏处的。"

被米罗设计

中巴车再次把我们送到局里，刚下车，就听见一阵喧哗，接着，赫然看见小张被一群记者围在大院里。

见了我们，小张立刻快步奔来，表现得十分激动，身后的记者忙着拍照。

小张紧紧握着我的手，惭愧地说："对不起，小弟把你们牵连进去了。我不懂法，只是为了把'传家宝'卖个好价钱，才信口胡说的。天坑下面怎么会有古墓呢？"后一句话，声调上扬，根本就不是说给我们听的。

在镜头前，我表情坚定地告诉他说："我们（小草民）一定要相信政府！"

他倒很会示弱，可怜巴巴地对记者们说："你们是大城市的人，我们小县城的人不懂法。请你们给我做主，我怕把我的'传家宝'给没收了。"

队长赶紧对着记者的镜头解释说："这只是例行公事，只要不触犯法律，金饰会还给他。"

小张神情激动地说："如果他们把我的'传家宝'给调包了怎么办？我有什么脸面对先人？"

小林悄悄嘀咕道："你把本公子的东西都卖了。"

小张暗暗瞪她一眼，对我说："你得给我多拍几张照片，留下证据，你们要替我作证。"他指着我，对媒体记者说，"他是专业摄影师，是我的朋友。我只认他拍的照片。"

队长点头同意拍摄的要求，他把我们带进办公室，而媒体记者被挡在了外面。

终于，我又见到了那件给我们惹祸的金饰，多么精巧的手工，被岁月浸泡出的那层朦胧的柔光，如同包浆，散发着华贵典雅的气息。

小林疑惑，没留神说漏嘴了："怎么才一件？其他几件呢？"

队长大吃一惊："据你所知，有几件？"

小林硬生生地把话给圆了回来："我以为这些首饰是一套的。"

对她的反应，小张也一时懵了，和我飞快地对视一眼。

看样子，警方就扣押了这一件？我心里也纳闷了，那其余几件哪里去了？

我抬头，只见米罗正意味深长地注视着我们的一举一动。

后来，听我相熟的媒体朋友说，张立成的演技一流，在我们到来之前，他曾在镜头前声泪俱下，说自己对不起奶奶，把祖传的宝贝弄丢了，说自己不懂法，如果知道是不允许民间交易的珍贵文物，他断然不会拿出来买卖。

他还抛出一个令人震撼的卖点，自己之所以急于出手，就是为了帮助朋友，因为好友的母亲身患绝症。

媒体当场向他朋友电话求证，朋友证实了小张的说法，并且出示了自己母亲的检验报告，呼吁社会伸出援手救治母亲。

我也被这家伙的这套说辞弄迷惑了，不知道这个梗是真是假。

不过，我给他拍完金饰照片后，小张也只能把戏演到这里了，乖乖和我们一起退场。

好不容易才摆脱了媒体的围观。我拎着小张的胳膊，对他恨得咬牙切齿，只想找个没人的地方，猛揍他一顿，让他把我们仨的金饰吐出来。

他居然还在我面前装傻，假惺惺地问："你们手上的金饰没有被警方搜出来？"

小林知道我快按捺不住了，低声警告："说话注意，米大妞跟在我们后面呢。"她自己则不动声色踢了小张一脚。

迫不及待，我们卷起袖子，把小张提溜到宾馆房间，米罗也大摇大摆地紧跟进来。

我严肃地告诉米罗，因为小张把我们无辜牵连进去，我们要对他严刑拷打。

小张还以为我们在开玩笑，依旧嬉皮笑脸。

米罗笑嘻嘻地央求："求围观，求动手，求作证。"

我把她推出门，栓上门，在关键时刻，可不能心慈手软，更不能中了美人计。

一转身，我板着脸，让小张把衣服脱了。

小张装傻充愣，我和小林一起动手，先搜身，然后把他衣服脱得只剩内衣，他理亏，所以反抗也不激烈。

确定他身上没有窃听器。我扭着他的胳膊审他，问他把我们的金饰藏哪儿去了。

他莫名其妙说道："我的金饰被警方给扣押了。你们的你们收着啊。"

我让小林转过脸，自己一把扯下他的内裤，没发现金饰。

然后再质问他："我们包里的金饰都不见了，不是你偷的，还能是谁偷的？"

小张急眼了，他挣脱，穿上衣服，大怒道："你们冤枉我，比警方冤枉我还让我生气。"

小林威胁说："我们可以从医院调出监控录像，看你怎么抵赖。"

我摇头，哀叹道："没用。我怀疑他在天坑下就已经把金饰偷走了。"

小张如受了奇耻大辱般，死死盯了我们一眼，他一言不发地打开了门，只见米罗站在门口。

小张夺门而出，米罗讪讪走进来，发现我铁青着脸。于是小心翼翼地提醒小林，说她有东西落小林包里。

小林莫名其妙，打开包查看，米罗眼疾手快，从包里抢出一个玩意。

小林纳闷："你什么时候放在我包里的？"

"就在刚才。"米罗大笑。

小林忽然醒悟，冲我嚷嚷："这是录音笔。头儿，她录音了。"

米罗已不慌不忙地打开录音笔，在我们眼皮底下，把刚才的对话一字不漏地播放出来。

我和小林都目瞪口呆。听完录音，米罗当着我们的面删除了录音文件。

我们能拿她怎么样，就眼睁睁地看着她笑眯眯地扬长而去。

彭辉的急智

彭辉输完液，从医院回到宾馆，获悉此事，愕然："你们搜了小张的身，还揍了他一顿？"

小林幸灾乐祸地补充道："头儿还扒拉下他的内裤，也没发现金饰。"

我叹息道："那家伙嘴硬得很，铁了心想独吞。"

彭辉挑起眉毛道："人家又没偷我们的金饰，怎么会承认？"

见我们大吃一惊，他才慢悠悠地说："不过，教训这家伙一顿，还是很有必要的。哈哈。"

他诡谲一笑。我和小林都一头雾水。

看样子，他似乎胸有成竹。我心里不由萌发出新的希望来。

只见彭辉警惕地拉上百叶窗，笑眯眯地从腰包里掏出一个包裹着黑塑料袋的报纸，层层展开，露出了三个金饰。

我和小林眼睛都看直了，她欢呼，我心里则是一阵狂喜。

小林欢乐地嚷嚷："你这家伙用什么方式逃过了搜查？我明明记得那个腰包也被警方筛查过的。"

彭辉得意地解释道："那群便衣一进输液室，我就感觉有些不对劲。所以我先支开头儿，让他给我去买茶叶，引开便衣的注意力，然后我从行李中把金饰转移到口袋，找个机会，等那个黑衣壮女孩过来拔针时，悄悄地让她帮我临时寄存。"

我惊讶："这个要求她也答应？万一是毒品呢？"

"谁让哥长得这么帅呢？"他得意道，"我担心我们被警方带走调查时，她会把我们供出来，好在这个担心是多余的。"

我激动不已说："找个时间，得好好谢谢人家。"

小林一边捶他，一边惊呼："'耳环哥'，你真牛。"

彭辉心照不宣地和我对视一眼，他意味深长说："你更要好好谢我哦。"

我大喜，心里有数，知道那把银匕首肯定也被他转移了，好在他没有在小林面前戳穿我。

我不好意思地检讨："我们冤枉小张了"。

小林快乐地埋怨："你为什么不早点告诉我们？"

他摇头："当时金饰还在黑衣壮女孩手里，说不准我们还在警方的监控中，还是小心为妙。"他怕节外生枝，当然不能轻易透露。

不过，彭辉也明确告诉我们，出土文物绝对不能碰。他从网上调出资料，向我们宣读："《文物保护法》规定，地下、内水和领海中遗存的一切文物属于国家所有。法律中还特别强调，中国境内出土的文物属国家所有。

"地下文物与民间流传的文物不同，没有可以买卖与不可买卖之分，只要出土，就归国家，据为己有就属于盗窃国家财物。"

我暗示："如果我们找到物主的后人呢？说不定这些金饰就是米罗祖先的。"

彭辉迟疑了："那是不是可以算是民间流传的范围，我也不确定。"

不管怎么说，金饰目前毕竟由我们保管，失而复得，让我们十分开心。

合作

说曹操，曹操到。米罗在门口敲门，催促我们即刻出发。大家手忙脚乱，赶紧把金饰收起来。

小林开门，米罗走进来，见我们满面春风。好奇地问："金饰找回来了？"

我吓了一跳说："你又藏了个录音笔在我们房间？"

米罗哈哈大笑，挽起小林胳膊，对我眨眨眼："没有啦，出发吧！见你们这么高兴，乱猜的。好像歪打正着。"

她在我面前打个响指："给我个账号。姐用支付宝给你们打款。"

我们三人都愣住了。她似乎更加莫名其妙地道："难道我们不是借这个机会从水潭进洞吗？"

我吞吞吐吐地说："地形很复杂，不知道是否能进入？"

她迷惑地问："难道我们不尝试吗？如果潭底没有小孩子，我们就得进洞里面去找。"

莫非那个动物还会把小孩子拖进洞？就算想想，也让人毛骨悚然。我们一下词穷了。没想到她这么快就咄咄逼人，逼我们表态了。

她再次强调说："我转款，合作开始。"接着威胁道，"否则我就去找张立成，他缺钱，好说话。"

我脑袋一热，点头，拍板，合作。米罗当场就把钱通过支付宝转到了我的账户上。

有钱到手，终究是好事。那两人也是抑制不住的欢乐。

出门后，我和彭辉落在后面。我凑到彭辉耳边："你还转移了什么？"

彭辉装傻："你还藏了什么？"

我禁不住回身张望，米罗的目光像刀子一样，扎在我身上。

天公不作美，上午还是阳光明媚，此刻乌云密布，天色暗淡。

我们坐着警方的中巴，赶往沐村，路上，不时有南宁牌照的小车快速驶过。看来，此事惊动了不少人。

王队长接了个电话，神情紧张，反复解释，听口气应该是上级打来的，沐村的事件好像闹大了，就连很多政府部门都被惊动了。

我们在微信的朋友圈上也陆续看到关于沐村的消息，此事的新闻效应已开始发酵。

微信之所以被频频转发，我估计，主要是因为四个"卖点"：

1. 悬崖边的深水潭出现怪物，将小男孩掳走。村民下探此潭后，发现水潭深不见底。
2. 当天曾有几位神秘驴友从水潭中浮出。
3. 村中几位八旬、九旬和百岁老人闻水怪色变，他们说是70年前小村曾有过一劫，而此怪物的出现就是预兆。
4. 两位百岁老人跪在潭边祈祷的照片正在网络上疯传。

车子开到沐村，我看到村口停了一溜的小车，警方已经开始设卡拦车。

我们得到特许，直接开车穿过村庄，窗口闪过老人和孩子惊疑的脸孔，经过一段人满为患的土路后，车子驶到了潭边。

我们下车后，围观人群自动让道，两个小男孩出现在我们的视线中。他俩见了我们，面露惊恐之色，用本地话大声叫唤着什么，吓得后退，却被身边的大人推到我们面前。

王队长翻译，说他俩认出我们就是早上从潭底浮出来的人，而村民看我们的目光就像看几只怪物。

一位干瘦的老人突然从人群中冲了出来，紧紧抓住我的手，冲我嚷嚷着什么，我一句话也听不懂，眼前晃动着他浑浊的眼睛和满口黄黑的牙齿。

队长一边拉开他，一边替我们翻译："他听说你们是从大石围出来的，问你们在里面发现了什么？"

我摇头。

队长接着翻译道："他说70年前有怪物从水潭里跑出来，被村民们给烧死了。那个怪物和小孩子们看见的一模一样。"

我注意到，他浑浊的眼睛里充满了恐惧。

他反复地说着一个词儿。队长一边抱歉一边拦住他。

"冰冻。"冷不丁，有人翻译道，我转头，大吃一惊，是小张，不知何时，他从人群中冒了出来，用本地话和老人家交流。

我一脸愧疚，正准备向他道歉，被他用眼色制止了。

这时，另一位老者也挤过来，语气激烈地和他说着什么。小张的神色开始惶恐不安。

队长给我们翻译："老人们说，当洞里结冰的时候，怪物就会出现了。"

第十八章　70年一遇的怪物

救援

听了老人的话，我们都愣住了。小张抬头，不安地瞅了我们一眼。

王队长似乎感觉出了异样，问："你们出洞的时候，气温下降了？"

我们几个人都没有回答。

小张继续和老人沟通，这次，看上去问得比较深入，老人则越说越激动。

小张翻译："老人说他家里有一张照片，山脚下画的就是怪物的图像。"小张解释，以前悬崖下边有人给怪物画过像，然后有人在那里烧香，求保佑。再后来被人涂抹了。"

王队长立刻派人跟老人回家取相片。接着，他把我们带进水潭边搭起的一个帐篷中。这里权当临时指挥部了。

小张也跟着走了进来。他和米罗嘀咕了几句。看出我们的疑虑，米罗说是她邀请小张一起参与行动。

听到"行动"这个词，队长又很敏感地瞅了我们一眼。

我们还能有什么异议？这年头，谁出钱，谁是老大，谁说了算。

洞潜小组一行四人终于从都安赶到沐村，他们刚在都安大兴九墩北洞穴进行160米的大深度洞穴潜水探索。四人中，一位是身材修长，寡言的长发帅哥，姓刘；一位粗壮的汉子，绰号"磨铁"；一个叫皮埃尔的法国人颇引人注目，据说此人是业内知名的洞潜高手；米罗和其中一位"王哥"关系熟稔，王哥是个眉头紧锁的中年人，应该是本次行动的组织者，他俩聊了几句微信朋友圈的动向后，便直切主题。

当天下午，因为条件所限，村民们只能借助红水河上打捞奇石的装备，下潜到约20米处进行搜索。他们汇报说水面10米下出现旋涡，约15米处，悬崖壁上有个巨大的泉眼，像是此潭的主要供水源。综合起来分析，王哥他们估计潭水深度超过50米。

米罗指着我们几个，说我们是从泉眼里被冲出来的。

我给大家补充介绍："那头出口处是个深潭，潭上有个瀑布，我们是靠旋涡从洞内深潭中被卷到洞外深潭的。当然，我们不是从50米的水下被冲上来的，否则就有减压的后遗症了。"

那四人一听，都惊着了。当彭辉将我们的出洞过程详细解释给他们听后，他们依然是一脸难以置信的表情。

超过50米深度，这个深度对专业人士来说是小意思了，四人的洞潜经验丰富，效率极高地完成水面装备检查，王哥留在岸上，检查减压气瓶标签和剩余气量，另外三人开始下潜，后来我们获悉，他们到达了75米下潜深度。

时间难熬，围观者在屏息静气地等待结果。终于等到了他们浮了上来，皮埃尔快速画出潭下的地形图，此潭的出露面不到200平方米，水底面积约大2倍，潭底凹凸不平，他们三人经拉网排查，没有发现失踪男孩的遗体。

在潭右侧，他们发现了一个泄水洞，经测量，洞口面积不足以吸走孩童的身体。距离不远处，错落着几口泉眼。

皮埃尔的中文表达有些吃力，但我们也大致听懂了：泉眼定时有旋涡，形成一股强大的水柱喷出水面，但应该不会把人吸进去。否则，这个水潭这么多年就不会平安无事了。

村民们说他们经常在潭里泡澡游泳，之前从未有人失踪的案例。就算有人溺毙，也会在事后浮出水面。

队长出面宣布潜水搜索行动结束，听说孩子不在水底，围观群众一阵骚动。一个大活人凭空消失了，确实匪夷所思，恐怖的气氛开始在小村里弥漫。

围观的人群迟迟不肯散去。男孩家属更是守候在帐篷外，在绝望中哭泣着，祈祷着。

我也不确定，按目前这情形，还会有奇迹发生吗？

帐篷内，我们神色严峻，围坐分析案例。

队长让手下取来了老人提供的照片。这是一张年代久远的黑白照片，大约摄于20世纪70年代初期，是当时一位从县里来此地调研的干部拍的。那时候，老人家还是个精瘦的中年人。他站在水潭附近的悬崖绝壁下。头顶岩壁上画着一个奇特的动物，头小，身粗，眼睛血红，绝壁前有残留的香炉，而画像则被红墨水打了个大大的"×"，大概是"破四旧"时代的产物。

不得不承认，这个画像和凭借小孩子们的记忆模拟画出的动物非常相似。

现在，网络上的流言将这个小村推上了风口浪尖，也给当地警方带来了极大的压力。

王队长的声音都沙哑了，表示，小孩子们肯定从无见过这张照片，而老人们对此也是讳莫如深，甚至很多中年人对这段历史都毫不知情。

王哥左右端详着照片，忽然开口说："我觉得这货有点像是传说中的地懒。头小，臂长。"

可怜我孤陋寡闻，只听说过树懒，地懒还是第一次听说。

幸好，网络科技给我们带来太多便利。

王哥用手机上网，搜索出地懒的相关资料，告诉我们，早在12000年前，随着冰河期的结束，地懒和许多美洲大型兽类一起消失，具体原因至今仍不明朗。也有一些证据表明，地懒家族的一些个体可能在南美的森林和荒野中又苟延残喘了几千年。

王哥很困惑："国内从未发现过这种动物的踪迹，更没听说过有在洞穴内生活的地獭。"

彭辉也忙着搜索资料，立刻提出异议，他说："在美国西南部的一个洞穴中，曾发现了一只沙斯塔氏地懒，在对其粪便的研究中发现，这只重达180公斤的动物所吃的食物包括摩门茶、球锦葵和芥属植物，这些植物今天依然可以在当地找到。"

看着两人忙着"掉书袋"，我也是醉了。

队长的表情很是震惊地问："一个史前动物出现在天坑内？这种可能性有多大？它真的会攻击人类？"

王哥摇头说："几乎不可能。地懒是食草动物，它本身就没有攻击性。"

彭辉也证实道："大石围的暗河是由地下水汇集或地表水沿地下岩石裂隙渗入地下，无法从外部带来给养，所以不具备大型哺乳动物生存的环境。"

王队长提醒道："别忘了，考察队伍还在大石围天坑群区域内发现了中国年代最早、最完整的大熊猫头骨化石。这说明乐业天坑群区域曾是大熊猫繁衍之地。"而且网上资料也支持了这一论点，近年两次中英联合地下河探险，完成了对形成乐业天坑群的动力之源及现仍连通天坑的百朗地下河系近70公里地下洞穴系统的探测，发现了近30种地下真洞穴生物种类，包括罕见的通体透明的盲鱼金线鲅、盲蟹、中国溪蟹、张氏幽灵蜘蛛等。

彭辉点头承认，说："没错，因为气候比较温暖湿润，植被保存较好，天坑群的底部成为很多野生动物的天堂，主要以鸟类和松鼠、鼯鼠等小型动物为主，除了蟒蛇和野猪，目前还没有发现更大型的动物。"

他话锋一转，接着道："不过，很多天坑和外界相连，有的天坑，人可以步行到坑底。但大石围天坑比较特别，和外界隔绝，毕竟从坑口到坑底，有六百多米的垂直高度。能够接触到外界阳光的范围就那么大，大型哺乳动物数量非常有限。而且从大石围被发现至今，科考队和探险队曾多次下到坑底，如有大型动物，一定会留下踪迹。"

他总结道："天坑在沐村的出口离大石围的底部有相当长的距离，很难想象，有大型动物能在黑暗中时而泅水，时而攀爬，一路到达这个出口处。然后，不小心掉入深潭，被旋涡卷出洞外。"

最后，他补充道："如果它从水潭里消失了，只能是原路返回，确实匪夷所思。"

仔细想想，这几种元素一叠加，就知道概率是多么的小。

我的分析是："可能是潭中的水柱让孩子们产生了错觉，进而出现了幻觉，犯了集体癔症。"

王队长不同意，反问我："那要如何解释，两个孩子分开接受询问，所谈的细节没有差异呢？以他们的年纪和实际情况，不可能事前串供吧。"

大家也都默默无语。是啊,出了这事,谁会忍心去责罚那两个只有六七岁的孩子呢?

洞穴水喉

王哥反复琢磨地形图,问我们,从大石围下面的森林入口走到这个出口,得用多少天?

得知是4天后,4人莫名惊诧。这天坑够大的。其实,我们还只是走的东西向。南北向距离更长。

长发的刘帅哥说,有村民曾向他反映过,潭水水温明显低于以往。其实,他也有同感,绝壁下方的那个巨大的泉眼,也就是入水口处,有一股水流,温度明显偏低。这种情况以他们的经验看,也很少见。

王哥让他直接说结论。

长发帅哥的总结是:"这说明,天坑下的源头是几股水流的汇合。"

矮壮的磨铁哥也开口证实:"那个泉眼大概5平方米,水流平缓,其中有一股水流特别冰凉。"

王哥点头:"所以很容易造成旋涡,是吧?"

聪明如彭辉,顿时悟出了:"这个旋涡是动态的,是根据那几股水流的流量和流速决定的。"

米罗插言道:"我们应该更多了解下这股水流一天之内的变化。"

无法不暗暗膜拜,真是行家一开口,就知有没有。

我悄悄用目光仰慕下女神,米罗显然颇为得意。

尽管听了一堆分析解释,王队长还是困惑不已地问:"你们为什么能被水流从泉眼中喷出来呢?"

皮埃尔分析道:"如果有重物,从天坑里的水潭中落下,被旋流卷起来的话,会引发更大的旋涡。"

他无法用中文更准确地表达,干脆在纸上画出来,意思是,只要有落体,让天坑内水流发生变化,就会引发一个类似水柱的旋涡。

旋涡越大,就越需要有个前提。"他们就是靠这个原理被旋涡卷出来的。不同季节,旋涡的力度也不同。危险系数很大。"

这个分析我们都听得似懂非懂。

皮埃尔却激动得手舞足蹈,说:"你们看,这个深潭,维系着多么精准的平衡。"

他说了一串法语。大家都蒙了。

"他说他找到了天坑地下河的'阀门'。"王哥注视着他,缓缓地对我们翻译。他自己也耸耸肩,表示困惑,继续翻译道,"皮埃尔说,任何'活着的'岩洞的地下水体,都会有一个类似阀门的机关。来中国的这些年，他一直对这个假设很有兴趣。"

皮埃尔定定神，他终于能自如转换中文了："越复杂越趋于恒定的、纵横交错的地下河，这个阀门的威力就越大。用你们中国人的话怎么说来着？四两拨千斤。包括百朗地下河系近70公里地下洞穴系统，都在影响这个阀门。"

这么精准的表述，我们吓了一跳。

皮埃尔说自己这个观点从未披露于世，因为他还没有做过系统的调研，所以缺乏更多的论据支持。他相信，喀斯特洞穴科学家们也会对此一笑置之。

皮埃尔耸耸肩："因为他们大多数人都没参加过洞穴潜水。"

彭辉好奇的是，这个研究成果会带来哪些新的认识？和我们面对的困境又有何关联？

我们也在等待这个结论。皮埃尔似乎很困惑。

在王哥的辅助翻译下，我们从皮埃尔口中了解到一个颇为令人惊讶的现象，这是皮埃尔的亲身经历。

菲律宾一个小岛上，有个地下洞穴。三条地下河的水系汇合后，又从三个渠道中分流。皮埃尔说的"气阀"便位于其中一个渠道中。

那条地下河没入一块巨大的岩石下，从岩石的另一个面喷溅而出，就像城市广场的音乐喷泉，随着曲调高低错落地喷射。

皮埃尔比手画脚："这就像是洞穴的心跳，而地下河就是洞穴的血液。"

这回，我们都听明白了。

皮埃尔在这里蹲守记录了一年。从枯水季节到丰水季节，这个"音乐喷泉"带给他很多惊人的发现。

他说自己在整个洞穴中设置了30个参照点，分别位于水潭、地下河、地下溪流等，而在"喷泉"上，至少20个点的细微变化，可以在这数十个"琴键"中找到对应点。

整个洞穴的压力和水流，就像一架内部精密无比的钢琴，随着流速的变化，我们可以听到它弹奏出来的乐曲。他虽然做了大量的图像和视频记录，但非常遗憾，不久后，该洞穴突然被用于旅游开发，大量的钢筋混凝土被运送进了洞穴。

"'气阀'其实并没有消失。"皮埃尔更正，充满了遗憾说，"而是藏到了另外一个地方，另一个我们更难察觉的地方，但是，这已经不是大自然的作品，因为有人类参与进来。"

皮埃尔叹了口气："如今，它不再有让人着迷的魔力。只有大自然的手，才能弹奏出如此奇妙的旋律。"

我们在焦虑地等着他将话题引入男孩失踪事件，他却打开了话匣子，说起了另一个案例——广西河池大化县境内的一个洞穴，也从另一个角度印证了皮埃尔的研究。

这个洞穴毗邻红水河，一位奇石收藏家被洞穴中的一块约5吨重的石头所吸引，这块石头通身漆黑，缀满天然石珠，石肤光滑润泽，不知经过了多少岁月的冲刷后，光彩照人。它立于洞穴内的一个浅溪之上。收藏家找来本地农民用工具将石头与水下母体分离，历时两个月，终于完成。然后几个人试图用外部的器械将它拖离小溪，此时，悲惨的事情发生了，就在奇石移位的那一瞬间，洞穴突然冒水，据生存者回忆，几乎就在几秒之间，震耳欲聋的水声轰鸣。幸运的他被冲出洞外，而另外的几位工友因为身上绑着绳索而被淹溺。

　　此事在当地影响极大，各种传言和谣言版本相继出笼，当时皮埃尔正在桂林地区洞潜，被紧急调来参与救援。

　　在皮埃尔看来，这绝不是偶然事件，那块石头也不是当地人传言的所谓"龙脉之石"，它就是这个洞穴"气阀"的关键部分之一，一旦被破坏，就引发了多米诺骨牌式连锁反应。

　　当时的场面看上去触目惊心：石头在水下静静地保持着脱离水底的那一瞬间的姿态，三具尸体被绳索牵引着，漂浮在石头身边，如它的祭品。

　　一年后，洞穴之水方才全部退去，此洞被当地政府封堵，此石也永远留在了洞内，民间百姓视其为镇洞之宝，视此洞穴为不祥之地，谣言四起。

　　这两个关于"水喉"的典型例子，都以人力的粗暴介入，或消失或爆发。

　　我注意到，皮埃尔用了另一个词"水喉"。我觉得它似乎更为贴切。

转机出现

　　皮埃尔认为，大石围的地下水系更复杂，地下河更长，局部的人力干扰相对影响有限。

　　我有点不耐烦了，好在皮埃尔终于说到正题："如果大石围的'气阀'位于与这里连通的洞穴内，这个旋流只要在洞内的水潭有一点细微变化，都会受到很大的影响。确切地说，旋流会做出相应的调整，暂时的逆向和平静都是有可能的。"

　　大家能耐心听到这里，已经很难得了。

　　王队长问："这么说，小孩子被旋流吸进去也是有可能的？"

　　皮埃尔点头道："即使不是吸进去，泉眼如果水流平缓，也不排除孩子会被动物带进洞内水潭。"

　　米罗趁势提出建议，我们下一步计划就是逆流闯入洞内进行搜索。

　　王哥立刻反对，毕竟这个计划危险性太大，一旦被卡在通道内，连救援的机会都没有。

　　皮埃尔也表示赞同。靠潭水旋涡冲出通道，在他看来已经是类似自杀的行为。如果逆向而行，危险系数不仅仅是增大，而是翻倍。他深思熟虑道："除非有人从洞内水潭中改变旋流方向。"

我个人理解为，有个人从里面再跳一次，激活这个旋涡？简直就是瞎扯！

我有点后悔，浪费那么多时间听他大谈什么"水喉"，最后却连一点建设性的意见都提不出来。

王队长自然也强烈反对这个计划，他向我们再次咨询："如果从观景台的森林入口进去，大概需要多少天？"

彭辉告诉他，"4天。"

米罗提醒，那就失去最佳救援时间了。

我知道她肚子里打的什么算盘。这个小女子血液里有强烈的冒险因子。

王队长纠结了一下，仍然制止道："我们可不能让你们拿生命去冒险。"

米罗用期待的眼神望着我道："我们想试试。生死自负。"

我，在她的注视下，脸红心跳，呼吸急促，热血澎湃，肾上腺素飙升。虽说是冒险，但毕竟还是有引导绳来探路，也不算太盲目。我不由自主地举起了手。

"加上我。"小林说。

"还有我。"小张也不甘人后。

正在这时，有位村民慌慌张张地冲进来。他冲我们嚷嚷："绳子动了，绳子动了。"

在大家一头雾水的时候，我和彭辉已快速反应过来，不约而同地冲出了帐篷。

我记得，当时，彭辉最后一个从潭水中冒出来，是他将引导绳掩藏于潭边的草丛中。

就在刚才，一个坐在潭边围观潜水的少年忽然发现草丛中有根绳子在动，他循着绳子观望，发现该绳没入水中的另一端，也在抖动，顿时被惊着了。

刚开始，他怀疑绳子被水流冲击，但当他动一下绳子，那头似乎有人在回应，他不动，那头也不动。

"有水鬼。"他吓得毛骨悚然，大叫起来，村民获悉后，大骇，赶紧向指挥中心汇报。

彭辉在现场如法炮制，果然不错，那头的人似乎在和这边对暗号。

孩子还活着！彭辉和我心照不宣地对视一眼。

小林和小张也立刻明白了这个举动意味着什么，又惊又喜。

事不宜迟，我们当机立断，决定马上下水救人。

王队长仍然在极力制止，为安全起见，他还是坚持要求我们从大石围东西峰的森林入口处下去救援。

我警告他，孩子在洞穴里熬不过4天。

王队长其实也很无奈，但职责所在，他不得不立场鲜明。他说："警方可以在这个引导绳上拴一些食品，让孩子把食物拖进去，假如孩子还活着的话。他强调，目前，这种救援方式也得到了上级的认可。"

而我们盘算的是，孩子如果受伤，未必能挨得过4天。如果里面真有怪物，4天后，我们也就丧失了追捕它的最佳时机。

于是乎，我们还是坚持要从水潭进入天坑。王哥等人也劝我们三思，见我们主意已定，王队长只得要求我们签署生死状，一切行动与警方无关，他们已经尽到了劝阻义务。

我们决定下水的是我、米罗、小张、小林。彭辉当然被排除在外，毕竟他的发烧还没有痊愈。

王哥等一对一给我们检查装备时，彭辉悄悄把我拉到一旁，往我手里塞了个东西，我低头一看，哑然失笑，这是一枚圆形橡皮印章。我往手背盖下去，赫然出现"广西工艺美术厂制作"几个字。

这可不就是他的神机妙算？不得不承认，这个小玩意，如果戳在陶俑上，可真算得上是四两拨千斤了。

警方迅速调来了一批饮用水和食品，用防水袋封好，交由我们带进天坑。

为了安全起见，王哥他们在潭边又定了一个锚点，拴上一根引导绳，便于我们沿路返回。

皮埃尔给我们的忠告是：两人一组，逐步进入天坑内部深潭，注意突然引发的旋流风险。

不过，到了最后一刻，长发帅哥小刘和皮埃尔还是忍不住，请愿加入我们的队伍中，理由是他俩洞潜经验丰富，可以给我们增加安全保障。

皮埃尔对我眨眨眼。我猜他只是不想错过这个验证他的"水喉"理论的机会。

皮埃尔走近我，像是有话对我私下说，我随他走到一边。我先对他救人的勇气表示钦佩。他的眼珠湛蓝，笑容温暖。

"有人叫你头儿，你是他们的领导？"

"都是伙伴。"我寻思着他要跟我交代何事，心里有些好奇。

"这么长的地下河系统，听说目前没有第二个出口。"

我点头，除了大石围观景台那个入口，目前没有发现新的出口。至于"蛊师密道"，还是不提为好，一两句说不清楚。

皮埃尔摇头道："如果我的'气阀'理论是正确的。如果大石围的'气阀'真的在这里，我猜想，这附近一定还有出口。我说得出口的意思是……"他词不达意，苦苦思索，忽然眼前一亮道，"就像是烟囱，哦，高压锅的排气孔，一定会有一个通向外界的地点，可以综合整个地下水系的压力。"

见我有些迷惑，他继续解释道："如果有动物，也可能是来自附近通向外界的区域，而不是来自天坑之下。"

我问他，刚才大家讨论时，他为什么不抛出这个观点？

他摇头："这只是我的猜测，没有更多的论据来支持。我不希望影响大家的判断。"

我和他握手道:"那好,现在机会来了,你可以亲自验证。"

我们匆匆忙忙地穿上潜水服,他对我微微一笑,做了个胜利的手势。

我望了一眼米罗,她也给我做了个 OK 的手势。如一道闪电,我的记忆猛然被唤醒了。

我脱下面罩,冲她喊:"天湖,天湖。"

她正准备戴面罩,疑惑地望着我,其他人也不知是怎么回事。

我激动地大喊:"你们是不是不久前才下过天湖?"

她点了点头,略讶异。

我指着彭辉:"我和他,就在天湖下。你们是第二批,对吧?"

她醒悟了,惊讶地笑了。

眼泪几乎都要涌出来了。为了掩饰,我急忙戴上面罩。她也麻利地戴上。

就在这一秒,我被秒杀了。她居然是我们的救命恩人,恐怕最狗血的电视剧才敢这么编吧。

无可救药地爱上了这个米大妞,即使对她一无所知。她的一颦一笑、一举一动都牵动着我的全部感官,直达内心最深最柔软的角落,无法自拔地沦陷就这样发生了。

第十九章　潜入深潭

九死一生

我和米罗一组，打前站。中间一组是小张和小林，皮埃尔和小刘压阵。

我拉着洞内的牵引绳，第三组则拉着洞外的牵引绳，我们三组成员必须时刻确保前后组员在彼此的安全视线内。

我们慢慢沉入水中，贴着悬崖绝壁行走，水有冰凉触感，而内心充满了敬畏和惊惧之感。

大约在水下摸索了七八米后，崖壁下的出水口有明显的泉涌，不断将我们推离泉眼。米罗紧紧地抱着我，借助两人的重力，我们才没能被水"吹散"。

这口泉眼约2平方米，水势渐急，等三组人马都歪歪扭扭地齐聚洞口后，我开始牵着引导绳子慢慢贴近洞口。

这个洞口的水流很奇怪，似乎有很多股不同方向的涌泉，有一股尤为寒冷。

我顶着水流慢慢挪进洞中，未曾料到水流的冲击力会将我逼到洞壁，油然而生的恐惧攥着我的心脏，幸亏米罗在腰后拽着我，我才能扶着洞壁往前艰难挪动。更确切地说，是一厘米一厘米地往前"蹭"。

不知挪动了多少米，这段经历已成为本人生命中极为漫长的时刻，说是惊心动魄也不为过。因为这个通道不是想象中平直的，而是呈斜线状，湍急的水流随时有可能把我们卷到洞顶或冲到洞壁，损坏氧气瓶后进而危及性命。我不由在心里反复感谢，两人一组的决定是非常明智的，至少可以协力对抗水流。

另一个没有预料到的困难是震耳欲聋的水流声，让人诱发"幽闭恐惧症"。我老是感觉自己如同正进入一个果汁搅拌机，被类似电流声震得头晕，让人发狂。

牵引绳绷得很紧，似乎随时要从我手中挣脱，我感觉自己不像是在水平行进，而类似向上攀爬的感觉。

米罗对我做了个手势，她打算和我调换位置。我没答应。不能让一个女孩子冒着危险打头阵，更何况，她还是我的女神，我的救命恩人。

咬紧牙关，前进的步伐是以一个手掌的距离推进的。不知过了多久，感觉自己嘴唇都快咬出血来了，如果不是后面的组员陆续排在了我身后，我几乎要丧失信心，像被戳破的气球一样泄气了。

一行人终于勉强对抗住了水流的冲击力。我记得，皮埃尔交代过，一旦进入洞内水潭，我们必须一组组分开行动，以免闹出的动静太大，引发次生旋涡。

大家配合很默契，慢慢地拉开距离。不知过了几秒，就像文学作品渲染的，"如同过了一个世纪"，现在想来一点也不夸张，脑海中涌出了太多的过往和无法归纳的杂念。

突然，我的头被一股水流撞击，在洞壁上重重一震，几乎失去了意识。米罗试图抓住我的手，却没成功，而我手里的引导绳也不见了。等我反应过来，发现有人拽着我的腿，我的姿势一定很难看，东倒西歪地失控了，向洞壁上方冲去。

完了。我心一凉，如果以这个速度，撞到洞顶岂不重度脑震荡？等我意识到自己已经从洞内水潭浮起来时，估计有一两秒的头脑空白期。虽然活着，但来不及欣喜，米罗正拼命将我往潭边推，潭内的水流渐渐形成旋涡，我们就像锅里沸腾的饺子，在起伏旋转。

谢天谢地，我终于摸到了牵引绳，接着攀住了潭边的礁石，暂时把身体稳住，米罗紧紧地抱着我，将牵引绳勒在我的腰际，后面一组的成员也从潭水里浮出，他俩快速向我们汇聚，而潭心的旋涡却越来越大。第三组人员已经出现，牵引绳剧烈地一弹，我虎躯一震，米罗差点被甩离潭边，我们四人不约而同地拽紧绳子，就在此刻，惊险的一幕发生了，已浮出水面的两人被旋涡吞没，一秒钟后又尖叫着浮出了水面。随着一声奇怪的凄厉的尖叫，绳子突然崩断了。而我们四人下意识地手牵手，试图拉住最后一组的组员。

旋涡虽然消失了，但我们的人墙也被冲散，如海边的大浪，那两人几乎从我们头顶上砸过来，六个人撞在了一起，姿势销魂。

孩子的下落

大家急忙互相抱住、稳住，直至旋涡渐隐，水潭恢复了平静。我们才失魂落魄地从水里爬上了潭边。

打起手电筒，仔细打量，此潭面积不超过200平方米，前方是瀑布，潭的周边是不到40厘米宽的流体坝，三面都是垂直的洞壁，我们六人面面相觑，简直无计可施，牵引绳已脱落，攀到瀑布之上都是个技术活儿。

沿着潭边，我们笨拙地排成一队，脱下潜水服后，大家缓缓朝瀑布方向移动。

"好像水里有东西。"小刘忽然提醒。

我们用手电筒照过去，水上空无一物，但我们的视线似乎都捕捉到了一个水下黑影。我让大家拉着手，不要失散。

小张忽然用本地话叫了几声男孩的名字，水面毫无反应。

突然，第二轮旋涡泛起，又一声凄厉的尖叫传来，一个黑影从水面上扑腾着，逃出旋涡，忽然朝我们脚下扑来，大家猝不及防慌乱了一下，小林不留神落入水中，黑影转眼就消失了，大家手忙脚乱地把小林拉出水面。

接着，瀑布上方也传来尖叫，和水潭中的尖叫此起彼伏，我们用手电筒循声照过去，发现声音来自潭边一个死角处，正好被一根钟乳石柱遮挡。

看样子，这个怪物体积不算大，尽管如此，我们还是惊魂未定。

皮埃尔说他觉得像是猴子的叫声。

我摸索到了瀑布和石壁的夹角处，虽然水势很大，所幸这里有可供攀爬的凸凹石体，我把装备全部卸掉了，轻装上阵，顶着头顶的倾盆大水，一点点向上攀爬，好在瀑布虽然水势较猛，但高度有限，我一鼓作气爬到了瀑布的正下方，先尽量站稳脚跟，然后眼疾手快地抓到水流上方的一块凸起的岩石，终于爬了上去，刚探出半个身子，一只小小的黑影突然扑到我手上，差点把我惊得跌落下水，我大叫一声，黑影也尖叫着逃开，我奋力爬上去，整个人都瘫软下来，这里就是我们设置铆钉的方位。

缓了好几秒钟，我才向下面的队员报了平安。米罗把脱落的牵引绳扔了上来，我用随身携带的工具，将牵引绳重新固定，后面的人便依次攀爬而上。

我用手电环视四周，突然见到了蜷缩在角落的那个小黑影，光溜溜的身子，血红的眼睛。我目瞪口呆，果然是一只怪异的小猴子。

小张和小林先后爬了上来，忽然，我听见下面一阵骚动。

"水下有人。"小刘惊叫："我踩到人了。"

米罗也惊叫："我也踩到了。我的脚被卡住了。"

我急忙拉着牵引绳滑了下去，米罗忽然一把抱住我的腿，尖叫着："是一个身体，我摸到了身体。"

她浑身颤抖，我赶紧扶住她，她的脚被卡在瀑布下水潭礁石的缝隙中，我和小刘好容易才把她的脚从石缝中抽了出来。

我弯下腰，用手在水下摸索，果然摸到了衣服和冰凉的身体，一种不祥之兆涌上心头。

这是个孩子，也就一米二三左右，他的腿被卡在一个缝隙中，身体呈扭曲状。头部在水面之上，那儿是个回水湾，脸部混杂在泡沫和水草中，不容易被发现，而身体则淹没在水中。

我们四人合力将孩子扯出来，米罗用手电筒一照，捂着嘴，短促地叫了一声，我仔细一看，正是那个小男孩。我们都呆住了。

孩子脸色惨白，浑身冰凉，看来他的尸体在水里已经泡了很久了。

四个人都没有说话，空气仿佛凝固了，只有水流声充斥耳膜。

一条活蹦乱跳的生命就这样消逝在黑暗如斯的冰凉水中。这是一场永远醒不来的噩梦。

米罗蹲下身来，用手臂遮着眼睛。皮埃尔也扭过头去。

小刘默默地穿戴好潜水服，低声说："我带他回家。"

米罗跪在地上，给男孩把衣服扣好。

小刘的声音很冷静地问："你们打算何时出去？需不需要再通知外界给你们送些给养？"

"我们至少需要三天的食物。"我踌躇一下，"三天之内，我们会原路返回。"

我们默默地将潜水器具和食品运送到了瀑布上方，然后大家沿着牵引绳攀爬而上，一切准备就绪后，小刘背着孩子的尸体，跳入水中，随着慢慢急促卷起的旋涡，从我们视线中消失了。

白猴

剩下的五人将设备默默地整理好，大家静默地围坐在一圈，水下的尖叫已经无法再干扰我们的注意力，那个黑影也顺着绳子爬了上来，两个黑影顿时尖叫着叠加在一起。

皮埃尔用手电照过去，顿时真相大白。一只变异的小猴子盘腿坐在母猴的头上，两只猴子的身体都是惨白无毛，眼睛血红，它俩瞪着我们看了一会儿，似乎知道我们不会伤害它们，便开始缓缓地挪动身体。

皮埃尔忽然从食品袋里拿出面包，扔了过去。两只猴子在试探后，开始吞咽，皮埃尔又开始扔食物。

我心里很反感。这两只猴子很可能就是把孩子带进水里的罪魁祸首，皮埃尔居然还有闲心来喂它们。其余人估计跟我都有同样的心思，心怀厌烦。

皮埃尔却不疾不徐地继续投掷食物，等到猴子开始接近我们，他做了件奇怪的事。——他向猴子喷洒香水。刚开始猴子有所不适，接着就忙于吃东西而任由他将几乎一瓶香水喷到了身上。

我蓦然领悟，他是想探清猴子回家的轨迹而已。

连吃带拿，猴子们吱吱叫着开始后退，我用手电紧紧跟随着，只见一大一小两个黑影穿过一堵石壁就消失了。原来看似绝路之地，其实另有玄机。

"如果没有小猴子，我说不定会砸死那个畜生。"米罗忽然说。男孩的尸体确实在情感上给了我们很大的冲击。

我们猜测，很可能这一对猴母子误入水潭，结果被旋流卷出天坑，从洞外的水潭冒出头来，受到惊吓后，抱住了正在戏水的男孩子，借助他的重量，同时借助牵引绳，从泉眼返回。男孩受到惊吓，被卡在石缝中，丢了性命，猴母子则攀爬着牵引绳，回到瀑布上方，拽动牵引绳。刚才牵引绳突然崩断，猴妈妈落入了水中。所以，我们才听见它们凄厉的尖叫。当然，这一切都只是推测而已。

皮埃尔想循着猴子的踪迹去寻找那个"气阀"的"通气管道"。他直截了当地开口了："我想寻找它们的落脚点。你们各位有什么计划？"

我们四人沉默，气氛压抑。

皮埃尔耸耸肩，表情沉重："对孩子的事我很遗憾。但我们确实是无能为力。"

小张早就有主意了，干脆利落地说："让外国人自己带着线索标记绳，自己一个人去得了。到时候原路返回。"他的目的是我们四个人直接去莲花洞。

我摇头道："这次我们大家只能一起行动，方能保证安全。"

米罗似乎就等我这句话，连声附和道："洞内的情况很复杂，不能再出意外。"

看样子，米罗也对皮埃尔的研究感兴趣。或者说，她对天坑下的一切都很着迷，特别是任何关于石碑的线索都不放过。

小林不高兴了，嚷嚷道："那我们为什么要跟着猴子跑？让皮埃尔自己去追，然后自己回去，我们直接去莲花洞好了。"

小林和小张他俩就光顾惦记着去挣米罗的钱，然后再弄些金银珠宝了。

皮埃尔不解地问："莲花洞？你们去那里有何贵干？"

没人搭理他，都装没听见。

我劝他们道："我们跟着郑远来大石围探险，不就是为了了解这个神秘莫测的地心世界吗？如果皮埃尔的理论可以验证。对我们进一步了解天坑，是一个很大的进步。"

米罗点点头，举手道："我同意，我们抓紧时间，两件事并不冲突。回头我们再杀向莲花洞。唐队，我挺你。"

皮埃尔早就对我们这番商议不耐烦，他急了，让大家赶快行动，因为白猴身上的香水很快就会消散。

人影

我们赶紧起身，决定留下小张在这里接应给养，他心有不甘，但也无可奈何。

我们四人拿了些必要的装备和一些食品，沿着猴子的踪迹，走到了那堵石壁前。

果然，这里有个障眼法，石壁间有个不易发现的石缝，正面看似狭小，其实是视线的错觉，洞口是侧斜的，刚好能容一个人通过。小林负责在后面放标记绳，我们三人穿过石壁，发现眼前是一个窄而狭长的通道，视线一下子豁然开朗。循着浓郁的香水味右拐，走了约莫20分钟，通道开始变得更为低矮。这里人迹罕至，散发着被腌制着的时间的味道。

其实，到现在为止，我心里依然没能完全消化掉进洞前的震撼，得知米罗是我救命恩人的那一刻起，我的心里波涛汹涌。但她显然没把这事看得太重。似乎这种让我泪水盈眶的缘分也没太被她当回事。爱上一个人的虚弱感、失落感和绝望感同时向我袭来。

皮埃尔快步走在前面，仿佛怕我们改变主意，把他拉回去似的，这家伙脚下像安了弹簧，越走越兴奋。

小林吐槽："他又不是动物学家，跟着猴子瞎跑干什么？"

我将皮埃尔后来对我透露的理论解释给她俩听。米罗果然被勾起了很大的兴致，表示，这里到处都是未开垦的处女地，太值了，还掐了下我的胳膊。每次她对我动手动脚，我都会乱了分寸。

小林忽然问她，以前是否下过天坑。米罗不置可否。这里面肯定另有文章。但我也无暇追究了。从她和洞潜队的关系上就可以看出，她也是区内顶尖的洞潜高手。米罗身上蕴含着很多我预料不到的爆发力，也藏着很多秘密。这个"米粉世家"的漂亮大妞可不是简单人物。

眼前的通道忽然消失了，我们用手电细细搜寻，在地面上发现了一个不大的洞口，用手电照下去，也就四五米深，由横向通道变为纵向通道，看得见底，估计出口在洞壁的边侧，我们的手电筒照不出个所以然来。

小林怵了，立刻建议打道回府。万一被卡在猴子坑里，被它们啃了都没办法。

皮埃尔说让他先下去试试。他比较瘦，所以一哧溜就下去了。听到他"哇"的一声大叫。我们忐忑不安地问他："下面情况如何？"

"我发现侧洞了，好像很长，弯着腰可以走一段。你们先等我一下。我先进去瞧瞧。"

我不放心，随即也要跟着下去。米罗抓住我的胳膊，嘱咐我小心。

跳下去，然后摸到了支洞，脚下的这个洞穴通道，低矮狭小，相当压抑，弯着腰走了估摸十多分钟，只听到前面的皮埃尔突然叫了一声，好像跌倒了。但我用手电筒一照，却不见了人影。

我急忙问他怎么样了？他哈哈大笑，叫我小心。声音却好像来自脚下方。他大声说："我从洞里掉进了一个更大的通道。我差点没命。你得小心。"听上去像是玩笑，我也就放心了。

我用手电筒照着，开始小心翼翼地挪动脚步，一不留神就走到了尽头，皮埃尔刚才就是从这里掉下去的。

他在下面用手电筒给我照明，我跳下坑后，发现原来的通道连通着这个更大的通道，落差有一米多，难怪刚才把他摔得不轻。

米罗和小林也按捺不住，跟着我们过来了。

我们四个人站在这个骤然宽敞的通道中，却始终觉得有点不对劲。空气中弥漫着一种怪味，像是汗馊和酒糟的混合体味道。

皮埃尔用力抽了抽鼻子，想分辨出香水的去向。

米罗举着手电筒，忽然大声问："谁？"

当时场面堪称鬼片里的情节，本人大吃一惊，左手边的通道上，赫然有个人影。

鬼魂在歌唱

在这种地方，猛然出现一个不速之客，大家当然吓得不轻，齐刷刷地用手电筒照过去。居然是一个粗糙的石像，还好有惊无险。

皮埃尔向左一挥手，我们三人却忍不住向石像走去。

这做工，粗糙得可以，模糊的面容，仿佛被岁月抹去了棱角。身形却是挺拔的，在黑暗中，不知"他"在此守护了多久，守护着什么？又是什么人制造了"他"？

石雕位于十字交叉口。左右各有两个洞穴，身后的这个通道似乎很长，我们必须马上做决定，是走下去看个究竟，还是左转去寻找猴子的落脚点？

米罗建议道："我们先往下走走看，看是否有什么新发现。一个小时内再返回。"

皮埃尔早已心急如焚，怕猴子身上的"香水标记"消散，立刻建议我们兵分两路，他仍然追踪猴子，我们可以约定一起在洞口集合。他耸耸肩，表示自己会做好一路追踪的标记线，此地也许离他要找的目标不远，他可以独自前行。

这家伙，是不是独行侠当惯了？我不太爽。我让小林跟着他，这妞干脆拒绝了，而且狠狠地剜了我一眼。

忽然，一阵阴森森的哭声，断断续续地从左手边的通道飘过来，让我们毛骨悚然。大家马上停止了争论，顿感阴风阵阵，我脊背滑过凉意。

小林猜测道："这是野猫发情的叫声吗？"

仔细听，又像是某种鸟叫，在此刻，从不见天日的洞穴中飘出来，既诡异又惊悚。

我决定按原计划行事，毕竟还是集体行动比较安全。咱们先去追查猴子的老巢。小林不乐意，也无可奈何。

迎着瘆人的哭声，我们沿着通道朝左继续前行。走着走着，我发现这哭声是有调子的，而且似乎有些耳熟。

"你听。"米罗突然停下脚步，已经分辨出来了："调子是重复的！"她哼出曲调，果然，隔一段时间，调子周而复始。来不及惊叹她的记忆力，我们则一脸懵逼。

难道有人在这里面放录音？我仔细听。确实，如米罗所言，断断续续的似哭声的调子实际上是反复循环的。

我想起有的公园里骗钱的所谓鬼屋，弄几个泥塑，用阴森森的灯光和凄惨惨的音效来吓唬人。问题是，谁会有闲心在这里弄这套鬼把戏？而且，这得耗费多少电池。从理论上说，根本不可能。

空气中还是可以嗅到残余香水的味道，而"哭声"也越发清晰。虽然感觉得出不像是真人的哭声，但凄凉的调子却让人压抑悲伤，头皮发麻。走了大约10分钟，我们终于找到了声源，看样子是从这条通道右侧的一个洞口传出来的。

两个女子紧紧攥着我的胳膊，她们不害怕是假的。皮埃尔倒是胆大，一马当先地钻了进去，我们紧跟其后，寸断肝肠的凄厉调子骤然将我们包围了。

眼前是一个极小的水潭，水线从洞顶挂落，滴在水面上，或砸碎了跌在钟乳石上，如同伴奏。不由想起李连杰和甄子丹在《英雄》中比武的场面。雨珠从剑锋上滑落。影片讲述的，恰恰也是秦朝的事儿。

如歌如泣的哽咽仍在继续，这是冤魂在歌唱？

我蓦然惊觉为何当时就隐约觉得这个悲怆的调子有些耳熟，之前温金严跪在地上，面朝北方，低声吟唱的，就是这种让人黯然寸断肝肠的伤痛旋律，两者极其类似。

米罗举着手电筒仔细研究，恍然大悟道："是细泥制作的陶哨。"

原来，钟乳石的水滴处，被刻出一个巧妙的凹槽，嵌上了一枚小小陶哨，随着水流发出鸣响，而水潭中水波荡漾，也是有人在潭边的石壁上嵌入了陶哨，随着水波的涌动而发出声响。

米罗脱口而出："应该是埙。"她低声道，"这应该是古人的乐器，在六千七百多年以前就出现了。"

她介绍，埙在西安的半坡出土过，可见在新石器时代就有了该种乐器，那时候是将其用做打猎时集合人的像号角一样的工具，后来才发展到当作乐器来使用。

小林一听和西安扯上了关系，立刻精神抖擞。她提醒米罗道："这也算我们的工分哦。"这妞想钱想疯了吧。

我们四人面面相觑，洞内气氛压抑，这埙的调子太悲怆，这凄婉的埙声究竟吹响了多少年？

我们用手电筒照了照四周，看能有什么新的发现。突然，皮埃尔的胳膊僵住了。在手电筒光照的角落处，有个发黑的银手镯和一根铜质的发簪，因为时间太久，已经和地上的钟乳石融为一体。

我用手电筒扫射石壁，依稀看到几行模糊的文字，写的好像是姓氏。我让他们用手电筒照着，自己用手机拍了下来。

米罗兴奋得呼吸都开始急促，站在我旁边，激动地提醒："这很可能是秦朝的文字。"

小林举灯，眼睛贼亮："以后想办法整幅石头都切割下来。这不是比敦煌壁画还厉害？"

我让她闭嘴，凝神细看，字迹模糊，斑驳古旧，有些地方已经脱落了。

同时，这哀婉的哨声，一刻不停地回荡在狭小的空间里，再待下去，我们的精神都要崩溃了。

小林忽然指着前方道："你们看，这里有个通道。"

原来，她的手电筒照到一个出口，我们走过去，发现这里竟然连着一个洞穴，气味非常奇怪，洞穴中有个大约200平方米的干涸的水潭，水潭石壁的颜色发黑。

小林从石壁上抠了些附着物下来问我："是不是闻着有些像药膏？"

"做药的池子？"米罗也愣了，她抠下一块闻了闻，"靛青，确实是药材。"

这里的气味实在让人受不了。我们静默地退出后，方能大口呼吸，大声说话。

米罗迷惑不解地问："是谁制作了陶埙？他们是躲避灾难还是被困在此处？"

小林摇头说："谁会到天坑里躲避灾难啊？再说，他们在这里吃什么？周围都是深山老林，怎么都比待在这里强吧？"

皮埃尔从他的角度考虑问题道："也许以前有通道可以直接进入天坑，后来通道因为种种原因被封堵了，他们就留在这里了。"

这个解释很牵强。如果没有做好充分的准备，大队人马不可能在天坑内长期存活，更别说雕琢并运送石像和制作"音乐陶埙"这种耗时费力的手工活了。

这段幽深的通道配上断断续续的悲伤埙曲，简直就是活脱脱一条黄泉路。

我们循着香水之味，在主通道上继续前行，不久，便走进一个巨大的洞穴，这里水声轰鸣，应该是通道尽头。

视线骤然开阔，气温也低了两度，我们竟一下无语，完全被震撼于此洞厅的巨大规模。

皮埃尔惊叹道："这可能是目前乐业天坑群里最大的地下溶洞！"

大曹天坑的红玫瑰大厅目前在国内排名第二，长约300米，宽约200米，顶壁离地面高约20米。而这里，洞顶离地面目测超过30米，因为形状不规则，宽度不容易统计，但长度肯定远远超过300米。

和红玫瑰大厅一样，这儿在远古的二叠纪时期也是一个充溢生机的海洋，洞穴的四壁还布满了海洋古生物化石。

皮埃尔在洞内追寻猴子留下的香水气味，我们则寻找地下河的踪迹。

轰鸣的水声来自脚底，我们没能马上找到水源出口，倒是发现有一处木炭灰，灰烬堆放得很整齐，显然有人曾在这儿烧火照明或取暖，依照灰烬的钙化程度估计，至少也有几百年以上的历史吧。

不禁浮想联翩：他们究竟是什么人，在这里干什么？

"我猜是无意中进来的探访者留下的。"米罗蹲下身，静静望着灰烬。

洞内的空气湿润阴冷，小林发现了一条地下暗河的河槽，此刻河槽裸露但很湿润，一路串联着几个大大小小的水塘。

我们知道，大石围天坑的地下暗河绵绵两百多公里长，与乐业县几十平方公里内的二十多个天坑暗河犬牙交错，洞中有洞，地形复杂。

而地下河道也有四季之分，夏季时河水滔滔，暗潮汹涌，秋冬转为干枯期。如今本应是丰水季节啊。

我们未戴头灯，使用手电筒确实不太方便，时刻要留神脚下，以免坠入幽深的洞井。

不妙的是，皮埃尔忽然没了动静。大家赶紧呼叫他，却没有听到任何的回应。

第二十章　秘境

难以置信的美景

我们三个人站成一排，先朝左边快速排查，反复呼叫皮埃尔，都没有动静，对讲机也没有回应。

排除周围杂音，大家凝神细听。米罗忽然指着一个方向，那里似乎传出了对讲机隐约的呼叫。

我提醒大家要特别注意，不要掉进脚下的洞井。

随着我们的逐步排查，不断调整方向，而对讲机的呼叫越来越大。我们终于锁定了目标，一路伴随着小林在对讲机中的狂吼，我听到的反应却是轰隆的水声，顿时心里一紧。

缩小范围，我们直接逼近洞穴的一个角落，毫无预兆，地下河水从我们脚下喷涌而出，咆哮着消失在洞穴拐角。水势虽急，但水道不深，对讲机就跌落在水边的一块凸起的石头上。

我们三人的心里顿时拔凉了。刚找到孩子的尸体，却折损了一名队员，这算怎么回事？

小林正要下去捡，米罗赶紧拉住她。

我的声音颤抖道："皮埃尔肯定是被这股水冲下去了。以他丰富的经验，会犯这样的错误，一定有不寻常之处。"

事不宜迟。为了安全起见，我们赶紧打好铆钉，设置好牵引绳，然后系上安全绳，我小心翼翼地试探着走到了水边，果不其然，水边的礁石像是抹了润滑剂，一个趔趄，就把我甩到了河道上。

难以置信，有股看不见的风，仿佛和水流一起，从地下岩石层中涌出，将我迅速地甩到了拐角，然后，我如同跌进了水上乐园的滑道，被河水冲进通道。

短短几秒钟，我根本控制不住节奏，眼前一黑，心里一沉。好在等我反应过来，我已经被冲进了一个水潭里，身边有个人也在扑腾——谢天谢地，正是皮埃尔。

这里就像一个水牢，虽然我站的地儿也就不到 2 米深，但四周全是光滑的石壁，愣是没有一个落脚点和攀爬点。

皮埃尔游过来，和我紧紧抓住牵引绳，居然还有空向我致谢。

我们只能在水里这么扑腾着，四下张望，商量了一下，最后决定，我们要拉着牵引绳攀爬到小瀑布上方，虽然要费一番周折，倒也不是难事。

水流汹涌，劈头盖脸的水打在脸上，几乎让我喘不过气来。等我好不容易站稳脚跟，水位淹到了腰部。皮埃尔刚才耗费了太多力气，攀爬上来比我吃力很多。等他好容易站上瀑布，一眨眼又被冲了下去，他一边大喊着"我没事"，却迟迟不见动静。

"让我喘口气。"他精疲力竭地说。我打算下去帮他，被他制止了。

就这么僵持了几分钟，水势忽然变小了。然后，不可思议的一幕发生了。水位急剧下降，从腰部一路到臀部到膝盖到脚踝，就一眨眼的工夫，好像有人关闭了水闸一样。

我赶紧跑到瀑布上方探头去看，皮埃尔则目瞪口呆地站在水里，潭水也在缓缓下降。

我让他赶紧上来，同时查看石壁上的水线，刚才的水位，以目前水线位置来看，是个常规水位，最高的水位超出约莫50厘米，但水线的痕迹很淡，说明涨水期比较遥远了。

心里的石头刚落地，皮埃尔却还在下面磨蹭。"有光，"他说，指着头顶，"有小小的光。"

刚才太过惊险，没留意所谓的"小小的光"。听他这么一说，我也感觉到这里虽然漆黑一片，但头顶上确实有丝依稀的微光。

突然，一个黑影直接从通道拐角向我冲来，瞬间闪到了石壁上，皮埃尔赶紧用手电筒打出追光灯，正是那对猴母子，它俩直接朝那个微光处扑过去，一闪就没影了。

接着，两束手电筒光也从水道的拐角照过来，米罗和小林也从河道里快步而来，大声叫唤着我们的名字。得到应答，确认我俩没事后，她们才松了口气。

这条地下暗河是我所见过最诡异的一个。皮埃尔也有同感，这个突然"停水"的现象，已经不能用常识来解释了。

"就像地层里，有两个模块闭合了。"皮埃尔盯着微光之处说，"如果把天坑看成一个高压锅，那个地方，很可能就是高压锅的排气孔。"他指指头顶那个"微光之处"。

既然走到了这一步，我们没有理由不去窥探个究竟。

从瀑布上方到微光之处，有几处凸起的岩石，我们设了几个铆点，一步步接近那扇"天窗"，心里有隐隐的期待和兴奋。——因为光，因为这点微光，实在是太值得我们珍惜。

确切地说，此"天窗"像个石缝，从我们的角度望过去，呈夹角状，能不能容我们钻进去，还是一个未知数。

等触摸到了凸起的岩石边缘，才发现是之前是视觉误差，这条石缝酷似女性生殖器。当然这个比喻只能藏在心里，说不出口。缝隙长度有一米五，宽度接近40厘米，勉强可以容一个人侧身而过。

皮埃尔和米罗走在前面，我和小林跟随在后。通道长则超过8米，我们四人像是从母体中被吞吐到了一个新的世界。

为何说像新的世界呢？还是那个原因，因为有了光。

前面两个人的发梢在我视线里开始朦胧，习惯了天坑下的黑暗，猛的这么一下还真反应不过来。

先是听到他俩一阵惊呼，接着我们同时听到男女声的英文版和中文版的一连串粗口。

秘境

他俩的反应，让我和小林有了心理准备，所以即使随后见到了这么惊人的景象，我们也最大限度地保持了镇定，更确切地说，是目瞪口呆的迷惑。

我们站在另一个洞穴的半腰，而眼前的这一切极为不真实。光线朦胧，雾气弥漫，一轮"明月"悬在头顶。仔细看，是一缕柔光，从头顶约三十多米的天然月牙形的孔洞中斜斜地漏下来，而洞壁上的绿色植物，随着阳光的轨迹，铺设出从青苔到繁茂的植物群落，巨大的绿色藤蔓，则从洞顶上垂落下来，仿佛童话舞台的帷幕。

让两人仪态顿失的不是这一轮当空"皓月"，而是我们脚下的奇观，那是个看似浅浅的水潭，被不规则的钙化石台划分出如梯田般大小不一的几何形状，最惊人的则是潭水呈现出的七彩颜色。

这是一个码得整整齐齐的颜料盘，是碧蓝、蔚蓝、粉蓝、天蓝、浅绿、橄榄绿、绛黄、淡紫和雪青的涟漪，泛起的五彩斑斓。

我以为自己看花了眼，在这些几何图形中，居然有一小块是金色的。波光粼粼，颜色如魔术般深浅变幻。只有那块金色，始终荡漾着耀眼的光波。

我们知道，九寨沟的五彩池是因为水生植物群落深浅不同的叶绿素，将富含碳酸钙的湖水染出不同的颜色。这个解释在这里却比较难以立足，因为水质清澈，水底的石笋和石珠依稀可见，除了池边有些青苔，肉眼未见其他水生植物在池中生长。

还有个不可思议的景象，我们头顶的一根粗藤上，挂着一溜儿的白猴子，它们警惕地盯着我们——这一群闯入它们乐土的不速之客。

作为摄影记者，毫不夸张地说，我几乎踏遍了广西的山山水水，我记得，广西长寿之乡巴马的盘阳河有一段河水也是从碧蓝到蔚蓝，美不胜收；除此之外，武鸣的罗波潭，凤山三门海的水，都令人一眼难忘，但这些和我们眼前的奇景比较而言，都是小巫见大巫了。

忽然，那对猴母子从石壁上快速蹿到我们身边，对我们手舞足蹈，吱吱呀呀地叫唤着。

皮埃尔最早反应过来，将一块面包扔过去，接着，又从石壁上蹿下来几只白猴子，后来者明显对我们更为戒备，却又垂涎眼前的食物。

皮埃尔扔出了更多的面包片，它们才磨磨蹭蹭地靠近，又神经质地闪开。但这个距离足够我们好好打量它们了。

不知是不是因为长期生活在洞穴的缘故，它们的身上没有毛发，眼睛是红色的，就像兔子一样。

我仰头望着洞顶，如果洞顶一旦坍塌，毫无疑问，我们眼前就形成了一个新的天坑。目前，这种地质现象，更确切的说法叫"天窗"。

我担心的是，这个秘境，还能保持多久？我是不是有些杞人忧天？

米罗忽然低声提醒道："看啊，池水在动。"

几何图形在我们眼前缓缓变化，颜色也随之改变，就像一个魔方，被神秘之手缓缓转动。

我们都被这大自然的威力给惊呆了。猴子们似乎也忽然安静了。

当池子的板块在交错变幻时，光线和风向似乎也随之改变，无法用语言评述这种奇妙的磁场变化。我们在这一刻完全融入了这个世界，人和自然的关系，不仅是来自心灵的呼应，也是身心的肆意舒张。

面对生命中所见到的最绚丽、最神秘的美景，我是怎么也看不够的。

好在皮埃尔提醒道："我们得赶紧出去，必经之地的地下河水随时可能暴涨。"我们一行人，这才恋恋不舍地悄悄退下，实在不能再惊扰这片净土了。

变换的石像

重新回到黑暗中，感觉很压抑，尚未消化的惊叹被咽下肚，大家一时都有点懵。

"我很感谢你们，很喜欢你们。"皮埃尔忽然这么说。还是外国人擅长表达自己的情绪。我们面面相觑，一时不知道该怎么回应。他感慨地说了答案："也没有人想到去用手机把美景拍下来。我很感动。"

小林心直口快："这地方根本就不要说出去，到时候我们人类就会把头顶那个洞弄大，再塞一个观光缆车进来，洞穴里也会被人铺上水泥，打造成5A景点了。"

米罗也说了大实话："我们的目的本来就不是寻找美景的。"我感觉这话是说给我听的，她早就按捺不住，要扑到石雕洞穴查个究竟了。

皮埃尔喃喃自语道："这不是美景，这是奇迹。"他说得没错。

原路返回，水潭非常安静，大水未至，放眼望去，空荡荡的河道此刻显得非常诡异。我们甚至能从容取下了通向天窗洞穴的铆钉，以防有人按图索骥地涉足秘境。

做好安全防护措施后，大家握着引导绳，快速穿过干涸的水道。

米罗惦记着那个石雕像把守的入口，悄悄问我，石雕像和莲花洞的方向不是一致的吧？

我摇头，莲花洞距离这里尚有4个小时的路程，而我们跟随白猴的方向则是南辕北辙，不过这天坑里面九曲十八弯，难保不会到同一个方向，但千万不要指望从这里也能直达莲花洞。

"天坑探险的原则还是以相对成熟的线路图为主，安全第一。"米罗闻言，点了点头。

按理说，我们应该马上回到深潭和小张汇合。但无奈此刻，对讲机联系不上他。

小林也生怕我们放弃探索石雕像后面的秘密，怂恿道："反正小张那家伙守着给养，又饿不死。我们好容易过来了，机不可失，看看石雕像那条路后面是不是有洞穴，是不是藏着什么新奇的玩意儿。"

其实我和她、米罗的想法是一致的。皮埃尔倒无所谓，他老是在琢磨着他那套所谓的"气阀"理论。

皮埃尔问我："在什么情况下，地下河河水会突然猛涨，或突然截流？如果本是地下河汇集而成的水源，在这个庞大而复杂的地下水系中，一条可以随时断流的河的存在，显然是不合理的。"

我的答复是："除非水源的出口在天坑之外，一场骤雨才可以达到猛涨的效果。但前提是，这条地下河和其他支流没有任何水体交换。至于截流，怎么解释都很牵强，无法服众。"

皮埃尔琢磨："白猴子在水断流之后，迅速地赶回了老巢。这肯定不是巧合，而是遵循了某种规律。"

我请他自己解开谜底问道："这代表什么？"

他倒吸一口冷气："这就表示，这条地下河的截流和下雨是没有关系的。它是定时、自动截流的。"

我心里一动，故作纳闷："你得到了什么结论？"

"我还在思考。"他的语气中充满了敬畏之意，接着惊叹道，"这个天坑，实在是太神秘莫测了。"还带出一句粗口。

不过，皮埃尔刚才那番话提醒了我。天坑下的玄妙似乎有某个环节出现了漏洞，但我一下无法厘清思绪。所谓"漏洞"，是指被我们窥破了某种天机而已。我暗暗记住这几个关键词：定时、自动、变换（的调色盘）。所有的玄妙都蕴藏在其中。

回到那个十字路口了，时间比我们预计的要短。毕竟大家心里有数，目标明确，脚步也快了许多。

忽然，米罗停下了脚步，伸出胳膊拦住我们。她摇头道："不对劲。"

我们不约而同地将手电筒照过去，我最先反应过来，雕像的位置不对。有人把它转换了方向。

撤退

石雕原来在十字路口中的位置，是面朝我们的，现在他的面部转向我们右手方向的路口。

谁在转动它？

我们惊疑地走近它，这尊如真人大小的石雕，高度超过一米八，脚下还连着石头基座，这几百斤上千斤的重物，谁人能轻易推得动？

皮埃尔又被激发了科学探索的劲儿，他蹲下身，低头仔细勘察，石座下并没有滚动装置，如果要将雕像转身，非得用蛮力不可。"天坑下一定还有人！难道他们潜伏在暗处？莫非他们在和我们恶作剧？"

自从大石围天坑声名远播后，电视台、探险队、驴友们纷纷下来报道、探秘。

目前被公开探明的线路，只占天坑内部的五分之一。我们目前所在的位置则完全处于天坑的"盲区"。

从我们当时探过的莲花洞到连接沐村的深潭，已经属于人迹罕至的区域了，如果当时没有老金的线路图，不但我们很难找到入口，别人想进入就更是天方夜谭。所以，真有人有这个闲心和我们开玩笑？

小林提出的一个假设，让我有些意料不到。

她在我耳边悄悄问："会不会是郑远和老金他们过来了？"

本能反应，这不可能！我白了她一眼："他们吃饱了撑的，无聊到要去挪动这个雕像？何况，他们三个人，挪得动吗？再说了，他们一旦看到我们的标记绳，难道不会马上认出我们？"

她不服，反驳道："很可能在雕像的后面有宝藏，他们见我们也来了，慌了，赶紧引开我们的注意力呢？"

跪了！举手投降！跟这种神逻辑的人我还能较什么劲儿呢？

不过，这个洞里肯定还有其他人在。这就有点惊悚片的味道了。在地下，最可怕的不是未知的物种，可怕的恰恰是人。

米罗猜测道："如果这尊石雕是在守护着什么，按一般理解，被守护物肯定是在它的身后，对不对？"她接着道，"既然石雕被挪位了，这转移石像的人，也许是希望我们将视线转移到它的身后？莫非这是个障眼法？"

我提议道："我们最好还是瞄准了原来的方向，即石雕的左侧，往这个方向行进比较稳妥。"

大家一致同意，边走，我们边释放标记绳，都快走完一卷了，还没到头，这个通道够长，两侧也没有发现其他相连的通道。超过一个小时的路程了，我心里打鼓了，毕竟小张还在入口处傻等我们呢。

米罗似乎窥破了我的心思，提议咱们再走 10 分钟吧，也许就有新的发现也不一定。

还果真给她说准了，走了七八分钟，通道右方赫然出现一条支路，我们刚走进去，皮埃尔就赶紧叫我们止步。

这个洞穴很潮湿，皮埃尔在石壁上仔细研究，发现了青苔和水线。

我猛然悟出了他的用意，顿时毛骨悚然。我转身，在我们刚才走过的主通道上检查，这里居然完全没有相匹配的水线。这也就是说，水平线上的两条路，一条曾被水淹没，另一条完全没有水痕。

对这个现象，皮埃尔也是目瞪口呆："这个该怎么解释？"

"地下冰层。"我说了一句。几乎是脱口而出。

"结冰？"皮埃尔更加难以置信了。

我将我们在莲花洞的经历告诉了他，小林补充道："70年前，随着一次剧烈降温，一场灾难降临到了附近的村庄。"

"就像地心有个压缩机，从我们脚底下开始制冰，而且是局部制冰。"米罗倒是总结得很形象。

我点了点头。此刻，我当机立断，决定立即返回。说服他们比较容易，我们没有带足够的食物，如果降温了，连保暖衣物都不够。

回到雕像处，米罗不甘心，将雕像全身上上下下又用手电筒照了一遍，就差把雕像倒下来检查底座底部了。

她很失望，很显然，上面没有任何文字。

我们一行人加快步伐，原路返回。

第二十一章　深湖

小张不在了

　　一路上，我们都在用对讲机呼叫小张，却没有任何反应。等到了深潭边，一瞧，果然空无一人。

　　我们的潜水装备还晾在原地，一大包刚刚运送过来的食品还未开封。对讲机却不见了。

　　小林最先反应过来，大叫："坏了。小张一定赶在我们之前去莲花洞了。"

　　我摇头："那为什么食物还放在这里？"

　　小林气急败坏道："为了迷惑我们。"

　　我对这个人已彻底无语了，真想踹她一脚，或用力摇晃她的肩膀，让她清醒一点，别再这么利欲熏心。

　　"至少应该留张便条吧？"皮埃尔不解。他当然想不到人心是如此复杂。

　　米罗从另一个角度否定了小林的揣测。她疑惑地说："这家伙不想挣我的钱啦？"

　　"他想独吞……"小林把下面的话硬生生地吞下肚里。

　　我还是觉得不太可能，小张不会傻到一个人单枪匹马去闯莲花洞，稍有闪失，后果简直不堪设想。

　　"我们得马上去莲花洞。"小林的口气很坚决，恨不得马上向莲花洞狂奔而去。

　　我懵了一会，小张他会不会自行出洞了呢？但似乎没有理由啊。没有后援支持，一个人这么冒险跳下潭心，比独闯莲花洞还要傻。

　　我们原地傻站了一会儿，抱着一丝希望，反复呼叫，仍然无人应答。我拍板，大家马上向莲花洞进发。

　　临行前，我们再次检查营地周围，确认没有见到任何留言线索，我们便留下一张字条，收拾好装备，带着忐忑不安的心情上路了。

白色人形

　　当初我们从莲花洞出来直到深潭处，已经留下过标记绳，所以我们可以一路沿着标记绳走，这也蛮轻松。我打头，小林押后，除了我的头灯和手电筒的指引，一行人在黑暗中沉默前行。

走了十多分钟，我们就发现有些不对劲了——温度骤降。幸亏我们带了冲锋衣，大家赶紧换上。不过，随着气温越来越低，我有种不祥的预感。

半个小时后，我们循着标记绳下到一个类似地井的通道，线路图上标记此通道约长300米，刚探下身。我就浑身打了一个哆嗦，这简直是冰窟啊。

定睛一看，洞壁上挂着冰霜，我们脚底下似乎正开始结冰，大家惶恐不安，跌跌撞撞地摸索着前行，只求尽快通过。

走着走着，我突然一头撞在洞壁上，发现走错方向了，赶紧找出线路图，怪哉，此通道居然没有第二个出口。

米罗倒吸一口冷气："天哪，是冰！"

我们的方向没错。只不过，前行的洞口被冰封住了！难怪我以为走错路了。

我喝令大家赶紧回撤，可惜已经晚了，我们甚至听见了前方结冰的声音，仿佛有一台巨大的制冰机，在我们脚下、身边，用极大的功率，从地缝、洞缝中流出冰水，然后迅速结冻，将我们困住。

估计也就撤了二百多米，我们的前方又被一堵冰墙阻挡了。

我们如同被堵在试管里，两头都被冰封。这结冰速度也太惊人了吧。

我竭力掩饰住内心的恐惧，小林则已经开始歇斯底里了，她掏出随身携带的匕首，拼命扎着冰墙。

皮埃尔尚算冷静地问我："从哪边破冰比较好？"

米罗忽然开口道："从入口比较好。至少这里的冰是刚冻住的，够新鲜。"她还想幽默一下，发现不合时宜，赶紧闭嘴。

我心里暗暗佩服这两人超强的心理素质。我自己，其实心里慌得很。

分配工作，我们两人一组，轮换着用所有能用的工具除冰。我内心的绝望和冰的蔓延速度齐头并进，不知不觉，已冷汗淋淋。

我机械地敲击冰层，一秒也不敢停，因为一停下来，就不得不正视眼下的危险处境，就会惊惶、崩溃。

好在皮埃尔的脑子还未被冻结，至少还能思考。他安慰我们说："结冰只是暂时的。你们还记得那条河吗？既然河水都可以马上消退，冰也是一样的。"

这可是我生命中尝到的最具营养的鸡汤啊。但我们敢赌吗？

米罗忽然攥住我的手，悄悄说："带你看一样东西。"

我们返回到出口处的冰墙，她打开收手电筒，照向一个角落，骇人的一幕发生了，我在冰层中见到了一个隐约的黑影。

像是一个弯腰在疾跑的人，突然被冻住了，从我们这个角度只看得到他的背面。

我打个寒战："这是小张吗？"

"我看不出。"她的声音也略微颤抖道，"如果我不把他拉进队伍来，他就不会送命。"

看来她备受心灵煎熬，只能祈祷那个人影不会是小张。

我又仔细查验一番，确实很难判断，就一个模糊的影子而已。

我分析道："冰结得这么快，应该来不及把小张冻成冰棍，他和我们的距离不会如此之近。否则，我们一路上高声喧哗，他岂能听不见？"

米罗顿时不断地点头，好歹先松了一口气。

人一紧张，脑子就会卡，思路就特别狭窄，越怕什么，就越琢磨什么。

我猜："也可能是白猴子。"

但我们也清楚地意识到，留给我们的时间不多了。

冰是从两头开始结的，就在我们眼皮底下，而冰层在不断加厚。我们回到入口处，小林已经绝望了，她靠在洞壁上，一言不发，皮埃尔还在锲而不舍地敲击冰层。

小林忽然拿起对讲机，疯狂地呼叫："有人吗？小张你回来了吗？"

米罗拍拍我的肩膀："以前，你们碰到过这样的情况吗？"

我摇了摇头。

我盯着她头顶的电石灯，电石灯火苗的颜色会发生明显变化，是因为洞内氧气缺乏。我突然心生一计——电石灯！

在电石燃尽清除残渣时，会有残存的电石气逸出，要防止其他人的电石灯火苗把逸出的瓦斯气点燃发生危险。所以当一个人更换新的电石时，其他人要退出一定距离——5米以上。

我急忙从装备中找出一个铝制饭盒，让大家将头灯的电石集中倒进来。皮埃尔立刻明白了我的用意。米罗也顿时明白了，向我竖起了大拇指。

湿的废电石仍然会不断产生电石气，在密封容器中，有可能会发生爆炸。曾经发生过一起类似惨案，由于电石太多又加入太多的水，电石遇水急剧膨胀，最终导致爆炸。

我让她俩先后退，皮埃尔给电石浇上水，我将饭盒紧紧密封，将它放在我们刚敲出的一个冰洞中。接着迅速转身，我们连滚带爬地冲到入口处，和大家汇合后，我余悸未消，和皮埃尔紧紧握了下手。

在入口处的冰墙处静静等待，这时间实在太难熬了。皮埃尔按捺不住，要去看个究竟，被我们拽住了。

说时迟那时快，一声巨响轰隆隆地从通道那头传来，我们身后的冰墙居然也坍塌了，将我们震跌在地，洞内冰块散落。当我们回过神来，米罗突然惊叫，她的手电筒光捕捉到了那个黑影，居然是个白色的人形物体，"他"从地上弯腰站了起来，两脚直立，摇晃着走了几步。

我们大骇。还没定下神，这个影子已一弯腰，哧溜一下就消失不见了。

我立刻意识到，沐村的孩子们说的没错，这是一个怪物！能被冰冻住，冰化后完好无损，这不是温血动物所能做到的吧。我的脊背上窜过一丝凉意。

事不宜迟，我们赶紧穿过通道，跳下相连的一个洞穴，这才能喘了口气，好歹逃过了一劫。

冰洞

眼前这个洞穴比较大，应该不会轻易将我们变成冰棍了。但放松的心态没能持续多久，小林就神色不安地向我报告，说标记绳不见了。

我倒不是太担心，反正我带着线路图，当初我们不也是这么过来的？

"这个洞我们没来过。"小林用手电筒照着，困惑不解。

洞穴入口，耸立着一根巨大无比的钟乳石柱，如一棵根须飘飘的古榕树。

小林说的没错，这么显著的标志物，我们如果来过，定然不会忽略。

我赶紧检查线路图，刚才我们通过的冰洞确实没有其他岔路，莫非我们之前就走岔路了？但冰洞本身并无显著特征，无从对照。

小林又开始怀疑了问道："是不是小张故意把标记绳放进了冰洞，让我们误入歧途？"

米罗不耐烦了，"你怎么就杠上那家伙了？他和我们能有什么深仇大恨？"

小林一副"你们懂的"表情，慢悠悠地吐出几个字："人为财死，鸟为食亡。"

我挠挠头，这倒不是不可能，因为在"冰洞"之前，我们走的通道中，是有几条岔路，只怪当时太相信"标记绳"，被人做了手脚也不是不可能。但如果是小张做手脚，就有点胡扯了。他这样做的动机何在？

按理说，我们应该马上退出冰洞，回到起点，重新调整路线。现在回撤还来得及。我一抬头，发现三个人的眼睛直勾勾地盯着前方，我一瞅，也惊呆了。

一条"银河"把前方的通道灌得满满的，正向我们飘过来。

小林嘴里蹦出三个字："阿凡达！"

话音未落，我们已沐浴在曼妙的蓝色荧光中："天啊！我们来到了潘多拉星球！"

这条"银河"不知在我们身上流淌了多久，我们惊叹，我们傻笑。当一切归于沉寂，皮埃尔给我们科普，在我们的前方一定是有条地下河断流了，导致天坑之外的萤火虫全部从通道涌入。

他这么揣测不是没有道理。这么多体量的萤火虫肯定是无法在天坑内生存的。

皮埃尔建议我们重新拉标志绳，我们不妨再往前行进，看个究竟。

这家伙也有点走火入魔了，为了他的"气阀"理论，凡是与和外界有交换气体或水体可能性的地方，他一概不会放过。

眼前，巨大的洞穴连接着一条宽阔的通道，仿佛在诱惑着我们。

放眼望去，周边都是鬼斧神工的钟乳石和巨大的石盾、石瀑布。这种气势，我在广西的喀斯特洞穴中还是第一次见识。

天坑下实在太诡异了，米罗也不得不承认，连声赞叹不已。

小林把我拉到一边，悄悄告诉我："这条道我们没有走错。"

我懵了，首先，她刚才自己说我们走错了，现在又自食其言；其次，我对这个洞穴没有任何印象。

她也一脸迷糊，但有一点很肯定："那个通道的尽头，石壁上有个很圆的凸起物。我记得很清楚。"

我一惊："刚才你见到了？"

她点头答道："我怕说出来吓着大家。"

我没好气地说："你已经吓着他们了。"

那两个队员神色不安地望着我们，这个时候两个人窃窃私语，确实让人起疑。

我的脑子其实已经乱了，眼前的这一切简直像是一场海市蜃楼的幻象。

第一种可能，我们确实走错通道，到达了一个从未造访过的洞穴，原因是有人对我们的标记绳动了手脚。

第二种可能，我们没有走错通道，正如小林所言，通道的一些特殊标记很难被错认。那眼前这一切就更加无法解释了。这也就意味着，我们来到一个地方，根据参照物来看，一部分是肯定没来过，另一部分肯定来过。

这和那个被水淹和没有水线的相邻的两个洞，异曲同工。所以比较而言，我宁愿相信第二种可能。如同一个魔方，被无形之手按某种规律，转动过了。

我们继续走了约莫半个小时后，被堵在一个干涸的地下湖前，湖底离岸上4~5米，遍布奇形怪状的钙化钟乳石，还有一窝窝的精美穴珠。

最奇特的是，地下湖的边缘，连绵几十米，都是繁复的钟乳石和方解石融合而成的精美"雕塑"，就像吴哥窟里的石雕，我蹲下来，为眼前所见震撼不已。接着再检查水线，蓦然发现，湖水平时一定都淹没了此处，乃至水线非常潮润。

"下面有个人。"米罗忽然低声惊叫。

我们三束手电光打下去，只见一个蜷曲的人正侧躺在湖心的漏斗中。这个场面令人悚然！

坠落

小林说了句更让我震惊的话:"好像是小张。"从她那个角度,正好可以看到此人的侧脸。

我之所以没有往这方面联想,是因为此人的衣服是橘红色的冲锋衣,印象中小张未穿过这种颜色的衣服。

事不宜迟,我们赶紧下去看个究竟。湖底布满了钟乳石,行进起来十分吃力,但大家实在顾不得了,听得见脚下那些水结晶的石毛发出的脆响,那可是成千上万年才生长出来的精华,此刻也顾不上心疼了。

我们胆战心惊地将此人翻转过来,老天爷啊!果然是小张,摸摸鼻息,还有气,心里石头落地,招呼大家赶紧把他抬了上去。

皮埃尔示意我看他身下的位置,那里有个触目惊心的如臀部大小的洞口。估计小张就是在此水潭泄水时被水卷到出水口的。正好卡在这里,再差一点,就被漏下去了。

小张估计是被水流震晕的,当我们给他换下湿衣服,身体有不少伤痕,是被凹凸不平的湖底刮蹭的,他有了意识,呻吟了几声。

在这里发现他,是不是意味着他陷害我们的假说不成立了?

他坐起来,愣愣地盯着我们,露出难以置信的表情。他四下张望:"彭辉呢?"

我以为他头脑不清醒,哭笑不得地反问他:"彭辉不是留在沐村吗?"

他摇头说道:"彭辉和我一起进来了。"

我和米罗、小林面面相觑。我有种不祥的预感。

我强作镇静地问:"你不是在水潭边原地等我们吗?"

他点头道:"后来彭辉跟小刘一起从水下再次进洞,我们三个人在那里等你们。"

我大惊:"然后呢?"

小张忽然打个哆嗦,望望四周说道:"我们发现了奇怪的东西。"

"什么东西?"

"一个白影子。我们让小刘守在原地,我和彭辉撵着它就过来了。"

小林插嘴:"你们跟着标记绳跑?"她还是没有消除对他的怀疑。

小张惊魂未定:"我们没有时间去找标记绳,白影子从石壁上的一个小洞里钻进去,我和彭辉也跟着钻进去了。"

我心里一沉:"那你是怎么掉进湖里的?"

小张说,他和彭辉紧紧追着白影子。那是一个人形动物,又蹦又跳的,有时候用下肢走路,看似笨拙,但它在洞中行动却十分迅速。

当洞内温度骤然下降,彭辉拉住他,叫他不要追了,赶紧原路返回,否则迷路就糟糕了。正当他们要返回时,忽然听见那个怪物的叫声,有点像羊,又有点像小孩子的哭声,听得他俩鸡皮疙瘩都起来了。

他俩不由得就朝那个叫声走去,走着走着,发现在不远处是一个地下湖。"白影子"就浮在湖水中,而类似小孩子哭声的,则来自湖底。他俩守在岸边,想弄清楚那个白影子究竟是怎么回事。

在手电的照射下,白影子时而露头,时而将身体浸泡入水,但他们也终于见识到了它的真面目。彭辉说就是地獭。和图片上的地獭外形类似,就是皮肤无毛,看得见血管,红眼睛也有些吓人。

他俩本来想等怪物上来再围捕它。至于为什么要这么做,估计就连他们自己也说不清。估计光是"国内从未发现过的物种"这个诱惑,就足以让他们热血沸腾了。

当时他们站在湖边,聚精会神地盯着湖面,忽然发现水流发生了变化,"白影子"从视线中消失了,一个黑乎乎的物体从湖底腾空跃起,先把小张撞落水中,紧接着,他听见彭辉叫了一声,似乎也被身后的某黑影推了一下,也随之跌落水中,水中卷起巨大的旋涡,他被震得失去了意识,朦朦胧胧记得水位降低,然后就没有知觉了。

我傻眼了,彭辉呢?

"他没爬上来?那就……那就肯定被冲下去了。"小张的声音里带着恐惧的哭腔。

怪物

我急忙拿着手电筒冲到那个泄水口,腿脚被咯得生疼也顾不上了。我的大脑是一片空白,动作却机械而迅速,仿佛动作能填补内心的恐慌。

泄水洞下方几乎是悬空的。手电光照下去,是一个深渊。

事后想想,这地儿也太可怕了。我们如同深处一只碗底,碗底有个洞,往洞下看,才发现这个碗是悬空的。

皮埃尔二话不说,已经在岸上打好了铆钉,每个人都主动请缨,要求下去救人,我让米罗和小林在上面守候,我和皮埃尔先下去。

我从泄水孔垂直下落,脱离"碗底"后,仿佛坠入无底深渊。我甚至不知道这绳索能否落到底部。

这就是我在地心探险的过程中,所遭遇的最险恶之事吧。我的兄弟被冲下去了。我的眼泪也在悄悄滑落,在黑暗中无人看见,悲伤再加上孤独,弥漫着世界末日的气息。

下降约十多米后,黑暗的世界仍是那么寂静。静得让我发怵。我无暇为自身安危担心,越发揪心我的好兄弟。继续下降,脚下仍是漆黑一片,我呼唤着他的名字,空旷的洞穴内却迟迟没有应答。

脚底突然一凉，我一惊，低头观望，发现自己已悬挂在水面上，而水面极静，却带着一丝丝冰凉的寒意。

　　再四下观望。我被吓得汗毛直竖，我们悬空的这个洞究竟有多大容积？我看不到四周的边际，脚下的水面也在视线中无限延伸。

　　突然，我感觉脚下的绳子被水下什么东西拽住了。

　　"彭辉。"我大声叫唤，水下的东西兀自在扑腾，我开始有些恐惧了。

　　眼睁睁地让这个玩意儿攀住了我的腿。

　　我低头，一双血红的眼睛在瞪着我。这不是一个人！正是冰洞里见过的那玩意儿。

第二十二章　诡异之鱼

脱险

但是才一瞬间,我就感觉到这个东西似乎正在被水下一股力量牵扯着,一点点松开了我,然后,水面响起了哗啦啦的声音,一个人浮在水面上。

"是我。"彭辉短促地叫了一声,我循声望去,他似乎在引开"红眼睛"的注意力,在我身旁游了一圈,突然就抱住我的脚。

我手忙脚乱地赶紧上升,一边仰头大叫,让皮埃尔回撤。彭辉用脚蹬着水下的物体,好容易拽住了绳子,身体却还没能离开水面。

我将兜里的器具递给他。他费了好大劲儿才系上安全绳。我这才发现,我的衣服全被冷汗濡湿了,但我内心早已狂喜,我兄弟还活着!

我们一点点往上挪,我听见彭辉大口喘着粗气。我担心地问:"你还能坚持吗?"

他示意我安静。

从远而近,一阵奇怪的呼啸声在我耳边掠过,循声望去,我目瞪口呆。银光闪闪的几只燕子急速从水面掠过,又从我们的头顶闪过。

彭辉接着惊叫一声,水下发出沉闷的响声,接着一个庞然大物突然跃出水面,彭辉赶紧收绳子,但为时已晚,这个巨大的物体在水中搅动着,突然缠住了我们留在水面的绳尾,一股巨大的牵扯力将绳索崩断,不但我们被卷入水中,就连头顶上的皮埃尔也被牵连,重重地砸了下来,我们两人在水里还没醒过神来,彭辉已把我们拽住了。

他问:"一共几个人?"

我慌了:"就两个。"

彭辉招呼着,我们三个人围成一团,冲锋衣的浮力救了我们一命,因为不知道脚下的水有多深,岸边有多远,徒生恐惧。

刚才那个水底巨物则突然没了声息。好莱坞大片看多了,我仿佛看见它正屏息静气地从水底慢慢向我们靠近。

我们漂浮在水上,彭辉把我的头盔取下,用力扔出了去。头盔在水面上一动不动,周围的水面更是平静。我们都不敢讲话,怕引来水下的物体。

水面平静,水下却卷起旋涡,这水好像是分层的。我们的身体荡漾起来,接着,那盏头灯忽然灭了，我们又陷入了黑暗。那东西居然不动声色，把头灯给吞了，真让人不寒而栗。

皮埃尔将自己的头盔取下，打开灯光，如法炮制，用力扔了出去，只见远处也溅起一片水花。

头顶上也忽然有了光亮，一个人正在上面单绳速降，我认出了，是米罗。

幸亏我口袋里还有手电筒，我掏出来打开，向她挥舞示意。

一卷绳索落在我们身旁。她们放下了两根绳子。聪明！

我生怕米罗大声说话，引来怪物。好在这小姐姐很聪明，始终没有发出声响。看见远处水面的灯光灭了，她也赶紧关了头灯。够警觉！这妞，简直是黄蓉再世，冰雪聪明！

我们悄悄将安全绳系上单绳，皮埃尔和彭辉在前，我押后。大家心里都清楚，每迟一秒，都可能连累所有人性命不保。

好容易等他俩脱离水面，我才开始慢慢上升，脚下突然掀起了旋涡，水下黑影循声而来，幸好我们事先做好了防范，将绳索的尾部也攥在手中，避免重蹈覆辙。

几乎就差那么一秒，我就被它撞落水中，它冰凉的皮肤从我的小腿上蹭过去，带来沁骨的凉意。

我急忙腾挪上升，在它第二次跃出水面之前，终于攀升到了安全地带，惊出了一头冷汗，稍一松懈，顿感浑身酸痛，好歹捡回了半条命，另一半还在绳上悬着呢。

上升的时间老长了，等到我终于攀上了泄水洞口，彭辉一把把我拖上去，紧紧抱着我。然后我们就翻滚着离开了湖底的泻水口。

"我欠你一条命。"他悄悄说。

我咬着嘴唇说："如果你没了，我们的客栈怎么开下去？"

小张也跳过来和我们搂成一团，接着是小林和米罗。这一幕，让人百感交集。

如果彭辉出了事，简直不敢想象，我该怎么对他家人、如何对郑远交代。就是此刻，身处安全地带，我心里仍然后怕不已。

米罗催促我们赶紧上岸，谁知道这地方还会发生什么状况。

巨骨舌鱼

彭辉在冰水里泡了这么久，居然还挺过来了。他换了一身干衣服，很快就缓过劲来了。之前发烧才退，目前他的体温恢复了正常，真是万幸。他也自鸣得意道："谁让哥的身体素质好呢？"不得不佩服。

彭辉向我们叙述了当时的遭遇：当时他从泄水洞里坠落下去，幸好没有倒栽葱，冲锋衣的浮力让他一直浮在水面上。刚开始，他还指望小张能找人来救自己。后来冷得受不了，他寻思是不是该游上岸，没想到发现水底有不明生物，吓得他不敢动弹。相比之下，那只白色的动物倒是没有什么威胁性。

"就一只皮肤变异的地獭。"他下了结论，然后有些内疚地道，"我们根本就不应该去捕捉它们。"既然因为这点好奇心差点送了命，自然就不敢再打它们的主意了。

"它们肯定是来自天坑下的更深处，如老人们所言，随着地下深处的冰冻而误打误撞地出现在我们面前。"

不知与世隔绝了多少年，这个品种为了适应天坑而发生了明显的变异，这也意味着这个种群是多么脆弱，随时都有可能灭绝。

"水下的庞然大物到底是什么玩意儿？"我和皮埃尔都不解，当时太过惊吓，乃至都没看清楚。

彭辉摇头道："不是鳄鱼，也不是鲨鱼。"

我奇怪地问："地下河里怎么会有鲨鱼？"

彭辉说，刚开始，他怀疑是牛鲨，牛鲨具有一个很多鲨鱼都没有的能力——它是唯一一种生活在盐水和淡水两种环境中的鲨鱼。

"为什么又排除了呢？"

"牛鲨没有鱼鳔，它可以浮上水面使胃部充气，以此保持浮力。而这玩意，能够一直潜伏在水底。"

"到底是什么？"

彭辉终于揭开谜底："从水底扑出来的和从背后推我下水的，可能都是同类——大鲵。在地下河里罕见的大鲵。"

皮埃尔也同意，娃娃的哭声是大鲵最显著的特征，所以也叫娃娃鱼。

只是国内外资料记载，很少有这么大体型的。

按常识来说，大鲵是不吃人的。它和恐龙同时繁盛于3.5亿年前的古生代泥盆纪时期，大鲵一般都匿居在山溪的石隙间，洞穴位于水面以下。夜间静守在滩口石堆中，一旦发现猎物经过时，便进行突然袭击，将猎物扑食。但它的体型如此巨大，也不排除会把人也视为食物。

彭辉慢悠悠地说："我感觉水底有两种大鱼，其中一种是巨骨舌鱼。"

我一惊。我曾在探索频道见过节目对此鱼的介绍，它们生活在亚马孙河里，体型巨大。

彭辉说，半年前，有人在百朗地下河、百朗屯北的河流中，捕获到一只罕见的二十多公斤重的巨骨舌鱼。当时的说法是有人将境外引进的观赏鱼擅自放生河中。

当时彭辉就觉得不太可信。一方面，外来鱼种流入地下河的概率很小，另一方面，要适应地下河，绝非易事。

这条鱼被一位经营农家乐的老板买走，养在水族箱里，作为招揽生意的卖点。彭辉曾近距离观察此鱼,此鱼生长极慢,外观上有别于亚马逊的种类。

因为百朗地下河是源于乐业县的百朗河是一大型岩溶地下河系。主流经达坡寨成明流,在伏流洞潜入地下,经3个乡镇后,在幼平乡百中村百朗屯南露出地表成明流,于屯北汇入红水河,而此鱼很可能是来自洞穴的原生鱼种,但此鱼并非盲鱼,说明其并非在完全黑暗的水域中生存。

如此说来,我们刚才因坠落险些丧命的大湖,必定有部分区域是可以见到天日的。也就是地下河从伏流到明流的那一段,一定存在一个相对封闭的水体区域,否则就不会将此秘密封存了这么多年。

"巨骨舌鱼是没有攻击性的,那个腾空跃起的,就不知道是什么玩意儿了。"彭辉遗憾摇头。

见他科学探索的劲头这么足,我就把皮埃尔那个惊人的发现告诉了他。

彭辉听了,一脸羡慕嫉妒恨:"你们去仙境逛了一圈,小哥我在水牢里泡了半天。"

话题回到这个深潭,到现在为止,大家都无法用常识解释眼前这种现象。水从泄水口坠落到落差20米的深湖。如果潭水消失是因为底部突然崩缺,非常牵强;而这个水潭目前的状况,就像悬在下方洞穴上的一个碗状储水池,这种现象是很罕见的,也很不合理的。毕竟喀斯特地貌,水都是渗漏的,如何能独善其身,成为一只蓄满水的碗,滴水不漏?

此题,无人能解。我个人理解为板块如魔方组合,时而"碗"下沉,湖水从碗底渗透上来,时而板块分离,潭水就一滴不剩。他们听了,也觉得有一定道理。

彭辉表示下次找机会,一定要再探此潭。皮埃尔亦表示赞同。随着潮汐起伏,一定藏着一条"萤火虫通道"。天坑内部不可能完全封闭得严丝合缝的,而通向外界的秘道,在内部气压和水压的作用下,已形成"气阀",调节着整个天坑的呼吸,藏匿着天坑下无数秘密中的一个。

疑团

死里逃生,我当然不能忘了要狠狠夸下米罗和小林。

当我们的单绳脱落,她俩临危不乱,迅速放下单绳,速度之快,实在出乎我们意料,要是再晚几秒,我们可能小命不保。

我给米罗点赞道:"你用单绳速降,从泄水洞内腾空而来,就像驾着五彩祥云来救我们的盖世英雄。"

米罗对此赞美十分受用,谦称其中也有小林的功劳。

我好奇地问:"你怎么知道在那个时候不能大声喧哗呢?"

小林白了我一眼："是我提醒你的女神的。水下肯定有大东西，否则怎么会把绳子挣断？就算是洞里瞎眼的鱼，听觉都很灵，小心为妙。"

彭辉立刻向小林作揖。

我还是热切地夸赞米罗："但是你也够机灵的，知道关闭头灯。"

米罗有些后怕道："我正好看见水上的头灯被什么东西拖入水中。"

谢天谢地，关键时刻，她还真沉得住气。而且观察细致。

小林彪悍地怒了："压力最大的是我好不好？如果米罗再落水，我一个人该怎么出洞？出洞以后又怎么向大家交代？你们都挂了，可能我还会涉嫌谋杀指控。"

"你俩都是我们的英雄。"皮埃尔感动地说，给她俩一人一个拥抱。

彭辉和小林抱了两次，向米罗解释道："把我的那次换给唐摄影吧。"

大家都注目着我和米罗。

小张脱口而出："他俩有一腿？"

我和米罗同时出脚，把他蹬了下去。

但瞬间，我们都惊呆了。我倒吸一口冷气，原来空空如也的潭底一点点蓄起了水。小张像只蜥蜴，扭头望着这一幕，一动不动。我们迅速把他拉上岸。

皮埃尔说话都结巴了："大家伙动作快些，赶紧撤吧。"

枯潭蓄水的速度越来越快，一只银光闪闪的燕子鸣叫着从我们头顶掠过。

回程路上，大家惊魂未定，犹如死里逃生，加快步子赶路。小林开路，我和彭辉压阵。

抑制住内心的激动和感动，我将米罗和我们在天湖的缘分告诉了彭辉，他的反应出乎意料，他哈哈大笑。

彭辉悄悄地说："米罗电话召集潜水队的时候，他就猜到了几分。后来，他也就此事问过磨铁，果然证实了这个猜测。正是他俩在天湖下水救了我们。"

接着彭辉用惋惜的口吻说："本来，我还想看出好戏呢！"

我敏感地问："什么好戏？"

他毒舌道："坠入情网的现场直播。"

我还是忍不住叫住米罗，在众目睽睽之下，郑重告诉她，她和磨铁是我们在全州天湖下的救命恩人。

米罗笑眯眯地上下打量着我："少华君，请时刻准备着，以身相许给姐姐吧。"

彭辉接茬道："请提前通知！我会监督他洗白白的。"

小林展开联想道："记得拍图给我看！"

米罗走过来，故意大大咧咧地牵着我的手，大摇大摆地走在人前。

她悄悄拽了拽我耳朵，在我耳边耳语："给姐姐找到石碑就是最好的报答。"

我脸红心跳，挣脱开她的手，后面传来一阵哄笑。

回程路上，大家累了，都沉默了。而我则在盘点这短短一天的"奇遇"中的疑点：

1. 仅隔1天后，我们重返天坑，某些路段冰霜越发严重，通道内迅速结冰，差点要了我们的小命。现在，是否更严重了？

2. 我们曾经在通道设置的标记绳为何突然消失，难道有人故意变动了我们的标记绳，让我们误入歧途？动机何在？

3. 两段毗邻的通道，一段有新鲜水线，一段似乎常年未有水侵蚀，这是非常不可思议，让人费解之事。

4. 同样是两段毗邻的洞穴通道，一段我们确定曾来过，一段却从未涉足。在参照物如此醒目的情况下，这个奇怪的现象也找不到解释。"魔方转动说"，是个大胆的猜测。

5. 彭辉和小张追赶"白羊"时的路线明显有异于我们当时的标记路线，为何我们两队人马却能在深潭相遇？

6. 我们在洞穴内发现了变异的白猴、已被确认灭绝的地獭、体积庞大的野生大鲵和巨骨舌鱼。如果说白猴栖身秘境尚有繁衍的前提，后三者的食物从何而来？在天坑如此恶劣的条件下，它们是如何生存的？

"主人"的意图

从深潭原路返回后，我们得到了警方和村民们给予的英雄般的礼遇。营地里外全是彻夜未眠的人，王队长、王哥、磨铁等人都涌过来，和我们抱成一团。

黄小妹也意外出现在我们眼前。原来，警方特意安排了医务人员待命，黄小妹也随队前来。

我们先在帐篷里换衣服。黄小妹他们给我们测体温和血压。

先是三言两语试图解除误会，我们显然多虑了。她用亮晶晶的眼睛望着彭辉，这才是现场直播好吗？这个女孩被"耳环哥"给迷住了。

她把当时生气的缘由告诉我们，"石围僵尸"这个标志，从前出现在三个地方——那坡、乐业和巴马。其中，那坡黑衣壮的"石围僵尸"最深入人心。当地人都将此图视为禁忌。凡在门前屋后出现这个标志，都预示着灾难即将来临。现在演变为诅咒之意，难怪彭辉将此图标展示在她面前时，她的反应会那么大。不了解内情的话，将此举视为对黑衣壮人的极度不尊重。

幸亏我将温金严的吟唱也录了下来，他最后的绝唱，也许可以带给我们更多的解谜线索。我把手机里的文件播放给他们听，既然和温金严有关，也许和黑衣壮脱不了干系。

果然，黄小妹一脸惊奇地点头，说这是他们黑衣壮传唱很久的一首民谣，曲调相似。黄小妹问我们在下面还有什么发现，我们随手将拍摄的石刻给她看，彭辉念出几个字来，黄小妹被惊着了。

彭辉生怕又冒犯了她，立刻停嘴。黄小妹反复盘问我们在洞内所见的细节，我竭力搜索记忆，将所见所闻都一一告诉她。她忽然收敛起笑容，对我们卖起了关子，严肃地说："你们一定得找机会去那坡一趟。去了，你们就明白了。"

现在确实没有时间细聊这个话题了，一群人正朝我们涌了过来。王队长特别感谢米罗，他坚持要以私人身份在县城宴请我们一行。

此刻，一里之外的沐村，则弥漫在浓浓的悲伤之中。

我们坐着车，特意绕过村子，慢慢驶离时，我依然看见，在黑暗的村子里，唯有一家亮着灯，而天上那一轮皓月，飘荡在浩瀚的宇宙中，清冷地俯视着人世间的悲欢。

王队长告诉我们，孩子的尸体被小刘带出来后，孩子的母亲就一直抱着孩子不肯撒手。他说，孩子的身上有动物啃咬过的齿痕，不知道能否说服家属给孩子做个尸检，以确定孩子的死因。

小刘忽然说，他背着小孩出来后，发现小孩的一只手掌发烫，他当时也吓了一跳。

而我们给他整理衣服的时候，身体是冷的。

小刘点头道："所以孩子妈妈一直握着儿子的手，哭得天昏地暗的。"

车子突然放慢速度，靠路边停下，让路。

远处，一辆车开过来，左右车窗各挂着一只白灯笼。一个人从天窗探出了半个身子，他隐藏在阴影中的脸在月色下透出几分狰狞。

叹声如歌，悲伤的调子回荡在空旷的天地间。当车驶过，吟唱的人转过脸，盯着我们，喉咙里发出一阵绵长的哀叹。夜色中，他的脸异常狰狞。

米罗忽然抓住我的手，她被这场面吓了一跳，仔细一看，原来是带着我们称之为"傩"的面具。

司机小声告诉我们，这是孩子的家人请了"蛊师"，在给孩子招魂。

车子渐渐消失在乡间小路上。

米罗忽然指着远处黑黢黢的山的剪影，一颗流星从天际划过，如绚烂的烟花炸落。

我们几个人在旷野中肃穆地呆立了好几秒，她手心的热度温暖了我莫名惆怅的心。

凌晨三点左右，我们来到了县城，和黄小妹等人就此别过，她再次嘱咐我们一定要找机会去黑衣壮的老家——那坡看看。

队长安排我们住进了乐业最好的宾馆。宾馆也给我们贴心地准备了夜宵。夜宵还没上桌，大家坐在包厢的沙发上，困意袭来，居然东倒西歪地睡着了一大片。

米罗靠着我的肩膀，打起盹来。我也迷糊了一会儿，但心里的某一块地方始终非常清醒，非常庆幸，非常清晰。前一刻，女神的触息如此真实地撩拨着我的耳畔和颈脖，全身酥麻。而心里的那一块地方，渐渐柔软，一点点多愁善感起来。

大家用过夜宵，洗了澡，在宾馆一觉醒来，已近中午。

收拾行李退房的时候，皮埃尔专程来到我们房间，向我索要那张秘密地图。他向我保证，说自己只是对照看看，寻找"气阀"真相，绝对不会泄露。

大家都是生死之交的兄弟了，谁还计较这个？我掏了掏衬衣口袋，傻眼了，里面是张米罗的照片。

我清清楚楚记得线路图是放这儿的，肯定是被她调包了。不能说是调包，是恶作剧，表示"盗亦有道"的意思。我哭笑不得，真是有口难言。

彭辉和皮埃尔发现了蹊跷，刚开始都愣了，然后，乐了。

带着彭辉和皮埃尔去她房间"追赃"，她和小林正在手提电脑上研究这张地图。

米罗厚着脸皮说："本来只是想趁你睡了，揩揩油，没想到有了意外收获。"

小林笑嘻嘻地说："她说头儿的胸肌手感很好。"

我立刻用无辜的目光望着彭辉。

彭辉毫不客气地说："你少在这里装楚楚可怜，苍蝇它会叮无缝的蛋吗？"

米罗笑嘻嘻地对他一阵捶打。

彭辉退后把门关了，同时不忘提醒我们说："这张线路图不能外传，知情人只限于此房间内的人。"

米罗和小林已经将我们昨天经过的地点和线路图在电脑上进行了比对，重叠点用颜色标出，一目了然，我们发现，大约15个标志参照点，只有4个完全吻合。

她俩怎么分析，都无法找到问题的症结。

"你们和我想的一样，行动比我快。"皮埃尔先是对她俩竖起了大拇指，他又背着手，高深莫测地说，"我有了思路，但还需要更多的证据。"

我们都看着他。

他先说："我要先卖个关子。否则下次你们去天坑，就不带我玩了。"接着又道，"你们如果只是孤立地看待问题，自然找不到解决的途径。天坑是一个整体，我们眼见的所有一切，都和我们眼前这个局面有千丝万缕的关联。"

彭辉好奇道："你的'气阀'理论是否也可以解释这些？"

皮埃尔大笑，又给彭辉竖起了大拇指说："兄弟，你深知我心。"他正色道，"'气阀'理论可以解释其中一部分。更多的还要换一个角度，站在一个高度去思考。"

"好了，装高深被雷劈。"小林没好气地嚷道。

虽然表面上好像在故弄玄虚，但我决定在他身上押上一点赌注，很郑重地伸出手说："皮埃尔，欢迎你加入我们的核心团队。"

皮埃尔立刻向我敬礼。

米罗不客气地拍拍他道："我才是赞助人，你首先得听命于我，因为我可以给你预支一部分科研经费。"

"那他——"皮埃尔望我一眼，又高兴，一下又犹豫了。外国人就是单纯。

彭辉阴笑道："头儿是她的裙下之臣。"

皮埃尔一下没听懂，小林爆笑，我苦笑。

米罗站起来，将地图重新放进我的衬衣口袋。她故意将手停留在那儿，周边的人都在看热闹。

我面红耳赤，将她的手抽出，甩开。我怦怦跳动的心口啊，这一刻，她当然也感受到了。好像还有点被吓住了。

好在小林及时地替我解围，她把我招呼到手提电脑前，给我看一幅照片，正是那个拦着深潭的铁丝网。

"这些空洞是不规则的，是吧？"她指给我看。

我点头。

小林启发我："你猜，它是想拦住什么东西呢？"

我摇头，这个我们可都没有答案。

她呵呵一笑，将照片拉正，然后在不规则的网眼中，将相对统一的小圆孔连起来，奇怪的事情发生了——活像一只动物的形象。

彭辉脱口而出："貘。"

小林大乐："对！"

他俩可真是脑洞大开，将铁丝网的网眼联想成"貘"的样子。

小林自问："为什么是貘呢？你想想。"她故弄玄虚。

"梦貘。"米罗答道，"身体像熊，鼻子像象，眼睛像犀，尾巴像牛，腿像老虎，传说中可以吞噬噩梦，让人安眠。"

小林对米罗做了个膜拜的姿势。

我一下没反应过来："真的有貘？"

小林叹息："冷笑话？"

"这个铁丝网是阻挡噩梦的。"彭辉一拍脑袋。

我哭笑不得："这是唯物主义还是唯心主义？有人在这里建了面铁丝网墙，然后阻挡噩梦？"

彭辉摇头："我觉得这个思路没错。我们只是需要找到更多的线索。"

我不置可否。这乍一听很玄妙，其实，我心里一点谱也没有。

王队长电话来催大家去餐厅，用完丰盛的午餐后，收下王队长的真心致谢，我们便要各奔东西了。

送我们上车，王队长对我打了个哈哈："你和米罗很有缘啊，是不是还得谢谢我们的无意撮合？"

我尴尬一笑。

他意味深长地说："米罗给出事孩子的家里匿名捐助了一笔不小的款子。对她所做的一切，我很感激，也很感动。"

我不知道该怎么表示，内心也很有感触。大家就此别过。我们分开两辆车回去。

路上，米罗给我发来短信。她说："逗你，有点过分了，让你窘了，对不起！"

我回："没关系！"

她下一条是微信："真羡慕你，走南闯北，还能有这么如少年般朴素而灼热的情感冲动。"

这是什么意思。我哭笑不得，这是将直男玩弄于股掌的节奏啊。

我回："你也有的。"

她回："呵呵。"

扔开手机，脑海里的点点滴滴却全都是她。

彭辉这小子看出了端倪，暧昧地提议道："要不要和小林换换，你坐米大妞的车上？"

我害羞地朝他撇嘴："换什么换，好好开车！"

他叹了口气："14岁开始，好容易在生命中找到一次进攻的感觉，现在又缩回去了。这就是你的感情线。"

这家伙在胡说什么？我完全没当回事。米大妞指尖的余温还停留在我的胸口。

又一条短信发了过来。这一次，是皮埃尔的。他坐在米罗那辆车上。

"抱歉，我不是故弄玄虚。我要搜集更多证据，静待真相的发酵。比如，我们看到的那个秘境，那块金色的水潭，也许就是关键线索之一。这个天坑下的旱路、水路、洞穴等就像一盘棋，你得找到'主人'的意图。"

"洋鬼子"又跟我真诚地卖起了关子。这用词，像是法国人的汉语水平吗？

我回他一个国际通用表情：一个大拇指。

仔细想想，这个"主人"确实是让人不寒而栗。我们的所有笨拙举动可到被他"看"在眼里了。

彭辉从口袋里掏出一把明晃晃的玩意，扔在我面前，就是那把被我念念不忘的银匕首！

我心里一动，仔细摩挲把玩。上面有个楷体的"秦"字，接着是两句诗："与天地分同寿，与日月兮齐光。"

彭辉瞟过来一眼："你还独吞了什么？"

顾不上搭理他，我赶紧上网搜索。这两句出自春秋战国时期屈原的《涉江》，意思是寿命和天地一样长，光华如同日月一样。

莫非是秦朝人用这两句诗来讴歌帝国或秦王永远的强盛？

第二十三章　金蜻蜓

金蜻蜓

　　回到阳朔，我们又得投入到繁忙琐碎的日常事务中，天坑经历恍如一场梦。
　　十多天后，我约米罗在我们位于遇龙河边的华辉客栈见面。
　　客栈四楼通过一个镂空旋转楼梯连接天台，我泡了壶茶，凝望着艳阳下的遇龙河，一批批盛放着彩色篷布的竹排缓缓地从河面上顺流而下。
　　此刻，蓝天如洗，微风拂面，山水与田园、村庄交织，让人心旷神怡。
　　想到要与米罗见面了，我如怀春少年，愉悦、惬意，还有隐隐的期待。内心，如万马奔腾，一刻也未止息。爱上一个人，任凭悸动的心日思夜想，却不知该如何表白。
　　彭辉说得对。我天生就是这种爱情模式，被对方戏弄操控的命。
　　米罗终于款款而来，东张西望，坐在遮阳伞下，望望我道："你的好朋友呢？"
　　即使才隔了十多天，思念暗暗喷涌，见面时仍然充满了惆怅。
　　瞧瞧，人家根本就若无其事，好吗？
　　我笑而不语，沉住气，将一个巴掌大的精致锦盒郑重其事地推到她面前。
　　她有些吃惊，琢磨着我，表情迷惑地道："这是什么？"
　　我微笑着说："打开看看。"
　　她用手撑着腮帮子，凝视着我，忽然忍俊不禁："如果是求婚，不行。你不觉得太突兀了吗？"
　　我不争气地脸红了，她明明在逗弄我这个直男。我尴尬地替她打开，里面装着那件"蜻蜓"金饰。
　　她假装很失望的样子："哼，不是戒指啊。"
　　被她这么放肆地调戏，痛并快乐着……
　　米罗收敛了调侃语气，问我道："这是什么意思？"
　　我诚恳地说："你救了我们的命，我相信你，所以我不想瞒你。这就是我们在天坑下发现的金饰。"
　　戏谑的表情消失了，她似笑非笑地拿起金饰，细细打量，然后放回盒内，推给我，对我眨了眨眼，莞尔一笑道："我跟你们说的也是实话。我的目标，真不是它们。"

费了好大的劲儿，我才憋住，没有冲动地向她透露彩陶俑的秘密。我暗暗告诫自己：小哥哥，忍住不要把底牌全部亮出来了。

本来以为拿出金饰，能让她感动、惊喜，追问更多的问题。没想到，她这个表现，反而映衬得我太过郑重其事，场面就有点尴尬了。

也许，和心目中的女神在一起，所有直男的情商都能有回落的迹象吧。

"你们在天坑下发现过石碑吗？"她直接进入主题。她关心的是这个。

我摇头，告诉她，我们在莲花洞内停留时间很短，没来得及仔细检查。

她笑盈盈地望着我："那我们就赶紧计划，再下天坑一次。"

终于说到了正题，我认真地说："我想把钱还给你。"

她愣了，急了："违约，要罚款，双倍的。"

我被她的表情逗乐了。

我安抚她，请她放心，我们一定会带她去莲花洞的。

她不解："那你为什么要退钱呢？"

我正色道："我们也算是生死之交，我们是战友，不是雇佣关系。"

她察言观色，补充道："而且我还是你们的救命恩人，这个你们可不能忘记。"

我对她的这个玩笑语气不爽，将一张银行卡推到她面前："我征求过彭辉和小林的意见了，他们也同意退钱。"

回想起当时三人商讨此事的场面，彭辉一副无所谓的样子。小林很不爽，威胁我说，如果我只是和米罗虚伪客套一下，她不管；但如果我当真把她的那份钱退掉了，她要我把我自己的那件金饰，锯一半赔给她，权当是补偿。

米罗冲我一乐，把卡推给我道："好了，心意领了。据我了解，你们的客栈缺钱，小林缺钱，小张更缺钱。大男人的，别再婆婆妈妈的了。"

我脸微红，顺水推舟，不再勉强了。我答应她，近期会安排大家探访莲花洞，强调"走正规路线"。

"期待。"她停顿了一下，还是略有不解地问，"你给姐看这金饰，到底是什么意思？"

我得给她点甜头："你猜得没错。我们查过资料，这一批金饰有可能是秦朝的物件。"

她眼睛一亮，用试探的语气问我，是否介意让她找个专家鉴定一下，说不定专家可以给金饰确认下朝代。她再三请我们放心，专家一定会替我们保密的。

我含笑点头。

"你这么信任我，让我好感动。"她也含笑瞅着我，一边干脆利落地拿起手机，"我现在就通知专家过来。"

见我一脸懵逼，她解释道："陆小文教授是广西考古权威，博物馆馆长。他正在桂林参加一个学术会议。"

我愣住了。心想，难道专家可以被她这样召之即来？

她看出了我的疑虑，大大咧咧地说："那就先拍张照片发给他，看他的反应呗。"

我从盒中取出金饰，让她用手机拍了张照片，点击发送。

两分钟后，她收到了微信回复。

"陆教授答应过来。"她停顿了一下，望着手机的回复道，"教授说他看过类似的照片。是警方给他看的。"

我点了点头，正如彭辉所言，警方在办理刑事案件中，可以聘请或请求教授专家参与破案。

彭辉也提醒过我，类似文物犯罪案，警方是应该咨询文物局文物专家以获得侦查信息和侦查方向，因为文物专家更懂得文物犯罪特点，比如盗窃方法、销赃渠道等。

见我有些不安，她笑了，说陆教授和自己父亲关系很好。她虽然只和教授打过不多的几次交道，但对他印象很好，此人温文尔雅，又是业界权威，为人谦逊低调、务实。

"总之，请你放心好了。"她笑嘻嘻地说。

过了一会儿，彭辉也来到天台，睡眼惺忪，对于专家鉴定金饰之事，他表示无所谓。

陆教授要从桂林赶过来，还需要些时间。我们正闲聊间，米罗起身，接了一个电话。

说着说着，她眉头紧锁，忧心忡忡地望了我们一眼，感觉她似乎在劝解什么人。

好一会，她才重新落座。她心情不佳说道："是那个孩子的家人给我打来的。他们想让我劝劝孩子的母亲。"

我们黯然无语。王队长曾告诉过我，米罗给小男孩家里捐了一笔不小的款子。

米罗叹了口气道："那孩子的妈妈一直抱着孩子不肯撒手。"

我们悚然。从发现孩子至今，十多天过去了，那尸体还不得腐烂？

"孩子妈妈说，她儿子还活着。大家都觉得她疯了，但不敢来硬的，怕刺激她。"米罗困惑了一下道，"大家也觉得奇怪，孩子的尸体好像没有腐烂。村长告诉我，孩子被发现时，医务人员就在现场，已经宣布死亡了。后来，孩子一直在妈妈怀里，所以不可能有本地的天坑'蛊师'插手。他提到一个词，'躯体'，这是什么意思？"

我和彭辉对视一眼。彭辉斟酌字句："我们去年，在天坑下也遭遇过所谓的'躯体'，那些在通常意义上被认为救不活的人，被'蛊师'用'蛊虫'刺激神经，他们好像活着，但又没有什么意识。"

她的目光在我们两人脸上巡视，一针见血："活死人？行尸走肉？僵尸？"

我解释道："他们都被家人藏匿起来了，然后通过各种渠道来到乐业，他们就像是一个影子。有些人被送到大石围天坑下，接受'蛊师'的秘密治疗，去年那次是比较意外，让我们撞到了病人。"我若有所思道，"他们柔弱、盲目，没有任何攻击性，非常惨。"

米罗抬眼，望着远处的山水，静默了。

我语气沉重地告诉她:"就算找'蛊师'介入,也太晚了,一般都是在没有断气的时候,才有效。"

她瞅了我一眼,低声问:"但不是真正的有效。对吧?"

我沉吟一下,想到的词是"绝望",想了想,没说出口。

我们三人都沉默了一会儿。

烈日当空,暑气蒸腾,温度似乎越来越高,让人燥热不安。

两个小时后,陆教授风风火火地从桂林赶到客栈。他年过五旬,身体壮实,双目炯炯有神。

刚坐下来,连水都没来得及喝一口,陆教授就开门见山,说乐业警方扣押过一件类似的金饰,给他发了照片,还没见到实物。

他点开手机图片,我们三人交换了眼色。果然就是小张被扣的那一件莲花金饰,盛开的莲花被包容在四片莲叶之中,做工非常精巧。

陆教授很干脆地告诉我们,这件物品,他个人初步判断,年代久远,甚至可能追溯到秦代。接着,教授略微兴奋地压低声音道:"也许这会涉及一个重大的考古发现,这个物件和我目前的课题研究方向有很大的关联。"

我心里一动,彭辉则不动声色。

教授兴致勃勃地在手机上放大照片,示意我们:"你们看,莲叶上有很多精妙的装饰细节,这是古时候的吉祥轮,或者叫八卦风轮,后来习惯叫它风车。"

照片的局部即使放大了,我们仍然看得很吃力。

教授喝了口茶,接着介绍,风车起源于周,原名八卦风轮,据说是姜子牙发明的,在民间风车代表了喜庆和吉祥,12根辐条表示12个月,24头表示24个气节,是避邪的。

彭辉点赞道:"古人真牛,这是在放大镜下面雕刻的吧?"

米罗笑道:"那时候哪有这玩意儿?"

陆教授放下手机,望望我们,感叹道:"我数过,有明显的6个小风车。"他越说越兴奋,又拿起手机,展示道:"你们看,这个小风车,它小得几乎肉眼看不清楚,它们的功能可不是装饰那么简单。它们另有用途。"他深呼吸了一口气,"更何况,这么精细的做工,不像是民间的手艺。所以,我怀疑这个物件真的来自秦朝,来自秦王宫。"

"不太可能吧。"我下意识地反应道,"我们这南蛮之地,怎么会和当时繁华的咸阳挂上钩?"

教授意味深长,用指头叩叩脑门,提醒道:"别忘了,秦朝修建的灵渠,就是为了征服百越,完全有可能将秦王宫内的珍宝带入广西。"

我们三人忍不住对视一眼。

"这是我的传家宝。教授看看吧。"我转入正题,把锦盒从口袋掏出来,手感沉甸甸的,

2200多年前的岁月就凝固在我手中了。我把锦盒放在他前面。

他先望望我们，然后屏息静气地将盒子打开。

一道金光闪过。我第一次感觉到，黄金的光芒也有新老之分，这只金饰，沉敛厚重，不露寒光。

陆教授好半天没回过神来，他的眼睛直勾勾地盯着金饰，喃喃自语："我的天哪！"这是一只"蜻蜓金饰"，和他手机照片"莲花金饰"异曲同工。他小心翼翼地把"蜻蜓金饰"捧在手心，仔细端详，呼吸急促，明显兴奋了。

他激动得有些结巴地说："首先，从工艺等细节可以断定，这确实是件年代久远的古物。"

接着，他打开话匣子，滔滔不绝了。我们得知，秦代金银器迄今为止极为少见，曾在山东淄博窝托村西汉齐王刘襄陪葬器物中，发现一件秦王三十三年造的鎏金刻花银盘。根据对这些金银配件的研究已能证明，秦朝的金银器制作已综合使用了铸造、焊接、掐丝、嵌铸法、锉磨、抛光、多种机械连接及胶黏等工艺技术，而且达到很高的水平。

我疑惑道："不会是现代人仿冒的吗？现在的技术那么先进……"

陆教授摇头道："一些传统工艺，比如掐丝，现在只有很少的人会做，即便会做，造假者也不会为了一个造假品花费好几个月的时间。"

他激情洋溢地向我们解说，这件饰品制作精巧异常，"蜻蜓"的前后翅等长而狭，网状翅脉极为清晰，细看内如风车的结构，接近头部的细足攥着一个圆形的器物，再细看，也是风车造型。

看他像孩子一样手舞足蹈，我感到有点好笑，却也不由被他感染了。

意识到自己有些失态，教授有些不好意思，解释道："比这更精美的金饰，我也见过不少。"他摘下眼镜，揉揉眼镜，深呼吸，狡黠一笑道，"不知道我的推断是不是站得住脚。做个小试验就可以测试了。"

金雁之谜

如孩童般的喜悦和兴奋，陆教授似乎有了某种顿悟，他小心翼翼地把金饰放在桌上，然后像小伙子一样敏捷地把电扇拉近，嘱咐彭辉把另一台电扇也搬过来，让两台立式电扇以同样的档位对吹。

然后，他将金饰放在手心里，平放舒展于两台电扇中间，额头冒汗，手掌微微颤抖。

神奇的一幕发生了。我们没看错！是的，金饰在轻微颤动。其翅脉是几对小风车的设计，风车有序联动，"蜻蜓"尾部和足上的圆环则协调而动，"蜻蜓"颤动的频率开始慢慢加大，仿佛有了生命，那些小风轮，如同开始呼吸，他的手掌慢慢地沉降下去，离开人手的操控，"蜻蜓"居然自动维持了平衡,悬浮于空中。

看了这一幕,我们三人都目瞪口呆了。

陆教授轻声示意我和彭辉退到电扇旁,把手指搭在按键上。

我们都屏息静气、蹑手蹑脚,生怕惊扰了那只"金蜻蜓",仿佛那是一只活物,被某种神灵附体。

陆教授竭力压制住自己的激动心情,低语道:"听我口令,同时关停。"

随着教授的口令,我们同时关停电扇,教授扑腾一声跪在地上。在蜻蜓下方,以双手捧护的姿势预备接住下坠的蜻蜓。

于是,更惊人的一幕发生了。"蜻蜓"不但没有坠落,反而平稳地缓缓上升,慢慢地飘向栏杆,教授眼疾手快地用双手将蜻蜓合拢扣住,而此时,正好一阵微风袭来。

我惊出一身冷汗,差一点,蜻蜓就随风飘走了。也就是说,如果有自然风,它一定可以"飞"得更高,更持久。

教授把"蜻蜓"小心翼翼地放到桌上,气喘吁吁,不是累的,而是太兴奋了,端起茶杯又喝了几大口。

我们几个面面相觑,好半天,都没人开口说话。

教授还在大口喝茶,平复心情后,激动地说:"这就是传说中秦王陵里会飞的'金雁'。当然,这是一只'金蜻蜓'。它们应该是属于同一个系列,原理也一定是相通的。两千多年了。"他喃喃自语道,"这个谜团在我们手上解开了。小兄弟们,可喜可贺啊。"

他又指指手机图片,说:"那只金莲花,不会飞,但它一定会在水里自动漂起来,旋转不停。"

我们一脸茫然。

他又激动又惊讶地问:"'金雁'的传说,你们没听说过?"

见我们一头雾水,教授喝了口茶,平静下来,娓娓向我们道来。

他先给我们科普:据《三辅故事》记载,楚霸王项羽入关后,曾以三十万人盗掘秦陵。在他们挖掘过程中,突然有一只"金雁"从墓中飞出,一直朝南飞去。几百年过去了,据说有一位三国太守张善后来还见到了这只"金雁"。其实,浏览史书,我们发现,司马迁和班固都曾留下"黄金为凫雁"之说。

他兴致勃勃地说:"这批'金雁'不但制作精巧,而且还能飞,这是有可能的。因为在春秋时期,鲁班做出的'木雁',就能一直飞到宋国的城墙上。"

不过,让一个金属物体像风筝那样在空中飞翔,如果没有机械动力,单靠自然界的风力,不要说空中飞行,恐怕连起飞都成问题。所以说,我们的老祖宗,太神了。

我们都被他的激情感染了。

"进一步分析，假设秦代真有能力制作会飞的'金雁'，那么'金雁'埋入地宫之后将会不停地自动飞翔，一直在地宫内飞行了近一千个日日夜夜。"他自嘲道，"这是'永动机'的节奏啊。小兄弟，牛吧？哈哈。"

我的眼前浮现出这样一幕，当项羽打开地宫墓道时，这个自动飞翔的'金雁'又沿着墓道飞出地面，然后越过秦陵南侧数千米高的山峰，飞往遥远的南方。

"如果这个奇闻不是传说，确有其事，那么'金雁'的控制系统恐怕连今天的电子技术也望尘莫及了。"堂堂教授，像孩子一样手舞足蹈，拊掌大笑道，"没想到秦朝的一个千古之谜，说不定就被我们给破解了。"

我们也都被他感染得傻笑了。

他总结道："当然，'金雁'的传说确有其事，但一定是被夸张了。你想想，风大的时候，'金雁'一定会顺着风势飞向天空。我不相信它能飞几百年，但它确实飞到了我们百越之地，而且是在天坑之下。当然，不是真正地飞过来的。"他几乎语无伦次了道，"这是非常惊人的发现啊。不要笑我这么激动，这将给我们广西的考古发现带来一场革命性的大颠覆。"

从兴奋到清醒，我开始思考现实问题。对我们来说，天坑最大的谜团尚未破解，"金雁"的线索也只能给我们参考。时机未成熟之前，此风声绝对不能走漏。

经过深思熟虑后，我很抱歉地对教授开口了："本人有个不情之请，此事还需请教授替我们保密。"

米罗也诚恳地表示，她很相信教授，否则不会请他亲自来鉴定。

彭辉表态："现在时机不对，比较敏感，等时机成熟，我们一定会坦诚相告，尽我们所能，配合他的研究。"

"这个发现事关重大，如果有新的线索，请务必让我知情。拜托了！"陆教授心知肚明，非常遗憾地点点头，然后，他的语气严肃起来说，"我也向你们保证，我只是从学术角度参与，不会让你们陷入不必要的麻烦之中。"他沉吟一下，又道，"事情很可能并不是看上去那么简单，你们认为，只是秦宫的一些宝藏流失到了广西？"

说实话，我还真是这么想的，不就是有些古物从秦王宫流落到了广西？我们都疑惑地望着他。

他摇头，意味深长地说："灵渠一通，百越被征服，这里面的故事和奥妙多了。有机会，我们再好好探讨。"他狡黠一笑，适时的给我们卖个关子。

米罗和彭辉在看手机上的金饰图片。

我酝酿一下，终于把心中的疑团和盘托出。

"请问陆教授，黑衣壮有守护之神吗？"

他困惑地望着我说："他们的图腾是双鱼。女子的银饰，包括门上和窗子的木雕、石刻，很多都是双鱼图案。"

"那么,有没有黑衣壮供奉秦王呢?"

陆教授盯着我,疑惑、惊奇、喜悦的表情兼而有之。他嘴角泛起一抹微笑道:"你为什么这么问?"

米罗和彭辉不约而同被我们这番对话吸引了。

我含糊地说:"我朋友有个祖传的青花罐,是明朝的,上面就有秦王的画像。"

陆教授沉吟了一会儿道:"我有个同事,就是研究这个的。根据未公开的研究结果,你说的没错。"他停顿一下说,"我可以很肯定地告诉你,黑衣壮的守护之神确实是秦王,但这个时间好像比较短暂。至少在乐业黑衣壮聚集地,现在已经完全没有了秦王的影子,似乎是戛然而止。而流落在外的族群,在'文革''破四旧'之前,都还供奉着秦王的黑衣神像。这一点,一直以来,也让专家困惑不解。"

"是因为秦朝被推翻的缘故吗?"

陆教授摇头:"既然是民间自发供奉的神像,在我们偏远的南蛮之地,肯定是不受朝代变更所影响的。"

第二十四章　黑衣壮

初到那坡

难得碰到一个凉爽的夏日清晨，我和彭辉正在天台上悠闲地吃早餐，彭辉拿起手机看信息，惊讶地告诉我，"红尘叹息"给我们回复了。

回复非常简短："来那坡，一看，一问，一切明了。"

谢天谢地，他留下了自己的联络方式，而且，巧得很，他人就在那坡。

我们对视一眼，决定将去那坡的计划提前，翌日动身。

我先联系"红尘叹息"，听说我们真的要来，他倒有些意外，答应在县城和我们见个面，问他是出差还是家在那坡，他语焉不详，感觉对我们还是有些戒备。

彭辉则给黄小妹发了个微信，试探着问她能否当我们的向导。她立刻回复，说她马上向领导请假，计划用公休假陪我们走一趟。

还是彭帅哥的颜值高啊，到处可以圈粉。只是，这样消费一个女孩子对他的爱慕之情，真的好吗？

黄小妹说她的老家就在吞力屯，当地政府在此打造成黑衣壮民俗旅游村，这里集中展示最典型的黑衣壮生活习俗，还建了黑衣壮生态博物馆。

有本地人当向导，自然会省了我们不少麻烦。我正在思考，要不要邀请米罗一起过去？

彭辉一直望着我，笑而不语，终于憋不住了。"你不准备把米大姐也顺便带过去度度假？"被他窥中了心事，我脸红了一下。

他嘲笑道："你俩见面，不是在水下，就是在局子里，要不就是在天坑下。你们好歹换个正常点的地方联络感情吧。"

我道貌岸然地说："我们难道不应该多接触她，听其言、观其行，才更有利于抓住她的破绽？"

他吐槽道："你们可以演一出那坡壮语版的《史密斯夫妇》了。"

我羞答答地给米罗去了个电话，开玩笑地请她去度假两天，没想到被一口回绝。够不客气，就两字——"不去！"估计是回过神了，她缓和了语气，质疑道："你们很闲吗？"

我懵了，自尊心受到了极大损害。脑海中排练过的对答，就没有过这样的模式。没好气了，我蹦出一句说："那就算了。"

她回答倒很利落："好。"我面红耳赤地挂了电话。

彭辉摸不着头脑，"米大妞怎么说？"

"她不去。"

彭辉哭笑不得："度假？"

我没来得及说出正题，就开始赌气，就像情窦初开、手足无措的少年郎。他疑惑地望我一眼，没再追究。

那一问一答不超过30秒的电话，却让我整整这一天情绪低落。

有个声音反复在我耳畔嘲笑道："人家根本就没把你当回事好吗？"真是当头一棒。越想越沮丧，泄气了，想起小林说过的话，果然有道理，人家是找准了我这个直男的软肋，让自己被玩弄于股掌，也是活该。

翌日，我们出发上路。我情绪不高，失落、怅惘，无精打采。

车子快到桂林高速入口时，却意外发现了米罗的身影，她正从路边停靠的一辆越野车里走出来。

第一秒，愕然，合不拢嘴，之后，恍然大悟，彭辉还是把她叫上了。

不到两秒的时间，我怅惘没了，心里一动，掺杂着欣喜和羞惭。酸甜苦辣的滋味一起涌上来，这感受够复杂的。

彭辉一边用眼睛观察着米罗，一边动动嘴皮："唐老师，去帮人家拿行李啊。"

我僵直着，却按兵不动。因为我看见一位青年男子从驾驶室走出来，快步走到后箱，将她的行李箱带了过来。

彭辉身体前倾，仔细打量着他俩，自言自语道："那个帅哥该不会是她的男朋友吧？这可是个型男呢。"接着羡慕嫉妒恨吐槽道，"豪车啊。"他又转向我，语重心长地说，"唐老师，看来你想要抱得美人归，任重道远啊。"

我绷着脸，僵直着身体，头脑空白地开门下车，替他们打开后车厢。然后和帅哥握握手，回到副驾。浑浑噩噩地做完这一切，车开动了。

我感觉到米罗在后面捅我，不情愿地扭头，因为不知道该用哪种表情面对她。思忖一下，她要对我说抱歉，那我该多窘，该如何应付她？瞟过去一眼，一惊，她居然在怒视我，说了声"卑鄙"！

我懵了。米罗又用手指戳我，生疼。她说："明明是去黑衣壮搞调查研究，骗我说是去度假。"

我傻眼了，问道："然后呢？"不知她要给我罗列何种罪状。

她下了结论，更生气了，说道："你就是不想让我去呗。"听上去有些胡搅蛮缠，这个局面也不在我脑子里预演过的模式中，完全晕了。

彭辉拉长声调，趁机落井下石说："我以为他随后会说实话，谁想到他挂了电话，我等了他大半天，也没见他和你联系，只好给小姐姐你去去电话了。"

她对彭辉说："谢谢。"然后又狠狠地捅了我一下。

"你可真是公私不分。"彭辉啧啧惋惜，故意搞笑地教训我说，"我们是收了米老板酬劳的，要打出勤卡的，唐老师你不明白吗？"

我无语，就让他们这么一唱一和地斗斗嘴皮吧。米罗又狠狠地拧了我一把。

其实，我心里暗暗欢喜，她未错过同行，假装冷冷地抗议道："不许戳我。"

她理直气壮地说："你为什么不讲实话？"还真被她给问住了。

彭辉阴阳怪气地说："人家也许真的是想和你度假呢。"

她干脆利落地说："我才不想。"又戳了我一下。

其实我已经不生她的气了，但是决定从此以后尽量表现得冷酷一点。

一路上我话很少，自己也知道自己装模作样。他俩撇开我，聊得还挺热乎。

我望向窗外，从桂林到南宁，风景还好，从南宁到大新，满目皆风景，连绵的青山翠谷和果园，蜿蜒的河流小溪和瀑布，正如一篇自助游攻略写的"车向那坡，一路美景一路歌"。

过了亚洲最大的跨国瀑布——德天瀑布，我们在靖西新圩三岔路口接上了黄小妹后，便直奔那坡。

黄小妹今天她特意打扮了一番，走清新可爱的路线。她给我们带来一兜野生山葡萄，纯正的酸甜口感，是城里人久违的乡野风味。

虽然我在报社待过两年，以摄影记者的身份走了广西不少地方，偏偏就没去过那坡县。

开了大约40公里，到了靖西安德镇，一个颜色艳丽的巨大牌坊出现在眼前。这就是"南天门"，通往那坡、云南方向的必经之路，牌坊上是"安德·南天国置地"几个大字。

黄小妹告诉我们，安德镇算是壮族古都。北宋时壮族农民起义首领侬智高就在此建立"南天国"，多次击退越南军队的入侵，当时将越南称为"交趾"，随后举兵反宋；中国近代史上由刘永福领导的抗法中坚力量——黑旗军，总部也是在靖西安德，他们与驻守边境的清军一起并肩作战，取得了中国近代史上对外抗战唯一一场胜利。

驶出安德镇不远，眼前是一座一高一低两洞贯穿的石山，像一座双曲拱桥斜跨在公路之上，当地人称之为"照阳关"。穿过这个天然隧道，我们便到达那坡县境内了。

黄小妹向我们介绍家乡，先用了"广西之最"，那坡南和西南面与越南接壤，拥有207公里长的边境线，是广西陆地边界线最长的县份；人口不到19万，县城人口不到3万，大部分是壮族，另外还有瑶、苗、彝等少数民族；日常交流用桂柳话和壮话。还有一个全国之最！她骄傲地说："中国内地1335个县城，那坡是唯一由毛主席他老人家给起的县名！"

"石围僵尸"之谜

进了县城,已是接近晚饭的点儿了。我们约"红尘叹息"在本地一家颇具特色的酒楼用餐,大家都在猜测着他是何许人也,是订阅《飞碟探索》的宅男,还是不修边幅的怪咖?

这家伙一秒不差地准点出现,三十出头,中等身材,清瘦,温文尔雅,干净整洁,笑容明朗。他姓吴,自称公司接了个政府工程,已在此地耗了四月有余。我们带来的两位女伴让他眼睛一亮,感觉他顿时兴致盎然了。

黄小妹用壮语向他打了个招呼,他很流利地应答了几句。黄小妹故意加快了语速,他顿时舌头打结,招架不住,哈哈大笑,打消了他的戒心,也就打开了他的话匣子。

这人堪称"奇人",用四个月苦练壮语。我第一次听说有人因为个人爱好而专门学壮语。

世界那么大,什么人都有,兴趣爱好也是五花八门,甚至匪夷所思。吴工向来关注的都是和"僵尸"有关的奇闻逸事,"红尘叹息"的名号在圈内也是赫赫有名。

我们先向他咨询"石围僵尸"的情况。

第一个问题:所谓"僵尸",真的曾经存在过吗?

吴工反问我们:"你们相信吗?"

彭辉承认自己将信将疑。

吴工点头,70年前,广西三地出现"僵尸",引发民众恐慌,事后被总结为狂犬病蔓延。

我们手上握有温雨婷等人搜集的田野采风记录,在三地的"僵尸"事件中,有对知情人的详细采访。不过他们得出的结论更像是在澄清谣言,将几十年前的"僵尸"惨案修正为"狂犬病事件",至于为何三地巧合出现,调查比较牵强地解释为三地间有染病人员流动。

吴工说他自己的部分信息渠道来源于1978年的一部公开发行的出版物《关于1945年广西三地疫情的调查报告》,发行量很少,甚至连区图书馆和出版社都找不到踪影,尤为珍贵。

当然,也有不少信息是他从圈子里和网友交流得来的,正好与我们的资料互补。

吴工说,通过种种线索和迹象分析,他得出的结论是:"僵尸"确有其事。

黄小妹下意识地将身体后倾,也许这个话题比较忌讳,引发她明显不适。

米罗插嘴了:"骆越'蛊术',据说就是百越首领桀骏'研发'出来的?"

吴工点头,提到了历史上对此事的相关记载。在大秦帝国军队消灭了东方六国后,秦王把统一的目光放到了南边的百越之地,发动了对百越的战争。西瓯军在首领译吁宋的率领下与秦军进行了惨烈的激战,秦朝大军节节受挫,损兵折将,迟迟不能进入西瓯人的世居领地。

在战争中,西瓯军在首领译吁宋战死后又马上另选了新的首领桀骏,并全线退入山地丛林中与秦军继续作战,西瓯军甚至不惜与野兽为伍,至死不投降秦军,并于公元前218年左右的时候对秦军发起了反击,秦军大败。

根据《淮南子》记载,秦军"伏尸流血数十万",而秦军总指挥官屠睢被西瓯军夜袭部队击毙,迫使秦军"宿兵无用之地,进而不得退",双方一直处于相持对抗的局面,这一对峙局面长达4年的时间。公元前214年,秦王在灵渠粮道全面开通且粮草充足之后,才一举收复百越。

吴工承认,西瓯军之所以能和秦军抗衡这些年,"蛊术"之功必不可少。

如此看来,骆越"蛊术"甚至一度减缓了秦王征服百越的进程。

吴工好奇地问我们:"你们来那坡寻访黑衣壮,难道仅仅是因为对'僵尸'感兴趣?"

我告诉他,天湖纵火案的死者是我们朋友的亲人,我们相信,此事和"大石围僵尸"有关联,便将天湖黑衣壮蛊师温金严的事情告诉他。

没想到,吴工眉毛一扬,拖长声调:"老温啊。"

原来,他不但认识温金严,甚至曾带朋友前去拜访他。说起此人,他脸上露出意味深长的表情。

米罗也敏感地察觉到了异样,追问他当时的情况。

吴工沉吟一下说:"真正的民间高手是不会像温金严这样以敛财为目的,大肆招摇的。但也许温金严确实掌握着一两手绝技,至于有怎样神奇功效,一般人也未能眼见为实,只有向他送过钱的大金主知道。"

半年前,吴工和朋友拜访温金严,感觉此人就像个暴发户,住在南宁的一套豪宅中,不知受了什么刺激,他的脑子似乎突然开窍了,急于将"蛊术"资源变现。

吴工的朋友是想请他出面为自己的重病亲戚治病,已经开了个令人咋舌的酬劳,但仍然被温金严拒绝了。吴工感觉到,那时候,温金严似乎春风得意,胃口越来越大。

我和彭辉掐指一算,此事在我和彭辉购买古砖约半年后。大约就如温麒麟和温雨婷所提到的,他开始接治一些"特殊病人",突然暴富并尝到了甜头。

吴工分析道:"深谙内情的天湖附近村民自然会对'黑衣壮僵尸'充满了恐惧,因为传闻这种'僵尸'有极大的杀伤力。"他接着说,"黑衣壮'蛊师'用这种'蛊术'给重病人治病,据说差之毫厘,就会将病人变成僵尸。注意,这里说的僵尸,不是'石围僵尸'那种类型。目前那坡的黑衣壮'蛊师'都很隐蔽,很难发现他们的踪迹。像温金严这么半公开身份的,少之又少。"

为何黑衣壮蛊术制造的"石围僵尸"威力惊人?说起这个,吴工要先给我们普及下有关知识。

他告诉我们,"石围僵尸"是统称,公认的"石围僵尸"有三种,"那坡僵尸"(也叫"黑衣壮僵尸")、"大石围僵尸""甲篆僵尸",正好对应三个地点:那坡、乐业、巴马。

有趣的是,这三个地方目前都算是广西近年来公认的旅游热点,尤其是甲篆乡的"长寿地磁带"之说尘嚣日上,大名鼎鼎的盘阳河正是流经此地。

吴工说，"黑衣壮僵尸"的特点，患者如果咬了狗，会出现狂犬病的症状，如果咬了牛，会发出类似牛的哞叫，男人咬女人，会变成那个女人的声音和神情，异常恐怖。

我们不由咋舌，听上去就像是僵尸电影里的情节。或许僵尸电影都没有这么脑洞大开的情节。

"大石围僵尸"的特点，患者面色铁青，瞳孔放大，一言不发，会毫无征兆地发动暴力袭击。"甲篆僵尸"，则属于自生自灭型，"患病"后，形容举止怪异，生命力日渐萎缩，身体缩水，死亡后如木乃伊，眼珠却跟活人一样，凝视前方，甚是恐怖。

吴工形象地描述三种"僵尸"的特点："黑衣壮僵尸"，最暴力，是"我杀你，你杀你全家"；"大石围僵尸"其次，是"我杀你"；"甲篆僵尸"则相对安全，只是"我不玩了"。

听到这里，我和彭辉不禁面面相觑。

我和彭辉俩不约而同地想起在纵火案发生那天，从天湖村庄带出来的那对青年男女，他俩就是面色发青，举止古怪，似乎更符合"甲篆僵尸"的特征。

想到他们从我们背后投射过来冷冷的目光，虽然时隔不少日子，我仍觉脊背发凉。

虽然说是差之毫厘，救不活，就会将病人变成"僵尸"，也是否意味着他真的能把人治好？

吴工意味深长地说道："要说服大老板投入巨额金钱，肯定不能单单口说为凭。"他缓缓地说，"我的朋友就得到一个非常隐秘的消息，当年那溺水遇难的六个女孩，其中，就有一个被他救回了一口气。"

我和彭辉被这番话惊得目瞪口呆。我告诉吴工，七姐妹中唯一幸存的，就是我们那个朋友。我们却从未听她提及过此事。

米罗去天湖参与过救援，自然也曾听说过此事，认识温雨婷，亦是十分震撼。

吴工很肯定地说："穿针引线的，不都是她的那个堂弟，温麒麟？他爸爸救回来的，他堂姐会不知道？"他停顿一下，"有人在一个秘密之所，曾见过那个女孩子。十多年过去，容颜未改，但已成了植物人。"

虽然只是一具会呼吸的"尸体"，但不可思议的是，十多年的新陈代谢，却始终未改变容颜，这其中的奥妙，就在于黑衣壮"蛊术"。

吴工深思熟虑地说了句让我们毛骨悚然的话："其实，那只是一具未苏醒的'僵尸'而已。"

诡异的表演

我思忖，既然温金严是黑衣壮"蛊师"，如果火灾现场那个符号是暗示他在制造"僵尸"，那么，这个知情人和纵火案是否有关联？不排除有人害怕他"制造""黑衣壮僵尸"，铤而走险，把他给除掉了。至于那个精神不正常的村妇，很可能是顶罪的。

米罗望着我们问道："温金严到底跟你们有什么瓜葛？"

彭辉答道："我们从他们父子手里收了一批秦代古砖。他们手里有不少秦朝的玩意儿。"

米罗顿时怒了，用手指戳我的肩膀问："我怎么不知道？"

我惊道："你为什么不戳他？"

米罗继续戳我道："我在天湖救了你们的命……"这一句瞬间就把我打垮了，顿时蔫了。

旁观三人忍俊不禁。吴工的表情是各种羡慕嫉妒恨。

黄小妹好奇地问："你们要替死者查出真凶？"

彭辉说："找到凶手的动机，也许就可以破解黑衣壮'蛊术'的秘密。"

我记得，当时从天坑下出来，我曾把手机录的埙乐播放给黄小妹听，她说类似他们黑衣壮传唱很久的一首民谣曲调，如此说来，黑衣壮民谣和温金严吟唱的也都是同一个曲调，后来我给她看那个石刻的时候，她震惊的表情让我记忆犹新。当时，她卖了个关子，说我们来那坡自然就明白了。

现在向她问及此事，她说她已计划好了，如果我们明天上午能赶到寨子里，正好可以参加一个黑衣壮民俗仪式，到时候一切都明白了。

彭辉打开ipad，展示我们收购的古砖图片，问吴工是否从中能看出什么端倪。

吴工仔细瞧了瞧，就笑了。他说自己对这些没有研究过，不过，他晚上可以带我们去一个很特别的地方，也许有助于让我们找到灵感。

吴工说："今天晚上你们要是不嫌贵，可以去住一个很特别的度假酒店，一定会有很多收获。这个酒店很低调，据说连很多当地人甚至广西人都一无所知，或者说，店家就根本没把咱们广西客源放在眼里。"

我和彭辉相视而笑，这两人都在给我们卖关子呢。

吴工说酒店房价全部上千，这个价位，在这个连四星级酒店都没有的县城来说确实惊人，而且，酒店所处位置还不是最佳风景点，这是哪来的底气？

吴工说："逢周六晚有自助夜茶，还有一场歌舞表演，有从武鸣壮语学校找来的尼达妮童声合唱，广西艺术学院的合唱《黑衣壮的酒》等，人均消费100元。"

土豪朋友的好处就在米罗豪气的两三个字——"住呗，姐买单。"

"每周六晚十点后，歌舞表演结束了，还会有一场名为'离歌'的演出。"吴工诡异一笑道，"一位据说是国内顶尖的舞蹈家从北京专程赶来参与演出，票价是每人500元。"吴工停顿一下道,"据说有没有观众,演出都会照常进行。"

听他的介绍,这家酒店确实不按常理出牌。更不可思议的是,吴工说:"这场演出,只有一张A4尺寸的小海报,贴在餐厅里,除此之外,没有任何宣传广告。"

两个月前,吴工误打误撞,陪着客户,不经意地看了一场"离歌"。而现场只有他们三个观众。吴工说自己当时看了演出的反应是目瞪口呆,有倒吸一口冷气的感觉。

他摸摸胸口,矫情地说:"酣畅淋漓,真的被惊艳到了。"

因为"离歌"演出现场不许拍照,所以虽然微信、微博上陆续有观众发表观后感,但因为无图无真相,也未能引起大众的关注。

听他这么大肆渲染,我们自然被勾起了浓浓的兴趣。

湘君之舞

名为"黑金"的度假酒店位于县城郊外的半山上,酒店不大,方方正正的建筑,外观设计带着金属的质感,黑、灰和草绿的搭配,酷而干净,极简而时尚,酒店房间的落地窗面向山谷,一个游泳池就建在悬崖之上;大堂设计偏现代,号称每间客房都是景观房,因为天黑了,所以还看不出周边景色的妙处。

因为米罗坚持,吴工和黄小妹推辞不了,他俩也和我们一起入住了酒店。

开好房间,放好行李,大家在餐厅汇合。演出还有半个小时,我看见一群穿着民族服装的帅哥美女和民族盛装的小孩子们在安静地用餐。

今天的观众不少,吴工介绍,除了旅行团,政府有重要的接待任务时,也会请客人欣赏演出。当然,大多数人看的是第一场。

开演前,演员们都去后台候场。舞台上灯光亮了,一群童男童女们依次走出,无伴奏的天籁之音在耳畔响起。

黄小妹介绍,这就是大名鼎鼎的原生态多声部童声合唱团——"尼达妮"。"尼达妮"在壮话里的意思就是小男孩和小女孩。尼达妮合唱团也就是"壮家娃壮家妹组合"。这其中,以武鸣壮族学校的演唱组合名气最大。

小孩子们退场后,广西艺术学院合唱团约50人盛装登场,唱起了《黑衣壮的酒》,歌声清丽,帅哥美女们边唱边舞,领唱、和唱,高音、低音,交叠错落,配合默契,有一种古朴之美。

接下来是本地师公舞,师公戴起假面具开始唱跳,壮语称"谷斋众"或"跳洛陀"。两头大,中间细的陶质横鼓是师公独特的打击乐器,通称"蜂腰鼓"。

我看了下资料,师公舞是本地民间请神驱鬼、祈福消灾或丰收酬神等活动场合必不可少的仪式。

"注意，"吴工悄声提醒我们注意一个细节，师公舞表演不久，两个穿着红衣服的小孩子走上台，在师公的指挥下，如牵线木偶般舞蹈，这段舞蹈非常好看，当音乐渐渐低下去，两个小孩子背靠背地坐在地上，低头，似乎在打瞌睡。

吴工给的解释让我们毛骨悚然。

"这是表现师公在取魂。他抽取了这对童男童女的魂魄。"吴工告诉我们，他听公务员朋友说，相关部门对这段情节很敏感，要求拿掉，但酒店不让改，作为妥协，将说明书里相关文字都删除了，所以，观众一般也不太明白这段情节中表达的真实含义。

师公抽取孩童的"魂魄"，虽然这是几百上千年前的"陋习"，但作为一场演出，是要注重史实还是要提炼出纯粹的美感为主，这个是有争议的。

而这场演出至此，给了我一种说不清道不明的奇怪的感受——华丽之下的苍凉。虽然有点词不达意，总觉得师公面具下藏着狰狞的面目。

两个孩子恬静地睡去，师公仿佛被注入了无穷的精力，生龙活虎地舞动起来。

两个孩子软绵绵地被师公背走后，一群中青年原住民登场，应该是孩子亲人的设定，他们注视着孩子离去的方向，唱起悲伤的歌谣。

说真的，这段歌谣比刚才所有的演唱更为打动人心。哀婉的歌声在他们低沉压抑的演唱中弥漫着浓浓的忧伤，不加修饰的赤裸的悲怆之音，让人黯然神伤。

一曲终了，大厅里鸦雀无声，好半天才响起掌声。灯亮了，刚才那一大群帅哥美女，端着装满酒杯的托盘，三三两两地加入到观众席上，对歌环节开始了。

一男两女加入我们桌。男学生圆脸，一位女生有酒窝，一位是典型的壮族姑娘。

酒窝姑娘告诉我们这是个互动节目，我们这桌要选出桌长，再由桌长指派本队选手和别桌选手拼歌，根据掌声来选出"歌王"。

彭辉和米罗争先恐后地举手，别的桌则在互相推让，彭辉已经迫不及待地开嗓了。他唱的就是《你快回来》。别说，还真像那么回事。

接着，别的桌也依次开唱了，大都是这帮学生自己在PK。相比之下，我们这桌可谓出尽了风头，彭辉唱完米罗唱，她唱莫文蔚的歌，模仿得惟妙惟肖。黄小妹和吴工也不甘落后，他俩甚至配合，来了一首壮语歌。

我们这桌把整个气氛渐渐带动起来了。别桌的观众也开嗓了。可惜我五音不全，只能沦为尴尬的陪衬了。

毫无争议，我们这桌拿到了"歌王"。米罗也一直没闲着，俨然商业人士的范儿，向学生们一一打探他们的演出酬劳、上座率、酒店老板背景等种种细节。然后，她掐指一算，跟我们说："组织这样的演出，主办方百分百亏损。"

"也许，人家老板根本就不是为了挣钱。"吴工一乐，说你们看了下半场的演出就明白了。

我们这桌的圆脸学生好奇地问:"你们看下半场演出?"

我们点了点头。

他们如数家珍地告诉我们,"离歌"音乐设计是谁谁谁,跳舞的是谁谁谁,舞台设计是谁谁谁,都是业内大腕,却低调得从不做任何宣传。这简直吊足了我们的胃口。

八点夜场结束,学生们站起来,再次高唱《黑衣壮的酒》,向观众一一敬酒。

曲终人散,观众们至多留下两桌,静待"离歌"的演出。

音乐声响起,我们突然置身于山野之中,原来墙壁上、柱子上全方位投影,舞台左右侧分别被设计则成两个断崖,隔着瀑布,舞台处则被设计成了一个河滩。

我和彭辉都不约而同地注意到,投影到柱子上的图案,和我们那批古砖的图案一模一样。

黄小妹冲我们一乐,"这下明白了吧?"

一群戴着面具的黑袍男子走到左侧的"悬崖"边,开始低吟。

吴工做过功课,悄悄提示,这是屈原《九歌》中《湘夫人》的段落。

黑袍男子唱道——

> 帝子降兮北渚,目眇眇兮愁予。
> 袅袅兮秋风,洞庭波兮木叶下。
> 登白薠兮骋望,与佳期兮夕张。
> 鸟何萃兮苹中,罾何为兮木上?
> 沅有芷兮澧有兰,思公子兮未敢言。
> ……

曲毕,灯光渐暗。右边灯光亮起。一群戴着面具的白衣女子缓缓出现。

这是《九歌》里的《湘君》选段。

白衣女子唱道——

> 君不行兮夷犹,蹇谁留兮中洲?
> 美要眇兮宜修,沛吾乘兮桂舟。
> 令沅湘兮无波,使江水兮安流!
> 望夫君兮未来,吹参差兮谁思?
> 驾飞龙兮北征,邅吾道兮洞庭。
> ……

再次曲毕,灯光渐暗。

右侧，一束光打在一个女子身上，她缓缓地走到舞台上。

左侧，一个男子在一束光中走到舞台上。两人汇合，开始舞蹈。

我从来没有想到，舞蹈可以跳得如此情绪饱满，所有的情愫都是如此鲜明，悲伤、思念、绝望、哭泣。两边和唱者此起彼伏的低吟中，让我们明白，眼前这两人团聚的一幕，只是幻影而已。

歌声渐隐，两个人影精疲力竭地躺在地上，留给我们一个低泣的背影。

接着，两位身着本民族服装的老人上场了。

老太太一开口就把我惊着了。虽然听不懂她唱的是什么，婉转低回，但可以感受到深入骨髓的思念和痛彻心扉的绝望。更关键的是，她唱的和温金严的调子一样。

男舞者慢慢起身，随着歌声仿佛生命复苏。焦急等待，张望，然后绝望，石化。

老爷子开始唱歌时，同一个的曲调，却苍凉悲伤。

舞蹈女子站起来了。她洗衣、做饭、等待、报信，突然遭到巨大的伤害，先是被猛兽追赶。接着被洪水冲走，她在水中苦苦挣扎。

高潮一幕，她死去了。而灵魂却一步步从肉体上飘离出来，她用悲伤的背影，慢慢地走到石化男子前，男子似乎有所察觉，却感受不到她肉体的存在，两人共舞，隔着阴间阳界，女子想接近而不能，男子有感觉却茫然四顾。

我记得看美国片《幽灵》有一幕，女主角也感觉到男主角的灵魂在身边时，伤感而迷惑，两者何其类似。

这段舞蹈太惊人了，浓烈的悲伤、宿命，全被这苍凉的歌声和充满爆发力的肢体语言的表达得淋漓尽致。难怪学生们都说这是行业内顶尖高手的作品。

当两位老者的歌声结束。男子慢慢离开舞台，而女子则慢慢地消融，身体慢慢地落入尘埃之中。

演出结束，观众们似乎有些不知所措，而经久不息的掌声更多是来自舞台两侧那些合唱演员，他们一边由衷赞叹地鼓掌，一边有序退场。

确实，虽然对舞蹈一窍不通，我也感觉得出，这绝对是超一流的表演。

舞者摘下面具，和歌者互相握手后，一起谢幕。

观众们都目不转睛地望着两位主演，想一窥他们的庐山真面目。

我们也都伸长了脖子。虽然离得有点远，看得不是很清楚，但依稀看出两人身材挺拔，颜值超高，气质出众。

男舞者和女舞者一边说着话儿，一边走下舞台，从观众席前匆匆走过。我们纷纷对他俩报以注目礼。

定睛一看，果然，男的帅气潇洒，女的五官精致。

我意外地愣住了。女舞者也注意到了我，我俩面面相觑。

居然是钟月！她快步向我走过来，我笨拙地站起来，礼节性地伸出手，却被她一把攥住，将我扯了过去。

毕竟是学舞蹈的，这个举动虽然透着粗鲁和无礼，被她优美的肢体语言过滤了。但唯独我能感受到其中的怒气。

我们桌的小伙伴们一下没反应过来，钟月扔下一句"借你们的朋友用一下"，便拽着我走了。我身边那群人还一头雾水呢。

她一直攥着我的手腕，这跳舞的人真有劲儿，我像木偶般被她操控。

同行的男舞者好奇地扭头望着我，钟月介绍说"这是我一个朋友"，男舞者知趣地一笑，便闪进一间包厢，我瞥见那里给他们准备了一桌夜宵。而她则把我推进隔壁的空包厢，这里黑灯瞎火的，她也顾不上开灯了。

她放开我的手，不客气地开口盘问："你怎么会在这里出现？"

我舌头打搅："意外。"

她再问："你们来那坡干什么？"

我脱口而出："寻找'石围僵尸'。"话一说出口，我就后悔了，只能结巴地补充道："温金严的老宅前出现了一个'石围僵尸'的符号，我们来调查真相。"

她一脸不相信的表情，冷冷地问："怎么找？"

"三言两语也说不清。"反过来，我好奇地问她为何在这里出现。

她不耐烦地说："你又没瞎，不是买票看我跳舞了吗？"

我还是很惊讶地问："你为什么会在这里跳舞？"

我估算，这小女子不少于几千万的身家，她绝对不会靠演出挣钱，没准这个酒店她都有份。

她却笑道："我就是学舞蹈的。"

我继续问："你跳的这个舞是鬼？"

她忍无可忍地说："你觉得是什么鬼？"她盯着我，脸上露出嘲讽的表情。

这小角色我真受够了，我也有些恼了。

我虚张声势："信息共享，你先告诉我，为什么要编这样的舞蹈，想表达什么意思？"

她哼了一句："凭什么共享？我们出钱，你干活。"她突然闭嘴了。因为此时，我那群朋友惊讶地站在门口。彭辉打开了灯，我俩就像一对偷情的男女，顿时暴露在众目睽睽之下。

钟月嘲弄地望着我，一言不发。我只能硬着头皮介绍："我朋友，钟月。彭辉、吴工、米罗、黄小妹。"

吴工对她顶礼膜拜，兴奋地赞叹："我是第二次看演出。你们跳得真好。"

彭辉一脸震惊，仿佛我背叛了他，追问我道："你俩怎么认识的？"

钟月突然笑了，嘲讽彭辉道："他的事你都知道？"

彭辉还是一脸困惑，点头道："差不多。"

钟月转头，故意嘲弄地问我："他是谁？为什么你从来没对我提过？"

我的脸涨得通红，不过瞧见米罗一副难以置信的表情，倒让我忽然感到爽了，挺直腰杆，面露微笑。彭辉窘了。

钟月故意把嘴凑到我耳边："我们的计划，没透露给你朋友吧？"

我摇头。

她好奇道："你们不是真的朋友吧？"

我低声说："不是。"

"那就好。"她退后两步，冷冷地提高声调道，"这女的是谁？"

我不知道她唱的哪一出，彻底懵了："'米润'家的千金。"

钟月冷冷地问："她是谁的妞？"

米罗也懵逼了。这个局面开始变得有趣了。我的嘴角泛出神秘微笑道，"我就不告诉你。"

见我俩旁若无人窃窃私语，又似调情，吴工目瞪口呆，彭辉难以置信，米罗一脸狐疑。

钟月无心恋战，冷冷地问："你们在那坡待多久？"

"两三天。"

"我会去找你的。"她扔下这一句，向大家点点头，翩然而去。

"上回没见她摘面具。"吴工一副意犹未尽，大饱眼福的神情道，"冷美人！笑起来倒是真好看啊！"

米罗望望彭辉，成心招惹他，惊讶道："原来你们真是朋友啊？"

彭辉知道自己成了笑话，赶紧叫冤，搜着我的胳膊："这两年，这家伙天天跟我泡在一起，哪有时间去认识美女？"彭辉本想解释，给自己个台阶，却没想到越描越黑。

吴工精神抖擞地准备看好戏，用嘴努努米罗，怜悯地对彭辉道："帅哥，就算是吃醋也轮不到你吧？"

米罗很会逢场作戏，她立刻装作受伤的表情，也有样学样地凑近我，在我耳边低声说："哼，你背着我，又从客户那里接活了？"

这女人的直觉真犀利，我才不舍得这么快亮出底牌，不置可否。

"就连彭辉都蒙在鼓里，这回你可玩大了啊。"她故意用发丝撩拨着我。我一把就推开了她。

对这些人，我忽然心生厌烦，便冷起脸，决心不再让他们得寸进尺。

更多疑团

回到座位上，如同进入审讯现场。

彭辉一放杯子，如同拍下惊堂木。"说，你怎么认识这种颜值的美女？原来以为你的人生，遇见米罗这种姿色的已经到了巅峰。"

米罗不爽，吴工却乐了："你们将黄小妹置于何地？"

黄小妹惶恐地表示自己哪里敢和这两位大美女比肩。

我平静地说："我们待在兴安的最后一天，你和狐朋狗友喝酒去了，钟月从温麒麟那里拿到了我的联系方式，和我们谈三方合作。"

彭辉怒道："为什么不叫上我？"

我回击道："你喝醉了，而且在街上随意小便，都被人给拍下来了。"

他惊了，不知我为何抛出这个细节，居然懵了，一下不知该如何反驳。

我将温麒麟当初的提议说了出来。他提供线索，我们打捞，卖给钟月。一听说天湖下有石碑石刻，米罗顿时来了精神。

"为什么事后不告诉他？"米罗察言观色，发出质问。两人交换一个眼色，立刻默契联手。

我说："温麒麟失联，这事八字没一撇，说了也白说。"

他俩怀疑地打量着我，我知道，他们仍然觉得疑点重重，但我也只能糊弄到这步了。

神反转！米罗指着我的鼻子，厉声问："她美还是我美？"

虽然知道她在逗我，我还是被她这么霸道的话惊住了。旁人大笑，唯独她不笑，我算是彻底地服了她。

我只好低声答道："你美！"

彭辉假惺惺地劝米罗放松道："你一个跋山涉水的女汉子，人家跳舞唱歌走气质路线，层面不同，就不要货比货了。米姑娘请淡定。"

她不淡定，反而狠狠地拧了我一把。

旁观者仍在大笑。我甩开她，心里却有些忐忑。是不是索性把钟月的实情告诉彭辉呢？这么瞒着他，一旦泄露，我可就吃不了兜着走了。

但转念一想，正如钟月说的，知情人越少，计划就会进行得越顺利，小不忍则乱大谋啊。

玩闹时间结束，言归正传。

我们都在揣测，投资方为什么要亏本做这么一台演出？看得出来，钟月是个顶尖的舞蹈演员，为何执着于每周出现在这个舞台上？她的目的是什么？

彭辉疑惑道："他们好像不是跳给观众看，他们是跳给自己看的。似乎是某种……执念。"

我心里一动，"执念"，这个词用得妙。

确实，无论是师公舞的两个红衣小孩子的出现，还是那两位老人唱的歌，一定是有什么特殊的含义。

米罗随口一句："而且，听上去不像是给活人听的。"

我顿时就一惊。

她开始胡扯："你不觉得调子有些怪吗？我听人说，如果把歌反过来唱，就是给阴间的人听的。"

这时，黄小妹和吴工已经用手机上网，将钟月"人肉"出来了。

钟月果然是国内某顶尖舞蹈学院的高才生，没毕业就拿了不少奖，如今投身家族的旅游地产事业。

她的母亲是大名鼎鼎的舞蹈家，父亲原来是政府官员，多年前下海，靠房地产发家。她的母亲有一回接受专访，称钟月外婆是黑衣壮，多年离开广西后，直到去世都再也没有回过老家，她一家来那坡投资酒店，便是对外婆的一种慰藉。

我开口道："某种执念……妙。我觉得这个词用得太好了。'尼达妮'也好，《黑衣壮的酒》也好，都只是幌子，穿红衣的童男童女，那两位老人家原汁原味的吟唱，才是这场演出想要表达的核心。"

黄小妹也点头，说那两位老人家唱的，正是纯正的黑衣壮代代流传下来的歌谣。奇怪的是，唱词既不是壮文，也不是汉语，谁也听不懂其中内容，却又能让人似曾相识，触景生情后，感同身受。黄小妹感叹道："我奶奶，就是一个音一个音标注上同音字，从她奶奶那里学会的。不过，现在也慢慢失传了。"

米罗疑惑道："'湘君'和'湘夫人'怎么又和黑衣壮扯上关系了？"

百度《九歌》，这是《楚辞》篇名。战国楚人屈原根据汉族民间祭神乐歌修改加工而成。共十一篇，是悼念和颂赞为楚国而战死将士或描写神灵间的眷恋，表现出深切的思念或所求未遂的伤感。

看看《湘夫人》的译文：

> 湘夫人降落在北洲之上，
> 我已忧愁满怀望眼欲穿。
> 凉爽的秋风阵阵吹来，
> 洞庭湖波浪翻涌树叶飘旋。
> 登上长着野花的高地远望，
> 与她定好约会准备晚宴。
> 为何鸟儿聚集在水草间，
> 为何渔网悬挂在大树巅？

沅水有白芷澧水有幽兰,
眷念湘夫人却不敢明言。
……

再比较下《湘君》的译文:

湘君啊你犹豫不走。
因谁停留在水中的沙洲?
为你打扮好美丽的容颜,
我在急流中驾起桂舟。
下令沅湘风平浪静,
还让江水缓缓而流。
盼望你来你却没来,
吹起排箫为谁思情悠悠?
驾起龙船向北远行,
转道去了优美的洞庭。
……

好家伙,他们排演的这个节目,分明是一出意大利歌剧咏叹调的既视感,和黑衣壮看似八竿子也打不到一起啊。

米罗颦眉道:"灵渠开通后,秦军迅速征服百越地区。很难想象会有诗歌中的情境;如果是在征服百越地区之前,战争极为惨烈血腥,似乎也没有容纳男女之情的空间。"

黄小妹猜测道:"是不是女子悼念因为战争死去的夫君?"

米罗摇头道:"按这两首诗词来看,这种思念是双向的。而且,看那段舞蹈,表达得很明显,黑衣壮版的湘夫人死去了,而湘君独自一人。"

"一问钟月就明白了。她耗费心力弄这么一出舞台剧,目的何在?"米罗一边说,一边迅速将头发挽起来,好似快刀斩乱麻,指着我道,"这事应该你去办,既然你们关系不一般。"

桌子底下,她还踢我。我窘迫不堪。

彭辉点头赞同,说:"她们母女这么做,好像和她外婆的身世有关。我们再从村里知情人那里打探下钟月外婆的背景。"

黄小妹点头,说她可以找村里老人们了解下情况。

米罗建议道:"不如找那两位老人来聊聊,从他俩的歌谣里,也许能给我们点启发。"

正说话间，两位老人和男舞者从包厢走出来，彭辉和黄小妹立刻快步走了过去，在门口截住三人，沟通了一会儿，顺利将两位老人带过来了。

他俩都是慈眉善目，不大听得懂普通话，全程由黄小妹翻译。黄小妹叽里呱啦和他俩说了一堆壮语，吴工也用壮语凑热闹，两位老人很快被解除戒心，眉目开朗，笑容满面。

黄小妹告诉我们，他俩是隔壁村的，都姓蓝。蓝阿母认识自己的外婆，所以彼此的距离顿时拉近了不少。而且，他俩也认识钟月的外婆。

黄小妹低声提醒："但在这里谈这个不方便，等明天他们回村里，去家里，我们再细聊。"

彭辉倒没有浪费时间，他将取魂坛上的古人图像放大给他俩看。两位老人面面相觑，彼此之间用壮语对话。

黄小妹翻译："很久以前，小的时候，亲戚家里也有这样的画像，还要烧香，后来都没了。"

我们估计，大概也是在"破四旧"那时候吧。

彭辉追问："亲戚也住在那坡？"

蓝阿母摇头："湖南。"

这恰好吻合了陆教授的说法。

彭辉指着古人像，对黄小妹说："问问他们，这是谁？"

蓝阿母表现得很疑惑，老爷子则不太确定，他迟疑地答道："小时候，听老一辈人说，是秦朝的皇帝。"

这个答案让我们吃了一惊，温金严果然没有说假话。

失踪案

一位酒店工作人员走过来和两位老人耳语几句，两位老人就站了起来，和我们挥手道别。

黄小妹低声告诉我们，他们是两位失孤老人，一对双胞胎儿女在1977年同时失踪了。钟月外婆的孩子，算起来应该是她舅舅，在当年也同时失踪了。他俩就是那时候认识钟月外婆的。

其实，此事黄小妹从小就听大人说过，各种离奇版本数不胜数。有说他们集体偷渡到了香港的，还有说被劫持到台湾、被摘取器官等各种版本。

40年过去了，此事渐渐被人淡忘，甚至有人怀疑失踪案本就子虚乌有。

而听他俩亲口提到此事，黄小妹自己也吃了一惊。

吴工也表现出异乎寻常的惊讶。他说自己对此事并不陌生。

几年前，他好不容易从网上淘到一本内部刊物《1977年广西那坡师生失踪案调查》，刚翻看几页，立马被震惊了。当时组织人马编撰这本书的初衷是因为在那坡发生的一起惨案，

1977年，那坡涯镇中学，一个初三班级的全体学生共28人及一位年轻老师，在某次勤工俭学活动后全体神秘失踪。为了避免引发当地民众的恐慌，一度对外界封锁消息，甚至有有关部门一位工作人员为了摆脱失踪人员家属的上访和围追堵截，用谎言暗示家属，说这批学生被选中抽样调查，集体送去秘密部队培训。事情败露后，这位工作人员后来被单位处分，但他造成的恶劣影响却久久未能消除。

调查报告本意是为了平复各种"阴谋论"的猜测和各种离奇谣言。从这份报告的效果来看，确实洗清了人为的嫌疑，却抛出了一个更大的疑团，他们真的就这么人间蒸发，干脆利落得没有留下任何痕迹，他们到底去了哪里？

不少目击者都表示，师生们最后露面，应该是在集市上，当时，学生们和老师正在一家米粉店吃粉。据一位目击者回忆，一位来历不明的"搞迷信的人"走到他们中间，米粉店的某店员曾用眼色暗示老师不要搭理此人，但没起到作用，师生们似乎与他相谈甚欢。

目击者还说，翌日，他就再没有见到这个店员。这个细节更给失踪案平添了恐怖气息。

然而，调查报告并没有顺着这个线索深入调查下去。也许因为这个分支不在预先设定的调查方向之中。

近40年后，吴工和当地一位同好者，专程找到了当时的那位店员。

当年的店员，如今已年近65岁，退休后仍然住在那坡，他对当时的情景记忆犹新。那年，他25岁，在镇上国营小店当营业员。

他告诉吴工，那个外乡人是个"蛊师"，40岁出头，是个危险的人物。他的面色铁青，脸庞瘦削，凡是知道他身份的人都纷纷躲避。

那群学生和年轻的老师涉世未深，对此人毫无戒心，当时他和大家说了两句俏皮话，师生们反响热烈。

失踪案发生后，学校也曾发动过人员对周边的荒郊野岭组织大规模搜索。40年过去了，此事渐渐被人遗忘。

没想到，更多的疑团开始涌现，我们面面相觑。

第二十五章 40年前的失踪案

我们从何处来？

清晨，刚睁开眼，彭辉就从隔壁床上向我砸过来一个枕头，骂骂咧咧道："居然瞒着我和美女勾搭。"他还在耿耿于怀道，"你这家伙，肯定还有很多事瞒着哥。"

没想到这人控制欲这么强，嫉妒心这么重。懒得理他，我下床，推开落地玻璃门，走到阳台，沁人心脾的新鲜空气扑面而来，俯视脚下，果然是震撼人心的美景，山谷深幽，色彩不一的梯田从淡淡的云雾中一点点飘出来，在我们眼前晾晒美景。

我深呼吸，话说多住几天，是不是可以把肺内的气体都置换一遍呢？如果可以，这酒店的住宿费，花得太值了。

洗漱完毕后，我们一行人来到餐厅。早餐自助，客人不多，早餐的品种却很丰富。

钟月穿一件黑色的吊带紧身裙，挽着头发，妆容精致，招呼大家落座，显然已经用过早餐，在特意等着我们。

穿着大短裤、T恤的米罗刻意坐在离她最远的地方。哈哈。我看出来了，不修边幅的她此刻怯阵了。我暗乐，玩兴大发，带着恶作剧的笑容，给钟月做了正式介绍。

我一脸崇敬地介绍米罗："米罗，名副其实的'米粉西施'，'米润'连锁老板的千金，彭辉说她是在遇见你之前我能遇见的最高颜值。"

三个人都窘了，而吴工和黄小妹在暗乐。

米罗知道被我整蛊了，当然异常尴尬。至于钟月，她根本就没料到我会跟她来这一手。本来维持着冷若冰霜高规格，一时也不知该换何种表情。

我一脸诚恳地接着介绍："彭辉，号称'广西户外第一帅哥'，我们客栈的客源都是靠他新鲜的肉体吸引来的。"钟月果然用那副习惯的嘲弄表情上下打量他，让我正中下怀；彭辉则对我咬牙切齿。

接着，我介绍了吴工和黄小妹，然后请钟月自我介绍。她没想到还要自我介绍，一时语塞。

我帮她说了："我朋友们已经在网上'人肉'你了，看了你获奖的舞蹈视频。实在是——太精彩了！"

这么先入为主，立刻占据上风，钟月的气势一下就被压制了，那副盛气凌人的表情勉强换成了笑容。她说："你们先吃早餐吧，吃饱了再聊。"

米罗也同时起身，说她回房拿手机。我呵呵一笑，阴险地说："顺便换套衣服吧。"她被窘住的表情让我看得太爽了。

吃瓜群众都被眼前的好戏迷住了。

彭辉还没吃早餐呢，就用餐巾纸擦嘴，扔下，给米罗递一个眼色。

米罗一屁股坐下，悄悄瞪我一眼。这两人要联手对付我了。

钟月先问我们今天的行程，我告诉她我们要去吞力屯，去黄小妹家做客。我装着很随意地问："把'湘夫人'和'湘君'混杂在黑衣壮节目中，是想表达什么？"

钟月仍然一本正经地说："等你们从吞力屯探访回来以后，我们再交流吧。"然后，她就快速溜开了，说道，"你们慢慢聊。"

她刚一起身离开，两人果然就迫不及待，表情狰狞地冲我围抄而来。——彭辉掐住我的脖子，米罗在拧我的脸，一边咬牙切齿地问："肉体？西施？"

幸好那两位老人家刚走进餐厅，吴工赶紧预警，他们才悻悻停手。

黄小妹捂着脸在狂笑道："每天能像你们这样过日子，一定可以逆生长。"

我是真心觉得这两人太野蛮，流氓本性毕露。话说回来，这本性相似的两人，为何就是不来电呢？

米罗指着我，对黄小妹得意扬扬地说："他不敢还手的，因为我会念'紧箍咒'。"

吴工好奇地问："他有什么把柄在你手上？"

"我救过他的命。"她补充了一句说，"50米深的水下哦！"

彭辉在我耳边悄悄说："一个是'笑面虎'，一个是'冰原狼'，你是艳福不浅，还是祸不单行？"这家伙是嫉妒吧。不过，他对两位美女的点评倒也一针见血，让我莞尔。他故意让我闹心，说道，"你吃不消的。'笑面虎'其实比'冰原狼'更狡猾。"

我扑哧一声笑了。米罗立刻警惕地盯着我俩。

彭辉玩心大发，继续耳语道："'冰原狼'会变成'玉面狐狸'，'笑面虎'不会变成'小白兔'。"我大笑，这个比喻太生动了。

米罗绽开神秘的微笑，向我俩走来。彭辉赶紧闪开。

"哼，我就知道，你们在议论我。"她先给我们罗列罪名，又拽着我的胳膊，借机在我身上报复性地拧了一把。果然是只笑面虎！

用过早餐，我们启程去吞力屯。

黄小妹是我们的向导，她介绍，黑衣壮是壮族里人数最少的一个分支，目前仅有5万余人，据说是由于历史上战争和民族迁徙等原因，他们躲入深山老林，过着几乎与世隔绝的生活，壮民们多数居住在大石山区，以农耕为生，以种植玉米、小麦、红薯、豆类为主，房屋多是木瓦结构。

因为黑衣壮的生活形态在壮族各支系中保留得最古朴最传统，人类学专家称之为壮族的"活化石"。

吞力屯地处广西那坡县大石山区，共有58户人家200多人，是黑衣壮民俗保持得最完整的一个村落……

2002年，县里对这里做了总体规划，建成了民族风情园，也成为黑衣壮对外的一个展示窗口。从那个时候起，黑衣壮开始逐渐为外界所知。

"别忘了一个大功臣。广西的摄影师功不可没。"吴工提醒道，"没有他们的摄影图片，也许黑衣壮还要沉寂很多年。"

正是从他们的摄影作品，世人意识到深山老林里居然有这么一支风俗奇特、普遍颜值颇高的黑衣族群。在这里，帅哥靓女随处可见，引发了大家浓厚的兴趣。

黄小妹对自己的家乡的变化还是蛮自豪的，说道："在风情园里，你们可以欣赏到干栏式建筑、民俗服饰、婚丧嫁娶等传统民俗文化，村里还推出开放式的染织、酿酒、捶布等互动板块，可以让观众切身体会黑衣壮人神秘的习俗。"

吴工的补充更像是在唱反调，说道："可惜这些年，屯里就剩老人和孩子，青壮年都出去打工了，旅游发展还不行。其实，大山深处的黑衣壮更原汁原味，可惜当地的交通不便，游客们是不会进去体验的。"

听他剖析得这么犀利，黄小妹就不吭声了。

不到一个小时的车程，我们来到了风情园。这里是要收门票的，我们由本地人黄小妹带着，本来可以不买门票，但大家可都没想省下这个钱。买了门票，我们走进屯里标志性的石门，此时，我突然收到钟月的一条信息："不知道你是否感受到这个民族的悲剧宿命。希望有朝一日，通过你们的探索，有人能告诉我，我们从哪里来？我们的灵魂将会归于何处？"

这番话，虽然让人一下摸不着头脑。但它却如同谶语，我不禁一下肃穆起来，那道石门仿佛某种仪式。而谁又能参透神的预言？

我凝神沉思，米罗走过来，拍拍我的屁股，把脸凑过来，下意识地，我赶紧把手机捂住。

她赶紧向彭辉告状："彭辉，你朋友很可疑啊！"

彭辉本来正忙着用手机拍摄石门，问她为什么？

米罗说："他在偷偷地看短信。"

彭辉纳闷道："看你的手机吗？"

米罗怒道："看他自己的！"

彭辉问："你发给他的短信？"

米罗更加愤怒道："瞎扯，我发给他的，他有必要在我面前偷偷看吗？"

彭辉也无语了。我撇开他俩走到前面，这妞太霸道，我可惹不起。

进了寨门，眼前是一片欢腾的民族歌舞，一块宽敞的晒谷坪上，是村里人娱乐舞蹈的场所。虽然更像是例行公事的表演，但他们跳得还是很欢乐，献红舞、团结舞、黑枪舞……

　　接着，男男女女聚集在一起，唱起敬酒歌，先把我们灌了一圈，都是中年人和老年人，年轻人基本不见踪影。不过，男男女女大多面孔端庄，他们的身材也不算矮小，算得上是高颜值的族群。

　　带着酒意，我们走进寨子深处，路边两位中年妇人，低声请我们到她们的家里看看，她们家里都在做农家乐。大家想先逛逛，只能婉谢她们的好意。

　　村口，一群女人清一色黑衣，倚在大树下做针线活儿。活儿虽然一身黑，看上去却不死板，因为衣服款式设计得十分灵巧。

　　我们仔细看了下她们的服装，古朴雅致，颜色更类似于藏青。她们说，这种布是他们自己织自己染，自己裁剪制作的。

　　米罗研究了一下，很专业地说这算是立体剪裁。她们裙边袖口的点缀彩色丝线，也透出一股生动趣致的美。

　　"她们身上的银饰非常漂亮吧？"黄小妹冲我们得意一笑说，"黑衣壮人崇拜鱼文化，相信人死以后会变成鱼，再投胎成人，尤其是项上的双鱼对吻银项圈最为耀眼。"薄薄细细的一片，刻上轻灵的鱼纹，接上环环相扣的银链，在阳光下沉淀着沉静的美感。

　　难怪当初小林眼尖，很多纹路确实和我们手上的金饰如出一辙，这就更验证了天坑下的遗物、石刻与黑衣壮存在着某些联系。

　　黄小妹向我们微微一笑。想起当初，刚出天坑，有缘遇上她，就是因为这些似曾相识的纹饰，我们得到她的援助，也是冥冥中的一种缘分吧。

　　不远处就是游客中心，一位身穿黑衣壮服装的女孩小蒋负责给我们做向导兼博物馆讲解。小蒋也是我们能在村里见到的为数不多的年轻姑娘之一。她和黄小妹亲热地聊了一番家常，两人壮语说得太快，超出吴工的接受能力，他显得很受挫。

　　我一直在苦苦思索："我们从哪里来？"这像是个哲学问题。

　　在这个应景的博物馆里，我发现，黑衣壮人对自己的来路认知其实也相当混沌。

　　既然是传说，就好用"远古时期"一笔带过。布嗷、布敏族人居住的地区山林茂密，土地肥沃，过着自给自足的生活。有一年，他们遭到外来人的入侵。部族一个叫侬老的首领带兵抵抗。战争中，侬老不幸受伤，在退入密林中隐蔽时，侬老忽然发现一片青绿的野生蓝靛，随手摘了一把野蓝靛叶子，捣烂当药敷在伤口上。谁知野蓝靛叶汁真的能消肿止痛，伤口很快神奇般地愈合了。

　　侬老带兵重上战场，击退了入侵之敌，取得了最后的胜利，保住了家园。于是，侬老下令族人将野蓝靛移植到部落，视为逢凶化吉的"神草"，并号令本部族人一律穿上用蓝靛染制的黑色衣服，世代沿袭。"黑衣壮"因此而得名。

蓝靛制作则是风情村里一个比较受欢迎的参观项目，现在不是蓝草的收获季节，因此，我们只能通过视频来了解当地蓝靛的浸染过程。

想不到，蓝靛其实和我们熟悉的板蓝根有关系。板蓝根，也就是蓝靛根。板蓝根分为北板蓝根和南板蓝根，北板蓝根来源为菘蓝，南板蓝根为马蓝，清热解毒，可治疗温毒发斑、烂喉、丹痧等疾病。

在村寨里，家家户户有蓝靛染缸，晒台上晾晒着用蓝靛染制的黑布，处处散发着浓浓的蓝靛香味，

村里有个专为浸泡蓝靛所挖的一个圆形池，将割来的蓝靛堆在池里，视气温而定，浸泡三至七天，叶子变软，色素完全析出，就可以制靛了。

在放石灰水的步骤之前，靛农还要祭奠一下靛神，仪式很简单，杀一只鸡，开一瓶酒，烧一把香即可。

将叶渣打捞干净后，按比例调和的石灰水泡入池中搅拌，靛农用推板或搅拌或击打或推拉。

当靛池内水色慢慢变紫，便用力搅拌，水面会激起泛着蓝紫色泡沫，如固态状的浪花，似一堆蓝雪，煞是好看。

黄小妹介绍道："若将这些泡沫晒干后就是靛花，是一种很好的中药材，具有清热凉血的作用。"

当靛水的颜色接近深蓝紫色，两小时后蓝靛自然沉底，靛农先把上边的水放出，再把大池中的蓝靛顺水槽放到小池中，蓝靛沉底后再从小池中排水，剥离出来的就是蓝靛了。

过滤杂质，过一段时间，靛坑内的水分慢慢蒸发，只剩下10厘米左右的泥状沉淀，这就是蓝靛了。

靛农用类似建筑工地的抹泥刀，像切豆腐一样将蓝靛分成若干小块，一块块铲起来放进筐里。为了保持蓝靛的水分，当筐装满后便把筐放进水稻田里。秋冬季可以看到靛池周围的水稻田中泡了很多这样的筐，上面盖着稻草。当赶场时，靛农便会挑着蓝靛去卖了，大约3元钱一斤。

米罗忽然从口袋里掏出一只小小的塑料袋，用指甲挑出些黑色膏状物，问小蒋："这个是靛花吗？"我立刻醒悟到，这正是我们从天坑下的枯水潭里找到的附着物，米罗果然是有心人。

小蒋闻了闻，表示这就是靛花，而且似乎是纯度很高的靛花。米罗得意冲我一笑。黄小妹也神秘一笑，在彭辉耳边说了几句悄悄话，那家伙睁大了眼睛，一脸不可思议的表情。

"说到黑衣壮的历史，"业余导游吴工补充道，"目前比较被认可的考证，黑衣壮的变迁与历史上的战争、民族迁徙有关。唐代，广西曾经爆发过由黄乾耀领导的农民起义；宋代爆发了由侬智高领导的农民起义并建立了'南天国'。起义失败，统治者对起义军和他们的

家族大肆围剿，众多壮族人为了逃生，举家躲入深山老林，世世代代在封闭的环境中过着与世隔绝的生活。"

我想，如果确定黑衣壮来源于秦代，"黑衣"这个元素至少可以得到合理的解释，毕竟，秦朝就是崇尚黑色的帝国。

但"我们从哪里来"真的就是这么简单的答案吗？难道钟月不比我知道得更多？她是黑衣壮人的后代，她拿到了黑衣壮温氏家族的传家宝。她早就在追溯根源，只是仍然没有得到她想要的答案。

"我们的灵魂又将归于何处？"我脑海里浮现出的是观看演出时，那两个被师公扛走的孩子的背影和父母悲怆的吟唱。这个情节，又有何寓意，还是象征着一个民族的悲剧？

离开博物馆，我们在寨子里四处走走，发现寨子房屋一般只有三五十年的历史，也有不少是新盖的。

村子里民风淳朴，随意踏上任何一户人家干栏，都有自酿的玉米酒招待。

小蒋笑道："因为大石山区缺水，黑衣壮将最珍贵的水都酿成酒了，平日里就以酒当水，这也就难怪有人说，'在黑衣壮，不醉难归'了。"

我的脑海中，仍然盘桓着那个带着哲学思考的问题，挥之不去。说来也凑巧，今天得以让黄小妹带着我们，在一个小村中参透生死迷局。

我们来的这天，正好是村里一位女婴满百日，要起名了。在村里，这是家族的一大喜事，自然也成了今天吸引游客的亮点节目之一，可遇不可求。

师公戴着面具在跳舞，前来祝贺的亲朋有的笑容很不自然，在游客的闪光灯前，如同在参加一场真人秀。

"孩子是真的。舞是跳给你们游客看的。"黄小妹也觉得有些尴尬，向我们解释。

等到了取名的环节，游客们看得不耐烦，也基本走散了。亲朋们也松了口气，没了闪光灯，大家表情顿时自然了许多。

师公把12个字写在不同的纸片上，做成12个签，放在小碗里，让孩子抓取。这个女婴比较逗，一抓一大把，就改由父亲来抽。

他抽到的是"佛"字，这个女孩就叫陈佛。这个名字听上去有些搞笑，幸好她有个哥哥，叫陈文斌，那么，这个女孩名字就叫陈佛斌。

听了规则介绍，米罗大吃一惊："她们的名字只能从这12个字中抽取？"

黄小妹苦笑道："你以为我为啥叫'黄小妹'？我真名叫黄机，因为没有哥哥，容易重名，等有了弟弟以后，用弟弟名字的一个字，才有了完整的名字——'黄机强'。这名字实在叫不出口，所以我只好对外说自己叫'黄小妹'。族人听了，小妹，小妹，也不以为意。否则，我就违反了族规。"

听上去就像天方夜谭，但这个习俗确实流传至今。黑衣壮地区孩子的取名是严格按照"邓、赵、马、关、康、机、皇、帝、将、佛、元、项"等12字来命名的，主要是传统的沿袭和图个吉利。这12个字可能是历史上12位有名人物的名字，也许，它们是神的化身。而现在只是针对女孩，就是平常所说的乳名。这12个字，如果不读书就喊到老，如果读书了或办身份证，方可改名。另外，妇女结婚生孩子之后，再也不能喊其乳名了。在黑衣壮地区，不仅孩子取名要使用这12个字，起房子、吉庆仪式时也要使用。

彭辉看着这些字眼，恍然大悟道："你们在天坑下拍摄到的石刻，就是这12个字。"我拿出手机，对比照片，果不其然。虽然石刻有几个字模糊掉了，但余下的，果然都和12个字对应得上。

天坑下的人，原来是来自黑衣壮族群。"我们从哪里来？"莫非千年以前，他们的先人曾生活在天坑之下？如此恶劣的环境，如何繁衍生息？

我心里一动。如果那个埚音之洞的石刻真是秦代的，我们就有真凭实据，将这个壮族支系的来路向前推进了一千多年，从唐朝直接跳到秦朝了。

走出百日宴现场，黄小妹领着我们去她家。在路上，她指着田中间一间低矮的盖着瓦片的长形小屋说："那里躺着我的舅老爷。"

我们都吃了一惊。原来，黑衣壮人觉得家里老人去世之后，会留恋家人，逢年过节都会回来看看。为了方便老人"回家"，暂不入土，而是将棺木直接摆放在自家田地里，砌上石砖，盖上瓦片。每天田间劳作也可方便照看。

黄小妹肃穆地说："只要你生在这里，根在这里，就躲不开先人的灵魂。"

看过了生死，婚姻习俗呢？

黄小妹笑了，指着我们的向导小蒋，说是让她现身说法。

小蒋呵呵笑着介绍黑衣壮人自古不允许与外族通婚，以前，即使有叛逆者，转了大半个世界回来，也要嫁娶个黑衣壮的汉子或女子，收了心，安了家。

米罗问："那岂不造成很多近亲结婚的例子？"

小蒋摇头："当然不是。尽管那坡黑衣壮的婚姻半径仅限于5万余人，他们却很早就知道近亲结婚的坏处，禁止直系血亲和旁系血亲七代内通婚，其严格程度比《婚姻法》更甚。所以，黑衣壮人才得以保持纯正和活力。"

近些年，不少出去读书、打工的80后、90后，自然不会全盘接受这个习俗，但他们也不会公然反抗族规，大不了就低调些，少张扬。

小蒋说，自己新婚不久，但一直住在娘家。按当地风俗，结婚当天，接了亲，完成仪式后，女方还要走回自己家里。往后的日子，逢年过节男方家会派人来接女方小住，名目是干活，实际上却是小两口极其珍贵的团聚机会。等到生了小孩，女方才可以名正言顺地过去"当家"。

她并不觉得这样的风俗苛刻，笑眯眯地说："既可以照顾自己的双亲，对丈夫小别胜新婚的思念又很浪漫，蛮好的。"

她将这个习俗归结于这样一个原因，因为世代生活在条件艰苦的大石山中，与外界断绝往来，所以，黑衣壮族人必须空前团结，才能抵御来自自然的严酷以及外族的侵犯。

被调包的遗骨

我们来到村中一户人家，这是黄小妹的外婆家。家里就只剩她的外婆和舅妈，舅舅和表哥、表姐也都外出打工了。

舅妈笑容腼腆，赶紧给我们张罗午饭，我们坐在院子里，围着面目慈祥的老太太拉家常。

老太太曾在镇上念过书，所以能听得懂普通话，再加上黄小妹的协助，我们之间的沟通还是比较顺畅。

先问"石围僵尸"，因为黄小妹已经提前做过铺垫，老太太倒是没有太忌讳这个话题。她说自己父亲曾经遭遇过"石围僵尸"，当时的情况特别恐怖。问到具体时间，掐指一算，正是70年前。

"'僵尸'见一个咬一个，没咬死，一撸撸一串串都变了，男人变女人，女人变小孩子，小孩子变成老人，还有变成狗、猪的。"

听上去就像是行尸走肉的世界。了解到更多的细节，我们明白，她嘴里的"变"，其实也就如吴工所说，是指被咬者的声音和神态都接近咬人者。是什么样的病毒可以将人的自我认知通过伤口血液和唾液传染？想想也觉得是毛骨悚然。

老太太记得村里还有两个墓地，就是当年"石围僵尸"肆虐时的受害者。死者坟墓上就有这个标志。彭辉当即表示我们要去祭拜。

说话间，那两位唱歌的老人也如约而至，两位老太太久未见面，亲热地拉起了家常，老爷子憨笑着，搓着手，他特意给我们带来一袋野柿子，这可让我们开了眼界，头一回吃，袖珍，如大枣大小，清甜爽脆。

等俩老太太聊完了家常，问起钟月的外婆，蓝阿母说了个名字，黄小妹外婆一拍大腿，说原来是她，小时候见过。

黄小妹翻译，钟月的外婆大名叫范元真，是这几十年里黑衣壮公认的最漂亮的姑娘。十五六岁的时候，就因为姿色太出众，不但提亲的人就踏破了门槛，也早就被当地有权有势的人盯上了。族长担心她受到外界的诱惑，坏了族规，硬是要把她早早嫁给本族人。她父母也是老实人，就答应了。

谁也不知道，范元真其实和镇里有一个汉族小伙有了意思。在家族强压之下，她顺从了。家里替她在族里选了门"好亲事"，男方也是村里有名的英俊汉子，脾气好，家境好。

一年后，汉族小伙自杀了，据说临死前给她留了封信。那一年，范元真刚生完孩子不久，她先是去汉族小伙家里跪了半天，男方家人也不忍心责怪她，也许是多年在顺从隐忍下的委屈和愤怒突然爆发，回家后，她收拾了行李，抱着孩子打算离开。

范元真走的那天，光明正大，如同示威，公公、婆婆和丈夫都给她跪下了，她不为所动，她的父亲打了她，她的母亲哭泣着，却怎么也拉不回她。她嘴角流着血，眼睛直勾勾的，大家都以为她疯了，她一直往前走，谁拦着她，她就往自己手腕上划刀子。

她母亲请求族长拦住她，给她驱邪。她瞪着族长，用最恶毒的话，连续一个小时，骂个不停，她咬牙切齿，说她不得不走，只要留下，她就要杀光族长的家人。

族长被她给骂怕了，也退缩了，要求家人送她去医院治病。

她怀抱里的孩子被丈夫夺走，她终于无力再对抗了。但她去意已决，任谁也无力挽留。

黄小妹翻译："范元真像是中邪了。她的两个兄弟说好了带她去县城里治病，却再也没有把她带回来。"

后来，兄弟们说她跑了，失踪了。不久，她的两个兄弟也离开了那坡，再后来，她的父母也被孩子们接走了。

许多年以后，本地再没有她的消息。在这些年里，范元真成了族中一个"为爱痴狂而中毒"的反面教材，而她的美貌，也在许多年后熬成了传说。

1976年，在那坡28名师生失踪案发生后，蓝阿母才再一次在县城见到了范元真。她已经嫁给了外省一位大领导，虽然她的衣着低调朴素，容颜依然端庄美丽。

掐指算来，那一年，范元真不到40岁。她有了两个孩子，却在失踪案中失去了留在家乡的大儿子。在家属见面会上，她哭得肝肠寸断。这个孩子，就是二十多年前被她遗弃的长子。

蓝阿母了解到，其实几年前，范元真已经托人回来认亲，孩子的父亲不能原谅她，所以一直瞒着那孩子。孩子失踪后，她心里那块巨大的伤口永远无法愈合。被巨大的负罪感笼罩着，她不敢踏进故乡一步，肝肠寸断的表情，让蓝阿母记忆犹新。

她失去的孩子，就是那个带队老师。如今回想起来，那俊秀的眉眼，羞涩的笑容，也是来自她的遗传。

因为她爱人的显赫身份，广西开始组建调查组，可惜错过了最佳调查时机，概因她得到消息乃至介入时，已经太晚。

蓝阿母说自己到现在为止都无法原谅钟月外婆的前夫。孩子失踪了，他却还在为一段旧情耿耿于怀，未能及时通报孩子的母亲。蓝阿母坚信，如果范元真第一时间知道消息，也许凭借她的背景，这失踪的案子早就可以告破了也尚未可知。

第二年，未再婚娶的男人便郁郁而终。直到现在，失踪案始终未破，蓝阿母两口子却和钟月外婆断断续续地保持着联系。

5年前，范元真临终时，请人将老两口带到北京。他俩才知道，外省大领导英年早逝，范元真已改嫁了一位全国闻名的画家。女儿、儿子都气度不凡。

范元真请两人给她在床头唱起黑衣壮那首流传许久的歌谣，听后，她潸然泪下。两天后，她溘然长逝。

也正是在那个时候，蓝阿母第一次见到了钟月。

三年前，钟月家族投资筹建黑金酒店，钟月不惜花费重金，找专业人士收集了七八个民间版本，然后逐一修订，最后敲定为他俩唱的这一版。

黄小妹很认真地告诉我们，钟月不是可怜他俩孤苦无依的处境才请他们去唱歌的。她外婆告诉她，这两位老人家，其实是黑衣壮远近闻名的山歌大王。

两位老人都知道在夸自己，脸上露出羞涩的笑容。

米罗怜悯地问老两口：“你们也在失踪案中失去了自己的孩子吗？”

"两个。"蓝阿爹伸出了两个指头。他们失去了一对双胞胎姐弟。

蓝阿母的微笑里藏着多少苍凉："如果不是每个星期去演出，能看到那么多可爱的孩子，还能唱歌。这往后的日子，我们老两口还不知道该怎么熬下去。"

黄小妹继续翻译，钟月在县城给他老两口买了房，她表示，要给他们养老送终。这也是钟月外婆的交代。但他们说自己身子骨好，还可以再唱10年。

说到这里，黄小妹也忍不住莞尔一笑。

能亲自到70年前的两座坟前祭拜，吴工也觉得十分意外。从前他们来查访此事，囿于身份不明，很多有价值的线索无法获取。

这两间低矮的小屋，和别的坟头一样，淹没于深锁的院落和纵横交错的田地之中。

米罗问："这错落在村里的棺材，孩子们就不怕吗？"

黄小妹摇头道："先人的墓在家园里，是庇护，何来恐惧？至于'石围僵尸'，年代久远，现在的孩子们和这些陈年往事早都绝缘了。"

其中一座坟在山脚下，周边都是开垦的菜地。黄小妹领着我们在石砖上找印记，还真找到了。

"石围僵尸"的标记已经很模糊了，我们将头探进小屋，一口石棺冷冰冰地映入眼帘，一半入土，一半在露在外面，仿佛有人会随时掀开棺盖，坐起身来。这个联想让人汗毛直竖。

黄小妹问我们，是否看出这和普通棺材的区别？吴工立刻接口道："'石围僵尸'用的是石棺。"

"没错。"被吴工点破了，黄小妹挺扫兴。这时，一位在田里做活的农妇走了过来，一脸好奇，问我们来此做什么？

黄小妹说我们在调查70年前发生在这里的惨案。农妇不解地说："前段时间也有人来调查此事，不过，那个人只想开馆验尸。"

我们立刻不约而同地望着吴工，吴工摇了摇头，说是另有其人，他自己甚至不知道村里有"石围僵尸"棺材的存在。

我们很好奇，此人以何名义来盘查失踪案？

米罗更干脆直接，给妇人塞了个红包。妇人受宠若惊，高兴极了，颧骨处一点点红起来，热情地拉我们进家坐坐。

她说，那人黑瘦，并不肯表露身份，当时找到自己家里，他们也是相当意外。此人也一句废话没有，直接给钱。刚开始他们不肯要，后来，他们觉得此人看上去憨厚老实，应该不是坏人。

农妇回忆道："问他为何要开馆，他说他怀疑棺中尸骨已被调包。他此行目的，就是想确认这一点。"

我们都大吃一惊。

诡异的外乡人

当时，农妇一家也受到了不小的惊吓，觉得这个要求非同寻常。但他们实在又舍不得这笔到手的横财，便偷偷在亲戚中找了几个精壮汉子，在某日，费了老大的劲儿，才秘密打开石棺。

石棺一打开，大家都傻眼了，里面果然空空荡荡，只摆放着一个小铜人。

小铜人下面压着一张布条，草草写着两行褪色的字：明代镇棺之物，可换钱。

旁观者有人说，字写得倒挺潇洒。但黑瘦汉子脸色变了，他问我们，能否讨回那个布条。

农妇说，他们当时也都很害怕，不知道这里面有什么鬼怪，这布条给他就给他吧。有年轻人把布条拍了照片，留存，黑瘦汉子仔细凝视着布条，小心翼翼地折好，就告辞了。

此事非同小可。农妇一家不敢隐瞒，火速将家族里的长辈给请来，又请来知情的老人，听到这个消息，他们也被吓坏了。

其中有两位老人，不约而同地想起了一个极为诡异的外乡人。那是 40 年前的事儿了。

当年，那位外乡人，表面上看，不苟言笑，不过显然是走南闯北的主儿，胆子很大，一个晚霞如血的黄昏，一个人提着酒肉，就这么步行来到村里。

他请人喝酒吃肉，花钱阔绰，谁也不知道他此行是什么目的，他说自己是来乡里找多年前的老朋友，人没找到，喜欢上村里的淳朴民风，就多住几天。

农妇的公公回忆道，当年，他在村里住了一段时间，换着家住。直到住到自己家里。农妇的公公记得半夜听到锄地的声音，就悄悄起来看，他看见很诡异的一幕。现在没有人相信他的话，但当时，他是有目击证人的，他的老伴也被这一幕吓着了。

一个黑影从他的窗前飘过，一直飘到了房顶。

老人吓坏了："那不是一个人，是鬼，是鬼在报警。"

农妇的公公走到院子里，发现那个外乡人正在刨石棺，顿时就知道了他的目的。他是个来历不明的"蛊师"！

村里人当晚就把他给轰走了。几个壮实后生一直押送他，他们都不敢和他说话，生怕被他蛊惑。因为这人实在太能说，在酒桌上和他们称兄道弟。他们很怕一旦被他洗脑，把持不住，那就糟糕了。幸好那人只是全程诡异地微笑，一言不发。直到把他赶出几里之外，他们才返回。

分别的时候，他冲他们咧嘴一乐，那个笑容，当时就把那几个后生吓得一哆嗦。如此看来，有两种可能，要么是当时起获他时，已经晚了，那个棺被他恢复原样；要么是盗走骸骨的另有其人。

吴工奇怪地问："当时没人搜查他的身上？"

农妇回忆，老人当时的回答是，躲还躲不及呢。小伙子们更是战战兢兢，生怕这个异乡人扑上来咬他们的脖子。再说了，他就挽挎着个背包，想必也装不下骨骸。还听说，后生们回去后，相隔不久，分别遭遇各种不顺，身体各种不适，后来请师公施法，才恢复正常。

彭辉立刻向农妇索要布条照片，农妇说照片在她侄儿手上，彭辉脸皮厚，逼着她打对方的手机，发现此号已停，这才作罢。

我们都不约而同想到一件事，村中不是还有另一个"石围僵尸"的石棺吗？

事不宜迟，一行人立刻在农妇的指点下直奔另一家，这家在村子中间。石棺位于屋子和菜地之间，比较少见，三面石墙围挡。

屋子里只剩下两位老人和三个孙子、孙女和外孙，好半天才弄明白我们的来意。

因为死者是女性，据说当时下葬时石棺内就已经被灌注靛青浓汁，以减轻毒性。40年前，盗尸事件发生后，石棺被再次注入大量靛青浓汁后封存，原地深埋，以防有人盗取害人。

这就是"黑衣壮僵尸"目前仅存的两名死者，其余的因为时隔久远，早已湮没无踪。

我们面面相觑，吴工分析道，如此说来，外乡人只是盗走了男性僵尸的骨骸，也许是因为女性僵尸的毒性被降低，所以才免于遭殃。

我们将手上的线索逐一梳理了一下：

1.黑脸汉子在调查40年前的一段隐情——外乡人盗走死于70年前的"石围僵尸"的尸骸，留下一块布条和一个镇棺之宝。

2.黑脸汉子拿走了布条，可见他此行的目的，只是为了调查外乡人的身份。

3.40年后，黑脸汉子来此地调查此事，他定然认识外乡人或了解一些内幕，否则，他不会一口咬定尸骨已经被盗。同时，他也拿到了盗墓者留下的字迹，他俩是何关系？

4.而这个盗墓的外乡人，和失踪案中的犯罪嫌疑人外乡人是同一个人吗？从时间上来看，倒是非常吻合。

5.至于二者发生的时间顺序，知情的老人可以靠记忆给出一个答案。因为失踪案着实在本地轰动一时，影响很大。老人确认，外乡人盗墓事件发生在学生集体失踪之前。至于师生们在粉店"偶遇"，本来就未引起过关注，自然不会有人将二者联系起来。

6.如果真是外乡人诱骗走了这群师生，是为了报复这个村子，还是有更可怕的目的？40年后，黑瘦汉子的出现，是否可以为失踪案带来一线曙光？

7.失踪案、外乡人、黑瘦汉子，钟月的舅舅是失踪者之一，这些元素该如何串联？可以肯定的是，钟月家族投资的酒店，不惜重金打造的一场演出，肯定与失踪案有关。

8.楚国的"湘夫人"和"湘君"，为何会在古骆越之地悲伤吟唱？其中有何隐情？那首谁也听不懂的民谣，是祖先在向后人暗示着什么？

那坡之行，各种新的谜团开始在我们身边环绕升腾。我望着这个落寞的村子，此刻游客寥寥，想起那句谶语般的叹息抑或警示："我们的灵魂将归于何处？"

回到黄小妹的外婆家，大家驻足留步，屋内几位老人正在打着拍子唱歌，唱的仍是我们在"离歌"演出中听到的那首歌，权且称为"黑衣壮天语之歌"吧。

歌声透着悲凉，我们凝神细听，不敢轻易打扰。

彭辉用手机录音。这次在没有音乐伴奏情况下的清唱，我总觉得歌词有些似曾相识，却转瞬即逝，而那旋律却一直在脑海中盘桓，不停地撩拨我们记忆深处的盲点。

我看周边的人，每个人或聆听，或抓耳挠腮，怅然若失。

中午，大家在黄小妹家吃午餐，我注意到等菜上桌之前，黄小妹和彭辉悄悄离席了。

吴工忙着和两位老人交流，壮语水平有限，只能配合比画手势。

米罗则凑在墙上的镜框前，端详那些有好些年岁的老照片。她忽然发现了什么，向我招招手。

我刚开始看不出什么端倪。这似乎是一个工作组当时驻村所拍的照片，年代久远，照片上是一位女工作人员抱着一只小动物，旁边的人露出惊讶的神色。这个小动物看得不是太清楚，像是一只黑色的羊羔。再看看日期，正是40年前。

将此事询问黄小妹的外婆，她说当时有个工作组下来调查失踪案，在自己家里住过一段时间。

她指着照片中告诉我们，女工作人员抱的那只羊羔，是一只罕见的"血羊"，浑身没毛，皮肤透明，可以看见血管，怪吓人的。

只不过我们看的是黑白照片，看不出端倪。村里的知情人都避而远之，外来人不知根底，自然把它当成稀罕事物。

黄小妹的外婆说："这是'蛊师'的把戏。"

据说黑衣壮的某种"蛊术"可以将"蛊虫"寄养在动物身上，一般来说存活的时间不会超过两三个月。一旦超过三个月，"蛊师"就不舍得将"蛊虫"取出，而是希望能有更多的繁殖。

当然，这种情况很少，也罕为人知，一般都是秘密进行，生下"血羊"的母羊估计就是这种情形。

只是没想到"蛊性"如此之大，连刚出生的羊羔都不能幸免。这条消息是被小孩子们走漏的。工作组人员不知深浅，抱着羊羔拍照。

吴工一听，顿时来了精神，忙问："那岂不是'蛊术'很高深？"

老人对此讳莫如深。三位老人嘀咕了一阵，蓝阿母低声告诉我们，"血羊"就是埋着女"僵尸"的那家人的老一辈做的。据她说，那个老汉是个鳏夫，没有子女，后来成了"蛊师"，十多年前病死了。

我睁大眼睛细看照片中的小羊，可惜，因为是黑白照片，看不出更多细节。

蓝阿母似乎打开了话匣子，三位老人开始谈到一个话题，表情惊惧、好奇、疑惑兼而有之。

吴工开始尝试着给我们同声翻译："村长家里曾出现过一个血人，但谁也没亲眼看过。他的小儿子也是失踪学生，有传言说他儿子回来了，但变成了血人。"

此消息据说是他长子的孩子，也就是他的孙子传出来的。没人能考证，但过后不久，孙子就被送走了，此后再也没有回来过。

奇怪的是，村长的老伴在失踪案不久后，也下落不明，大家都猜测是因为伤心过度，精神恍惚而走失了。

"血羊""血人"，这两个关键词，够吓人的。而这一切，又绕到了失踪案、女"僵尸"身上，让整个事件的真相愈发扑朔迷离起来。

吴工问老人更多细节，他们忸却微微一笑，不肯详述，黄小妹的外婆摆摆手，说都是野史，茶余饭后的消遣，不必当真。

不久，彭辉和黄小妹也回来了。大家落座，就餐。

餐桌上的标配自然少不了土鸡和绿色蔬菜，城里来的人照例又得感叹一番食品安全和城市污染的话题。

彭辉悄悄对我说："村里有一个靛青池，非常神秘，从不对外界公开。听说那个池里染过的衣服，几十年都不会褪色。"

原来，一般只有嫁娶的时候，才能去染几套。小孩子，未婚人士是不允许穿那个池子里染制的衣服的。

我惊愕，问这是为什么。

他摇头："反正就是这么一代代传下来的。小孩子是不允许接近靛青池的。我怀疑，那就是一个'蛊池'。"

"我偷偷舀了一瓶，你可别当凉茶喝下去。"他从口袋里抽出半个矿泉水瓶，很得意地向我示意悄悄说，"'蛊水'是活的。"

望着深色的仿佛在流动的液体，我悚然无语。

米罗也不简单

一行人回到县城。钟月已在酒店安排好晚餐，向我们询问此行的收获。

吴工好显摆，也好抢功，开始滔滔不绝地向她汇报。显然，其中关于外乡人的线索引起了她的注意。

钟月颦眉说："当年调查的方向集中在全体人员落崖、落水等意外事故上，并没有考虑到'诱拐'的可能。很难想象，一个人单枪匹马可以将近30人囚禁或杀害，然后藏匿尸体。"

吴工暗示："如果是'蛊师'，就可以用药物控制住目标人群。"

钟月听了这个猜测，相当震惊。"你认为，他会把这些人带去哪里？"

吴工没注意到我给他使的眼色，迫不及待地抛出了黑瘦汉子的线索——黑瘦汉子正在追查此人，而此人显然和这个村子有恩怨。

钟月瞅着我，感觉是在静待我开口总结。

对于吴工这么毫无保留地全盘托出，我心有不悦。

我反问钟月："你们当年通过什么渠道寻找失踪者？"

钟月说，当时因为她外婆的背景和身份，已经最大程度地动用了政府的力量，军队也曾参与搜寻，按当时的情形，他们实在没有进行单独的秘密调查的必要。

钟月难以置信地道："因为个人恩怨，凶手就将28个人毁尸灭迹，这个难度系数也太高了吧？"

米罗点头道："如果是团体作案，很难不留下蛛丝马迹。"

吴工说自己手上有本《调查记录》，问钟月手上有什么内幕资料。

钟月犹豫了一下："当时出了份调查结果，确实有些内容不适宜公开发表。但我们也不知道是不是和你们找到的线索有关联。"

吴工骤然兴奋起来："是关于'僵尸'的？"

钟月不动声色道："不，是关于狂犬病的。"

我们几人面面相觑。

吴工按捺不住激动，问她能否将手里的资料和自己交流。

钟月缓缓靠在椅子上，目光在我们几人脸上扫描，嘴里却蹦出欠揍的三个字："凭什么？"

我领教过她的腔调，而其他人果然都被她的无礼和傲慢惊呆了。

钟月接着冷冷地说："我们建这座酒店也好，排演歌舞也好，不仅仅是为了纪念我失踪的大舅舅，也不再费心寻找他的下落。我们已经接受他本人不在人世的事实了。"

我追问道："你们的目的是什么？"

"你知道的。"她盯着我。

周边的人立刻对我侧目，我瞬间就成了无间道、双重卧底。

我知道她在撒谎，她只是需要一身可以抵御同情目光的盔甲。她无法容忍自己在众人面前亮出底牌。

我的脑海闪现了那两句话——"我们从哪里来？我们的灵魂又将归于何处？"

钟月扫视我们一眼，反问："你们来那坡，目的又是什么？"

彭辉指着米罗，狡猾地答道："我们受雇于她。你可以问她。"

米罗赶紧指着我，补充道："他也知道，让他回答。"

对于面前这些狡猾、耍小聪明的人，我不太耐烦了。

我索性开口了，指着钟月："'我们从哪里来？我们的灵魂又将归于何处？'她要找到答案。这就是她的目的。"

我又指指米罗："'我们的米粉从哪里来？我们的品牌如何壮大？'她要找一块石碑，证明她家的牌子是桂林米粉的正宗门派。这就是她的目的。"

钟月盯着吴工："你的目的又是什么？"

吴工露出神秘的微笑道："在下研究'石围僵尸'很多年了。"注意，他用的词是"在下"。

钟月可笑地问："爱好？"

吴工骄傲地点头道："不要低估民间的调查热情和力度。"

钟月又问："'石围僵尸'就是被定性的狂犬病？"

吴工点了点头。

钟月求证地问："'石围僵尸'可能和失踪案有关联吗？"

吴工推理道："失踪的师生被目击者确认的最后露面，是和'蛊师'在一起，而这个'蛊师'很有可能于40年前在黑衣壮的村子里出现过，他的目的是盗窃'石围僵尸'的尸骸。他被村民赶走后，产生了报复心理。目前我们的推理就到此为止。"

"不过，在多年后还有人在查找他的下落？"钟月沉吟道，"这事你能追查到什么程度？"

吴工很艺术地回答道："你想让我查到什么程度？"

钟月凑近他，明确地道："我提供经费，你尽管给我往下深查。"然后，她靠椅背上，瞅一眼米罗，似笑非笑地说，"这仨男的可都成了替我们俩女的打工人。"

米罗指着我，似笑非笑地说："还有一个人打两份工呢。"她十分阴险地落井下石。

冷冰冰的钟月，难得露出了一闪而过的笑靥，米罗则冲我眨了眨眼。

我们三个男人真被她俩臊得不行。

这时，彭辉接了个电话，神情严肃起来。听他的对话，像是飞猫探险俱乐部打来的。我顿时有种不祥预感。

果然，彭辉一脸凝重地挂了电话，对我说："我们得马上做好下天坑的准备。"

原来，飞猫队队长袁勇电话通知他，郑远他们没能按照约定的时间从天坑返回。飞猫俱乐部已经开始启动预警模式。如果今天晚上还没有消息，他们就得报警了。

我呆了一下。钟月给我神色复杂的一瞥。

彭辉自我安慰地说："今天晚上才是最后时限。我们先别往坏处想，再等等，也许是虚惊一场。"

我建议道："如果要去，最好能让皮埃尔跟我们一起去。我觉得皮埃尔的'气阀理论'会有帮助。"

彭辉点头说："我也信得过他。"

米罗赶紧举手，要求参与。

彭辉指着我说："这得问他。郑远指定，他是我们小组的头儿。"

我心乱如麻，一时还未能消化这个消息。米罗转过身来，对我举起了手。

彭辉悄悄对我耳语："带她下去。她想玩，我们就陪她玩。既救人，还能挣钱，何乐而不为？"

我心想，还说不好谁玩谁呢。我点头，答应了米罗。

我交代彭辉赶紧给皮埃尔打电话。从天坑出来后，皮埃尔和小刘去了桂林荔浦探洞。

彭辉马上给皮埃尔去电话，告诉他，我们有个探险小组在天坑下超期未归。我们即刻下天坑寻人。问他是否愿意和我们一起下去？皮埃尔一口应允，答应立刻赶去乐业和我们会合。

两位女子都盯着我，这一刻，我的自尊心稍稍恢复，仿佛运筹帷幄的大男人。我指着吴工道："资源共享，你替她调查失踪事件。"再指着钟月道："你把失踪事件未公布的资料调一份给我。这些线索盘根错节，一旦我们找到关键的突破口，就有可能把这些谜团一一破解。"

钟月又带着嘲讽的笑容，颦眉。

我警告她道："不要对我皱眉头。我们目前手上掌握的信息是最多的。你要学会合作。"她的表情微妙地僵住了。

接着，我指着米罗说："你要是想跟我们下去，必须守纪律，听从命令。我们救人第一，不能本末倒置。"

米罗严肃地对我行礼道："Yes, sir！"

彭辉补充道:"不许调戏他,不许引诱他。"

米罗不是省油的灯,说道:"这个臣妾真的做不到。"

大家想笑,又觉得这个场合不能笑。我无语,没空和她耍嘴皮子了。

钟月举手,要求发言。她假装很严肃地说:"唐队长,在你们出发之前,我有一事要向你单独汇报。"

三人知趣离席,先是彭辉不动声色地戳了我一下,米罗悄悄在我腰间戳了一指头,哼了一声。

我和钟月面面相觑。她望着我,我第一次看到她平等、认真的表情。

"没想到,出了这种状况,很抱歉。你们此行援救的所有经费,都由我们来解决。"她停顿了一下说,"彭辉还不知道此事吧?"

我此刻才意识到,让他们陷入危险的罪魁祸首居然是我。如果不是我和钟月他们串通,根本就不会有这次行动,也就不会产生危险。

我愣了一下,机械地吐出四个字:"愿赌服输!"

她又恢复了欠揍的本性道:"郑远他们,只是你的赌注?"

这话很残酷,但无懈可击,我的脸火辣辣的。事实的真相就是:这是一个局,我和钟月联手设置,而郑远、老金他们包括彭辉都是棋子。如果站在更高处,层层放大,我何尝又不是在一个更大的局中任人摆布的棋子?

钟月冷静地说:"至少,我们给你们的队员都投了巨额保险,可以先解后顾之忧。"

虽然这话听上去刺耳,但我却哑口无言。你说她冷酷也好,残忍也好。虽然在情感上难以接受,但她说的每个字都比虚无的安慰要好。

钟月颦眉道:"放下包袱,抓紧时间,注意安全。希望你的朋友,也是我们项目中的队员,他们能安全归来。"

我站了起来,想起生死未卜的兄弟们,心里泛起阵阵酸楚。

钟月却抬头,突然问:"我还是没弄清楚。米罗和你是什么关系?"我愣住了。她察言观色道:"我们在最短时间内调查了你的朋友们。结果发现这个米罗挺有意思的。"

我目瞪口呆。钟月提示道:"你们在我们酒店入住,填写了身份信息。"我愕然。她理直气壮地说,"你们是我们潜在的合作者。我们当然需要调查你们的背景。"

这一天还没过完,他们就调查出结果了?她给我斟了杯茶,冷冷地问我:"你对她有多少了解?"

我反问:"你对她又有多少了解?"

她扬起嘴角,莞尔一笑,眼却圆圆的睁着问道:"你确定米罗的目标真是石碑?"

我点头,心里也比较好奇,虽然无论从她嘴里说出什么,都会让我不自在。

"我们集团很大。为了防范各种风险,我们委托了很专业的调查公司……"

她停顿一下说:"通俗而简单地告诉你,米罗的家族生意出大问题了。一笔巨额资金很有可能落入一个陷阱,打了水漂。他们碰上了一个背景很强大、贪得无厌的合作方,风险极大,一旦谁被盯上,稍有不慎,就会成为他们的猎物,被吞进肚里,连渣都不剩。"

我惊愕地说不出话来。

"'米润'最出名的是米粉连锁,米粉的利润在集团的营收里却占很小的比例。你相信他们是为了一个石碑这么大动干戈?打个比方,大厦都要坍塌了,他们还有心思去设计招牌?"

我问了个很蠢的问题:"这些事米罗知道吗?"

她发出类似"和蠢人沟通很辛苦"的叹息声。

我又忐忑地问:"如果真的出事,会有什么后果?"

她无动于衷地说:"破产、负债,还有人会坐牢。据我们了解,米罗家族里有一部分资金是不能挪用的,一旦出事,后果不堪设想,他们在玩火。"

"那你认为,米罗的真正目的是什么?"

"我怎么知道。她是你的朋友。"她的嘴角泛出微笑,把问题抛了回来。

这下我们所有人的底都给她摸透了。我心里恼怒。

她提醒道:"多留点心眼,所有的事情都不会是看上去那么简单。"

我忍不住多嘴道:"吴工呢?我们昨天才第一次见面。"

"他啊。"她带着对穷人的怜悯表情道,"所有的积蓄买了一套商铺,但这个楼盘五证未全,涉嫌违规销售。开发商跑路,业主维权,焦头烂额。"

我好奇地问:"你们得出什么结论?"

"他很郁闷,工作乏味,经济紧张,精力无处发泄,用业余爱好聊以自慰,正好可以为我们所用。"

我又多嘴地问:"我和彭辉呢?"

她敷衍地打个哈哈道:"你们?你们就是吃青春饭的呗。"她站起来,显然不想再聊下去了。

"什么意思?"我被这个结论惊呆了。

她不耐烦地说:"意思就是说,现在你们荷尔蒙分泌旺盛,无忧无虑,等你们老了,就不值钱了。你们俩基本不保质,也不保值。"

我又窘又怒,自取其辱地问:"我们现在值钱吗?"

她好笑道:"你们自己心里都没数,别人怎么评估?"

被这个女人一针见血地看扁,让我心有余悸。走到门口,彭辉已将车开到了门口。

钟月忽然叫住我,用一只手搭在我的肩膀上,在我耳边低语。我以为她要说很机密的事,为了听清她的呢喃,我被迫将身体倾向她。她的眼神飘忽、气若游丝道:"注意安全。"

我突然醒悟了，懊恼地拆穿她道："你是故意的？"

她睁圆眼睛，凑得更近，声音却放得更低，说："我相信，郑远他们不会有事。"

她故意顺手亲昵地整整我的衣领，用手指轻轻划了一下我的脸颊，然后对车上的人招了招手。

回到车上，那两人果然对我都是一副冷冰冰的表情。彭辉那货和米大妞，前者是羡慕嫉妒恨，后者是吃醋了吧？一脸狰狞。

吴工悄悄对我竖起大拇指，不无艳羡地低语道："请收下兄弟的这一对膝盖。"

中了钟月的计，被耍了，但我也无可奈何。

第二十六章 失踪的队友

失踪的队友

我们赶到乐业，找了家宾馆先住下。

钟月来电话，说自己联系好了英国红玫瑰俱乐部的安娜，他们随时可以过来。

我大惊："她可是洞穴探险界大名鼎鼎的人物啊。你居然能把她请过来？"

她还是那副德行，说道："我有钱呗。"

有财力雄厚的伙伴顶着，好歹心定了一些。

米罗听了这个消息，也是大吃一惊。米罗对我竖起了大拇指，豪气道："精兵强将，我们必胜！"

想想钟月对她的调查，如果她的家族真的陷入了困境，现在还能临危不乱，我真的要敬她是条汉子！

大半夜，皮埃尔和小刘也如约从荔浦赶到乐业。

"我很愿意参与救援。"皮埃尔郑重地说，"但请你们先听我把话说完。这个有可能会解释我们在天坑下的奇怪现象，对天坑寻人定有帮助。"

然后，皮埃尔开始喋喋不休，说这几天收获很大，荔浦丰鱼岩藏着一个很典型的洞穴"气阀"，给他的理论找到了更多的依据。

我觉得不可思议，那个大洞穴已经变成了公园，甚至都可以通小火车了。人工干涉这么厉害，还有"气阀"存在？他们是不是选错研究对象了？

他摇头，摆手，说我们大错特错。

我们只得正襟危坐，听他普及相关知识。

他介绍，桂林荔浦丰鱼岩的洞穴长达 5.3 公里，其中暗河水洞长 3.7 公里，旱洞长 1.8 公里，洞内廊道一般宽 7～20 米，最宽处达 120 米，洞高一般 5～15 米，最高处达 36 米，洞穴面积达 12 万平方米，而最大的一处洞厅面积达 25500 平方米，总容积 112 万立方米，属于超大型洞穴。

丰鱼岩洞开放后，公园在洞穴的入口与出口处之间建造了长达 1.8 公里的露天高架空中列车，与洞内的水路、陆路构成了独具特色的水、陆、空游览路线。

对于这番"掉书袋"，我和彭辉听得都有些不耐烦。我问："然后呢？"

皮埃尔看了一眼小刘。

小刘看来早已被他洗脑了，他兴奋地说："我们发现了丰鱼岩的'气阀'。"

彭辉问："然后呢？"

皮埃尔不高兴了，说道："难道你们不想知道，丰鱼岩的'气阀'是什么状况？"

我愣愣地望着他："是什么状况？"

扯淡！郑远他们生死未卜，我们哪有什么心思听科学汇报。

小刘说："在暗河水洞2.4公里左右，有个小暗洞，表面上看是断头洞，其实就是'气阀'。"估计他也想不出更准确的词儿，迟疑了一下。

我和彭辉异口同声地问："然后呢？"

小刘微笑道："那里有大概3平方米左右的地方，没有地心引力。钞票可以飞起来，停在空中。"

皮埃尔补充道："没有风。"

我和彭辉目瞪口呆。我纳闷地问："钞票？"

"我们没有别的物品可以测试。"皮埃尔窘了，说得好像他们穷得就剩下钱了。

小刘搞笑地补充道："我们把大部分钞票都收回来了，有两张飞得太高，够不到了。估计现在还漂浮在上空呢。"这听上去特别黑色幽默。

皮埃尔告诉我们，丰鱼岩很特别，虽然人工开发力度很大，谢天谢地，明暗河的水路并没受到太大影响。

彭辉细思恐极，目瞪口呆地说："你们是说，那个位置彻底摆脱了地心引力？"

皮埃尔赫然道："我知道很不可思议。"他和小刘相视而笑，抑制不住的得意表情。

彭辉颦眉，对他竖起大拇指。彭辉说："对于这个理论，我还不能完全信服。不过，我觉得还可以多找些证据验证。"

我问皮埃尔："按这个理论，有没有可能，我们上次在天坑下，那个突然注满了水的水潭，有可能是受气阀的影响。水流从泄水口下方冲了上来？"

彭辉补充道："像龙吸水？"

我思忖，因为只有龙卷风那样的吸吮力度，才可把湖水吸离湖面，形成水柱，但怎么可能冲上来，而且不偏不斜地瞄准了泄水洞，然后注满深潭，却又不漏下去呢？何况，我们当时看到的那个水潭并没有龙卷风形成的水柱。

小刘倒很实诚，乐呵呵地回答道："如果套上咱们的'气阀'理论，至少可以解释这个现象。"

皮埃尔摇头，直言这种可能性不大。

不可否认，我们所经历的一切，实在是太玄幻了，连科幻都算不上。

我分析，按常规，郑远他们三人不会轻易迷路，因为飞猫队查询过近期水文状况，地下河上游并未突现山洪,也没有暴雨。我们不排除发生了所谓的七十年一遇的类似"异动期"的罕见现象。

大家也都百思不得其解。今晚,夜不能寐,我暗暗祈祷乐业那边能传来他们平安的消息。

但我们终究还是失望了。在清晨六点,飞猫探险队明确要求和我们组成联队,下洞救人,他们说已经通知了郑远等的家人,翌日《南国早报》将刊登探险队失联的消息,我们务必做好心理准备。

地震

早晨八点,我们在乐业县城接上小张和小林,然后马不停蹄地向大石围天坑行进。

得知了这个不好的消息,小张情绪低落,小林心情黯然。

越野车行驶在盘山路上,突然,车子似乎被石头磕绊,先是被弹了一下,接着就失控了,在剧烈的震动中,车子径直冲向悬崖。

好在刹车及时,我们面无人色地跳下车查看,发现半只轮子已经悬空了,大家都惊出一身冷汗,天哪,差一点全车人就这么挂了。

失魂落魄,赶紧挥手拦住后面的车,那车也被颠簸得够呛。小林从车上跳下来,惊叫道:"地震啦!"小张和米罗随后下车查看,两人均是脸色煞白,面面相觑,半天说不出话来。不过,好歹大家都捡回了一条命。

紧接着,一波余震来袭,脚下的山体在轻微摇晃,我们呆立原地,目瞪口呆。

这盘山路上,前不着村后不着店,地震来了,能往哪里躲啊?幸亏山上没有落石,等余震平息后,大家赶紧蹿上车,只想找块平坦之地临时避险。

飞猫队的袁勇队长第一时间打来电话,得知我们人车安全后,方才松了口气。他惊魂未定地告诉我们,刚才天坑群发生地震。他们已从大石围西峰下撤到安全地带。

一想到郑远他们还在天坑下生死未卜,再碰上这个突如其来的地震,情况还能更糟么?我们的心非常沉重,一路上,大家都沉默无语。

把车开到山脚的开阔地带,我们发现眼前的公路似乎未受破坏,很快,大家都收到了官方确认的乐业地震提示短信。

目前官方监控的数据是,此次乐业监控到的地震为3级,震源深度较浅,在10公里左右。彭辉赶紧用手机查阅资料,广西地处我国的东南沿海地震带,其地震活动规律和大陆其他地震带相一致。

史料记载及有仪器记录以来广西共发生4.7级以上破坏地震49次,其中6级以上的强震有三次。即 1875 年乐业 6.5 级、1890 年陆川 6 级、1936 年灵山 6.75 级地震。乐业赫然就在榜单之上！

彭辉掐指一算，1875 年到 2015 年，可不就 140 年？看来传说中 70 年的"异动期"，还真是有依据的。

时间紧迫，我们得尽快赶到大石围天坑，于是硬着头皮继续上路，战战兢兢地在盘山路爬行了约莫一个半小时，才抵达飞猫在大石围景区内设置的临时营地。

临时营地设在山脚的两顶帐篷中。

地震发生后，观景台附近的游客已经在第一时间全部被疏散。与此同时，飞猫队一架航拍飞行仪失控坠落天坑谷底。

队长袁勇，个头不高，身材壮实，小平头，双眼炯炯有神，人长得挺帅，属于寡言闷骚型的。他是乐业本地人，也是第一次遇上天坑群周边发生地震，据说当时他的大脑也是一片空白，懵了老半天才回过神来。

袁勇告诉我们，就在刚才，西峰瞭望台的队员发现了一个奇怪的景象，他把这一幕及时地用手机拍了下来，此刻，大家正围在一起看手机视频。

视频显示，大石围远处的一个山谷在地震发生时，突然腾起绯红的云雾，将那片天空染出一大片如彩霞般的绚丽多彩。

天坑的外围边缘由三座山峰和三个垭口构成。周边至坑底全部为陡峭的岩壁，南、北、西三侧绝壁呈台阶状，向内倾斜，特别险要，东侧有些地方则向外倾斜；底部呈不对称漏斗，西边的绝壁下有地下河天窗，整个底面也向西倾斜，在西峰绝壁下隐伏着一条地下河。

我们赶紧登上离此不远的观景台。观景台位于半山腰，是观测大石围天坑最佳视角。观景台上方有两条观光栈道，可以到达东峰和西峰。只见那一大团云雾迟迟不散，将天空的颜色染得分外妖魅。

米罗倒吸一口冷气道："那团云雾，好像是从'秘境'方向漂出来的。"

彭辉也心服口服地说："皮埃尔，你的理论可能是对的。"

小张没去过"秘境"，自然一头雾水："这是地震云吗？"

皮埃尔解释道："大石围在释放它内部的压力，可能将压力从'气阀'处逼了出来。"皮埃尔当然很兴奋，只是有点遗憾道，"可惜我们只能是推测，如果能航拍具体位置就好了。"

说话间，一架航拍飞行仪已经从我们头顶掠过，朝那片云彩飘去。袁队长不知何时登上了观景台，在聚精会神地遥控着无人机。

虽然刚损失了一架无人机，碰到这么罕见的景象，他当然要不惜代价拿到第一手素材。

皮埃尔惊喜不已，向袁队长狂奔而去。

与此同时，我们看见一位负责值班瞭望的景区工作人员在西峰顶向我们招手。他似乎发现了什么，指指我们，又指了指坑底。

小张和彭辉最先反应过来,立刻朝西峰跑去,我和米罗紧跟其后。东峰至西峰的内径为600米,我们要到达西峰却要绕一圈。这时,一颗信号弹被人从天坑底部发射到空中。

我们心中一喜:他们还活着!

我们一窝蜂跑到西峰瞭望台,值班人员告诉我们,下面有人。

我们从这里俯视天坑,只依稀看见坑底有一个模糊的身影。他在挥动衣服,很奇怪。即使通过望远镜仔细辨认,我们也认不出此人,总之既不是我们的队友,也不像是飞猫队的人。

他是谁?为何只身一人出现在天坑之下?

袁队长立刻将人马全部调来西峰,虽然不确定是否还会发生余震,他们还是决定冒险速降,两位经验丰富的队员小覃和欧阳整装待发,马上速降天坑。

皮埃尔则一直凝视着云雾的方向。绯红的云雾已渐变为蓝绿相间的颜色,融融淡淡的,煞是好看,当然,放在此时此刻,只能产生令人惊悚的效果。

瞭望台上,一位队员全程用望远镜监控,同时和两名速降队员用对讲机保持联系,他们已接近坑底了。他们说,目前还看不到人影。

接着,一个人落地,是小覃,他在对讲机里说:"很奇怪,有一团雾过来了,人不见了。"

突然,他惊慌大叫:"我被袭击了。快来人,快来人。抄家伙。"

接着,我们从对讲机中听见嘈杂的脚步声和断断续续的喊声,一阵刺耳噪音过后,听不见声响,似乎对讲机被砸落在地。

我们面面相觑,用望远镜观察的队员也嚷嚷着,说他什么也看不到。视线被树木遮挡住了。

速降大石围

事不宜迟,我主动请缨,赶紧穿戴好装备,和另外两位队员依次速降。其余人都做好随时下降增援的准备。

速降途中,我听见对讲机里传来呼救、噪音和诡异的哭泣声,我们三人不禁毛骨悚然。

等我俩陆续抵达坑底,一边继续呼叫他俩的名字,一边拉网式向树林子包抄,坑底的回声很大,对讲机中除了我们的呼叫声,突然一片沉寂。

这个场面十分诡异,我们慢慢朝那片茂密的小树林逼近,分别举着电棍、握着水果刀,甚至还有人攥着一把剪刀,都是随手拈来的"武器"。

对讲机突然爆发出一连串尖叫,似乎是从我们身后传来,我悚然回头,循声望去,只见一片突如其来的大雾席卷而来。我意识到了危险,急忙招呼那两人赶紧拉着手,不要失散,然后一点点后退,对讲机里传来瞭望台上值守者的惊呼。

"注意安全，浓雾来了！"

这湿冷的雾气，也许将是我记忆中最可怕的梦魇之一，一阵阵透骨的寒凉，仿佛带着冥界的暗示，类似哭泣、呼喊、挣扎，甚至是铁马金戈的呐喊，我甚至可以听见类似金属的撞击声。

这是一团有记忆的灰色迷雾，集合着天坑下积累多年的戾气和阴气，就这么劈头盖脸地把我们裹在其中。

这团迷雾如同带着前世的密码，重创了我们的魂魄。事后，我常常胡思乱想，如果真有黄泉之路，我仿佛窥见了其中的惨状 —— 浓得化不开的沮丧、低落、绝望、湿冷和煎熬的呻吟。

此刻，如果凶徒挟雾而来，我们就只能束手就擒了。

我们拉着彼此的手，他俩手掌的温度在迅速降低，从对讲机的嘈杂声音可以推断，西峰上的人也被这团浓雾给弄懵了。

这团雾越来越浓，浓得几乎可以拧出水来，我们捂鼻、咳嗽，不知不觉，我抓不到他们的手，冷不防，有个人却撞入我的怀中，我一惊，这分明是个女人，她浑身冰凉，一头长发将我的手臂缠绕起来。

我恐惧地大叫起来，好在那两人终于从左右两个方向拽住了我，而这个女人则紧紧搂着我的脖子，我甚至能感受到她带着凉气的触息。

他俩几乎同时亮起了手电筒。在浓雾中，我窥见一双几乎没有眼珠的瞳孔和惨白的面孔，心跳几乎停止，他俩也吓得浑身哆嗦，壮着胆子将此人从我身上扯开。

浓雾是慢慢化开的。我终于看清楚了。这个女人嘴角歪斜，伸展手臂，再次向我们扑来，我们三人就像在玩"老鹰捉小鸡"的游戏，慌忙四下闪躲。

对讲机里传出刚才第一批一位飞猫队员焦虑的声音，他的声音很轻："我是小覃。他走了。"

西峰上的队员急忙追问："你在哪里？"

小覃答道："我在树上。"

小覃说话的声音很轻。我们却听得胆战心惊。循声望去，只见在我们身后的一棵树的树杈上，果然挂着一个血淋淋的人。

我和一位队员赶紧爬上树，把他从树上背了下来，另一位队员则是警惕地观望四周。小覃的上衣被撕开，胸口处血肉模糊一片，精神恍惚。

"那家伙是个野兽，是个食人魔。"小覃脸色惨白，我们急忙帮他包扎伤口。

小覃担心道："欧阳还在洞里，你们多去几个人。"

我疑惑道："他为什么进洞？"

小覃的神色恐惧，牙齿打战道："我不知道，好像有人在叫他。"

我们赶紧给小覃拴上单绳，好在他的意识尚算清醒，可以操作设备。

为了防止那个如野兽般的凶汉再度袭击，我们决定让一个队员将小覃带上西峰。

而那个奇怪的女人，此时正坐在地上，呆呆地望着我们，口角歪斜，眼神呆滞，但看她的样子，年纪不大。她是怎么下到天坑里的？她究竟遭遇了什么？但此刻已无暇他顾了。

等他俩安全撤离，只剩下我和一个年轻的队员，说不害怕是假的。我的身体也在一个劲地打哆嗦，隐约觉得和那团浓雾有关。

我问那个小伙子，怎么称呼？

"叫我小陈。"

"我叫……"他反应很快，打断我道："我知道。唐摄影，唐哥。"

我握着一把水果刀，习惯性地想和他握手，他苦笑。他的模样也够滑稽，一手拿着一根电棍，一手攥着把剪刀。我对他点头示意，我俩很有默契地悄悄向洞口包抄。

这是目前大石围已知的唯一入口。据我所知，以前在这里从未发现过如此诡异之事。原因很简单，在崖壁之下，是速降的落脚点，要提防毫无预兆的头顶落石，一般很少有人会在此长久停留，所以下降后，大家都是迅速转移进洞口大厅。

此刻，洞口大厅的外围处有一抹光晕，光晕笼罩着一个物体，特别引人注目。因为此处距离坑底差不多六百多米，再加上茂密的森林，光照时间很短，而此刻这块被阳光照射的地儿自然就分外显眼。

"无人机！"小陈低低叫了一声。

我也看清了，那架坠毁的飞行仪虽然损毁严重，但看似并未完全散架。

我留意到飞机配备的小相机被甩落在50厘米开外的地方，悄悄走过去，顺手就捡了起来，塞进口袋。

小陈用对讲机轻呼欧阳的名字，听不到任何回答，周围寂静一片。

突然，瞭望台上的值守员在对讲机中急促地提醒："注意，头顶上有人！头顶上有人！"

我俩悚然抬头，只见一个人从树上坠落下来，没等我们看清楚，就一溜烟地蹿进了洞内。

袁队长用对讲机通知我们原地等候，他们马上下来增援。就在此时，对讲机里传来一阵哭声。

小陈听得出同伴的声音，大叫："欧阳，欧阳，你在哪里？"

疑似欧阳的人含混地说着什么，我们竖着耳朵，却听不出所以然，小陈按捺不住，直接就要往里面冲，我拽住他，示意他跟着我，两个人慢慢地贴着洞壁，小心翼翼地挪进洞穴大厅，在暗处总好过在明处，不容易成为袭击的对象。

大厅内光线很暗，好在我还能依稀辨认出大概方位。对讲机里又传来断断续续的哭泣声，将我们的方位也彻底暴露，这一刻，危机四伏。

洞穴大厅是我们平时探洞时扎营安寨和休整的地方，这里的地形，小陈和我都比较熟悉，可是现在，我俩却傻了眼，大厅正中不知什么时候，冒出一个喷泉，水柱从一块巨大的钟乳石的缝隙中喷薄而出，石头下方也涌出汩汩泉水，一条浅浅的地下小溪直接流到了洞口，消失在一个落水洞中。

而这块钟乳石，显然是被外力折断的。茬口的断裂处触目惊心，我抬头望着洞顶，借着微弱的光线，看不清石壁上是否有新鲜的断茬。

足以地动山摇的力量，方能让它们脱落母体，在地上砸出一个地下涌泉吧？

其后，当更惊人的一幕展现在我们面前时，我们已完全惊愕得说不出话来。

像是有人在给我们变魔术，凭空变出了一口一百多平方米的水潭，我们甚至看得见水下的泉眼在汩汩冒水。

洞穴大厅的这个方位，我很熟悉，我曾在如今这个水潭的位置，拍过洞外的照片，因为从洞口斜斜照射进来的光线，如同一盏聚光灯，落在沉默的钟乳石上，如同拉开一个沉睡舞台的帷幕。也是大家拍得比较多的经典构图。

一场地震，居然时过境迁，沧海变桑田，这也太邪门了吧？

雾中的哭泣

袁队长在对讲机中呼叫我们，告知，增援队伍已经抵达。

援军来了，我俩骤然胆子壮了，忽然，从支洞的深处，传来一阵隐约的呼啸，透骨的寒凉瞬间从脚底突然涌上了脑袋。几乎是种本能的条件反射，小陈脱口而出："黑雾来了！"

呼啸声越来越大，越来越尖锐，仿佛无数抓狂的蝙蝠在洞穴深处汇集、酝酿，然后喷薄而出。

等我们反应过来，扭头就跑，而袁队长和彭辉、米罗等人刚来到水潭处，大家面对这些变化，可想而知也是一副莫名惊诧的表情。

我看见米罗的嘴成了"O"形，扭头一看，从支洞口挤出的那一团浓稠的黑雾，几乎像雪球，从地上向我们滚过来。

米罗也尖叫着："快跑！"

我俩继续向他们跑过去，但目测我们都来不及跑到阳光底下。情急之下，我冲小陈喊："跳水，跳水。"我也真佩服自己，跳水的那一瞬，居然记得把口袋里的相机扔了出来。

那一群人也稀里糊涂地跳进潭水，没想到潭里竟然是温水，还没等我定过神来，就见那一团黑雾如乌云般从我们头上席卷而来。

大家赶紧把头浸泡在水中，耳边是混杂着哭泣、尖叫，模糊说话的声响，和我们刚才遭遇的浓雾如出一辙。

在水里憋气毕竟时间有限，等我忍不住冒出头来，发现第一波浓雾已经飘出了洞口，大家惊诧莫名地从水潭里爬出来，场面够狼狈的。

彭辉忽然问："那是什么？"

只见一个人匍匐在我们的前方，也正是浓雾席卷过的路径。刚才还没见到，仿佛是浓雾把他卷过来的。

袁队长认出来了，大喊道："欧阳！"

地上的人开始蜷曲、呕吐、蠕动，我们赶紧把他扶起来，都被他吓住了。他脸色呈青白，如瓷器一般，脸上全是呕吐物，浑身哆嗦，手里还紧紧攥着对讲机。

大家赶紧给他简单清理了一下，好半天，他才缓过劲，呜呜地哭着，声音充满了绝望。他痛哭流涕，嘴里一直在喋喋不休地说着本地话。

米罗吓得不轻："他好像是在对死人说话。"

小张低声说："他中邪了。"

队长刚开始还试图劝止他，听大家这么猜测，也一下慊了。

正如米罗所言，欧阳像是跪在一口棺材前面忏悔。

所幸，他的体温慢慢回升，意识开始逐渐恢复，不再胡言乱语了。队长问了他几个问题，都还能答上，看来问题不大，大家也就略微放心了。

袁队让大家赶紧撤离，这里实在不是久留之地。

我望着支洞的方向，郑远他们就在天坑下，而我们现在却要弃他们而去。这么一转念，眼泪忽然流了下来，我心里堵得难受，已经来不及掩饰，眼泪哗哗地止不住了。

彭辉留意到了我的反常，他走上前来，被我的反应吓了一跳，赶紧过来拍拍我的肩膀，善言者如他，一下也不知道该如何安慰。只是说："我们先上去准备一下，过两天就下来援救。"

小林也凑过来了，本来她也不好受，被我这么感染，顿时也陷入了伤感的情绪，毕竟是女孩子，忍不住抽泣了。

米罗走过来时，我感到很没面子，男儿有泪不轻弹，却无法抑制住身体的反应。她握住我的手，把一个东西塞进我手里——是那个相机！我都忘了，她居然记得帮我捡回来。在那么危急的时刻，她还留意着我的一举一动。

米罗轻轻对我说："我们会把你的朋友们救出来的。"

好在小陈的举动替我解了围。他也站在欧阳前面开始飙泪。乍一看以为是朋友情深。

袁队问他怎么了。小陈抽泣着说："欧阳差点死了。"

欧阳感动死了，又有些诚惶诚恐，向大家澄清："我才来队里不久，和他还不太熟。"

彭辉恍然大悟道："原来是这团浓雾搞的鬼。"

小林也猜出了，说道："瘴气？"

"对。"彭辉不紧不慢地说，"存了上千年的瘴气。以前有传言，说吸多了瘴气，人会抑郁。你们被裹在里面，到底是什么感受？"

听他这么一分析，我稍微挽回了些颜面，回忆被浓雾袭击时，那种感觉很不好，"不由自主地想哭，好像是做梦，见到了死去的亲人。"

仔细一分析，小陈、欧阳，我们这些被迷雾袭击的人都有共同的感受，心情极度悲伤，恍然见到生死相隔的故人，撕心裂肺的痛苦，源自内心深处的伤口，待你想捕捉疗伤，却又转瞬即逝。

黑雾就这么席卷起了每个人突如其来的伤感情绪，然后让人久久不能抽离。

米罗亲昵地在我肩膀上拍了一下道："有时候嘛，男人落泪，在我们女人眼里，很性感哟。"她用手指滑了下我的后颈一戳说，"男人哭吧哭吧不是罪。"

我窘迫地一把推开她，大家哄笑起来，难得暂时放松了绷紧的神经。

熟悉的声音

飞猫队员已经给小覃的伤口做了临时包扎，他目前意识很清醒，应该不会有什么大碍。那个女病人则比较棘手，为了防止她误伤他人，小伙子们把她的手束缚起来，她大声嚷嚷着，却怎么也无法挣脱，小覃向我们叙述了自己前一刻的遭遇。

当一团浓雾袭来，他和欧阳被潜伏在暗处的壮汉袭击之后，两人跑散，惊魂未定的他爬到树上，结果仍被蹿到树上的壮汉啃咬，两人在树上厮打，惊险万分。他心有余悸地说那人是个疯子，好像吃了兴奋剂，处于骇人的亢奋状态。

欧阳同样被那团浓雾彻底裹挟住了。他一直在大叫，但那团雾似乎"咬住"了他，他曾在浓雾里崩溃得痛哭流涕，完全如"中邪"一般。

当时，小覃在树上曾听到似乎有人在叫欧阳的名字，他还以为援军到了，而壮汉似乎一听到这个声音，如同得到了指令，立刻跳下树，朝浓雾的方向狂奔。奇怪的是，那团浓雾开始向洞内飘去。而他最后看到欧阳，是其在移动的浓雾中时隐时现的身影。

袁队长揣测道："这么说来，还有其他人在天坑之下？而且居然认识欧阳？"

小覃挠头，说那个声音似乎有些熟悉，但他到现在也没想起来究竟是谁。

彭辉换个角度启发他，仔细回忆一下，从那个壮汉身上可以得到什么线索？

事发突然，小覃的大脑可以说是一片空白。那人像只野兽，嘴里嗷嗷叫着，显然不是正常人，而且力气很大，爆发力惊人。

小林悄悄凑在我耳边："你说另外一个人，会是我们团队的人吗？"

我摇头，蒙晋是飞猫队的副队长，他的声音，小罩不可能听不出来。郑远？他俩应该不熟。莫非是老金？

老金游离在飞猫队之外，仅有一些业务上的往来，我心里一动，但立刻否决了。这个假设太牵强，也太荒唐。

老金虽然亦正亦邪，但我相信，他不会伤害自己的朋友或同行。尤其是郑远，他是唯一能让老金心服口服的人。

心中的另一个声音在质疑：老金，他可是乐业天坑的捡尸人！

欧阳从天坑下上来，喝了几口酒，除了身上有几处刮蹭，别无大碍，已经能完整叙述自己的惊魂一刻了。

正如小罩说的，欧阳也不知怎么回事，被那团迷雾"缠住"了。神情恍惚，他一个劲儿地哭，阴冷刺骨，更可怕的是铺天盖地的沮丧，悲伤的情绪牢牢锁住了他。他沉浸在这种情绪里，无法自拔。

大家都不解，为什么这团浓雾都是从别人身上飘过去，唯独锁住了他？

小罩和欧阳其实想到一块去了，他俩异口同声给出一个答案——"跑动。"

"我在跑动。"欧阳也不无困惑，似乎自己的步伐一旦和浓雾的气流频率对应了，那团浓雾就黏在了自己身上。

如同不小心和"瘴气"对上了节奏，他就被裹挟其中。浓重的负面情绪让他几乎崩溃，何况听到有人在叫唤自己，他自然朝着那个声音跑去，就像提线木偶一般。

后面的事他就记不太清楚了，就像一个哭着找妈妈的孩子，鼻涕眼泪一大把，脑子里闪念出无数可怕场景，全然不记得自己置身何处了。

飞猫队的队员们其实早就听到过关于"黑雾"的更玄乎的传言，在地下积蓄了几十年、几百年甚至上千年的瘴气，不但邪，而且毒，人被瘴气飘过，魂魄都被蹂躏了一遍，就像走过腐烂之地，头晕呕吐还只是常态，神志混乱是常见的。

袁队长的"科学解释"如下：天坑下的瘴气则让人体温迅速下降，身体几乎来不及做应激反应，所有的负面记忆和情绪都被锁住了。

米罗不解地指着那个女人："他们又是怎么下的天坑？"

一位资深队员一撇嘴，说肯定是"蛊师"带下去的。地震一来，就乱套了，他们才得以曝光。天坑下有"蛊师"出没，只不过他们从来不让大家看到。

小林随口一句道："如果老金在就好了，他倒是对这方面知道得很多。"

小罩和欧阳忽然不约而同地悟到了什么，连声说："老金，对，就是那个声音。"

我们几个也大吃一惊。我更是没想到，自己心里曾胡乱猜测的，居然歪打正着！

袁队长也被此事震惊了，立马道："只是像而已。在那种时候，人会产生心理作用吧？"

小覃和欧阳也有些不好意思，欧阳赶紧澄清。其实，他也没有听得太清楚，甚至是不是喊他名字也不能确定。

米罗则把注意放到刚才的问题上。

"'蛊师'出没，可以带病人下去。难道他们有秘密通道？"

"这个一直是圈内半公开的秘密。"一位资深队员点头道，"肯定有，只不过，知情人都保密而已。因为牵涉少数民族的民俗，媒体也比较谨慎，不能大肆渲染。所以虽然心知肚明，但外界对此了解不多。"

袁队长介绍，我们这里所谓的天坑"蛊师"，据说很多是在天坑下实施法术的，毕竟乐业是中国最大的天坑群，很多天坑都可以很方便下到底部。传言说，大石围下面的天坑"蛊师"级别最高，我们协助电视台，协助科考队，下过天坑那么多次，从来没有碰见过"蛊师"或者病人，但民间一直都在传这事。

"这就是证据吧。今天我们才眼见为实。"米罗指着女病人，她连走路都走不稳，不太可能依靠单绳速降下到天坑底部。何况如果她从东西峰速降，肯定会被媒体曝光。

在袁队长的安排下，欧阳和女病人被即刻送往县医院，与此同时，乐业地震的消息已经成为全广西朋友圈热议的话题，郑远等人失踪的消息被媒体同一时间披露。一时间，单位的、家属的、朋友和同行们的电话令我应接不暇。

本来我们打算翌日马上组队下天坑，但袁队长请我们再多等一段时间。如果再来几波余震，后果不堪设想。

是啊，洞穴大厅忽然被硬生生地砸出一个喷泉，这可是我们亲眼看见的。

袁队长随车送伤员去医院，他安排飞猫队的人在营地留守，我们一行人住进了火卖村。

临行前，队长和我们约好，等他回来大家再好好商议下一步行动计划。他指指脑袋："信息量太大，我得先在脑子里捋捋。"

第二十七章 老金

相对无言

回程刷手机，不出所料，乐业地震在微信朋友圈里开始刷屏。

彭辉开玩笑地说："天湖也该有动静了吧。"

没想到，一语成谶。没多久，乐业地震的消息被另一地更劲爆的消息覆盖。瞬间，微信朋友圈沦陷，一条惊悚无比的消息开始刷屏，广西全州天湖出现"僵尸"！

接着是耸人听闻的大标题：天湖诈尸。

传闻中的活死人，15年前的溺水少女，被人秘密用"蛊药"藏匿15年，容颜未改，宛如睡美人！今天，睡美人躺在一艘废旧的船上，漂浮在天湖民间传说的"水下宫殿"的上方，犹如进入时空隧道；而她被发现之时，天空也出现异象！

从视频上看，一抹红云停留在"水下宫殿"上空，无人机飞掠湖面，水下宫殿清晰可辨。

手机的音乐提醒此起彼伏，那位神秘朋友似乎突然被这则消息激活了，在微信上给我发了一连串的照片，天湖上方的天空出现了罕见的火烧云景象，瞬间变换，从深红、玫红变成了粉红，然后辐射出如血般绚丽灿烂的霞光。

彭辉倒吸一口冷气："天湖可能逐渐开启了'取魂潭'的模式！"

我的反应是：水下宫殿肯定再次浮现。

所谓的"水下宫殿"，就是我们曾经拍摄过民间传说的大殿，类似一个水下文物景观，有石阶、石柱、石窠、石门槛，还有条石围砌的一口水井，仍有泉水涌出。对此遗址，至今未有权威解释，电视台也未拍到实证。不过，当时专家们曾根据知情人的细节描述，判断这个大殿并不是建于秦代。

当小船漂到岸边，女孩尸体被人用手机拍摄，传到微信上。从无人机拍摄的视频和手机视频上，我们看见了那个面容安详的女孩，身着白色的连衣裙，头发乌黑，只不过她的面色蜡黄，场面十分惊悚。

我记得，吴工曾提到过。他的朋友曾在温金严处见过一具会呼吸的"尸体"，正是当年那溺水遇难的六个女孩之一，据说被他救回了一口气。他用黑衣壮"蛊术"让她容颜未改，成为一具未苏醒的僵尸。如今，温金严已死，是谁把这个秘密公之于众的？

"平安全州"发布消息，倡导大家不信谣、不传谣，此事正在进一步调查。

彭辉将截图转给吴工，让吴工转给据说是见过女孩的朋友，请他核实真相。

几分钟后，吴工告诉我们，他朋友也见到了相关微信，这个女孩就是他当时所见的"植物人"，至于是不是15年前的溺水之人，他不得而知。那时候求医心切，相信了温金严所说的一切。他记得，当时女孩被放置在一个山洞内，而他则被蒙着眼睛，所以并不清楚确切方位。

所幸地震对火卖村的设施没有造成明显的损坏。

等我们回到村里，天已经黑了。因为地震，店老板两口子担心山下村里的家人安危，连夜赶到山下，客栈里就剩一个帮厨的大嫂，地震弄得小村人心惶惶，店里还没来得及补充食材，基本上就是把冰箱里的存货给大家草草弄了几个菜就打发了事。

我们这群人，大都是夜猫子，自然不会老老实实按时睡觉。

皮埃尔从袁队长手里拷贝了航拍飞机的视频素材，拉着小刘躲到房里去细细分析，为他的"气阀理论"寻找证据支撑。

彭辉和小林、小张则聚在我们房里研究天坑下的地形图。

米罗拿来一瓶葡萄酒和几根火腿肠，把我拉到露台聊天。露台位于客栈二楼，视野绝佳，平日里，很多客人喜欢在此用餐。

夜深人静，客栈如悬浮在半山上的一个小孤岛，露台就像甲板，远处连绵的山脉像是变幻莫测的海洋，那一个个天坑，就像茫茫大海中的旋流吧……

我们就这么坐着，漫无边际地聊着。也许这几天的经历过于沉重，我们都刻意避开了这些话题。我们聊各自的来处，在哪里读书，第一份工作，家人，朋友。

约莫二十分钟后，皮埃尔和小刘匆匆向我们走来。

皮埃尔端着手提电脑，看上去特兴奋，给我俩兴致勃勃地展示电脑上的视频。

航拍的画面全是从天坑某处喷发出来的云雾。

皮埃尔快进，对我们说："你看，这一段。"

这段视频画面给我的观感是，仿佛有人在天坑下放烟花。

皮埃尔手舞足蹈。"这就是'气阀'理论的完美验证。"

米罗好奇道："地震引发的？"

"对。压力全部从气阀里喷发出去了。"他接着详细解释道，"如果不是气阀把这些压力积蓄在一起，只是靠地震释放的话，不会有这么连绵不断的爆发力。你看，一波，接着一波。何况，当时余震已经结束。"

如同烟花，云雾一次次喷发，越来越高。我粗浅地理解，这还真需要一个助推力，确实比较吻合"气阀"的理论。

航拍机更换电池后，再次出发，慢慢靠近"气阀"，飞行仪已经到了气阀口的正上方了。

突然，一群惊惶的飞鸟从洞口逃窜出来，紧接着，一团黑雾腾空而起，在半空中爆炸似的绽放，将镜头完全遮盖住了。

这一下，把我和米罗惊得目瞪口呆。毫无疑问，天坑的第二个"出露口"已经被完全证实了。

"此事我们一定要保密。"皮埃尔央求道，"一旦公开，这个伊甸园就保不住了。"

我和米罗也有同感，向他保证，时机未成熟前，要求大家守口如瓶。

我钦佩皮埃尔严谨的"治学态度"，好奇地问："如果你的'气阀'理论被证明是有根据的。下一步你的研究方向是什么？"

他告诉我们，就大石围天坑来说，如果气阀理论能够站得住脚，在气阀处就可以设观测点，监控到天坑内部的水情和地质状况。

小刘兴奋地补充道："如此一来，天坑下错综复杂的地下水系都有可能用这个理论摸排清楚了。"听上去，规格很高呢！

"到时候，地心深处的任何异动，就可以被实时监控出来。"皮埃尔盯着我的眼睛，他知道，这句话对正对我的靶心——70年异动期，就有数据可以实时监控了。

"我们支持你。"米罗钦佩地许诺道，"如果需要，'米润'还会提供资金上的支持。"

皮埃尔高兴地说："我要请小刘给我当助手。我要给他发工资。"

小刘倒也憨厚，表态道："能维持生活就行了。关键是我也喜欢这项探索。"

米罗很爽快，让他先报个预算过来，两人得此答复，高高兴兴地回房了。

米罗抿了口酒，望着沉沉的夜色，没有再说话。我想起钟月提醒我的话，如果她的家族真的遭遇了前所未有的危机，她为何还能淡定如斯，这么大手大脚地花钱？莫非，她真的是另有目的，孤注一掷？但这些疑问，我又如何能够问得出口？

夜深了，我们也各自回去休息。

老金出现

回到房间后，小张他们也散了。彭辉躺床上睡了。

我叫醒他，天坑下那个被飞行仪摔落的相机虽然受损严重，好在存储卡安然无恙。

他很兴奋，赶紧起身，我们把卡取出来，用笔记本电脑来播放。

只见飞行仪升空，然后慢慢地悬浮在大石围的上空，突然，画面有轻微颤动，重影，紧接着，我立刻意识到，余震来了。

飞行仪开始急速下坠，然后又开始拉升，操作者试图稳定住机子，但显然徒劳无功，飞行仪失控，下坠，挂落在一棵树上，摄像头在急剧转换，在令人头晕的画面更替后，操作者无奈地放弃了。

镜头记录的方向正是通往洞穴大厅的必经之路，有三个模糊的人影从镜头前掠过，因为是俯拍，我看得不太真切。

接着，三个人影又折返回去，这一回，他们在镜头前停留了一下。三人似乎在驻足商量着什么，又有两个人影围了过来。

彭辉突然定格画面，我们仔细查看，确认无误，这其中没有我们熟悉的人。

四个人离开，应该是前往洞穴大厅方向，一个人则站在原地，望着崖壁那边。

又一波剧烈的震感袭来，相机突然下坠，被树枝卡住了。

接着，一个令人难以置信的动物在镜头前出现了。

一只红色的羊突然出现在画面中。它的头部被人用衣服裹着，似乎分不清方向，一个白衣服的人走上来，试图把它拉走，似乎遭到了抵抗。

彭辉把图像放大，放大。我们顿时感到毛骨悚然。这是一只被剥了皮的羊！我们甚至可以看得见它身上的每一条血管，甚至血液流动。

我一阵反胃，想呕吐，忍住种种不适，只见它挣脱了衣服，躁动不安，吓人的是，它的头部和脸部也被人剥了皮，且慢，彭辉再次定格，放大。

虽然看上去血淋淋的，但它的身上没有一滴血，从衣服和那个白衣人的身上、手上就可以得出这个结论。

彭辉目瞪口呆，断定，这难道是从未被发现过的新物种？我俩面面相觑。

我们蓦然想起了黄小妹外婆说的那个"小血羊"的故事。莫非又是"蛊师"的作品？

接着，余震袭来，"血羊"和白衣人惊慌离开，飞行仪坠落在地。相机弹了一下，镜头对着空中，只能看到摇曳的树影。

5分钟后，相机断电关机。

我们反复回放，仔细研究，统计结果，一共五个人曾出现在画面中。第一次的三个人，都是男子，第二次出现的两人是一男一女，从女子衣服和动作来看，不太像我们带上来的那位女病人。

前面三人中的两人将后面出现的两人拉走，剩下一人站在原地，面朝相反方向走去。

接下来，"血羊"突然出现，随即赶来的白衣人则是第一次出现。

这六人加上刚才我们遭遇的莽汉、女病人，疑似老金的熟人，居然有九人之多。

这些人在天坑下干什么？他们是怎么下到天坑的？为何之前从未暴露踪迹？那只令人毛骨悚然的"血羊"，又是怎么回事？和我们遭遇的"地獭"有何关系？

带着这些谜团，我没睡踏实，连着做了好多乱七八糟的梦，彭辉倒是一落枕就响起了轻鼾，一觉睡到了天明。

翌日清晨，打开窗帘，薄雾如轻纱，曼妙地给眼前的山和建筑镀上一层柔光。

我看见楼下的小张正和老板娘商量着吃什么早餐，米罗端着一杯茶，一个人站在露台栏杆边，眺望远山。我偷偷欣赏着她的倩影，微风吹拂着她的长发，侧脸迷离，真想冲下去，给她拍几张艺术人像。

没过多久，小张就神秘兮兮地冲进我们的房间。他先是尖着嗓子道："老金从天坑下出来了。"停顿了一下又补充道，"老板娘亲眼看见的，他搭摩托车下山了。"

真的是老金啊

我和彭辉几乎是异口同声："这怎么可能？"

小张非常肯定："今天上午九点，他坐一个叫阿黎的小伙子的摩托车下山了。我还拿到了阿黎的手机号码。"

多么吊诡的消息！除了老板娘看错人，还能有别的解释吗？

小张摇头，他当时也这么怀疑来着。"老板娘说她才不会看错人。他俩还聊了一会儿。"

我俩彻底震惊了。我提醒彭辉道："你还废什么话，赶紧打电话啊！"

彭辉立刻抢过号码，拨通了阿黎的电话，但对方很快挂断。小张改用本地手机再拨，电话倒是很快接通了。

听阿黎叽里呱啦说了一通，小张的脸上流露出困惑和恐惧兼而有之的神色。为方便我们，他索性开了免提，改用普通话，试图让老金也参与对话。小张尖着嗓子道："你真是老金？"

"有屁就放。"（典型的老金的口头禅）

我们都被惊得说不出话。

小张担心地问："你怎么一个人从天坑上来了？郑远和蒙晋呢？"

老金大怒道："你脑子有病，蒙晋不是陪杂志社的记者去黄猄洞天坑了？"然后把小张用粗口痛骂一番。

小张不和他计较，接着问："那郑远呢？"

老金似乎莫名其妙地吼道："什么××郑远，不认识。你一个水线鸡，有什么资格管老子的事？"水线鸡是本地俚语，指小阉鸡没阉干净，是骂人的话。

接下来的剧情走向诡异，他和老金两人的语境基本就不在一个频道上，各说各话，鸡同鸭讲，越说越乱，把我们都听得一头雾水。

"老金，不要开玩笑啦。"小张的声音透着无奈和惊慌，说道，"我们现在就过去看你。"

放下手机，小张倒吸一口冷气："他把我带沟里了。"

我打个冷战。确实，老金的反应，很诡异，很反常。

听着是老金的声音，但他似乎完全不知道小张在跟他说什么，他连郑远是谁都不知道？问起蒙晋——飞猫队的队长现在在哪里？他破口大骂，骂蒙晋，说的却都是多年前的陈芝麻烂谷子的琐事。

说他失忆吧，又不像，说他装疯卖傻吧，动机何在？莫非，他把郑远和蒙晋干掉了，一个人回来，假装失忆？想想不寒而栗，郑远可是提醒过我们，要戒备他，毕竟是大名鼎鼎的乐业"寻尸人"！

我们一刻也不敢耽搁，直奔老金的落脚处。

皮埃尔和米罗虽然不认识老金，但也意识到事态严重。

米罗应该是没少看恐怖电影，她猜测，老金是不是在天坑下受到什么惊吓，短暂失忆了？

"老金？失忆？"彭辉难以置信道，"他可是大名鼎鼎的'乐业收尸人'。有什么事情能吓到他？"

我们准备开车下山，客栈老板娘似乎有某种预感，有些迷惑地跑过来，问小张道："老金该不会是出了什么事吧？感觉他有点怪怪的。她当时还以为是他喝酒喝多了。"

我不安地问："当时什么情况？"

老板娘颦眉："他跟我发牢骚，说'你表妹都生了二胎了，我还是单身寡佬'。"

我纳闷地问："这话有什么奇怪的？"

想起那一幕，老板娘面有愠色道："我表妹第二个孩子年初不在了，他死于脑膜炎。这话听上去就很怪，哪有人提这茬的？"

小张也不确定地问："他知道这事？"

老板娘忽然生气道："他当然知道。他以前还看中了我表妹。我表妹躲着他，后来二胎没了，他还幸灾乐祸来着。这人心地不好。"

我们一听，更懵了，明明知道，又装不知道，老金这唱的是哪出？

小张对她摆摆手，大家上了车，老板娘还带着狐疑的神情，久久地站在路边，目送我们离开。

山脚有条小路，通向村庄里几户散落的人家。

我们把车子停在路边，大家徒步前行。这几户人家几乎是把房子建在了山谷里，一条水沟从我们脚下蜿蜒而过，真不知道如果山涧突泄山洪，住户们该如何是好？

那个叫阿黎的年轻人从房屋内走出来，对我们招了招手。我留意到，小林望了他一眼，又看一眼，又看一眼，然后，连看好多眼。

而米罗则直接得多，她笑眯眯地夸奖道："哇，你们山旮旯还藏着这种款式的帅哥啊？"

小伙子皮肤黝黑，肌肉紧实，眼睛黑亮，羞涩一笑，露出一口耀眼白牙，整个脸都焕发着神采。

"我对这种淳朴结实的男人最缺乏免疫力。"小林一边感叹,一边捏了下他强健的胳膊。天啦!现在的城里人,不论男女都有点神经质。

"山里的男人,一成家,有了孩子,就变成另一个人。"米罗居然还有闲心和小林剖析道,"你看吧,他们现在的五官比例,身材,刚刚好。一转眼,就苍老得不行,就邋遢得不成样子,肚皮也鼓出来了。"

阿黎听了,和我们几个男人一样窘。

"那我也喜欢。我不爱看这种都市小白脸。"小林指着彭辉的背影,撇嘴道。

我白了她们一眼道:"你们对男人很有研究啊?"

小林抢白道:"那也轮不着你来吃醋!"

小张和彭辉扭头,用手势示意我们停步。

小张用本地话和阿黎沟通,然后对我们翻译:"老金身体好像有点不对劲,阿黎正打算送他去卫生所看看。我们大家不要七嘴八舌,让唐摄影和我来问话,不要搅得他脑乱。"

说话间,阿黎把我们领进屋,屋内很简陋,连着一个卧室,因为卧室的南面开了扇窗,光线骤然明亮起来。

蚊帐草草挽着,已看不出原来的颜色。此刻,老金就坐在床上,裹着件毛巾被,带着蔑视,睥睨着我们。

恐怖的失忆

老金平时看人也这副德行,如果是不熟悉他的女人,都会被这种眼神激怒,熟悉他了,就都躲着他了。

他看不起女人和所有像女人的男人。后来每当想起"重度直男"这个词,我就条件反射地浮出他脸上这种欠揍的表情。

我们的颜控——米罗小姐探头瞄了一眼,低声赞叹老金这个"怪兽"道:"长得有点像壮族版的张丰毅啊。"

老金一见小张就开骂:"我爬上来了怎么一个人都不见了?冯奶奶和小丘死哪里去了?"

小张似乎有了心理准备,盘问道:"老金你下去多久了?"

然后扭头小声对我们解释:"他说的两人都是飞猫队的。'冯奶奶'是一个队员的外号,诡异的是,人家早就不在队里了。"

见小张偷偷和我们搭讪,老金的火更大了,怒气冲冲地吼道:"前天晚上下去的。'冯奶奶'那货把镜头盖都丢在洞里,让我给他拿上来。"

小张也被老金的穿越弄糊涂了,伸出手,索要镜头盖。老金摸摸口袋,翻翻枕头,然后,整个人都开始焦躁起来。

"老金。"彭辉忍不住，叫了声，"你不认识我了？"

"我干吗会认识你？这些人是谁？"老金瞪了彭辉一眼，然后发怒地指着小张，怒了，"你带他们来做什么？"

小张急忙把我们推到门口。阿黎悄悄告诉我们，他也发现老金不太对劲儿。他斟酌了一下道："他好像只记得一年半之前的事。"

我和彭辉惊得面面相觑，难怪他认不出我们了。

小林揣测道："他是不是脑瓜子受到撞击了？赶快检查一下。"

阿黎摇头，说老金对一年半之前发生的事记得很清楚，就像昨天发生的一样。

我沉思一下道："在他脑子里，那也可能真是昨天发生的呢。"

米罗也惊呆了："那你们几个岂不是穿越在他面前？"

我问阿黎是怎么碰到他的。阿黎说，自己提了一笼土鸡送到火卖村的农家乐，发现老金从后山的小路走进村，见了阿黎，说自己累坏了，要去他屋里歇歇。阿黎也没多想，就带他到了自己家里，没想到两人随口一聊，阿黎就傻眼了。

和老板娘一样，他刚开始也以为老金喝多了，记忆断片了。

"他说三天前才过来和我大哥喝酒，两人约好一起去采五灵脂，我大哥今天还要给他把上一回的费用结了。"阿黎啼笑皆非道，"我就想等他把酒醒醒再说。后来和你们通电话，他也是越说越乱。我觉得有麻烦了。"

米罗不解，问他是什么麻烦？

阿黎很认真地发愁道："我大哥去广东打工了。再说，我大哥怎么给他结算？两人早就把钱分了。"阿黎哭笑不得，说道，"一年半载都过去了啊。"

小林怀疑，老金会是在演戏吗？也许他把事情弄砸了，把郑远一个人扔在天坑下，对我们交代不了，装疯卖傻呢。

我哭笑不得，那他的演技也太牛了。

阿黎摇头道："他连我阿母身体不舒服，需要弄点什么药都一清二楚。这些事是编不来的。"

我一惊，这么说，他真的穿越着到了过去，整整一年半。

"五灵脂他要卖两次呢。"阿黎仍然在发愁，他的话把我们逗笑了。

"五灵脂是什么东西？值多少钱？"米罗好奇地问。

小张告诉她，"五灵脂"是飞猫的粪便，它是一味中药。

"3764。"阿黎掏出老金写的纸条，苦笑道，"你看，他脑子记得多清楚。"

我沉吟了下，告诉他我们要把老金带走。阿黎当然求之不得，连连点头。然后他可怜巴巴地问："那钱怎么办？告诉他真相？他信吗？你们要给我作证哦。"

"我给你钱。先堵住他的嘴。给我账号。"米罗豪气地说，掏出手机用支付宝转账。

彭辉眉开眼笑，瞧瞧，有个女财主随行，不说可以花钱消灾，至少可以减少麻烦。

不过，她这么花家里的钱，真的好吗？我知道她家的内情，有点心疼。

仿佛猜出我的心思，米罗对我说："我不是在家里吃闲饭的。我和朋友投资了一家美容院，一家健身房，目前，手头还是比较宽裕的。"

我的感受挺复杂，最好的回应就是装傻。

小张在屋内和老金沟通，米罗和小林在和阿黎闲聊，彭辉瞅准空儿，把我拉到一边，悄悄对我展示他手里的一个手机。

"老金的，里面好像拍了些东西。"他神秘地说。

我一惊，他居然神不知鬼不觉地把老金的手机给顺过来了，这小子够机灵。

老金掌握着天坑下的众多小众线路，这也是他"吃饭"的本钱，除了凭借经验和记忆，手机拍照自然是重要的补充，所以他的手机一般都不许别人触碰。

彭辉说他在和我们分手后，用手机至少拍了五十多张照片。彭辉把照片都转存到了自己的手机中，然后把老金手机里的照片都给删了。彭辉的歪理是："如果他发现自己活在当下，岂不要疯了？如果被坏人利用这些线索，就更不好了。"

我同意，这样，我们至少能掌握一些关键线索了。

一会儿，不出所料，小张被老金骂出来了，我们赶紧进去安抚一下老金，彭辉悄悄把手机放回原位。

一行人刚回到客栈，袁队长就从乐业医院给我来了电话。他的声音听上去很犹豫："我们的队员没有大碍。不过，那个女病人有点状况。"

我心里一紧，问出了何事。他沉吟许久，不像是开玩笑地说："医生护士差点给她吓尿了。"

我一愣："为什么？"

他一字一顿地答："她曾经死在那个医院，现在又突然冒了出来。你说吓人不吓人？"

第二十八章　淡金湖

蒙晋有了消息

我一下懵了。袁队长解释道："昨晚把她一送进医院，就有个护士认出了她。去年，她在医院脑死亡。家属拔了呼吸管。医院确认她已没有呼吸，开出了死亡证明。听说是家里人为了躲避火葬，把她悄悄抬走了。"

听上去，简直是匪夷所思。只有一个解释，家人把她送到天坑之下，接受"蛊师"的治疗。

本来今天早上他们计划返回火卖，但医院不让他们走，医护人员都被吓怕了，医院压力大，逼着让他们继续联系家属。袁队正头疼，和医院交涉中。

我苦笑地告诉他，我们碰到的比这个邪性。"我们找到了老金。他就在火卖村附近的村里。"

想象得出，袁队长那副目瞪口呆的表情。"郑远和蒙晋呢？"他的声音有些颤抖，像生怕听到不祥的消息。

我告诉他，目前还没有这两人的线索。老金失忆了，只记得一年半之前的事。我们计划明天就组队下天坑展开营救。

袁队长也同意了，他会派人和我们一起下去，人多力量大，安全有保证。

放下电话，我的心情，焦虑郁闷，心乱如麻。

老金的只身出现，给我带来了不祥的预感。因为以郑远和蒙晋的为人，他们绝对不会在危急关头抛开同伴的。莫非郑远他俩遭遇了不测？简直不敢想下去。

仅过了几分钟，袁队长又给我电话，电话那头一片嘈杂，袁队长很焦虑，语气急促，说他们遇上麻烦事了。

消息走漏，很多人都跑来医院围观"活死人"。医院表示对她无能为力，院领导十分紧张，给他们下了最后通牒，让袁队长赶紧把人带回去。双方僵持住了。

我不解地问："病人家属呢？"

他要抓狂了："还是联系不上。糟了，微信圈里也在传这事。"

我质疑道："病人的情况那么糟糕，我们把她带回来，她不是难逃一死？"

"事情好像没那么简单。"袁队长焦头烂额道，"她的身体体征平稳。我们恐怕是好心办了坏事。"他压低声音接着道："听说女病人的家庭背景不简单。我怀疑他们是成心躲避，怕给人拿了实锤，等碰面再聊。"

我也想不出更好的对策，只能问道："目前她的情况如何？"

"神志不清，没有生命危险。"

这下可好了，少了两个伙伴，多了一个来自天坑下"死而复生"的女人。

半个小时后，袁队长给我电话，说自己做了件很不地道的事——他从医院逃跑了。把她扔在医院里，好歹有人照料。他一路开车狂奔而来。他之所以会这么做，是因为——他的声音在打飘——"我接到了蒙晋家人的电话，他回到家了。"

我愕然道："家里人怎么说？"

袁队模仿家属的口气道："'你们别瞎折腾，还把他的名字上了报纸。我外孙在家里治病呢。'"

我一愣："是他姥爷？"

袁队说："这是蒙晋姥姥的原话。她骂骂咧咧地就挂了电话，后来再打过去，那边就不接了。"他说自己已经查到了蒙晋老家的地址，现在赶来火卖村和我们会合。

我赶紧和彭辉商量了一下，决定先不惊动小林、小张和皮埃尔等人，就我和彭辉、米罗前去蒙晋老家看个究竟。

等候袁队长的空儿，我和彭辉躲在屋里，打开手机相册看个究竟。

老金的图片都是拍的局部，像是老金为了加深记忆坐标而拍摄的细节，除非身临其境，否则还真看不出名堂。

我和彭辉面面相觑，心情焦躁。煎熬了好一阵，我们才得以和袁队长会合。一路上，我们不停地往蒙晋老家拨打电话，电话终于打通了。

袁队长说我们现在过去找蒙晋，对方则对他破口大骂。我心急，抢过电话，说我们在天坑下还有一个同伴，生死未卜。所以我们一定要找到蒙晋问个明白。

对方的声音完全不像是老太太，她的语速极快，口齿清晰，普通话很标准，此刻给人的感觉非常诡异。她怒骂道："如果你们赶过来，我就告诉你，你的朋友在哪里。"

我立刻答应了，先稳住她再说。她怒气冲冲地说："你的朋友和我外孙，还有两个本地人，一共四个人，在天坑下闯入了'金蛊师'的地盘，所以才遭了殃。好在老天有眼，他们在下面碰到了我一个老朋友，我的老朋友认出了蒙晋，就把他给带出来了。有个人跑了，还有个人，我朋友说是被'金蛊师'带走了。"

我如被石化，当场呆住。过了好一会儿才恢复平静，我将那个诡异外婆的话转述出来，袁队长和彭辉也顿时震惊了。

袁队长唉声叹气，我们三人在车里一言不发。米罗困惑地问我们，"金蛊师"是什么来头？

袁队长叹了口气，先给米罗普及"金蛊师"的来由。

大石围天坑下，"金蛊师"应该是最为传奇的人物之一，种种扑朔迷离的传闻已经将"金蛊师"这个物种送上了神坛。究竟谁有见过"金蛊师"的本尊？其实，说到这个，包括相对熟悉此行的老金在内，都是一脸茫然。

据说，在"异动期"的时候，"金蛊师"只能出手一次。他（她）的传人，可能是乐业汽车站拉客的摩的司机，也可能是深山终日耕作的农妇，他们可能数十年都不出手，一旦在此时出手，便是"逆转天意"，就得封箱10年。也就是说，"异动期"是需要天时地利的配合，能干"大票"。

米罗不解的是，"金蛊师"一旦决心"违逆天意"，便要忍受10年的寂寞？什么叫"违逆天意"？

袁队长缓缓地解释道："把死人救活。或者，更准确地说，是将无可救药的人用蛊虫激活。在本地人看来，就是泄露天机，有违天命。"

袁队长接着道："传闻，'金蛊师'不能暴露行迹，否则会遭天谴，所以知情者很少。而且知情者，基本上都和'金蛊师'有极大的利害关系，当然守口如瓶。"

我点头附和道："真正被'金蛊师'救活的人是不会把真相透露出去的。"

设身处地地想一想，确实也有道理。就每一个个体来说，谁也不想成为众所皆知的"死而复生者"。难怪这么一来，"金蛊师"的真相便如坠入秘密的深井，再无波澜。这么一来，所谓"金蛊师能救命"的风声，越发扑朔迷离，真假难辨。

袁队长告诉米罗，整个乐业，名副其实的"金蛊师"可能不超过5人，据说有个"金蛊师"家族曾隐约放出过风声，没有5000万人民币的酬金，他们不会出手"救命"。这是最接近暴露"金蛊师"身份的一次良机，可惜最终也湮没在甚嚣尘上的传闻之中。

米罗倒吸一口冷气，望望我们。既然一般人见不到"金蛊师"，误闯进他的地盘，危险系数自然不言而喻。

大家面色凝重，忐忑不安。

大石围天坑下每70年一次的"异动期"，"金蛊师"会齐聚天坑下，各施其能，补充"蛊力"，这是汲取能量的最好时机，而且可以在这期间为增进蛊力而"救命"，也可以通过隐秘渠道"挣大钱"。而今年，正是天坑下的"异动期"。

米罗好奇地问："'金蛊师'这么神秘，他怎么收徒弟啊？"

袁队长答道："有种说法，现在的'金蛊师'其实都来源于一个家族，可以说是师出同门，即使后来开枝散叶，收徒也估计在家族圈里物色。"

忽然，奇怪的事情发生了，袁队长猛踩刹车。

只见前方路面上密密麻麻地爬满了青黑色的蟾蜍，这个情景，让我们全身起了一层鸡皮疙瘩。大家的神经骤然绷紧了。

米罗胡思乱想道："这是地震的前兆？是不是还有更大的余震？"

这层蟾蜍黑压压地我们眼前蠕动着，汇集得越来越多，潮水般朝我们涌来，放眼望去，至少有十几米的路面都是蟾蜍，而且有越来越多的势头。头皮发麻，很想开车碾过去，逃离此地。

袁队长急忙下车，也无计可施。彭辉急中生智，他将矿泉水瓶里的"蛊水"围着我们的车子浇了一圈，然后跳上车，关紧门窗。

蟾蜍大军浩浩荡荡地压过来了，越来越近，靠近车头约50厘米的时候，前面的蟾蜍忽然停了，而后面的则翻越前面的同伴，却被眼前一堵无形的墙所阻隔，乱成一团，乃至溃不成军，向路的两边散去。

当这些蟾蜍给我们刷地让出一条车道时，别提有多么震撼了。

袁队长赶紧一踩油门，扬长而去。

袁队长惊讶地问彭辉，那是什么药水？

"黑衣壮的蓝靛水。"彭辉得意地说。仔细端详着那个矿泉水瓶子。

"金蛊师"、"黑衣壮僵尸"、温金严，这些元素似乎在某一条线索的藤蔓上慢慢聚合了。

蒙晋的下落

我们到蒙晋的老家，花了近一个半小时的车程。真可谓是"望山跑死马"。

一路上，大家都是忧心忡忡。老金的暂时失忆，蒙晋受伤，郑远会遭遇何种困境？凶多吉少，我拼命抑制住不祥的念头。

袁队长紧绷着脸，彭辉盯着窗外，米罗闭着眼睛，反复揉着太阳穴，大家都很沉闷，就像几个完全没有准备好，却即将参加决定命运考试的学生，心都提到嗓子眼里了。

蒙晋老家是个自然村，独门独户，错落于山间，家家户户都隔得很远。显然，蒙晋在村里口碑很好，邻居们都知道他，纷纷给我们指路。袁队长猜测，这大概得益于两年前的大旱，当时蒙晋带着飞猫队员给村里寻找了几处应急的水源，得到乡民们的交口称赞。

蒙晋的老屋坐落在半山腰，正对着一条螺旋状的盘山公路。

我们刚走到门口，就听到里面有人咳嗽。忐忑敲门，一想到快见到蒙晋，我无法抑制住内心紧张，深呼吸，强作镇定，祈祷着不要听到坏消息。

一个老太太开门，身后是两位神情不安的中年妇人，老太太细密的皱纹中，眼神倒是分外明亮而锐利，一副被我们惊扰的神情。她扬起眉毛，中气十足："找谁？"

我们说明了来意。她毫不客气地问："你们是谁？"

袁队长答道："蒙晋的同事、朋友，您老是他什么人？"

她在我们脸上扫了一眼，拉长了声调道："我是他姥姥！"这话怎么听着有点像调侃。

我们大伙面面相觑，在乐业乡下，很少能见到一位把普通话说这么溜的老太太，我们今天算是开眼了。

她仍然把我们堵在门口，反问道："蒙晋不是在你们单位吗？"

我们一时语塞，气氛僵住了。

好在她只是在呛呛我们，白了我们一眼，转身，没好气地说："你们就是把我外孙扔在天坑里的伙伴们啊？稀客啊，欢迎啊，进来吧！"

米罗噘嘴，低声抱怨道："这老太太说话真刻薄！"

见我们进来，那两位妇人顿时快速闪开。走在我们前面的老太太身姿挺拔，动作敏捷，我们跟着她，穿过幽暗的房间，走过一个天井，直奔后院。

这后院，倒让我们眼前一亮，堪称一个被城市之人意淫的乡间民宿的范本。院落里的石磨、农具都被青苔渲染得如明信片上的诗意农家，简直可以充当婚纱照的外景地了。围墙、屋顶、窗口、屋檐，无一不蔓延着铺天盖地的绿色植物，绿意浓浓，乃至将悬崖边一溜的小平房藏了起来，只露出几扇小木门。

等我们再一抬眼，接着被眼前的一幕被惊呆了，这一圈小平房后，突然冒出一大片高耸巍峨的山体。

田园的恬静气息瞬间被过滤掉了尘世的喧嚣，仙气飘飘，出尘脱俗。

老太太指着院中的石椅石凳："你们先坐着，等等。派个代表跟我进去吧。"

袁队长下意识和我对视一眼，彭辉在后面悄悄推了我一下，我便跟跄地迈出了步子。

老太太盯着我的脸问："你就是唐摄影？"

我点了点头。大家都吃了一惊，她是如何知道的呢？

彭辉急忙接上话茬道："蒙晋跟您老提过他啊？"

老太太的眼睛很亮，若有所思地盯着我，嘴里说："他一个猪头，满口胡话。我这不是猜的嘛。"

这番话，听得我们都一头雾水，不过，即使她对蒙晋有所不满，骂骂咧咧总比哭哭啼啼好吧，至少说明蒙晋的病情还不是太严重。事到如今，我们也只能如此宽慰自己了。

蒙晋姥姥

老太太打开一扇平房的门，回头，目光凛冽地扫了我们一眼，后排的彭辉和袁队长被她的目光逼退了几步。

她一摆头，让我先进去。我忐忑走进光线骤暗的小屋内，她转身锁上门，眼前的一切瞬间陷入一片漆黑，我心里一沉，莫名的不安感油然而生。

好在她开了灯。我这才看清眼前的空间,其实,就是个地下通道的入口而已。

老太太斜睨了我一眼,我没来由地紧张起来。这老太太有股深藏不露的威慑力。

她冷冷地说:"你得做好心理准备。"

也许因为紧张,我的声音特别干涩问道:"什么意思?"

"他一个猪头,怕吓着你。"

我倒是真慌了,说道:"您老人家可别吓唬我。"

她严厉地盯着我道:"你没胆量就换人。"

我更慌了,说道:"蒙晋他情况不妙?"

她没搭理我,说话间,她已走下台阶,我脚步凌乱,几乎用一连串的碎步才跟上来。

越往下走,寒气越重,我越胆战心惊,一股冷风突然迎面袭来,我打个哆嗦,这才看清楚,这楼梯下面,其实连接了一个山洞。这难道就是传说中的"洞穴阴风"?

山洞不算大,连通着另一个洞穴,跟着老太太穿过洞穴走廊,她开了灯,我揉揉眼睛,终于见到了蒙晋。只是,这一瞬,这一眼,我已目瞪口呆!

眼前这个人,哪里还有一点蒙晋的影子。五官像是糊住了,眼睛肿成了一条缝,嘴唇则有拳头大小。"脸如铜盆",这四个字还真不是文学夸张。眼前这张"脸",看上去极为惊悚。老太太说的没错,他真的肿成了一个猪头!

蒙晋发出的声音也非常尖锐:"谁?"和他平时的嗓音完全不同。

老太太替我答道:"唐摄影。"

蒙晋看不见我,这张大脸像个罗盘,缓缓朝我的方向转过来,嘴唇嚅动,却说不出一句话。

好半天,我就开口问了一句:"郑远呢?"话刚出口,心里有点后悔,好歹应该先问候他一声吧。自己多半被他这样子吓傻了。

老太太凑在他耳边把我的问题重新说了一遍。但我感觉,他其实在第一遍听到了。

蒙晋竭尽全力地怒吼道:"你们还没有下去找他?"

我坐在床边,一脸震惊:"你们在天坑遇到了什么事?"

蒙晋的大脸如大钟摆,在我眼前摇摆。"不能说,不能说。你们快下去把他给带出来。"他哀号道,"你们为什么不早点下去?"

我恐惧了,讷讷地答道:"我们不知道他在哪里啊。你现在才跟我说。"

蒙晋尖叫道:"老金不是出来找你们了?"

我似有所悟地说:"我们找到他了。可是他把这最近一年多的事都忘了。"

"郑远就在那个湖里。他受伤了。"他忽然悲痛地嚎叫起来。老太太瞬间关灯,我一下如坠深井,耳边是毛骨悚然的哭嚎。

但这一招对他果然有效。他的声音仿佛被黑暗吞噬,变得如梦呓一般模糊。

老太太说话的语速很快,用两只手按着他的脖子,话语快得像是念咒。

"咬住牙,咬住牙。"她在黑暗中开了风扇,直接对他吹着,我在旁边都冷得直打哆嗦。

蒙晋由哭嚎转为抽泣,似咬牙切齿地说:"快去救他!他受伤了!"

老太太拽着我的胳膊,在黑暗中将我粗暴地拖离。这老太太还忒有劲儿。

蒙晋的声音在我耳畔回响:"那个湖已经不在原来的地方了!"

老太太忽然停住了。

蒙晋仍然在大叫:"他受伤了,在湖边,那个湖不在原来的地方了!"

接着,他又开始哭嚎。

"你听清了?"老太太利落地抬腿迈出脚步,提溜着我的胳膊,快速走上楼梯。

奇怪的是,虽然她看似冷血、粗暴,但有她在,我心里倒是踏实了一些。

大家围坐石桌前,见了我们,条件反射地站起来。

老太太挥手,让大家坐下后,她锋利地瞅我一眼:"你先说还是我先说?"

大伙儿惊疑不定,望望她,再望望我。

"我先说。"我艰难地开口道,"蒙晋脸肿得厉害,思维还算正常。他说郑远受伤了,被困在湖边,他以为老金先出来报信了。他后来又说,湖不在原来的地方了。"

彭辉反应很快:"这么说,老金离开他们的时候,还是正常的?他为什么不和老金一起出来?"

米罗问:"为什么不把你们队长带出来?"

我张口结舌,答不出话来。

老太太锐利地扫了我们一眼:"他昨天晚上才能开口说话,颠三倒四的。所以,我也是刚知道你们还有人被困在天坑里。活该这四个小子倒霉。"老太太冷冷地说,"他们闯进了'金蛊师'的地盘,能保住小命就不错了。"

淡金湖

我的第一念头就是集结队伍,即刻下天坑去援救郑远。每浪费一分钟,都可能贻误救命的时机。

彭辉对我耳语道:"这个老太太肯定还有所隐瞒,我们得从她嘴里多套点话。"

袁队长率先开口问:"老人家,您外孙蒙晋是怎么出来的?您和老朋友又是怎么接上头的呢?"

老太太道:"你们可别指望我。我知道的全告诉你们了。蒙晋昨晚上才能开口说话,来来去去就那么几句。"

我试探地问:"是不是我们再下去问问蒙晋?"

老太太怒了说道:"该说的他已经说了。他正在用药,你们把他脑子弄乱了,我找谁算账去?"老太太板起脸,一副无可奉告的表情。"你们赶紧去救人吧。不要在我们这里浪费时间了。"

老太太转身就走。彭辉转向我问道:"蒙晋不是说郑远在淡金湖吗?为什么又说湖已经不在原来的地方了?"

老太太本来背对着我们朝厨房走去,听到这番话,突然转身,脱口而出:"淡金湖?他说的湖就是淡金湖?"她一连串地追问,"你们在天坑下找到了淡金湖?"

袁队长闻言也是惊诧不已:"淡金湖?"

我点头,蒙晋提到的湖当然是淡金湖。

我分析道:"我们分手之后,他们找到了淡金湖。"

袁勇大吃一惊道:"你怎么知道他们找到了淡金湖?"

彭辉也愣了,脱口而出道:"老金手机里的照片啊!"

蒙晋姥姥震惊了,立刻说要看看照片。

彭辉调出照片给她看,袁队长也围了上来,两人的眼睛都直了。

蒙晋姥姥确认性地问道:"这是你们分手之后,老金拍的照片?"

我们点头。

蒙晋姥姥大惊道:"你们查得出路线吗?"

我被眼前的反转弄得有点懵了:"把这些照片合起来一起分析,有可能拼出线路。"

蒙晋姥姥要求道:"我想看看所有这些照片。"

"不行。"我很直接地否定了,本能的自我防御机制突然预警。

大家都愣了,老太太更是没料到我是这样的态度。

我冷冷地说:"保密!"

彭辉也是一脸的莫名惊诧,但着眼点完全不同,他疑惑道:"淡金湖居然是'金蛊师'的地盘?"

蒙晋姥姥的态度突然来了个180度的转变,态度和蔼了,亲昵地对我们说:"我先下去看看蒙晋,等会再来和你们聊聊。反正都到这个点了,大家吃点糍粑垫垫肚子吧。"她扭头交代了厨房里的妇人几句,一扭头就钻进了小平房,剩下我们几人面面相觑。

傻瓜都看得出来,这老太太突然改变主意,肯定和淡金湖有关。

彭辉赶紧问我:"蒙晋到底跟你说什么了?"

我竭力回忆,念叨道:"郑远受伤了,在淡金湖,淡金湖不在原来的地方了。"

袁队长直到现在,还无法消化这个惊人的事实。他说:"《淡金湖是漂泊的湖》,你们没听过这首本地民谣吗?"

我们摇头。

袁队长很兴奋，哼唱起来：

> 淡金湖是漂泊的湖
> 淡金湖没有路
> 有雾的时候不要哭
> 天是树
> 地是布
> 鱼儿藏在泥土
> 我本是你的雨露
> 不是你的坟墓

那两个妇人不知何时也走出厨房，情不自禁地一起应和。这首童谣简直是家喻户晓啊。

> 天是树
> 地是布
> 鱼儿藏在泥土
> 我本是你的雨露
> 不是你的坟墓
> 燕子飞
> 地不落
> 燕子飞
> 树不落

歌谣弥漫着忧伤和悲怆的味道。

"这是在暗示某种预兆吗？"米罗看来一下消化不了这么多秘密，感叹道，"这淡金湖，听上去比'金蛊师'还玄乎呢！"

彭辉迷惑地问："这么说，老金失忆，蒙晋成了'猪头'，就是因为在天坑下撞到'金蛊师'了？"

"那小子可见不到真人。"不知何时，老太太已从小屋子里走出来。"'金蛊师'在天坑下制蛊，建通道，谁碰到谁倒霉。我猜你们那个老金就是被蛊气给迷障了，还好他捡回一条命。"

我不明所以地问："'建通道'是什么意思？"

"封路，造蛊气。"袁队长说，"不过'金蛊师'据说都是在天坑下面几层活动，所以和探险队一般都没有什么交集。"

原来，科考队主要是沿着地下河的水路考察。所以这就是为什么这么多次考察、探测、拍摄，二者从未狭路相逢的原因。

袁队长比画着手势向我们解释，天坑内部像个魔方，越厉害的"蛊师"，他们的据点就越靠近地心，也就是在天坑下部。但首先，他们会建一个通道。通道是从上到下，一旦有人误闯了这个通道，后果就很严重了。

老太太严肃地提醒道："他们不是误闯，是惹祸了。他们破坏了人家'金蛊师'的通道。"

郑远受伤，被困在淡金湖。老金得以先跑出来，但给蛊气迷瘴了，心智受损。蒙晋差点没命，幸亏他姥姥的老朋友认出了他，把他带了出来，听上去玄机重重。

彭辉问："你的老朋友认识'金蛊师'？"

老太太叹了口气道："老王也是'蛊师'，他认识我。人家也不容易。本来带了几个病人下去，想偷偷沾些'金蛊师'的蛊气，结果，歪打正着，倒把蒙晋给救了。"

袁队长恍然大悟："原来是'黑蛊师'。"

老太太脸一变，大家一惊。老太太只是苦笑。

袁队长悄悄解释道："'黑蛊师'，更像是本地神棍。"

我立刻想起了飞行仪拍到的那一幕。那些病人为什么在天坑之下，终于有了答案，就是神棍们被地震震出来了吧。

我盯着老太太道："这么说来，他们有条秘密通道可以下到大石围？"

老太太倒没有遮掩地说："对，'蛊师'秘道。一般人下不去。只有'蛊师'才能下去。"她话锋一转，似笑非笑地睥睨着我们道，"只要你们帮我找到淡金湖，我就可以带你们下去。你们敢跟我走吗？"

米罗心直口快地说："我们不是'蛊师'啊！"

蒙晋姥姥撒撒嘴道："你们敢吞'蛊药'就行啊。那你以为蒙晋是怎么出来的？"

机不可失，我和彭辉、袁队长几乎是异口同声，忙不迭地表示愿意下去。

"半个小时后就出发。"老太太干脆利落地扔下这句话，忽然满脸堆笑着说，"我去烧一锅凉茶，先给你们清清肠胃。"

"外乡人"现身

话音刚落，她就径直钻进厨房，叮叮当当地忙碌起来。那两位妇人则给大家端来一个竹屉的糯米粑粑，先给我们垫垫饥。

我们这一群人，一方面觉得有老太太带队，郑远有救了，另一方面，可以见识传说中的秘道，也都兴奋起来。

米罗戏谑道："如果这个出口被公开，是不是什么人都可以轻易下到洞底，你们飞猫队岂不是没了生意？"

袁队长打个哈哈道："吞'蛊药'才能下去，你以为好走啊？"

我真心是饿了，往肚里一口气填塞了两块糍粑，老太太提着个大茶壶给我们倒茶，满脸堆笑，和蔼可亲。

袁队长忍不住刨根问底道："老人家，您是怎么知道这个秘密通道的？"

老太太一边给我们倒茶，一边漫不经心地说："咱可是'火蛊师'啊。"

这句话着实把我们惊住了。米罗似懂非懂，不明觉厉，对她竖起了大拇指。

她笑眯眯地对米罗解释道："'金蛊师'下面，除了'红蛊师'，还有'水蛊师'和'火蛊师'。我们这两种人，只要在本地有心打听，都可以找得到。"

我也听说过，"水蛊师"擅用水养蛊，一般是女性，"火蛊师"自然擅长用火，一般是男性，"水蛊师"制蛊，而"火蛊师"则制作解药。

她解释说："'水蛊师'只能治病，不救命，不接重病患者，属于温和派；'火蛊师'除了制作'蛊药'，也能用'蛊粉'调理身体。至于'王蛊师'，他属于邪蛊类，又称'黑蛊师'，下手比较重，上不得台面，弄不好还得被家属告，违法。"

凉茶入喉有点涩，我们每人都被灌了两杯，她利落地收拾好东西，立刻随我们出发。

当看到她从车库里开出一辆拉风的越野车时，大伙心里都在感叹，真是一个酷老太太。为了打探到更多的情况，我和彭辉、米罗干脆坐上了她的车。

米罗说她的年纪和自己姥姥相仿，恭维说，自己姥姥可远远没她这么潇洒。

老太太高兴了，打开了话匣子，说她其实算是蒙晋的姨姥姥。蒙晋妈妈虽是她亲生闺女，但很早就被过继给了她妹妹。

没人好意思盘根问底，人家老太太主动交代："很多年前，我被一个湖南人从乐业带走了，就是他把我变成了'火蛊师'。"

我心里嘀咕，那一定是很多年前的事了吧。老太太怎么也得有七十多岁了。

米罗心直口快地问："他也是'蛊师'？"

蒙晋姥姥答道："他研究的是'湖南苗蛊'。"

彭辉忍不住卖弄小聪明了，"我听说过不少'草蛊婆'的事情。苗族女子懂'蛊术'的很多吧？"

老太太颇具深意地瞅了他一眼道："我男人在苗蛊界，可是排名前三的高人。他不是为了名利，他就好这口，他有天赋，他家里有钱，开始家里反对他弄这个，但人家单枪匹马来广西，吃糠咽菜，根本不怕吃苦。"

我纳闷道："那他炼'蛊'，目的是什么？"

"纯属是个人爱好吧,就像是做科学研究。我们在湖南乡下待了一辈子,就没吃过一天苦。就算'破四旧'那会儿,也没人敢碰我们。他在家人眼皮底下,出手过唯一一次,就把那群人给镇住了,从此以后,没人敢惹我们,他保住了全家人的命。"

彭辉问道:"蒙晋有这样的外公,为什么不将技术传承下来呢?"

她的回答颇为惊人:"他不是蒙晋的亲外公。我跟他走的时候,蒙晋妈妈都四五岁了。他这个湖南佬啊,大胆娶了我这么一个寡妇。"

彭辉忍不住惊叹道:"你都是'火蛊师'了。你丈夫的级别岂不是更高?"

她摇头说:"他一个苗人,根本就没打算在乐业天坑里混。几十年前,我从他那里随便学了点皮毛,就能在这里当上'火蛊师'了。"

我们面面相觑,两地的蛊文化差距这么大?

老太太看出了我们的疑惑,撇嘴,摇头:"根本没得比较。我家的功力深厚。但他也不是专修苗蛊,他是杂家。乐业的'金蛊师',至今我也没有见过几个。人外有人,天外有天。只不过,很多在乐业天坑下混饭吃的'蛊师',他们的功力确实比我家老头差太远。"

接着,重磅消息袭来了。

"我老头以前倒是在天坑边见过'金蛊师'。他叔叔70年前,在下面赶上了天坑的'大喘气'。"

我一惊:"'大喘气'?"

"就是专家说的什么'异动期'了。我老头就是因为他听一个远房叔叔说过天坑下的事,才对天坑感兴趣的。"

老太太打开了话匣子:"他叔叔是唯一一个,记录下天坑'大喘气'的人。这些记录都在我老头手上。"

彭辉激动道:"你老头,呃,不好意思,爷爷现在在哪里?"

"这老小子,半年前在这天坑下面失踪了。"听不出伤感,就像谈论平常之事。

我怎么有种太上老君在炼丹的既视感?

"他等今年等很久了。他早就走火入魔了。"老太太忽然叹了口气说,"他扔下我老太太一个人,自己当'神仙'去了。"

虽说在叹气,她的眼睛却是带着笑意,坏男人的魅力就在于此吧。无论年纪大小,都一样中招。

这是个谜一样的老太太。

米罗问:"奶奶,爷爷,也就是那个湖南仔,他年轻的时候很帅吧?"

蒙晋姥姥哈哈大笑,从口袋里掏出个钱包递给米罗。里面有张小照片,一个穿白衬衣的男子,清洌冷峻,眉眼中带着疑惑。

照片传到彭辉手中,他仔细端详着黑白照片,忽然,有新的微信,彭辉随手一滑,手机屏幕中出现了一个人的照片，蒙晋！

老太太瞟了一眼道："看我外孙这脸黑的，哈哈。"

我伸长脖子，发现彭辉滑出的下一张照片，就是布条上的那几个字。

姥姥得意地说："我家老头写字也不错。"

我猛然意识到，这是吴工发来的微信——农妇找到了黑瘦汉子的照片！此人居然是蒙晋！

老太太歪着脑袋，看到布条上的字，估计是一琢磨，也愣了，微微变了脸色。

彭辉目瞪口呆，赶紧将手机递给我。

米罗也凑上来看。我们三个人几乎同时意识到，那个诡异的"外乡人"，应该就是这个神秘的湖南人，蒙晋的姥爷！而这个发现过程，却偏偏暴露在她眼皮底下。

一身冷汗！电影都不敢这么瞎编的！老太太也醒悟过来，似笑非笑。我们三人却脊背发冷。

她阴森森地说："瞎猫碰到死耗子，倒也省事。"

她不动声色，却加快车速。车子在盘山路上"蹿"了起来。

我们三人脸色发白。彭辉忽然不顾风度地大喊："尿！尿！尿！"

老太太猛然刹车。我们三人失魂落魄地跳下车来。

老太太在驾驶室点起了烟，眯缝着眼，瞟着我们，对着彭辉嘲笑道："真尿呢，还是吓尿了啊？"

彭辉壮着胆子走到她前面问道："爷爷是不是很多年前去过那坡？"

老太太朝他脸喷了口烟似嗔似怒道："你们这群狗崽子，调查我外孙？"

一边连呼"冤枉"，彭辉一边解释，说自己是刚刚收到这个信息。他调出吴工的微信给老太太看。也好，我们索性就此摊牌了。

我问："这是爷爷的字吗？"

老太太和我们耍太极："如果是，怎么样？如果不是，又怎么样？"

想耍赖呢……米罗故意奶声奶气地说："我怀疑爷爷就是'金蛊师'啊。"

老太太回答得很干脆："他不是！"

米罗提醒道："他现在可能就是了。"

老太太被她的逻辑弄凌乱了，疑惑地问："你是在逗我吗？"

米罗天真地说："他去偷'石围僵尸'的骨头，难道不是为了练'蛊'？"

老太太顿时哑口无言。

袁勇的车终于跟上来了，他停车，探出头，彭辉和米罗倒是毫不犹豫，一头钻进他的车。这两个胆小鬼！

老太太望着我，嘴角泛起带着点邪气的微笑。我硬着头皮，半开玩笑地说："姥姥，你有驾照吗?"

老太太鄙视道:"我们两口子跑长途的时候,你还在你妈的肚子里呢!"

我硬着头皮上了姥姥的车,觉得她不应该会有和我同归于尽的想法。

她吐槽道:"那两个是怂包。"

在广西,我很少听到这个词。明白词义后,我点头表示赞同。

她嗤之以鼻道:"我老太太的命可比他们值钱。"

我欠揍地问:"此话怎讲?"

她哈哈一笑,吓唬我道:"小子,我身上背着很多人命啊!"

我一琢磨,额头开始冒汗。

第二十九章 "蛊师秘道"

洞穴生活

我们先到回到火卖村，召集了小张、小林和皮埃尔等人，然后跟着老太太，向神秘的"蛊师秘道"进发。

原来，"秘道"藏于此村，它位于乐业县同乐镇，距离大石围天坑不远，而入口藏在一个半山腰。车子停在离房子约200米处的小路上，我们背着装备，下了车，伴着悠扬的牛铃声，只见一位古稀老人赶着牛马，沿着一条用碎石铺就的山路走向山坡上岩壁底的一个洞穴，老人对我们摆摆手，就算是招呼了。我们跟在后面，东张西望，发现脚下的风景很不错。

洞穴入口呈椭圆形，宽十多米，高七八米，洞口下面是一排木瓦结构的房子，正是老人的家，修建于几十年前。村民们的房屋都建在喀斯特洼地上，唯独老人把房子盖在靠近山顶的洞穴里，成了一个"山顶洞人"。

袁队长悄悄对我耳语，他以前来过这房子。日本NHK电视台的记者也曾慕名造访，当时还有《中国国家地理杂志》的记者和飞猫队的成员随行，只是他万万没想到这就是所谓的"蛊师秘道"。

我们好奇地东张西望，8个房间，6间卧室、1个厨房、1个客厅。左排一溜木屋，养着鸡马牛猪，据说唯一的菜园离家约800米，是这家人硬生生是从石头山刨出来一块泥地。

老人显然不太想与我们这行人有过多交流，进了房就不再露面。

老太太倒是熟门熟路地径自打开一扇门，房内倒看不出异样，直到她走到一堵墙壁前，啪地往上贴了几张百元大钞，接着，居然就推开一扇暗门，一个通往地下室的楼梯赫然出现在眼前。

这一幕，把我们都看愣了。

地下室连通着一个小支洞，姥姥一边走，一边开灯、关灯，昏暗的光线下，整个洞穴通道呈现出一种难以名状的诡异。暗黄色的石壁上布满了白斑，好像是人皮，越看越像，让我起了一层鸡皮疙瘩。

通道狭窄，越往下走，胸越闷，感觉氧气不足，大家都不由有些紧张。走了五六分钟，峰回路转，一面石壁上层层叠叠的小洞穴呈现在我们面前。这是一个个不到一平方米的天然洞穴，它们密密麻麻地挨在一起，擦着、挤着，洞口边缘怪石嶙峋，乍一看，如无数佛龛，持续发散某种神秘能量。

惊人一幕发生了，姥姥居然身手敏捷地攀爬到其中一个"洞龛"中，从里面提溜出一个沉甸甸的白色塑料壶。

我们赶紧伸出胳膊，先接住塑料壶，再接她时，她不屑地朝我们一挥手，利落地跳下地。一瞬间，我以为来到地心深处某个神秘的平行世界，年龄越大，能量越强。

她给我们揭开谜底：为什么普通人都走不了"蛊师秘道"，就因为这玩意儿啊。不好喝，也喝不到。

她似笑非笑，拧开盖子，嗅了嗅，权且将盖子当成杯子，斟满，从口袋里掏出药粉，撒进去，望望我们。大家心里都紧张，眼前这杯黑乎乎的液体，水面上很快就形成了一层水膜，就像颜色怪异的双皮奶。

我和彭辉几乎同时伸出手，我先拿到了壶盖，一饮而尽。因为紧张，几乎没有感觉，液体就顺着喉咙灌了下去。既不像酒，也不像是中药，就像纯净水，居然没有任何味道，柔滑、顺畅，能感受到这股水流在体内流淌的路径，整个人仿佛汲取到了能量，精神一振。

接着是彭辉，然后是狐疑的小林等人一杯杯喝了。

没想到，最后踌躇的，居然是米罗。端着杯子，她满脸通红，迟疑了很久。

估计老太太也没料到在她这里会卡壳，于是揶揄道："你不是吹自己胆子大吗？"

米罗迟疑不语。姥姥不客气地说："肚里有娃儿啦？"

米罗摇头。我急忙替她解围道："如果她不舒服，就不要下去了。"

米罗不悦道："我当然要下去！"

姥姥继续盘问："身上不干净？来事了？"

米罗还是摇头。

姥姥没好气地说："怕我给你们上迷药，把你们大伙全部干掉？"

众人皆惊。

米罗说：我肚子有点不舒服，你们稍等一下。

姥姥不耐烦道："那你就留在这里吧！"

米罗保证地说："我不吃药，一样可以跟你们下去。"

老太太摇头，嘲笑地说："那你还以为自己能活命？"

米罗若有所思地望望大家，放下杯子，从口袋里掏出一个小纸包，打开，里面是两个黑乎乎的大药丸，她放在嘴里嚼着，终于不情愿地说明原因了："我怕这药冲了。"

姥姥恐吓道："你们已经清过肠胃，你要再吃这乱七八糟的玩意儿，出了事，我可不敢带你下去。你请回吧！"

老太太去拿杯子，说时迟那时快，米罗抢先将那个装满药水的壶盖拿在手上，仰着脖子，一股脑灌了下去。

老太太盯着她，从嘴里蹦出几个字："我猜，你下过这里。"

米罗镇定地摇头。

我们几人，全部目瞪口呆。看来，米罗不简单。

老太太似笑非笑地说："那我们走着瞧。"

眼前发生的这一幕，实在太诡异了。我暗暗倒吸一口冷气。与其说米罗可能隐藏的真相会把我吓住，倒不如说老太太深不可测的行径更让人惊恐，不过，如果米罗有备而来，至少可以给我们一个预警。

老太太哼了一声，关了灯，打开手电筒，径直走在队伍前面，一边走，一边交代："跟上，掉队的不冻死也得被吓死。"

我们现在已经被她这番话吓尿了好吗？

小张悄悄问米罗："你刚刚吃的是六味地黄丸吗？"

米罗不理睬他。

小林抱怨说："真邪门，看上去黑乎乎的，咽下去，什么味道也没有！"

周边人都大惊，袁队长问："你喝的和我们是同一种药吗？"

我这才惊觉，除了我和小林，大家的感受一致，药水其实很苦涩，用本地话就是——臭青，就类似喝新鲜椰子的那种鲜味中掺杂的略苦的回甘。而药水，将这种味道放大了若干倍。

听了大家的反应，小林莫名惊诧，一口咬定自己喝的完全没味道。

老太太的老梗又出现了："你下来过？"

小林矢口否认。我悄悄在背后捅她一下，她很蠢，条件反射地问我："什么意思？你喝进嘴里也没味？"她急于找个同盟。

大家齐刷刷地望着我。我赶紧掩饰说："苦得很。小林你是不是失去味觉了？"

小林更慌了，问老太太她这么下去会不会有生命危险。

老太太阴险一笑道："我给你跪了。"

深一脚，浅一脚地走了十几分钟，拐了一个大弯后，我们发现自己置身于一个洞穴大厅中，气温骤降，从脚底下冒出阵阵寒风。

老太太交代大家手牵手，放慢步伐。又走了几分钟，移步换景，这才猛然惊觉，我们站在黑暗的峭壁之上，这份惊悚，连语言都无法描述，我的双腿开始打战。

在大石围天坑下探险好几年了，应该说也见识了不少诡异景象，但毗邻的洞穴内还藏着这么大体量的洞穴，黑暗中的悬崖绝壁，如同阴曹地府的寒凉孤寂，实在是万万没有想到的。

老太太走在第一个，小心翼翼地走到悬崖边上，即便是她，也极为谨慎，生怕一个趔趄，就滑下深渊。

绝壁上有一块石头，缠着几根粗大的藤蔓，真不知道没有光照，它们是如何生长的。

老太太抓住藤蔓，交代我们，一个接一个，照着她的动作，不得有误。她转身，面朝队伍，抓着藤蔓，身体慢慢地降到了峭壁之下。

袁队长排在第二位，彭辉殿后，我居中，要求大家留意前后伙伴的安全。

小林问我是否需要打锚上保护缆，老太太耳尖，她的话从脚底的寒气中冒了出来："你们敢打锚，我一脚就把你们给踢下去！"

袁队长眼疾手快，抓着藤蔓降了下去，接着是小刘、皮埃尔。米罗在我身后，我把她换到前面，悄悄在她腰上系上一根单绳，她配合得很默契，全程未惊动别人，就这么任我摆布。柔软的情愫，在心里、指尖悄悄盛开。她转身，面对我，抓着藤蔓，慢慢往下降，我半跪在地上，紧紧拽着藤蔓。一会儿，她轻声提醒道："下面有楼梯。"

我转身，身后的小林察觉到我们的"勾当"，对我竖起了大拇指。我不理她，转身，抓着藤蔓，慢慢下探，尽管早有心理准备，脚底的寒气还是出乎意料的冰冻，正如米罗所言，我在脚下探到了一块凸起的石壁，原来，左手边被凿出了一条约一米宽的小道，是在峭壁上硬生生劈出来盘旋于石壁之上的"天梯"。

米罗在前方等着我，我正准备解下单绳，她无声地制止了我。她走在前面，牵着我的手，我们默默地贴着石壁往下走。

奇妙的一刻发生了，在这寒风中，我们的心跳似乎随着指尖的脉动传递给了对方，所谓心有灵犀，就是这种感觉吧。也许，这只是我单方面的感觉，但毫无疑问，这一秒，我被幸福的子弹击中了。

袁队长在前面吆喝着让大家报数，小刘，皮埃尔，米罗和我，接着是小林，小张和彭辉响应。

黑暗中，左边深渊中的雾气升腾弥散，我屏住呼吸，生怕被迷雾迷失心窍。迷雾中的水汽越来越重，而我们明显是沿着峭壁向下而行。这么大的水汽，不排除下面有条暗河或一汪深潭。

原以为可以走到崖底，没想到峰回路转，我们突然转入一条隧道，哦，不，应该说是支洞的通道，温度升高，浑身暖了，大家都松了口气。

米罗悄悄解下我俩身上的单绳，如某种仪式，映衬出我俩心照不宣的默契。性命攸关，生死相托。是我第一时间想起的八个字，后来又想到：执子之手，与子偕老，有一丢丢儿的热血沸腾。

老太太顺着石壁蹲下，靠在背包上，她盯着手里的怀表，像是在静待某个时辰，甚至不屑于向我们解释。而我们，可都把性命寄存于她的手心。

过了一会，一定是时辰已到，姥姥站了起来，神情严肃地道："等下你们一个拴着一个，都跟着我，越往下，洞越滑，不要慌，每个人都要跟我说话。"她强调："记着了，我问你们什么，你们都要回答，再困都不许偷懒！"

小张不安地问:"姥姥怕我们打瞌睡?"

老太太说:"怕你们会昏迷,喘不过气来。"

小林担心地问:"出过事吗?"

老太太答道:"醒不过来的,也有。认命吧,反正下来的基本没有好人。"

我估摸,她口中的"好人"是指"健康人"吧,听着怪别扭的。

老太太拉长声调道:"准备好了,下滑梯!"

我们刚牵好单绳,没容我们定下神,老太太已经一步踏到支洞的斜坡上,哧溜一下,就把我们整个队伍带下去了。

刚开始我们还能摸着石壁,手感光滑。

老太太大声问:"今天星期几啊?"

大家的回答尚且齐整:"星期三。"

"你们来了几个人啊?"

回答各异,大家脑子一下没转过弯呢。

"蒙晋是男是女啊?"

大家被她的话给逗笑了。

"你们小伙子里面谁最帅啊?"

回答如下:"我""彭辉""头儿"。

我们下滑的速度越来越快,老太太的声音开始模糊。

"你们冷吗?"

只有我和小林答:"不冷。"

她再次提高嗓门问:"你们冷吗?"

仍然只有我和小林答:"不冷!"

等我意识到不妙时,小林已经开始惊慌失措了。

她紧张道:"小张吐了。"

我拍拍前面的米罗,她的身体耷拉着,我的手臂上一阵冰凉,摸摸她的面孔,她流涎了。

小林更紧张了,"小张他还尿了!"

我不紧张是假的,但心里明白,自己可不能乱了分寸,让小林保持镇定。

老太太继续问:"你们热吗?"

我和小林顾不上回答她,两人自己对话。

小林问:"头儿,你没事吧?"

我说:"没感觉。"

她纳闷道:"我也一样!"

话音未落,我们好像突然被卡住了。

老太太打开手电筒，对我们大吼道："烟来了啊，赶紧捂住口鼻，别说话！"

一股浓浓的黑雾眼睁睁地从前方的洞口蹿了出来，将我们包裹在其中。

我用胳膊遮住脸，屏住呼吸，只听见自己粗重的喘息和剧烈的心跳，心里一沉，那些失去意识的人可无法自我防护。

不知过了多久，老太太发话了。她咳嗽道："不对劲儿啊！你们俩听我说话了吗？"

我一张口，就被呛得剧烈咳嗽，回答道："听见了。"

小林也在咳嗽。"这雾忒长了。没有过啊！"姥姥开始不安。

老太太大声命令道："我们得把他们给拖过去，不然大家都没命了！"

我听了，顿时魂飞魄散。我们在天坑下探险，也有过听天由命的时候，但从来没有像今天，犹如砧板上的鱼肉，完全没有任何主动权。

老太太让我们赶紧解开大家身上的绳索。说了句让我毛骨悚然的话："不知道能活几个，你们捡关系好的先拖走吧。"

命悬一线

此时，小林也乱了分寸，但至少比我清醒。她提议道："你背彭辉，我拖米罗。"

我机械地把米罗从腋下抽起来，交给她，然后我摸到彭辉。这几秒，却如生命中最漫长的煎熬。惊恐、内疚，我们真的有选择吗？能这么选吗？如果其他人丧命于此，我该如何交代？

老太太自己拽着小张，开始往前面走。后面的坡度缓了很多，近乎平地，我们三人各自拖着一个人，跌跌撞撞地往前方走去。

黑雾越来越浓，基本每喘一口气，都会怀疑自己要中毒。

小林开始崩溃了，惊恐道："我们要死啦！"后一个字似乎被黑雾吞噬了。

我脑海中只有一个念头：把他们全部救活！拖离黑雾地带！我使出全身力气，开始超越老太太。只有在此时，我才意识到她是个年已古稀的老人。老天！她自己扛得过去吗？

我和小林也学乖了，只喘气，不敢说话，拼了命地往前走。完全不知道走了多久，身体发出已被透支的极限警报，心里早已溃不成军，满脑子都是一个惊恐的念头：我们的团队完蛋了！

而呼吸道第一时间感受到黑雾的消失，脑子却还半天回不过神。老太太喝令我们停下。最明显的变化是呼吸顺畅，不再咳嗽了。

姥姥说："表面上看是安全了，但不知道后面还有没有黑雾。"她接着问："你们是想保命，还是继续救人？"

我们两人张口结舌。

老太太解释道:"如果想保命,我们把他们三个,拖到更安全的地方。但剩下那三个人估计就没救了;还有一个选择,如果现在把他们放下,再回去拖剩下的那三个,有可能大家一起死。因为如果黑雾停着不动,跑不出来就是死。"

我和小林二话不说,不假思索地往浓雾中跑去。小林扔下一句:"要死一起死。"

老太太梗着脖子道:"我可不想和你们一起死。"

重新跑入黑雾,我们就像两个机器人,趁着最后一格电力耗尽急速运转。

小林懊恼地大喊道:"被这老太太害死了!"

"胡说八道!"身后,老太太怒吼,我心里一暖,老人家也过来和我们一起救人了。

姥姥咳嗽着说:"往常这黑雾都是过一阵就走,现在停住了,几十年都没发生过啊。"

我揣测,姥姥给我们灌的药,原来只能抵挡一段黑雾。这下好了,黑雾停滞不动,活埋我们的节奏啊。接着,我头脑猛一下反应过来了:"地震!"

大石围入口处的黑雾,洞口大厅那个凭空出现的断裂带和"喷泉",可不就是地震造成的"异动"?

更惊人的反转出现,姥姥大吃一惊问道:"什么'地震'?"

小林咳嗽着告诉她,昨天乐业大石围周边发生过地震。冷不防身心一震,我的天哪,她居然毫不知情,我们这不是来送死吗?

老太太倒吸一口冷气,她那地儿居然没能感受到地震?

浓雾依然纹丝不动,我们打着手电筒,终于找到了落下的队伍,那三人还纹丝不动地躺在地上。我挑了个块头最大的皮埃尔,小林拖小刘,姥姥则拽着袁队长,我们又开始和死神赛跑。

皮埃尔在我腋下越来越重,脚下的平地仿佛成了阶梯,要命,我体内好像只剩最后一格电了。实在走不动,我就跪在地上,手臂环抱在皮埃尔的腋下,一点一点往前方挪蹭。

也许,人在濒临绝望和死亡面前,脑子里容易出现很奇怪的画面,从前在一家小馆子等候排队的安逸情形,居然如此违和,却无比清晰地浮现在眼前。

那是"活着"和现况的分水岭。如同做梦,小店里的人脸——闪现,情侣、朋友、闺蜜,一对对,一群群,在百无聊赖地刷微信、看街景。终于,我们坐到了桌前,开始点餐。等我恍恍惚惚地在记忆里还原出第三样特色餐点时……

我发现自己已经挣脱出了浓雾,刚放下皮埃尔,就朝后摔了个四仰八叉。我艰难地站起来,大声喊着小林的名字,没人回答,我再次冲进黑雾,好在小林在距离我们不远处,累得已经快趴下了。我帮着她将小刘拖到了安全地带,两人慌慌张张地去找老太太,跑了大约五六十米,发现那两人都匍匐在地上,我和小林跪下,想拖动他俩,却感觉浑身绵软无力。

老太太虚弱地说:"赶紧回去。否则一个都活不了。"

小林带着哭腔，试图去拖袁队长。老太太咳嗽着说："我给他服了药，还能顶一阵。你们快回去，不然都没命了。"

我脑袋昏昏沉沉的，机械地站起来，小林也一样，好容易站起来，我俩搀扶着，往安全地带走去。小林一边走，一边哭，一边咳嗽。

我猛地转身，跪在地上，我咬紧牙关，拽着袁队长，一点点往后挪，小林也一样，拽着老太太开始使劲儿。

老太太嘴里嘟哝着骂我们："蠢货，你们一个都活不了了！"

我不后悔，也不后怕，我可不能扔下伙伴自己逃命！这五六十米，我已经不知道是如何熬过来的，如同醉酒的人失去了记忆。解困后许久，我都忘记了当时的真切感受。

脱离险境后，我深刻体味到四个字——油尽灯枯。最后的火苗一闪即逝。我瘫软在地上，再也没有力气思考了。

就这么迷迷糊糊地悬浮在黑暗中，不知过了多久，听到此起彼伏的咳嗽。通道内温度升高，浑身酸胀，空气中弥漫着刺鼻的尿骚味。

都活过来了！小林在我头顶喊叫："头儿，头儿。"

我就躺在地上，一个个叫着他们："米罗，彭辉，皮埃尔，小张，小刘，袁队，姥姥。"每个人都有应答，连袁队长都有了意识，唯独老太太没有声息。

大家慌了，围着老太太，试探她的鼻息，气若游丝。我们这下都傻眼了，老太太若出了事，把我们扔在这里，算是怎么回事？我们两眼一抹黑，岂不是一样出不去，岌岌可危？

而那层黑雾仍然悬浮在不远处，我蓦然紧张起来。按照老太太的说法，如果人长时间浸泡在此黑雾中，凶多吉少，她是扣准了时间带我们通过，没想到因为地震，通道里全乱套了。

此地不宜久留。如果黑雾倒退，我们就功亏一篑了。

小林愣愣地望着我，提示道："头儿，我俩为什么没事？"我一头雾水，这事儿，我还没细想呢。她又提示道，"我们之前在天坑下喝的那坛千年老酒。"我顿时灵醒了。她接着狡黠一笑，又问："米罗为什么不肯喝药？"我干脆请她直说，她对我耳语道："一定和桂林米粉有关。"

我无暇细究。那几个人都已经摇摇晃晃地站起来了。我要求大家马上带着老太太撤离此处。

小林则认为我们应该等等，等姥姥醒过来，再决定下一步怎么走。

正商议着，小张忽然报告，说是听见有人跑来了，大家侧耳倾听，果然前方通道传来脚步声和嘈杂的人声。

心里隐隐高兴，有人来，也许可以给我们指点一二。

但脚步声开始杂乱，哭喊、低泣、怒吼混杂在一起，汇成低频率的呼啸，潮水般向我们这个方向涌来，大家都慌了，三三两两聚集在一起，紧贴石壁，接着，一股浓浓的灰雾席卷而来，一群人在浓雾中快速奔跑。

他们不是真实的人！他们是悬浮在黑雾中的颗粒，清一色古人装束，他们的形象和声音，和我们隔着阴间阳界，就如同 3D 电影的幻象，从我们眼前飘过。

我们这群人简直要给吓跪了，这是真正的"幽魂"！和我在天湖水下看到的士兵们如出一辙。

小张是不是吓傻了，他做了件惊人的事，他忽然颤抖地冲鬼影大吼一声。恐惧的事情发生了，这群人忽然停下了，他们茫然地回过头，朝我们走来。

其中一位，眼神紧紧盯着我，他们越走越近，忽然，身后传来爆破声，一束烟花沉闷地爆响一声，光亮一闪，我们眼前的人影突然都消失了，但空气骤然浑浊起来。

险象环生

老太太软绵绵地靠在石壁上，大口喘气。这个烟花就是她眼疾手快，扔出去的。看来，对这类突发状况，她早就有所准备。

我们都不知道她是什么时候苏醒的。虽然大家都目瞪口呆，此刻却都沉默不语，没有急着交头接耳，也许是敬畏之心让我们闭了嘴。

这不是我们的地盘，而是另一个世界。我们是闯入者，如同行窃的贼潜入作案地点时，惊扰了失主。

"快走！"老太太咕哝着，身体还很疲软，她无奈地指着我："你再找个人，两个人一起搀着我。"

我和彭辉一左一右架着她往前疾走，空气越来越呛，一行人仓皇地摸索前行。老太太真的很不服老，告诉我们，她是因为吃了药，才没力气的。

我扭头望望袁队长，他倒是恢复得不错。我调侃道："您就服老吧，看看人家小伙子。"

老太太冷笑道："我倒本来想喂他两颗药，想了想，还是保住自己的命要紧。"我一愣，一念之间，我们差点放弃了袁队长。此时此刻，亦不想追究此事。

老太太心有余悸地说："地震一来，全乱套了，什么脏东西都出来了。吓死姥姥了！"

我赶紧问："刚才那是什么？"

"'鬼气'。我家的这几十年只见过两次，你们倒全赶上了。"

这么说，我们刚才看见的全是"鬼魂"，而我们一旦惊扰了他们，他们就冲我们来了。经历了这一切，我此刻还能保持镇定吗？

彭辉说："我觉得是某种气流，我们的声波一变化，'鬼气'就朝我们飘过来了。"

瞧瞧这俩专业术语说的，听上去挺唬人。

老太太气呼呼地说:"以前那块黑雾一过,我们就没事了,谁想到今天'堵车'了。'鬼气'也跟着出来了,后面还指不定出什么幺蛾子呢!"

皮埃尔问:"以前有人见过这'鬼气'吗,如果有,是在什么时候呢?"

老太太带着莫名的怨气道:"反正不在通道里。"

皮埃尔好奇道:"这'鬼气'肯定是在天坑里到处乱窜,但它一定是有规律的。我想,如果'气阀'理论能找到几个足够的支撑参数,我们就可以在天坑下捕捉它。"

彭辉惊喜道:"我们是捉鬼敢死队!欧耶!"

米罗也欢快地说:"好刺激。姐喜欢!"

老太太扇动鼻翼,不屑地说:"洋鬼子冒充什么科学家!"

皮埃尔大为不满地回道:"你这个毒舌老太太!"

小插曲结束。我镇定一下,意识到,当初和小林无意中喝下的残酒,其中必有"蛊术"成分,否则不会在"黑雾"袭来的时候,几乎全员被迷倒,唯独我俩能抵抗住它的威力,这药效如此之大,甚至于过鬼门关的孟婆汤都对我俩不起作用。

再细细寻思,桂林米粉中的"卤水"成分,一定和我们体内的蛊劲有冲突,要不然我们也不会在饮用残酒后,一吃桂林米粉就呕吐;而作为"米润"后代,米罗据说从不吃桂林米粉,这其中必有蹊跷啊。

袁队长整个人还晕乎乎的,他担心地问:"姥姥,如果再碰上黑雾,我们怎么办?"

老太太也拿不准了,惶惑地说:"以前,在这段通道里,每隔半个小时,这消毒水要给我们过滤一道。只要黑雾的停留时间不长,那一杯药水足够了。现在地震一来,全乱套了。"

彭辉抱怨道:"早知道我们应该带着药水,随时喝啊。"

老太太白了他一眼:"喝多少次也白搭。下一次天坑,就管一回。"

彭辉指指我和小林,不解地问:"那他俩是怎么回事啊?"

老太太轻描淡写地说:"他们体内有'蛊'呗。"

大家都惊了。

彭辉羡慕嫉妒恨地问:"不是一般的'蛊'吧?"

小林沾沾自喜道:"哈哈,姥姥虽然修炼这么多年了,可我们体内的蛊,比你的抗体还厉害哪。"听她嘴里的"姥姥",像是倩女幽魂里的"树妖姥姥"。

米罗分析道:"我们没跟姥姥提到昨天发生过地震,是不是有影响啊?"

老太太愤怒道:"70年好不容易来个轮回,再碰上地震,就像砒霜加上敌敌畏,你们害死老太太了。"

小林撇嘴道:"你们村里也太闭塞了吧,微信、新闻上不都说了吗?"

"我们屋里有电视信号吗?"姥姥抬脚,往小林屁股上踢了一下,然后双臂一挥,把我和彭辉给甩开了。

看大家恢复得不错，我们提高了行进速度。我和彭辉走在后面，从老金手机里的照片分析，郑远他们是在返回途中涉足淡金湖的。这也就意味着，淡金湖其实离入口不会太远。传说中的"淡金湖"，也许就藏在我们眼皮底下。

其实，大石围洞穴大厅附近区域，如迷宫一般，隐藏着无数纵横交错的通道，可以排列成不同的组合，更别说有些通道根本无人敢涉足，比如老金摸索出的水路，从大石围天坑被探险者发现那天起，就被视为一个静水深潭，谁料到下面暗潮汹涌，可以将人卷到另一个令人难以置信的"平行空间"？这里还藏着多少玄机？我们不得而知。

小林纳闷道："你说我们这么多人，那个'鬼魂'为什么就冲着我走过来呢？一定是我们体内的蛊让他们有'心灵感应'吧？"

我一愣，问道："冲你走过去？"

小林点头。

彭辉也糊涂了，问道："明明是朝我走过来的好吗？"

大家纷纷都反驳，都说"鬼魂"是朝自己走过来的，而且都很肯定，米罗还说她和幽魂的眼神有过交会。

我背脊发冷。

这让我想到了某种奇异的现象，如我曾经历过的峨眉金顶佛光。每当夏日或初冬的午后，峨眉金顶舍身岩下的云层中会浮现七色光环，中央虚明如镜。当观者背向偏西的阳光，有时会发现光环中出现自己的身影，举手投足，如影随形，即使成百上千人同时同地观看，观者也只能看见自己的影子，而不见旁人。

有学者曾提出过"衍射—反射"成像原理来解释佛光的形成过程，毫无疑问，佛光是一种非常特殊的自然物理现象，本质是太阳从观赏者的身后，将人影投射到观赏者面前的云彩之上，而云彩中的细小冰晶与水滴形成独特的圆圈形彩虹，人影正在其中。

佛光的出现需要阳光、地形和云海等众多自然因素的结合，难度不小。而在这黑暗的地下，为何会产生如佛光异曲同工的"排他式注视"呢？想来也让人不寒而栗。

脑海中闪过一句话："幽魂"的意念！

"他们在地下非常轻，轻得像一股烟。"老太太低声说，"我家死鬼告诉我。他在地底下跟着这股烟走了好远。"

我悚然地问："这些烟是有生命的？"

彭辉惊问："它们会跟着声音走？"

老太太答道："跟着风走。只要有动静，就可以把他们带过来。"

米罗好奇地问："姥姥，如果你不扔烟花，将会发生什么事？"

她不像是在吓唬我们，后怕地说："也许迷了心窍，也许'鬼附身'。"

我们知道，大石围深度超过 600 米，算上我们沿峭壁而下及斜坡通道的距离，仍然很难精确估算出目前的海拔。

我们又走了10分钟,坡道渐缓,面前居然出现了一个五口洞穴的岔道,老太太得意地说:"这其中每个洞穴又有不下四五条通道,而目的地也不是一路到底,下面还会有很多的组合,每个'蛊师'都有属于自己的线路图,甚至不止一条路。除了峭壁和黑雾,这些通道同样暗藏危险。"

老太太告诉我们,在蛊师秘道中,"鬼气"恐怕是几十年难得出现一次,危险的其实还在后面。她带着我们进入其中一个洞穴,小林本来忙着做标记,没想到老太太快速左转、右转,把小林也彻底转晕了,短短一面石壁上,连接着好几个洞口,有的甚至是连通在一起的。她就像领我们去儿童游乐园,捉迷藏似的左转右拐,大家都被转晕了。

好在没多久,姥姥就停下了,严肃地警告大家:"往下,我走的秘道和'黑蛊师'不一样了。从现在开始,你们必须得一个跟着一个,不能掉队。别看这里平坦,可比悬崖那地方危险十倍。"

米罗紧张,赶紧发话道:"姥姥你得把话说明白了,人命关天啊!"

"好吧。以前下秘道,奇怪的事没今天这么多。我们准备走的这条道,是我家的选的,他说以前发生过危险的事。大家只要记住,看好前后的队友,不要偏离方向。你看着旁边是块石头,可能是个地洞。"

彭辉快速地反应道:"海市蜃楼?"

老太太用手指叩叩他脑袋道:"幻觉。"

之前的黑雾让人神志混乱,情绪失控。在秘道中我们甚至邂逅了"鬼气",和"鬼魂"遭遇,"他"的视线甚至可以和我们交汇,然后潜入我们的意识,侵扰了我们的神智,让我们的认知出现了短暂的盲区。真想象不出,这升级版的"幻觉"该是怎样的骇人听闻!

老太太提醒我道:"我负责把你们带到蒙晋被发现的地方,后面就靠你带我们去找淡金湖了。"

我一口答应。其实我心里也没底,走一步算一步吧。理论上,好歹可以离郑远近一点了,心里就有安慰了。

眼前的通道宽十多米,看似很平坦,手电筒照过去,没有烟雾的干扰,视线很清晰。

老太太让队伍原地等待,她蹲在地上,用手仔细摩挲着脚下的地面,她似乎在寻找某个记号。就这么反复在五六米的地方摸索了半天,她的表情十分困惑。

"地太干,有些不对劲啊。"她向我们解释,以往地上都有些润泽,太湿了要小心,太干了,她倒是头一回遇上。

"是衡量雾气的指标吗?"我问道。

她点头,说这个通道虽是个捷径,也很凶险。雾气频繁。而干燥意味着什么,连她也未可知。

老太太安排她走第一，袁队长排在第二，我居中，彭辉押后，我们列队，小心翼翼地往前走。虽然路很宽，但大家却都亦步亦趋，不敢越雷池半步。

前后有人抽着鼻子说"好香"，老太太问我闻到什么没有，我没有嗅到任何味道，问小林，她也闻到了。

老太太开始紧张了，让大家注意。我用手电筒照了照周围，可以很清晰地看到洞壁的细节，没有看到明显的水痕，队伍小心翼翼地继续前行。

"棉花糖。"身后的小刘说了声。

几束灯光捕捉到了几朵飘浮在空中的灰色的物体，正是"小恶魔"！彭辉立刻发出警告，不要"招惹"它们，它们一旦沾染到人体，便会破裂，致人幻觉。

走着，走着，老太太突然停下了。她直勾勾地盯着前方。

小林顺着她的视线看过去，惊叫："郑远！"

彭辉疑惑地说："老金也下来了！"

小张则直呼："蒙晋！"

我起初还以为他们是在恶作剧呢，心生烦躁，拿老人家开心是怎么回事。但当我意识到事情不对头时，冷汗直飚。我快速走到姥姥面前，她依然在凝神注视前方，举着手电筒的手一动不动。

我却什么也没见。我低声唤了声："姥姥。"她忽然紧紧抓住我的胳膊，内心的恐惧借由颤抖的手向我传递。

她恐惧地问："你看见了吗？"

我摇头，说自己什么也没看见。"姥姥你看见了什么？"

"我看见我家的了。"她艰难地吐出这几个字。

我倒吸一口冷气，低声警告："姥姥，这是幻觉！"

我转身，冲大家摆摆手，让他们安静下来。我提醒："你们看见的都是幻象。"

小林摇头道："不可能。我看见的幻象和大家的不一样。怎么会有不同的幻觉？我拍下来给你看。"

"唐摄影说得对。"米罗声援道。

我问米罗，她看见了什么？毕竟她之前未见过郑远等三人。

米罗低声道："我看见的是那个溺水的孩子。"

我扭头问："皮埃尔，你呢？"

他也在纳闷："我看见的是那只白猴子。"

我无语，接着问："小刘呢？"

他挠头，说自己看见的是白羊。

"袁勇，你呢？"

袁勇望着我："我见到的是蒙晋。"

小张立刻问："他穿的什么衣服？"

"红色的。"

"我看见的是白色的。"

说时迟那时快，姥姥故伎重演，向前面扔了只烟花。效果却适得其反，队伍开始骚动，更恐慌的一幕开始了。

小林慌了："他走过来了。"

我冲到队伍前面，姥姥在大口喘气，盯着前方，恐惧和期望交织。

我警告道："姥姥，是幻觉！"

"我知道。见一眼少一眼了。"她苍凉地回答，推了我一把说，"你走过去，挡住他。"她把我当一扇肉屏风了。

我眼前是一片黑暗的虚无。借助手电筒的光照，我走上前去。身后传来一阵低低的惊呼。

老太太叫我站住。我站住了，似乎感到某种幽冥开始侵入我的身体。过了大约十多秒，如"寂静岭"般的诡异。

姥姥松了口气，拍拍我的肩膀，夸奖道："好样的。影子散了。你这家伙是童子身吧？可真是百毒不侵啊！"

我茫然回过头，而伙伴们脸上的惊恐之色未散。

小林不服气了问道："为什么你看不到幻觉？当时我们在水潭边，不是都看见了那两个光屁股的古人？"

彭辉提醒说："他喝了那坛酒。"

小林说："我也喝了几口。"

彭辉猛然醒悟："他闻过'小恶魔'。"我真佩服彭辉的反应。原来，按这个逻辑，喝了酒，再被'小恶魔'侵扰过，就算免疫了。这是目前唯一说得通的解释了。

小林羡慕嫉妒恨地说："我是不是也要抓一把尝尝？"

"流星！"小张无厘头地大喊。

只见手电筒的光束下，许多"小恶魔"翩然飘来。如变换的小小云团，煞是可爱。

老太太让大家赶紧趴下，警告道："我们已经吸了很多，不能再吸了。"

大家都捂鼻蹲下，唯独我站着，仰头盯着这些奇怪的玩意儿。它们是天坑给我们的警告，还是欢迎的花朵？

就像空中绚丽绽放的烟花，有的"棉花糖"悄无声息地化成了道烟雾状的气体，慢慢弥散。

老太太站起来，吆喝道："童子哥儿，你领着我们往前跑吧。大家排成直线，跟着小哥走,除了我和他可以开手电筒,你们都关上。"

彭辉提醒我,空气中的香味越来越浓了。

我依然感受不到,就觉得有点胸闷。老太太用力推了我一把,我走在前面,路还算平坦,前方不停地出现岔路,老太太让我把详细情形报告给她。宽窄,位置,刚报告了两三次,她就开始混乱了。

我把小林调上来,帮着姥姥理清思绪,又追溯回刚才走过的几个洞的顺序和方位,姥姥推算得胆战心惊。

我也蓦然惊悚,问她俩看到的是什么。

小林一脸悚然。

"你不知道比较好。"老太太制止道。她艰难地测定好方向,队伍继续前行。

走着走着,眼前突然没有路了,一堵巨大的石壁挡在眼前。后面的人却还在纳闷我为何停下。

当我告诉他们眼前有石壁时,姥姥也傻眼了。

"我们看不到石壁。"小林低声说,"我的前面是个好大好大的洞穴。"

老太太提示道:"你再仔细看。"

我索性走上前两步,眼前的石壁却开始飘忽,我伸出手,小心翼翼去抚摸那个幻象,一阵喧哗的水声传来,石壁消失了,眼前赫然出现了一条地下溪流。我揉揉眼睛,又往前走了几步,一不留神踩到了水中。真假虚实,我已分辨不清了。

姥姥却高兴了:"好极了,是不是看到小河道了?"

我说是。她怜悯地说:"你也顶不了多久了。"她吆喝着:"快走!"

溪水很浅,水却冰凉。走了约莫一百多米,眼前左右有两条溪流一起汇入一个深潭。

姥姥的视力已经无用,侧着耳朵思考的神情,都像《射雕英雄传》里的盲侠柯镇恶,(其实她更像裘千尺吧),她让我往左,我踌躇了一下,这条溪流水势深、急。

"没时间磨蹭了。"老太太吼道。我深一脚浅一脚地踏入溪中,后面的队员猝不及防地低声惊叫,真不知道他们在忍受怎样的煎熬。

水没到小腿肚子,也只能咬牙涉水前行。

我听米罗和彭辉等人哀叹。

米罗咕哝道:"开眼了。"

彭辉说:"三观坍塌了。肉体和精神彻底分离了。"

小林苦中作乐道:"你神经病了。"

当水流开始没膝,我也慌了。

老太太问:"前面还有多远?"

我打着手电筒看了看说:"好像有个拐弯。"

老太太鼓励道："大胆走！"

我跌跌碰碰地走近洞穴通道的拐角处。一个石雕映入眼帘。我一惊，正是我们之前见过的古老石俑。莫非连自己也出现幻觉了？

脱困

老太太问："你看见什么了？"

我惊惶地答道："一尊石像。"

她又问："两米高，比真人大一点？"

"对。"听她这么一说，似乎此地确有此物。

"这不是幻觉。"老太太也哭丧着脸，我猜这个参照物再次出现，完全出乎她的意料。她咕哝道："不知道能不能走出去，全乱套了。往前走吧，听天由命，我也救不了你们了。"

听她这么一说，队伍里一阵骚动。

袁勇大声说："姥姥，唐摄影，你们尽管大胆往前走，我们相信你们。"

彭辉也附和道："唐，你是我的 HERO！"

小林恶意道："这话应该是米大妞说的吧？"

米罗一惊："你们居然给我起了外号？"

我咬紧牙关，开始迈步。

石像越来越近，我察觉到似乎有个影子藏在石像之后，心里感到有些害怕。虽然身后有一队伙伴，但这场面可只有我一人能见，和自己孤身一人在洞中又有何区别？如果能活着回去，我一定要把这个素材利用起来，好好地拍一出网络大电影。

这个人影闪了出来，是荷田！他向我走过来。故伎重演！是假的。我提醒自己，为了避免引发队伍的慌乱，我没有开口。

虽然他是我自己脑海中制造出来的幻象，却如此逼真，如此清晰。这就是属于自己的心魔吧。他越走越近，这个幻象如此真实，让我骤然紧张起来。

直到一双冰凉的手握住了我，我失声惊叫。我浑身一激灵，定睛一看，却是陶亚军！他的眼神和我一样，都是惊慌失措。

我胆战心惊地问："他是陶亚军啊，难道你们都看不到他吗？"

队伍里一片沉默。

老太太说："别吓唬我们了，赶紧走吧。"

我紧紧攥着陶亚军的手，他该吃了多少苦头。至于他为何在此出现，无暇追究，我想，如果能唤起他的记忆，一定对我们找到郑远有所帮助。

我拉着陶亚军朝石像走去,身后的队伍一阵骚动。我不甘心,大声说:"彭辉,我找到陶亚军了。"

"好吧,你自己知道就行。"彭辉的回答很诡异。

小林怀疑地说:"他可能连他自己都不信。"

小张说:"唐摄影,不许开玩笑。"

我招呼大家小心翼翼绕过石像,用手电筒照过去看,通道终结于一个巨型的洞穴大厅。脚下一条宽约2米的狭长岩石如石桥一般悬浮在黑暗中。我们要凭此横穿洞穴。

我尽量保持平复心情,让大家排好队形,依次通过,然后悄悄将我眼见的情形告诉老太太。她却提出一个要求,让我将陶亚军的手给她触摸一下。当我将她冰凉的手放在陶亚军手心里,两人都抽搐一下。

其实,姥姥也怕了,她告诉我,她眼前的景象和我所见完全不同。她无可奈何地说:"事到如今,大家只能指望你了。"

陶亚军这家伙在团队面前居然成了隐形人,脑洞开得多大才编造得了这样的情节?好在小林说自己似乎可以模糊看见我身边一个人影。我这才略微心定,这至少说明大家开始慢慢恢复视力了。

姥姥回头警告大家:"听童子哥的,我们的命可都在他手上了。不要把你们看到的告诉他,除了吓他一点用也没有。"

我尽量保持镇定,让大家跟着我,一个挨着一个,慢慢地往前走,不时停下来,回头调整队形,此刻,我们的位置正处于洞穴大厅的上方,下面究竟有多深,一时还无法测算,我怕说漏了嘴吓着他们。

而空旷的脚下,寒气阵阵,他们当然也能感受得到,腿都在瑟瑟发抖了。

好在大伙毕竟配合默契,大部队终于有惊无险地通过"栈道",我仔细确认,那头连接着一个洞穴支洞,落脚地还算平坦,只是水汽弥漫。

我刚舒了口气,身后的队伍却戛然而止。我一回头,老太太原地一个趔趄,一把抓住了我。队伍也忽然肃静了。

老太太大声说:"前面没有路了。"

我一头雾水:"有路啊。"

老太太大声吼道:"你还让我们往前走?"

我点头:"对啊。"

老太太仍在嚷嚷,我耳膜都嗡嗡响。

她喝令我:"你停下!"

我一时不知所措,大声回答:"好!"

老太太有些抓狂了:"你听得见我说的话吗?"

我莫名其妙："我听得见啊。"

她愤怒地嚷嚷道："你为什么不回答？"

我大声地吼道："我回答了！"

彭辉也在大声叫唤我的名字。我答应了他，他却一直在叫。其他人也沉不住气，七嘴八舌。我瞬间明白了，天哪，他们的听力全部消失了。

我试着拉老太太上前几步，她却不肯动，与此同时，队伍里每个人都在大声嚷嚷，叫我名字的，有警告危险的。

彭辉警告说："下面是瀑布啊！"

我不知道他们每个人所见是否相同，安慰道："前面很安全，是个通道。"可惜他们都听不见。

米罗忽然走出队列说："唐，我跟你一起跳下去！"

我走过去拉住她，她挽起我的胳膊。

她茫然地说："我听不到声音。我连自己说的话都听不清。"

我搂了她一下，一阵感动，忽然附在她耳边耳语："我爱你。"我知道她听不见。

领着米罗走到队伍前面，我让陶亚军先走一步。米罗迟疑地不敢走，她紧紧抱着我，像树袋熊般，我听见她剧烈的心跳。"你放心，我爱你！"我耳语呢喃。她终于挪动了脚步，当然不是因为听我说了这句话。

才浑身颤抖地走了几步，她已大汗淋漓，紧紧地抱着我的腰。事后我才真切地体验到，米罗迈出的这一步，真的算是生死相托了。

在后面的人看来，我们其实是"消失在瀑布之下"了，他们也只得一个个往下"跳"。

事后彭辉说，好歹我怀抱暖香温玉，他们可是孤独地往绝情谷下"裸跳"了。

而换到我的视角，只看见，后面的人磨磨蹭蹭地走过来，一个个走得东倒西歪，还吓得哆嗦，我则一个个接应着，走出五六米，大家的步子才稍微正常，领着这喝醉了酒般的一群人，走了两三百米，一股闷热之气袭来，身后的人仿佛这才苏醒过来，失魂落魄地呆立着。

"老天爷啊，我知道我们在哪里了！"老太太绝后逢生，欣喜地说。她双手合十，喃喃默念。

"太可怕。"袁勇心有余悸，拍拍胸口道，"就好像是跳崖自杀了一回。早知道应该用手机拍下来。"

"我拍过，什么也拍不到。"小林提醒道。"嗨，童子哥，米大妞，你俩还抱在一起呢！"

米罗仍然搂着我的腰，她笑嘻嘻地放手，亲昵地挽着我的胳膊。

"唐，你救了我们的命。"皮埃尔郑重其事地说，和我握手。

彭辉和小张则围着陶亚军，又捏脸又拽胳膊，惊诧不已，连珠炮地向他提问。

此刻，我才觉得自己也彻底透支了，不是体力，而是整个魂魄都一度飞离肉体。在他们看来，似乎是一出惊险的虚拟游戏，于我，却如同在鬼门关上走了一遭。

幻觉消失，他们看到了陶亚军这个大活人，也是惊诧不已。

彭辉大概是从陶亚军那里问出了个所以然，兴奋地告诉我，陶亚军还对来时的路有些记忆，正好给我们当向导。

陶亚军依然说不清楚一句完整的话。他何时与郑远等人走散，又是谁把他放到了蛊师秘道？

小林检查他的背包，里面还剩不少干粮和饮用水，两只备用手电筒，都是我们上次带去的物资，除此之外，没有任何线索，不知是有人刻意"放生"还是任由他自生自灭。

我问老太太，什么人会将他带到此地？姥姥沉吟了一会儿，说除了"蛊师"，一般人进不来这个区域。

如果不是因为地震影响，通道互相间"蹿"了，他很有可能会被人带出天坑。可惜，黑雾来了，"鬼气"也趁机作乱，"蛊师"也许自顾不暇，扔下他自己逃命了。

我问："会不会是扣押郑远的'金蛊师'所为呢？"

老太太连连摇头，说以"金蛊师"的功力，绝对不会被黑雾和"鬼气"所阻碍。再说了，"金蛊师"一旦在天坑下"建通道"，不待到天坑出现异动，他们不会轻易出来。

所谓"建通道"，就是凝聚蛊气："就像孵蛋的母鸡，怎么敢轻易地离巢而去？"经老太太这么一说，倒是很形象。

老太太显然是松了口气，说："目前我们所在的区域，基本不在'蛊师道'范围之内，所以，你们可以稍稍放下心来了。"这就意味着，我们暂时远离黑雾、"鬼气"和幻觉的侵扰，可以实施我们下一步的计划方案了。

老太太说自己大约知道蒙晋被发现的地点，现在既然找到了"向导"，就跟着陶亚军走吧。

这陶亚军也逗，他就像一只警犬。你让他停，他就停，你诱导他，回到出发之地，他就举着手电筒往前走，一路上倒也没有过多犹豫，我们就一路且行且观察吧。

借队伍休整之机，小林打开笔记本电脑，研究了一番线路，然后，把我拉到一边，米罗和彭辉也围了上来。

小林开口道："还记得那个寂静水潭的铁丝网吗？"

彭辉说："我们知道它在阻挡什么东西了。"

我脑筋一下没转过弯，傻傻地问："貘？"

米罗纠正道："食梦貘。"

他们是在逗我吧？

小林低声说："他们是为了阻挡黑雾和'鬼气'。"

我一惊。

小林提示道："那个形状，你可以说是唯心的，可是，黑雾和'鬼气'，这个说出来，如果不是亲身遭遇，会有人信吗？"

彭辉和米罗都惊讶地表示赞同。

那个恒久不变的水线，那条流动的诡异之河，原来是黑雾和'鬼气'的汇聚地，乃至有人要用网眼组合成"食梦貘"形状的铁丝网阻挡它们？

彭辉兴奋起来："如果皮埃尔能破译大石围天坑'气阀'，这个寂静潭也就能被我们解密了。"

对他们的分析，我由衷点了一个大大的赞。

陶亚军的路线，避开了入口处的洞穴大厅，横穿几条地下溪流和干涸的地下河床，在我们看来，这是难以想象的。

老太太分析出一个结论，"蛊师"建通道，一般不会走水路，水路的空气不稳定，而且如果遇上山洪暴发，岂不是自找麻烦？

毫无疑问，陶亚军走的是一条捷径，参照物都极具辨识度。

彭辉将老金的部分手机照片放在了小林的笔记本电脑上，供大家一起分析。

我俩达成了共识，在目前的情况下，我们无法隐瞒，必须要借助小林的专业知识和天赋，再加上陶亚军的记忆，也许能还原出郑远等人的线路。

但我们也暗暗留下几张照片，这是为了留有后手，让我们能后发制人。因为，我和彭辉都隐约感到，老太太这人不得不防。

以小林目前掌握的线路信息和我们凭着记忆推断，基本可以估算出他们的行进路线。除开我们一路同行的阶段，从第 20 张照片显示，他们已返程。

从我们分手到他们抵达目的地，老金只拍了 20 张照片，这表明他们也许很顺利抵达了目的地，当然，这个揣测也缘于老金某张照片拍摄到了"水晶地毯"的一角。

我心里一动，莫非，他们已经找到了"袋狼"的踪迹？

小林按拍摄时间顺序，梳理出郑远他们回程的线路。从种种迹象显示，他们并未按原路返回，而是抄了一条近路，随后的路线却开始偏离方向。他们像是在追踪某人或某物。小林盯着线路图，有些困惑。

老金除了给自己记录参照物，同时，一部分照片拍的是石壁上某种荧光。这是被追踪者留下的标记。

我心里纳闷：难道有人在他们之前把袋狼"截胡"了？看来，被追踪者的行踪也十分诡异。不像是拿到战利品后用最快速度离开天坑的思路。

小林从老金最后几张照片对应的地点，圈定出一行人最后出现的方位——土楼，指向一个我们从未涉足的区域——河心岛。

他们出现的地方，是我们称之为"土楼"的洞穴。该洞穴为圆形，五层洞穴，像是歌剧院的观众席，"天然舞台"上还有绵延的石幔，如幕布一般，巧夺天工。

据我们所知，有一条汹涌的地下河通道，正好将毗邻"土楼"的一个区域如护城河一般封锁起来，这也是多年来探险队从未涉足的原因。

曾有一支英国探险队试图沿河溯源，发现此河流向类似一个环形的大拐弯，环抱一个河心岛似的区域，地下河水所处通道常年水位都在高位，无法探知通道是否有支洞通往"河心岛"。

老太太拍腿大叫道："淡金湖原来藏在这里面啊！"

我心里一惊，"土楼"方向也许有地下通道可以抵达河心岛，淡金湖之所以能隐藏那么久，说不定奥妙就在于此。

彭辉借小解之机把我拉到一边，给我看他隐瞒的另外几张照片，从土楼通往河心岛的路途上，老金果然留下了很清晰的线索。

我俩心照不宣，关键线索先不要对外泄露，对于老太太这样的老江湖，我还是留一手比较保险。

第三十章　失踪者

土楼

陶亚军的目光胆怯、畏缩，他从不与人对视。不过，让他在黑暗中带路，他身手灵活而敏捷，如同动物的本能。

小林必须根据陶亚军的坐标时刻纠正她的判断，陶亚军就像她的一个人肉探测仪，当我们随着他抄捷径抵达土楼时，小林经过测算，发现这条线路比常规线路至少节省了将近二分之一的时间。

我们在"土楼"扎营，所带给养不多，因为是从"蛊师秘道"出发，无法运送大批量的装备，好在我有小蓝给我提供的秘密给养存放地点，至少可以保证我们不会在天坑下弹尽粮绝。

此次救援行动预计五到六天，大家的心理压力都非常大。

此刻，抵达"土楼"，除了老太太不动声色，团队几乎每个人都无法掩饰兴奋的心情，才刚从"蛊师秘道"中死里逃生，接着，封存多年的淡金湖就要"呼之欲出"了。

皮埃尔等人是第一次到访"土楼"，面对洞穴奇景，惊讶神色跃然于面。这个洞穴，论体积也许在天坑群中排不上前五，但它实在是太气派，太富有造型感，也极富视觉冲击力。

洞口处，呈半圆形环状的层层叠叠堆积成高达五层的"观众席包厢"，大厅则是高矮错落的钟乳石，恰似一个个伸长脖子的观众，"观众席"包围着一个巨大的石台，犹如舞台，上方巨大的石幔如瀑布般倾泻而下，构成壮观的舞台背景。

皮埃尔说这就像是《碟中谍5之神秘国度》的维也纳皇家歌剧，他甚至用手机播放了《碟中谍》背景音乐，然后是《今夜无人入睡》《图兰朵》。

大家不禁莞尔，然后我们几个就不由激动起来，内心深处挥之不去的英雄情结啊。我们如投身于一场和未知凶险势力的殊死战斗，身临其境，肾上腺素飙升，这是一场同样艰巨的营救任务，不知道以后会不会有人把我们的故事搬上大荧幕。

眼前的土楼体量巨大，而由地下河洞穴构成的"护城河"是在舞台幕布那一端，光是蜿蜒的一面石壁，就有五六百米之长，这里，石笋、石幔、石帘密布，要从这里找到通往河心岛的暗道方位不是件容易的事。但正如袁勇兴奋的理由——至少我们知道可以从这里找到方向。

我要求队伍中两人一组，分头巡查，我和彭辉、小林和米罗、小张和袁勇、皮埃尔和小刘，姥姥则和陶亚军分到了一组。

我和彭辉掌握机密线索，之前都是秘而不宣，我决定悄悄向小林透露此事，顺便寻求同盟掩护，不出所料，听我所言后，她大吃一惊，但立刻表示赞同，她也认为老太太是"可怕的人"，必须得提防。

按我们的计划，小林将和米罗一起，瞒着其他人的耳目，掩护我们的行动，让我俩秘密寻找通往淡金湖的入口。

幸好有老金的照片线索当坐标，我们费了好一番工夫，终于凭借参照物，摸到了一个入口。这个通道离地大约50厘米，隐蔽得很好，如果不是有石壁上一幅巨大的石盾当参照，一般人很难想象这下面居然藏着一个入口。入口呈倾斜状，给我们一个视觉误差，以为无法容纳成人通行。

我和彭辉像地老鼠一样钻了进去，洞穴通道极窄，我俩只能一前一后。为了安全起见，彭辉给我系上单绳，我一鼓作气，匍匐爬进去，洞壁光滑，确实很像一个秘密通道。

爬了大约20多米，前方被一块石壁挡住，心头一紧，以为是盲道，好在随后发现石壁下方有个斜角漏斗式的通道，先伸出胳膊探路，接着我往"漏斗"中探进半个身位，没想到身下的整块石头突然翻转，把我给甩了进去，好在我及时地护住了头，整人往滑道哧溜下去了。惊魂未定的我这才知道，原来身下的石头是可以翻转活动的，就像一个活动的盖子。

彭辉见我一转眼没影了，也慌了，确认我平安无事后，他也如法炮制，将半身探下漏斗，有了心理准备，身下的石头翻后便将他平缓地推进滑道，我俩在滑道内面面相觑，哭笑不得，然后向小林发出平安的讯号，按约定，她俩将在洞口附近替我们把风，严防老太太跟踪。

滑道大约30米，呈斜坡状，插入下方的一个洞穴通道，毫无疑问，这个通道的方位正处于地下河的下方。

我和彭辉站在通道内，一时肃穆无语，头顶上就是那条日夜奔腾不息的"护城河"，灌满了冰冷的地下河水，从无枯水、洪水季节之分，号称"大石围四大未解谜团"之一。所以，现在我们的每一步，也许对大石围探险者来说，都是历史性的跨越。

头顶上咆哮的水声可能只是我们的心理作用，我和彭辉抓紧时间，快步穿行通道，路面光滑，不像是人迹罕至的迹象，我估摸，说不定可以提取到不少指纹脚印也尚未可知。

通道不长，接着就是我们预料中的斜坡，既然是岛，肯定高于水路。

随斜坡而上，洞口逐渐变宽，演变成一个开放式的空间，我俩屏住呼吸，举目望去，发现这仅是巨大洞穴的一角。

心怀敬畏，我和彭辉用手电筒四下照射，生怕冒犯了神灵。这是大石围下为数不多的，仿佛有心跳的洞穴，每每进入，我们都不敢造次。

这就是传说中的"河心岛"所在之地？我俩心情挺激动，不敢耽搁。查看老金下一个线索的照片，他拍的是一根石柱，我俩一人一边，慢慢行进，两个方向细细搜索、排查。

手电筒光线掠过千姿百态的钟乳石，老金的照片拍摄得比较仓促，看不出那根钟乳石和其他有什么不同。如果这么一根根比较，无异于大海捞针。我俩分析，但老金既然把它作为标记物，一定会有所不同，也许是颜色有别于其他石笋吧。

这么考虑，我们一眼扫过去，注意看看有没有颜色特别突出的石柱，大部分石笋都是淡黄、米黄和灰白色，走了好几十米，依然看不出个所以然，我有些泄气了。没想到，就在此时，彭辉发现了什么，低声提醒道："快看！"

顺着他的视线望过去，只见一根金黄色的石笋混迹于一座石林中，异常扎眼，为了走近看个究竟，我俩侧身穿行石笋林中，就像是进入一片热带雨林，空气中蒸腾着湿润的水汽，清新润肺，用手触碰石笋，却无任何水痕。

失踪者

走到"黄金笋"前，对照手机相片，果然相似度很高。我心跳加速，与彭辉灰心对视一眼，该石笋高约3米，形状、位置和照片完全吻合。而在离地1米之处，恰恰藏着一个天然的洞穴入口，类似冒气洞，水雾弥漫。

不知为什么，我全身紧绷，莫名有些紧张，退后一步，彭辉也有同感，望着那个冒气的洞口，我俩终于露怯，是的，在这地心深处，一定藏着不为人所知的神秘力量。

彭辉打着手电筒，一头钻了进去。我随后跟上，猫着腰，我俩一鼓作气往里面走，越走，心跳越快，我们不得不放慢了脚步，大口喘气。

通道尽头，连接着一个洞穴，手电筒照射过去，光线迷离。洞底一阵阵透着白色的雾气，难以言述的沁人心脾的新鲜空气，如在高山之巅，雨林深处，心旷神怡。

走进这个洞穴，我们终于舒展身体，目测洞穴300平方米左右，我们两束手电筒的光束都不约而同地落在洞中的一个巨大的天然石台上，触目惊心！石台上排列着几十具赤裸裸的尸体！

刚开始，我们还以为是塑料材质的服装模特，走近一看，却是真人无疑。皮肤，毛孔和血管都清晰可见，他们虽如蜡人的橘黄色，却凝固着花样年华，都是年轻的躯体，几乎都没有一丝的赘肉，似乎都在熟睡中，面容沉静、安详，或含笑，或凝思，却都被抽离了灵魂。

这一觉，再也没有醒来，也不会料到，自己会成为冰冷的，袒露隐私部位的尸体。我和彭辉转头垂目，似乎不忍用目光去冒犯他们。

我俩在倒吸一口冷气之余，自然条件反射地想到了1977年失踪案，一数，竟然是29具尸体，而最末尾的，比较出乎意料，是个微胖的中年妇人。

我反复用手电筒审视着他们的面孔,大都是十七八岁的年纪。

彭辉把手电筒定在一张面孔上。

这是一个清秀的男子,有双微微上翘的嘴唇,和钟月面容酷肖。

"应该就是他,钟月的舅舅。"彭辉短暂地说,"你赶紧拍照,留存。"

他似乎发现了什么蹊跷,把手电筒移到石壁上,那里居然放置着一个透明的防水塑料箱,我顿时毛骨悚然。先用颤抖的手拍了几张照片,接着快步走到塑料箱前,箱内是一块毛毯,两件工作服,口袋里空无一物。

"这里是'金蛊师'的地盘吧?"虽然好奇,想见见这个神秘人物一面,但联想到这人可能极度危险,甚至是杀人凶手也不一定,我意识到,此地不宜久留,我们赶紧继续查看老金的下一张照片线索,好在洞穴不是很大,不过我们细细检查了一遍,也未发现任何端倪。

老金拍摄下一张照片的时间与前一张隔了一个小时,很有可能他们已经离开了此地。我和彭辉细细巡查,我忽然想起了什么,掏出另一个特制手电筒,就这两三秒,我浑身血液凝固了,我看到了一个特殊的记号,是郑远留下的。

我俩激动不已。不过,经过仔细审视,我们发现这个记号留得非常仓促,似乎是一路跑,一路喷射到石壁上的。沿着记号,我们一路追踪到了洞口外的一个支洞,记号在此重新出现。

我的心怦怦直跳,也许郑远就被困在此处。走进支洞,连接着又一个支洞,奇怪的是,记号虽然出现了,却消失在一个石缝之中。

我们大惊,莫非郑远被封锁在石壁之后?我们这下彻底懵了。难道石缝可以自动开合,就像我们上次遭遇的那样?但触摸着冰冷的石壁,我们无计可施。

我疑惑了,一时不能肯定这是郑远留下的记号,我们每人都有一个属于自己独有的标记暗号,但现在就目前我们掌握的线索,根本无从判别。

不过,能够有机会找到这个支洞,再加上我们所见的一切,已经非常非常震撼了。

原路返回,置身于土楼,面对小林和米罗的询问,我仍然沉浸在莫名惊悚的思绪中,答非所问,脑海中全是那29具冰冷的尸体,40年前的悬案铁幕,就这么被我们这么轻易地撕开了一个口子?又是谁,一手制造了这个惨案?

蒙晋姥爷,外乡人,失踪的28人。在这三个关键线索的包围下,蒙晋姥姥,她在其中究竟扮演了什么角色?

来不及细细分析,彭辉简要地将我们的发现告诉她俩,她俩听了,自然也是目瞪口呆。

好一会,小林提醒我们,我们不能让老太太生疑,真是怕什么来什么,话音未落,姥姥和陶亚军一路巡查,已朝我们走过来了。她一脸狐疑地望着我们,问我们出了何事,有何发现?

我谎称自己身体不舒服,拉肚子了。彭辉生怕老太太注意到那个隐蔽的入口,赶紧招呼我们离开此地,去看看皮埃尔那边情况如何。

回到大本营，皮埃尔和小刘一无所获，袁勇和小张则不见踪影，我们在营地上休整，生火做饭。

老太太不甘心，要求调看后面的照片线索，彭辉谨慎地在小林的笔记本电脑上调出几张，大家凝神细看，照片中出现的景物是两个圆圆的石墩，一大片石钟乳，到目前为止，我们都无法在周边找到相应的对照物。

老太太神情严肃，要求和我单独聊聊。我担心她发现了什么蛛丝马迹，心里忐忑不安。她察言观色道："你们肯定有事瞒着我！"

我一口否认，眼神望着她，一脸诧异，眉毛扬起。

老太太也很机警："照片的序号，为什么漏了十几张？"

这老太太，眼真毒。我面不改色道："哦，我们删了，基本全是黑屏。"不但是她，连我自己都佩服自己的急中生智。

老太太沉吟道："淡金湖你们打算怎么找？我带着你们下来，就是为了找到它。"

我故作疑惑道："我们也想找到它啊。先冷静下，观察周边，找找线索。"

她略有些失望。"你们手上没有线索了啊！"她假惺惺地说，"好歹找到淡金湖，可以见我家的最后一面。"我根本不相信她的话！

郑远的记号

老太太不甘心，带着陶亚军又出去搜索。

我们六个人围着炭火闲聊，当着皮埃尔和小刘，不方便公然讨论此事，小林就附在我耳边，酸我道："帮钟月找到了她舅舅，你是不是可以大捞一笔啊？"

我默然无语。如果她亲眼看到了那个惨烈的场面，断然不会拿此事调侃。多么年轻的生命，就这么陨落了，并被残忍地封存于此，毫无尊严。

饭刚熟，就隐隐听见老太太大叫，我们赶紧跑了过去。陶亚军手舞足蹈，指着一面石壁，手电筒打过去，一块平安扣赫然映入眼帘，我一惊：果然是郑远之物！

它挂在石壁上的一个小石笋上，像是有意为之。

老太太巡视我们一眼道："小哑巴果然没白来。不过，问他，也问不出名堂。"

"郑队一定留下了什么记号。"小林也是急了，脱口而出。

我最终还是没有稳住，打开特制手电筒，大家都愣了。石壁上出现了两个符号，和潦草的一行字：

救我！身体机能已损！15日内急寻骆越"变色蛊"救命！23日前将10万元和"变色蛊"交"金蛊师"于月亮潭荷叶处！延长生命！！

上下各有一个符号，仿佛是盖了两个章。

老太太目光锐利地问："是你们伙伴留下的吗？"

我点头，心里感谢老太太，感谢陶亚军，是他们让我们终于找到了郑远的踪迹。

接着又喜又忧，一片茫然。

老太太接着问："有个符号是他画的吧？"

我点头。

小林表情复杂地望着我："这是你们之间的暗号，瞒着我们？"

彭辉给我解围，催促道："救人要紧。"

"有个是'金蛊师'的符号。"袁勇点头，新人进入飞猫队的第一课，就是识别'金蛊师'和'黑蛊师'的符号，然后有多远，就躲多远。

"没救了。"老太太琢磨着摇头叹道，"找到黑衣壮'变色蛊'，谈何容易？人家逗你们呢。道上都传了多少年了，根本就没人见过，这玩意儿比淡金湖还要玄乎。"

听了这番话，我呆若木鸡。

"打起精神来，"米罗见我们几个士气低落，拍拍我的肩膀说，"振作起来！"她分析道，"首先，我们确保，这是你们队长留下的字迹，是吧？"

小林和小张歪头看着，异口同声地道："很少见他写字哦。"

石头上都写得歪歪扭扭，不好辨认，只能先拍下来。

我答道："下面这个标记，确实是他和我约定的。"

米罗接着分析道："好。那既然是你们队长留的，肯定是和'金蛊师'商量过的。因为这玩意是要交'金蛊师'的，对吧？"

小林纳闷道："'金蛊师'为什么会认为我们有这么大的能量，能找到'变色蛊'呢？"

老太太冷笑道："我说了，这是让你们知难而退呢。"

米罗沉思道："'金蛊师'为什么要把自己牵连进来？留郑队长自生自灭不就好了？"

彭辉分析道："也许是为了洗刷嫌疑。他知道有活口逃出来了。"

我心里一动，"这么一来，他实际成了救人者？"

彭辉点头："对！'金蛊师'也说了，挨不过15天。"

老太太摇摇头，悲观地说："'变色蛊'是没戏了。"

我一咬牙道："如果变色蛊能救他，我们也只能放手一搏了。"

"别逗了。"姥姥撇嘴道，"15天，找到'变色蛊'？我家的找了30年都没找到。"

我的耳畔响起了《碟中谍》的背景音乐！心里有一个声音在说：只有15天了！这是一

个不可能完成的任务！

大家神色凝重。

小林提出我们赶紧报警，大家都沉默不语。

老太太发话了："即使再组织几支队伍下天坑，找到郑远的概率，也无异于大海捞针。惹怒了'金蛊师'，只能让事态恶化，还不如让童子哥带你们搏一搏，郑远也许能有一线生机。"

彭辉沉吟一会儿道："我们能不能从蒙晋嘴里问出点什么？"

老太太只吐了一个字——"悬！"然后补充一句，"15天哪，蒙晋他在半年内能恢复成人形就谢天谢地了。"

小林咕哝道："老金也不用指望了，他恢复不了这么快。"

袁勇茫然地问："我们去哪里找'变色蛊'？"

小张说了句废话："反正不会在天坑之下。"

彭辉思索道："那就是在那坡了。"

洞穴中冰冷的尸体，诡异的外乡人，在洞穴中发现"埙音之洞"，刻着黑衣壮12个姓氏，金匕首、金饰的花纹也和黑衣壮的民族图腾相同，这些画面轮番地在我脑海中浮现。

蒙晋40年后的探访、《湘夫人》歌剧悲伤的旋律、黑白照片中的血羊、石棺中的靛青浓汁，这一切，又让我隐隐感觉到冥冥中某种神秘联系。

皮埃尔也在思索："同样的石雕为何出现在'蛊师秘道'中？"

所有的线索潮水般向我涌来，真是一团乱麻！

错位

大家都望着我，我当机立断道："撤！大部队立刻返回，不走'蛊师秘道'，而是走常规路线。"

小林犹豫道："我们就这么扔下队长了？"

老太太立刻附和着说："你们找不到淡金湖，搞不好连自己的小命都丢了。'蛊师秘道'，姥姥我都不敢走了。"她对我竖竖大拇指，"你很聪明，通道全部都乱套了。黑雾堵了，'鬼气'乱蹿。"

"那坡现在都变成旅游区了。"彭辉眉头紧锁。言下之意，我们真能在那里找到线索？他提了个建议，是否他带两个人留下继续搜寻？

我不假思索地否决了。这天坑下危险重重，郑远还没找回来，如果又丢了几个队员，那我可就真没法交代了，更何况，我们随身携带的给养有限，不如先上去再想办法。

我认为，现在最需要的是冷静，将目前的局面和线索梳理清楚，任何犹豫不决，都会导致灾难性的后果。

从"土楼"到洞口大厅，估计要走四个小时，好在这条线路比较成熟，更像是媒体记者的参观线路。但走着走着，我犯迷糊了，小林也困惑了。

"路好像串了。"小林有些抓狂，虽然一路上都有标记物，但线路已经错位。

彭辉也懵了，问道："你觉得会是什么原因？"

小林气冲冲地答道："要么是我们从一开始就走错了，不是原来的线路，要么就是我脑子坏掉了。"她不时地停下来，打开笔记本电脑，确认目前的位置，这种情况其实在以往从未发生过。而小张则在不停地干扰她，他找到很多明显参照物，但他嘴里报出的地点，让小林差点神经错乱，就像两条地铁线路交叉重叠。

"但至少纠缠着，是朝同一个方向。"彭辉盯着电脑上的模拟线路图，冷不防地说。

我猛然意识到袁勇一句话都没说，而他其实是最有发言权的。把他拉到一边，问他是否感觉不对，他的回答出乎意料。他说自己很少走这一条线，但看上去不会有大问题。

我将信将疑地望着他。袁勇让我放心，一路上他已经确认不下三个飞猫队秘密设立的给养点，所以，就算我们在天坑下迷路也不会有事。

他的参照坐标也许靠谱！他的话让我心安了，我们随后路过了大石围最广为人知的两个景点，大家都放心了，至少不会再误入歧途。

小林一路标记，不停标记参照物，皮埃尔则耐心地给她打下手，老太太对她这耽误时间的举动很不耐烦，小林对她的骂骂咧咧也充耳不闻，关键时刻，她还是能是沉得住气的。

小林很严肃地告诉我："我需要知道方向偏离的程度。头儿，你得给我撑腰。"

我点了点头，瞥见皮埃尔给我偷偷竖大拇指。

就像彭辉说的，我们一下在地铁一号线，一下在地铁二号线，所幸两条线本来相隔不远，站台位置基本没有过大偏离，大家也从刚开始的莫名惊诧中慢慢恢复平静。

皮埃尔悄悄拉了我一把，我意识到他有话要对我说，便放慢了脚步。

果然，他和小刘故意磨蹭着，落在队伍后面。他开门见山道："我怀疑，因为地震，天坑下的地质板块如魔方般被重新排列组合，所以你们手上的线路图全部失效了。"

小刘表示，皮埃尔可以活学活用，用他的"气阀理论"，勉强还原出天坑下地质板块错位的规律。

我问："然后呢？"

皮埃尔答得很干脆："寻找淡金湖。"

我一惊。

小刘低声说："你和彭辉手上一定还有线索。"

皮埃尔点头，严肃地望着我。

事到如今，我也没必要隐瞒他俩，悄悄地说我确实找到了线索，但线索断了。

皮埃尔说："跟我说说。"

我告诉他，线索消失在石缝里。

他俩面面相觑。虽然似乎一切都在他俩的预料之中，但震惊的表情仍然浮现。

小刘倒吸一口冷气："果然如此。头儿，我们听你的。"

我心头一暖，这个像影子一样的小伙子、小助手，在我眼里，一直都像是皮埃尔的影子，而此刻，他的目光和语气却很干脆、坚定。

小刘指指皮埃尔："头儿，我会全力配合皮埃尔，他是个了不起的伙伴。你们都很了不起。"

我感动地握了握他俩的手。

这时，队伍前面传来一阵惊呼。我赶紧冲到前面。一个我们从未见过的奇景赫然出现。一根如擎天柱般的石笋，居然从洞顶连到洞底，目测至少30多米，石笋表面银光闪闪。

在所有人围观拍照的时候，小林连忙在笔记本电脑上判定方位，我走到她身旁，她哀叹说："头儿，本公子身价大跌啦……"

我一愣，问："什么意思？"

小林惆怅道："本公子手上的线路图全部失效了，又成了不值钱的小白。"

我安慰她道："如果能找出规律，就能找回你的尊严。"

"这玩意儿是从这里冒出来的。"她指着一片涂黑的区域给我看，哭丧着脸道，"如果这是两条地铁线交叉着朝同一方向推进，到这里就出现了拐点。"

正如她所言，最有可能藏着这根擎天柱的区域，是一个封闭的无人探索之地——"坟山"，因为周围石壁边卧着许多馒头似的钟乳石，这个绰号就随口流传了出来。

这些年来，我们甚至不知道它是一块实心巨岩，还是一个封闭的洞穴。小林推断，我们目前所处方位路网纵横，再怎么错位，也不会凭空冒出这么一个庞然大物，那最可能来自"坟山"。

这个地名如今也冒着森森寒气。不祥之意涌上心头。之前小心翼翼摸索出的规律瞬间坍塌，难怪小林心灰意冷了。

皮埃尔跑回来，继续向她提供坐标参照物，听到小林的判断，他沉吟了一下，提示道："我们应该快点离开，这里有可能是断裂带。"

一语惊醒梦中人。

我招呼大家赶紧上路，彭辉举着一块木化石仔细拍照，此炭已钙化，说明千年以前，这里曾有人迹。我们来到石笋的西面，果然地上散落着不少木炭。

米罗忽然无厘头地惊叫："木乃伊！"我们眼前腾起一团黑雾，酷似《木乃伊》的场景，黑雾朝我们席卷而来，大家来不及躲闪，就被裹挟其中，然后，这团黑雾腾空而起，在洞顶处弥散，接着，一股诡异的风接着从石笋底部冒出来。

我们面面相觑，中招的人全都灰头土脸，彭辉惊讶道："这是灰烬，不是黑雾！"

这灰烬就像烟雾，不知道存了多少年，更像是雾霾，看不见微小颗粒，却全都灌进了肺里，大家咳嗽，喝水润喉，然后赶紧撤离。

这洞穴"空穴来风"，定然不是什么寻常之事，要么有通向外部的洞口，要么有地下河水的涨落。而前者断无可能，后者的概率太小，此状诡异，不宜久留。

在路上，袁勇对我吐露实情："兄弟，太吓人了。这两条路怎么会像麻花一样拧到一起呢？我两条腿一直在打哆嗦。"

我安慰他，至少他的演技不错，掩饰得很到位。

他心有余悸道："70年一次，下面果然要出现奇怪的东西了。"

等我们终于马不停蹄地赶到熟悉不过的出口大厅时，惊魂未定。才过了几天，却恍若隔世，眼前的喷泉，居然不露声色被平移了约30米。

皮埃尔听说此事，顿时精神振奋，他要求留下，密切观察，以便记录下"喷泉"复位后的准确参数。

考虑到我们已回到洞穴大厅，头顶上就是飞猫的大本营，安全系数大增，我答应了他的请求。于是，大家将身上带的给养全部留给了他和小刘，他俩将在一号营地扎营，并再次向我保证，一定会注意安全。

袁队长也表示在西峰口会派人值班，随时增援。

站在崖底，大家依次单绳上升，因为老太太从未用过单绳，袁队长让手下从马蜂洞的半空中放下吊篮，她可能觉得太丢面子，断然拒绝，现场向袁队长学习单绳技巧，当不服老的老太太顺利在洞顶和我们会合时。大家围着她鼓掌，差点让她恼羞成怒。

她越窘迫，越愤怒，我们越发起劲鼓掌，就只能拿这个来消遣她了。

"这个老太太可以活到120岁。"彭辉悄悄对我揶揄她。

第三十一章　老村长

民谣的秘密

我们回到西峰大本营，由飞猫队员开车，将我们送到出发地取车。之后一刻也没停留，我们直奔火卖村。

这时，我接到一个不显示号码的电话。接听，居然是温雨婷，我立刻来了精神。

温雨婷问："看到那个'睡美人'的微信了吧？"

"看到了。"

她的声音很干涩："上面说的是真的。她是我的同学，这确实没错。"

我打个冷战："是你大伯做的？"

"是的。他救不活她，只折腾出一个活蜡像，后来成了他的活'广告'。我和温麒麟一直想让他收手。"

我小心翼翼地问："被你大伯收治后，你见过那个女孩吗？"

"没见过。她的父母刚开始还抱有希望，后来一前一后都离世了。这家人实在是太惨了。"

我心一动，问道："让她曝光，是你和温麒麟决定的吧？用这个方式让她入土为安？"

她没有正面回答，她的声音带着一丝伤感道："重要的是，让人记住她的名字，和父母在地下团聚。"

她挂电话之前说："我会定期和你联系。天湖下的秘密，也许就在今年，将会大白于天下。"

大部队返回火卖村后，我让大家先洗漱，休息一下，在中午吃饭时碰头。

回到房间后，我立刻将温雨婷的来电内容告诉彭辉。

彭辉反应很快："温金严和河心岛凶手对尸体的处置手法很类似，用的应该都是黑衣壮的'蛊术'。天坑一发地震，天湖就出现异象，虽然两地相隔甚远，但很可能在地质板块上有很大的关联。"

我同意他的判断。

我俩坐下来，将手上的各条线索一一汇总并梳理。

1.外乡人就是蒙晋的姥爷！从蒙晋姥姥的反应分析，蒙晋应该是背着姥姥去调查自己的姥爷。蒙晋发现了什么？是否向郑远透露过他发现的真相？他们几人这次在天坑下失联，是否和此事有关？按目前我们掌握的线索来看，此事既然和那29个失踪者有关，两者定有关联。

也许他们在回程时，蒙晋带着郑远和老金闯入了失踪者现场，导致一系列灾难性后果。

疑问：囚禁郑远的人，究竟是'金蛊师'，还是蒙晋姥爷？还是合二为一？为何这么分析？郑远的字迹和尸体所在地肯定有极大的关联。要知道，陶亚军基本是不假思索领着我们到了"土楼"，而老金的照片线索则显示，尸体位于距离"土楼"不远的河心岛。

凶手是想杀人灭口，还是想抹除他们的记忆？抑或是因为郑远等人闯入了所谓"蛊师"的在建通道而被误伤？

2. 他们是如何找到传说中的淡金湖的？淡金湖比较像是蒙晋他们在出事前发现的。

3. 大石围洞穴入口大厅凭空冒出来的喷泉，"蛊师秘道"的种种反常现象，从"土楼"到洞穴入口处的交织扭曲乃至"断裂带"现象带来的乾坤大挪移，这其中有规律吗？两个石像出现的位置，有何深意？皮埃尔和小林能否用目前的参数破解其中规律？

4. 蒙晋姥姥说，蒙晋是被"黑蛊师"救出，老金看样子是自行逃生。那么，陶亚军为何又会出现在"蛊师秘道"中？"金蛊师"为何没有误伤他？如果"金蛊师"扣押了郑远，为何却放陶亚军一条生路？

彭辉猜测："可能是想让陶亚军自生自灭吧。反正从他嘴里，别人也无法套出什么话来。"

从老金的手机照片搜索，看不到任何"袋狼"的影子。他们"寻找袋狼之旅"究竟收获如何？

我和彭辉合计后，悄悄用短信给大家分配工作：

1. 小林要将这次线路给我总结出一个规律；

2. 米罗在网上搜索所有"变色蛊"的信息；

3. 袁队长给我们搜集些关于淡金湖的情报，民间传说也好，历史记载也罢，照收不误；

4. 小张负责看好陶亚军，如果能从他嘴里问出些线索最好。

一个小时过去了。我和彭辉仍然在苦苦思索之时，米罗敲门进来。

她说自己在网上搜索"变色蛊"，没有发现什么有价值的线索，大多是以讹传讹，很多网络小说将这个梗写进小说里。

她总结："'变色蛊'神乎其神，有人说它是灭绝骆越古方国的罪魁祸首，有人说它是百越对抗秦军的瘟疫武器，秦王用百越的武器消灭了骆越古方国。关于秦军如何拿到'变色蛊'的配方，还有网络作家专门创作了一部小说。"

不过，有人提到，"僵尸事件"正是"变色蛊"的变种作祟，事件平息得很快，是因为感染者都被屠杀，有的甚至整村被屠。

有个猜测是，"变色蛊"只能在活人体内存活，所以对尸体深埋焚烧均可。

米罗拿出手机，给我们播放了一段录音。这是一段铿锵悲壮的歌曲。我们听不懂他们在唱什么，却浑身汗毛竖起。

虽然歌声就在耳畔响起，但似乎离我们很远的地方传来，却蕴含着一股动人心魄的力量。

我纳闷地问："你是在哪里录的？"

她的回答出乎我们意料。

原来，当"鬼气"袭来，她就打开了手机，本来想摄像，结果"古人"一出来，吓得她手机都落在地上。事后她却在无意中发现，录下了这段奇怪的歌声。但她怎么也记不起，她当时曾听到歌声了吗？

我和彭辉都惊呆了。

她说自己刚才听了录音，吓得立刻就逃出屋子，过了好一会儿，才敢回房。

"鬼气"袭来，"佛光现象"已经很不可思议了，没想到居然还有我们耳朵听不到的频率，却神奇地被手机收录。

彭辉这家伙又开始卖弄：普通的录音机采样不会记录人耳听不到的声音范围。但在20～2000Hz范围以外的，3～20Hz和2000～3000Hz，是我们耳朵听不到声音，听神经还是能感应到的，所以Hifi级的录放音设备还是能记录并回放，这也是Hifi级音响"出彩"的地方。问题是，米罗用的只是一部普通的手机。

我们立刻让小林将手机送来，据说她也用手机拍摄了当时的"鬼气"场面，却无画面显示。

小林带着手机过来，听米罗这么一说，她感到有些莫名其妙，她说自己确实听到了一股隐隐约约的歌声。她也试图录下当时的画面，只是画面录不上，着实让她感到惊悚。

我们问小林是否听到的和米罗录下的相同，她凝神细听，觉得就是这个调子没错。当时她只记得被"鬼影"惊吓，忘了这茬了，声音像是"一股"，好像是从脚下飘过。

小林打开手机，播放那段无画面的背景音。我们越听，越觉得毛骨悚然。彭辉立刻让米罗电话调查所有在场人员，看看有谁听到过歌声。

结果让人惊疑，洞穴中靠右的人，如小林、小刘和袁勇都听到了隐约的歌声，都表示歌声仿佛是从洞底右边脚底传来，就好像站在剧院的房顶上；而左边的人都没听到。

如此说来，米罗的手机掉在了地上，反而捕捉到了这"股"歌声。

我们接着要了解的是，这首歌唱的是什么内容。

好在米罗已做过功课，节省了我们的时间。

她说："我查过了，这是《秦风·无衣》出自《诗经·国风·秦风》。"

她向我们展示网络搜索结果，念道："岂曰无衣，与子同袍，王于兴师，修我戈矛，与子同仇。岂曰无衣，与子同泽，王于兴师，修我矛戟，与子偕作。岂曰无衣，与子同裳，王于兴师，修我甲兵，与子偕行。"

她解释，这首诗表现了秦军战士在出征前的高昂士气："他们互相召唤、互相鼓励。"

我从她手里拿过手机，放在耳边细听。这首歌是产生于秦地人民抗击西戎入侵者的军中战歌，讴歌了舍生忘死、同仇敌忾的战友情怀。

我把手机扔还给她。她继续百度翻译："谁说没有衣裳？和你穿一件战袍。君王要起兵，修整好戈和矛，和你共同对敌！"我的脑海中飘过天坑下悲凉的埙之乐，我的耳畔响起温金严跪在地上的那个曲调。

米罗还在吟诵："谁说没有衣裳？和你同穿一件战裙。君王要起兵，修整好铠甲和兵器，和你共同上前线！"

彭辉忽然指指我，恍然大悟般地说："这是陕西话，老天！那首歌肯定也是陕西话。"

我一激灵："哪首歌？"

彭辉几乎跳了起来道："那对老夫妻唱的。"

彭辉指着米罗："我记得你说过，把一首歌反过来唱，是人和鬼的交流方式。"

米罗悚然地点点头，说自己也是听别人闲扯的。

彭辉立刻打开手机，逼着我们马上清唱一首歌。小林在旁附和，要求我和米罗唱《相思风雨中》。

彭辉摇头道："和陕西有关的歌都行。'九月九酿新酒好酒出自咱的手（啊）'。"

米罗白他一眼道："那是山东高密的好吗？"

彭辉不耐烦了："张艺谋他总算是西安人吧？唱！"

我和米罗开口就唱：

　　九月九酿新酒，好酒出自咱的手（啊）。
　　喝了咱的酒啊，上下通气不咳嗽。
　　……
　　喝了咱的酒啊，一人敢走青杀口。
　　……

他俩将歌曲录好后，小林将文件倒序播放，果然有种诡异的断裂感，鬼气森森。我们大家都起了一身的鸡皮疙瘩。

几乎同时，我和彭辉对视一眼。我恍然大悟道："蓝阿母两老唱的歌，不是正常语序。"

彭辉接得很快："他们是倒着唱的。"

小林和米罗也不约而同地兴奋击掌。米罗说："我记得有人说他俩是按照修订过的歌谱，一个字一个字照着这么唱的。"

彭辉一拍大腿道："马上让钟月把歌词发来。"

我立刻打电话给钟月，她很警惕，问我们要歌词做什么。

我先没有透露29人尸体之事，简要告诉她，我们刚从天坑下出来，此行查到了多年前吞力屯盗尸者的身份。

于是钟月便没有再追问,而是嘱咐我注意安全,多加小心。米罗用带着醋意的目光瞅着我,我故意视而不见。

歌词很快从微信传来,一眼扫过去,也是让人傻眼,就像是一堆乱码,完全不知所云。不过,一旦将文字翻转过来,似乎有几句话顺口了,我们不由心里一动。

好在米罗有个来自西安的大学同学,立刻连线,请她帮忙"翻译"成普通话。

谢天谢地,这个同学有古文功底,而且我们非常明智,提前告诉她可以参考屈原的《湘夫人》,没想到歪打正着,她同学告诉我们,有几句词基本吻合《湘夫人》,我们五人会心对视,真乃天助我也。

同时,将老人家清唱的歌在电脑上"倒序"播放,可不就成了曲调优美的咏叹调吗?

> 梅姬飘零石维,水望人怅然。
> 木轻摇风初凉,白郎波荒叶流。
> 忽视远,清水潺湲。
> 中济濛以墨水,岸生墨花,
> 始知梅姬平安。
>
> 吾将生死置于手心,
> 吾将天下置于脑后,
> 吾将瘟疫束之高阁,
> 吾将屋筑于水中央,
> 荷叶盖屋。合百草满庭,
> 建芳馨兮廊门。吾与梅姬立于庭,
> 至于帝王不能鞭挞之远方。
> 朝吾骑马在江皋驰,夕余渡中济之洲。
> 晨伏天梯之上,
> 光伴心兮独孤一人。
> 梅姬汝于召予,吾岂敢迟?
>
> 紫者草草饰墙,
> 紫贝基庭坛。
> 四壁满香之草,犹可以饰厅堂。
> 桂栋兮兰橑,辛夷楣兮药房。
> 结薜荔为帷,蕙为帐,

以玉者兮为镇，疏石兰兮芳。

芷茸兮荷屋，以香草绕四周。

河之神皆在送别，其簇簇拥之像云。

吾把衣袖抛入河中，缠绵于波上。

佳时兮无多得，与汝飘向无鞭笞之远方。

彭辉和米罗赶紧上网将文言文"翻译"成白话文，我电话叫来袁勇，将这个发现告诉了他，他也大吃一惊。

"'石维'应该是'石围'，也就是古人对天坑的称谓。'白郎'似乎很牵强，会不会是指本地的'百朗大峡谷'？"对袁勇的揣测，彭辉拍手叫好。我们很快就把翻译成果展示给他看：

梅姬飘零石围，远眺使人惆怅。

树木轻摇秋风初凉，百朗起波树叶落降。

神思恍惚凝视远方，清清河水缓缓流淌。

河心漂来黑色水花，岸边盛开黑色的花，

得知梅姬平安消息。

我将生死置于手心，

我将天下置于脑后，

我将瘟疫束之高阁，

我要把房屋建筑在水中央，还要把荷叶盖在屋顶上。

汇集各种花草布满庭院，建造芬芳馥郁门廊。

我要和梅姬站在庭院里，一直漂向帝王不能奴役的远方。

清晨我骑马在江畔奔驰，傍晚我渡到河心之洲。

凌晨我爬到了天梯之上，

星光陪伴心里凄凉。

梅姬你在召唤着我，我怎敢迟缓？

紫色的花花草草装点墙壁，

紫贝铺砌庭坛。

四壁撒满清香的野草，还可以用来装饰厅堂。

桂木作栋梁啊，木兰为桁椽，辛夷装门楣啊，白芷饰卧房。

编织薜荔做成帷幕，蕙草做成幔帐，

用白玉啊做成镇席，各处陈设石兰啊，一片芳香。

在荷屋上覆盖芷草，用香草缠绕四方。

河边的众神都在欢送我们，他们簇簇拥拥的像云一样。

我把那衣袖抛到河中去，我们缠绵在水波之上。

美好的时光啊不可多得，我们飘向没有奴役的远方。

将整首歌词通读后，我们倒有些沮丧，听上去就像一首情歌，和《湘夫人》很类似，甚至有两句几乎完全相同。

除了"石维"（"石围"）、"白朗"（"百朗"）这两个关键词，我们一时找不到更有价值的线索。大家心里有些焦虑，也许答案就摆在那里，只是我们参不透。

我暗暗思忖，钟月他们应该早就发现了两者之间的潜在联系，才排练了《湘君》和《湘夫人》吧。

钟月浮出水面

就在此时，我接到了吴工的电话。他要求我单独接听，等我走到僻静之处，他一开口就说："我可以信任你吗？"我颦眉，这是什么话？

吴工向我核实："你告诉过我，你们歪打正着，发现调查外乡人的黑瘦男子是你们队友，是吧？"

我坦诚道："对，是蒙晋，他在调查他姥爷。"

"我通过秘密渠道，查到了你们队友蒙晋的电话清单。"吴工停顿了一下说，"他去调查他姥爷，应该是受钟月指派的。"

我顿时愣了。原来，吴工顺藤摸瓜，拿到了蒙晋的电话号码，通过"秘密关系"，调出了蒙晋那段时间的通话清单。

"钟月是我们的金主，"吴工强调道，"我们只是她的工具。"

我脑海中一片茫然，如此说来，蒙晋被郑远拉进"寻狼队"之前，就已经和钟月有了接触，是否她一直在幕后追查蒙晋姥爷？

"在那段时间，蒙晋电话清单里还有个熟悉的号码。"吴工故意卖了个关子才接着说，"看到这个名字，我简直不敢相信自己的眼睛。"

我脑子乱了，条件反射道："是米罗？"

吴工"啊"了一声，显然十分震惊，顿时遐想连篇道："你怀疑米罗？"

我尴尬道:"随口胡诌,那到底是谁?"

"温金严!"

这个答案,倒是即在意料之外,又在情理之中。

吴工继续说:"然后我又查了钟月的电话记录。她在之后也联系了温金严。"

我心里猛一跳,她该不会和温金严的死有关吧?那个墙上的"石围僵尸"的符号,已经剧透了他们之间千丝万缕的联系。如此说来,钟月、温金严和蒙晋,三人之间都有过通话记录。

吴工还查出来,这次调查后不久,蒙晋到广西的省会南宁买了房。

我很敏感,问他这是什么意思?

吴工一脸羡慕嫉妒恨地说:"蒙晋应该是拿到了一笔不小的酬劳。"我倒不以为然,也可能是巧合呢。

我问吴工:"你听说过'变色蛊'吗?"

吴工哈哈大笑道:"当然听说过。你们几分钟前还在网络上查'变色蛊'的信息。"

我一愣:"你怎么知道?"

他嘲笑道:"你们在贴吧留言,还留了电话。那些贴吧很多都是由我当版主的。"

这人该有多无聊,天天泡在网上讨论"僵尸"啊?我心里感叹,不过话又说回来,有此人相助,真乃天助我也。

我好奇地问:"你对这玩意儿知道多少?"

他侃侃而谈:"'变色蛊'没有变色的时候,是比瘟疫还可怕的蛊毒,据说古骆越族就是被这蛊毒灭绝的。但一旦变色,就可以化解'蛊毒'。亦正亦邪,太玄乎了。"

我将郑远之事告诉了他。他犹豫了一下,不得不同意老太太的观点,"变色蛊"岂是我们可以随随便便找得到的?

他问我们下一步的计划是什么?

我心想,郑远生死未卜,每一分钟都不能耽搁,看老金是否恢复记忆。一旦皮埃尔还原出天坑下板块挪移的规律,我们立刻下去救援。

我沮丧道:"只是,关于'变色蛊',目前还没有太多头绪。"

"未必!"吴工慢悠悠地吐出这两个字。我一听,心里一动,似乎有戏。

他建议我和彭辉立刻赶到那坡,还建议我们带上米罗,见面详谈,还一再反复交代,不要惊动钟月。

再问他,却怎么也不肯答了,说话遮遮掩掩的,只说事不宜迟,越快越好。

接完吴工电话,我自然不敢耽搁,立刻通报米罗和彭辉,小林一听自己被排除在外,顿时一脸的不高兴。我顾不上安抚她,勒令她配合皮埃尔还原线路图,请袁勇和小张去查看老金的情况,这两件事都要瞒着老太太。

"姥姥怎么办?"彭辉颦眉道。想来以她的性格,也不会安生待在客栈里看电视吧。

小林建议先打发老太太回家，我和彭辉都摇头。最后达成一致，她是个关键人物，还是留在大部队比较好，走一步看一步吧。总之我们三人得先赶到那坡，只需找个借口搪塞下她就行。

我忐忑地敲老太太的房门，半天无人应门，电话也关机了。老板娘告诉我，老太太回来没多久，就一个人出去了，她还提醒老人家，不要一个人走太远，被她瞪了一眼。

这事只能稍后再议了，我们立刻向那坡进发。一路上，我们不停揣测，不知道吴工葫芦里卖的是什么药。

老村长的秘密

从乐业到那坡，开了两三个小时的车，在公路旁一个偏僻的农家乐，我们见到了吴工。他神色警惕地观察四周，将我们领进包厢，关上了门。

吴工一脸神秘地说："有线索了。"我们三人自然精神一振。他接着低声说，"吞力屯的老村长，也就是从前的族长，今年85岁了。看样子，熬不过这两个月了。"这是什么话？我们听得一头雾水。

"老村长儿子的事，我也给打听出来了。"他得意地说。

我记得，前一阵，黄小妹外婆和蓝阿母聊天时，当时吴工是同声翻译，老太太们议论说，老村长家里曾出现过一个血人，但谁也没亲眼看到过。当年，他小儿子也是失踪学生，有传言说他小儿子回来了，变成了血人。此事据说是他长子的孩子——他的孙子传出来的，没人能考证。过后不久，孙子就被送走了，此后再也没有回来过，此事颇为蹊跷。

传闻中的这两个关键词，血羊、血人，果然够吓人的。而这一切，又绕回到了师生失踪案、黑衣壮男女"僵尸"上，让整个事件的真相越发扑朔迷离。

吴工告诉我们，老村长知道他是为了打听失踪人口的事来的，当时也没给过他好脸色。就在几天前，老村长身体不舒服，被查出了癌，已经扩散了。

米罗一惊："他要说出真相？"

吴工沉吟了一下，说："他想要钱，他当初把大儿子一家撵出去了，现在想给孙子一个补偿。"

米罗好奇地问："多少钱？"

吴工似乎有些不好意思地说："10万。"

我和彭辉条件反射地望着米罗。

米罗困惑道："你不是替钟月调查此事吗？"

吴工有些困窘。接着，他略有委屈地说："我就拿了钟月5000块。"

米罗纳闷道:"那就再让她出10万,也许她愿意赌一把呢?"

吴工把目光望向别处道:"我很穷,我想翻身。我没法和她讨价还价。"

其实,我心里对他充满同情,并无鄙视之意。只是现在,我一下也不知该如何应答。

"你想让我先垫10万?然后再卖给钟月?"米罗一脸不可思议地问道,"我为什么要这么做?"冰雪聪明啊!我走神了,立刻有种她是黄蓉、我是郭靖的既视感,而彭辉的德性也比较像杨康。

吴工尴尬不语。我怜悯地问吴工:"你想挣多少?"

吴工咕哝道:"她的家族为了查找真相,在县城投资酒店,光是排练那台歌舞剧,就花了上百万。"

彭辉不耐烦地说:"你想挣多少?说吧。"

吴工尴尬道:"5万块也行啊。"没有钱,英雄气短,我心里无声地叹息了一声。

吴工吞吞吐吐地说:"如果线索是真的,我们就可以高价卖给钟月。"说完这些话,吴工自己也感到很羞愧,脸红了。

米罗反应很快,一口回绝,说她才不挣这个钱。

彭辉不耐烦地对吴工说:"这次就不要拉米罗下水了。"他然后指着我说,"他可以帮你搞定。"

我反应过来了,点头道:"我让钟月给你5万。"

吴工忐忑道:"如何才能判定老村长的信息有价值呢?到时候钟月不掏钱怎么办?"

我望着吴工,心里只剩怜悯。我告诉他:"我们已经找到了失踪者的遗体。所以老村长的信息准确也好,瞎掰的也好,你都能拿到这笔钱。"

彭辉废话地补充道:"换言之,钟月怎么都会掏钱的。"

听说我们找到了失踪者,吴工大吃一惊,结巴道:"是骨骸还是木乃伊?"

我不耐烦地说:"这个等下再说,赶紧去找老村长吧!"

吴工脸上露出惭愧的神色,吞吞吐吐地说:"我也是不得已——"

我实在不想和他耗费时间,催促道:"我知道,吴工,你也是不得已。你帮了我们很大的忙。"

他脑子里还是转着失踪案的事,持续震惊地问:"你们是不是找到了那些人的墓地?"

我摇头,不想费太多口舌,让他通知钟月赶紧过来。

因为有了私欲,吴工显得十分尴尬地说:"也许,你打这个电话比较好。"

我二话不说,给钟月打电话。一开口就问:"在那坡吗?"

她的声音很冷淡:"在,昨天有演出。"

我很直接地说:"你,现在带上钱,跟我们一起去趟吞力屯。"

她倒没有太吃惊,直接问:"多少钱?"

"15万。"

她沉默了。我反问："如何？"

她立即答道："可以。"

我说："马上出发。我们村寨门口见！"

"好！"

挂了手机，那三人目瞪口呆，一个醋意满满。嗨，不是吹，我俩还真够默契。

走出农家乐，我无意中抬头，发现星光满天，不禁呆了一下。这清寂而空旷的夜空，带着一丝说不清道不明的情绪，让人油然而生的渺小感，在苍茫的天地间无处可藏。

彭辉用手指在我腰上戳了下。似笑非笑地说："唐老师，你可以，把'冰雪美人'吃定了。"

我"啊"了一声，一下没反应过来。

米罗也酸溜溜地说："带上钱，跟我一起走。好一个腹黑的霸道总裁啊！"

我先是一愣，接着体味到其中醋意，顿时浑身十分酸爽。

彭辉看了眼米罗，沉吟道："这情场如战场，你是不是要换套衣服应战？"

米罗恼羞成怒地掌击他。

吴工羡慕地说："我也想加入你们的团队。"

米罗纳闷道："你不已经在里面了？你都领工资了。"

吴工给她这几句话臊得不行。

赶到吞力屯的村寨门口时，钟月的车已经停在路边。我们下车和她会合。此刻，她很安静，没有之前的犀利和咄咄逼人，就这么静静地望着我。而我，却一下不知该从何说起。

彭辉先开口道："我们找到了不少有价值的线索。"然后望着我，把发言的机会让给我。

我简要地把老村长的事告诉她，顺带说了关于村长儿子和血羊的背景资料。

她沉吟道："我们很早之前就找人调查过村长，什么也没问出来。"果然如吴工所言，她几年前就开始调查此事了。

吴工很不合时宜地补充道："人之将死，其言也善。"

我告诉钟月，除此之外，我们还掌握了一些更重要的线索。

"走吧。"她点头，没再追问，坐进了驾驶室。从车窗望出去，村里很安静……

我们将车停在晒谷场，跟着吴工沿着村道向老村长家走去。这家伙就凭一支手电筒，带着我们左拐右拐，熟门熟路地很快就到了老村长家。

没想到，老村长的房子是如此破败，敲了好半天，老村长才给我们开了门。作为一个85岁的老人家，他的身材可算魁梧，眉头紧锁，脸色青黄，表情很少。将我们迎进屋子后，我们从房间的角落里自己找了小板凳，一一坐好后，大家面面相觑，都有些不知所措。

老村长盯着吴工问道："钱带来了？"

钟月从包里掏出银行卡，晃了晃。

老村长盯着她问："你是范元真的外孙女？"钟月点了点头。"你们以前来找过我。"他拿出烟筒，面无表情地抽了起来。钟月再次点头。

没有任何情绪，老村长只是在说一个事实："听说你们弄了个酒店，天天在那里唱歌演戏？"钟月点头，说每周一次。

老村长吃力地站起来，米罗想去扶他，被他粗鲁地推开。他走到床前，掀开黑乎乎的蚊帐，从床上摸到一个老式的按键手机。一转身，开门见山地说："怎么给钱？"

钟月说："用手机银行转账吧。"

老村长不容置疑地说："转给我孙子。"然后他很快打通了电话，用本地方言说了几句，我听不懂。他接着把电话递给钟月，钟月却递给了我。

电话那头已经不耐烦了，直嚷嚷地大声道："喂，喂！"

我按了免提键，报上姓名，说自己和几个朋友在他爷爷家。

"他又在搞什么名堂？"老村长的孙子火了，语气厌恶地说，"我们每个月给他寄钱，从来没遗弃过他。"

我知道老村长的孙子误会了，没来得及澄清，他连珠炮似地继续抱怨说："前几年就请他到城里住，他不愿意。帮他联系好了养老院，他不肯去。前一阵又告诉我们得了病，不给我们看病历，又不肯让我们带他去医院，什么意思啊？这唱的又是哪一出？说是给我留遗产，这是在羞辱我吗？"

我赶紧接茬说："是真的！你爷爷答应用10万元的代价卖给我们一个秘密线索。现在就要给你转账。"

老村长的孙子骂了句粗口："我×，你们的骗局也太拙劣了。"

彭辉提醒我："告诉他，等3分钟，钱到账了，再骂我们不迟。"

我想耐心跟他解释，被他一口打断道："我不要你们的钱，老人家说胡话，你们也信？莫名其妙！"

老村长神色黯然地给我递过来一张诊断书，我心一酸。

我明确表示道："不管怎么样，我们甘心受骗。就算你爷爷说了假话，我们也不会来要回这笔钱。你把账号给我吧。"然后瞄了一眼诊断书接着说，"你爷爷把诊断书给我了。"

老村长的孙子在那边沉默了一会儿。他的语气缓和了不少道："40年前，我爸爸带着我离开了村子，因为童言无忌，当时我爷爷急了，一下把我的手臂打骨折了。那时候我才6岁。"

又一个家庭悲剧，我无奈地叹息一声。

老村长的孙子语气中透着无奈和沧桑道："因为小孩子不懂事，多嘴说了几句家事，被爷爷暴打。我爸爸就带着我离开了，他发誓再也不回去了。"

我心里明白，他说的应该是关于他小叔叔藏在家里，成了"血人"的事。

老村长的孙子沉默一下道："我猜你们是想了解40年前的失踪案。"我轻声说："是的。"他态度明确地说："我不会要你们的钱。"

我苦笑道："你不要，你爷爷就不会说。"

老村长听到这里，暴跳起来，对着手机用方言嚷嚷。

吴工赶紧同声翻译："他说那是他留给重孙子的遗产。如果孙子不要，他也不想说了，要把我们赶走了。让秘密就烂在棺材里吧。"

钟月拿起手机，极为不耐烦地说："这笔钱你先收着，如果我们觉得线索有用，就不让你退。如果线索没用，你想退，我们也不拦着。"

老村长的孙子那边沉默许久，语气缓和了很多道："我三个月前看过爷爷，老人家现在怎么样了？"

我实话实说："精神不太好。"

老村长的孙子叹了口气道："我现在就在那坡县城。这两天正在给老人家联系医院，你们等等我，我现在就赶过去。"

我们几人面面相觑。

米罗轻轻说："既然这个真相对他们爷孙很重要。我们该等就等吧。"

老村长铁青着脸，举着烟筒，一个劲地猛抽。

这难熬的一个多小时，大家不知道该如何打发，又不方便围在一起交头接耳，只好各自低头刷手机。

一个多小时后，老村长的孙子过来了。他是个四十多岁的中年人，声音听上去却很年轻。见到了我们，他依然带着戒备神情，和爷爷打过招呼，两人显然很有隔阂，眼神也尽量避免交流。

老村长命令他道："把账号给他们。"

老村长的孙子有些尴尬，询问地望着我们。我点头，他从钱包里拿出一张银行卡，递给我。我递给钟月，他报上了姓名后，钟月当场就用手机转账。一时间，大家都不知道说什么好，气氛尴尬。

款转了，老村长的孙子看到手机短信，似乎直到这时候，他才相信我们所说的一切，一下倒有点不知所措。

钟月轻声说："这笔钱，就权当是给老人治病的费用吧。"

老村长瓮声瓮气地指着孙子，命令道："不许退！"

接着，老村长面朝我们，坦诚地说："我知道是谁绑走了那28个孩子。"

本来已做好了心理准备，我还是没有料到，这句话对我们的冲击力如此之大。一个陈年悬案，几十个家庭悲剧，真相就要呼之欲出了。

老村长继续说："你奶奶就是为这事陪葬的。"他用烟筒指着孙子道，"你爸爸猜到了。所以他到死都一直不肯原谅我。"

老村长的孙子凄然地问："你为什么不把真相告诉他？"

老村长的逻辑很混乱："如果我告诉他，他也更会恨我。"

老村长的孙子凝视着老村长的眼睛："当年，我叔叔是真的回来了，变成一个'血人'？"

老村长点头。他的孙子惨笑道："我小时候说的没错？"

"没错。"

老村长的孙子叹息了一声，咕哝道："'童言无忌'啊！"

钟月小心翼翼地问："是谁绑架了那些孩子？"

老村长答道："就是那个来村寨里盗墓的外乡人，他想来村里找'僵尸蛊'。没找到，被我们撵走了。他知道我有线索，就把你叔叔和那一群人都骗走了。"

老村长的孙子惊异道："当成人质？"

吴工插言道："你把'僵尸蛊'给他了？"

老村长似乎自言自语道："他压根儿就没打算留活口，他答应，如果我给他'僵尸蛊'，他就先放了你叔叔。你奶奶不想让他祸害人，交接的时候，她换下你叔叔，留下来当人质，结果你奶奶把'僵尸蛊'给孩子们混进水里喝了，她就再没能回来。"

彭辉惊愕道："你怎么知道这些事的？"是啊，如果没有活口，他如何知道真相的？

老村长沉重地叹息，望着孙子说："你小叔叔亲口告诉我的。他到家没多久，就昏迷了。"

老村长的孙子悚然地问："既然他放了我叔叔，我叔叔为什么还是成了'血人'？"

老村长带着哭腔道："他放你叔叔回来之前，先给你叔叔用了蛊，他给那些孩子都用了蛊。他本来就没打算放过你叔叔，就算你奶奶没做手脚，你叔叔也活不了。"

我倒吸一口冷气，疑惑地问："'僵尸蛊'就一个？"老村长点点头。

钟月声音颤抖地问："现在他们在哪里？"

"外乡人很生气，你奶奶把'僵尸蛊'混进水里，也不知道是给哪个孩子喝了。这蛊只要一进入活人人体，就得过几十年才能醒过来。"

我们几人都听得目瞪口呆了。

老村长苍凉地说："所以，我估计那些人，包括你奶奶的尸体还被他留着，就等着看看谁身上的'僵尸蛊'能活过来。"

我倒吸一口冷气道："你说得对。我见过那些人，尸体保存完好。"

钟月呆呆地望着我。

彭辉轻声补充道:"我和他都见过那些人。"

老村长的孙子震惊得结巴道:"我奶奶……"

"我老伴……"老村长第一次失态,哽咽了。

钟月竭力抑制住愤怒,质问老人道:"为什么不报警?"

老村长摇摇头说:"报警?就算报了警,他们也活不了。"

米罗不赞同地说:"但如果当时报警,就不会让他再害更多的人了。"

老村长露出了自私的懦弱本性道:"我不知道他能活多少年。再说,我要报警,所有乡亲们都知道我和他做的交易,把那些孩子的命都搭上了,我自己,我家里人,还能在这里待吗?他们还不得杀了我?"

老村长声音苦涩地说:"你们没见识过他的手段,他可以随随便便就把一个村子给灭了。他就是'金蛊师'啊!"

这句话像重磅炸弹,将一屋子人都炸得目瞪口呆。如此说来,蒙晋姥姥对我们一定有所隐瞒。

彭辉分析道:"听你这么说,在你和他做交易之前,其实外乡人已经给大家用了'蛊毒'?可以这么理解吗?"

老村长点头道:"他这一招很毒,他下的蛊很难解,他心狠手辣。"

老村长的孙子惨然一笑道:"我奶奶看破了他的伎俩?"

老村长眼圈红了,哽咽道:"你奶奶大字不识,但她识大体,知道不能让他用这东西继续害人。不过,我猜,她以为自己儿子安全回家了。"

米罗问:"你手上为什么会有'僵尸蛊'?"

老村长终于老泪纵横道:"如果不是我贪心,那帮孩子也不会被送命。"

吴工也按捺不住好奇地问:"'僵尸蛊'是怎么来的?"

听老村长缓缓道来,原来,"石围僵尸"事件爆发后,"蛊师"们都心知肚明,只有用早期死者的骨骼和血液方有可能提炼出"僵尸蛊"。吞力屯的两具尸体,一阴一阳,正位列爆发后最初感染病毒的前五名。村民们怕被人利用,大家一致同意,将尸体封存。老村长其实深谙此术,但不能暴露身手,只能假借隔壁的鳏夫"蛊师"之手,将两位死者的骨头和血液提炼出"僵尸蛊"。

吴工恍然大悟,追问道:"石棺中的东西是你放的?"

老村长摇头道:"外乡人开棺后,里面是空的,他一眼就看明白了。外乡人故意放了那些东西,不声不响地背了'黑锅',也不辩解,事后却像噩梦一样缠上了自己。"

我不解地问:"外乡人怎么猜到的?"

"他从我的邻居——鳏夫'蛊师'那里知道的。两瓶酒,下点蛊药,'蛊师'就什么都说了。"

我忍不住问:"那你提取'僵尸蛊'的目的是什么?"

老村长深深地叹了口气道:"只要了解'僵尸蛊'的人,谁会放过这个机会?都送到眼皮底下了。"

老村长见我们不明白,叹口气道:"'僵尸蛊'可以转化成'变色蛊',这是黑衣壮'蛊术'的最高级别。"

"变色蛊"真相

猝不及防,老人提到了"变色蛊",我的心口怦怦直跳。

彭辉纳闷道:"你是怎么提炼出的'僵尸蛊'?"

老村长进一步解释道:"男人的骨头,女人的血,还不一定能提炼到成熟的'僵尸蛊'。"

他也不瞒我们了,其实,他还找到了"僵尸母虫",就在男死者身上,当时距离"僵尸事件",正好过了三十年。这样,他才能顺利提炼出了一只"僵尸蛊"。

"僵尸母虫"只能衍生在第一代发病的人身上,尸体未能及时火化,家属又求助于"蛊师",体内有了蛊虫,却未能救活,而让蛊虫受了病毒感染,经过长时间的酝酿,才有可能生成母虫。有了母虫,"僵尸蛊"就比较容易炮制了。但一只母虫一旦炮制出了"僵尸蛊",就得休眠几年时间。

老村长为了救儿子,留了一手,强行用母虫做了两只僵尸蛊。一只给了老伴去跟外乡人交涉,一只留了下来,准备救儿子。然后那只蛊母就不知不觉养了四十年。

我问:"听说'僵尸蛊'离开人体不能保持活力,你是怎么保存的呢?"

"我把它泡在了靛青汁液里。"

吴工恍然大悟道:"所以这才是'黑衣壮蛊术'的特点。"

我忙不迭地问:"我想知道,'变色蛊'是怎么回事?"

老人答道:"'变色蛊'可以叫醒尸体中的'僵尸蛊',两者加起来,可以做出威力最强的'石围僵尸'。那个比瘟疫还要可怕。"

我困惑道:"为什么外乡人这么想要'僵尸蛊'?他真想祸害社会?"

老村长答道:"相传'僵尸蛊',可以人传人,是个大祸害,但用在救命上,很灵验。还没完全咽气的人,靠这个可能'起死回生'。"

彭辉忙问:"这种'蛊'如果在正常人体内会有什么反应?"

老村长说:"不是吞了'僵尸蛊'就会变成'僵尸',要用专门配的药来养蛊,据说'蛊'吐的黑汁,让人喝了才会变'僵尸'。我也没试过。这个谁敢试?犯的是杀头的罪。不过,如果是单个'僵尸蛊'在身体里，应该可以抵抗很多'蛊毒'。平常人，别说想服用，就连见都没见过，要有机会吞这个'蛊'，也只有'金蛊师'了。"

米罗好奇地问："你不能用它治好自己的病？"

老村长摇头道："这'蛊'不是治百病的，它是给人最后一口气的，而且还不是一般人能用的好。像我们这样的老人，它能顶什么用？"

钟月不解道："既然你答应和外乡人做交易了，他为何还要对那些学生下毒手？"

老人露出羞惭之色，其中定有隐情。他嗫嚅道："刚开始，我只是想弄一笔钱，没想到，他还真有钱，也真给了钱，然后，我通知当地公安，将他曝光，把他赶走。"

大家闻言大吃一惊："在他绑架学生之前？"

老村长默然地点头。

钟月愕然道："你拿了他的钱，却不肯把蛊给他吗？"

老村长没有正面回答："我也是怕他祸害社会。没想到，公安查不到，他的身份是假的。我们汇报上去，当地说查无此人。我就知道，这事做错了。"

看来，被老村长耍了一道，外乡人，他是铁了心要报复了。

钟月盯着村长道："你这个故事就值10万吗？"

老村长孙子轻声说："我会把钱退给你们。"

老村长急了："别急，你们别忘了，'蛊母'还在我手上，已经开始转化成'变色蛊'了。我养了40年，也许，还有30年后就长成了。我可以把'变色蛊'给你们，你们献给国家也好，搞科研也好。总之，我交代清楚，世界上就再也不会有这东西害人了。"

老村长的孙子说："为什么不用'蛊母'，试试再救小叔？"

老村长长叹息了一声道："你小叔叔已经是个怪物了，怎么都恢复不了人形的。我不在了，他还能出来见人吗？"

我和彭辉、米罗顿时有些小激动，没想到我们用这种方式得到了"变色蛊"，虽然说还不是成熟之蛊，只是个半成品，但好歹找到了"变色蛊"的踪迹。至少，我们此刻已经最接近这个神奇的"物种"了。

"我对不起孩子，这钱是我赔给孙子的。"老村长突然扔下烟筒，在钟月面前跪下了。

钟月像被蜇了一下，赶紧蹲下，扶起老人。老村长的孙子带着哭腔，也跪下去扶他。大家坐好，一下都百感交集。

钟月忽然问："你小儿子呢？"

老村长哭道："他早就成了'血人'。"

众人皆悚然。我和米罗对视一眼，如此看来，那只"血羊"只是邻居鳏夫"蛊师"的试验品。

钟月的声音有一丝颤抖道："他现在在哪里？"

老村长平静地低下头，看着诊断书说："我的诊断一出来，我就把他给埋了。活不了，就不要留在世上吓人。"

老村长的孙子忽然落泪了，想来爷爷这几十年也不容易。他背负原罪，负重前行几十年，如今，终于颓然地垮了。

老村长强调说："我把'变色蛊'给你们，你们可不能找我孙子退钱。"

钟月伤感地说："我答应你。"

无尽沧桑，浓缩在老村长一个飘忽的眼神里。他吃力地站起来，他孙子和彭辉扶了他一把，这一次，他没有拒绝。他走到床边，掀开褥子，从席子下掏出一个小瓶子来，直接递给钟月。钟月不敢接，米罗眼疾手快，拿在手中，对着灯光仔细观察。

大家都好奇，我们都聚集过来，蓝黑色的汁水中，漂浮着一个雪白的蚕豆大小的虫儿。

我问老村长："成虫有多大？"

老村长说："越来越小，变黑，变紫，变红，像绿豆一样大。"接着，他说了一连串方言。

老村长的孙子翻译道："不是每个蛊母都能转化成'变色蛊'，要看运气。'变色蛊'的成虫看上去很大，因为上面有一层光晕。每天的颜色都会有变化。如果颜色不变化，就说明变色失效了。"

彭辉问："你们那个神秘的靛青池，是不是也有'蛊虫'？"

老村长点头说："只要把小'蛊虫'放进同一个池里，那些小'蛊虫'就可维持住整个靛青池百年不腐。"

彭辉一拍大腿道："我就说，哪有染了色的衣服，十几年颜色都那么鲜艳，而且防蚊虫？靛青对身体有害吗？"

老村长只说了句："孕妇不要穿。"然后铁青着脸，又站了起来，从床下扯出一个黑乎乎的箱子，把里面的东西全倒在地上，然后从夹层里掏出一沓泛黄的信件。他把信件递给我，我接在手上，一下没反应过来。他坐下，边抽烟边说，"这是他们的遗嘱，我没说假话。外乡人故意拿来刺激我的，他知道我不敢交给家属。"

我脊背发凉。手里的信件仿佛是块滚烫的砖。

钟月盯着老村长问："你明知道他伤天害理，却放任不管？"

老村长抬眼道："他们怎么都活不过来了。"

钟月恨恨道："那也得把他绳之以法！"

老村长喟然长叹道："他们活不过来了，剩下的人还要活下去。我们村里的人，可不是他们的对手。"

黑水之惑

老村长的孙子留下来陪他爷爷，我们一行人默默地穿过村巷，走到停车场。

我双手捧着那叠薄薄的书信，却重若千钧；彭辉攥着那只瓶子，米罗拉着钟月的手，后者在低泣。

我不禁想起两句诗——"此情可待成追忆，只是当时已惘然。"也许这两句诗放在此情此景并不贴切，但我找不出更准确的描述，天人相隔，唯有渐渐消散的回忆，也掺入了太多感伤的情绪。

米罗悄悄嘱咐我们，让大家一起陪钟月回酒店。此时，她需要朋友的陪伴，度过这个难熬的夜晚，她甚至没有勇气读那些信。

我发动车子时，钟月的心情已经平复了不少。至少，她对数字还是敏感的，"他要了10万，还有5万给谁？"

我迟疑了一下，说是给吴工，这是他找到的线索，而且他生活困难。但此时提这个，又感觉很窘。

钟月"嗯"了一声，缓缓转过头，望着我，吃力地问："你们，真的见到了……他们？"我点头，她的眼神带着悲伤和恐惧。她望着窗外黑漆漆的公路说："我外婆离开家的时候，就走在这样的山路上。

"她爸爸妈妈给她跪下了，她的公公婆婆把孩子从她手里夺走了。

"她丈夫说了，如果你一定要走，我不拦你，但要在孩子20岁，孩子长大成人之前，你不许来找他，也不能联系他。"

钟月的声音很轻，她感叹道："都是好人，都好惨！

"我舅舅高中毕业，18岁，当了老师。失踪的时候才19岁，还有125天，我外婆就要和他相见了。"

她自言自语道："到了那一天，我外婆，她是一天都不会耽搁的。

"我舅舅失踪以后，我外婆的生活就残缺了。她对自己的人生产生了怀疑，她当时曾鼓足了平生最大的勇气，却成了她余生的噩梦。"

她苦笑道："当然，如果她留在这里，就没有我们了。

"如果她和我的大舅舅相认，就是一个人生赢家了。我们可以找人给她写传记，拍成电影了。"

她喃喃自语地说："这些年，她一直没放下大舅舅。"

我憋了半天，蹦出几句："你还是可以写的。故事很伤感，但也很感人。"

她冷笑道："那是恐怖小说。"她接着又问："郑远他们有消息吗？"

我把郑远事件的进展告诉了她。她情绪低落地说："抱歉，是我把你们拉下水的。"

我赶紧说:"我们会把他救上来的。"

"我相信!"她轻声说。接着,她说了声"谢谢!"

我瞥了一眼后视镜,米罗也正凝视着我。我心中一动,赶紧移开视线。

黑金酒店的餐厅早已打烊,但我们一行人毫无睡意。厨师给我们赶做夜宵,但大家似乎都没有什么胃口,今天晚上发生的事,让每个人都心潮起伏。

吴工先回县城了。钟月将5万转入了吴工的账户,后者做了个出乎意料的举动,他退回了这笔钱。"我们是朋友。"他就说了这么一句。没想到,钟月果断地给吴工转回去了那5万。

见我迷惑不解,钟月解释道:"他只是我的雇员,不是我们的队员。如果能用钱划清的界限,是最省事的。"非常彪悍的理由!有钱人其实看得也很清。

我愣了一下,突然卡壳了。我带一丝嘲讽,略带结巴地道:"我们也是你的雇员。"

她摇头道:"我们是一个团队。"在她面前,我总是无法放松,疑惑道:"吴工给我们帮了不少忙。"

"他很危险,因为他极度缺钱,他很容易出卖我们。所以我得用钱堵住他的嘴,然后再淡化他的作用。"这才是我当初认识的那个钟月,我也不得不承认,她说的未尝没有道理。她居然还告诫我道:"找合作方,切记,负债的人很危险。他们短视、毁约,而且很容易出卖他人。"

正所谓江山易改本性难移,但我对她已经不复当初的反感了,反而莞尔一笑,这反应也出乎我自己的意料。

那叠信件放在桌子中间,钟月说,等到找到舅舅后,她再正式拆启。我和彭辉将我们在河心岛洞穴中看到的情景告诉了她,她听了,热泪涟涟。我随后将那首歌曲的破译过程告诉了她,她极为震惊,她竭力平复心情。

"我现在可以告诉你们,为什么要排演《湘君》和《湘夫人》了。"她缓缓地说,"黑衣壮的先人们留下十二把纯金匕首,上面有十二个姓氏,我们黑衣壮的秘密全在这些诗句里。

"黑衣壮族的先人用这种方式告诉我们,他们从哪里来,他们的灵魂将归于何处。

"只是,我们还没有领悟到他们留下的谶语。"

我追问:"你们拿到了多少把匕首?"

"两把。"

彭辉惊疑地望着我,挑了挑眉,用眼神抛给我一个疑问。我却故意视而不见。

钟月的语气很低沉地说:"找不到我舅舅,我外婆就想追根溯源,查找出我们黑衣壮的原罪——为什么女子不能远嫁?为什么我们的祖传之宝刻着只言片语?我们从哪里来?我们的灵魂又将归于何处?"

米罗问："师公舞又是怎么回事？"

钟月说："相传茅山术曾经和黑衣壮的师公融合，专门采集小孩子的'魂魄'。"

我一惊："当时你们怀疑失踪案和茅山师公教有关？"

"有个线索也许对你们有用。"钟月不动声色地望着我，点头道，"调查组请了一些各行业内的专业人士协助工作。温金严就是其中一位。"

这个信息倒是让人有些意外。我问："你们就是那时候认识他的？"

"我还没出生好吗？"她白我一眼，却把我逗笑了。她也莞尔道："你笑什么？"

大家对我俩的这番对白露出懵逼的表情。我坦言道："第一次看你这种表情，这才是这个年纪女孩应有的表情包之一嘛。"

米罗悄悄做呕吐状，彭辉做扶额状。我故意视而不见。接着，我严肃地问："你们家人是从那个时候认识温金严的？"

钟月摇头说："当时，我们不认识他，我猜，我外婆和这些人也没见过他，调查结束后，政府方面出具了一份不公开内参，其中，温金严就提到了黑衣壮的黄金匕首。"

彭辉好奇地问："那时候他多大？"

"大概二十七八。"

米罗迷惑道："他是什么身份？"

"他一心想进政府工作，当一个吃公粮的，后来没有成功，当时很积极配合政府的调查。"

我顿时疑虑全消，以当时的社会环境，他的行为是可以理解的。我继续问："后来怎么想到联系他呢？"

钟月倒是很坦率地说："黄金匕首，几年前纽约拍卖了一把，被认为是少见的秦朝金器，还不确定和黑衣壮有关，但我们之前看过了那份调查报告，凭直觉，认定温金严家里一定有祖传实物，所以我后来才第一时间就去收他手里的匕首。"

彭辉追问："成功了？"

"耗费了好几年。后来，他也知道了行情，我们只能把报价提高。"

彭辉疑惑道："可以合法交易吗？"

"祖传的物件可以转让。我们现在也没打算公开交易，我们是收藏。"

我随口说了声谢谢。

"为什么？"她惊奇道。

我笑道："没想到你知无不言。"

她轻声说："你帮我找到了舅舅。我还有什么可瞒你的。"

彭辉和米罗咳嗽了一声，像是抗议。我赶紧声明："是我们团队找到的。"

她伤感地说："我们为了纪念他，在家乡盖起了一座四星级酒店，是你们让这一切有了结局。"

我听了又感动，又感慨。这次，轮到她说"谢谢"了，声音很轻，很温柔，和初见时对她的印象有极大的落差。

彭辉说："现在，不少线索已经明朗，失踪事件的幕后真凶直指那个外乡人，也就是蒙晋的姥爷。"

我直言不讳道："看来，外乡人其实很早就引起了你们家族的怀疑。我想了解其中的原因。"

钟月一惊，她大概没想到吴工通过电话清单的摸排，将她和蒙晋的关系曝光了。她反问："温金严藏着一具尸体，你们听说了吗？"

大家惊惧。我和彭辉也装模作样地表示惊讶。彭辉反应很快，接口道："就是传言中，他养的'鬼魂'？"

钟月点头："确有其事，那个女孩是当年落水的七姐妹之一。女孩没有落葬，一直在温金严手里，十多年过去了，就像是在安睡，有呼吸，没有意识。但也不像一般的植物人，没有发胖，就像是停止生长了。"

彭辉不解地问："温金严为什么会向你们展示这个？"

钟月沉吟了一下才说："这就是所谓'蛊术'的威力。他只接大单，有钱人把重病患者交给他，他用'蛊药'在一些人身上可以产生类似回光返照的效果。只不过，这个时间可能只会持续一两个月，所以还是有人信他。"

米罗叹息道："那个女孩就成了他的活'广告'？"

钟月说："一般人看不到这个，只有有钱的潜在客户才能看到。女孩的父母都已去世，所以也就没人再追究此事了。"

我追问："你为什么可以看到那个女孩？"

"我们查到他和外乡人有联系，想从他那里打听关于失踪案的事情。他想让我们帮他介绍有钱的客户，就带我们去看了那个女孩。对于外乡人，他没有向我们透露太多情况。但和我们交谈的当天晚上，他就给外乡人去了电话。"

我继续追问："你又怎么找到了蒙晋？"

"温金严提到过此人的外孙，是飞猫队的骨干，我们调查了蒙晋的背景，觉得他挺正义的。他答应帮我们调查。"

彭辉不可思议道："追查自己的外公？"

钟月正色道："不是他的亲外公，而且，他们那里早年也发生过两起孩童失踪案，蒙晋早就开始怀疑他外公涉入此案。那些孩子，都是八字奇特的，有可能被人取魂。"

我心里一惊。如果外乡人和失踪案有关。如老村长所言，外乡人就是一个邪恶版的"金蛊师"，那么，蒙晋的姥姥是否知道他的所作所为和下落呢？当他们发现"金蛊师"和郑远留下的口信，她居然没有认出那个神秘人物的字迹其实是自己老公的？洞穴内的陈尸，她果真一无所知？这些都得打上问号啊。

这时，彭辉将翻转过来的歌谣在手机上播放：

梅姬飘零石维，水望人怅然。
木轻摇风初凉，白郎波荒叶流。
忽视远，清水潺湲。
中济漂以墨水，岸生墨花，
始知梅姬平安。
……

大家心情都很沉重。

我仔细盯着瓶子，靛青水的颜色为黑中带紫，我忽然脑海中一亮。"靛青池。天坑下有个靛青池。"我嚷嚷道。大家一头雾水，彭辉却似有所悟，两眼放光。

我说："你们不记得了？他们在天坑下做了一个靛青池。"

米罗挑了挑眉："那些在石壁上刻字的人？"

"对，他们就是黑衣壮的先人，"参悟了的这一刻，我也激动了，"他们在天坑下做了一个靛青池。而且在特定时候，池水可以流出天坑群。"

我念叨道："河心漂来黑色水花，河岸盛开黑色之花，得知梅姬平安消息。"

彭辉也醒悟了："梅姬他们用靛青水来报平安！"

米罗补充道："因为他们出不去。"

彭辉疑惑道："下得去为什么出不去？"

我无法断定地说："被流放？"

彭辉顺着这个思路解释道："诗人小哥每年都在等候他们平安的消息。而这个时候，就是黑色之花盛开的时候。"

米罗摇头说："世界上真有黑色之花？"

钟月忽然想起什么，答道："黑色曼陀罗。我们田野采风的时候有过了解，以前乐业崖壁上出现过这种花的岩画。"她在手机上调出图片给我们看。

原来，以前有些壮族人做"迷魂蛊"，类似蒙汗药的，就是这种花。很多年前在一座山上，漫山遍野都是这种花，后来全部被清除了。

我也兴奋起来，请她赶紧查看资料，查出此花生长的大致方位。

彭辉惊喜道："那能否理解为，诗人小哥在某个地方，在黑色花开之时，静候从天坑下传出平安的消息？"

彭辉接着念:"清晨我骑马在江畔奔驰,傍晚我渡到河心之洲。凌晨我爬到了天梯之上,星光陪伴心里凄凉。"

这后面几句倒是考倒了我们。

"河心之洲"是指什么?"天梯"也绝对不是想象。

米罗揣测,会不会是被淹没的河心岛?我们觉得比较牵强,就算是,毕竟河心岛的地势不会太高,否则现在也不会被淹没于水下。

至于河心岛上的"天梯",更加匪夷所思,那就比较难揣测了。尽管遭遇瓶颈,但大家还是为刚才的发现激动了好几分钟。我看看表,时间晚了,让大家各自回房休息。

我们心情激动不已,翌日就可以赶回天坑,带着"变色蛊"的半成品,去交换郑远,顺便寄望于皮埃尔的理论能有所帮助,破译出偏移的线路图,那样,我们就有望救出郑远了。

仙人桥

回到房间,倒头就睡,半夜醒来,发现彭辉还就着床头灯,盯着那个装有"变色蛊"的瓶子。他喃喃自语道:"他会不会骗我们,里面就泡着一瓣蒜?"

我走过去坐在他的床边,也盯着瓶子。

彭辉问:"是不是有些晕光?"

我揉揉眼,不知是不是我们眼花了,瓶中似乎有一闪而逝的彩色光芒。如同一块变彩欧珀玉石。想想,这只"变色蛊"还有30年才能完成蜕变。我们能用这个打发'金蛊师'吗?我哭笑不得,让他赶紧洗洗睡吧。

一夜无梦,清晨起来,我一个人提着行李坐在大堂,电视里正反复播放百色宣传片,自然少不了乐业天坑、德保红枫、凌云的茶、黑衣壮民俗,等等。突然,我被一个奇特的景观吸引住了——布柳河仙人桥!

我凝神细看,一座因三座大山塌陷而形成的天然石拱桥,被当地人称为"仙人桥",坐落在河流下游,横跨两岸,形成国内罕见的天然石拱桥景观,被认为是世界上最大、最美的水上天生桥。

这座桥在旅游者或摄影师眼中,也算赫赫有名了,只不过我们从来没有往这方面联想过。

立刻手机上网搜索,仙人桥桥高145米,宽19米,桥厚78米,拱孔高度67米,跨度177米,此桥坐落在乐业县新化镇境内,正好是大石围地下河在下游的出露口。

这个发现,如一道闪电击中了我。我激动地冲进餐厅,对着伙伴们高喊:"'天梯'!我知道'天梯'在哪里了。"

客人们纷纷侧目。将大家带到大厅,屏息静气地等待天生桥的出现。当天生桥出现在屏幕上，大家也都恍悟了。

所谓"河心之洲"，也许，指的就是仙人桥。几千年前，仙人桥一定是屹立在河水之中。

钟月也让人赶紧查阅当初的调查资料，将黑色曼陀罗曾经大片生长的方位找出来了。

回到餐厅，我们在地图上细细查看。两地相隔不远，在天生桥上，完全可以看到当年"曼陀罗之山"的全貌。不过，当时的河道一定非常开阔，需要划船或泅渡方能到达天生桥下。

彭辉感叹道："诗人小哥每年按约定，要在仙人桥上等待梅姬的消息。"秘密也许就在仙人桥之上。

米罗难以置信，又惊又喜道："保存了2200多年的秘密，被我们这群乌合之众，就这么破译了？"

我们决定立刻出发前往布柳河仙人桥。我电话告知袁勇，请他将航拍无人机调到布柳河。

与此同时，钟月让人查出了黑色曼陀罗花的详尽资料。它们曾大片生长于当地人称"蒙山"的区域，父母都告诫孩子们不得进入此山，概因这种草本植物整株有毒，种子毒性最大。花的主要成分为莨菪碱、东莨菪碱及少量阿托品，而起麻醉作用的主要成分是东莨菪碱。它的作用是使肌肉松弛，汗腺分泌受抑制，因此古人将此花所制的麻醉药取名为"蒙汗药"。

宋朝《扁鹊心书》中说："人难忍艾火灸痛，服此（曼陀罗花等）即昏不知痛，亦不伤人。"明朝李时珍《本草纲目》中记述"八月采此花，七月采火麻子花，阴干，等分为末，热酒调服三钱，少顷昏昏如醉。割疮灸火，宜先服此，则不觉其苦也"都强调了它的麻醉作用。三国时期华佗所制的"麻沸散"及民间的"蒙汗药"，也含有曼陀罗花的成分。

民间药师也都知道，曼陀罗花除有麻醉作用外，还有止咳平喘的功效，可以治疗寒性咳喘、少痰等病症。

大约明朝时，一场山火将蒙山烧得寸草不生，来年春天，周边零星的曼陀罗花也被蛊师们移植到自己的房前屋后，被民众视为制作蛊药的不祥之物。从此，曼陀罗之山终于彻底消失了踪影。

我们赶到了布柳河仙人桥。袁勇也随后来此汇合。

虽然对仙人桥早已耳熟能详，得以亲眼一窥真容，却是初次。眼前之景，果然只能用"壮观"二字来形容。

飞行仪在天生桥上方盘桓，我们紧盯着监视屏，桥上一个天然凹槽引起了我们的注意。

袁勇的操作技巧不错，调整摄像机角度后，我们从监视器上兴奋地发现，凹槽的一个侧面似乎有个洞穴入口，而桥上亦有不少孔洞，莫非里面是个类似天然廊桥之地？

"阳朔第一攀岩帅哥"——彭辉大显身手的时候到了，他交代我给他摄像，然后摆出各种姿势，像现场教学一样，一步步带着我们攀爬上去。

钟月留在山脚等候，特别嘱咐我要多加小心。从前咄咄逼人的她，现在楚楚动人，我竭力排遣了心中突如其来的悸动。

而眼前的米罗像个女汉子一样在我上方向蔚蓝的天空攀登而去，怎一个"帅"字了得！

两位奇女子，一个"笑面虎"，一个"冰原狼"。想起彭辉的话，不禁莞尔。

一步步从石壁上攀爬而上，布柳河，群山的面貌逐渐展现眼底，碧水蓝天，连绵的山脉似乎无穷无尽地延展着，看不到尽头。布柳河波光粼粼，从桥下奔腾而过，想当年，天生桥也只是汪洋大河的一个小岛。

彭辉一马当先，接着是袁勇、米罗，我们四人站在天生桥上，心潮澎湃，几千年来，也许我们是第一波攀登者呢，沧海桑田的演变，就在弹指一挥间。人类在大自然面前，何其渺小。

天生桥的桥面呈拱形，为安全起见，彭辉打了几个锚点，费了一番周折，我们才爬到了视频中发现的凹槽，高度约4米，槽底有个天然漏洞，难怪不存雨水，否则积水早就把洞穴灌满了。

凹槽的一个侧面，有个相当隐秘的天然洞穴，宽不过1米，高约3米，洞口怪石嶙峋，不特别留意，很难注意到它的存在。

彭辉朝洞口撒了把米，点了三炷香，跪下来磕了三个头，我们也一一照做，在三炷香燃尽之前，我们静静地等候着。

阳光明媚，头顶上的蓝天被框成了一个长方形，石壁上点缀着斑斑青苔，雨水冲刷着"地漏"，石壁上残留着潦草的水痕。

香燃尽，彭辉领头，我们小心翼翼地走近洞穴，为防止意外，大家都拴上保护绳，一个接一个地鱼贯而入。

洞内果然有光线，两排天然孔穴透进阳光，光阴的痕迹无从逃遁。地面、洞壁厚厚的微尘，随着我们的动静旋转、起舞、散落。

我慢慢地走到西面，从这里，可以清楚地看见布柳河，估算了一下黑色曼陀罗之山的方位，拍下照片，用微信直接发给钟月。

黑色曼陀罗的根部之水，很可能通过某段地下河道，流入天坑。天坑下的黑衣壮人则将河水截留，然后改道，从主河道流出。其中缘由，还不得而知。

米罗站在我身后，我听到她的呼吸急促起来。我抬头，也不禁愣了。几行被风化腐蚀的石刻小字，字字都是秦朝小篆。难怪米罗目瞪口呆。

  始皇八年（公元前213年）
  始皇九年（公元前212年）

果然，每年一次，他在这里等候爱人平安的消息。而这一切，发生在2200多年前！我们仿佛闯入时空隧道,久远的歌谣在耳畔清晰响起。时间消逝之处,石面上有几个模糊的大字。我踮起脚尖,轻轻拂去千年的尘埃。

　　墨水未出,血水涌动。
　　巨物吞噬,绝命于此。
　　梅姬吾爱!
　　蔡云泣血留书。
　　时
（始皇十年）

　　仿佛在石头上刻出了血痕,"泣血留书"那歪歪扭扭的四个字,如此触目惊心。
　　我和彭辉几乎是同时叫出声来——"蔡云!"当时他在天湖水底的石碑上,就看到了这个名字。
　　蔡云!他一定是想让我们记住曾经发生的事。他想留驻爱人的名字,不随肉体消亡。
　　2200多年来空气中的积累尘埃,就这样被我们这几个侵入者搅乱了。我们让一个奇特的气场出现了紊乱。
　　彭辉和袁勇用目光上下搜索,想找到隐蔽的入口。
　　我默念:"我将生死置于手心,我将天下置于脑后,我将瘟疫束之高阁。"
　　彭辉怀疑道:"如果攀爬,可以说是冒着生命危险,他又凭什么说是'将天下置于脑后'?"
　　米罗点头道:"是啊,他何德何能,可以将瘟疫控制住?"
　　我揣测道:"要么,他手里掌握着什么样的秘密武器,才有底气和他的爱人憧憬未来?"
　　米罗轻吟:"我要把房屋建筑在水中央,还要把荷叶盖在屋顶上。汇集各种花草布满庭院,建造芬芳馥郁门廊。我要和梅姬站在庭院里,一直漂向帝王不能奴役的远方。"
　　我们直觉,总感到这几句诗歌里藏着玄机。我们在廊桥中踱步的,沉思的,思索的。忽然,我盯着彭辉的脸,米罗和袁勇都停下了。
　　彭辉也不自在了:"毛骨悚然!你这是要小哥向我表白的节奏吗?"
　　我让彭辉站着不动,把米罗拉过来,问她从我这个角度看到了什么。她摇头。
　　让袁勇看,他也摇头。
　　大家困惑地望着我,彭辉几乎要恼羞成怒了。
　　我扭头,问他们,在彭辉的脸上,是否看到隐约的七彩虹光?他们也都摇头。
　　彭辉似有所悟,惊道:"你看见了?"
　　我答道:"我看见你的脸笼罩着一抹光晕。"
　　彭辉窘住了。米罗和袁勇以为我在逗他们,没好气地望着我。

我一拍脑袋："你口袋里是什么？"

彭辉掏出那个装着"变色蛊"的小瓶子。

我果真看见了一圈粉红的晕光，淡淡地映在他的脖子和下巴上。

我接过瓶子，晕光开始变幻。这一回，我没有那么吃惊了。一定是那坛千年"蛊酒"的缘故，让我能感受到蛊虫的神奇力量。

我再次确认地问："你们看不到？"

他们都莫名其妙地摇头。

我拿着瓶子在廊桥中游走，光晕时强时弱，直到我走到尽头，光晕先是消失，接着，光晕突然强烈了，几乎刺眼，然后就降到一个恒定的亮度。

彭辉立刻探头从孔洞中望出去，说是这一块石壁的厚度大约有四五米，不排除里面藏着一个孔穴。

石壁上有一块地方布满了青苔，袁勇试着用锤子敲敲，像是空心的，力度再大些，果然就裂开了一个小豁口，再鼓捣几下，豁口就变成了拳头大小，用手电筒照进去，果然是个洞穴，只是太暗，什么也看不清，就算手电筒照进去，似乎光线都被浮尘所阻。

袁勇三下五除二，把拳头大小变成了50厘米见方的洞口，我手里的瓶子顿时放出了晕光，而他们三人也愣了。

这一次，他们亲眼看见，洞里闪烁着一波一波的彩色光晕。

彭辉脱口而出："芝麻开门。"

我的心口怦怦直跳，相信他们和我一样，事后我才知道，我的目标是"变色蛊"，而他们以为我们找到了秘藏的金银珠宝。

石壁上有三个点像是光源，我们小心翼翼地用手电筒照过去，每一处闪光的石壁上均镶嵌着一颗鹅卵石，而光源正是从石头中透出。

我们小心翼翼地将鹅卵石从石壁上刨出来，发现石头被人挖了个洞，填上了一种胶状物体，而光晕是从这股胶状物中透出。里面闪烁着隐隐约约的小光点，却辐射出一波一波的光晕。

天哪！我们唤醒了真正的蛊母！这个胶质物，正如蓝靛的靛花一般。老村长说的没错，"变色蛊"只能在靛青中生存。

我脑海中再次浮现出那几句诗——"我将生死置于手心，我将天下置于脑后，我将瘟疫束之高阁。"而这个，就是诗人小哥的撒手锏。也许在2200多年前，这些"蛊母"就像生化武器，可以制造瘟疫蔓延，而且杀伤力惊人。

一共有三只"变色蛊"，均被封锁在鹅卵石中，黑色的胶质物，润泽无比。

"2200多年前的靛花，也绝了。"彭辉充满敬畏的神情，低声说。

米罗用手电筒照着一堵石壁，上面黏着一些奇怪的如同黏液的物体，用锤子刮一下，一面有字的石碑显露出来。

米罗短促地惊呼一声，一共八行字：

> 王，因某之祸，灭城。
> 余者放逐石维，守秘留命。
> 将军诸位，令眷属替换十二支，留族之根。
> 唯以姓氏纪念，十二匕首藏于桂林郡，秘语其中。
> 变色蛊，灭城之物，封锁于天梯之石。
> 将军，眷属为人质，顺从王命。
> 待王命更迭，奈天命难违。
> 此记。蔡云。

我们翻译成下文：

> 秦王，因为我引发的灾祸，决定灭城。
> 剩下的活口，流放大石围，如果能保守秘密，就可以留下性命。
> 某将军等人，用自己的家眷，替换了12组人员，给这个族群留下本根。
> 这个族群只能以姓氏纪念这些牺牲的家眷，12把匕首留在了桂林郡，秘密记录在其中。
> 变色蛊，就是灭城的元凶，封锁在天梯的石头中。
> 将军，因为自己的眷属成了秦王的人质，他只能顺从王命。
> 只能等待秦王改变主意，可惜天命难违。
> 蔡云记录。

黑衣壮，隐藏了2200多年的一部分秘密就这么被我们破译了吗？

2200多年前的秦朝，一队人马被流放到了天坑之下，一队人马则流落到了那坡，隐姓埋名，他们就是黑衣壮的先祖，他们恪守着一个秘密，而一场意外灾难毁灭了他们的联系纽带。

12个姓氏，12把铭刻着民族命运的金匕首则如拼图，记录着这个秘密。

（我们手里的匕首，只是一把明朝的山寨货。钟月他们手里有两把。但我手里那把银匕首又是这么回事？待解……）

广西黑衣壮从何而来？为什么要在那坡落户？为什么只有12个姓氏？他们和灵渠开通后，攻打百越的秦军是什么关系？也许，这个族系中，有秦人，也有骆越人？而一个悲伤的爱情悲剧，辗转记录了一个民族悲伤的过往。

　　蔡云守候在布柳河仙人桥上，为的就是等候河水传递的一个信息，终于有一天，河水里混杂着鲜血。天坑下发生了什么？

　　此行虽然破译了很多秘密，但也留下了更多谜团。2200多年前，这一群人，他们为什么要骨肉别离？他们恪守的秘密是什么？

　　没有时间细细琢磨，我赶紧拍照留存证据，然后将"变色蛊"放入蛊洞，带上一只成品，退出，单绳降落。

　　得知我们此行收获的成果，钟月自然深感震惊。

　　大家来不及细谈，我们得马上赶到大石围与皮埃尔汇合，然后寻找郑远。

　　钟月也表示，她处理完手上事务后，与我们在乐业汇合。

第三十二章 营救

救援

听说我们找到了"变色蛊",已回到营地,皮埃尔和小刘立刻从大石围天坑下返回火卖村。

这几天,小林一直在研究"板块偏离坐标";小张负责看管陶亚军,唯独蒙晋的姥姥不见了踪影。

还有更怕人的事。大前天晚上,火卖村一个小女孩失踪了。家人找了大半夜,翌日清晨才报警,警方一早来客栈调查,袁勇也被列入排查对象。

我们都惊呆了,袁勇自己也目瞪口呆,因为他是一大早接了我们的电话,驱车匆匆离开火卖村的。

了解到这个女孩11岁,我们更觉得不可思议了,这不是诱拐,是绑架性质吧?

小张悄悄告诉我们,11岁零11个月,这个女孩的八字非常奇特,纯阴,家里人从不敢透露。据说本地暗中修炼茅山道教的师公们不在少数,也不乏走火入魔之徒,如今,女孩的失踪,立刻指向这个目标人群。这次警方调查案件,请了当地精通易经八卦的老人协同调查,也堪称是非比寻常。

我们立刻条件反射地想到了"外乡人"和蒙晋的姥姥,这事和他俩有关吗?

话音未落,两位派出所的警察已经敲开了我们的房门,一位很客气地把袁勇请走了,一位则请我们配合调查,细细向我们询问袁勇今日的行踪。

这边警察刚走,那边袁勇也回来了,脸上还挂着迷糊的神情。

接着,皮埃尔和小刘风尘仆仆地进了门,我们赶紧关门开碰头会。

先是小张汇报老金的近况,他说这几天,老金的状态没有明显变化,不过记忆力似乎在缓慢恢复。至少,他开始怀疑,阿黎给他的钱给重复了,阿黎哭笑不得,不如该如何搪塞他。如此看来,老金仍然被"困"在过去的记忆中。

皮埃尔、小林和小刘三人则互相对视一眼,面带暧昧的微笑,似乎已有了满意的进展。

小林正式得出结论:"这段时间,因为地震,天坑下的地质板块如魔方般被重新排列组合,导致我们手上的线路图全部失效。"

但他们分析,这只是暂时的,一段时间后可以恢复原位,具体需要多久时间,她也说不好，毕竟 70 年之前有一次板块挪动，现在很难找到知情人或见证者了。

皮埃尔表示，自己活学活用，用他的"气阀理论"，勉强还原出天坑下地质板块错位的规律，并自信满满地强调："我相信，我们不久之后，一定能找到'淡金湖'。"

听皮埃尔表完决心，至少我心安定了一些。

接着，小林在笔记本电脑上向我们演示，根据众多参照物的参考坐标，大石围下，至少在特定区域内，板块挪移的幅度基本是有规律的。她很形象地解释了让我们特别震惊的"擎天柱"现象的成因，此地处于断裂带，也就是变化最剧烈的区域。

从电脑模拟图上可以看到一个触目惊心的断裂带，错位程度远超其他的标记带，但据说，如今各个参照点都已经在不易察觉地缓慢"修复"中。这只是一个区域的局部缩影而已，不排除别的区域的"扭曲指数"与我们目前所在板块有较大出入。

照片显示，大石围入口洞穴大厅的那个"喷泉"，已"挪"进了洞穴，但离它原本的位置，还有四五米的距离。

从"土楼"到入口处的洞穴大厅，偏移的程度是有规律可循的，仿若一股更大的来自地心酝酿的力量在我们脚下地心深处，撕扯着、咆哮着，静候着下一轮更凶猛的爆发。

我们感到奇怪的是，地下河水路如果被撕裂偏移，岂不是天坑下到处都是堰塞湖，导致洪水暴涨？但目前似乎看不到这一迹象。板块扭曲，却偏偏避开了主要的地下河水路，这说明，70 年一次的异动已经进化升级成了"智能板"。

大家正研究讨论时，警察又来敲门，一开口，便问我们是否带了位精神不正常的人士来到火卖村？这条线索据说是邻居小孩子向他们报告的。

小张赶紧带他们去盘查陶亚军，折腾了好半天回来，不料，警方似乎又杠上了蒙晋的姥姥。

一个神秘老太太出现在村里的传言引起了警方的注意，真是一波未平一波又起。可是，我们该如何向警方介绍蒙晋的姥姥呢？

我先跟大家统一口径，老太太是我们失踪伙伴蒙晋的外婆，这次和我们来火卖村，就是为了和我们一起营救其他伙伴。我们将如实提供她的地址和电话。

彭辉颦眉道："我担心，'蛊师秘道'、失踪案等还不到被曝光的时机，一旦泄露，会对我们营救郑远产生不利影响。"

米罗怀疑道："姥姥的背景，会不会和女孩的失踪案有关？"

按钟月的说法，蒙晋姥爷和几年前的孩童失踪案有关，不排除他将蛊术和茅山术、师公教混在一起。

想起蒙晋姥姥评论他姥爷的话，我们更不淡定了，"他像一只杂食野兽"！

不过，似乎警方并未把视线留在姥姥身上，电话打到蒙晋老家中，据说他姥姥本人接了电话，说是回去照顾外孙。而我们再拨打电话，电话已经处于忙音状态。

顾不上老太太了，我们赶紧商量下一步计划：下天坑——提交"变色蛊"——救人。

全部人马将分成两组，我和彭辉各带一个小组，彭辉带小林、袁勇、小张、米罗；我和皮埃尔、小刘、陶亚军一组。

米罗问："大舞蹈家怎么办？"

我建议道："她留守大本营。"

米罗摇头，反问道："可能吗？"

果然不出她所料，我们整装待发时，钟月也赶到了，她坚持要跟我们下天坑，不同意从马蜂洞坐着箩筐"速降"。无奈之下，我只能和袁勇商量。还没开口，袁勇就表示自己负责突击培训她。看来，颜值高的美女就可以任性，并且在为所欲为的道路上畅通无阻。

奔赴大石围的路上，我特意向钟月打听茅山术和师公的事儿。

她倒是有问必答。她说，茅山术养小鬼，所以会将八字奇异的孩子取走魂魄，当年失踪的28人中，确实有一个孩子的八字比较特别，当时搜寻组曾从这个方向盘查过潜藏在人群中的师公，可惜没有找到足够的证据支持，而那些被惊扰的师公们也成了惊弓之鸟，或背井离乡，或隐姓埋名，或金盆洗手。

那个孩子之所以引起调查组的注意，是因为他不在失踪学生的班级，但目击者却看到他和失踪学生在一起。他自幼母亲离世，10岁时，父亲将他托付给爷爷后，离家外出打工，据说在外地娶妻生子，直到他失踪前，都未曾回家探望。

越寻思，越觉恐惧，我也越发觉得，外乡人、蒙晋姥姥和此失踪案有说不清道不明的牵连。

迷惑

我们这次下天坑，袁勇按5天计划调配给养，少了潜水设备和橡皮艇，大家的行囊轻便了不少。

首先，"变色蛊"在手，其次，找到了板块偏移的规律，再加上郑远给我们留下的提示，让我对此次营救行动，平添了不少信心。

站在西峰上，极目四望，心里涌动着一股"天地在我脚下"的豪情，袁勇心情也很澎湃，他提议我们大家合照留念，并预言此行必将载入"大石围探险史册"。

我其实特别关注钟月，初下天坑的恐惧和即将见到亲人的伤感交织，一定很难熬。不过她掩饰得很好，我怕安慰不到位，反而弄巧成拙，所以故意忽略她，也许这样能让她更放松。

今日天气不错，能见度也好，我们很顺利地单绳速降大石围。因为地震的缘故，大石围景区关闭，没有游客、摄影师和俱乐部培训"菜鸟"们的干扰，终于好好感受了一把难得的清静。

每次降到天坑底部，穿过密林时，我都会条件反射地想起亚马孙雨林，无一例外。

亚马孙，世界最大河流，危险来自密林和水下。大石围，位于世界最大天坑群之中，盘根错节的洞穴和神出鬼没的地下河水都暗藏致命危险，更不用说深渊、瀑布和我们遭遇的黑雾、"鬼气"了。

从密林中走到洞穴大厅，眼前似乎一切又恢复了原貌，摄影师最爱取景的那块礁石"回归"了，看似严丝合缝地被镶嵌在它的原位，仿佛一切都没有发生，可是只要举起相机，惊心动魄的记忆，已深深烙刻在我们的心上，无法被磨灭地存于记忆深处。

我们特意去检查的那座"喷泉"，它仍然没有完全归位，"还原之路"似乎被诡异地凝固了。这也意味着，我们要用最快的速度赶到"土楼"，才是此次营救的正确打开方式。

因为我们不知道，这一次的"扭曲"，会不会是为下一个"断裂"而酝酿的。毕竟，70年一次的异动，绝不会如此温柔开场。

小林打头阵，一路走，一路检查路标，这一路，行进得还是比较顺利。

皮埃尔告诉我，为了精确测量出天坑下地质板块的错位程度和气阀受到的影响，行动结束后，他想重返"秘境"，借助70年一次的地下板块变动的机会，找到其中的关键线索。

我问他，为什么如此着迷于"秘境"这个参照点？

他说了个让我耳目一新的观点。"唐，你记得那块金色的小方块吗？"

我点头。

他说："别的不规则方块的水体颜色都在变化，像魔方一样，只有金色方块是不动的。它像是这个魔方的中轴。"他的结论是："我怀疑它是整个大石围天坑的中控室。"

他兴致勃勃地解释道："我们可以从别的方块的变化中找到规律，然后再以金色方块为参照，运算出整个大石围的'气阀参数'。"

"可惜，我们目前手上的资料很有限。"他遗憾地说，"我们需要搜集更多的数据。"

我无法对他的宏大格局展开联想，当务之急是救出郑远，但此人这个劲头确实应该需要鼓励。于是，我很认真地告诉他，等我们营救行动顺利完成，将全力支持并配合他的科研计划。他高兴地咧嘴而笑，像孩子一样纯真。

小林悄悄向我汇报，目前，我们所知的参照物坐标都没有显著变化，她开玩笑说："也许是天坑下的时间凝固了，但愿这不是暴风雨的前奏。"

队伍的行进速度开始加快。作为无可救药的"直男"，我个人英雄主义作祟，常常惯性地想要去照顾钟月，钟月虽然是第一次下天坑，却适应得不错，对我的特别关照露出无语的样子。也许人家是学舞蹈的，身体的协调性和体能都相当棒，再加上好胜心强，只想低调隐藏于人群中，不想被区别对待。

每当遇此窘状，米罗就会悄悄凑过来，或在我腰上戳一下，或故意碰撞我一下，反正在黑暗中，谁也看不到。我也只能聊以自慰，把这个举动看成黑暗中的调情。

但我寻思，米罗这么做，并不像是真吃醋，而是装成吃醋的样子，趁机拿我开心解闷。这女神，该有多大的自信，才能将男人像宠物一样肆意玩弄于股掌之间。

冒水洞

马不停蹄，我们如期抵达"土楼"，大家先扎营，热了点汤，填了肚子，片刻休整后，彭辉带人去"月亮潭"，我们将循着原来线路，穿过地下通道进入河心岛区域，然后一路摸到"黄金笋"处，29具尸体就藏在那个洞穴中。

临行前，彭辉悄悄把我拉到一边，特别叮嘱，我们这组要特别小心，最好以静制动，因为一旦正面遭遇"金蛊师"，凶多吉少。

其实，我们之所以分两组行动，也有留个后手的考虑。双方执行地相距不远，关键时候可以互相支援。否则，一大群人如果中了"金蛊师"的埋伏，可就叫天天不灵，叫地地不应了。那29具尸体可不就是活生生的验证。

事后想想，我和彭辉当时自以为计划周密，很小心很谨慎，其实还是大意了。可怕的事情终于发生了。刚开始，一切都在按计划行事。彼此检查好装备，点好人数，两支队伍分道扬镳。

彼此道别时，米罗又趁乱拧了我一把，在我耳边"哼"了一声说："看好钟月，人家的命值钱。"我思忖，这举动是不是类似狮子撒尿、宣示领地的意思呢？

我们组里，钟月是新手，我自然得让她紧随我身后。

要找到那个隐蔽的入口，得先找到标记物——那面巨大的石盾。倾斜状的入口隐蔽于此，我先跟大家说好动作要领。

我打头阵，接着是钟月、小刘、陶亚军和皮埃尔，匍匐爬行20米后，身下的石块翻转，将我们卷入斜角漏斗式的通道。呈斜坡状的滑道弯腰行走大约30米，便插入下方的一个洞穴通道，我告诉大家，这个通道的方位处于地下河的下方。

我们快步穿行通道，路面光滑，接着是一个斜坡，再随斜坡而上，洞口逐渐变宽，进入一个巨大的洞穴，没想到就在此时，意外发生了。

走在后面的小刘忽然让我们停步，说是陶亚军出了状况。他说陶亚军走到洞壁，以为他要方便，就原地等了两分钟，没想到没了动静，手电筒照过去，没有人影，便赶紧通知我。

我让大家原地等候，和小刘、皮埃尔等用手电筒四下照射。谢天谢地，很显然，洞穴入口处连着一个支洞，陶亚军只有三种可能，要么超过我们，要么原路返回，要么就误入支洞。

我让小刘领皮埃尔返回原路追查，我带着钟月进入支洞，交代大家15分钟后原地会合，不得擅自行动。

刚进入支洞，我的心就怦怦狂跳。我看见了那个标记！又是郑远留下的标记，没想到在这个不起眼的洞穴里，还能找到郑远留下的痕迹。但这回发现的标记看不出任何指向性，犹如鬼画符一般。

我和钟月小心翼翼地用手电筒观察四周，洞穴不大，钟乳石的类型比较多，如果郑远曾跑到这里，意味着这里会有其他出口。

疑惑的是，我们在里面搜索了一圈，都未发现端倪，这里似乎是个盲洞。

我俩赶紧退到洞口，不敢走远，也不敢高声说话。我感觉得到，身边的钟月也很紧张，呼吸急促，我心里有点懊恼，早知道就不把陶亚军带下来了。我们忽略了这一点，是因为他倒没怎么给我们捅娄子。

不久，皮埃尔和小刘也从半路返回了。他们也没找到陶亚军，看样子，他不会这么迅速原路返回。排除了这两条路，陶亚军这家伙怎么会人间蒸发？好端端一个大活人居然让我们给弄丢了？

我用手电筒反复扫射他失联之地，除非此人是跟我们开恶作剧玩笑，否则没有第三条逃遁之路。

钟月忽然拽拽我的胳膊，指着一个角落，我的手电筒照过去，一个钟乳石后，似乎有些动静，凝神细听，似乎有人在哭。

我们四人顿时毛骨悚然，壮着胆子，我和皮埃尔慢慢走上前去，果然，那里藏着一个人，手电筒猛然照过去，正是陶亚军。他蜷成一团，浑身哆嗦，打冷战。

"他肯定是看到了什么东西。"小刘悚然地提示道。

我走到他身边，蹲下身，问他看见了什么。他紧紧地抱着我，感觉身体在瑟瑟发抖。

小刘走到他当初"方便"的石壁旁，顺着他的视线环视四周，什么也没发现。

我们三支手电四下照射，也没有发现什么异样。身后的通道传来响动，是一阵快速的脚步声和喘息声，我让大家赶紧贴在石壁上，关上手电筒，有人正朝这个洞穴快步走来，手电筒的光线四下乱晃，伴随着沉重的喘息声。

定睛一看，是小林！我叫了她一声，小林扭头，脸色惊慌，见了我们，一下就跪在地上，痛哭起来。她泣不成声："他们都不在了，被水给淹了。"

我们几人都目瞪口呆。小林恐惧地抬起头，断断续续地说："月亮潭，是个冒水洞。"

我刹那浑身冰凉，头脑发木发沉。

"你别急，先把话说清楚。"唯独钟月还能说出一句完整的话，拍拍她的肩膀。

我只有一个念头，木然地说："我们赶紧过去。"

"晚了。"小林绝望地瘫在地上，声音透着惊恐说，"那是个冒水洞。"她整个人都崩溃了，喃喃自语地说，"我们上去怎么交代？彭辉、小张、袁勇，还有米罗。"

我的眼泪一下也涌了出来。

钟月竭力冷静道:"唐少华,你带他们赶紧过去看看,小林也去吧。我留下,看着陶亚军就行。"

小林像机器人一样,机械茫然地爬起来,我和小刘拉着她,跌跌撞撞地往回走,心乱了,步伐也乱了。

我口中发出的声音不像是出自我的胸腔,而是从远处飘来的:"到底怎么回事?"

小林断断续续地告诉我,他们一行人来到月亮潭,潭中的池水上面有片莲花石,天然的薄薄一片,也称为灯盏石,属于叠置沉积,是以浸水面的钟乳石或石笋、石柱为中心,沿池水面扩展出灯台式或荷叶状的沉积。他们将放着钱的黑色塑料袋和"变色蛊"放上"灯盏石"后,池中水流开始增速,一转眼,灯盏石就被水流带走了,大家看了这一刻,也都目瞪口呆。大家沿着池边追踪过去,却发现水流涌入一个暗洞,无法再追踪下去了。

我问小林:"你是怎么逃出来的?"

她断断续续地说:"彭辉他们以为'金蛊师'会给他们一个明确答复,就在潭边等。我一个人先上来,检查标记带。"

我疑惑地问:"为什么?"

她哭丧着脸说:"我怀疑有一个人是内鬼。"

我们三人大惊:"谁?"

她的回答很惊人——"袁勇!"理由是:"进洞没多久,我就发现他在悄悄留记号。通往'土楼'的这段线路图其实很成熟了,他为什么这么做?"小林补充道,"我检查过,他是给后面的人呼应的。这种笔做的记号只能维持两三个小时。"

我苦苦思索,袁勇?完全没有动机啊……于是只能问:"你为什么不告诉我?"

"刚开始,我没太大把握。"小林说,"当时,我悄悄走出通道,突然感到腿软、心慌,就知道被人用药了。好像有几分钟,是完全没有意识。"

小刘也惊了,问道:"你们下到月亮潭的时候,就已经被下药了?"

"对。"小林点头道,"有人用了蛊药,应该是气味,但我们全无察觉。"

小林说,她上去不久,就发现洞穴冒水了。她慌了神,哭喊着,几乎不记得任何细节,只感觉时间漫长,脑海里闪现的都是伙伴们悬浮在洞穴中的情景。

我们一行人临近月亮潭,我腿软得几乎支撑不住,小林更是瑟瑟发抖,哽咽着说不出话来。

月亮潭本身的入口就是垂直向下的,小刘和皮埃尔走到洞口,绝望地叹息,洞穴内的水已经距离洞口不到10厘米。虽然眼见为实,却仍然无法接受,小刘走到我俩身边,一句话也说不出来,一屁股坐在地上,沉重地喘息。"怎么办?"他不是问我,而是想平复脑子里的翻山倒海。

我们不但错过了救援的第一时间，连打捞尸体都成了难题。月亮潭很小，出入口在洞穴顶部，水已经平齐入口，整个洞全部冒顶，他们哪里还有救？我如何猜得出这样的结局？

皮埃尔建议我们赶紧返回地面报警，联系潜水员打捞。

我仍然无法接受这个现实，大脑一片空白。

皮埃尔和小刘分析，洞穴顶部，会不会有足够容纳他们逃生的空间？突发的洪水什么时候可以退下去？

"金蛊师"！我心里满满都是复仇的念头。我站了起来，让小林检查月亮潭的资料，看有否其他出口；我们先赶回去，和钟月等人汇合，然后小刘和皮埃尔赶紧返回地面报警，请飞猫队和潜水队赶来救援。

我已迫不及待，在"金蛊师"用"变色蛊"取出尸体的"蛊母"之前，找到他，干掉他！

小林打开笔记本电脑，手抖得很厉害，月亮潭属于天坑下的"成熟景点"，面积不大，潭水偏蓝，水面漂浮烛台是其最大特点。虽然不排除有其他出口，但我们手上却没有更多的资料。另外，如果有人"开闸放水"，出口必定也是垂直向上，换而言之，不会低于我们脚底的海拔高度。

小刘提醒我："洞内如果确实有逃生空间，水迟迟不退，很快也会错过黄金救援时间窗口。"

我们赶紧回撤，我们首先要回到"土楼"营地，然后再分头行动。

靠近营地，小林让我们停下。她打开另一支手电筒，只见蓝色荧光中，营地附近有好几串杂乱的脚印。她忽然拽着我的胳膊，语无伦次地说："他们活着！"

好半天，我们才弄明白，大队人马离开营地之后，小林在营地周边喷雾，"留了后手"，现在却突然出现了熟悉的脚印，难免不喜形于色，激动不已。这个神反转，自然让我欣喜若狂。我们立刻振奋起来，起死回生的感觉，也不过如此吧？

小刘喜不自禁道："这么说，他们及时地从月亮潭撤出来了。"

只有这个解释了。不过，"且慢，"小林凝神细看，却说，"除了彭辉等四人的脚印，怎么还多了两个人？"

"顾不了这么多了，我们赶紧去和钟月们汇合吧。彭辉他们既然幸免于难，第一个念头也定是过来和我们碰头的。"我急不可耐地说。

我们四人赶紧沿着老路极速前进。到了和钟月们分手的地方，空无一人，估计大队人马都赶到"黄金笋"处了。我们一刻不敢耽搁，继续狂奔。

失踪的女孩

小林没来过这里，问我怎么找入口。

我焦急地提醒道："石林中一根金黄色的石笋，冒蒸汽的地方。"

还是小刘眼尖，发现了那个水汽弥漫的冒气洞。正要往里面钻，小刘忽然拽住我。只见一个人影站在离洞口不远的石林中。

不注意看，还真以为是根石笋呢。手电筒一照，吓了我们一跳，是个神色惊慌的女孩子。莫非是失踪者复活了？这是我脑海中闪过的第一个念头，毛骨悚然。

小刘和小林、皮埃尔则不约而同低呼，并判定，她很可能就是火卖村失踪的女孩，被拐的那个。定睛一看，果然年纪不大。

女孩见我们走进，吓得浑身哆嗦，她居然被手铐铐在钟乳石的天然石环上。

小刘问："小妹妹，你叫什么名字？"小女孩把头埋在胳膊肘里，身体在瑟瑟发抖。

小林建议小刘和皮埃尔留守，看着女孩，我俩还是先进去吧。里面恐怕大事不妙。

我们刚走进洞口，皮埃尔就往后退，捂着胸口，说受不了。我和小林面面相觑。

"坏了。"小林倒吸一口冷气道，"'蛊师'放药了。"

我和小林贴着石壁往里走。我打头阵，好歹我是"双重免疫"，比小林还强一点。

在通道尽头，连接着一个洞穴，洞底弥漫白色雾气，负氧离子高得离谱，要不就是'蛊药'的气味。果然，走了几步，我发现空气中混杂着一股煳味儿，问小林，她也有同感。

不敢打手电筒，怕惊动里面的人，我俩就这么摸黑往前走，我记得那个洞穴不算大，也就300平方米左右。

越来越紧张，好在摸到通道尽头后，发现洞穴内有些许亮光，沉住气，我睁大眼睛。隐约是盏油灯照亮，在摆放尸体的平台在阴影中，只看到大致的轮廓。

我让小林留在原地，我打算摸近些去看个究竟，最安全的方式就是爬。我像猫一样在黑暗中朝亮光处爬去。

没有任何动静，静得连一根针掉在地上都能听见，我甚至能听到小林的喘息。忽然，一个人影蹿了出来，接着，一股浓浓的黑雾袭来。

湿冷，带着情绪的无数低喃、哭泣、呼喊、尖叫混杂在一起，浸泡着我们，无法动弹，也无法出声，过了好一会儿，我才能移动脚步，但此时已人影全无。小林也是失魂落魄，好容易才缓过神来。

我俩起身，打开手电筒，一定还有出口！我和小林细细搜索，果然，在石台后，有个狭长的出入口，宽度不到50厘米，我打着手电筒走进去，洞穴很窄，地面却很平滑，拐了两个弯，眼前是两面绝壁中的一条夹缝，冷不防吓了我俩一跳。

快速通过这条夹缝，抬头一看，触目惊心，绝壁看不到尽头，目测怎么也有五六百米。

夹缝连接一个小洞穴，不太费力，我们就找到了出口，气温一下暖和起来，我们置身于刚才的大洞穴中，眼前又是一片石笋丛林，然后，我又看到了郑远留下的特殊记号。

郑远当时也许就是从这条通道跑出来的！我轻车熟路地带着小林追踪到了两三百米开外的洞口，我记得，记号在一个支洞口重新出现，消失在一个石缝之中。但这一次，石缝居然打开了。

真相大白

第一眼，我就明白，我们来到了刚才夹缝的右边绝壁之后。因为眼前就是峭壁，脚下就是深渊。

一块狭长的礁石像栈桥，更像鱼脊，延伸到对面呈半圆形的峭壁，峭壁上站着两个人，钟月和陶亚军，他俩的后背都贴着石壁，脚下就是悬崖。隔在我们中间的，是不见底的深渊。

彭辉等人站在"栈桥"的另一端，在他和小张、袁勇中间簇拥着一个赤裸的女人，长发遮脸，草草套着不合身的男人的宽大衣服，像是一尊蜡像。我们两个人则目瞪口呆地站在"岸边"，和那两队人马正好形成一个类三角形。

陶亚军见了我，大喊："童子哥，救命！"

他居然还能开口说话！钟月不发一言，身体轻微摇晃，竭力保持平衡。我这才发现他俩的脚下都被绳索牵连着，如被操控的木偶。

陶亚军恐惧地说："只要下面的人一拽绳子，我俩都得掉下去。无论他们提什么要求，你们都得答应啊！童子哥，救命啊！"

我用手电筒沿着他们脚下的绳子一直往下照，在一块凸起的礁石之后，是一片黑暗。毫无疑问，只要后面的操纵者一使劲，他俩就得粉身碎骨。

彭辉的语气很严肃："陶亚军，你能说话啊？"

陶亚军哭丧着脸："答应他们的要求，把我们救回去。"

我问："他们的条件是什么？"

陶亚军的声音颤抖着说："把'变色蛊'和这个女学生给他们。"

我猜，这个女学生应该就是那批尸体中被测试出体内有"蛊母"之人。不知道怎么落到了彭辉的手里。

彭辉说："我们要找的是郑远，把他先还给我们。"

陶亚军郁闷地说："郑远不在他们手上。"

小林急了，问："他在哪儿？"

陶亚军说："他不是在淡金湖吗？"

彭辉奇怪地问："他不是留下了字据？……"

陶亚军撑不住了，大喊道："那是假的，是我忽悠你们的。我不相信你们能找到'变色蛊'，弄点钱就行了。我也是受人指使的。"

这个倒也说得通，他洞悉了郑远的标记方式。如此说来，就坐实了蒙晋姥姥参与的证据。

彭辉惊道："你和蒙晋姥姥是一伙的？"

陶亚军心虚地喊道："我也是受害人。"

我大声说："如果郑远不在他们手上，那他们手里还有什么牌？"

陶亚军看似恐惧，话中却带着威胁，指着钟月道："这姑娘，听说身家亿万呢！她没了，你们也逃不了干系吧？童子哥，他们心狠手辣，别跟他们斗狠。"

我追问："他们是谁？"

陶亚军举起双手道："我也是受害者。我不能说。"

彭辉大声说："好，我们交换。你让他们把钟月放回来。"

陶亚军倒不含糊，对着他说："你们得先把'变色蛊'和女学生带过来。"

彭辉点头。他和袁勇架着女学生朝"栈桥"走过去。

陶亚军突然叫停，"等下。你说你有'变色蛊'，所以可以探得出，蛊母在这个女孩身上？"

彭辉表情无辜地点头道："对啊。"

陶亚军继续分析道："这么说，'变色蛊'其实在你手上，你在'月亮潭'放的'变色蛊'是假的？"

彭辉一摊手道："对。但钱是真的。"

陶亚军问："为什么给我们假的？"

彭辉坦言道："怕给了真的，你们不放郑远。"

小林愤怒地插嘴道："你们也不是省油的灯，都杀人灭口了。"

陶亚军摇头道："我又怎么知道，你现在给我的'变色蛊'是真的？"

袁勇不耐烦地说："你要怎么验证？"

陶亚军说了让我心惊的一句话："用它取出'蛊母'。"

彭辉也被惊着了："怎么取？"

陶亚军说："我会告诉你怎么取。"

彭辉担心道："如果取出来，给了你们，你们不守约怎么办？"

陶亚军开始耍无赖地说："我也不知道。你们敢跟他们赌吗？"

彭辉威胁道："让蒙晋的姥爷出来，蒙晋的姥姥出来也行。否则我们就把女学生带回去，直接火化。他不是等了四十年吗？"

我为了扰乱陶亚军的心绪，大声说："小女孩是你拐走的，是吧？我们找到她了。"

陶亚军一愣道："我不知道你在说什么。"

袁勇补充道："有个游客手机拍视频，把你和小女孩拍进去了。"

陶亚军惊慌道："我是受人指使的。小女孩没事，你们可以把小女孩带回去，一笔勾销。"

彭辉吓唬他道："绑架儿童可是重罪。"

陶亚军也害怕了，嘴硬道："我没有绑架小女孩。"

我大声说："我们已经找到她了，她也已经告诉我们了。"

陶亚军开始耍赖地说："我精神不正常，我住过院，我是疯子。"

彭辉说："所以，我要和他们直接对话。"

陶亚军威胁道："别惹他们，只要一动绳子，我和钟月都活不了。"

彭辉镇定地说："别急，他们可以等，都等了40年了不是？"

我审问般地问陶亚军道："当初，我们在天坑下碰到你，也是蒙晋姥爷安插的，对吧？"

陶亚军摇头装傻道："我不知道你在说什么。"

我揭穿他道："蒙晋姥爷为什么安插你跟踪我们，是因为蒙晋在调查他，让他感觉到不妙。是吧？蒙晋姥爷先是发现了老金的狗，所以安排你装傻跟踪我们。而蒙晋寻找失踪者的线索，发现此事和他姥爷有关。"

彭辉跟进，咄咄逼人道："我们在蛊道上遇见你，并不是巧合。蒙晋是被你或者他姥爷送出来的。你是蒙晋他姥姥安排好的，在那里和我们会合。"

我继续揭发道："刚才我们是被你故意干扰，你拖住了我们，好去通风报信。"

彭辉一唱一和地说："他们本来不知道我们找到了'变色蛊'，他们本来只打算拿钱。是你告诉他我们找到了'变色蛊'。"

陶亚军不耐烦地打断我们道："你再说下去他们就要灭口了。"他彻底摊牌道，"要么把'蛊母'取出来，把钟月换回去，要么他们拿不到'变色蛊'，我俩也丢了命。"

彭辉妥协道："好吧，告诉我，怎么取出蛊母？"

陶亚军反问道："你为什么选了她？"

彭辉坦言道："我拿'变色蛊'走过那些尸体的时候，唯独她有反应。"

"好。"陶亚军很紧张地说，"你把'变色蛊'倒进她嘴里，记得，一定要让她咽下去。然后把她的嘴封上，你们控制好她，然后把她给带过来。"

我问道："然后，你打算怎么脱身？"

陶亚军说："我不跑。"

彭辉说："你想把尸体拴住，然后推下去，是吧？"

陶亚军一下结巴了，不自然地说："反正她也是死人了。"

我为分散他的注意力，赶紧补充道："他们要是不履行约定怎么办？"

陶亚军用怒气压制恐惧，大吼道："我不知道。我也不知道，钟月还能在这里坚持多久？"

彭辉害怕地问："这个女学生，她会变成'僵尸'吗？"

也许是成功在望，陶亚军也是一脸恐惧兼兴奋："我不知道。我又没见过。总之你们把她的嘴堵住就成。"

米罗上前，将女子平放，头枕着自己膝盖上，彭辉从怀里掏出那个瓶子，将"蛊虫"倒入她的口中，然后三人手忙脚乱地用块布，在脑后勺缠了一道，堵住了她的嘴。

"好像没有什么反应。"彭辉的声音颤抖地说。

米罗惊叫道："有反应了！手动了！"

米罗吓得弹开去，连滚带爬地冲向岸边。彭辉和袁勇也吓得瘫在地上，那具"尸体"就如《午夜凶铃》里的贞子，长发遮脸，皮肤蜡黄，动作笨拙迟缓，开始抽动身体。

"把她带过来。"陶亚军也受到了惊吓，大喊道，"不要让她掉下去！"

彭辉和袁勇一人一边地拽着她的胳膊说："我们能一起过去吗？"

陶亚军很警惕地说："不行！"

袁勇无奈地说："那你接好她。"

我们把手电筒都照射过去，如同舞台，聚焦在出场人物身上。

彭辉和袁勇站在"栈桥"那侧，那个"女人"慢慢地向峭壁凸起的礁石爬过去。看不清她的脸，头发遮掩，一根类似的"领带"绑在她的嘴部。这个场面太吓人了，活脱脱就是"女鬼贞子"的既视感！

陶亚军身体紧贴着石壁，伸开双臂，待"尸体"越爬越近，正准备拽住她，突然，"尸体"一个腾跃，扑了过去，陶亚军猝不及防，本能地躲闪，"尸体"的上半身扑倒在钟月脚下，眼疾手快，一把明晃晃的小刀瞬间隔断了钟月脚下的绳子。

钟月如跳舞般抽出脚，踢开了绳圈。这一切都是迅雷不及掩耳。

我一下还没反应过来。"尸体"也站了起来，她根本就是个大活人！她和钟月已经紧贴着崖壁。

说时迟那时快，彭辉和袁勇也在第一时间冲了过去。

我们头顶上响起一声口哨，陶亚军刹那被一股力量拽了下去，看来，下面这些人孤注一掷，想趁乱把人一股脑地拉下深渊。陶亚军双手攀在岩石上，狗急跳墙，伸出胳膊，紧紧攥着"尸体"的腿，"尸体"用力挣脱，陶亚军瞬间坠落。

四人胆战心惊地拉着手，慢慢从绝壁边上挪到栈桥，我们几个人也都冲过去，大家禁不住抱成一团。小林这才将积蓄的情绪反应释放出来，又哭又笑，和大家拥抱。

彭辉冲我们大喊，示意大家赶快离开。是啊，谁知道下面的人还会出什么幺蛾子？

估计蒙晋的姥爷和姥姥，一个躲在洞穴在上方，一个躲在峭壁之下，都是隐蔽之处，而我们在明处,所以还是暂时撤退为好。

"尸体"还通过对讲机,要求搭档通知警方组织开展对陶亚军的搜救工作。

"她是警察。"彭辉匆忙对我解释道,"还有一位警察把守在'土楼'的入口。"

我告诉她,皮埃尔和小刘还守在"黄金笋"那里,小女孩应该安全无恙。

女警察干脆利落地说:"彭辉走第一个,其他人在中间,我押后。大家注意安全。"

我们一行人迅速进入通道,返回洞穴,这次我们走得很快。

石台上静静躺着29个人,彭辉和女警将头盔的灯打开,放在石台上照明,同时将一具被他们之前掩藏的女尸抬上了石台。

原来,他们急中生智,让女警假扮"尸体",出其不意地解救了人质,这是谁的奇思妙想?此刻,我真有看一部电影大片的既视感。

彭辉特意将外衣脱下,遮在第四具尸体的身上。他正是钟月的舅舅。

钟月站在石台前,远远凝视着石台上的人,一动不动。她的背影,映衬着幽暗灯光下一长排的赤裸尸体,这个场面让我终生难忘。

钟月慢慢地走过去。

彭辉和女警让大家退后,米罗推了我一下,暗示我去抚慰佳人。

我迟疑地走上去,走到钟月身边。

她的声音很轻:"我没想到我还会见到我舅舅。第四个,是吗?"

我点头。

"19岁,比我还小啊!这感觉,真奇怪!"她喃喃自语,眼里冒出泪花。

这不是什么时光隧道,而是残忍的诱拐和谋杀。他们是受害者,被罪恶和时光腌制的人。

钟月拽着我的胳膊,她的身体在颤抖。

"他长得真好看啊。我姥姥有他一张相片,说我长得像他。外甥像舅,不是吗?也许,他一直在等爸爸妈妈来看他一眼。"

我安慰她道:"你们找到了他。"

她纠正道:"是你们找到了他。"她感激地说,"你们帮我找到了舅舅,也让我们知道,我们从哪里来,我们的灵魂将归于何处。"她压低声音道,"陪我走近一点,让我看看他。"

我慢慢地带着她走上前,那一张张稚气未脱的面孔和少年少女成长中的瘦削身体在她的泪光中被一一缅怀。

她轻声抽泣:"能不能让他们保持尊严,不要成为大众消遣猎奇的谈资?不要让人编造耸人听闻的故事?"

我只能回答,我的团队,我可以保证。

"我们已经知道谁是凶手。如果可以,我想让家属们在这里和他们告别。然后悄悄地,让他们入土为安。"

我轻声地说："我理解！"

走到最后一具尸体前，她脱下自己的外衣，遮在了老村长老伴的身上。然后，她慢慢走回去，停在她舅舅的尸体前，悲伤地凝视了许久，小心翼翼地握住他的手。

我悄悄退后，让她和她舅舅静静地待一会儿吧。

彭辉等三人已退到洞穴的角落。我第一个举动，是和彭辉、米罗一一拥抱。

拥抱米罗时，她扭头问彭辉："他什么意思？"

彭辉答道："可能要当钟家的金龟婿了，激动呗！"

接着和彭辉拥抱，我哭笑不得地说："胡说八道。我和小林以为你们被水淹死了。"

彭辉指指女警说："幸好被他们救了。他们才是英雄！"

原来，我们下天坑之前，警方从一位游客那里得到了线索，陶亚军很可能与失踪女童有关。当时，警方决定不要打草惊蛇，顺藤摸瓜，让袁勇充当内应，他们尾随我们，难怪当时小林觉得袁勇有些鬼鬼祟祟，正是这个原因。

女警说："我和同伴一直跟在他们后面。他们去月亮潭的时候，袁勇通知我们去另一个出口，看能不能堵住'金蛊师'，没想到反而救了他们。"

"金蛊师"在月亮潭下开闸，水势凶猛，两位警察及时设了锚点，将这群人用单绳救出。可惜，给"金蛊师"从一个秘密出口逃了。

我好奇地问："'变色蛊'真没给他们？"

彭辉摇头，对我使了个眼色。他果然留了一手。

我提醒道："咱们赶紧找郑远吧。这事惊动面这么大，我担心郑远会有危险。"

彭辉面色凝重地说："我们没有更多淡金湖的线索。我怀疑郑远跳进了深渊。"

我浑身一哆嗦。确实，标记在石缝中消失，而石缝后就是深渊。

对于老金手里的照片，彭辉分析，也许郑远他们三人约定在淡金湖集合，出现了危险，老金逃脱，蒙晋被他姥爷送出去，而郑远和蒙晋的"姥爷"面对面发生冲突，很可能被蒙晋的姥爷逼着跳下深渊。匆忙的标记似乎暗示了这个悲惨的结局。

我待了一会儿，决然道："那我们就下深渊去找。"

彭辉点头说："行，我们先上地面休整一下，然后组队下来。"他说的对，这事也急不了这两天。

我无奈，只能和大家一起先回到"土楼"集中。这时女警问："谁是凶手？"

换言之，谁是真正的凶手？一句话却问倒了大家。

显然，陶亚军只是执行者。没错，小女孩是被陶亚军拐走，然后估计是被人用药迷倒，醒来时已在洞穴内，一直被蒙着眼睛，再加上受了惊吓，无法回忆起任何有价值的细节。

是谁把她带到了"土楼"？肯定是蒙晋的姥姥！也只能是她。

钟月和陶亚军在等候我们时，钟月也同样被下药迷倒，醒来时，已经站在了峭壁之上。

可是，蒙晋的姥姥、姥爷没有留下任何痕迹，但是，他们能逃脱法律的制裁吗？

在地心深处，物竞天择、弱肉强食的规律主导的丛林法则，还有世俗法律能约束他们吗？

女警告诉我们，飞猫队将配合警方，已派队员速降天坑，开始寻找陶亚军的下落。

既然"变色蛊"没拿到手，尸体又被警方接管，姥爷应该死了这条心吧。他们也许会转移到更深的地心所在，等候着异动期高潮的到来。

而在黑雾和"鬼气"弥漫之地，我们还会偶遇吗？

皮埃尔也很兴奋，月亮潭突发洪水，意味着洞穴内有一个水闸，是天然的还是人工制造？水闸运作的原理如何？这个也让皮埃尔深感兴趣。下一步他们会开展"专项研究"。

我们在返回地面的途中，钟月悄悄对我说："我可以确定，温金严的死是蒙晋的姥爷幕后指使的。"我立刻想起那个"石围僵尸"的符号！

钟月的分析是，当初温金严来配合调查，估计有了失踪者的线索，却秘而不宣。后来，他和蒙晋的姥爷接上了头。温金严，他一定也在寻找"变色蛊"，否则，不会把一个女孩弄成"睡美人"。

和蒙晋的姥爷不同，温金严没成功，转而开始敛财，他俩一定有了什么勾当，估计出了状况，导致蒙晋的姥爷恼羞成怒，对他下了毒手。

表面上看，纵火的是一位精神不正常的中年妇女。而作为"金蛊师"的蒙晋姥爷，最擅长用"蛊术"控制这类人。

兄弟

因为警方即时发布了小女孩被寻获的消息，返回地面后，本地电视台、报社记者闻风而来，幸好媒体记者并没有给我们带来太大干扰，我们一行人被安排到了飞猫大本营。

陶亚军作为诱拐嫌疑人已经坠落深渊，小女孩也已确认安全无恙。我们需要配合警方全方位的调查陶亚军。

而40年前的失踪案，也需要重启调查，可想而知，此案会在社会上引起多大的反响，媒体的聚焦会给大石围带来多大的压力。

警方要求我们暂时保密，他们的说法是，此事一旦泄露，会给案件的侦破带来很大困难。

我们一行人被安排在大会议室里休息，轮流接受警方"传唤"。

因为成功"解救"了小女孩，飞猫的伙伴们视我们为英雄，殷勤备至地给我们泡了咖啡，准备了丰盛的茶点。

彭辉悄悄把我叫到一个角落。他先用手里的杯子换下了我手里的咖啡，说他冲了一杯"蛊药"，可以防范我们身体出现不适，毕竟我们在天坑下耗了这么久。我不疑有他，一口气灌了下去。

他的眼睛亮晶晶的笑道："你还真拿我当兄弟，就这么一口闷了？"

我莞尔一笑道："我喝过'蛊酒'，知道这玩意儿有用。"

他哭笑不得地说："你也不问我这蛊药是从哪里来的？"

"黄小妹外婆？"他含笑摇头，眼神闪烁。

我没心思听他卖关子。忽然瞟见一位女子走到门口，我一愣。她是郑远的妻子——林奇，我的心情瞬间沉重、愧疚、难过；她的出现，也让彭辉愣了，仓促地说："正好，我和嫂子有事要告诉你们。"

他一边说，一边赶紧招呼小张、小林一起过来。小张赶紧跑过来，说小林去卫生间了。

我不知道彭辉在搞什么，心情复杂、难过。

林奇向我们走来，她的脸上并没有残留太多悲戚，她也是户外高手，想必已经接受了这个残酷的事实。

米罗和钟月也围了过来，她俩又引来了皮埃尔和小刘。估计大家都以为要开会呢。

彭辉跟在林奇后面，招呼我们到隔壁房间去聊。

刚进门，我就沉重地对林奇说："嫂子，对不起！我们一定会找到头儿的！"

林奇一愣。小张眼圈红了，说："头儿对我的好，我都记得！"

彭辉有些急了，对门外走廊喊道："小林！"

不知道他着急把人都凑齐了干什么。我心情沉重，不敢对视林奇。

钟月走上来，和林奇握手，自我介绍后，我才知道她俩之前还通过一次电话。

林奇惊奇地望着钟月道："没想到你这么年轻！"

钟月低头道："如果不是我们策划了这次行动，郑远也不会失联。"

周围人都愣了，彭辉迷惑地望望林奇，望望我。

彭辉颦眉道："寻找'袋狼'的行动怎么会是你们策划的？"

估计钟月觉得此事无法再瞒下去，索性摊牌，她点头道："是我和唐少华策划的，我让他保密。"

不知何时，小林也愣愣地站在门口，也被这番对话弄糊涂了。

彭辉大惊道："请荷田参与，也是你们设计的？"

我有些心虚，点头道："先让荷田打前站，没想到他退出了。"

林奇似乎感觉气氛不对，拍拍手，招呼我们进房间谈。

跟着她走到隔壁小房间，林奇停在门口，望望彭辉。

彭辉忽然闪到门前说："我让你们见一个人。"

他戏剧化地打开门。门开了,我永远也忘不了那个场景——郑远从沙发上站起来,笑盈盈地望着我们。

"又一个帅哥啊!"米罗悄悄感叹道。

我眼直了,多天不见,郑远瘦了,也变得更帅了。眼神带点温柔的困惑,是我从未见过的神情。

小林和小张立刻就哭了。两人冲上去,抱住郑远,抽泣着。

小林像孩子一样委屈,哭着说:"我不是叛徒。头儿,你要给我作证。"

郑远给她逗乐了,心疼地说:"你是我们的卧底!"

原来如此,我这才明白,小林参加荷田的队伍,其实是经过郑远许可的。

不知不觉,我的眼圈也红了。郑远含笑望着我,我慢慢走过去。他含笑着说:"听说你很厉害?"

我高兴得晕了头,傻笑了好一阵,才想起问他道:"你是怎么出来的?"

他困惑不解,说自己就记得在"蝴蝶泉"那个位置,他沿着小溪一直走,然后就碰到了柳州仔他们。

彭辉向我们解释道:"郑队是被柳州仔带上来的。他已做过身体检查。看情形,他的记忆也被'蛊师'抹消了,好在身体没事。"

"柳州仔"是柳州电视台一位户外发烧友,和我们也合作过好几次。这次,据说"柳州仔"他们陪凤凰卫视的摄制组下大石围拍摄,正好碰见了郑远。

小林又惊又怒道:"为什么没人告诉我?"

彭辉笑嘻嘻地说:"我们正准备出发。只有我和衷勇知道此事,但要先保密,我们得按计划行事。"

林奇也补充道:"警方要顺藤摸瓜,跟着你们下去找失踪女孩,所以让我们先不要透露。对不起了,唐摄影、小林、小张!"

彭辉目光凌厉地往我这扫了一眼道:"我们可不是刻意隐瞒,在天坑下没告诉你们,一方面是怕你们分心,另一方面,也是想给你们上来一个惊喜不是?"

林奇提议,自己先带郑远离开,因为我们所谈之事会让他困惑、难受,毕竟他自己也知道,这段时间的记忆被残酷地抹消了,老金和蒙晋的事也让他很不好受。

我们赶紧点头。郑远的心情也挺难受的。他喃喃说了两句:"大家安全就好,安全第一!"

我的眼泪终于不争气地涌了出来,郑远百感交集地拍拍我的肩膀,默默地离开了。

大庭广众之下,如此感情用事让我非常窘。但想到这些天惊心动魄的经历,心绪实在是难以平静。

钟月给我递过来纸巾。我不好意思地解释道:"我和彭辉不同。"

彭辉的耳朵很尖,冷冷地望着我说:"怎么不同了?"

我告诉大家，上次下天坑，我们发现小张昏迷在潭底，他说彭辉掉下去了。我以为再也见不到兄弟了。这一回，小林告诉我，月亮潭冒水了。我也以为他们遭遇不测了。这生离死别，我可是扎扎实实地经历了两回。彭辉他没经历过这个。

彭辉冷笑道："你没必要为流两滴鳄鱼眼泪做这么多解释吧？"

举座皆惊。米罗也惊奇地问道："我刚才错过了什么？现在是什么剧情？"

钟月悄悄地对她说："让他俩自己沟通吧。"

小林、小张和皮埃尔等人也是一脸诧异的神色，结果都被钟月劝走了。

剩下我俩，彭辉开始盘问："那把匕首是怎么回事？我就知道你有事瞒着我。"

我理亏，低声答道："我们手上的不是秦朝的，是明朝仿制品。"

他咄咄逼人道："寻找'袋狼'，也是你和钟月策划的吗？"

我气短道："是她策划的，我执行。不告诉你，是怕你说漏嘴。"

他的神情越来越严峻地说："这是什么时候的事？"

"全州，你和朋友去喝酒，钟月找上门来的。"

他缓缓地说："我对你可是肝胆相照啊！"

我低头，满脸歉意地说："我知道！"

他铿锵有力地问："你却见色忘义？"

我急于辩白道："和钟月没关系。我只是没找到合适的时机和你说明白。"

他突然转换话题，盯着我说："你知道我刚才给你喝了什么？"

我愣愣地说："不是'蛊药'？"

他从牙缝里挤出三个字——"变色蛊"！

我顿时惊得目瞪口呆。

他带着恶作剧般的笑意道："天生桥上三只'变色蛊'，都被我调包了，你肚里一只，我肚里一只。"

我大惊失色，似乎感觉到肚里顿时排山倒海……

他报复似地说："这'变色蛊'放哪里都不安全，不如放我们肚子里。这就算是对你的惩罚吧！"

我的大脑一片空白。

他从口袋里掏出瓶子说："我手上还有一只。老村长的半成品也在。这些都不能落在蒙晋姥爷的手里。也许，我们自己可以寻找'蛊母'。"

这厮往我肚里灌了只"变色蛊"，还做出受伤害的表情。我头脑一热，猛地扑上去，把他猝不及防地放倒在地，掐住他的脖子。我低吼道："你这家伙……"

彭辉凝视着我的眼睛说："这回，我俩在天坑下，该所向无敌，没人敢惹了吧？"

我恐惧道："也可能活不过今晚。"

他声音越来越轻地说："我问过老村长，说是吞了这个，对活人没影响。"

我的大脑空白。老村长，他自己又没试过，如何知道？

彭辉的嘴角泛起一抹微笑，故意恶心我道："不求同年同月同日生，但求同年同月同日死。"

我放开他，他慢悠悠地爬起来。我茫然地靠在墙上，是福是祸？一下难以理清头绪。

这家伙，仍然耿耿于怀地扔下一句："我现在还是没有办法原谅你！"

女神

钟月走过来和我道别并致谢。那张冷淡精致的脸上，终于有了一抹温情："谢谢你们，让我舅舅能入土为安。不过，'袋狼行动'还没有结束，全州天湖下还有个石碑之墓，我们还会继续合作。"

我对她擅自将实情告诉彭辉还心存不满，挖苦地提示："12把金匕首还没有找齐呢。"

她微笑了，假装听不见我话中的讽刺。她居然说："慢慢来吧。我也还没有找到喜欢的男朋友不是？"她火辣辣地瞅着我说，"米罗可是遇到情敌了。"

我心里一动，却瞬间演变成尴尬一笑，心情复杂。满腹的疑问不吐不快。我故作冷静地问她："'柳州仔'碰到郑远，不是偶然的吧？"

也许没想到我会突然转到这个话题，她先是愕然，脸色一变，继而大惊道："你怀疑是我囚禁了郑远？"

我摇头道："这个倒不可能。我相信柳州仔确实是半道上搭救了郑远。但柳州仔为什么在这个特殊时期，冒着这么大的危险再下天坑？什么凤凰卫视，都是幌子吧？"

她盯着我的眼睛。

我一字一字地揭穿她道："荷田在天坑下某个地方放置了一台红外线摄像机。你们得赶紧取回来。"

她目瞪口呆地说："你怎么知道？"

我当然不能告诉她，小林早已将荷田的踪迹摸得一清二楚。

她坦率得惊人，直言道："这件事只有荷田、柳州仔和蒙晋知道。荷田不会告诉你，柳州仔也没理由告诉你，蒙晋知道得不多。难道队伍里还有你布下的眼线？小林？小张？"

我追问道："摄像机拍到了什么？"

她垂下眼帘道："你看了就知道了。"

我追问她道："荷田为什么崩溃？"

她低声说:"他看到了不应该看到的东西。被'鬼气'入侵。"

"你和我策划了'袋狼行动',连蔡总都被蒙在鼓里,然后你从柳州仔那里拿到了荷田的线索,我们在下面出生入死,你却没打算和我共享信息。我只是你的工具,对吧?"我必须一鼓作气,否则所有努力就被她瓦解了。

她咬着嘴唇说:"你们拿了钱。"她以为这句话就可以堵住我的嘴,然后以攻为守道,"我也问你,在天坑下找到的线索,你都告诉我了吗?"

我的脑海里瞬间闪过金饰、银匕首、彩俑、秘境,我喝下的"蛊酒",吞下的"变色蛊"这些关键词,还有老金手里的淡金湖线索……我顿时语塞。

她一字一顿地说:"我绝不会,再让你和你的团队陷入险境。所以,如果有事关安全的线索,我定不会隐瞒你。柳州仔这件事,我只是没来得及在第一时间知会你而已。"她用受伤的表情,强调道,"自从你帮我找到了舅舅,在我心里,你就不再是工具了,永远不会!"

我尴尬地结巴道:"不是我一个人找到的,是我们团队。彭辉也有份。"

她颦眉道:"每个人都有秘密。米罗也一样。除了彭辉,你不能让每个人都和你肝胆相照。"

我无言以对。

"你不是想看视频吗?我本来就打算信息共享。但因为视频文件受损,我打算拿到南宁请专业公司恢复数据,你和彭辉到时候一起看吧。"

"好。"我尴尬地迈开步子,想溜了。

她噙着泪花,凝视着我道:"你不能这样对女孩子。"

心虚兼惊慌,我当场僵住。

"尽管含蓄,我也算对你表白,你却不屑一顾,你气势汹汹地质问我,却根本没有道理。我谢了你,我也答应了你的要求。你就把我这么扔在这里?"

冷若冰霜的女神,这一刻的幽怨、嗔怪,就像紫霞仙子心碎的那一个眼神,让我完全乱了手脚。

她的泪花涌了出来。我只能笨拙地试图去搂她的肩,这是电影里学来的,活学活用,却感觉十分别扭。

她生气地抓着我的肩膀,然后一把搂住我的脖子抽泣。她身上淡淡的香气,她的温度,她的声音,如此贴近我的心跳,瞬间将我打得凌乱……然后,我看到了我的伙伴们,他们站在门口,呆若木鸡。

我看见了米罗,她的眼里没了平日里的俏皮、跋扈、霸道和挑逗,剩下的只是寂寞。我永远也忘不了,米罗孤独的眼神,若有若无地笑了一下,悄悄转身离开。

第三十三章　不是结局的尾声

纵火案真凶

我们回到广西阳朔，两天后，乐业警方的王队长即来客栈"拜访"。他也算我们的老友了，不过，今天，他面色严峻，似有要务在身。我们自然也略感忐忑。

带着满心疑惑，我和彭辉把他带到天台茶座上。刚坐下，还没来得及寒暄，他就将两张大照片递给我俩，请我俩辨认。

彭辉瞟了一眼照片，手里正在倾泻的茶壶之水顿时溢出了茶杯。

王队长依旧在察言观色，不动声色地问："你们认识这两个人吗？"

我们看到的照片，是半裸的两具尸体，显然和洞穴中的失踪者为同一批。不过细看，这两人脸色铁青，脸庞瘦削。我感觉到虎躯一震。

王队长提示道："他俩不在失踪的29名师生名单之中。"

我一惊，不安地问："你们怎么认出来的？"

他又递过来两张照片，原来，两人的手臂上、腰部均有不易察觉的文身。王队长解释道："法医判断，他俩去世不超过一个月。"

他的问题是，他俩是怎么掺和进去的？原来那两位失踪者又在哪里？

彭辉当然也认出来了，这两人正是当初由我们从天湖带下来的那对年轻人。温金严和"外乡人"牵扯之深可见一斑。

我思想有一番剧烈斗争，温雨婷肯定知道他俩身份。如果我如实供述，温雨婷就必然被牵连进来。

彭辉已开口告诉他，温雨婷认识这两人，她是温金严的侄女。在大是大非的原则前面，彭辉还是果断的，这份决绝让我汗颜。

彭辉将温雨婷的情况简单告诉了他，但我们无法提供温雨婷的有效通讯方式，但可以肯定的是，通过温雨婷可以验证他俩的身份。

王队长看来还算满意此次收获，交代我们想起什么及时与他联系，他要立刻赶到全州。

王队长的目光在我俩脸上流连了一会道："据我们掌握的线索，他俩就是纵火烧死温金严的嫌疑人。"

我和彭辉一惊，王队长未再透露更多，匆匆告辞而去，走下楼梯时，看似无意地说了句：

"那个被不明动物攻击过的小男孩，听说至今都没有下葬。"我俩都愣了。

他注视着我们说："村里人向我们匿名举报，孩子身上还有温度，但没了呼吸。"

我不解地问："村民们担心什么？"

王队长匪夷所思地说："担心小男孩成为'僵尸'。我们警方去调查，家属不承认，我们又无权搜查。也许，你们的大美女可以替我们了解下情况。因为家属很信任她，不会对她有戒心。"

我们答应转告米罗，目送他的车子消失在街道拐角。

我感叹道："70年一次，下面乱七八糟的东西都冒出来了。能出来探头的生物，估计都是'蛊师'的作品。"

彭辉高深莫测地说："我猜，'僵尸'也许在天坑下出没了，只不过我们没醒悟而已。"他的话让我再一次虎躯一震，他指的是那个女病人？

彭辉放低声音说："估计不会过太久，天坑下那批尸体要火化了。只有我们能用'变色蛊'取出藏在尸体中的'蛊母'。"他在暗示我们要及时动作。

我惊讶道："蛊母很危险，而且未必在那29人身上，别忘了，还有两具尸体不见了。"

他诱惑地说："你说的没错，但这是天坑下'金蛊师'最看重的东西之一。70年异动开始，如果我们想和'金蛊师'做交易，如果我们有野心，就可以好好利用它。"对他的建议，我犹豫不决。

聚会

五天后，钟月在我们的微信群里发了条消息。——"信息共享：猜猜，荷田的红外线摄像机拍到了什么？"然后是一封邀请函，注明了时间、地址和参与人员，还有一位"神秘嘉宾"。

原来，钟月在桂林大瀑布酒店发起一个饭局，让我们团队得以重聚。我们自然要按时赴约。

小林、小张、吴工、袁勇、包括所谓"神秘嘉宾"——柳州仔，都分别从南宁或乐业、柳州赶来。我和彭辉，带着从荔浦考察归来的皮埃尔、小刘与大伙汇合，一群人在大堂里亲热自拍合影。

大家这才发现，反而是身在桂林的米罗缺席了。为何缺席？除了不知情的袁勇等人，其余看见我和钟月告别那一幕的人，都很知趣，不再追问，尤其是彭辉和小林，一脸意味深长的表情。

今天，大家都享受着难得的闲暇一刻，虽然在天坑下出生入死，结下深厚的战斗友谊，但上了地面就匆匆而别,我们确实很少有机会像今天一样,能放松心情,海阔天空地畅聊一番。

不过,看到一群人坐在酒店里文雅用餐的画面,还真有点不习惯,实在是看惯了彼此在天坑下狼吞虎咽的模样。

酒足饭饱,钟月招呼大家来到一间会议室。大家落座后,钟月再次感谢我们替她找到了舅舅,让那29个,确切说,是27个冤魂能入土为安。

大家自然开始热议,天湖发现溺亡超过15年的女学生,和天坑洞内失踪40年的27人一样,面貌如初,虽然没有呼吸,却保持尸身不腐,肯定都和"蛊药"有关。

被不明动物咬死的男孩,也在很长一段时间,成为身体有低温,没有呼吸的植物人,据说米罗专程去男孩家里做了探望。

钟月提醒大家,这些话也仅限于在圈子里聊聊而已,切勿泄露出去。接着,她向我们通报了失踪案的后续进展。

"乐业、那坡警方尊重失踪人员家属的意见,会低调报道失踪人员下落,新闻通稿是,40年前失踪案的27人的遗骸在大石围被发现,事故原因正在进一步调查中。

"因为涉及家属人数众多,估计15天后会进行秘密的悼念仪式,然后尊重家属意见,或火化,或土葬。

"但如果需要土葬,一定要接受尸检。"

吴工又是无所不知的口吻,自作聪明地说:"一定是因为尸体内'蛊母'的原因,怕引发疫病,怕被歹人利用。"

钟月点头,表情温和,同意他的说法。我发现她现在的言谈举止,已经不那么咄咄逼人了。

其实,当吴工提到"蛊母"时,我心里猛地一跳。

位于布柳河仙人桥上,被先人藏匿的三只"变色蛊",被我们"截获"了。我、彭辉、米罗和袁勇四人都已经约法三章,不许外传。事实上,彭辉暗度陈仓,狸猫换太子,将两只"变色蛊"分别放进了我们的肚子,这可谓是这段经历中最惊悚、最离奇的一段。当然,我不会将此公之于众。

我寻思,小林等人是知道彭辉手里有一只"变色蛊"的,还有一只老村长的半成品。本来是为了搭救郑远,但"变色蛊"和尸体中"蛊母"的关系,他们或者未亲耳听到老村长的讲述,或者未必清楚其中内幕,所以也不会想要深究。

钟月也提到,我们这个核心团队还要继续做她的"袋狼"项目,而外围的如柳州仔、袁勇、吴工、小张等,希望能在需要时随时加入。

柳州仔等人都从钟月手上拿到了不菲的酬劳,自然积极踊跃,表示届时一定全力配合。

至于失踪案的幕后真凶,钟月说已经将她所知道的关于外乡人的线索向警方汇报,蒙晋的姥姥是否涉及此案,还不得而知,至少我们现在拿不到明确证据。

这两人消失在地心深处，能否逃脱法律的制裁？

钟月也提及，有两具尸体被置换，所以还有两位失踪者下落不明，那两位死者据说是死亡不到一个月，警方正在调查其身份。

对于此事，我和彭辉倒知道些内情，不过我俩打算暂时缄口不言。

袁勇透露，说起失踪人口调查，还有个未破案件，老金曾经告诉我们，有一具尸体藏匿在大石围天坑里，被一个南宁老板开出了天价，他找了两年都没找到。

袁勇说："自从洞内发现29具尸体后，大老板的家人报案，说是将一位重病之人交给某位'金蛊师'治疗，却从此音信全无。此事是由一个农妇出面牵线，农妇指认说是受蒙晋外婆指使。警方猜测他们是'蛊术'治疗失效，无法向家属交代，便抛尸天坑了。"

听上去有些牵强，不过这个大老板实在太有钱，飞猫队不少队员都和家属签了协议，答应帮忙留心查找。大老板也不想公开此事，只不过怀疑这29具尸体中也许包含自己的亲人。

不知是不是受我当初那番话的刺激，钟月果然决心实施有限的资料共享，因此特意带来了当初的调查文件，涉及70年前的僵尸事件，可以给吴工和我、彭辉传阅，但一定不能对外公开。

扳手指都数得出的几个人，居然被她划分了阶层，吃瓜群众表示很受伤，小林就撅起了嘴。

不过，钟月还带来了不少有含金量的线索，比如关于那座传说中的黑色曼陀罗之山。

钟月在讲台上说："大约90年前，曼陀罗山被砍伐一空，所有曼陀罗花朵和根茎均被就地深埋销毁。所谓就地，其实就是将花埋入一个靠河的山洞中，然后将洞口封堵。"

小林立刻在我和彭辉耳边说："这个位置，就在寂静潭附近。"

我和彭辉为之一震。一座山，满山遍野的曼托罗居然被深埋发酵，与天坑下暗河连通，再碰到天坑下的"鬼气"，威力之大可想而知。

钟月微微停顿了一下，瞅着我道："还有一条极有价值的线索，60年前，一个地质勘查队曾经调查过曼托罗之山，据说是执行一个秘密任务，但相关的资料已经遗失。"

我和彭辉交换一个会心眼神，看来，寂静潭的"铁丝网"真相呼之欲出了。

钟月的嘴角若有若无的荡漾着一丝笑意。

蔡云其人

钟月调出一个PPT，她盯着投影上的图片，继续说："唐少华和彭辉他们，在天坑下发现了一个石壁，上面写着我们黑衣壮的12个姓氏，旁边是黑衣壮的靛青池。这个发现，让我们明确了一个事实，2200年前，有一支黑衣壮族人，也就是我们的先祖被困在天坑之下。

"他们定时向外界报送平安，用的就是靛青染料，而大石围的坑底就长满了这种植物。并流入天坑之下的某个深潭中。

"每年的特定时候，先祖们让靛青池流出黑水，随地下河流出大石围，而爬到布柳河天生桥上的观望者据此收获他们平安的消息。

"有一天，从天坑下流出了血水……"

场面一片沉默。

小张悚然地问："自相残杀？"

钟月摇头说："按石刻上的那个时间推断，正好是逢70年一次的'异动期'，随血水漂出的，还有巨大的不明生物的肢体。"

这下，不了解此事的人着实都惊呆了！

钟月继续"通报"道："布柳河仙人桥上的石壁文字，落款是蔡云。彭辉在天湖下也看到了这个名字。我们都揣测，他很可能是位秦朝的将军……"

小张纳闷地问："为什么呢？"

袁勇回答他道："因为据天生桥上的石刻记载，他在长安的家属是秦王手里的人质。"

钟月莞尔道："所以他们不敢轻举妄动。"她停顿一下接着道，"米罗的先祖是修筑灵渠的将军，米罗搜集过很多有关资料，她可以帮我们找到更多的线索。"

钟月看看手机说："她也差不多该过来了"。

前方，一左一右，彭辉和小林同时扭过脸，窥视我的表情。这举动让人抓狂。我还得若无其事，不动声色。

不一会儿，米罗果然大步流星地走进来。她拿着已经准备好的U盘，直接走过去连接电脑。

柳州仔眼前一亮，"哇"了一声道："惊艳啊，姐姐！"

这柳州仔颜值颇高，按小林的说法，是毒舌版的彭辉，更野蛮，更流氓，更兽性，而且全无帅哥负担。

柳州仔盯着妹仔的眼神，可以让她们或痛经，或提前来大姨妈，这也是小林说的。

米罗瞪他一眼，嘘他一声："姐姐爱听。等下私聊！"

柳州仔大喜道："欧耶！"

这两人就像对黑话暗号。我怒从中来，暗生闷气。

米罗打开图文并茂的PPT，开口道："蔡云，虽然在网络上搜索不到他的相关消息，但在全州、兴安、乐业等地，蔡云在民间留下了不少轶事，甚至还有民间庙宇供奉着他的塑像。

"他是在灵渠修通后来到百越，给老百姓带来了先进的医术，灭除了巫医，并给他们带来了歌舞器乐。"

我们也算涨了知识。秦汉时期广西地区已有伴乐器之歌舞艺术。当时广西贵县罗泊湾出土的大铜鼓，鼓身为12只衔鱼飞翔的鹭鸟，龙舟竞渡，羽人舞蹈图案。主画面为汉人将军教授当地人竹竿舞的图案，文字赫然为"蔡云竹舞"。这个例证和民间传说他喜好翠竹的典故不谋而合。

巴马民间传说有个"竹将军"，当肆虐的河神要求百姓供奉12位未婚女子时，将军让自己的姐妹替下了当地人，他坐在竹排上，与河神殊死搏斗，最后双方均力竭而死。"竹将军"应该就是蔡云的化身。

有流传下来的摩崖石刻和歌舞均是表现这个故事。最惊人的一幕，就是12位女子，每人都将一把匕首插在河神的身上。

听到这里，我和彭辉对视了一眼。两千多年前的古人，试图委婉地向我们暗示什么？

钟月接着说："接下来的情节是，蔡云领着一队人马，隐姓埋名，成了黑衣壮的先祖，而另一队人马，则被流放天坑之下。

"一位如此受人爱戴的将军，为何最后发出那样的悲鸣？似乎正好与传说的悲剧结局相吻合。

"我猜，他们肩负一项来自秦王的使命。但最后失败了，心爱的人也命丧他乡。蔡云将军却敢怒不敢言，因为他们的家小都被秦王当作了人质。

"黑衣壮民族也许就是从这个时候，抹消了秦王的守护神地位，流落在外的黑衣壮后裔也许是因为信息传递不畅，还一直保留着供奉秦王神像的传统。

"而那首隐晦的歌谣之所以被流传了下来，也许是因为蔡云期待着有朝一日，这个民族的悲剧命运能大白于天下。

"这也是为什么屈原的《湘夫人》和《湘君》能在民间流传的原因。"

她沉默一下说："我们从哪里来？我们的灵魂将归于何处？我们似乎知道了一些答案，但留下了更多的谜团。这些信息还有待完善，也请在座的各位帮着我们一起探秘。"

天坑下的金燕子

接下来轮到了皮埃尔"总结报告"。

皮埃尔走上前台，我顿时有个学术论坛的既视感。

皮埃尔说："唐和彭辉他们在天坑的这一个区域，遇到过一个似乎崩裂的巨大空间。被黑雾填充，而石壁的另一端，则是深渊。"

小刘补充道："天坑下有个深渊，深渊有旋涡，我们推测，这是深渊之核。这种黑雾，反而是没有毒性，只有游走的黑雾才有记忆功能。"

皮埃尔点头道："是的，我们还研究了目前已发现的两尊石像的方位，都是把守住通道入口，诸位如果发现类似石像，一定要知会一声哦。"

柳州仔疑惑地问："它们，就像天坑的门神？"

皮埃尔点头，继续侃侃而谈，我暗自庆幸，好在皮埃尔没有提到"秘境"，也没有花更多篇幅去阐述他的"气阀理论"。

扪心自问，我们还是得留一手，不是吗？

不过，接下来，皮埃尔还是阐述了更劲爆的研究发现。

皮埃尔谈到了淡金湖和那首民谣："按理说，淡金湖在地心深处，不可能有燕子，位于天坑中部，是黑雾最旺盛之地。"

小刘站起来补充说："我们怀疑，淡金湖其实是个有风的地方，我们在荔浦丰鱼岩测试过，在某个地方，钞票可以悬空不坠。淡金湖，一定位于天坑下一个特殊的地形中，洞顶可以飘着金燕子。真正黄金制作的飞燕。"

众人皆惊，大家交头接耳，讨论场面非常热烈。

接着轮到了彭辉，他做"主题发言"时，小林也拿出U盘，跃跃欲试，我这才惊了。我目瞪口呆地问："为什么没有人通知我要正规发言？"

小林伸出脖子，悄悄对我吐槽道："你啊，就继续当一个行走的荷尔蒙好了，不用再搬砖，可以躺着挣钱了。你还不知足？"

彭辉调出了PPT，清清喉咙，开始发言。他先卖起关子道："外乡人怎么找到了老村长，断定他藏有'变色蛊'？为何当时房主发现窗外有鬼影？我的推论是……"

他以为自己很酷，大摇大摆地走到投影前，"外乡人打开石棺后，他用'蛊气'制造'鬼气'，由'鬼影'来寻找'蛊母'，最后发现'蛊母'在老村长手中。"

柳州仔被我们的"科考发现"惊得目瞪口呆，高呼："彭辉，这么刺激的行动，为什么不叫上我？别忘了，咱俩可是帅哥兄弟二人组啊！"

小林说："怕你抢他帅哥风头呗！"

柳州仔和小林对拳，笑嘻嘻地说："谢谢兄弟抬举。"然后谦虚地说，"我没这家伙帅。但比他阳刚。"

小林白了他一眼道："脸皮也更厚！"

彭辉的第二个议题是——"还记得那只金色之鸟吗？当时我们已经置身于天坑的中心，飞禽从外界误入的概率非常低。"

我当然记得，在没有光源的情况下，这只大鸟却金光闪闪，被手电筒照射后，金色的光芒异常耀眼。

"我咨询过资深人士，"他分析道，"这是'蛊师'的飞灵测试。他们是用来测试'蛊气'，通过飞鸟颜色的改变，可以让'蛊师'寻找'蛊气'旺盛之地。"

我们都知道，彭辉经常看国家地理频道，对飞鸟鱼虫有绝对发言权。

果然，接着，他就谈到了天坑下的大鱼。

小张指着彭辉，大笑道："天坑下确实有大鱼，差点把他给吞了。"

彭辉向我们展示相关图片，天湖下的大鱼按知情人的说法描绘出来，他说："它和天湖下传说中的神鱼，其实都有迹可循。

"不过，天湖下这么多年来从未被捕捞过类似物种，莫非它们只在特定时间出现？这个秘密还有待破解。

"半年前，有人在百朗地下河，百朗屯北的河流中，捕获到一只罕见的二十多公斤重的巨骨舌鱼。有人说这是从亚马逊引进的观赏鱼被放生的结果。专家说，外来鱼种流入地下河的概率很小，何况，外来鱼种要适应地下河绝非易事。

"这条鱼被一位经营农家乐的老板买走，养在水族箱里，作为招揽生意的卖点。这就是之前去采拍的图片。"

彭辉提醒道："你们注意看，此鱼的鳞片，鱼须和鱼鳍有别于亚马逊现有的品种，但因为只有一条，参考数据太少。我们断定，这是一个全新的亚种。"

我思忖，如此说来，地下有未过滤的河水涌入，只不过是潜伏在我们熟知的线路之下。

黑雾和"鬼气"

小林也煞有介事地发言了，就我们喝的"蛊酒"，她也搜集资料，作了解答。

"秦朝，广西地区是否开始酿酒，没有在文献中找到相关记载。不过在贵县罗泊湾一号汉墓出土的《从器志》中有关于罍这种盛酒器的记载，口小腹大，墓主身份较高，是桂林郡的郡守或郡尉，可见这种酿酒书应该是从汉地传到百越的。

"可惜，这个很珍贵的瓶子，被我们的小头儿——'童子哥'给打破了。"

笑声一片，不但颜面全无，我还被集体消遣取乐。

袁勇大声问："既然你们都吃了'蛊药'，在'蛊师秘道'上，我们看得见的幻象，你看得见，'童子哥'看不见？为什么你和'童子哥'不一样？为什么你的功力比他差那么多？"

小林表示不服："他闻过了'小恶魔'而已。"

话题扯到"小恶魔"，袁勇纳闷地问："'小恶魔'又是什么鬼？"

小林分析道："我觉得，'小恶魔'好像是黑雾的结晶体，有剧毒，可以导致幻觉产生。"

小张点头，举例子道："唐摄影和'耳环哥'闻到了'小恶魔'以后，晚上睡觉不老实，还演戏，还是一男一女的戏，吓死小弟了。"

小林忽然将矛头转向米罗："我还有个问题，米罗，走'蛊师秘道'的时候，你为什么要吃药？还有，你家开米粉连锁店的，你为什么不吃桂林米粉？"

大家齐刷刷地将目光盯着米罗。

米罗一下语塞了，愣了一下，她敷衍说："桂林米粉的卤水，其实是秦朝军队为了防止疫病，配制的药汤，你们知道吧？"

柳州仔嬉皮笑脸地说："不知道，不过很多桂林米粉店里的墙上都写着这类的故事。"

米罗恢复了镇定，继续说道："桂林米粉是我们的祖先——一位修筑灵渠的大将军发明的。"

柳州仔大概以为她在说笑呢，不合时宜地大笑。

米罗指着他的鼻子骂道："滚！"

柳州仔这才醒悟过来，赶紧问："真的？"

米罗说："我们祖祖辈辈都有个规矩，家族每一辈都要选一个人，终生不能食用桂林米粉的配方卤水。"

小林问："为什么？"

米罗答道："当时，制作卤水的初衷是为了防止疫病蔓延，同时也降低了对百越'蛊术'的感知力。所以我的祖先，那位大将军就定下了这个规定，对'蛊术'保持敏锐吧。沿袭下来，就形成了某种仪式。

"其实，柳州的汤粉包括河池的，也有用卤水调制，我也都吃过。不吃桂林米粉，只是对祖先这个规矩的尊重而已。"

趁米罗和大家谈到米粉的时候，钟月忽然走到我身边，坐下，对我耳语："说到米罗，我得给你补充个信息。"

我洗耳恭听。

她低声道："'米润'的房地产业务被一家行业内排在全国前十的集团收购了。之前那个棘手的炸药包，导火索已经被拆了，成了一个钱罐子，他们已经度过危机，因祸得福了。"

大家都对我俩的互动自然侧目而视。

钟月若无其事地站起来说："让唐摄影给大家介绍下黑雾和'鬼气'的区别，然后，我们就可以看片子了。"

"糟糕。"我在心里暗骂，让我压轴，却不给我事先做准备。但本人是领导，仍然可以信口开河。

我张口就来："黑雾是天坑下浓郁的一种瘴气，很可能发自天坑深渊，也许是因为空气对流产生的，湿冷，笼罩人体后，心情低落，就像听到了非常悲伤的乐曲，不是说有个《黑色星期一》乐曲吗，很多听过的人都有自杀念头。黑雾把人席卷入其中，耳边也听得到隐隐约约的嘈杂、哭喊的噪音，而且头昏脑涨，心情沮丧。

"飞猫队经常下大石围探险，也没遇见过什么黑雾，倒是地震发生后，再加上70年一次的'异动期'，天坑和天湖出现了不少反常现象。我们在天坑下遇见了几次，在天湖里也遇见了水下红雾。都值得好好分析。

"至于'鬼气',我觉得更像是灵异幻象,我也不知道该如何解释,从中,你可以看见虚幻的人,好像是很久以前,被某种气体水雾之类记忆了,然后不定期的,让我们看VR似的,手机拍摄不出图像,是不是频率和我们人类用的不同?'鬼气'带来的声音也很奇特,不是正常频率,而是一股一股的,在天坑下,不是发散的。"

小林同情地望着我说:"虽然表达能力有限,说得乱七八糟的,不过我们大概能听明白。"然后给我加油道,"我挺你,头儿。郑队不在,你就是我们的代理领导,要为我们多多争取福祉哦!"她比画的手势,是金饰。我被她雷得外焦里嫩。

黑色幽默

重头戏即将开场。

钟月说:"前不久,荷田组队下天坑,在某个地点放置了一台红外线摄像机。地震发生后,摄像机被落石砸坏,现经柳州仔取回来后,我们送去修理,恢复数据。工程师把文件恢复过来了,他对这份文件很好奇,问我们是不是拍鬼片的摄制组。"

这个梗,当然只有我们这群人才懂,爆笑。

她瞥了我一眼道:"咱们是一个团队的,所以大家第一时间信息共享吧。"

话中有话,说给我听的,说话间,她已将硬盘接入笔记本电脑。

好像是故意卖关子,钟月说:"在看片之前,我们请柳州仔给大家介绍下当时的情况。"

柳州仔站起来说:"荷田组队下天坑,找我一起去。我原来以为唐摄影、彭辉都会下去,没想到就我们6个人,还有2个菜鸟,对,包括你张立成。不要朝我翻白眼。

"荷田拿到了老金的一张线路图,但没有什么用。

"不过,荷田还是比较有想法,"柳州仔走到投影前,指着手绘的线路图,说,"这是飞猫队提前放置给养的位置,这是我们的线路……"

大家凝神细看,小林说的果然不错,两条路线南辕北辙。

柳州仔神秘地说:"看明白了吗?非常诡异。完全不是同一个方向。"

我记得小林和我曾经揣测过,两条线路中间隔着一个尚未开发的区域。莫非他们有通道可以穿越其中?

柳州仔干脆地透露底牌道:"荷田的计划,就是想穿越其中。"

现场一片惊呼,毕竟大家都下过天坑,大石围开放这么多年了,无数探险队和科考队下探其中,未知区域之所以未知,一定是有原因的,或被地下河阻碍,或危险重重,荷田为何胸有成竹?这个计划确实很吓人。

"荷田曾对我和蒙晋透露，就在这个地方曾有人见过'袋狼'，听过'袋狼'的嚎叫声。但这个线索，荷田并没有向客户透露。"

钟月和我意味深长地对视一眼，这个细节没逃过彭辉的眼睛。

"我们下天坑后，荷田亲自去河口拍摄，我和蒙晋负责录音。我们果然录到了耳朵听不到的声音。荷田从河口回来后，我们发现，他的精神出现了异常，所以这次行动提前结束。

"前一阵，受钟月委托，我们下去将荷田放置的摄像机取回。"

节外生枝，小林突然尖锐地插嘴道："柳州仔，你出卖荷田可够狠的！"

柳州仔正色道："我并没有出卖他，是他自己放弃了。"反唇相讥道，"我不像你，一台苹果电脑就能把你给收买了！"

我知道小林为何不悦，她只是想保留一些属于她的秘密线索来提高身价而已。

钟月对小林不满，冷冷地说："如果我们是一个团队，如果我们还要下探天坑寻找'袋狼'，所有的信息必须共享。牵涉到我们下一步行动的安全。"她威胁道，"林颖真，如果你藏着掖着，再说风凉话，"她艰难地吞下狠话，及时刹车说，"我就要向你的领导——唐摄影，投诉！"

"头儿，到底谁是我们的客户，米罗，还是钟月？"小林赌气，故意将我一军。

我沉吟一番，打官腔道："这要看我们参与的是什么项目了。找米粉石碑的，属于米罗；找'袋狼'的，属于钟月。按入职先后划分部门的话，吴工、柳州仔、袁勇算是钟月的人，你、皮埃尔、小刘是米罗的人。"

小林气坏了，愤恨地问："你和彭辉呢？"

我道貌岸然地说："我俩是赏金猎人，工会领导。"

场面爆笑，连钟月也绷不住，乐了。

微信提醒，我低头，发现小林恶狠狠地给我一句："你想得挺美！然后再跟两个富婆谈恋爱，你这个超级大情圣！不为我出头，大混蛋！"

我的天，她怎么做到的？一边和我对视拌嘴，一边发微信，手指头够快的。瞅她一眼，她报复地冲我竖起中指。

我气愤地低头，发微信："蠢货，你是我的内线。潜伏好，少给我添乱。"点击发送。

彭辉眼光敏锐，满眼狐疑地问："你在和谁偷偷发微信呢？"

小林主动招认，举手说："我！我俩在微信上吵架呢。"

彭辉笑嘻嘻地说："那就干脆一起去吵他，吵完了再看片！"

大家就当真掏出手机，全部低头，手指在手机上飞快弹奏，顿时信息如潮水涌来。这是我人生经历的最搞笑的一场黑色幽默。

钟月：管好你那个假小子！

米罗：如果姐姐我和钟月掉河里，你先救哪一个？

387

彭辉：如果小哥我和米罗掉河里，你先救哪一个？（显然和米罗勾结过）

小林：钟月很傲慢。如果她和米罗都追你，本公子顶米罗！

皮埃尔：唐，谢谢你给我机会！

小刘：唐，你是我的领导。我听你的！

袁勇：我喜欢你们，真欢乐！

小张：领导，让钟给我加薪水。感谢！

柳州仔：领导，我想在米罗女神队里找份兼职，嘻嘻……

"袋狼"之踪

玩闹过后，赶紧进入正题。

柳州仔先是播放他和蒙晋在天坑下录制的录音，正如小林当初窥探到的场面，他俩是贴着通道的石壁和沿溪边所录制。

我们听见的是嘈杂的脚步，惊惶的喊叫、哭泣，朦朦胧胧，仿佛存在于另一个空间。我们知道，声音只能用清亮或含糊来描述，但他们所录之音，无关设备，无关音量，就仿佛和我们隔着一个时空，如隔着一个梦，遥远的，只能用"朦胧"二字形容的呓语。

带着口音的秦军，也许是古长安的腔调，像是陕西话，关键词是："跑""跟上你娘。"我们也就能把这两句话从这些对话中分辨出来。

在播放下一个关键视频前，柳州仔简单介绍了原理。

所谓红外线摄像仪，由红外灯发出的红外线照射物体，当红外线漫反射时，被监控摄像头接收，形成视频图像。这就如我们在夜里用手电筒照亮，手电筒就相当于红外灯，而摄像头则相当于人眼球。

荷田用的是SAT系列，红外热像仪是一种以红外探测器为核心的特殊摄像机，它是探测目标的红外线能量、根据目标的温度分布来成图像的。后面的专业术语大部分人听不懂，也不想听。

这个型号是采用非制冷焦平面红外探测器中世界最先进的法国Sofradir公司的产品，该红外探测器采用由多晶硅材料制备的单片式电阻型微测辐射热计技术，为欧美军方大批采用。

柳州仔强调道："它具有几个特点：对温度敏感；可完全穿透浓烟，部分衰减地穿透浓雾；不需要可见光，在夜晚图像清晰度甚至超过白天；响应速度快，每秒50HZ图像输出。"

其他人都有些不耐烦了，嘘他，让他赶紧播放文件。

投影上的视频画面显示：地下河口的监控，刚开始，画面是静止不动的。许久，黑雾袭来，然后，我们看到了一堆影影绰绰的影像，那些影子渐渐地让我们分辨出了男女老少，甚至还有影子朝摄像机方向迟疑地停顿，然后"走"过来。

接着，队伍后的一群影像让观看者骚动起来。

淡淡的影子渐渐清晰，流动着组成了动物的图像，没错，就是"袋狼"。这群"袋狼"的影子如行云流水般，从镜头前席卷而过。

但接下来，一只，两只，几个"袋狼"黑影停下，望着摄像机的方向。

一声惊恐的"我×"，是荷田的，这像是两个声轨的声音，接着是仓促的脚步声，"袋狼"的影子似乎被摄像机吸引了，它们突然朝着摄像机猛扑过来。

即使是坐在投影前，大家也顿感毛骨悚然。

荷田抱头鼠窜，狂呼着柳州仔和蒙晋的名字。

现场一片沉默。我们都能体会到荷田当时的恐惧。没错，我们也曾遭遇黑雾和"鬼气"，但好歹我们是一群人，不像他形单影只，孤身一人；而且，我相信，在天坑下他肉眼所见的景象，惊悚程度绝对超出我们看到的视频影像。

钟月将视频定格在袋狼的影子上，正朝我们扑来的影子被凝固在一个奇妙的时光隧道中。

钟月注视着我，缓缓地说："荷田用另一种方式，帮我们找到了'袋狼'。'袋狼'曾存在于天坑下的流放者队伍中。也许真有活体，只不过，现在还藏匿在地心深处。"

未完待续……